rororo

Pauline Gedge, geboren 1945 in Auckland/Neuseeland, lebte zwischen ihrem sechsten und vierzehnten Lebensjahr in England, wo ihr Vater – eigentlich Küstenpolizist – das Anglikanische Priesterseminar besuchte. Sie absolvierte zunächst die Central Girls' School in Oxford, später, nachdem die Familie nach Kanada übergesiedelt war, die High School. Pauline Gedge hat zwei Söhne und lebt in Alberta/Kanada. Im Rowohlt Taschenbuch Verlag liegen bereits ihre Romane «Das Mädchen Thu und der Pharao» (rororo 13998), «Der Sohn des Pharao» (rororo 13527), «Die Herrin Thu» (rororo 22835) und «Die Herrin vom Nil» (rororo 15360) vor.

PAULINE GEDGE

Herrscher der Zwei Länder

BAND 1

DER FREMDE PHARAO

Roman

Deutsch von
Dorothee Asendorf

Rowohlt Taschenbuch Verlag

Die Originalausgabe erschien
1998 unter dem Titel «The Hippopotamus Marsh»
bei Viking Penguin Books Canada Ltd., Toronto
Redaktion Heiner Höfener

2. Auflage Mai 2002

Veröffentlicht im Rowohlt Taschenbuch Verlag GmbH,
Reinbek bei Hamburg, Oktober 2001

Umschlaggestaltung any.way, Cathrin Günther
(Foto: Bavaria Bildagentur/Picture Finders)
Satz aus der Sabon PostScript (PageOne)
Gesamtherstellung Clausen & Bosse, Leck
ISBN 3 499 23033 X

Die Schreibweise entspricht den Regeln
der neuen Rechtschreibung.

PERSONEN

DIE FAMILIE

Seqenenre Tao — Fürst von Waset
Aahotep — seine Gemahlin
Tetischeri — seine Mutter
Si-Amuns — ein ältester Sohn
Kamoses — ein zweiter Sohn
Ahmoses — ein dritter Sohn
Aahmes-nofretari — seine ältere Tochter
Tani — seine jüngere Tochter
Ahmose-onch — Sohn von Si-Amun und Aahmes-nofretari, seiner Gemahlin/Schwester

DIENER

Achtoi — Oberster Haushofmeister
Kares — Aahoteps Haushofmeister
Mersu — Tetischeris Haushofmeister
Uni — ein Haushofmeister
Ipi — Oberster Schreiber

DIENERINNEN

Isis — Tetischeris Leibdienerin
Hetepet — Aahoteps Leibdienerin
Heket — Tanis Leibdienerin
Raa — Ahmose-onchs Kinderfrau

VERWANDTE UND FREUNDE

Teti — Nomarch von Chemmenu, Aufseher und Verwalter der Entwässerungsgräben und Kanäle, verheiratet mit Aahoteps Base
Nofre-Sacharu — Tetis Gemahlin und Aahoteps Base
Ramose — ihr Sohn und Tanis Verlobter
Amunmose — Hoher Priester Amuns
Turi — Ahmoses Ringpartner

DIE FÜRSTEN

Hor-Aha — aus Wawat und Anführer der Medjai
Intef von Qebt
Iasen von Badari
Machu von Achmin
Mesehti von Djawati
Anchmahor von Aabtu
Harchuf, sein Sohn
Sobek-nacht von Mennofer

ANDERE ÄGYPTER

Paheri — Bürgermeister von Necheb
Het-ui — Bürgermeister von Pi-Hathor
Baba Abana — Hüter der Schiffe
Kay Abana — sein Sohn

DIE SETIUS (HYKSOS)

Awoserra Aqenenre Apophis — der König
Nehmen — sein Oberhofmeister
Yku-didi — sein Oberster Herold
Chian — ein Herold
Itju — sein Oberster Schreiber
Pezedchu — ein General
Dudu — ein General

Diese Trilogie ist Fürst Kamose gewidmet, einer der schillerndsten und verkanntesten Gestalten der ägyptischen Geschichte. Ich hoffe, dass sie ein wenig zu seiner Ehrenrettung beiträgt.

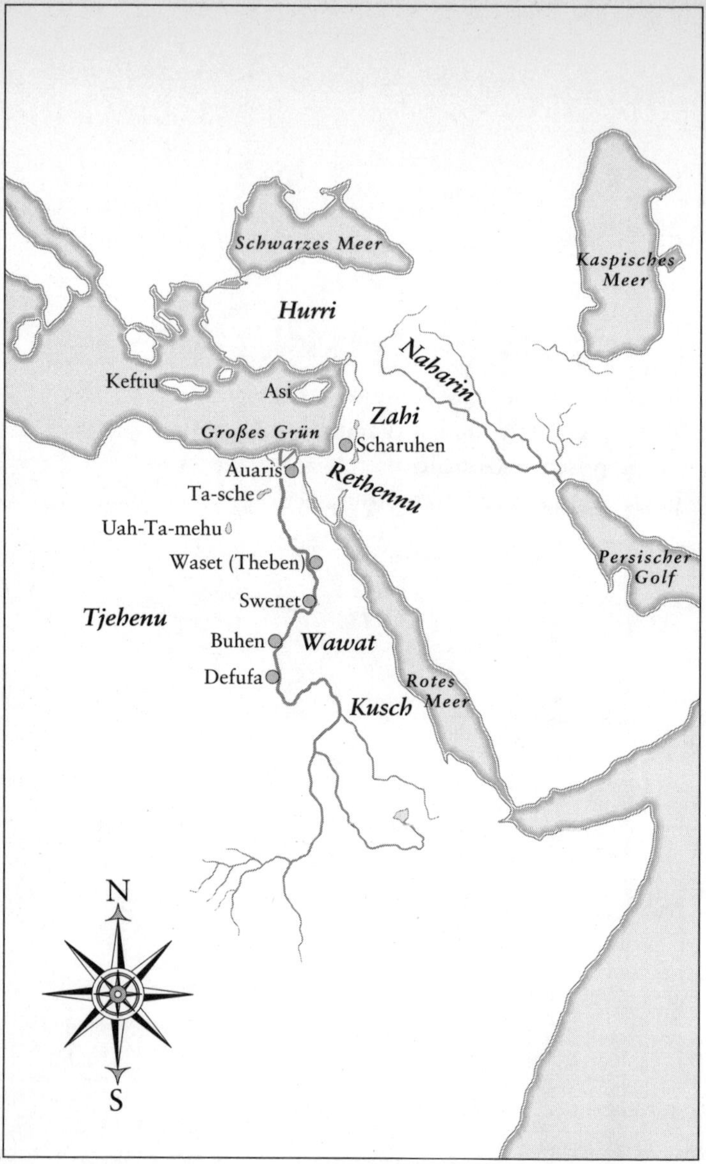
Schwarzes Meer
Kaspisches Meer
Hurri
Naharin
Keftiu
Asi
Zahi
Großes Grün
Scharuhen
Auaris
Rethennu
Ta-sche
Uah-Ta-mehu
Waset (Theben)
Persischer Golf
Swenet
Tjehenu
Buhen
Wawat
Defufa
Rotes Meer
Kusch
N
S

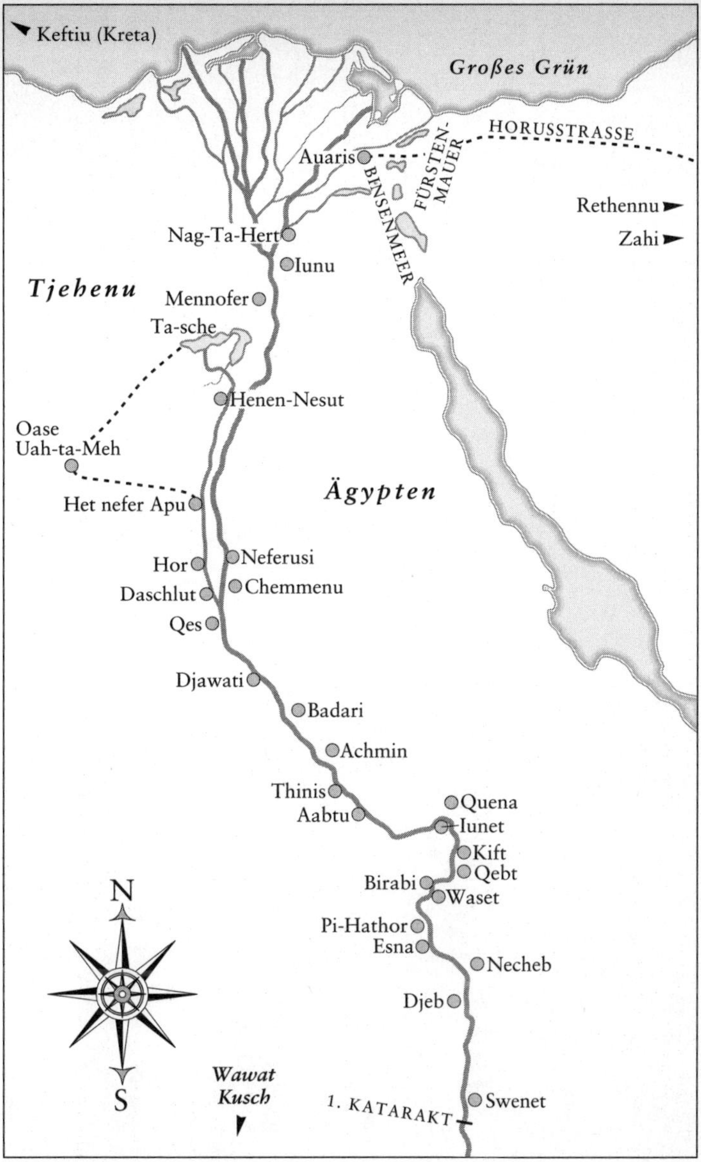
Keftiu (Kreta)
Großes Grün
HORUSSTRASSE
FÜRSTEN-MAUER
BINSENMEER
Auaris
Rethennu
Zahi
Nag-Ta-Hert
Iunu
Tjehenu
Mennofer
Ta-sche
Henen-Nesut
Oase Uah-ta-Meh
Het nefer Apu
Ägypten
Neferusi
Hor
Chemmenu
Daschlut
Qes
Djawati
Badari
Achmin
Thinis
Aabtu
Quena
Iunet
Kift
Qebt
Birabi
Waset
Pi-Hathor
Esna
Necheb
Djeb
N
S
Wawat Kusch
1. KATARAKT
Swenet

DANK

An dieser Stelle möchte ich Bernard Ramanauskas, der für mich recherchiert hat, von ganzem Herzen danken, denn ohne sein Organisationstalent und scharfes Augenmerk für Details hätte dieses Buch nicht geschrieben werden können.

VORWORT

Am Ende der zwölften Dynastie ging den Ägyptern auf, dass sie von einer fremden Macht regiert wurden, die sie Setius, ‹Herrscher des Hochlandes›, nannten. Wir kennen sie unter dem Namen Hyksos. Ursprünglich waren sie aus einem weniger fruchtbaren Land im Osten, nämlich Rethennu, eingewandert, um ihre Herden im üppigen Delta zu weiden. Nachdem sie heimisch geworden waren, folgten die Händler, die nur zu gern an Ägyptens Reichtum teilhaben wollten. Da sie fähige Verwaltungsbeamte waren, entmachteten sie allmählich die schwache ägyptische Regierung, bis sie zu guter Letzt allein regierten. Es war eine weitgehend unblutige Invasion, die mit so subtilen Mitteln wie politischem und ökonomischem Druck geschah. Ihre Könige machten sich wenig aus dem Land an sich, plünderten es zu ihrem eigenen Nutzen aus und äfften die Sitten und Gebräuche ihrer ägyptischen Vorgänger nach. Sie waren darin so erfolgreich, dass sie das Volk größtenteils unterdrücken und einlullen konnten. Gegen Mitte der siebzehnten Dynastie hatten sie sich schon zweihundert Jahre lang fest in Ägypten eingenistet und herrschten von ihrer Hauptstadt Auaris, dem Palast am Nebenarm, aus.

ERSTES KAPITEL

Endlich hatte Seqenenre das Dach erreicht, er keuchte ein wenig von der Anstrengung und ließ sich zu Boden sinken, sodass sein Rücken an den bröckelnden Überresten des Windfangs zu ruhen kam. Er zog die Knie an und seufzte innerlich vor Zufriedenheit. Das hier war sein Heiligtum, dieser Winkel voller Geröll, der im alten Palast einst der Frauenflügel gewesen war. Hier konnte er sitzen und nachdenken oder grübeln oder einfach den Blick auf Fluss und Feldern ruhen lassen, auf seinem Anwesen oder auf der weit auseinander gezogenen Stadt Waset, die sich ans Flussufer schmiegte und sich um zwei Tempel herumzog. Während der schläfrigen Nachmittage, wenn seine Frau ruhte oder mit ihren Dienerinnen plauderte und die Kinder mit ihrer Leibwache zum Schwimmen an den Fluss gegangen waren, stahl er sich oft davon, überquerte den weiträumigen, stillen Hof dieses baufälligen Hauses einstiger Götter und betrat die dämmrigen leeren Räume. Von seinen Vorfahren waren nur wenige greifbare Erinnerungen zurückgeblieben. Hier leuchtete ein Fleck gelber Farbe an einem Pfeiler auf, dort erschreckten das krasse Schwarzweiß eines Wadjet-Auges und eine unleserliche Kartusche noch immer die unbehausten Schatten, doch durch die Säle und Flure, die privaten Schlafgemächer und den riesigen Empfangssaal mit seinen düsteren Säulen fegte der Wind, und sie hallten, als er hindurchging.

Das Gebäude wurde immer gefährlicher. Die Ziegelsteine, aus denen es erbaut worden war, bröckelten. Ganze Wände waren nur noch Schutthaufen. Decken waren eingestürzt und ließen Lichtstrahlen durch, deren Helligkeit ihm schlechthin wie eine Gotteslästerung vorkam. Bisweilen ging er in den großen Audienzsaal, auf dessen Estrade der Horusthron gestanden hatte, und lauschte der Stille, sah zu, wie die viereckigen Lichtflecken, die durch die hoch angebrachten Fenster fielen, unmerklich über den Fußboden wanderten, doch lange hielt er diese Atmosphäre feierlicher Traurigkeit nicht aus.

Heute hatte er sich nicht hierher zurückgezogen, weil er auf irgendeinem Verwaltungsproblem herumbrüten oder in Ruhe und ungestört nachdenken wollte. Als Fürst von Waset und Gouverneur von fünf Nomarchen war er ein viel beschäftigter Mann mit einer überschaubaren und geregelten Arbeit, doch er wusste seit langem die wenigen Stunden zu schätzen, die er allein und hier oben verbringen konnte, wo die Ärgernisse und Verpflichtungen seiner Stellung und seiner Familie durch den Zauber des vor ihm ausgebreiteten Panoramas wieder auf ihr richtiges Maß schrumpften. Es war Frühling. Schwerfällig und kraftvoll strömte der Nil dahin, an seinen Ufern ein Dickicht wirrer grüner Binsen und fedriger Papyruswedel, die in der lieblichen Brise nickten. Jenseits des Flusses verschwammen die westlichen Felsen graubraun und trocken vor einem klaren, blauen Himmel. Ein paar kleine Boote dümpelten ziellos mit kahlen Masten, störten die Enten und gelegentlich auch einen Reiher, der weiß und bedächtig aus den Sümpfen aufstieg.

Seqenenres Blick wanderte nach Norden. Dort machte der Fluss eine Biegung und war nicht mehr zu sehen, doch auf dem östlichen Ufer, seinem Ufer, lagen die schwarzen Felder, waren kreuzweise von palmengesäumten Bewässerungskanälen durchzogen, nass und fahlfarben und noch zu aufgeweicht, als dass die Bauern, die schon bald das Korn aussäen würden, sie feststampfen konnten.

Nahebei, gleich hinter der zusammengefallenen Mauer, die den Palast einst umgeben hatte, kauerten seine Diener mit nackten braunen, glänzenden Rücken und bepflanzten den Gemüsegarten. Er konnte ihre Stimmen bei der Arbeit hören, ein auf- und abschwellendes, jedoch angenehmes Gemurmel. Auch das Dach seines Hauses konnte er deutlich unter sich sehen. Polster und verstreute Leinentücher bildeten hier und da einen bunten Fleck zwischen den Ästen der schützenden Sykomoren und Akazien, die seinem Garten Schatten spendeten. Weiter entfernt sah er vorn an den Pylonen von Amuns Tempel Fahnen flattern und hinter dem heiligen Bezirk eine Ecke von Montus Schrein, die sich wie eine braune Messerklinge in den nahen Horizont schob.

Seqenenre merkte, dass seine Anspannung nachließ. Die Überschwemmung war reichlich ausgefallen, hatte dem Land das Nötige, nämlich Wasser und Schlick, gespendet, und falls keine Krankheit das Korn befiel und es gesund und kräftig heranwuchs, konnte man auch mit einer gleichermaßen reichlichen Ernte rechnen. Noch war es zu früh, als dass Nachricht vom Aufseher seines Weingartens im westlichen Delta hätte kommen können, doch er ging davon aus, dass seine Trauben dieses Jahr schwer und voll an den Rebstöcken hängen würden. Die Trauben im Laubengang, der einen Teil des Wegs von seiner Bootstreppe zum Haus beschattete, wurden immer für Saft genommen, nicht für Wein. Mein Vieh hat keine Krankheiten, und meine Leute werden satt sein, dachte er dankbar. Natürlich wird ein Großteil meines Wohlstands für Steuern an die Machthaber im Norden draufgehen, aber ich will mich nicht beklagen. Nicht, solange ich schalten und walten kann, wie ich will.

Er bewegte sich, denn der kleine Ziegelsteinbrocken in seiner Sandale drückte auf einmal, und als er sich bückte, um ihn zu entfernen, da packte ihn die Angst. Ich mache mir etwas vor, wenn ich glaube, dass man mich hier im Süden vergessen hat, dass Apophis nur dann an mich denkt, wenn er seine Steuereinnehmer schickt, schoss es ihm durch den Kopf. Die große Entfernung zwischen uns gewährleistet meine Sicherheit keineswegs. Schön, wenn es so wäre, aber ich bin für ihn wie dieses Steinchen, das ihn dann scheuert, wenn ihn nichts von dem Wissen ablenkt, dass es mich gibt. Ich kann meine Abstammung nicht leugnen und in der Namenlosigkeit des niederen Adels untertauchen. Ich gemahne ihn an seine fremdländische Abstammung, und was ist die schon, verglichen mit den mächtigen Göttern, die mich gezeugt haben? Aber daran will ich heute nicht denken. Ich bin nicht hier hochgeklettert, um über Apophis' oder meine Vergangenheit nachzudenken. Wie herrlich ist doch mein Zipfel dieses schönen Ägyptens! Er lehnte sich mit halb geschlossenen Augen zurück.

Er mochte eine Stunde auf einer Woge der Schläfrigkeit dahingetrieben sein und die stetige Brise genossen haben, die die Hitze der Nachmittagssonne milderte, und hatte gerade gedacht, er hätte lange genug verweilt und sollte das Dach lieber verlassen, als ihn ein Ruf zwang, zögernd aufzustehen. Er ging zur Dachkante und blickte hinunter. Si-Amun stand in einer Bresche der baufälligen Umfassungsmauer und sein Zwillingsbruder Kamose hinter ihm. Die beiden jungen Männer waren nackt bis auf das Lendentuch.

«Ich habe mir schon gedacht, dass du da bist, Vater!», rief Si-Amun und zeigte nach Norden. «Wir sind schwimmen gewesen und haben hinter der Biegung ein königliches Boot gesehen. So wie es das Segel einholt, will es, glaube ich, an unserer Bootstreppe anlegen. Was meinst du?»

Seqenenre blickte in die Richtung, in die der Arm seines Sohnes wies. Ein schmales Boot, dessen dreieckiges Segel noch immer eingerollt wurde, mühte sich in seine Richtung. Blauweiße Stander flatterten an Bug und Heck. Auf dem Deck standen mehrere Männer, die dieselben Farben trugen. Ja, ein königliches Boot, dachte Seqenenre. Es fährt gewiss vorbei. Die meisten fahren auf dem Weg nach Kusch vorbei, wollen nur Gold aus den Bergwerken, Sklaven, Straußenfedern und andere exotische Kinkerlitzchen holen. Si-Amun erhofft sich wahrscheinlich, dass es wirklich hier anlegt. Der wünscht sich doch nichts sehnlicher als einen Besuch von Vertretern des Königs und wird ihnen auch noch die allerletzte Einzelheit über das Leben in Auaris aus der Nase ziehen, obwohl seine Treue zu mir ihm verbietet, zu viel Freude über eine so gute Gelegenheit zu zeigen. Aber ich atme auf, wenn es vorbeifährt und nicht mehr zu sehen ist. «Ich glaube, die kreuzen nur gegen den Wind», rief er zurück. Si-Amun hob ergeben die Schultern.

«Vermutlich hast du Recht», sagte er laut, «und ich langweile mich heute.» Er winkte und strebte dann dem Haus zu. Seqenenre sah kurz hinter ihm her, doch dann forderte der Fluss wieder seine Aufmerksamkeit. Er hatte erwartet, den Bug des Boots und erneut gehisste Segel zu sehen, doch zu seiner Bestürzung waren die Riemen bereits ausgefahren, und das Boot glitt in Richtung Bootstreppe. Erschrocken hastete er die Treppe hinunter.

Er überquerte den Hof, und als er die Mauerlücke erreichte, wartete Kamose dort auf ihn. «Si-Amun hat Recht gehabt. Sie fahren nicht weiter», sagte er knapp. «Sie wollen zu uns.» Kamose trat einen Schritt zurück, während sich sein Vater durch die Lücke zwängte, und dann blickten beide zum Fluss.

«Was können sie von uns wollen?», fragte Kamose besorgt. «Neujahr ist vor fünf Monaten gewesen. Der Tribut ist gezahlt, die Geschenke sind abgeschickt und bestätigt worden, und für die Steuererhebung ist es noch zu früh.»

Seqenenre schüttelte den Kopf und schenkte seinem gut aussehenden Sohn einen flüchtigen Blick, während sie zum Haus gingen. «Ich habe keine Ahnung», antwortete er bedrückt, «doch etwas Gutes gewiss nicht, darauf kannst du dich verlassen.»

«Dann lass uns beten, dass sie nur eine Kruke Wein, ein gutes Essen und eine Nacht unter deinem Dach haben wollen, ehe sie nach Kusch weiterfahren», meinte Kamose. «Die halten uns, glaube ich, für das letzte Bollwerk zivilisierter Annehmlichkeiten, ehe sie den Härten des Südens trotzen müssen. Wie sie die Wüste fürchten und verachten! Ahmose! Wo willst du hin?» Seqenenres jüngster Sohn lief barfuß und im zerknautschten, staubigen Schurz an ihnen vorbei.

«Ich treffe mich mit Turi auf dem Exerzierplatz, wir wollen ringen!», schrie Ahmose über die Schulter zurück. «Wir haben gewettet!»

«Zum Abendessen bist du aber daheim, Ahmose!», rief Seqenenre hinter ihm her. «Wir haben Gäste!» Der Junge winkte zur Bestätigung.

«Gäste», wiederholte Kamose bitter, «die wir nicht eingeladen haben. Aber wir haben keine andere Wahl, wir müssen sie aufnehmen.» Seqenenre erwiderte den Salut des wachhabenden Soldaten am Haupteingang. Als er und Kamose ins Haus traten, kam Uni aus dem Schatten und rasch auf sie zu. Kamose verschwand in Richtung seiner eigenen Gemächer im Männerflügel.

«Gerade will ein königliches Boot an der Bootstreppe anlegen», teilte Seqenenre dem Haushofmeister mit. «Wer auch immer an Bord ist, schicke ihm eine Eskorte zum Empfang. Isis soll die Herrin Tetischeri und meine Frau benachrichtigen, und halte Obst und Wein im Garten bereit. Ich möchte beten und meinen Schurz wechseln.» Ohne Unis Nicken zu beantworten, ging er eiligen Schrittes zu seinen Gemächern. «Wasser, schnell!», befahl er dem Leibdiener, der auf seinen Ruf gekommen war und sich verbeugte. «Und ich brauche frische Wäsche. Wir haben Gesellschaft aus dem Delta.» Was sorgst du dich im Voraus, wenn es keine Sorgen gibt, redete er sich gut zu, während er seine Sandalen aufschnürte und nach dem Wasserkrug griff. Bleib ganz ruhig. Mache dir Apophis' Boten nicht zum Feind. Störe nicht das Gleichgewicht der Maat, Fürst von Waset!

Er öffnete den Schrein und griff zu dem Weihrauchgefäß, das daneben stand, entzündete die Holzkohle mit der Kerze, die zu diesem Zweck ständig brannte, und streute ein paar Körnchen Weihrauch auf die Glut. Alsdann huldigte er dem Abbild Amuns, des Großen Gackerers, des Herrn und Beschützers Wasets, und machte auf dem kühlen Fußboden seinen Fußfall. Hilf mir, dass ich nicht die Beherrschung verliere, betete er. Schenke mir die Gabe der Weisheit, dass ich mir anhöre, was den Herold des Königs so weit geführt hat, ohne meine Ungeduld oder meine Verachtung zu verraten. Halte meine Zunge im Zaum, dass ich mir und meiner Familie nicht schade oder sie gefährde. Verschleiere meine Gedanken vor ihm, dass er nur Höflichkeit in meinen Augen liest. Mehr gab es dazu nicht zu sagen. Er stand auf und genoss kurz den süßlichen Rauch des Kohlenbeckens, ehe er es ausblies, den Schrein zuklappte und sich der Fürsorge seines Dieners überließ, der mit einem Becken voll warmem Wasser und Leinentüchern zurückgekehrt war.

Eine Stunde später betrat er frisch gekleidet seinen sonnenbeschienenen, duftenden Garten. Seine Augen waren mit Kohl umrandet. Um die Stirn trug er einen schlichten Silberreif und um den Hals Anchs und silberne Wadjet-Augen. Von der beinahe schwarzen Haut seiner Hände hoben sich die Ringe glitzernd ab. Man hatte neben seinem Teich im Schatten der Bäume Matten ausgebreitet, und der königliche Besucher und seine beiden Gefährten saßen mit gekreuzten Beinen und lauschten der sanften, getragenen Stimme seiner Gemahlin Aahotep. Kamose saß etwas abseits, auch er formell geschminkt, und hatte die Hände auf den sauberen weißen Falten seines Schurzes gefaltet.

Als sich Seqenenre näherte, standen alle auf und verbeugten sich. Ein Diener kam zu ihm und bot ihm eine Schale Obst an, doch er schüttelte den Kopf und nahm den Wein, den ihm Uni reichte. Er setzte sich ins Gras und bedeutete den anderen, es ihm gleichzutun. «Seid gegrüßt», sagte er leutselig. «Es ist uns eine Ehre, einem Diener des Einzig-Einen unsere Gastfreundschaft anbieten zu können. Mit wem spreche ich?»

«Ich bin Chian, Herold des Königs», antwortete einer der Männer. Er war schlank und hellhäutig und hatte seine Augen zum Schutz gegen die südliche Sonne mit reichlich Kohl geschminkt. Sein Schurz war hauchdünn, sein Ledergürtel mit Karneolen besetzt, und auf seiner Brust prangten zwei Goldketten, die bei jedem Atemzug auffunkelten. «Das hier sind meine Wachen. Sei bedankt für deine Begrüßung, Fürst. Ich habe die Freude, dir und deinem ganzen Haus, insbesondere der Herrin Tetischeri, deiner Mutter, die guten Wünsche des Herrn der Zwei Länder zu überbringen, innige Wünsche für Leben, Gesundheit und Wohlstand.»

Seqenenre nickte. «Wir bedanken uns. Bist du auf dem Weg nach Kusch, Chian?»

Der Herold nippte zierlich an seinem Wein. «Nein, Fürst», erklärte er. «Ich bin nur gekommen, weil ich dir die Grüße des Einzig-Einen und einen Brief bringen möchte.» Seqenenres Blick kreuzte sich mit Kamoses und wanderte weiter zu seiner Frau. Aahotep sah beflissen den Narrenpossen der Sperlinge im frischen Blattwerk der Bäume zu.

Ein kurzes, verlegenes Schweigen legte sich über die Runde. Der Herold trank noch einen Schluck. Kamose putzte ein unsichtbares Staubkörnchen von der Dattel in seiner Hand und biss vorsichtig hinein. Seqenenre wollte gerade eine harmlose Bemerkung machen, wie es die guten Manieren erforderten, als ein Schatten auf ihn fiel, und als er sich umdrehte, standen Si-Amun und Aahmes-nofretari Hand in Hand hinter ihm. Er atmete tief und erleichtert auf. Das Paar verneigte sich lächelnd, küsste Aahotep, begrüßte Chian zuvorkommend und nahm auf einer Matte neben Kamose Platz.

Nun kam die Rede auf allgemeine Themen wie die Aussichten für die diesjährige Aussaat, das neue Leben, das sich in den kostbaren Weinstöcken regte und die Anzahl der im Delta geborenen Kälber. Chian war ein begeisterter Landwirt und kümmerte sich persönlich um die Verwaltung seines eigenen kleinen Anwesens vor den Toren von Auaris, und die kleine Pause nach der Erwähnung des Briefes war vergessen. Langsam ging die Sonne im Westen unter und badete den Garten in dunkelgoldenes Licht, und die Fische in Seqenenres Teich stiegen zur Wasseroberfläche hoch, über der sich die Mücken in Schwärmen zu sammeln begannen. Uni verteilte Fliegenwedel, und sachtes Wedelgeräusch durchsetzte das Gespräch.

Tani war die Letzte, kam, gefolgt von den japsenden und hechelnden Hunden, über den Rasen gelaufen. Behek sprang zu Seqenenre und legte den glatten Kopf in den Schoß seines Herrn. Seqenenre streichelte ihn zärtlich. «Tut mir Leid, dass ich so spät komme», sagte Tani und griff nach dem Obst, während sie sich neben ihrer Mutter niederließ. «Aber die Hunde haben tüchtig Auslauf gebraucht. Ich bin mit ihnen bis zum Rand der Wüste gegangen und dann durch die Stadt zum Fluss, damit sie sich abkühlen konnten. Ist das ein schöner Tag gewesen!»

Seqenenre winkte Tanis Leibwächter, und der pfiff und schüttelte die Hundeleinen, die er in der Hand hielt. Widerstrebend gehorchten die Hunde. Behek leckte Seqenenre die Hand, ehe er forttrabte. Aahotep erhob sich. «Es wird Zeit, dass du dich vor dem Essen frisch machst», sagte sie zu Chian. «Uni wird dir die Gästegemächer zeigen und dich dann in den Empfangssaal führen. Deine Männer können mit unseren Dienern gehen. Tani, du kommst mit mir. Du musst dich tüchtig waschen.» Sie lächelte in die Runde, und Seqenenre musste über ihre Fassung staunen. Ihr Gesicht zeigte keinerlei Anspannung, ihre Gesten verrieten kein Zögern. Chian und seine Soldaten standen sofort auf, verbeugten sich und folgten dem Haushofmeister. Si-Amun legte Aahmes-nofretari betont den Arm um die Schultern.

«Der ist mehr Bauer als Herold», meinte er. «Und dabei

wäre Unkrauthacken für einen Mann ohne Muskeln eine schöne Plackerei. Warum schickt uns der König solch eine niedrige Kreatur? Gewisslich steht uns ein Oberherold zu, oder? Was will er von uns?»

Seqenenre wusste, sein Sohn machte Spaß, doch dem scherzhaften Ton war unterschwellig eine gewisse Kränkung anzumerken. Du hast zu viel von der falschen Art Stolz, Si-Amun, dachte er bei sich. Wenn du dich doch nur nicht so leicht an Kleinlichkeiten stören würdest, die weder deiner Männlichkeit noch deinem edlen Blut Abbruch tun, es sei denn, du lässt es zu. «Er hat einen weiteren Brief von Apophis mitgebracht», sagte er. «Ich habe ihn noch nicht gelesen, und das möchte ich auch nicht auf nüchternen Magen.» Kamose trat zu seinem Vater.

«Ewig diese Briefe, ewig alberne, krittelige Forderungen», sagte er leise. «Das letzte Mal war es ein Befehl, mehr Gerste als Flachs anzubauen, wo doch schon alles nach einer reichlichen Gersteernte aussah, dann eine Aufforderung, die Zahl der Sandalen in unserem Haushalt anzugeben. Was für ein albernes Spiel spielt der König mit uns?»

Seqenenre blickte starr auf die beschauliche Oberfläche des Teiches. Die Fische erzeugten friedliche Kreise, deren Ringe an die steinerne Umrandung plätscherten. Die Schatten auf dem vom Sonnenuntergang beschienenen Gras wurden immer länger. Diener rollten die Binsenmatten auf und räumten die Reste des Begrüßungsmahls fort. «Ich weiß es nicht und es ist auch einerlei», antwortete er abschließend. «Wir tun, was man uns heißt, und im Austausch für unseren Gehorsam dürfen wir unsere Nomarchen und unseren Haushalt so führen, wie es Amun vorschreibt. Andere haben nicht so viel Glück.» Kamose verzog das Gesicht, stand auf und ging.

«Vater, ich könnte doch hingehen und mit dem Herold reden», bot sich Si-Amun an. «Vielleicht bekomme ich irgendeine nützliche Information aus ihm heraus.»

«Ich verbiete es», sagte Seqenenre scharf. «Ein Herold ist ein Bote, mehr nicht. Von ihm wird nicht verlangt, dass er seinen Herrn berät oder Meinungen äußert, und du, Si-Amun, solltest dir zu schade sein, diesem Chian mehr Achtung zu erweisen, als die Gesetze der Gastfreundschaft erfordern. Außerdem ist er der Diener eines Königs, der uns übel will. Denk daran und sieh dich vor, wenn du mit ihm sprichst.» Si-Amun wurde rot.

«Verzeih mir», sagte er. «Du hast Recht. Aber das fällt sehr schwer, wenn man weiß, dass man von Königen abstammt und dennoch in Anwesenheit eines schlichten Herolds seine Zunge hüten muss.» Er wippte auf die Knie und dann hoch und zog seine Frau mit sich. «Mit dem Fest wird es noch ein Weilchen dauern», schloss er. «Komm, Aahmes-nofretari, geh mit mir am Fluss spazieren.»

Seqenenre sah, wie sie in der hereinbrechenden Dämmerung verschwanden. Si-Amun zählte neunzehn Lenze, war ein paar Augenblicke älter als Kamose und daher Seqenenres Erbe. Rein körperlich glich er seinem Bruder aufs Haar, und man konnte sie kaum auseinander halten, abgesehen von dem kleinen Leberfleck an Si-Amuns Mundwinkel, doch charakterlich waren sie grundverschieden. Si-Amuns Selbstvertrauen grenzte fast an Überheblichkeit. Er hatte eine rasche Auffassungsgabe, war ein guter Bogenschütze, ärgerte sich jedoch über sein Leben in der tiefsten Provinz. Er wollte nach Norden und dem König dienen, dort sein, wo in Ägypten die Macht residierte, und Seqenenre konnte nur hoffen, dass aus seiner Überheblichkeit allmählich fürstlicher Sachverstand und aus seiner Rastlosigkeit Ausübung angemessener Autorität werden würde.

Kamose jedoch schien in sich selbst zu ruhen wie seine Mutter. Er besaß das ruhige Selbstbewusstsein eines doppelt so alten Mannes, war reif und erwachsen und kümmerte sich um seine eigenen Angelegenheiten. Ahmose, mit seinen sechzehn Lenzen der jüngste Sohn, war wie eine Flamme, ein behänder, kräftiger, sonniger und waffenkundiger junger Mann, ein sehr guter Ringer, der vom Leben nichts weiter verlangte, als dass es mit dem Segen der Götter immer so weitergehen würde.

Ich habe alles, was sich ein Mensch nur wünschen kann, dachte Seqenenre. Ich bin ein ägyptischer Fürst. Ich habe eine Familie, die sich eng verbunden ist und sich liebt. Ich leide keine Not. Meine Arbeit ist aufreibend, aber einfach und ganz anders als die Pflichten eines Königs. Er blickte auf, und seine Augen wurden unwillkürlich von dem gedrungenen, weitläufigen alten Palast angezogen, der sich jetzt in die hereinbrechende Dämmerung hüllte. So weit Seqenenre zurückdenken konnte, hatte er das Anwesen beherrscht, das er von seinem Vater Senechtenre und dessen Vater vor ihm geerbt hatte. Für die meisten war der Palast altmodisch und so vertraut und gleichgültig, dass sie dem vor sich hin bröckelnden Gebäude kaum noch Beachtung schenkten. Doch als Kind hatte seine Mutter ihm beim Zubettbringen von den Vorfahren erzählt, die darin gewohnt hatten, von einem Gott, der auf den anderen folgte, von den Königen Unter- und Oberägyptens, vom Roten und vom Schwarzen Land, von kriegerischen Herrschern, in deren Adern das feurige Blut ihrer Wüstenahnen rann und die als Res Erben selbst göttlich waren. Sie lagen einbalsamiert in ihren Grabmälern. Sie segelten in der heiligen Barke mit den Göttern dahin, während er …

Auf einmal fröstelte ihn in der Abendbrise, er stand auf und ging ins Haus zurück. Er war nichts weiter als ein treuer Fürst des Gottes, der in Auaris auf dem Horusthron saß. Die Macht der ehemaligen Könige war geschwunden. Ägypten war zweigeteilt. Fürsten hatten sich mit dem Adel gestritten. Privatheere hatten das Land verwüstet, hatten die Macht Fremdländern überlassen, die jahrelang aus dem Osten nach Ägypten eingesickert waren und nach und nach die Verantwortung über ein zerrissenes Land an sich gerissen hatten. Jetzt herrschten in Ägypten die Setius. Das war die Wirklichkeit des Zeitalters, in das Seqenenre hineingeboren war und in dem er sterben würde.

Er war so in seine Gedanken vertieft, dass er fast mit seinem Haushofmeister zusammengestoßen wäre, der in der zunehmenden Dunkelheit des Flurs wartete. Mit einem Ruck holte er seine Gedanken in die Gegenwart zurück. «Hat Chian alles, was er braucht?», fragte er. Uni nickte. «Gut. Kümmere dich darum, dass die Fackeln entzündet werden, Uni. Mir scheint, es ist heute früher dunkel geworden.» Langsam ging er zu seinen eigenen Gemächern und wusste, dass er heute weder Appetit auf das Essen hatte, dessen Düfte jetzt über das Gelände wehten, noch auf das Spiel mit Worten, das er wieder einmal mit dem König spielen musste.

Das Fest fand in einer Atmosphäre gezwungener Fröhlichkeit statt. Familie und Gäste hatten sich mit duftendem Öl gesalbt und trugen Girlanden aus zarten frühen Wildblumen. Seqenenres Harfenist spielte, und später verließ Tani ihren Platz neben ihrer Großmutter Tetischeri und tanzte, wand sich mit der ganzen Geschmeidigkeit ihrer dreizehn Lenze durch die festliche Menge.

Abgesehen von Chian war noch ein Kaufmann aus Waset anwesend, dazu Seqenenres Viehaufseher, der noch vor Chian von den Ländereien des Fürsten eingetroffen war, auf denen dieser seine Herden weiden lassen durfte, und mehrere Priester vom Amun-Tempel, deren rasierte Schädel im Fackelschein glänzten. Tetischeri, königlich, wenn auch zart in einem eng anliegenden weißen Hemdkleid, das graue Haar unter einer kinnlangen schwarzen Perücke mit einem Reif aus Goldblättern verborgen, hatte Apophis' Vertreter knapp und kühl begrüßt, die Botschaft des Königs höflich beantwortet und sich dann auf ihre Speisen und die Unterhaltung mit ihrem Haushofmeister Mersu gesammelt.

Als es kühler wurde, entzündete man Kohlenbecken. Der Kaufmann verbeugte sich dankbar und ging nach Haus. Die Priester entfernten sich. Seqenenre auf seiner niedrigen Estrade blickte sich in dem sich leerenden Saal um und merkte, dass sich der Zeitpunkt der Abrechnung nicht länger hinausschieben ließ. Die Diener hatten die Essensreste abgeräumt und sich verzogen. Chian spielte verstohlen mit dem Armband an seinem schmalen Handgelenk, und die Familie hatte Seqenenre erwartungsvoll die Gesichter zugewandt. Er nickte seinem Schreiber Ipi zu, und der Mann ging unverzüglich zu Chian und nahm die Rolle, die dieser ihm reichte. Auf Seqenenres Aufforderung hin erbrach er das Siegel und las laut vor.

«Eine Botschaft von Awoserra Aqenenre Apophis, Herr der Zwei Länder, Geliebter des Seth, Geliebter des Re, der den Herzen Leben schenkt, an Seqenenre Tao, Fürst von Waset. Sei gegrüßt! Es betrübt mich, dass ich meinem Freund Seqenenre dieses anbefehlen muss, doch der Nilpferdsumpf, der sich in Waset befindet, muss beseitigt werden, da mir das Gebrüll der Tiere Tag und Nacht in den erhabenen Ohren dröhnt und ich keinen Schlaf mehr finde. Leben, Gesundheit und Wohlstand für dich und deine Familie. Möge dir Sutech, der Erhabene, gewogen sein und Horon dir Glück bringen. Ich sehe deiner bestätigenden Antwort entgegen.»

Raschelnd rollte sich die Rolle wieder auf. Wortlos streckte Seqenenre die Hand aus, und Ipi ließ den Papyrus so schnell los, als hätte er sich die Finger daran schmutzig gemacht. «Chian», sagte Seqenenre gelassen, «du bist zweifellos müde. Du darfst dein Lager aufsuchen.» Sichtlich erleichtert verbeugte sich der Herold.

«Sei bedankt, Fürst», erwiderte er. «Ich muss morgen früh aufbrechen, denn ich möchte schnell nach Auaris zurück und habe den Nordwind gegen mich. Ich danke dir für deine Nachsicht.» Er verneigte sich flüchtig vor der übrigen Familie und war verschwunden.

Eine geraume Weile rührte sich niemand. Die Lampen brannten niedriger, und lange Schatten krochen in den hohen Raum, schlängelten sich über den Fußboden. Die Kohlenbecken fauchten und gaben wieder Ruhe. Dann machte Tani den Mund auf. Ihre Stimme zitterte. «Vater, du wirst doch die Nilpferde nicht töten?», bat sie. «Gewiss meint der König nicht, was er da sagt! Ohne sie wären die Sümpfe wie die Wüste!»

«Das müssen wir nicht ausführlich besprechen», sagte Tetischeri entschieden. «Apophis ist wahnsinnig. Wahrscheinlich hat er bereits vergessen, dass er dieses dumme Zeug überhaupt diktiert hat. Wirf es in das nächste Kohlenbecken und lass uns zu Bett gehen.» Seqenenre legte die Rolle sehr sorgsam zwischen die zerdrückten Blumenblätter, die überall auf seinem Tischchen lagen, und musterte sie nachdenklich.

«Er ist nicht wahnsinnig», sagte er. «Falls er durch diese Krankheit unter dem besonderen Schutz der Götter stünde, das ganze Land würde es wissen, doch das ist nicht der Fall. Nein.» Auf einmal lag ihm die Verantwortung so schwer im Magen, als hätte er statt Gänsebraten Steine gegessen. «Es ist nichts als ein weiterer Versuch, uns zu verwirren und zu erschrecken, uns zu etwas zu drängen, von etwas wegzudrängen, aber was, das weiß ich nicht.»

«Vielleicht möchte er schlicht betonen, dass er Herr über uns ist, und Waset zugleich demütigen», warf Kamose ein. «Er kennt unsere Abstammung. Wir sind weit entfernt von Auaris, mehr als sechshundert Meilen. Liegt er nachts schlaflos, weil er sich fragt, welche Verschwörungen wir wohl so weit außerhalb seiner Reichweite anzetteln? Vor dem Husten der Nilpferde kann er sich doch wohl nicht fürchten.»

«Aber wir haben einen rechtsgültigen Vertrag mit ihm», meinte Aahotep. «Wir zahlen Tribut. Wir sind seit Generationen treue Untertanen. Sein Vater hat deinen Vater nicht auf diese Weise gequält, Seqenenre. Und, Kamose, wir zetteln keine Verschwörungen an. Wir kümmern uns um unsere fünf Nomarchen und um unsere eigenen Angelegenheiten.»

«Er will uns, glaube ich, dazu treiben, dass wir gegen unsere uralte Abmachung mit ihm verstoßen», antwortete Seqenenre ruhig. «Wir sollen ihm die Ausrede liefern, dass er sein Heer hierher führen, uns verbannen oder, schlimmer noch, einen Nomarchen einsetzen kann, der keinen Tropfen königliches Blut in den Adern hat. Dann wird er wieder Schlaf finden.»

«Aber warum jetzt?», fragte Tetischeri dringlich. «Ich kann mich so gerade noch an die große Seuche erinnern, die in Auaris vor vierzig Jahren gewütet hat, als Apophis' Großvater Sekerher auf dem Horusthron saß. Die Einwohner sind gestorben wie die Fliegen, und ihre Leichen hat man in offene Gruben in der Stadt geworfen. Damals waren die Setius wehrlos, aber wir hier im Süden haben die gute Gelegenheit zum Aufstand nicht genutzt. Warum jetzt dieses Misstrauen?» Achselzuckend sagte Seqenenre:

«Aber nachdem sich die Pest ausgetobt hatte, hat Sekerher die gewaltigen Erdwälle aufgetürmt, die nun die Hügel umgeben, auf denen die Stadt erbaut ist», meinte er. «Im Nachhinein ist ihm aufgegangen, dass seine Sicherheit an dem dünnen Faden des guten Willens hier im Süden gehangen hat. Er hat eine Gefahr bemerkt, die es gar nicht gegeben hatte, die jedoch in Zukunft beachtet werden musste. Apophis mag hier zwar nicht wirklich regieren, aber er hat uns nicht aus den Augen verloren. Er misstraut uns.»

«Auaris lohnt das Verteidigen nicht», sagte Aahotep. «Das ist ein Gewirr schmutziger Gassen ohne Baum und Strauch, in denen Ratten im Abfall herumwühlen. Ich weiß gar nicht, warum die Setius in solchem Dreck hausen, wo sie doch das ganze grüne Delta zur Verfügung haben.»

«Doch, ich weiß es», gab Tetischeri zurück. «Weil sie keine Ägypter sind, darum. Das sind Fremdländer, die ohne Re leben. Auaris!», entrüstete sie sich. «Der Palast am Nebenarm! Das war einmal eine recht nette, kleine Stadt, ehe die Setius sie für sich entdeckten. Was für ein hübsches Bild dieser Name jetzt heraufbeschwört!»

«Wir planen aber keinen Aufstand», hielt Kamose ruhig dagegen. «Mutter hat Recht. Wir zetteln keine Verschwörungen an. Darüber sollten wir nicht weiter reden. ‹Die Zunge beinhaltet Macht, und Sprache bewirkt mehr als Krieg›, hat einer der Könige, die wahr an Stimme sind, einmal gesagt. Schick ihm einen weiteren schlauen Brief, Vater, und wir können uns wieder um wichtigere Dinge wie Säen und Kalben kümmern.»

«Dieses Gerede ist lachhaft!», warf Si-Amun ein und blickte Kamose mit gerunzelter Stirn an. «Aufstand, Vertrauen, diese Worte sollten für uns bedeutungslos sein. Was bilden wir uns ein, wer wir sind? Wir können uns doch nicht vor einer Anweisung des Einzig-Einen drücken? Wenn er will, dass die Nilpferde getötet werden, dann töten wir sie! Alles andere ist Gotteslästerung!»

Kamose kam mühsam hoch. «Es hat gar nichts mit den elenden Nilpferden zu tun, und das weißt du genau», fing er an, doch Aahmes-nofretari zog Si-Amun am Arm.

«Vater bestimmt, was zu tun ist», sagte sie. «Nicht wahr, Vater? Warum gibt es immer so einen Aufstand, wenn uns der Einzig-Eine eine Aufforderung schickt? Ich bin müde und möchte ins Bett.» Seqenenre schenkte ihr ein mattes Lächeln. Aahmes-nofretari die Friedensstifterin, dachte er.

Laut sagte er: «Ja, ich bestimme, was zu tun ist. Ihr könnt gehen, alle beide, es sei denn, du hast sonst noch etwas zu sagen, Si-Amun? Ich weiß, wie du in dieser Sache denkst, und nehme deine Meinung nicht auf die leichte Schulter. Du bist mein Erbe. Aber Kamose hat Recht. Der König lässt sich nicht durch den Tod von ein paar Tieren besänftigen. Wenn ich sie retten kann, dann tue ich das.» Si-Amun wandte das glatte, dunkelhäutige Gesicht dem Vater zu.

«Ich bin nicht dumm», entgegnete er bitter. «Ich verstehe durchaus. Aber Apophis ist König und Gott. Apophis ist allwissend und allmächtig. Wir schulden ihm Treue und Gehorsam.» Er zögerte und schob Aahmes-nofretaris Hand beiseite. «Anderenfalls», so schloss er knapp, «vernichtet er uns.» Er stand auf, verneigte sich kurz vor seiner Großmutter und Seqenenre, legte den Arm um seine Frau, und dann verließen beide den Saal.

Es herrschte eine kurze Stille. Die störte Seqenenre, als er zum nächsten Kohlenbecken ging und die Rolle auf die dunkelgolden glühenden Holzkohlen warf. «Tani soll doch nicht weinen», sagte er tonlos. «Morgen diktiere ich einen weiteren Beweis meiner Spitzfindigkeit als Briefschreiber, und damit ist die Angelegenheit erledigt.»

«Gut.» Tetischeri erhob sich und schwebte zur Tür. «Stört mich bitte morgen nicht vor Mittag, keiner von euch. Komm, Kamose. Du kannst mir vor dem Einschlafen noch vorlesen.» Kamose stand auf, wünschte seinen Eltern eine gute Nacht, und dann verschluckte das Dunkel die beiden.

«Bleib heute Nacht bei mir, liebe Schwester», bat Seqenenre leise. «Ich bin aus dem Gleichgewicht.» Aahotep verließ ihren Platz, ging zu ihm, schloss ihn in die Arme und legte den Kopf an seine nackte Brust.

«Du musst nicht bitten», murmelte sie. «Ist es nicht ermüdend, die Vertreter des Einzig-Einen zu empfangen, wo wir doch wissen, dass sie uns nur Ärger bringen? Thot hat dein Herz weise gemacht, lieber Mann. Du wirst einen guten Brief verfassen.»

Er hob ihr Kinn, umschloss ihr braunes, warmes Gesicht mit seiner großen Hand und dachte, wie typisch ägyptisch ihre Züge doch sind: der volle Mund, die gerade Nase und die dunklen Augen. Sie war ein Jahr jünger als er, hatte sich jedoch trotz des Netzes zarter Fältchen um die Augen ihr jugendliches Aussehen und ihre Lebhaftigkeit bewahrt. Sie stammte aus einer kraftstrotzenden Familie, die zum niederen Adel gehörte und in Chemmenu, der Stadt Thots, regierte, tief in guter, ägyptischer Erde verwurzelt und langlebig war. Aahotep wird lange leben, überlegte er. Unter ihrem sinnlichen Fleisch ist sie aus Bronze, dem neuen Metall, das die Setius mit nach Ägypten gebracht haben. Luxus kann sie nicht verweichlichen. Ihr könnte der ganze Reichtum eines Königreiches gehören, und es würde sie nicht berühren.

Und wie prächtig sie aussehen würde, dachte er, während sein Mund ihren suchte, mit einer Perücke aus goldenen Zöpfen, bekrönt von den Geierfedern Muts in Gold und Lapislazuli, ihre Brüste unter Pektoralen aus Jaspis und Gold! Das sind unkluge Gedanken und unvernünftige dazu, sagte er sich. Die Königinnenkrone trägt Apophis' Erste Gemahlin. Da packte ihn die Verzweiflung, und er stöhnte auf und barg das Gesicht im Haar seiner Frau, das heruntergefallen war.

Er schlief schlecht und stand kurz vor Tagesanbruch auf, vollzog sorgfältig die rituellen Waschungen, ehe er eine Sänfte holen ließ, die ihn zur Morgenandacht in den Tempel bringen sollte. Man trug ihn auf dem Uferpfad am Fluss entlang, und er ließ die Vorhänge offen und genoss die liebliche Morgenluft, die etwas feucht war und nach Erde und frischem Frühlingsgrün roch. Der Fluss war ruhig und grau und floss geräuschlos dahin. Im Gebüsch raschelten Vögel und kleine unsichtbare Tiere. Das Licht war farblos und klar, doch als seine Träger vom Fluss abbogen und an der Bootstreppe des Tempels vorbeigingen, erhob sich die Sonne schimmernd golden am östlichen Horizont, und als er dann ausstieg und auf den Tempelpylonen zuging, spürte er sie schon warm auf seinem Gesicht.

Der Vorhof lag ruhig. Ein paar Tänzerinnen, die in Leinen gekleidet waren und sich leise unterhielten, drehten sich um und verbeugten sich, und er schenkte ihnen ein Lächeln, während er ins Halbdunkel des Innenhofes trat. Der Hohe Priester und ein Tempeldiener kamen zur Begrüßung durch die frühen Sonnenstrahlen geschritten. Seqenenre setzte sich. Der Tempeldiener zog ihm die Sandalen aus und wusch ihm die Füße, dann näherten sich Fürst und Priester der Tür zum dahinter liegenden Heiligtum. Hinter ihnen waren Geschlurfe und Geflüster und das gelegentliche Plingpling des Sistrums zu hören, während sich die Sänger bereitmachten und den Gott zu einem neuen Tag begrüßen wollten. Seqenenre fiel vor der Tür auf die Knie, machte seinen Fußfall, stand wieder auf und erbrach das Tonsiegel. Der Hohe Priester entfernte die Schnur und zog die Tür auf. Unverzüglich setzten die Sänger mit dem Gesang ein, und das Sistrum in ihren Händen stellte den Takt zu den Lobpreisungen.

Seqenenre und der Priester betraten das Heiligtum. Hier war es dunkel und stickig. Die Lampen, die man neben dem großen goldenen Standbild Amuns hatte brennen lassen, waren beinahe erloschen. Der Priester füllte sie mit abgewandtem Blick und tat Weihrauch in die hohen Kupfergefäße zu beiden Seiten des Götterbildes, dann machte er sich daran, die verwelkten Blumen und das abgestandene Essen vom Vorabend zu entfernen. Draußen vor der Tür stellten Priester frisches Essen, Wein und Blumen zusammen mit frischem Leinen ehrerbietig auf dem Fußboden ab. Der Gesang hörte auf. Die Musik der Fingerzimbeln und Trommeln begann, und Seqenenre konnte die Füße der Tänzerinnen gleiten und rascheln hören, als sie sich an Stelle der Sänger zu Amuns Kurzweil wiegten und beugten, während er die rituellen Morgenwaschungen an ihm vornahm.

Seqenenre machte sich an seine Arbeit, nahm dem Hohen Priester das hauchdünne, gestärkte Leinentuch, das Essen, das duftende Wasser zum Waschen ab und fuhr mit seinen eigenen Händen sacht über die mächtigen goldenen Gliedmaßen des Gottes, und seine Stimme trug weiter als das kleine Heiligtum, während er das Morgengebet sprach. Das hier war sein Gott, der Schutzgott seiner Familie, seiner Stadt, der Gott, der seine Familie einst zur höchsten Macht in Ägypten erhoben hatte. Er verdiente die allergrößte Ehrerbietung.

Als Amun gewaschen und in frisches Leinen gekleidet war, als er ihm Essen und Wein angeboten hatte, zogen sich die Tänzerinnen zurück. Die Tür wurde gesehlossen. Seqenenre stand da und betrachtete das gütig lächelnde Antlitz und die aufragenden goldenen Federn, während der Hohe Priester mit dem Tagesgebet einsetzte. «O Macht, die die Wasser des Chaos beschleunigte, hauche deinem Sohn Seqenenre Lebensodem ein. O Macht, deren Augen der Erde Licht gebracht haben, lass deinen Sohn Seqenenre begreifen. O Göttliche Gans, aus deren mächtigem Ei alle Dinge geschaffen wurden, lass in deiner Stadt Waset alles reichlich sprießen ...»

Seqenenre lauschte mit beklommenem Herzen. Was soll ich Apophis diktieren, Amun, mein Gebieter, dachte er betrübt. Zu welchem verborgenen Ziel werden wir getrieben? Ist es dir gleichgültig geworden, dass deine Göttlichkeit verhüllt ist, dass sie nicht mehr siegreich über ganz Ägypten strahlt?

Der Hohe Priester hatte die vorgeschriebenen Gebete beendet und machte eine Pause. Seqenenre schloss die Augen und sog den lieblichen, würzigen Rauch ein, der dick in der reglosen Luft hing. Jetzt folgten die Ermahnungen, der Priester erinnerte den Gott an seine Pflichten gegenüber seiner Stadt und Nomarche, an nicht eingehaltene, vielleicht vergessene Versprechen, und oft waren die Worte an den Fürsten selbst gerichtet und lediglich in Warnungen an den Gott gefasst. An diesem Morgen sprach Amunmose von Fruchtbarkeit für den Boden, Schutz vor Krankheiten und vom Bedarf an mehr Opfergaben zur Erhaltung des Tempels und seiner Dienerschaft. Seqenenre lächelte. Er würde seinen Freund daran erinnern müssen, dass Not kein Gebot kannte.

Dann sang der Hohe Priester: «Mache dir, Mächtiger Amun, unsere Sache gegen die falschen Götter der Setius in Ägypten zu eigen. Mache Sutechs Hunde mundtot, schlage Anaths Tänzerinnen mit Blindheit und die Sänger Baals mit Stummheit ...»

Seqenenre fuhr zusammen. Sein Herz begann zu hämmern. Er konnte nicht anders, er fiel auf die Knie, legte die Wange an Amuns glänzende Schienbeine und fing an zu lachen. Der Hohe Priester schwieg. Seqenenre erhob sich, immer noch lachend, und bedeutete dem Mann fortzufahren. Natürlich!, dachte er, während er versuchte, seine Heiterkeit in den Griff zu bekommen. Vielen Dank, Großer Gackerer. Sutechs Hunde mundtot machen. Das dürfte genügen. Das dürfte voll und ganz genügen …

Als sich die Türen dann hinter ihnen geschlossen hatten, band der Tempeldiener Seqenenre die Sandalen zu, und dann schlenderten dieser und Amunmose über den Vorhof. Amunmose sagte: «Die Opfergaben sind nichts zum Lachen, Gebieter. Gewiss, der Tempel ist klein und meine Dienerschaft nicht übermäßig zahlreich, und ich weiß auch, dass uns das Gold im Gegenzug für die Aushebung von Arbeitern und anderen Gefallen zugeteilt wird, die nicht einzeln in der Abmachung mit dem Einzig-Einen aufgeführt sind, aber über den Bedarf des Gottes zu lachen, das grenzt fast an Gotteslästerung.»

Seqenenre packte ihn bei den Schultern und zwang ihn stehen zu bleiben. Da standen sie nun im gleißenden Sonnenschein und blinzelten sich an. Auf dem Hof herrschte jetzt mehr Geschäftigkeit. Weeb-Priester kamen und gingen durch die hohen Pylonen, nahmen Gaben der kleinen Leute zusammen mit ihren Bitten entgegen. Etliche Edelleute vollzogen das Reinigungsritual, ehe man sie auf den Innenhof ließ, doch die Tempelfrauen schenkten ihnen keine Beachtung, sie unterhielten sich oder beteten oder saßen im Schatten der Mauer und tratschten. Man konnte Seqenenres Eskorte sehen, wie sie neben der Sänfte hockte, die Speere neben sich im Sand, und das Knöchelspiel spielte.

«Mach mir keine Vorwürfe, lieber Freund», bat Seqenenre. «Erhalte ich das Haus meines Vaters etwa nicht? Kümmere ich mich etwa nicht darum, dass Montus Schrein dem Auge wohlgefällig ist? Ist die Wohnstatt Muts nicht liebevoll aus meiner eigenen Schatulle ausgebessert worden? Welcher andere Nomarch in diesem kranken und elenden Land kümmert sich so um die heiligen Stätten wie ich?» Er hatte nicht vorgehabt, all das zu sagen. Er hatte den Hohen Priester daran erinnern wollen, dass er, Seqenenre, ihn eingesetzt hatte und daher ein gewisses Maß an Nachsicht erwarten könne, doch bei seinen ersten Worten hatte ihn ein eisiger Schmerz übermannt, und der Ärger war ihm aus der Brust auf die Zunge gestiegen, was ihm so vertraut war, dass er erschrak. Amunmose war blass geworden. Er senkte den Blick und stammelte eine Entschuldigung. Seqenenre verwünschte sich innerlich. «Verzeih mir», bat er. «Ich bin nicht böse auf dich. Ich habe im Heiligtum gelacht, weil mein Vater mein Gebet beantwortet hat, mehr nicht.» Amunmose berührte das Leopardenfell, das über seiner rechten Schulter hing, mit der linken Hand. Das war die Huldigung eines Untertanen gegenüber seinem König.

«Dennoch hast du Recht, Fürst», sagte er. «Ich habe mir zu viel herausgenommen.»

«Du hast auch Sorgen, ich weiß», sagte Seqenenre mit einem Seufzer. «Ich habe schon wieder eine sinnlose Anweisung des Einzig-Einen erhalten und komme einfach nicht dahinter, in welche Richtung diese sonderbaren Botschaften zielen. Vielleicht sollte ich Amuns Orakel befragen.»

«Vielleicht.» Amunmose zögerte. «Fürst, darf ich dir einen Rat geben?» Seqenenre blickte ihn verdutzt an.

«Natürlich.»

«Dann hüte dich vor gespitzten Ohren rings um dich, wenn du über den Einzig-Einen und seine Befehle sprichst. Mir gegenüber hast du das Wort Gotteslästerung in den Mund genommen. Deine Meinungen könnten von treuen Ägyptern bisweilen als Gotteslästerung gegenüber dem Herrn der Zwei Länder aufgefasst werden. Du bist dabei, dich zu verändern, Seqenenre Tao.» Amunmose lächelte schmal. «Die alte Zufriedenheit ist dahin. Du bist nicht mehr Nomarch von Waset und Fürst von Ägypten.» Seqenenres Kehle wurde trocken.

«Was weißt du, was ich nicht weiß?», flüsterte er. «Meine Diener sind Kinder der Diener meines Vaters und meinem Namen und meiner Autorität treu ergeben.» Amunmose hob die Hand und schüttelte den Kopf.

«Ich weiß gar nichts, das schwöre ich bei den erhabenen Federn des Gackerers. Ich bitte dich nur um Vorsicht. Dein Vater hat unter dem Einzig-Einen als ehrlicher Nomarch gedient, und er hat seinen Dienern keinen Grund geliefert, ihre Treue in Frage zu stellen. Es wäre unklug, wenn du deinen Dienern Grund zu Panik geben würdest.» Seqenenre blickte ihn verwundert an.

«Bin ich so arglos?», murmelte er mehr zu sich selbst. «Bin ich so dumm? Ich werde über deinen Rat nachdenken.» Amunmose verbeugte sich und wandte sich ab.

Seqenenre ging zu seiner Sänfte, zog die Vorhänge zu und ließ sich in die Kissen sinken. Du bist dabei, dich zu verändern, Seqenenre Tao ... nicht mehr Nomarch von Waset und Fürst von Ägypten ... So nicht, so nicht, dachte er aufgebracht. Ich begnüge mich mit Frieden. Die Rastlosigkeit, die ich manchmal verspüre, ist nichts als das Kriegerblut meiner Vorfahren, das sich Bahn brechen möchte. Das vergeht mit der Zeit.

Nachdem er gefrühstückt hatte, empfing er den Aufseher seiner Ländereien und seinen Schatzmeister im Arbeitszimmer und behandelte ihre Anfragen rasch, ehe er nach Ipi schickte. Der Mann kam und verbeugte sich, setzte sich an seinen Platz zu Seqenenres Füßen und legte die Schreiberpalette auf die Knie. Er glättete seine Pinsel und schüttelte den Topf mit der Tusche, dann wartete er. Stumm wog Seqenenre die Worte, die in Sätze gekleidet werden mussten, denen es nicht an der angemessenen Ehrerbietung fehlte.

Draußen, jenseits des Säulenvorbaus, sah er Ahmose ungeschminkt und barfuß wie üblich vorbeilaufen, gefolgt von Si-Amun und Kamose, die langsamer gingen und mit ihren Waffen offensichtlich dem Exerzierplatz zustrebten. Ein Diener kam stolpernd in Sicht, beladen mit Polstern, die er am Teich im dichten Schatten eines Feigenbaums ausbreitete, und schon tauchte auch Tetischeri auf, ging zierlich ihres Wegs, während Isis ihr einen großen Sonnenschirm über den Kopf hielt. Sie ließ sich zu Boden sinken, klatschte in die Hände, und Mersu kniete sich neben sie und ließ mehrere Rollen fallen. Seqenenre lächelte in sich hinein. Seine Mutter wusste ganz genau, was er gerade machte, und wartete nur darauf, dass er ihr berichtete, was er diktiert hatte. «Uni», rief er in den Flur. «Bring mir Bier.» Sein Haushofmeister entfernte sich, um es zu holen, und Seqenenre nickte. «Ich bin so weit.»

«Möge Thot meine Hand und deine Gedanken lenken», antwortete Ipi pflichtgemäß.

«Gut. Beginnen wir mit der üblichen Grußformel: ‹Grüße an Awoserra Aqenenre Apophis, Geliebter des Seth, Geliebter des Re, Herr der Zwei Länder, von seinem Nomarchen und Diener Seqenenre.› Weiter – ‹Als ich die Worte deines Briefes vernahm, war ich zutiefst betrübt. Es darf nicht sein, so sagte ich, dass der Schlaf meines göttlichen Gebieters durch die Stimmen der Nilpferde in den Sümpfen seiner ihm treu ergebenen Stadt gestört wird.›» Er machte eine Pause, denn Uni war zurückgekehrt und stellte einen Becher und einen kleinen Krug auf den Tisch neben ihm. Der Haushofmeister kostete und reichte dann den Becher weiter. Seqenenre trank einen großen Schluck. Uni kehrte an seinen Platz hinter seinem Herrn zurück. «Lies mir noch einmal vor», befahl Seqenenre. Der Schreiber gehorchte, und Seqenenre fuhr fort, doch jetzt zitterte seine Stimme vor unterdrücktem Lachen. «‹Daher habe ich meinen Lederarbeitern befohlen, dass sie Maulkörbe für diese lärmenden Tiere anfertigen, womit gewährleistet ist, dass mein Gebieter tief und ungestört schlafen kann. Möge der Name meines Gebieters ewig bestehen. Leben, Gesundheit, Wohlstand! Gegeben am Zwanzigsten im Monat Tybi im Peret durch die Hand meines Schreibers Ipi.›» Er sah zu, wie die schnell geschriebene, schwarze Schrift auf dem Papyrus trocknete. «Versiegele das und gib es Men mit. Er will gerade ins Delta aufbrechen. Und mach eine Abschrift für das Archiv.» Ipi schob den Pinselkasten zu, steckte die Rolle in seinen Schurz und entfernte sich ehrerbietig rückwärts.

Seqenenre reckte sich, schenkte sich Bier nach und wandte

sich an Uni. Er hatte das Gefühl, als ob das Gewicht, das sich am Vorabend auf seine Schultern gelegt hatte, gerade fortgerollt war. «Was hältst du von meiner Lösung?», fragte er.

«Der Einzig-Eine wird sie als Witz auf seine Kosten auffassen», warnte Uni. «Er wird ärgerlich sein.»

«O nein, das glaube ich nicht», hielt Seqenenre dagegen. «Die Setius lachen nur, wenn Esel umfallen oder alte Frauen auf der Straße ausrutschen. Unser König wird des Nachts die Augen schließen und im Geist jedes einzelne meiner Nilpferde mit einem ledernen Maulkorb vor sich sehen.»

Uni räusperte sich. «Das glaube ich nicht, Fürst. Er wird wissen, dass du unehrerbietig gewesen bist.»

«Aber das wollte ich gar nicht», sagte Seqenenre mit Nachdruck. «Ich habe nur versucht, seinen Brief in dem Ton zu beantworten, in dem seiner an mich gehalten war.»

«Und wie war der Ton, Fürst?» Seqenenre seufzte.

«Uni, du bist ein tüchtiger Haushofmeister, und ich schätze dich und teile bisweilen auch meine Geheimnisse mit dir. Aber jetzt erdreistest du dich.» Uni verbeugte sich steif.

Seqenenre griff nach seinem Bier und ging in den Garten. Tetischeri sah ihn kommen, winkte ihm, und Mersu hörte auf mit Lesen. Tetischeri bedeutete ihm, sich zu entfernen. Er hob einen Arm voll Rollen auf und zog sich zurück. Seqenenre hockte sich vor ihr auf die Fersen. «Nun, Fürst», drängte sie ihn sanft. «Was hast du diesem Diener Sutechs geschrieben?» Ihre Blicke kreuzten sich, ihrer aus Augen, die mit Kohl umrandet waren. Ihr Gesicht war so zart und zierlich gebaut wie das eines Rehkitzes. Sie war jetzt sechzig, und ihre Haut hatte einen pergamentenen Ton. Ihr Haar war weiß, doch ihre Stimme, ihre Bewegungen ließen noch immer das leichtfüßige, anmutige Mädchen erahnen, das sie einst gewesen war.

«Ich habe ihm gesagt, dass ich den Nilpferden Maulkörbe verpassen werde», sagte er. «Uni war, glaube ich, entsetzt über meine Anmaßung.» Tetischeri lachte.

«Uni ist ein altes Weib», meinte sie. «Gott sei Dank, dass es vorbei ist. Eine brillante Lösung, wie immer. Aahotep und ich wollen heute eine Freundin besuchen. Was willst du tun?» Er sah über ihren Kopf, über die Bäume und die schützende Mauer hinweg, und da winkte ihm stumm der alte Palast, der in der Sonne buk. Nein, dachte er entschlossen, heute nicht.

«Tani und ich wollen mit dem Boot in die Sümpfe», sagte er, «und dort erzählen wir Seths Kindern, dass sie Glück gehabt haben!»

Er und seine Tochter ließen sich das kurze Stück zum Rand der Sümpfe tragen, während mehrere Leibwächter neben den Sänften hergingen und Behek und andere Hunde hinterhertrabten. Dort bestiegen sie ein Boot, Tani zerrte Behek auf den Boden neben sich, während die anderen Hunde in der Hut der Soldaten blieben, und dann ließen sie sich durch raschelnde Papyrussümpfe und Lotosteppiche staken, die wächsern und duftend in ihrem spärlichen Kielwasser schwammen. Fische flitzten außerhalb von Tanis Reichweite. Frösche sprangen jählings von Binsenblättern ins klare, kühle Nass. Eine blaue Libellenwolke ließ sich kurz auf Tanis Leinen nieder, und die stieß einen Entzückensschrei aus. Reiher stoben neben ihnen hoch – ein Geflatter weißer Flügel, während sie sich zur Sonne emporschraubten. Tani war schon bald durchnässt.

Seqenenre betrachtete sie zufrieden. Schließlich wurde sie ruhig, und dann hielten sie, geschützt durch das Gebüsch am Fluss, nach Nilpferden Ausschau. An diesem Tag standen nur drei schultertief im Fluss, ließen träge die Ohren spielen, blinzelten mit ihren funkelnden Augen, gähnten und entblößten dabei klaffende Rachen, das Wasser troff ihnen aus den Nüstern, und zwischen ihren Zähnen hingen Wasserpflanzen. «Ich habe sie so lieb», flüsterte Tani. «Ganz gleich, ob sie Seths Tiere sind. Wenn der Einzig-Eine sie doch nur so sehen könnte, ich weiß, er würde sie nicht mehr umbringen wollen.»

«Er hat sie gesehen», rief Seqenenre ihr ins Gedächtnis.

«Aber vielleicht bist du zu jung, um dich daran zu erinnern.» Er behielt die riesigen Tiere beim Reden wachsam im Auge. Sie waren zwar langsam und bewegten sich unbeholfen, aber sie konnten dennoch gefährlich werden. «Da bist du erst sechs gewesen. Der Einzig-Eine hatte gerade den Horusthron in Auaris bestiegen und wollte alle seine Nomarchen besuchen. So ist er auch hierher gekommen und hat bei uns gewohnt, nein, er ist auf der königlichen Barke geblieben, die an der Bootstreppe vertäut lag. Wir haben während seines Aufenthalts bei uns ein paar prächtige Feste gegeben.» Eins der Nilpferde ließ sich in den Fluss gleiten, bis von ihm nur noch die Nüstern und die kleinen Augen zu sehen waren, dann schwamm es ans Ufer. Seqenenre winkte dem Diener, und das Boot glitt zurück durch den Papyrus.

«Ich glaube, ich erinnere mich», sagte Tani zögernd. «Hat er einen Bart gehabt?»

«Ja. Einen kleinen. Den hat er, glaube ich, nicht lange getragen.»

«O Vater. Sieh mal da oben! Ein Falke!» Seqenenre folgte ihrem Finger mit dem Blick. Den Bart hat er abrasiert, dachte er, aber gegen seine eng zusammenstehenden Augen hilft nichts und auch nichts gegen seine grobschlächtigen Hände, wenn sie Krummstab und Geißel halten. «Los, Behek!» Tani schubste den Hund. «Spring hinein und schwimm! Ruf ihn, Hor-Aha!» Seqenenre schob seine kleinlichen Gedanken beiseite und überließ sich der nachmittäglichen Kurzweil.

Kamose blickte auf die zerstampfte, sonnenverbrannte Erde des Exerzierplatzes, die er jetzt dicht vor der Nase hatte. Er spannte ein wenig die Schultern, prüfte Si-Amuns Griff an seiner Kehle und spürte, wie sich der Ellenbogen seines Bruders fester an seinen Hals drückte. Mit der freien Hand hielt Si-Amun Kamoses Handgelenke wie ein Schraubstock auf dessen Rücken zusammen. Die beiden jungen Männer waren schweißüberströmt und keuchten. Si-Amuns Atem rasselte an Kamoses Ohr. «Du musst mich immer noch ganz zu Boden zwingen», krächzte Kamose mühsam. «Meine Füße stehen noch.» Wenn ich ihn dazu bringe, dass er das Gleichgewicht verlagert, dachte er, kann ich ihn werfen. Si-Amun war über Kamoses schweißnassen Rücken gebeugt. Kamose sackte zusammen und spürte, wie sich sein Bruder kaum wahrnehmbar bewegte, um unbewusst den Griff zu ändern, und in dem Augenblick, als er nicht auf sein Gleichgewicht achtete, spreizte Kamose die Beine und beugte sich vor. Mit einem Aufschrei fiel Si-Amun in den Staub. Blitzschnell war Kamose über ihm und kniete sich fest auf seine Brust, damit er ihn nicht abwerfen konnte. «Letzter Wurf», keuchte er, grinste, stand auf und streckte seinem Bruder die Hand hin. «Nicht zu fassen, dass ich dieses Mal tatsächlich gewonnen habe.» Si-Amun kam hoch, und dann umarmten sie sich.

«Genieße deinen Sieg», neckte ihn Si-Amun, «das kommt so schnell nicht wieder vor. Du hast nur gewonnen, weil ich mich heute nicht so gut fühle, ich habe letzten Abend zu viel Wein getrunken.»

«Alles Ausreden.» Kamose ging zu ihren Schurzen, die als weißer Haufen auf der heißen Erde lagen. «Si-Amun, ich werde, glaube ich, am Ende doch noch der bessere Ringer. Ich habe ja auch viel mehr mit Hor-Aha geübt als du. Du wirst so langsam faul.» Er warf Si-Amun seinen Schurz zu und band sich seinen um die Mitte.

«Du hast Recht», bestätigte Si-Amun gutmütig. «Ich bin gern gut in Form, aber ein durchtrainierter Soldat will ich nicht werden. Und es ist auch nicht einzusehen, warum du das solltest.» Er deutete auf das hintere Ende des Exerzierplatzes, wo eine große Zahl Männer gedrillt wurde. Die Sonne funkelte auf ihren Speerspitzen, und ihre sonnengebräunten, muskulösen Leiber glänzten von Öl. Die scharfen Befehle des befehlshabenden Offiziers kamen als Echo zu den beiden Brüdern zurück, die jetzt zusahen, wie die Formation schneidig schwenkte. «Vaters teures Spielzeug», fuhr Si-Amun fort und wischte sich die Stirn kräftig mit dem Schurz, ehe er ihn richtig zuband. «Natürlich brauchen wir eine Leibwache und beim Reisen ein paar Gefolgsleute und dazu vielleicht ein, zwei Truppenkontingente, falls es Ärger in den Nomarchen gibt, aber da Vater bei Ernstfällen das ganze Heer des Königs zur Verfügung steht, könnte er die Hälfte seiner fünfhundert Mann nach Haus schicken. Ihr Unterhalt treibt Uni in den Wahnsinn.»

«Vielleicht braucht man sie eines Tages», erwiderte Kamose, hob seine Sandalen auf und schüttelte den Sand heraus. Si-Amun hakte so rasch nach, dass er damit seine geheime Sorge verriet.

«Zu was?», fuhr er Kamose an. «Ein richtiges Privatheer könnte Vater doch nur gegen den Einzig-Einen selbst gebrauchen, und mir ist klar, dass er solche Gedanken hegt, so wie er auf die Rolle des Königs reagiert hat. Niemand weiß besser als ich, dass in unseren Adern königliches Blut fließt, weswegen ich ja auch nicht begreife, warum wir uns freiwillig in diese elende, glühend heiße tiefste Provinz verbannt haben, wenn wir neben Apophis in Auaris sitzen und uns in seiner Gunst sonnen könnten. Vater ist zu stolz.»

«Der Stolz eines Fürsten, der lieber am Sitz seiner Vorfahren regiert, als jeden Tag dem König in einer Gegend von Ägypten, wo er weder Freunde noch Wurzeln hat, die Lederstiefel zu lecken», fauchte Kamose gereizt zurück. «Wenn ich doch nur vor dir geboren wäre, Si-Amun, dann könntest du nach Norden gehen und beim König katzbuckeln, während ich mich darauf vorbereiten würde, die Verantwortung eines Fürsten von Waset zu übernehmen.»

«Du hast keinen Funken Humor!», hänselte ihn Si-Amun ein wenig. «Und bist so bieder! Willst du denn gar keinen Spaß haben, Kamose, gehst du nie mit ein paar Dienerinnen ins Bett, betrinkst du dich nie mitten in der Nacht in deinem Boot auf dem

Fluss? Du bist immer so tierisch ernst!» Kamose verkniff sich eine bissige Antwort.

«Ich nehme das Leben etwas ernster als du, Si-Amun, mehr nicht», sagte er gelassen und strebte zur Pforte in der Mauer, die auf den hinteren Hof ging. Si-Amun beeilte sich, mit ihm Schritt zu halten.

«Entschuldigung», sagte er. «Wenn wir uns in mehr als nur im Aussehen ähneln würden, unser Leben könnte einfacher sein. Trotzdem habe ich dich lieb.» Er schenkte ihm ein Lächeln.

«Ich dich auch.»

«Aber», sagte Si-Amun betont, denn er behielt gern das letzte Wort, «falls sich Vater jemals in den Kopf setzt, Hochverrat gegen die Maat zu begehen und gegen den König zu ziehen, ich würde nicht mitgehen. Das macht mir Sorgen.»

«Mir auch», bekannte Kamose, «aber nicht aus Treue zum König. Ich mache mir Sorgen, dass die Familie auseinander fällt und das Leben, das wir hier in Waset führen, zerstört wird. Aber es ist dumm, dass wir uns weiter den Kopf heiß machen, wir sind schon verschwitzt genug, und uns über ein Staubwölkchen streiten. Gehen wir baden. Ich möchte mich massieren lassen, ehe ich Muskelkater bekomme. Und ohnedies», sagte er und schenkte Si-Amun ein seltenes, strahlendes Lächeln, «ist Apophis in Ägypten nicht die Maat. Das ist Vater.»

Darauf hatte Si-Amun keine Antwort. Sie schoben sich durch die Pforte, überquerten den Hof dahinter im jähen Schatten der Kornspeicher und strebten zusammen dem Badehaus zu.

Vom König kam keine Antwort auf Seqenenres Brief. Men kehrte ein paar Wochen später aus dem Delta zurück und berichtete, dass Apophis ihn nicht persönlich empfangen hätte. Die Rolle hatte er Itju, dem Obersten Schreiber des Königs, ausgehändigt, und am folgenden Tag hatte man ihm gesagt, dass er gehen könne. Er war zum Vieh seines Herrn gereist, das fett und blank auf satten Weiden stand, die von einem großzügigen Nil bewässert wurden, der sich mit seinen vielen Armen durch das Delta bedächtig zum Großen Grün schlängelte, und konnte Amunmose berichten, dass es auch Amuns Vieh ausgezeichnet ging. Er hatte zugesehen, wie die Streitwagenfahrer des Königs vor den Toren von Auaris übten. Auf dem Heimweg hatte er einen Tag lang die Wunder von Sakkara, der alten Totenstadt, bestaunt und war auf eine der kleineren Pyramiden in der Nähe gestiegen, wie es auch viele andere Reisende taten.

Seqenenre stellte nur wenige Fragen. In den darauf folgenden Tagen ließ seine Besorgnis nach und verflüchtigte sich zu guter Letzt, als er die königlichen Boote flussauf und flussab nach Kusch und zurück fahren sah, die mit aufblitzenden Riemen und flatternden Fahnen an Waset vorbeiglitten. Seqenenre verdrängte Apophis' sonderbare Aufforderung und seine gleichermaßen unsinnige Antwort, bis das Ganze fast in Vergessenheit geraten war.

ZWEITES KAPITEL

Als aus Frühling Sommer wurde und der Schemu begann, überließ Seqenenre Kamose die Verwaltungsgeschäfte und reiste mit der übrigen Familie gen Norden, nach Chemmenu, wo Teti, Aahoteps angeheirateter Verwandter, Nomarch war. Tetischeri wollte daheim bleiben, denn sie teilte sich ihre Zeit gern nach Belieben ein. Kamose war es sehr zufrieden, dass er sich um die Geschäfte der Nomarchen kümmern, ein wenig in den Dünen der Wüste jagen und den Frieden seiner einsamen Tage genießen konnte. Seqenenre bestand nicht darauf, dass Si-Amun die Pflichten des Erben wahrnahm. Der würde mehr Vergnügen an dem Leben und Treiben auf Tetis Anwesen haben als Kamose. Ahmose fügte sich darein, dass man ihm gar keine Wahl ließ. Er war überall glücklich. Die Aussaat auf den kleinen Äckern war üppig und viel versprechend gesprossen. Die angrenzenden Kanäle standen voll Wasser und waren hinter Lehmdämmen eingesperrt, als der Nil nach der letzten Überschwemmung zurückgegangen war. In den Gärten wuchsen Lauch und Zwiebeln, Radieschen, Salat und Melonen, und am Teich schaukelten sich rosige, blaue und weiße Blumen. Affen hockten in den Palmen, die den Fluss säumten, plapperten mit Vorbeikommenden, und in den Papyrusdickichten lauerten junge Krokodile und beobachteten träge und gierig die Narrenpossen der frisch geschlüpften Vögel.

Die Überschwemmung war reichlich ausgefallen. Isis hatte ausgiebig geweint und Ägypten Fruchtbarkeit geschenkt, und Seqenenre erkannte, dass er aus der Ernte dieses Jahres seine Steuern an den Einzig-Einen bezahlen und zugleich seine private Schatzkammer für ein weiteres Jahr reichlich auffüllen konnte. Si-Amun und seine ältere Tochter waren gerade vor dem allgemeinen Aufbruch zu ihm gekommen, beide feierlich und wichtig, und hatten ihm mitgeteilt, dass Aahmes-nofretari mit ihrem ersten Kind schwanger sei. Seqenenre hatte ihnen begeistert gratuliert. Aahotep gab Aahmes-nofretari ein Menat-Amulett zu ihrem besonderen Schutz, und dann verbrannte die gesamte Familie Weihrauch vor Taurt, die fett und lächelnd mit verheißungsvoll gewölbtem Nilpferdleib vor dem Eingang zu den Frauengemächern stand. Tani hatte die Statue der Göttin immer fröhlich und liebevoll behandelt, hatte sich beim Kommen und Gehen von und zu ihrem Zimmer neben dem ihrer Mutter an ihrem Riesenbauch vorbeigeschoben, doch jetzt brachte Aahmes-nofretari ihr täglich ein, zwei Blumen, legte sie der Göttin zu Füßen und sagte jeden Morgen und Abend beflissen ihre Gebete.

Es war eine fröhliche Gruppe, die Kamose und Tetischeri Lebewohl zuwinkte. Aahotep sah zu, bis das letzte Stückchen baumbeschattetes Haus und die in der Sonne strahlende, weiße Bootstreppe nicht mehr zu sehen waren. Si-Amun und Aahmes-nofretari folgten ihrer Barke in der eigenen. Ahmose und Tani teilten sich das letzte Boot. Die Diener, die jeden Abend am Ufer ein Lager für die Familie aufschlagen würden, waren schon vorausgereist. Aahotep winkte Isis, als sie zu dem Sonnensegel an der kleinen Kabine und den dort ausgebreiteten Matten ging, und schon war Isis neben ihr und reichte ihr einen Becher Wasser.

Waset, diese Ansammlung von weiß getünchten Lehmhäusern, diese schmalen, von Eseln wimmelnden Gassen und diese Frauen, die in der Hocke ihre Wäsche im Nil auf Steine klatschen, war verschwunden, und beschaulich wand sich der Nil durch Binsensümpfe, die nach Osten auf Äcker mit gebückt arbeitenden Bauern gingen und nach Westen auf wirre Papyrusdickichte und dann auf den blendend hellen Sand, der zu Füßen der westlichen Felsen lag.

«Wie schön, wenn Tetischeri mit uns gekommen wäre», meinte Aahotep und trank einen Schluck Wasser. «Es hätte ihr gut getan, wenn sie Waset für ein Weilchen verlassen hätte.»

«Chemmenu ist dem Einzig-Einen direkt unterstellt», meinte Seqenenre. «Meine Mutter hängt an dem Trugbild, dass wir alle frei sind, zumindest aber verkneift sie sich nicht gern die Worte oder beißt sich auf die Zunge. Sie und Kamose verstehen sich sehr gut. Sie werden die Gelegenheit nutzen und sich mit Genuss über kleinere Verwaltungsangelegenheiten streiten.»

«Damit könntest du Recht haben. Und ich weiß, dass sie viel Zeit darauf verschwenden wird, Gaben zum Schrein deines Vaters zu bringen und dort zu beten. Sie redet wenig von ihm, aber ich weiß, dass er ihr sehr fehlt. Ich will in Chemmenu auch zum Grabmal meiner Eltern und dort ein Gedenkmahl einnehmen. Seqenenre, könntest du dich mit dem Priester unterhalten und sicherstellen, dass das gespendete Geld richtig verwendet wird? Kares steht zwar mit ihm in Briefwechsel, aber heutzutage weiß man nie ... Seqenenre?» Mit einem Ruck kam er zu sich.

«Entschuldigung, Aahotep. Ich habe gerade überlegt, ob ich meine Bürgermeister und stellvertretenden Nomarchen auf dem Hinweg oder auf dem Rückweg besuchen soll. Bisweilen tut es gut, wenn sie mit mir und nicht mit dem Aufseher reden können.»

«Nein, hast du nicht.» Sie ergriff seine Hand, und ihre Finger schlossen sich um seine. «Du hast an Si-Amuns ungeborenes Kind gedacht.»

Seqenenre starrte zum Sonnensegel hoch, dessen gelbe Quasten im Wind tanzten, dann schweifte sein Blick weiter. Der Himmel war dunkelblau, und als er gegen die Sonne blinzelte, erblickte er einen kreisenden Falken, einen schwarzen Fleck in der Weite, der sich mit ausgebreiteten und reglosen Flügeln tragen ließ. Er hörte den Steuermann einen scharfen Befehl erteilen, den einer der Bootsleute beantwortete. Sein Blick wanderte langsam zu Isis und Kares, die an der Bordwand lehnten und sich leise unterhielten, aber dennoch ständig wachsam waren wie alle guten Dienstboten. Er bückte sich und küsste Aahoteps volle, hennarote Lippen und schob ihr dabei das zerzauste schwarze Haar von der Wange. «Du hast Recht», gab er zu. «Ich freue mich für die beiden ...»

«Und dennoch wünschst du dir, dass wir Kamose dazu überreden können, Tani zu heiraten und dir Enkel zu schenken, damit dein Erbe doppelt abgesichert ist.» Er entzog sich ihr mit grimmiger Miene, setzte sich auf, streckte ein Bein aus und umfasste das andere, hochgezogene mit den Händen, so wie sich ein Gast in seinem Garten hinsetzen mochte. Aahotep wartete, und als er nichts sagte, fuhr sie mit leiser Stimme fort: «Du bist durch Blut und Geburt der rechtmäßige König dieses Landes. Du hättest deine Schwester geheiratet, falls sie nicht so jung gestorben wäre. Darum kommst du dir so schutzlos vor. Mich hat man dir gegeben, weil meine Familie auch uralt ist, selbst wenn in ihren Adern kein königliches Blut fließt. Die wahre Maat in Ägypten hängt an einem Faden. Kamose widersetzt sich all deinen Bemühungen, ihn zu einer Ehe mit Tani zu bewegen, wenn sie nächstes Jahr volljährig wird, und du fragst dich, ob du es ihm befehlen musst. Dennoch kann Leben, das hell und stark brennt, jederzeit flackern und verlöschen, lieber Bruder. Si-Amuns Kind wird durch und durch königlich sein. Vielleicht ist Kamose morgen, nächsten Monat, nächstes Jahr tot.» Abergläubisch, wie sie war, griff sie bei diesen Worten nach dem silbernen Anch um ihren Hals und Sechmets Amulett an ihrem Arm. «Was wissen wir schon. Freu dich für deinen Sohn. Falls Kamose zur Vernunft kommt und er und Tani Kinder haben, umso schöner. Falls nicht, bleibt immer noch Ahmose.»

«Du hast Recht», fiel er ihr ins Wort. «Ich trauere um mich selbst, um meinen Vater, um eine angeschlagene Maat. Ich trauere, weil ich und Si-Amun und, ja, auch Kamose als niedere Nomarchen in die Grube fahren. Ich werde Krummstab und Geißel nie in Händen halten, Aahotep.»

«Und doch hast du in den Augen der Götter stets das Richtige getan», erinnerte sie ihn. «Wenn dein Herz gewogen wird, zählt nichts anderes. Isis!» Die Frau ließ Aussicht Aussicht sein, kam und verbeugte sich. «Bring das Senet-Spiel. Sieh mal, Seqenenre.» Sie zeigte auf das Ufer. «Das Dorf da scheint nur von kleinen Jungen und Ochsen bewohnt zu sein. Die haben sie wohl zur Abkühlung zum Fluss getrieben. Möchtest du mit den Kegeln spielen, oder darf ich sie haben?»

Sie spielten mehrere Spiele, speisten und tranken und spielten erneut, wobei sich Aahotep vorsah, dass sie Seqenenres Steine nicht auf das Feld drängte, das die kalten, schwarzen Fluten der Unterwelt bedeutete, wo die Toten nach Res Licht wehklagten, und schon bald heiterte sich Seqenenres Stimmung auf. Er neigte nicht zu Selbstmitleid und war wie jedermann süchtig nach dem magischen Kampf zwischen Kegeln und Spulen. Als die Nachmittagshitze stärker wurde, begab sich Aahotep zur Ruhe und nahm Isis mit, dass sie ihr Luft zufächelte.

Seqenenre stand auf, reckte und streckte sich, ging zur Bordwand der Barke und ließ sich zunächst von dem stetigen Strömen des Kielwassers einlullen, dann musterte er das vorbeigleitende Ufer. Dörfer, steife Palmen, Kanäle, die einen bronzefarbenen Himmel spiegelten. Zuweilen ein nackter Bauer, der einen Esel zur Tränke führte, alles tauchte auf, prägte sich im Hitzedunst flüchtig ein und entglitt wie in einem Wachtraum. Er kannte das alles. Seit seiner Jugend hatte er den Nil flussauf und flussab befahren, von Waset nach Süden, nach Swenet und nördlich nach Qes, zu den Grenzen des Ägyptens, das er und vor ihm seine Ahnen hatten verwalten dürfen. Jahraus, jahrein hatte er die scheinbare Unveränderlichkeit seines Reiches betrachtet. Unveränderlichkeit gehörte zur wahren Maat, der ewigen Ordnung, die die Götter festgelegt hatten, als Ägypten aus Nun, dem Urmeer, emportauchte und Osiris noch der König der Lebenden war.

In jüngeren Jahren, wenn er mit Senechtenre reiste, war diese Vertrautheit beruhigend gewesen. Doch jetzt wusste er, dass die Unveränderlichkeit der Dörfer nur ein Teil der Maat war, die erhalten geblieben war. Die Barke kam an einem verfallenen und zugewachsenen Schrein vorbei, und als er den Kopf drehte, weil er ihn länger ansehen wollte, kam ein Rudel Hunde aus dem gähnenden Eingang gelaufen und rannte in Richtung Wasser. Die Setius, die Ägypten regierten, hatten ihre eigenen Götter mitgebracht, barbarische Gottheiten mit harten Namen, und die Wohnstätten ägyptischer Götter verfielen zu Staub. Wie kommt es, dass mir das noch nie aufgefallen ist?, fragte er sich tief besorgt. Chentiamentiu, Aabtus Schakal, dein Tempel und hundert andere sind nicht unveränderlich, nein. Sie bröckeln, sie verfallen, während ich Jahr für Jahr vorbeigefahren bin, während Seth und Sutech langsam eins geworden und Hathor und Ischtar miteinander verschmolzen sind. Horus und Horon ... Er erschauerte. Mein Körper lebt im Schatten des alten Palastes. Mein Ka wohnt in der Vergangenheit, damit ich mir die Gegenwart hübsch vom Hals halten kann. Und warum auch nicht? Müde verließ er die Reling und warf sich im Schatten auf die Polster. Sofort kam Uni zu ihm getappt, doch Seqenenre hatte den Arm über die Augen gelegt und bedeutete ihm, sich zu entfernen. Soll doch Kamose heiraten, wen er will. Soll doch Ahmose weiter durchs Leben toben und lachen. In fünf, nein, zehn Hentis kommt vielleicht ein Wandel, aber nicht zu meinen Lebzeiten oder den Lebzeiten meiner Kinder. Das ist die Maat von heute. Das ist das Gesetz des Einzig-Einen, Apophis, Geliebter des Seth, fremdländischer Eroberer in Auaris. Er verspürte keinen Ärger, nur Erstaunen darüber, dass ihm die Lage seines Landes heute, auf einer kleinen, unwichtigen Reise, erst richtig bewusst geworden war. Er dachte weiter nach, doch die Hitze machte ihn angenehm matt, und er schlief ein.

In Chemmenu waren sie die Gäste von Aahoteps Verwandtem Teti, einem wohlhabenden Mann, der beim König die Stellung als Aufseher über Dämme und Kanäle ergattert hatte. Dazu musste er nach Ende der Überschwemmung die Nomarchen unter seiner Gerichtsbarkeit bereisen und dafür sorgen, dass die Dämme und die wichtigsten Bewässerungskanäle in Oberägypten ausgebessert wurden, aber er hatte auch viel Besitz. Seine Frau war Priesterin im Thot-Tempel, einer Gottheit, die nicht nur als Gott der Weisheit und der Schrift verehrt wurde und die deshalb der Schutzgott aller Schreiber war, sondern auch der Mondgott. Chemmenu war seine Stadt, und Aahotep, die Thot ihr Leben lang geliebt hatte, verbrachte viel Zeit im Tempel, wenn sie nicht gerade Verwandte besuchte. Chemmenu war ein hübscher Ort, den dichte Feigenbäume umgaben, die staubigen Straßen waren von Dattelpalmen gesäumt, und auf dem Anleger herrschte reges Leben und Treiben. Tetis Anwesen lag nach Norden neben dem Seth-Tempel, den man vor fünfzig Jahren erbaut hatte. Teti stand vielen niedrigen Beamten vor, und an seiner Bootstreppe ging es oft geschäftig zu. Seqenenre schritt mit ihm durch die Stadt, begleitete ihn im Boot, wenn er zu irgendeinem Streit um eine Feldgrenze gestakt wurde, die die Winterflut fortgespült hatte, und saß abends beim Essen neben ihm, wenn sein Empfangssaal voll mit Würdenträgern aus Chemmenu und lauten Musikanten und Akrobaten war, doch er fühlte sich fehl am Platz. Das hatte nichts mit dem schnelleren Lebensrhythmus seines angeheirateten Verwandten zu tun, sondern mit Tetis Miene fröhlicher Zufriedenheit, deren sich dieser gar nicht bewusst war. Er huldigte Thot als dem Schutzpatron seiner Provinz und Seth als dem König der Könige. Er kümmerte sich um seine Familie und sein Gesinde, empfing die vielen Herolde aus dem Delta selbstbewusst und herzlich und hielt im Gespräch mit Seqenenre sogar das heikle Gleichgewicht zwischen brüderlicher Freundlichkeit und Ehrerbietung, wie es Seqenenres edlerem Blut, jedoch seiner weniger guten Beziehung zu dem Einzig-Einen zukam. Teti, so befand Seqenenre, war ein Mann ohne dunkle Träume oder Gewissensbisse. Er beneidete ihn.

Mit Seqenenres Erlaubnis hatte Teti Tani seinem Sohn Ramose anvertraut, einem Sechzehnjährigen, der gern auf Vogeljagd ging und versprach, auf seine Base zweiten Grades aufzupassen, als wäre sie Hathor höchstpersönlich. Zur Überraschung ihres Vaters und zu seiner heimlichen Belustigung errötete Tani bei den ernsten Worten des jungen Mannes, und dann holte sich das Pärchen ein paar Diener und Wurfstöcke und verschwand in den Sümpfen.

«Sie kommen gut miteinander aus», bemerkte Teti eines Abends. Er und Seqenenre saßen an Tetis künstlich angelegtem Teich, der zwar klein, aber prächtig mit blauen Fliesen geziert war, und tranken Granatapfelwein, während Re dem Schlund von Nut hinter den westlichen Hügeln zusank. «Ramose ist ein pflichtbewusster Sohn, und Tani kommt doch gewiss ins Verlobungsalter?» Seqenenre warf Teti einen verwunderten Blick zu, und Teti lachte in sich hinein. «Hast du daran noch nicht gedacht, Fürst? Wir gehören zwar zum niederen Adel, aber ich bin ein reicher Mann und genieße die Gunst des Einzig-Einen, und eine weitere Festigung unserer Familienbande wäre ein Segen.»

«Vielleicht», antwortete Seqenenre zögernd. «Aber Tani ist noch sehr jung, und ich möchte sie nicht zwingen, falls sie und Ramose nichts anderes füreinander empfinden als Freundschaft.» Außerdem, so dachte er, ist da noch Kamose. Vielleicht besinnt er sich ja. Möglicherweise hält Tani ihren Bruder schließlich doch für einen sichereren und vertrauteren Hort als die Aussicht auf Chemmenus Lärm und Geschäftigkeit.

«Ich möchte sie auch nicht zwingen», gab Teti zurück. «Schließlich handelt es sich nicht um eine königliche Vernunftehe.» Er winkte, dass man ihnen Wein nachschenkte, und warf Seqenenre einen schlauen Blick zu. «Si-Amun und Aahmes-nofretaris Kinder werden dein Blut rein halten. Tani könnte es weitaus schlimmer treffen als bei meinem Sohn.» Mit abbittender Miene beugte sich Seqenenre vor.

«Teti, ich zögere nicht aus Überheblichkeit. Entschuldige bitte. Die Idee ist mir nur ganz neu, mehr nicht.»

«Das habe ich vermutet», erwiderte Teti und kniff die Augen zusammen. «Aber denke darüber nach, Fürst. Der Einzig-Eine wäre mehr als erfreut.» Seqenenre erstarrte und blickte Teti mitten ins Gesicht. Der hob den Goldbecher und trank, doch sein kühler Blick wich nicht aus.

«War diese Verbindung seine Idee?»

Teti ließ den Becher sinken und schüttete die Neige in den Teich, auf dem sich jetzt die letzten beharrlichen Strahlen der Sonne spiegelten. Im Garten gingen bereits Diener mit Lampen herum.

«Nicht direkt. Aber letztens hat er bei mehreren Gelegenheiten, als man mir bezüglich neuer Gebiete, die geflutet werden sollen, Audienz beim Einzig-Einen gewährt hat, Interesse für meinen Sohn und deine Tochter geäußert, das nichts mit der Unterhaltung zu tun hatte, jedoch eine Andeutung seines Wunsches enthielt.»

«Aber warum?» Seqenenre wollte die Worte nicht selbst aussprechen. Es war besser, wenn er sie hier, nur knapp einen Steinwurf vom Anwesen eines Setiu-Nomarchen entfernt, aus Tetis Mund hörte.

«Du weißt warum», sagte Teti knapp. «Der Einzig-Eine hat deinen Treuschwur und die Rolle, die dein Großvater unterzeichnet hat, aber Waset ist weit entfernt von Auaris, und der heilige Schlaf ist, glaube ich, bisweilen unruhig aus Angst, dass Seqenenre Taos Söhne am Ende beide Seqenenres Töchter heiraten. Das könnte Anlass zu Verrat geben.»

Seqenenre lachte auf, obgleich es ihm kalt über den Rücken

lief. «Teti, du kennst mich und meine Söhne. Wir leben ruhig, wir dienen Amun in Frieden, wir verwalten unsere Nomarchen ehrlich. Der Argwohn des Einzig-Einen ist ungerecht.»

«Ein Argwohn ist es noch nicht», versicherte ihm Teti. «Nur ein flüchtiges Unbehagen, da bin ich mir sicher. Aber abgesehen davon, Seqenenre, würden Ramose und Tani nicht gut zusammenpassen? Denk doch an dich und meine Base!»

Die Dunkelheit war hereingebrochen. Die heiße Nachtluft duftete auf einmal nach Lotos und Granatapfelblüten, und von der Küche kam der Duft von brutzelnder Gans über den sandigen Hof geweht. Lampen warfen gelbe Lichtkegel auf unbenutzte Polster und die Reste des kleinen Begrüßungsmahls aus Obst und Wein, von dem die Männer nur spärlich genommen hatten, beleuchteten jedoch nicht ihre Gesichter. «Du hast Recht», rang sich Seqenenre ab und bekämpfte dabei das innerliche Zögern, das ihn bei der Vorstellung befallen hatte. «Aber lass uns abwarten und sehen, was Tani und Ramose bei der Abreise selbst dazu sagen.»

«So gehört es sich.» Teti stand auf und Seqenenre erhob sich auch. «Und jetzt gehen wir hinein und erkundigen uns, was die Frauen den ganzen Tag getrieben haben. Meine Gemahlin hatte die Sänften schon für sehr früh bestellt, also sind sie wahrscheinlich einkaufen gewesen! Wie auch immer, ich freue mich, dass Aahotep und deine Töchter hier sind. Ich wollte, sie könnten öfter kommen. Meine Frau liebt sie sehr. Ich muss nämlich im Delta in einem schrecklichen Streit zwischen einer Horde Bauern und dem Aufseher von Seths Ländereien schlichten. Anscheinend ist einer der Dämme zwischen ihren benachbarten Äckern durch die diesjährige Überschwemmung völlig weggespült worden, und der Aufseher beansprucht mehr Land, als dem Gott ursprünglich gehört hat, jedenfalls behaupten das die Bauern. Ich muss nun die Rechtsansprüche und die erste Vermessung überprüfen und finde darin hoffentlich ein Körnchen Weisheit. Der Einzig-Eine sagt ...»

Seqenenre hörte höflich, aber geistesabwesend zu, während sie den Garten verließen und zwischen den Säulen der Eingangshalle hindurch- und dann den farbenprächtig ausgemalten Flur entlanggingen. Auf einmal bleckte die Gefahr ihre Zähne, und er hatte Angst und fühlte sich allein. «Teti!», platzte er heraus. Der andere blieb stehen und drehte sich zu ihm um.

«Ja?»

«Dein Großvater ist einst Erpa-ha und Nomarch der Chemmenu-Provinzen gewesen, nicht wahr?» Teti trat näher heran, und als er sprach, war seine Stimme nur noch ein Wispern. «Ja, das stimmt. Was soll die Frage?»

O ihr Götter, dachte Seqenenre verzweifelt. Was ist nur los mit mir? Tetis Wunden, meine Wunden, jetzt nur noch Narben, abgetrocknet und verheilt. Amun, bewahre mich davor, dass ich sie erneut aufreiße! Die Lampe an der Mauer hinter Seqenenres Kopf flackerte, ihr Schein zuckte gelegentlich über Tetis Gesicht und brachte seine Augen zum Glitzern.

«Warum bist du dann nicht Nomarch von Chemmenu? Erpa-ha ist doch ein erblicher Titel.» Er hatte die Grenzen der Gastfreundschaft und der familiären Zuneigung bei weitem überschritten, aber er konnte nicht anders. Teti biss sich auf die Lippen.

«Ich dachte, das wüsstest du, Fürst», murmelte er mit belegter Stimme. «Mein Großvater hat einen Aufstand gegen Osiris Sekerher, Apophis' Großvater, angeführt. Weiter als bis Henen-Nesut südlich von Ta-sche ist er nicht gekommen. Man hat meinem Großvater verziehen, ihm aber wegen Hochverrats die Zunge herausgeschnitten und ihm seinen Titel aberkannt. Unser König und sein Vater sind jedoch gnädig gewesen. Mein Vater Pepi hat im Heer des ersten Apophis Wiedergutmachung geleistet, und ich bin dankbar für das, was ich habe.» Er zog sich noch tiefer ins Dunkel zurück, doch Seqenenre konnte noch immer seine Augen sehen, verschleiert und wachsam. «Ich schwanke mit dem Wind, damit ich nicht breche», sagte er jetzt vertraulicher. «Und dir, Seqenenre Tao, rate ich, es mir gleichzutun. Ja, ich habe dich in der Tat immer für einen abgeklärten und willfährigen Menschen gehalten. Es gibt keinen anderen Weg.»

Stumm blickten sich die beiden an. Am Ende des Flurs, der auf den Empfangssaal ging, plauderten und lachten bereits Gäste, Licht kam herausgeströmt, doch nicht bis zu ihnen. Nach einem Weilchen befeuchtete Seqenenre seine Lippen. «Wirklich nicht?», sagte er mit rauer Stimme. «Du weißt von den Briefen, Teti?» Teti trat noch einen Schritt näher, packte seinen Freund beim Arm und schüttelte ihn einmal kräftig.

«Ja, ich weiß davon! Ganz Ägypten weiß davon! Nimm sie geduldig hin, und sie werden aufhören! Ich weiß nicht, welcher Dämon Besitz von dir ergriffen hat, Fürst, aber geh schnell zu den Zauberern und lass ihn dir austreiben!»

«Keinen anderen Weg?» Die Worte wurden so leise gesagt, dass sich Seqenenre nicht sicher war, ob Teti sie gehört hatte. Der ließ ihn jetzt los und musterte Seqenenre lange, dann wurde seine Miene traurig und bedrückt.

«Nein», erwiderte er, machte auf den Fersen kehrt und ging in den Saal, wo ihm fröhlicher Lärm entgegenschlug. Seqenenre folgte betäubt und mit hämmerndem Herzen. Das ist das Ende, dachte er, doch Aahotep sah ihn und kam durch die Menge geeilt. Er bückte sich, denn eine Dienerin wollte ihm einen duftenden Wachskegel auf dem Kopf befestigen und ihm mit einem abbittenden Wort einen Kranz aus blauen Lotosblüten um den Hals legen. Aahotep gab ihm einen Kuss.

«Du siehst krank aus», sagte sie. «Komm, setz dich. Zu viel des guten Weins, Fürst?» Er schaffte es, ihr ins geschminkte Gesicht zu lächeln, und ließ sich zu einem niedrigen, mit Blüten bestreuten Tisch führen, der auf ihn wartete. Die anderen Gäste setzten sich vor ihre eigenen Tische ringsum im Saal, und dann bahnten sich die Musikanten mit Harfen und Trommeln unter dem Arm einen Weg zur Estrade. Das Ende, das Ende!, dachte

Seqenenre inbrünstig. Morgen werde ich mich bei Teti entschuldigen. Ich kann mich nicht einmal mit Trunkenheit herausreden. Ich werde ihn und seine Familie nach Waset einladen. Ich werde alles gutmachen. Doch als er sich neben Aahotep niederließ und sich höflich umdrehte und die Frau an seiner anderen Seite begrüßte, meuterte er innerlich. Ich bin ein König, dachte er aufgebracht. Ich bin der Horus. Und ein Horus macht nichts gut.

An diesem Abend trank er zu viel, sang mit den Sängerinnen und tanzte mit den nackten Frauen, die sich zwischen den Tischen wanden und wirbelten. Er war nicht allein. Als das kalte Licht der Morgendämmerung in den Saal sickerte, lag der Fußboden voller Gäste, die zu berauscht gewesen waren, um in ihre Sänften zu steigen und heimzukehren. Aahotep, Uni und Isis zerrten und trugen Seqenenre zu seinem Lager im Gästeflügel, wo er brummelte, ächzte und in einen trunkenen Schlaf fiel.

Gegen Mittag wachte er mit furchtbarem Durst und Kopfschmerzen auf, von denen ihm schier der Kopf platzte. Er rollte sich vom Lager, setzte sich auf und wartete, dass der Schwindel nachließ. Draußen im Garten hörte er Stimmen und weiter entfernt Geplansche und Geschrei. Hunde bellten. Es klopfte an die Tür, und Uni trat mit einem Tablett in der Hand ein. Seqenenre lächelte matt. «Ich könnte mir denken, dass sich die meisten Diener um Gäste kümmern, die sich heute Morgen so elend fühlen wie ich», sagte er. «Gibt es Wasser, Uni?» Der Mann stellte das Tablett neben dem Lager ab.

«Ja. Ich habe es eigenhändig aus dem großen Krug auf dem Flur geschöpft. Es ist frisch. Und hier sind auch Brot und ein paar Feigen, aber es sind die ersten und vermutlich noch grün. Wenn du sie nicht willst, hole ich frischen Lauch.» Seqenenre hob den Becher und trank ihn aus.

«Die Feigen reichen. Geh zum Badehaus und stelle fest, ob es gleich heißes Wasser für mich gibt. Wo sind die anderen?»

«Fürstin Aahotep und Aahmes-nofretari sind mit den anderen Frauen im Garten und sehen den Weberinnen zu. Tani und Ramose sind schwimmen gegangen. Ahmose angelt. Teti und sein Haushofmeister sind in der Sänfte nach Chemmenu hinein, und Si-Amun ist, glaube ich, auch mit.»

«Danke. Du kannst gehen.» Uni entfernte sich unter Verbeugungen.

Seqenenre suchte sich ein paar Feigen aus, hatte aber keinen Appetit. Nachdem er seinen Durst gestillt hatte, ließen die Kopfschmerzen nach. Sorgsam ging er den eigenartigen und erschreckenden Wortwechsel mit Teti noch einmal durch, an dem natürlich er schuld gewesen war, und merkte, dass der Wein, dem er so reichlich zugesprochen hatte, ihn irgendwie gereinigt hatte. Sein Kopf fühlte sich sauber an. Verzweiflung und Angst waren verflogen. Er konnte beruhigt nach Haus fahren.

Dann ging er barfuß auf den Flur und holte sich mehr Wasser aus dem hüfthohen steinernen Krug, wickelte sich in ein Laken und ging zum Badehaus. Dort stellte er sich auf den Badesockel, und während der Badediener ihn mit Wasser übergoss und ihn schrubbte, versuchte er sich einzureden, dass das Leben schön sei. Feucht und abgekühlt ging er zurück in sein Zimmer, öffnete Thots Hausschrein und dankte dem Gott, dass er ihm die neue Einsicht geschenkt hatte anzunehmen, was sich nicht ändern ließ. Uni tauchte nicht wieder auf. Verärgert kleidete sich Seqenenre selbst an: schlichter Schurz, Silberkette und Sandalen, darauf wagte er sich in den strahlenden Nachmittag hinaus.

Er stahl sich am Garten vorbei, in dem seine Gemahlin und seine Tochter mit gekreuzten Beinen unter einem Sonnensegel saßen und sich lebhaft mit Tetis Frau unterhielten, die auf einem Schemel vor einem Webrahmen saß, schlenderte an Spalieren mit essbaren Weintrauben vorbei, dann über den gepflasterten Hof und kam zur Bootstreppe. Ein paar Hunde lagen japsend und faul im Schatten der Akazien, die sich am Wasser drängten, und Tetis Lieblingspavian kam zu ihm getrippelt, musterte ihn neugierig und streckte eine pelzige Hand aus. Belustigt griff Seqenenre zu, streichelte sie, und das Tier fletschte anscheinend zufrieden die Zähne zum Zerrbild eines Lächelns und trottete ins Gebüsch.

Seqenenre ließ sich auf der Bootstreppe nieder. Tani und Ramose waren weit draußen im Wasser und schlugen unter schallendem Gelächter mit Binsen nacheinander. Seqenenre sah ihnen zufrieden zu. Auf einmal erblickte Tani ihn, winkte, und dann kamen sie und Ramose auf die Bootstreppe zugeschwommen und kletterten tropfend und keuchend aus dem Wasser. «Sei gegrüßt, Fürst», sagte Ramose und verbeugte sich. «Sollte ich das noch nicht getan haben, so bedanke ich mich für die Gesellschaft deiner Tochter.»

«Ach, ich glaube, das hast du bereits», versicherte ihm Seqenenre grinsend. Ramose wirkte verlegen, doch dann antwortete er seinerseits mit einem Grinsen.

«Ich muss jetzt etwas an der Zielscheibe üben», sagte er. «Bitte entschuldigt mich. Vater frage ich später wegen der Fahrt im Streitwagen, Tani.» Er ging rasch, barfuß und mit geschmeidigem und sicherem Schritt auf dem besandeten Pflaster, und die Sonne glitzerte auf den Wassertropfen, die er beim Gehen abschüttelte. Tani wrang ihr Haar aus und wischte sich das Wasser vom Gesicht.

«Was für ein höflicher junger Mann», meinte Seqenenre, «es gefällt dir hier, Tani, nicht wahr?» Sie zupfte das tropfnasse Leinenhemdkleid von der braunen Haut. Seqenenre merkte, wie durchsichtig es in nassem Zustand war und wie es sich an ihre knospenden Formen und langen Gliedmaßen schmiegte. Sie war rank und schön, seine geliebte Tochter, und in ein paar Jahren würde sich dazu noch das Selbstbewusstsein einer reifen Frau und das Wissen um ihre Anziehungskraft gesellen. Auf einmal war er sehr stolz auf sie, stolz und besitzergreifend.

«Ja», antwortete sie. «Tut es. Hier ist immer etwas los. O Vater», beeilte sie sich hinzuzufügen, «nicht etwa, dass ich mich daheim langweile. Am liebsten bin ich immer noch bei uns. Ich möchte nicht unehrerbietig sein. Aber hier lebt es sich vergnüglich.»

«Ich kann mich noch erinnern, dass du bei deinem letzten Besuch geschmollt hast und es nicht abwarten konntest, dass wir den Anker lichteten und zurück nach Waset fuhren.»

«Ja, aber das war vor vier Jahren. Da hat mich Ramose mit Spinnen beworfen und mich gehänselt, und deshalb habe ich mich die nächsten Male geweigert mitzufahren. Aber jetzt ist alles anders. Jetzt ist er ein Mann.»

«Hänselt er dich denn nicht mehr?»

«Na ja, schon noch, aber nicht gemein. Und er kümmert sich auch um mich.» Ganz flüchtig sah er ein Erröten, eher eine rötliche Färbung ihrer braunen Wangen. Jetzt rieb sie sich mit aller Macht den Kopf. «Ich möchte, dass er uns besucht. Lädst du ihn ein, Vater?» Zuweilen bist du schon richtig erwachsen, meine Tani, dachte er, ehe er ihr antwortete. Ich selbst würde Ramose auch gern in einer anderen Umgebung erleben als auf diesem üppigen Anwesen.

«Ja, das tue ich», willigte er ein. «Sein Vater redet schon von einer Verlobung zwischen euch beiden.» Sie wirkte nicht überrascht, sondern faltete die Hände zwischen den Knien und starrte hinaus auf den sonnenfunkelnden Nil.

«Mit mir hat noch keiner darüber gesprochen», erwiderte sie, «aber vielleicht geht es. Ich halte ihn für einen sehr guten Menschen, und ich glaube, er mag mich auch.» Auf einmal drehte sie sich um und musterte ihren Vater prüfend. «Aber was ist mit Kamose?» Seqenenre nahm Abstand von seinem albernen Traum und stellte dabei fest, dass es ihm nicht Leid tat, als er sich völlig verflüchtigte.

«Wenn ihr, du und Kamose, auch nur das leiseste geschlechtliche Interesse aneinander gezeigt hättet, ich hätte bereits auf eine Ehe zwischen euch gedrungen», gestand er. «Aber ich werde dich niemals zu etwas zwingen, was dir zuwider ist, Tani. Wenn ihr euch noch mehr lieb gewinnt, könnt ihr viele Menschen glücklich machen.» Sie gab ihm einen flinken Kuss auf die Wange.

«Danke, Vater. Du bist wirklich gut. Kamose wird sich nämlich noch lange nicht verheiraten. Er nimmt alles immer so ernst. Und jetzt will ich ins Haus und mich einölen lassen.»

Er sah nicht hinter ihr her, sondern saß, das Kinn in die Hand gestützt, die Augen auf das andere Ufer gerichtet, das im Hitzedunst schimmerte. Sie hat nur teilweise Recht, dachte er. Kamose ist tatsächlich ein ernster Mann, aber er versteht und fühlt sehr tief. Falls er jemals einer Frau begegnet, die ihn anrührt, wird er ihr sein Leben lang treu sein.

Si-Amun kostete seine Zeit in Chemmenu voll aus. Er fühlte sich wohl bei den eleganten, glatten und höflichen Vertretern des Königs, die in Tetis geschäftigem Empfangssaal kamen und gingen. Er war sehr wissbegierig, wenn er sich mit den Kaufleuten und Händlern aus Rethennu, Keftiu und Zahi unterhielt, und seine zutraulichen Fragen verrieten die Erregung eines Ausgehungerten. Und zugleich genoss er die zwitschernden Aufmerksamkeiten von Tetis vielen Dienerinnen. Er war hoch gewachsen, drahtig, gut aussehend und ein Prinz. Daher bekam er die ganze Ehrerbietung, die ihm zustand.

Er und Teti hatten sich immer gemocht. Teti war so umgänglich und offen, wie sein Vater herrisch und verschlossen war, und obwohl Si-Amun Seqenenre liebte und genau wusste, dass sein Blut königlich war, gab es auch Zeiten, in denen er lieber Tetis Sohn gewesen wäre. Ertappte er sich bei solchen Gedanken, dann schämte er sich, doch von seiner Kurzweil hielt ihn das nicht ab. Er hatte mit Teti und seinem Vater den Anstandsbesuch beim Nomarchen von Chemmenu und seinen Provinzen gemacht. Seqenenre war überschwänglich und zuvorkommend gewesen, hatte von jeder Süßigkeit des Begrüßungsmahls gekostet und sich nach der Gesundheit der Familie des Nomarchen erkundigt, hatte seinen Pokal erhoben und das Lob des Königs gesungen, doch Si-Amun wusste, dass sich sein Vater hinter diesen erlesenen Manieren für seine Unehrlichkeit in Grund und Boden schämte.

An diesem Tag hatten er und Teti den Nomarchen noch einmal aufgesucht und einen herrlichen Morgen verbracht. Sie hatten sich dessen Jagdhunde angesehen, hatten einen seltenen Jahrgang Palmwein verkostet und den neuesten Klatsch aus Auaris gehört. Mit Bedauern war er aufgebrochen. Er und Teti waren in ihre Sänften gestiegen und hatten sich zu einem Felsvorsprung in der Wüste tragen lassen, wo es uralte Gräber gab, die jedoch geöffnet und geplündert waren. Si-Amun teilte das Interesse seiner Landsleute für die Denkmäler der Vergangenheit. Er äußerte sich erstaunt zu den Wandmalereien und empfand Traurigkeit beim Anblick dieser entweihten Stätte. Nach einem Gebet für die Bas derer, die hier einst geruht hatten, und einem Gebet an Anubis, sie nicht zu vergessen, waren er und Teti zum beackerten grünen Wüstensaum zurückgekehrt, wo Tetis Diener Matten hingelegt, Sonnenzelte aufgestellt und Brot, Bier und Obst zum Mittagessen hingestellt hatten.

«Du bist ein sehr großzügiger Mann, Teti», machte Si-Amun ihm Komplimente, als sie mit gekreuzten Beinen im Schatten eines Feigenbaums saßen und dankbar ihr Bier tranken. «Du kommst nicht oft genug nach Waset, dass wir uns für deine Gastfreundschaft bedanken könnten.» Teti schenkte ihm ein Lächeln.

«Die Götter und der König sind mir hold gewesen», erwiderte er, «und außerdem habe ich gern Gesellschaft, Si-Amun. Meine andere Verwandtschaft ist nicht so umgänglich.»

«Vater war gestern Abend umgänglich genug!», sagte Si-Amun lachend. «Er betrinkt sich nicht oft und hat nicht viel Spaß. Hier ist er, glaube ich, entspannter. Er nimmt seine Pflichten daheim zu ernst.» Kaum hatte er die Worte ausgesprochen, da fragte er sich auch schon, ob er seinen Vater verraten hätte. Er warf Teti einen besorgten Blick zu, doch der trank seinen Becher aus und lächelte herzlich, wenn auch mit schmalen Augen.

«Als Fürst seines Gebietes muss dein Vater eine gewisse Würde wahren», antwortete er. «Aber ich glaube nicht, dass er sich betrunken hat, weil er entspannt war und Spaß hatte, Si-Amun. Seit seiner Ankunft hier wirkt er sorgenvoll und verschlossen. Es sind die Rollen vom Einzig-Einen, nicht wahr? Ich wollte, er würde sich mir als einem alten Freund anvertrauen und sich von mir helfen lassen.» Si-Amun zögerte. Wäre er mit seiner Bemerkung doch nur nicht so offen herausgeplatzt, aber Teti lächelte noch immer. Er beugte sich vor und legte eine weiche, warme Hand auf Si-Amuns Arm. «Du musst nichts sagen, wenn du nicht möchtest», meinte er. «Aber, Si-Amun, du weißt doch, dass ich dich und deinen Vater und deine übrige Familie sehr gern habe. Wir sind verwandt, wenn auch nur entfernt. Und Verwandte sollten einander helfen.» Jetzt hatte Si-Amun das Gefühl, dass er Teti gekränkt hätte. Es wäre unhöflich, diesen Augenblick zu übergehen, und es stimmte, er wollte sich diesem Mann auf einmal anvertrauen. Sein Vater würde sich seine Bedenken auch anhören, ja, er kannte sie bereits, doch er lauschte nur, blieb aber bei seiner Meinung. Teti würde anders damit umgehen. Teti würde ihn verstehen.

«Ja, das sollten sie», erwiderte Si-Amun. Teti zog die Hand zurück. «Es ist nichts wirklich Wichtiges, Teti», fuhr Si-Amun fort. «Aber die Rollen wirken so willkürlich mit ihren Forderungen, so sinnlos. Jedes Mal, wenn eine eintrifft, wird Vater noch angespannter und aufgebrachter.» Er blickte hoch. Tetis Augen blickten mitfühlend und verständnisvoll. Er nickte.

«Und du hast Angst, dass es dein Vater eines Tages satt hat, dem König weiterhin treu zu sein, weil seine Treue nicht belohnt wird, dass er eine große Dummheit macht und Schimpf und Schande über euch alle bringt.» Si-Amun nickte bekümmert.

«Ich glaube, in seinem Herzen rebelliert er bereits. Das ist alles so ungerecht!», platzte er heraus. «Unser Haus ist Auaris seit Hentis treu gewesen! Warum reizt uns der Einzig-Eine so?»

«Beruhige dich», sagte Teti beschwichtigend. «Hast du gut gegessen? Noch ein wenig Bier, und dann machen wir uns auf den Heimweg.» Si-Amun sah zu, wie die dunkle Flüssigkeit in seinen Becher rann. «Si-Amun, du bist kein Kind mehr», schalt Teti ihn sanft. «Du kennst die Angst des Königs. Sie schläft, solange sich dein Vater um Gehorsam bemüht.» Er trank, seufzte und wischte sich den Mund mit einem Leinentuch, das ihm ein Diener unauffällig reichte. «Du und ich, wir müssen unser Bestes tun und sicherstellen, dass Seqenenre dieses Unwetter friedlich abwartet. Ich wiederhole, es zieht vorbei. Ich bin dein Freund, junger Mann, und auch der deines Vaters.» Er richtete den ernsten Blick auf Si-Amun. «Es würde mich sehr betrüben, wenn einem von euch etwas zustieße. Lass mich helfen.» Si-Amun blickte ihm dankbar in das runde geschminkte Gesicht.

«Du bist sehr freundlich, Teti», sagte er mit belegter Stimme, «aber ich weiß nicht, was du dabei tun kannst.»

«Ich kann mich in Auaris für deinen Vater einsetzen. Der Einzig-Eine weiß, dass meine Treue unfehlbar ist. Ich kann ein taktvoller Vermittler sein und in diesen bösen Zeiten Öl aufs Wasser gießen. Ich kann deinen Vater auch besuchen und ihm Vernunft und Selbsterhaltung predigen, falls seine Ängste unerträglich werden.»

Auf einmal wusste Si-Amun, was jetzt kommen würde. Er krümmte sich innerlich und wünschte sich flehentlich, dass er das Thema nie angeschnitten hätte, fragte sich jedoch, ob sich das nicht ohnedies ergeben hätte. Er konnte nicht mehr zurück, nachdem er seine Sorge um seinen Vater laut geäußert hatte. Das würde roh wirken. Er konnte Tetis Hilfsangebot nicht abschlagen, denn damit würde er das Problem verniedlichen und seine eigenen Worte als Übertreibung hinstellen. Doch es sind gar nicht meine Worte gewesen, obwohl ich sie im Herzen gehegt habe, dachte er, während Teti ihn gütig ansah. Teti hat sie laut geäußert, nicht ich.

«Aber wenn ich helfen soll, muss ich auch wissen, wie es um

Seqenenre steht», fuhr Teti jetzt fort. «Jemand, der ihn lieb hat, muss mich informieren, damit ich im Nu nach Waset kommen kann.» Als er Si-Amuns Miene sah, schüttelte er heftig den Kopf. «Nein, nein, nein, mein treuer junger Mann! Ihr Götter! Glaubst du etwa, ich bitte dich, deinem Vater nachzuspionieren?» Seine dichten schwarzen Brauen zogen sich hoch. «Na ja, irgendwie ist es schon so, aber ich bitte darum, weil ich ihn gern habe, Si-Amun. Lass es nicht zu, dass Apophis Seqenenre vernichtet! Hilf mir, damit ich ihm helfen kann!»

Es ist eine vernünftige Bitte, dachte Si-Amun, ja, sogar eine gefährliche. Teti selbst kann beim Einzig-Einen in den Geruch einer Verschwörung mit Vater geraten, wenn zu viele Briefe von Chemmenu nach Waset und zurück gehen. Was kann an einem solchen Ausdruck von Sohnesliebe falsch sein? Dennoch zögerte er. «Na gut», sagte er widerstrebend, «aber mein Vater wäre böse, wenn er glauben müsste, dass ich seinem Urteil in dieser Sache nicht traue und mich auf deins verlasse. Du hast Recht, man muss ihn zu seinem eigenen Besten überwachen, aber ...»

Teti zog einen Ring vom Finger und zeigte ihn Si-Amun. «Das ist mein Familiensiegel», sagte er. «Damit siegele ich meine Briefe an dich. Du wiederum schreibst mir unter dem Siegel – wovon? Was soll es sein?»

«Ein Nilpferd», sagte Si-Amun langsam.

«Sehr gut.» Teti schob den Ring zurück auf den dicken Finger. «Du weißt, dass Mersu, der Haushofmeister deiner Großmutter, im selben Dorf aufgewachsen ist wie mein Haushofmeister, ja? Du kannst Mersu Botschaften für mich geben, er wird sie nach Norden schicken. Du und Ramose, ihr kennt euch seit Kinderzeiten. Du kannst sagen, sie sind für ihn. Oder du sagst gar nichts und lässt Mersu denken, was er will. Aber angesichts der Treue zu deiner Familie wird er gewisslich verstehen.»

Teti stemmte sich hoch, winkte, und die wartenden Diener

sprangen auf und rollten die Matten zusammen. Die Sänftenträger machten sich bereit. Si-Amun kam auch hoch. «Aber du sprichst mit dem König?», sagte er mit belegter Stimme. «Du versicherst Apophis, dass mein Vater ihm wirklich treu ergeben ist?»

«Natürlich.» Teti trat näher und schloss den jungen Mann in die Arme. «Es ist gut so, Si-Amun, du kannst mir glauben. Vielleicht sind wir närrisch, du und ich.» Er ließ Si-Amun los, und sie gingen zu den Sänften. Als sie aus dem Schatten traten, prallte die Sonne unbarmherzig auf sie herab. «Vielleicht löst sich das Ganze von selbst auf, und wir lachen noch einmal über unsere Bedenken.» Si-Amun gab keine Antwort. Ich kann noch immer nach Haus fahren und nichts unternehmen, dachte er, als er es sich in der Sänfte bequem machte und die Vorhänge zuzog. Ich kann tun, als ob nichts gewesen ist. Aber er wusste, das ging nicht. Der geheime Zorn seines Vaters auf Apophis musste irgendwie abgelenkt, unschädlich gemacht werden, sonst zerstörte er sie allesamt.

Sie blieben einen Monat in Chemmenu, aßen, tranken und schliefen, unterhielten sich mit Tetis Besuchern und suchten regelmäßig den Thot-Tempel auf. Seqenenre ging einmal in den Seth-Tempel und brachte ihm Gaben, seltenen Wein und drei Goldreife, denn er wusste, dass es dem König zu Ohren kommen und ihn erfreuen und beruhigen würde. Doch man ließ ihn nicht in das Heiligtum. Nur der König selbst und Seths Oberpriester durften das Antlitz des Gottes von Angesicht zu Angesicht sehen, obwohl er sich daheim, wo Amun Schutzgott der Stadt und seiner Familie und er Herr über alles war, unmittelbar mit seinem Gott unterhalten durfte. Es tat ihm nicht Leid, dass man ihm den Zugang zu Seth verwehrte. Er wollte den abtrünnigen Bruder von Osiris, den rothaarigen, rotäugigen Herrscher der Wüste auch gar nicht sehen, den wilden und unvorhersehbaren, in dem die Setius eine Verschmelzung mit ihrem eigenen Gott Sutech erblickten.

Er und Teti fanden zu der ungezwungenen Vertraulichkeit ihrer Beziehung zurück. Seqenenre hatte sich dazu durchgerungen, sich nicht zu entschuldigen, und tat so, als ob die Unterhaltung auf dem Flur niemals stattgefunden hätte, und Teti sprach auch nicht mehr davon. Unter Umarmungen und wiederholten Einladungen, sich öfter zu besuchen, brachen Seqenenre, seine Familie und sein Gefolge nach Waset auf. Sie kamen nur langsam voran. Seqenenre ließ in jeder Stadt anhalten, über die er herrschte, und sprach mit Priestern und Bürgermeistern, Aufsehern und seinen niedrigeren Beamten, und daher legte die Familie erst gegen Ende Phamenoth an ihrer Bootstreppe an.

Alles war in Ordnung. Kamose hatte seine Pflichten still und tüchtig versehen. Tetischeri befragte Aahotep kurz zur Gesundheit und dem Wohlergehen ihrer Verwandten, schien sich aber nicht besonders für Aahoteps Antworten zu interessieren.

DRITTES KAPITEL

Der Frühling ging zu Ende, und Waset versank in sommerlicher Schläfrigkeit. Im Laubengang bildeten sich grüne, harte Trauben. Das Getreide verlor sein geschmeidiges Hellgrün und wurde steif und gelb. Die Krokodile ließen sich oft beim Sonnenbaden blicken, lagen unbeweglich und mit geschlossenen Augen auf den Sandbänken des rasch zurückgehenden Nils, und der Schemu hauchte seinen heißen Odem über dieses ganze selbstgenügsame, beschauliche Reich.

An den lähmenden Nachmittagen lag Seqenenre auf seinem Lager, und der Schweiß rann ihm vom Leib, oder er geisterte in der vergleichsweisen Kühle des alten Palastes herum, während Familie und Gesinde gleichermaßen nach dem himmlischen Sonnenuntergang schmachteten, und wusste, dass er dieses ruhige, zufrieden stellende Leben nicht für das elegante Treiben auf Tetis Anwesen aufgeben würde. Er begnügte sich mit der Überschaubarkeit der kommenden Ernte, mit der Sicherheit, dass das jährliche Schöne Fest vom Wüstental kam, wenn Amun über den Fluss getragen wurde, um die Totentempel und Grabmäler der Vorfahren zu besuchen, und die Einwohner Wasets ihm mit Essen folgten und neben ihren Toten speisten. Aahmes-nofretari würde der Familie Nachwuchs bescheren. Tani würde mit Ramose verlobt werden, und wenn er und Teti die Vereinbarung getroffen hätten, würde Tani nach Chemmenu ziehen und dort leben. Seine Mutter würde sich in nicht allzu ferner Zukunft mit seinem Vater vereinen, und er selbst würde alt und fett werden mit Aahotep an seiner Seite und würde Si-Amun die Zügel der Regierung übergeben. Ich will gar nicht mehr haben, redete er sich gut zu, als er im staubigen Schatten einer Palme stand und zusah, wie die Bauern an den Schadufs arbeiteten und sonnenbeschienenes, klares Wasser in die mittlerweile leer stehenden Kanäle kippten. Mein Land, meine Familie, mein Leben.

Tani diktierte viele Briefe an Ramose und verbrachte viel Zeit mit Herumlungern an der Bootstreppe, beschattete die Augen und wartete darauf, dass ein Kurierboot um die Flussbiegung im Norden kam, während der gelangweilte Behek zu ihren Füßen lag. Zuweilen brachten Tetis Boote Rollen von Ramose. Zuweilen vertraute der junge Mann seine Botschaften an Tani königlichen Herolden an, die sie auf dem Weg nach Kusch in Waset ablieferten. Seqenenre fürchtete sich nicht länger vor dem Anblick eines solchen Schiffes, das auf seine Bootstreppe zusteuerte, ja, er begrüßte es, denn dann sprudelte Tani vor Freude schier über.

Die Monate Payni und Epophi kamen und gingen mit gnadenloser Hitze, die die Blätter an den Bäumen vertrocknen ließ und Mensch und Tier gleichermaßen die Kraft aussog. Mesore begann, und auf einmal waren die trägen, glücklichen Tage vorbei. Die Gärtner luden Gemüse in Körbe. Diener fingen an, die Weintrauben zu ernten, und auf dem blendend hellen, großen Hof südlich des Hauses traten Männer die Trauben und sangen und tanzten.

Si-Amun, Kamose und Seqenenre waren nur noch selten daheim. Tag um Tag schritten sie die Felder ab und sahen den Aufsehern zu, die die Erntearbeiter beaufsichtigten. Die Sicheln hoben und senkten sich. Ihre ganz besondere Sorge galt der Flachsernte, von der viel nach Norden gehen und das zarte Leinen für den königlichen Haushalt stellen würde. Das war im Austausch für den Bedarf der Familie, und den Rest würden Isis und andere Dienerinnen für Aahotep und die Mädchen verweben. Die Gerste für das neue Bier wurde gut gelagert. Die Ernte war reichlich ausgefallen, und Herr und Diener gleichermaßen arbeiteten froh und munter.

Gegen Ende des Monats Mesore, als Si-Amun, Kamose, Seqenenre und Uni sich einschlossen, den Ertrag berechneten und sich bemühten, die Steuern und den Tribut zu bemessen, die nach Auaris gehen mussten, klopfte Aahmes-nofretari an und näherte sich dem unordentlichen Schreibtisch. Sie war jetzt im achten Monat, doch es war ihr erstes Kind, und so war ihr schlanker Leib nicht übermäßig entstellt. Sie litt mehr als üblich unter der Hitze und lief nicht mehr so viel auf dem Anwesen herum. Heute war sie barfuß und trug ein knöchellanges weißes Hemdkleid, das unter der Brust von zwei breiten Leinenbändern gehalten wurde, die auch ihre Brustwarzen bedeckten. Das Menat-Amulett, das ihre Mutter ihr geschenkt hatte, hing an einem Lederband um ihren Hals. Sie hatte keinen Schmuck an den Armen, doch aus ihrem Haar fielen gelbe Bänder und klebten an ihren schweißfeuchten Schultern, und als sie näher trat, schob sie ihre feuchten Zöpfe zurück. Hinter ihr trabte Raa, ihre Kinderfrau und ihre liebste Gefährtin, mit einem großen, gestärkten Fächer.

Die Männer blickten von ihrer Arbeit hoch. Dankbar ließ sich Aahmes-nofretari auf den Schemel sinken, den Seqenenre ihr hinschob. «Danke, Vater», sagte sie. «Tut mir Leid, dass ich euch störe, aber gerade hat ein königliches Boot von der Bootstreppe abgelegt. Der Herold hat gesagt, dass er nicht bleiben und mit dir reden kann. Er hat gesagt, er hat dringende Geschäfte mit dem Fürsten von Kusch. Er hat mir eine Rolle für dich gegeben. Tani ist sehr enttäuscht!» Seqenenre lachte.

«Tani wird allmählich verwöhnt. Sie glaubt, dass jedes Boot auf dem Nil nur ihretwegen unterwegs ist. Vermutlich ist die Rolle unser Steuerbescheid aus Auaris. Und der wird bei der guten Ernte hoch ausfallen, und Men meldet mir, dass wir noch nie so viele Kälber gehabt haben. Na schön, sehen wir uns den einmal an.» Aahmes-nofretari streckte ihm die Rolle hin, und Seqenenre nahm sie.

«Der Aufseher der Ländereien ist mit den Berichten über die Ernte in den Nomarchen gekommen», fuhr die junge Frau fort. «Großmutter bewirtet ihn am Teich mit Wein. Sie bittet darum, dass du auch kommst. Die Nomarche Tschaus beklagt auf Grund von Brandfäule eine geringere Ernte.» Kamose lächelte schmal.

«Die Nomarche Tschaus hat immer etwas zu beklagen», sagte er.

«Lieber eine Klage als verheimlichendes Schweigen», antwortete sein Vater und erbrach das Siegel.

«Aahmes-nofretari, richte deiner Großmutter bitte aus, dass ich in Kürze bei ihr bin.» Die junge Frau stand auf und ging, gefolgt von Raa.

Seqenenre entrollte den Papyrus. Si-Amun und Kamose sahen erwartungsvoll zu. Und dann rutschte es Seqenenre leise heraus: «Nein. Nein! Es ist doch nicht zu fassen.» Die Hand, die die Botschaft hielt, fiel auf den Schreibtisch. Kamose trat näher und berührte seinen Vater an der Schulter. Die zitterte.

«Darf ich lesen?», fragte er angespannt. Seqenenre nickte.

«Lies laut vor. Vielleicht habe ich einen Teil der Botschaft falsch verstanden.» Kamose und Si-Amun wechselten einen raschen Blick, und Kamose griff nach der Rolle. Er überflog sie rasch und räusperte sich.

«‹An meinen ...›»

«Nicht die Anrede!», fiel ihm Seqenenre hart ins Wort. «Dieser Heuchler!» Uni hinter dem Schreibtisch fuhr zusammen, bewahrte aber Fassung. Kamose las weiter.

«Na schön, Vater. ‹Eine Zeit lang habe ich friedlich in meinem Palast geschlafen, und nichts als Vogelrufe haben mich gestört, doch schon bald hat mich in meinen Träumen mehr als nur das Husten deiner Nilpferde verfolgt, und nun sind Stimme und Augen aus Mangel an Schlaf schwach und trübe. Die Maulkörbe deiner Lederarbeiter haben die Tiere nicht davon abgehalten, ihren König zu quälen. Darum habe ich mich mit den Priestern Seths des Erhabenen beraten, dessen Kinder die Nilpferde sind, und habe danach geforscht, warum die Schützlinge des Gottes mich noch immer mit ihrem Geschrei belästigen.›» Kamose hielt inne, und sogar er schien beinahe die für ihn typische Fassung zu verlieren. Seqenenre saß starr da, hatte den Mund grimmig zusammengekniffen und blickte auf seine fest gefalteten Hände. Si-Amun wirkte geduldig, unbeteiligt, angespannt. Kamose holte tief Luft und fuhr fort. «‹Die Kinder des Gottes sind zornig, weil die Wohnstätten ihres Herrn so weit entfernt von Waset stehen. Sie sind traurig, weil sie kein Priester anbetet. Darum rate ich, Awoserra Apophis, Geliebter des Seth, dir, Seqenenre, meinem Gebieter, dem Gott Sutech, im Süden eine Wohnstatt zu bauen, auf dass er in Waset verehrt werden kann und seine Kinder Ruhe finden. Wenn sich die Kunde von dieser Absicht in den Provinzen des Nomarchen von Waset verbreitet, werden die Menschen jubeln und zum Bauplatz strömen und das Haus erbauen und den Gottesdienern, die sich darum kümmern, Tribut bringen. Falls der Nomarch des Südens meine Botschaft nicht beantwortet, darf er nicht länger einem anderen Gott als Sutech dienen, falls er jedoch antwortet und tut, was ich ihm sage, werde ich ihm nichts fortnehmen und mich nie wieder vor einem anderen Gott auf der ganzen Welt verneigen als vor Amun, dem König der Götter.›» Kamose legte die Rolle übertrieben behutsam auf den Schreibtisch und verschränkte die Arme.

«Ich bin überrascht, dass er es überhaupt schafft, so viele zusammenhängende Worte hintereinander zu finden», knurrte Seqenenre. «Dieser dreckige Aati!» Der wohl bekannte Zorn, der ihn damals, bei seinem Wortwechsel mit Teti, gepackt und ihm fast die Kehle zugeschnürt hatte, überkam ihn jählings wieder. Er zuckte zusammen, und Si-Amun lief zu ihm.

«Vater, das ist Gotteslästerung», sagte er und wurde blass. «Überlege gut, wen du ein Fieber und eine Pest nennst! Es stimmt, Seth hat keinen Tempel südlich von Chemmenu. Schon möglich, dass dies dem Gott missfällt. Dass er durch seine Kinder und seine Priester zum König gesprochen hat.» Si-Amuns Schweiß durchtränkte das Band seiner kurzen schwarzen Perücke und rann ihm den Hals hinunter, und die erstickende Hitze im Zimmer schien noch schlimmer zu werden. «Wenn er hier in Waset einen Tempel haben will, müssen wir uns fügen.» Seqenenre hob langsam den Kopf und sah ihn an.

«Einem Sohn, der ‹müssen› zu seinem Vater sagt, mangelt es womöglich an Disziplin», fuhr er ihn an, doch er hatte sich etwas gefasst. «Natürlich ist es möglich, dass der Gott durch seine Priester gesprochen hat, aber das glaube ich nicht. Kamose?» Der junge Mann schritt im Raum auf und ab.

«Ich glaube es auch nicht, Vater. Apophis zieht das Netz zu. Ein Tempel für Seth hier, das heißt ständig Vertreter des Königs in Waset. Jede unserer Bewegungen wird beobachtet. Für uns und für die Nomarchen bedeutet das eine große Zahl von Fronarbeitern für den Bau und noch größeren Tribut für Baumeister, Steinmetze und Aufseher.» Er kam zu der Stufe, die zwischen zwei kleinen Lotossäulen in den dahinter liegenden Garten führte, drehte sich um und ging gemessenen Schrittes zurück. «Falls wir dem verkappten Befehl des Königs nachkommen, verändert das unser Leben für immer. Wir verlieren das bisschen Freiheit, das wir noch haben. Falls wir uns weigern, hat er eine Ausrede, uns des Ungehorsams zu bezichtigen, sowohl gegen einen himmlischen Befehl als auch gegen Seth.» Er lächelte frostig. «Ich glaube kaum, dass dir noch ein einfallsreicher Brief einfällt, der die Absichten des Königs in eine andere Richtung lenkt.»

«Du könntest Recht haben», sagte Seqenenre und nickte hölzern. «Dazu würde ich ein so vielschichtiges Hirn wie Thots brauchen.» Er drehte sich auf dem Stuhl um. «Uni, du bist in diesem Haus meine rechte Hand. Du befehligst meine Dienerschaft. Was hältst du davon?» Uni verbeugte sich.

«Seth ist nicht nur der Gott der Fremdländer», antwortete er, «sondern auch der Herrscher der Wüste. Sind wir, o Fürst, nicht gleichermaßen Kinder der Wüste wie des fruchtbaren Landes? Ein Tempel für Seth hier in Waset wäre wirklich angebracht.» Ihm war bei diesen Worten sichtlich unwohl, er musste mehrfach schlucken, und sein Blick huschte zwischen Seqenenres aufmerksamer Miene und Kamoses schweißfeuchtem Rücken hin und her.

«Könnten die Nomarchen die Arbeit und die Ausgaben tragen?», fragte Kamose, der jetzt an der Tür stand und sich umdrehte. «Apophis will, dass du dich weigerst, das weißt du, Vater, ja? Er will dich ruinieren.» Die Worte standen knapp und finster in der stickigen Nachmittagsluft.

«Seine Unsicherheit ist gefährlich», sagte Seqenenre leise. «Ich habe ihm treu und ehrlich gedient, aber angesichts seiner heimlichen Angst zählt meine Ergebenheit nicht.» Er stand ungelenk auf und bemühte sich um ein aufmunterndes Lächeln für Uni. «Du musst dich wegen deiner Besorgnis nicht schämen», sagte er freundlich. «Du bist dieser Familie wie auch unserem König immer treu gewesen, und jedes Wort, das gegen ihn gesprochen wird, greift dir ans Herz. Ohne dich bin ich verloren, Uni. Ich weiß, dass du in Anwesenheit des Königs über jedes gegen uns geäußerte Wort gleichermaßen betrübt wärst. Verzeih mir.» Unis Miene heiterte sich wieder auf.

«Ich gehorche dem Einzig-Einen und dir», gab er zurück. «Und jetzt, Gebieter, musst du zum Aufseher, der sich mittlerweile gewiss mit Obst voll gestopft und mit deinem Wein voll geschüttet hat.» Seqenenre zwang sich zu einem Lachen.

«Den hatte ich ganz vergessen. Ich will sofort zu ihm. Du kannst gehen.» Als Uni unter Verbeugungen rückwärts das Zimmer verlassen hatte, blickten sich Vater und Söhne an. Si-Amun trat zu Seqenenre.

«Du musst es tun», sagte er beklommen. «Wie du schon gesagt hast, bist du stets ein treuer und ehrlicher Diener gewesen. Alles andere ist undenkbar.»

Vor Seqenenres innerem Auge standen Tani und Ramose, die sich mit Binsen bewarfen und schallend lachten, Si-Amun und seine andere Tochter, die sich umarmten und den Rest der Welt vergessen hatten, Aahotep und seine herrische, abgöttisch geliebte Mutter, die am Wein nippten und im sommerlichen Schatten seiner Bäume plauderten. Ja, das andere, das Si-Amun unbewusst und schnell begriffen hatte, war undenkbar, und dennoch empörte sich sein ganzes Wesen gegen die ungerechten und quälenden Machenschaften des Königs. «Ich muss darüber nachdenken», sagte er, «aber nicht jetzt. Ich brauche Wein.» Bedrückt verließen sie das Arbeitszimmer und traten in die strahlende, nachmittägliche Backofenhitze.

Seqenenre schaffte es, den Inhalt des Schreibens sieben Tage lang vor den Frauen geheim zu halten. Vor allem wollte er Tani nicht das Herz schwer machen, doch er wusste, dass er es den anderen irgendwann sagen musste, und scheute vor der unvermeidlichen Diskussion zurück, die folgen würde. Ihm war klar, dass das scharfe Auge seiner Mutter seine Zerstreutheit bemerkt hatte, doch sie wartete taktvoll, wenn auch ungeduldig darauf, dass er sie ins Vertrauen zog. Aahotep beunruhigte sich auch über sein Schweigen, aber sie schrieb es einer zweiten Rolle zu, die gleich nach der ersten eingetroffen war und in der die Steuern und der erwartete jährliche Tribut aufgelistet standen. Wie Kamose vorhergesagt hatte, war beides hoch. Doch die Belastung waren sie gewohnt, die trugen sie seit Jahren, und Seqenenre warf Uni die Rolle mit einer fahrigen Bemerkung zu und vergaß sie.

Er suchte auch bei Amun weder Trost noch Rat. Und dabei ging er jeden Morgen und vollzog die Riten der Waschung, Bekleidung und Speisung des Gottes und stand neben Amunmose, während der Hohe Priester die Ermahnungen sang, aber er brachte es nicht über sich, den Gott um Rat zu bitten. Er hatte Angst vor dem, was Amuns Orakel sagen würde. Seths Anwesenheit in Waset würde Amuns Macht Abbruch tun. Es würde zu Rivalitäten zwischen den beiden Göttern und ihren Dienern kommen. Seth war launisch. Eben beschützte er die Wüstenkarawane noch vor Löwen oder räuberischen Schasu, und im nächsten Augenblick fletschte er die Zähne wie der Wolf, der er war, und zerriss dieselbe Karawane in Stücke. Seqenenre achtete ihn, würde ihm aber niemals trauen. Er forderte eine Ergebenheit, die seine Priester zu wildäugigen Löwenjungen machte. Nie hatte er Horus, seinem Neffen und Osiris' Sohn, verziehen, dass er ihm halb Ägypten fortgenommen hatte, und selbst wenn Seqenenre ihm huldigte, Seth würde dem lebenden Horus-im-Nest keinen Gefallen erweisen. Umso größer war die Beleidigung, vor einem Wesen halb Seth, halb Sutech zu stehen, das Apophis in den neuen Tempel setzen wollte. Krank im Herzen machte Seqenenre seinen Fussfall vor Amuns gütigem Lächeln und seinen buschigen goldenen Federn.

Häufig fuhr er nicht über den Fluss zum Besuch im Totentempel seines Vorfahren Mentuhotep-neb-hapet-Re, denn der lag ein gutes Stück entfernt von seinen anderen Ahnen und seinen kürzlich verstorbenen Verwandten in einem sanft geschwungenen Tal, das von den schroffen, blatternarbigen Felsen des Gurn eingeschlossen wurde. Er hatte sich oft gefragt, warum der Göttliche diesen Ort gewählt hatte, so weit entfernt von Fruchtbarkeit und Menschen, einen einsamen Ort ohne Wind, auf den die Sonne gnadenlos herunterprallte und der nirgendwo Schatten bot. Doch in der Woche, ehe er mit Tetischeri über Apophis' Forderung sprach, ließ er sich über den Nil staken, machte sich auf den Weg zu dem verborgenen Tal und meinte in seiner Verzweiflung, einen Grund dafür gefunden zu haben.

Allein ging er den Aufgang zur mittleren Stufe empor und beschattete die Augen, die ihm trotz der dicken Umrandung mit

Kohl tränten, damit er die kleine Pyramide betrachten konnte, die in die unerträgliche Bläue des Sommerhimmels ragte, und da spürte er, dass dieser Mann einzigartig und mutig gewesen war. Wie Seqenenre selbst war Mentuhotep Nomarch von Waset gewesen und hatte einem König im Norden Tribut gezahlt, bis sein Blut nach Gerechtigkeit schrie und er gegen den Thronräuber zu den Waffen gegriffen hatte.

Warum?, fragte sich Seqenenre geblendet in der gleißenden Sonne, während er ungeschützt hoch oben auf dem Denkmal seines Vorfahren stand. Der König, dem du gedient hast, war Ägypter. Er hat den Zustrom von Fremdlingen aus dem Osten ins Delta abgewehrt. Er hat die östliche Grenze befestigt. Er hat Mennofer die Macht zurückgegeben, die diese altehrwürdige Stadt einst besessen hat, er hat neuen Handel, neuen Frieden gebracht, er war ein guter König. Aber er war kein Gott. Er regierte von Amuns Gnaden.

Seqenenre ließ sich auf den heißen Stein sinken, und die Verzweiflung wollte ihn schier übermannen. Und als du die Demütigung nicht länger ertragen hast, da hast du in deiner Not zu den Waffen gegriffen, und du hast gewonnen, hast dir am Ende die Doppelkrone aufs Haupt gesetzt. Das Rote Land und das Schwarze Land waren wieder vereint, waren Ägypten, und die Maat wurde erneut eingesetzt. Darum hast du dir diesen unwirtlichen Ort als letzten Ruheplatz ausgesucht. Dein Schicksal hat dich im Leben abgesondert. Es hat dich verändert und getrieben. Es hat dich sogar im Tod abgesondert. Ach, würde mir ein solches Los doch erspart bleiben!

Aufstöhnend reckte er sich, ging den Aufgang hinunter und durchschritt die abgestorbenen Reste eines Tamariskenhains. Mentuhoteps Bildnisse sahen im Schatten der Sykomoren hinter ihm her, und Seqenenre wollte es so vorkommen, als ob die Statuen stumm über Pflicht und Leid zu ihm sprachen.

In dem von der Sonne ausgedörrten Tal konnte er nicht denken, da konnte er nur fühlen. Daher suchte er Zuflucht in Mentuhoteps baufälligem Palast, in dem es einigermaßen kühl war. Er schritt auf und ab und grübelte. Dann stellte er sein Sonnensegel auf den Frauengemächern auf, saß mit gekreuzten Beinen im mageren Schatten und überblickte sein sommerlich verdorrtes Reich. Der Nil war nur noch ein verdrossenes braunes Rinnsal. Die Felder wurden allmählich zur Wüste und waren von tiefen Rissen durchzogen, in denen ein Mensch fast bis zu den Knien versinken konnte. Die Bäume waren vertrocknet, die Palmen ließen die Wedel hängen. Nichts Lebendiges war zu sehen. Als er einen Blick hinter sich wagte, wo die Wüste im luftlosen Hitzedunst flimmerte und sich der goldene Sand der Unendlichkeit des tiefblauen Himmels entgegenwellte, da merkte er, dass er seine eigene Seele sah.

Und als er wusste, dass er keine Lösung hinnehmen, dass er sich weder nach rechts noch nach links wenden konnte, obwohl die Wahl so klar war wie sein eigenes Spiegelbild in dem Kupferspiegel, den ihm sein Leibdiener jeden Morgen vors Gesicht hielt, da ging er mit der Rolle zu seiner Mutter. Tetischeri ruhte auf ihrem Lager. Es war Nachmittag. Isis fächelte die muffige Luft über ihrem Leib unter dem Laken, und Mersu hatte gerade den Wasserkrug auf ihrem Tisch frisch gefüllt. Im Zimmer war es dämmrig, doch die dicken Wände aus Lehmziegeln konnten Res Gewalt nicht völlig widerstehen, während er seine glühende Bahn nach Westen zog.

Seqenenre bat, vorgelassen zu werden, und wurde hineingewinkt. Isis entfernte sich. Tetischeri setzte sich auf und klopfte auf das Lager, und Seqenenre reichte ihr die Rolle. Sie las sie durch, hob die Brauen und las noch einmal. Seqenenre bediente sich mit Wasser. Tetischeri ließ die Botschaft zu Boden fallen.

«Der Dolch ist mit den Jahren immer näher gekommen», sagte sie. «Jetzt kratzt er deine Haut und wartet auf den endgültigen Befehl, dass man ihn uns ins Herz stößt. Ich habe gebetet, dass sich das abwenden ließe, doch irgendwie hat mein Ka gewusst, dass es anders kommen würde. Was wirst du tun?»

Er lachte schroff. «Ich stehe auf dem Spielfeld Schönes Haus», sagte er, «und mein Gegner hat die Zahl gewürfelt, die mich in die Fluten der Unterwelt schickt. Springen geht nicht mehr.» Sie wischte sich mit dem Lakenzipfel übers Gesicht und berührte seinen Arm.

«Beim Senet hat man erst gewonnen, wenn kein Stein mehr auf dem Brett steht. Wir müssen Auswege durchsprechen. Wir wissen beide, welche das sind. Opferst du der Familie zuliebe deinen Stolz und lässt Si-Amun nichts zu erben übrig, nicht einmal den Titel Nomarch? Dadurch wären zumindest unsere Lieben sicher. Oder denkst du daran ...»

«Nein!» Seqenenre schlug auf die Betttücher ein. «Genau das will er doch. Wie könnte ich da auf Erfolg hoffen? Was habe ich? Ein paar jämmerliche Streitwagen für Spazierfahrten. Ein paar jämmerliche Waffen für meine Leibwache. Ich wäre bereits geschlagen, noch ehe ich Waset verlassen hätte.»

«Du hast doch die Medjai», hielt seine Mutter dagegen. «Die Männer aus Wawat sind die besten Kämpfer auf der ganzen Welt. Und sie mögen den Fürsten von Kusch nicht. Sie sind Wüstensöhne, die sich vor allem davor fürchten, dass Kusch ihnen eines Tages ihre Dörfer wegnimmt. Die wenigen in deinen Diensten sind treu und glücklich. Von denen solltest du mehr anwerben. Rede mit Hor-Aha. Er heißt nicht umsonst der Kämpfende Falke.»

Seine Gedanken aus ihrem Mund zu hören entsetzte ihn. Laut geäußert kamen sie ihm wie ein bereits gefasster Entschluss vor.

«Mutter, bist du so umbarmherzig?», fragte er leise. «Würdest du uns allesamt für deinen Stolz opfern wollen?» Er merkte, dass er sie gekränkt hatte, denn ihr schossen die Tränen in die Augen.

«Nein», befahl sie und hob die Hand, als sie sah, dass er zu einer Entschuldigung ansetzte. «Sag es nicht, Seqenenre. Deine Anschuldigung enthält ein Körnchen Wahrheit. Ich bin sehr stolz. Es ist der Stolz einer Frau, die mit einem König verheiratet war. Ohne Königreich, ja, ich weiß, aber dennoch ein Gott. Aber an diesem Stolz ist nichts Böses. Er würde niemals das Leben derer fordern, die ich liebe.»

«Es tut mir Leid, Mutter. Ich weiß. Du sprichst, als hätten wir nur eine Wahl.» Sie nickte kurz.

«Und die andere ist wie folgt. Du baust Seth einen Tempel. Du verarmst deine Leute dafür. Du weißt, was danach geschehen wird?» Er lächelte ein freudloses Lächeln.

«O ja. Noch ein Brief, der was fordert? Dass ich Nomarch in einer anderen Stadt werde oder so ähnlich? Irgendwo weiter nördlich, mehr in Apophis' Nähe?»

«Oder vielleicht Dienst als Soldat in einer Grenzfestung. Es gibt kein Entrinnen, Seqenenre. Und ich glaube nicht, dass es das jemals gegeben hat.»

Nun herrschte zwischen ihnen Schweigen. Im Haus war es vollkommen still. Tetischeri lehnte mit geschlossenen Augen in ihren Kissen. Schließlich sagte Seqenenre: «Falls ich kämpfe und besiegt werde, bedeutete das den Tod für uns alle.»

Ohne die Augen zu öffnen, entgegnete sie kalt: «Wir kämpfen seit langem ein einziges Nachhutgefecht und werden nach und nach besiegt. Uns ist nichts mehr geblieben, wohin wir laufen könnten. Bleiben wir nun stehen und kämpfen, oder fallen wir auf die Knie und sterben den langsameren Tod?» Sie schlug die Augen auf. «Verfluchter Apophis! Wir sind so willig gewesen. So willig!» Ihre Hand suchte nach seinem Knie, und bei ihrer Berührung beugte er sich vor und nahm sie in die Arme. Wie zart und zerbrechlich seine Mutter doch war, aber sehr gerade und mit einem Geist, der immer ihren zierlichen Körper beherrscht hatte.

«Tetischeri», sagte er und bemühte sich dabei um eine gelassene Stimme, «ich habe solche Angst.»

«Ich auch.» Sie machte sich los. «Du musst das nicht auf der Stelle entscheiden. Denk noch ein Weilchen darüber nach.»

«Ja.» Er stand auf. «Aber ich weiß, ich kann nachdenken, so viel ich will, es gibt keinen anderen Ausweg. Falls ich zu lange zögere, laufe ich davon. Werde schwach. Vielleicht können Si-Amun und Kamose ...»

«Vielleicht.» Sie bewegte müde den Kopf auf den Kissen. «Frage sie nach ihrer Meinung. Die schwierigste Aufgabe wird sein, die Spreu vom Weizen zu scheiden, die Vertrauenswürdigen zu finden.» Seqenenre bekam in dem heißen, stickigen Raum kaum noch Luft. Er nickte und wandte sich zum Gehen.

Den Nachmittag verbrachte er mit ruhelosem Aufundabschreiten im Haus. Anfangs versuchte er, seine Angst zu verschlafen, doch die Hitze und seine fieberhaften Gedanken ließen ihn durch die Flure, den Empfangssaal und den Männerflügel irren, wo Kamose wie ein Toter schlief und Ahmose auf dem Fußboden seines Zimmers hockte und würfelte. Er umrundete die Getreidespeicher, die säuberlich aufgereiht an der südlichen Mauer seines Anwesens standen, dann kniete er sich vor die Hundezwinger und suchte Trost bei Behek, der den großen Kopf an seinen Hals schmiegte.

In der geruchlosen Abenddämmerung, als der Himmel von Rot zu Hellblau gewechselt hatte und die Sterne anfingen zu funkeln, setzte er sich am Fluss in ein Dickicht brauner Binsen, die trocken und abgestorben raschelten, die Füße im warmen Staub. Immer wieder hob er im Geist zu einem versöhnlichen Brief an den König an, kam aber nicht weiter als bis zur Anrede. Ihm wollte nichts Schlaues einfallen. Apophis forderte ein Ja oder Nein. So einfach war das. ‹Geh geduldig und achtungsvoll mit ihnen um, und sie hören auf›, hatte Teti zu den Rollen aus Auaris gesagt, doch Teti irrte. Seqenenre hatte diesem König alle Geduld der Welt und Achtung entgegengebracht, doch die Mühe war vergebens gewesen.

Beim Abendessen bemühte er sich um eine heitere Miene, hörte sich Tanis Geplauder an, erkundigte sich nach Aahmesnofretaris Befinden, riet seiner Frau, die an Fieber erkrankten

Kinder der Diener abzusondern, und als er die ungezwungene Unterhaltung nicht mehr ertragen konnte, entschuldigte er sich und ging zu Bett. Auf seinen Befehl hin löschte Uni alle Lampen bis auf das Nachtlicht neben ihm und entfernte sich.

Erschöpft fiel Seqenenre in einen tiefen Schlaf, träumte jedoch von Apophis mit einem mächtigen, nassen Nilpferdleib, der bis zu den Schultern in einem stinkenden Nil stand, doch die Augen über dem ledernen Maulkorb, den er über und um die zitternde Schnauze trug, funkelten wütend. Er versuchte, die Riemen durchzubeißen, verzog die Lippen, aber die Riemen waren zu stramm. In seinem Traum setzte Seqenenre zu einer Verwünschungsformel an. «Hungern soll er! Dursten soll er! Ohnmächtig soll er werden! Krank soll er werden!», und Apophis' Augen funkelten immer weiter, doch schließlich stockte Seqenenre die Stimme und erstarb.

Mit einem Ruck wachte er auf, war schweißgebadet und rang nach Luft, dann setzte er sich keuchend auf und blickte sich im Zimmer um. Die Schatten waren unbeweglich und unbehaust. Das Haus lag in tiefem Schlummer. Er ließ sich zurücksinken und fiel in einen heilenden, totenähnlichen Schlaf.

Am darauf folgenden Tag kehrte er an seine Pflichten im Tempel zurück und ließ Hor-Aha von einem Soldaten seiner Leibwache holen. Sonst kam er einmal die Woche wie üblich mit dem Befehlshaber seiner Medjai zusammen und überzeugte sich, dass für das Wohlbefinden seiner Männer gesorgt war, die militärische Ausbildung seiner Söhne Fortschritte machte, und beredete alle Änderungen des täglichen Ablaufs mit ihm. Hor-Aha war ein großer Schweiger. Er kümmerte sich gut um seine Arbeit, war ehrerbietig, aber nicht liebedienerisch seinem Herrn gegenüber, und wie alle Wüstenkrieger sprach er nie über sein Leben außerhalb des Exerzierplatzes. Seqenenre mochte und achtete ihn, doch er hatte das Gefühl, dass er ihn nicht gut kannte. Er empfing ihn allein in seinem Arbeitszimmer.

Geschmeidig kam Hor-Aha über den Fußboden geschritten,

eingehüllt in das dicke, wollene Kleidungsstück, das er sommers wie winters nicht ablegte. Schweißtropfen standen auf seiner schwarzen Stirn. Sein Haar war nach Soldatenart lang und zu zwei Zöpfen geflochten, die ihm steif auf die nackte Brust hingen. Unter den bauschigen Falten seines Umhangs trug er einen Schurz und einen fleckigen Ledergurt, in dem ein kurzer Dolch steckte. Silberne Armreife klirrten an seinen Handgelenken. Seqenenre begrüßte ihn höflich. Hor-Aha erwiderte den Gruß und stand dann da mit einem erwartungsvollen Blick in den ebenholzschwarzen Augen. Seqenenres Herz fing an zu rasen. Heute lasse ich mich darauf ein, dachte er verkrampft. Falls kein Verlass auf Hor-Aha ist, muss ich scheitern.

«Hor-Aha, wie viele Medjai stehen unter meinem Befehl?» Hor-Ahas Brauen schossen in die Höhe.

«Fürst, du hast fünfhundert. Sie wechseln sich in Gruppen zu je hundert Mann ab, der Rest teilt sich die Zeit mit Drill, Ausbildung und Urlaub.»

«Streitwagen?»

«Nur zehn und zwanzig Pferde.»

Seqenenre unterdrückte ein Auflachen. Wirklich, ein mächtiges Heer, dachte er. «Wie viele Männer sind mit den neuen Bogen ausgerüstet, wie sie die Setius verwenden?»

Hor-Aha dachte kurz nach, ehe er antwortete. «Nur sehr wenige. Die Bogen sind teuer, man muss tüchtig feilschen, und wie du weißt, Fürst, wird mit ihnen anders geschossen als mit unseren ägyptischen. Sie sind größer und unhandlicher, und die Männer müssen daran ausgebildet werden, denn sie erfordern viel Kraft zum Spannen. Aber sie sind sehr stark und genauer als unsere Bogen.»

«Hast du einen?»

Hor-Aha lächelte, dass seine weißen Zähne blitzten. «Aber ja doch.»

«Wären sie schwierig herzustellen?» Er sah, wie der Befehlshaber die Augen zusammenkniff und rasch überlegte. Der

Mann verlagerte das Gewicht von einem breiten, nackten Fuß auf den anderen und verschränkte die kräftigen Arme.

«Schon möglich, aber das wichtigste Material ist Birkenholz aus Rethennu, und wenn du viele Bogen herstellen willst, brauchst du die Erlaubnis des Einzig-Einen zum Handel mit dem Land, aus dem seine Vorfahren nach Ägypten gekommen sind und wo ihn die Häuptlinge Bruder nennen.»

«Es muss doch einen Ersatz für Birke geben», drängte Seqenenre. «Was braucht man sonst noch?»

«Bullensehnen, vorzugsweise von wilden Bullen. Ziegenhörner. Und die wilden Ziegen haben auch härtere und kräftigere Hörner als Hausziegen. Aber zum Spleißen und Zusammenbauen braucht man einen Fachmann.»

«Könntest du das?»

«Vielleicht. Falls du an das Holz herankommst.» Seqenenre bedeutete ihm, sich zu setzen. Hor-Aha nahm auf dem Fußboden Platz und zog die Beine unter den Umhang. Seqenenre schenkte für beide Bier ein, reichte dem Befehlshaber einen Becher und ließ sich auf einen Stuhl sinken. Der Augenblick war gekommen.

«Ich möchte die Zahl der Männer unter meinem Befehl stark vergrößern», sagte er, «und ich möchte sie mit den neuen Bogen ausrüsten. Außerdem brauche ich Streitwagen, viele zusätzliche Streitwagen. Ich möchte die Sicherheit meiner Nomarchen verstärken.» Er trank und warf Hor-Aha über den Becherrand einen Blick zu. Dessen Augen wurden ausdruckslos und senkten sich auf die braune Flüssigkeit, die er noch in der Hand hielt.

«Wie du willst, Fürst», sagte er endlich. «Ich denke, dass dazu weitere hundert Fußsoldaten ausreichen, von denen je zwanzig in den Hauptstädten der Nomarchen stationiert würden. Schließlich herrscht in Ägypten Frieden.» Er hielt den Kopf gesenkt, aber Seqenenre gewann den eindeutigen Eindruck, dass der Mann lächelte. Als Hor-Aha aufblickte, waren seine kräftigen, gleichmäßigen Züge ausdruckslos.

Seqenenre warf einen raschen Blick zur Säulenvorhalle, wo die Sonne zwischen den Säulen schien und den verlassenen Garten mit Glanz überzog. Die Tür hinten im Raum war fest geschlossen. Er schluckte zweimal krampfhaft, dann sprang er ins kalte Wasser.

«Du bist mein Kämpfender Falke», sagte er mit belegter Stimme. «Du bist aus der Wüste zu mir gekommen, als ich in den Zwanzigern war, und hast meine militärische Ausbildung übernommen. Dir verdanke ich ein ruhiges Auge und einen starken Arm. Jetzt muss ich mich erneut in deine Hand begeben.» Hor-Aha sah in fest an. «Ich will ein Heer zusammenstellen», fuhr Seqenenre stockend fort. «Ich will nach Norden marschieren und mich mit dem Einzig-Einen schlagen. Das ist Gotteslästerung, Hor-Aha, aber ich kann die mir angetanen Beleidigungen nicht länger hinnehmen, und falls ich diesen verzweifelten Weg nicht gehe, wird mir der Einzig-Eine alles nehmen, was ich habe. Ich glaube nicht, dass ich gewinnen kann. Vielleicht kann ich nicht mehr tun, als mich selbst für die Maat zu opfern. Aber lieber sterbe ich für die Maat, als so qualvoll weiterzuleben wie im Augenblick. Wirst du mir helfen?»

Hor-Aha trank nachdenklich, schürzte die Lippen und stellte das Bier ab. Auf einmal verschwanden seine Hände in seinem Umhang. «Ein geschlagener Fürst wird vielleicht bestraft, aber meistens geschieht ihm nichts», meinte er, «seine Hauptleute dagegen müssen über die Klinge springen. Wenn ich mich auf deine Seite stelle, Fürst, muss ich wahrscheinlich sterben.» Seqenenre wartete. Dann hob sich der dunkle Kopf. «Ich weiß nichts über den König», sagte er, «ich bin noch nie über Aabtu hinausgekommen. Du bist mein König. Deine Befehle sind vernünftig. Ich werde dir weiter dienen.» Seqenenre spürte, wie in seinem Inneren alles locker wurde.

«Augenblicklich kann ich dir nicht mehr versprechen als den leeren Titel General. Ich kann dir nicht einmal mehr Brot und Bier anbieten.» Das tat Hor-Aha mit einem Schulterzucken ab.

«Was ich habe, reicht für meine Bedürfnisse, und General tut als Titel sehr gut. Jedenfalls fürs Erste. Falls Amun dir wohlgesinnt ist, kannst du mich später zum Befehlshaber der Tapferen des Königs machen.» Seqenenre grinste lahm, und Hor-Aha erwiderte sein Grinsen mit einem Lächeln.

«Nichts, was mir lieber wäre», willigte Seqenenre ein. «Können wir jetzt praktische Dinge besprechen? Ich möchte so viele Medjai wie möglich anwerben. Kannst du deinen Männern vertrauen?»

«Sie sind es zufrieden, meine Befehle zu befolgen.»

«Gut. Schick sie zu ihren Stämmen in die Wüste. Ich brauche viele junge Männer. Aber wir dürfen sie hier nicht einquartieren. Ich muss draußen in der Wüste Unterkünfte bauen oder vielleicht am westlichen Ufer hinter den Toten, wohin die Leute nur selten gehen. Dort kann man sie dann ohne zu viel Aufsehen ausbilden.» Hor-Ahas Hände tauchten wieder auf, hoben das Bier hoch, und dann wurde der Becher ausgetrunken. Er leckte sich sorgfältig die Lippen.

«Vielleicht könntest du Prinz Si-Amun bitten, dass er die Nomarchen bereist und Bauern aushebt», schlug er vor. «Die tun, was man ihnen sagt.» Er kam Seqenenres nächster Frage zuvor. «Ich rede mit deinen Handwerkern. Wir werden das Geheimnis des Bogens entschlüsseln. Bedenke jedoch, Fürst, du kannst zwar befehlen, mehr Streitwagen zu bauen, doch Pferde bekommst du nicht. Die müssen wir auf dem Weg nach Norden einfach stehlen.»

Sie unterhielten sich noch ein Weilchen über grundlegende Dinge, darunter auch die Möglichkeit, an Äxte und Messer aus Bronze, dem neuen Metall, heranzukommen, das die Setius mit so großem Erfolg verwendeten, doch beide redeten nicht über Seqenenres größte Sorge. Womit sollte er diesen Ausbruch von Betriebsamkeit bezahlen? Als Uni dann vorgelassen werden wollte und ihm ausrichtete, das Mittagessen wäre bereit, stand Seqenenre vollkommen neben sich, fühlte sich unwirklich, so als ob nur sein Ka Verrat und Aufstand mit Hor-Aha besprochen hätte, während er in der wirklichen Welt schwamm oder mit seinem Schreiber Rechnungen durchging oder mit Aahotep am Teich saß. Er entließ seinen Befehlshaber und folgte Uni unsicheren Fußes.

Noch vor Ende der Woche waren Hor-Aha und seine Soldaten unauffällig aus Waset verschwunden und hatten für die Familie lediglich eine Alibi-Leibwache zurückgelassen. Der Sommer war eine träge Zeit, und nur Kamose fiel auf, dass die Gesichter am Haupttor zum Anwesen und in den Fluren immer dieselben waren. Das wunderte ihn, und er machte sich auf die Suche nach Si-Amun. Gemeinsam gingen sie mit ihrer arglosen Frage zum Vater, und Seqenenre – er hatte sich entschieden – weihte seine Söhne in seine Pläne ein.

«Si-Amun, du als mein Erbe bereist die Nomarchen und hebst Soldaten aus», befahl er. «Hor-Aha ist drunten im Süden und versucht, die Wilden aus Wawat zu überzeugen, dass sie in meinem Heer Teti, den Schönen, Fürst von Kusch, loswerden und viel Beute zu erwarten haben. Du und er, ihr werdet sie unter mir befehligen.» Si-Amun war bei den Worten seines Vaters blass geworden. Jetzt sah er grau und verfallen um die Nase aus, seine Augen waren vor Schreck geweitet. Er streckte die Hand aus, ließ sie aber wieder sinken.

«Vater», sagte er dringlich. «Das kann ich nicht. Bitte! Wenn du mich liebst, wenn du uns liebst, dann tu das nicht! Das ist Gotteslästerung. Das ist der Tod für uns, das muss dir doch klar sein?» Seine Stimme war schrill geworden, dann brach sie. Er zitterte am ganzen Leib und ließ sich auf einen Stuhl fallen.

«Wir haben dieses Thema ausführlich besprochen», fiel ihm Seqenenre hart ins Wort. «Ich weiß, was in dir vorgeht, aber die Zeit ist gekommen, dass du deine private Meinung vergisst und dich auf meine Seite schlägst. Du bist mein Sohn. Deine Treue hat zuerst Amun und dann mir zu gelten.»

«Das kann ich nicht!» Si-Amun biss sich auf die Lippen.

Seine Hände lagen zu Fäusten geballt im Schoß. «Als Ägypter bin ich vor allem dem König treu. Vater, das ist Hochverrat! Verzeih mir, aber das kann ich nicht!» Seqenenre ging zu ihm und beugte sich über ihn.

«Willst du damit sagen, dass du nicht für mich kämpfen willst?» Si-Amuns dunkle Augen hinter den langen Wimpern blickten hoch, und ihre Blicke trafen sich. Seine Augen standen voller Tränen.

«Wenn du es mir befiehlst, so werde ich für dich kämpfen, Fürst», sagte er mit erstickter Stimme, «aber ich reise nicht in die Nomarchen und helfe dir, den Augenblick unserer Vernichtung noch zu beschleunigen. Ich erniedrige mich vor dir. Ich demütige mich vor dir. Aber ich reise nicht.»

Seqenenre kämpfte mit seinem Ärger und dem überwältigenden Gefühl, verraten zu sein. Doch seine Zuneigung siegte. Er zog Si-Amun hoch.

«Nun gut», sagte er knapp. «Ich ehre deinen Entschluss, weil ich weiß, dass mein Sohn nicht aus Feigheit so spricht. Verlass diesen Raum.» Unglücklich stand Si-Amun auf, stolzierte an dem schweigenden Kamose vorbei und trat nach draußen. Eine kurze Weile mochten sich Seqenenre und Kamose nicht ansehen. Dann reckte Kamose die Schultern.

«Er ist sehr mutig», gemahnte er seinen Vater. «Und er ist ein guter Krieger. Du darfst ihm das nicht übel nehmen.»

Seqenenre war gekränkt und getroffen und gab keine Antwort.

«Dann reise ich in die Nomarchen und hebe Männer aus», sagte Kamose jetzt grimmig, «aber, Vater, ich glaube, du bist nicht ganz bei Trost. Wie lange dauert es wohl, bis deine Unbesonnenheit dem Einzig-Einen zu Ohren kommt? Eins steht fest, er hat auch hier im Haus seine Spione. Ich wünsche mir von ganzem Herzen, du würdest statt des Heeres einen Tempel aufstellen. Ich möchte nicht sterben.»

«Ich habe schreckliche Angst um uns alle», erwiderte Seqenenre, «aber du besitzt eine innere Stärke, die dich niemals im Stich lassen wird. Mir tun vor allem Ahmose und Aahmes-nofretari Leid.» Kamose kniff die Lippen zusammen. Er war unter seiner tiefen Bräune ganz blass geworden.

«Und wie willst du das alles bezahlen?»

«Ich muss Uni ins Vertrauen ziehen. Und Amunmose. Er muss Amun um den größten Gefallen bitten, den er dieser Familie jemals erwiesen hat.»

«Warum kletterst du nicht mit einem Horn auf das Dach des Heiligtums und verkündest ganz Waset, was du vorhast?», entgegnete Kamose bissig. «Dazu kommt es ohnedies, Vater, und das weißt du. Du musst sehr schnell handeln, wenn du noch etwas bewirken willst, ehe Apophis einen Bruchteil seiner Horden nach Süden schickt und uns alle vernichtet.»

«Wirst du mir helfen?»

Kamose ballte die Fäuste. «Aber gewiss doch. Auch in meinen Adern fließt das Blut des Gottes.»

Seqenenre warf ihm einen eigenartigen Blick zu. Es war das erste Mal, dass Kamose direkt auf seine Herkunft angespielt hatte. Ich kenne dich kaum, dachte Seqenenre. Ich kenne dich so gut wie gar nicht.

Si-Amun bemühte sich um Selbstbeherrschung, als er zu seinen Gemächern zurückging, und beantwortete im Dahinschreiten freundlich den Gruß der Dienstboten. In seinem Kopf drehte sich alles. Warum bist du so überrascht?, fragte er sich streng. Du hast doch gewußt, dass es so kommen würde, sonst hättest du nie die Abmachung mit Teti getroffen. Warum bist du dann so benommen und kannst es nicht fassen? Hast du dir eingebildet, dein Vater würde aus seinen Tagträumen erwachen?

Si-Amun hatte seit seiner Rückkehr nach Haus noch keine Verbindung mit Teti aufgenommen. Das Leben war scheinbar in seine gewohnten Bahnen zurückgekehrt, und sein Vater hatte sich wie üblich ausgeschwiegen. Und so hatte sich Si-Amun mit einem eigenartigen Gefühl von Erleichterung treiben lassen und die Erinnerung an das Mittagessen mit Teti unter dem Feigenbaum ausgelöscht, doch als er jetzt seine Tür erreichte, kehrte sie entsetzlich klar zurück. Warum entsetzlich?, dachte er, als sein Haushofmeister auf ihn zutrat und sich verbeugte. «Bring mir ein Blatt Papyrus und eine Schreibpalette», befahl er dem Mann, und der entfernte sich.

Si-Amun zog den Schurz aus, dann riss er das Laken von seinem Lager und fing an, seinen schweißfeuchten Körper trocken zu reiben. Entsetzlich, weil du an Tetis guten Absichten zweifelst, sagte er sich. Ich habe die Worte ausgesprochen. Ich bin nicht töricht. Vielleicht will Teti, dass ich meinen Vater für seine Ziele ausspioniere. Vielleicht ist er auch aufrichtig. Wir sind durch meine Mutter verwandt. Er ist unserer Familie immer ein guter Freund gewesen, und ich kann mich nicht auf mein Unbehagen verlassen, das gewiss nur Schuldgefühl ist, weil ich etwas hinter dem Rücken meines Vaters tue. Man muss Vater aufhalten, und Teti ist der Einzige, an den ich mich wenden kann. Großmutter würde Apophis die Augen auskratzen, wenn sie könnte. Mutter tut, was Vater will. Kamose auch. Ahmose hat nur seine Freiheit im Kopf. Es ist an mir, uns alle zu retten.

Der Haushofmeister kehrte mit einer Palette und Papyrus zurück. «Such Mersu und bitte ihn, zu mir zu kommen», sagte Si-Amun, als er ihm die Sachen abnahm. «Und dann sag meiner Frau, dass ich gern ein Weilchen mit ihr am Fluss spazieren gehen möchte. Du kannst gehen.»

Er ließ sich zu Boden sinken und kreuzte die Beine, legte die Palette auf die nackten Knie und wählte einen Pinsel aus, dann begann er bedächtig zu schreiben, denn seine Hand durfte nicht zittern. ‹Vater hat erneut einen Brief bekommen›, so fing er an. ‹Er hebt ein Heer aus. Bitte komm, ehe er zu weit geht. Ich weiß nicht, was ich tun soll.› Er unterschrieb nicht, sondern rollte das Blatt auf, umwickelte es mit einem Stückchen Schnur, versiegelte den Knoten mit heißem Wachs und zeichnete sorgsam in groben Umrissen ein Nilpferd hinein.

Als er fertig war, trat Mersu unter Verbeugungen ins Zimmer. Si-Amun war noch immer nackt und hielt ihm die Rolle hin. Mersu blickte ihn fragend an, nahm sie jedoch. «Du bist, glaube ich, ein Freund von Tetis Oberhofmeister?», sagte Si-Amun. Mersu nickte.

«Er und ich sind in demselben Dorf als Nachbarskinder aufgewachsen, Fürst», erwiderte er zurückhaltend. «Und wir haben zur gleichen Zeit die Schreiberschule besucht.»

«Ach so.» Si-Amun verschränkte die Arme. «Dann sorge dafür, dass ihn diese Rolle erreicht. Sie ist für Teti. Eine private Angelegenheit.» Er hatte nicht lügen wollen, doch wenn er gesagt hätte, die Rolle sei für Ramose, hätte sich Mersu gefragt, warum er sie nicht einem der Boten mitgab, die regelmäßig den Fluss befuhren. Si-Amun fiel beim besten Willen keine gute Ausrede für seine Bitte ein. Der Ältere blickte ihn fest und fragend an. Ungeduldig entließ ihn Si-Amun. Er machte sich nicht die Mühe, sich erst noch zu waschen, sondern kramte in seiner Truhe, zog einen sauberen Schurz heraus und band ihn um, darauf machte er sich eilig auf die Suche nach Aahmes-nofretari. Er musste ihre Arme um sich spüren, sie mussten ihm die Sicherheit vermitteln, dass er das Richtige getan hatte, auch wenn sie keine Ahnung hatte. Teti würde kommen. Vater würde auf die besänftigenden Worte seines Verwandten hören. Alles würde gut werden.

VIERTES KAPITEL

Noch vor Ende des Monats errichteten Trupps von Bauern aus Waset die Unterkünfte in der Wüste hinter den westlichen Felsen. Hor-Aha und seine Soldaten kehrten zurück, und schon bald darauf sickerten über den Nil dunkle, flinke Männer ein und verschwanden hinter den Hügeln. Seqenenres fünfzig erfahrene Gefolgsleute bildeten den Kern seines Heeres, dessen Hauptleute, sie befehligten die neuen Rekruten. Die Zeit reichte nicht, sie richtig auszubilden. Sie mussten allein zurechtkommen oder sie gingen unter. Wer die neuen Bogen schon hatte, musste jene unterweisen, die die bekamen, die von Hor-Aha in fieberhafter Eile hergestellt wurden. Allesamt benötigten sie Bewegung und Drill, Speere, Äxte und Keulen, Wasser und Nahrung. Seqenenre machte sich nicht die Mühe, den Brief des Königs zu beantworten. Es würde mindestens zwei Monate dauern, ehe sich Apophis allmählich fragte, warum aus dem Süden keine Nachricht kam.

Als man die Angelegenheit nicht länger vor der Familie geheim halten konnte, teilte er ihr mit, was er vorhatte. «Ich habe keine Zeit, die Sache ordnungsgemäß zu organisieren», verkündete er der bestürzten kleinen Gruppe. «Ich habe nur wenige Berufssoldaten, keine erfahrenen Armeeschreiber und Rekruten, keine kundigen Wagenlenker. Vergebt mir, was ich tun muss.» Tetischeri hatte nichts gesagt, Aahotep auch nicht. Kamose bereiste noch immer die Nomarchen, doch Ahmose war sofort herausgeplatzt: «Kamose und ich kämpfen natürlich. Die Maat ist auf unserer Seite, Vater. Wir erleben es noch, dass der Horusthron vor dem nächsten Neujahrstag an uns zurückfällt!» Als Seqenenre in die leuchtenden Augen des Sechzehnjährigen blickte, fragte er sich, ob Ahmose wirklich daran glaubte, dass die Setius dann aus Ägypten vertrieben wären, oder ob er seinen bedrückten Vater nur aufmuntern wollte.

Aahmes-nofretari bemühte sich, ihre Tränen zurückzuhalten, doch es gelang ihr nicht. Schluchzend stand sie auf, umarmte Seqenenre stürmisch und floh aus dem Raum. Auf ein Nicken seines Vaters hin folgte ihr Si-Amun. Tani klammerte sich mit großen, erschrockenen Augen an ihre Mutter.

«Vater, das ist Hochverrat», flüsterte sie. «Dafür werden dich die Götter bestrafen. Was mache ich nur ohne dich? Warum tust du mir das an?» Darauf gab es keine Antwort. Für Tani musste dieser Selbstmord wie ein Übermaß an Selbstsucht erscheinen.

«Was kann ich dabei tun?», fragte Tetischeri still.

«Haltet den Haushalt so normal wie möglich in Gang, du und Aahotep. Erfindet Ausreden für meine Abwesenheit. Weicht Fragen aus.» Er sank in sich zusammen, denn eigentlich hatte er sagen wollen, es ist ohnedies alles vergebens, doch angesichts Tanis gequälter, verständnisloser Miene biss er sich auf die Zunge.

Uni war aufgebraust und hatte aufbegehrt, als Seqenenre ihm gesagt hatte, warum er eine Endabrechnung und Prüfung seines Finanzhaushalts wünsche.

«Fürst, das ist Wahnsinn!», hatte er geschrien. «Wegen dieser Befleckung werde ich mich jeden Tag meines Lebens reinigen müssen, damit mich die Götter nicht bestrafen!» Erschöpft hatte Seqenenre ihn ausreden lassen, ohne ihn für seine Dreistigkeit zu schelten.

«Uni, ich weiß, dass deine wie Mersus Vorfahren Setius

sind», sagte er. «Es steht dir frei, meine Dienste zu verlassen und mit dem, was ich dir gesagt habe, zu tun, was dir beliebt, aber du musst wissen, dass ich dich brauche.» Uni hatte sich knapp verbeugt und sich missmutig abgewandt.

«Ich werde einen Bericht über deinen Besitzstand anfertigen, Fürst», hatte er gebrummelt. «Und ich werde neue Einkommensquellen erschließen und auflisten. Falls es welche gibt.» Mit diesen Worten war er zornbebend davonstolziert, und Seqenenre hatte ihn gehen lassen. Trotz seiner Empörung hatte er Seqenenre die Antwort gegeben, die dieser sich sehnlich gewünscht hatte.

Ihm blieb nicht viel Zeit, über sein Unternehmen nachzudenken. Er verbrachte seine Tage mit Ahmose in der glühend heißen Wüste hinter den westlichen Felsen und sah Hor-Aha und den neuen Hauptleuten zu, wie sie versuchten, durch Drill und Zureden Soldaten aus den neuen Männern zu machen. Die neuen Bogen kamen aus den Werkstätten. Man hatte Ersatz für das nicht erhältliche Birkenholz gefunden. Hor-Aha hatte verschiedene Materialien ausprobiert, jedoch mit geringem Erfolg, und es in seiner Verzweiflung mit gehäuteten Rippen von Palmzweigen und seinem Klebstoff versucht. Das Ergebnis war überraschend gut ausgefallen, und als die Herstellung erst einmal voll angelaufen war, hatte er die Sache den Waffenschmieden überlassen und sich den neuen Rekruten gewidmet.

Seqenenre und sein jüngster Sohn schwitzten mit den Übrigen und erduldeten Hor-Ahas höhnische Bemerkungen und Beleidigungen, während sie sich mit den Bogen abmühten. Beide hatten Erfahrung im Umgang mit Waffen, hatten sie jedoch nur gelegentlich bei freundschaftlichen Wettbewerben benutzt. Jetzt wurde es Ernst, und Ahmose sonnte sich in seinem raschen Erfolg, während Seqenenre den Bogen ergrimmt spannte und schoss, leise fluchte und spürte, wie ihm die Zeit davonlief, während Re versuchte, sein Blut zum Kochen zu bringen und seine Haut zu verbrennen.

Zuweilen kam auch Si-Amun auf den Exerzierplatz, stellte sich neben seinen Vater und seinen Bruder und handhabte zerstreut den Bogen oder hetzte seinen Streitwagen durch die Scheinangriffe, die Hor-Aha anordnete, doch sehr häufig erschien er nicht. Seqenenre bemühte sich, seine Enttäuschung über seinen Sohn beiseite zu schieben und sich zu benehmen, als wäre alles in bester Ordnung, doch Si-Amun umgab sich mit einer Aura eisigen Hochmuts. Bei den Mahlzeiten, im Tempel, während der privaten Augenblicke, wenn die Familie am Teich zusammensaß, wich Si-Amuns Blick aus. Er redete durchaus mit, wenn die Unterhaltung allgemeine Themen berührte; wenn die Rede jedoch auf die Unternehmung jenseits der westlichen Felsen kam, hielt er den Mund.

Er tat Seqenenre in der Seele Leid. Seine Weigerung, nicht mehr zu tun, als neben seinem Vater zu kämpfen, schien Aahmes-nofretaris Haltung ihm gegenüber nicht zu beeinflussen, und dafür war Seqenenre dankbar, doch Tetischeri machte aus ihrer kühlen Haltung Si-Amun gegenüber kein Hehl.

«Dieser Junge verheimlicht etwas», sagte sie eines Abends nachdrücklich zu Seqenenre, als sie vor den Überresten des letzten Tagesmahls saßen und zu träge waren, um vor dem Zubettgehen noch einen Spaziergang zu machen. «Es ist verständlich, dass er den Trotzigen herauskehrt, seine Einstellung verteidigt, aber den Si-Amun mit dem unsteten Blick und dem langen Schweigen, den kenne ich nicht.» Sie lehnte sich zurück und legte beide Hände auf die Knie. «Hinter seinem Benehmen stecken irgendwelche Schuldgefühle.»

«Mutter, er ist fast noch ein Knabe», entgegnete Seqenenre. «Und natürlich dürfen uns gewisse Schuldgefühle nicht überraschen. Welche widersprüchlichen Treuegefühle wohl die ehrerbietigen Mienen unserer Dienstboten verbergen, ganz zu schweigen von den Familienmitgliedern? Die Situation ist für jeden schrecklich, und das spürt Si-Amun schmerzlich.»

Sie schlug sich auf die Knie. «Schuldgefühle! Er sollte ärgerlich sein, seine Einstellung wütend verteidigen, streiten, wann immer Pläne beredet werden. Seqenenre, ich kenne meinen Enkel. Dieses dumpfe Brüten ist wider seine Natur. Das ist nicht der Si-Amun, den ich kenne.» Ihre Stimme wurde leiser. «Lass ihn beobachten, Fürst.»

Seqenenre war entgeistert. «Wie kannst du nur glauben, dass mein eigener Sohn, mein Erbe, mich verraten würde? Tetischeri, bisweilen kommt mir der Gedanke, dass du eine Seth-Jüngerin bist. Ich werde doch mein eigen Fleisch und Blut nicht bespitzeln.»

Tetischeri ließ sich jedoch nicht irremachen. «Etwas nagt an ihm», beharrte sie. «Ich liebe ihn und du auch, aber ich traue ihm nicht.»

Seqenenre schob sein Tischchen beiseite und stand auf.

«Von familiärer Meinungsverschiedenheit bis zu Verrat ist ein langer Weg», sagte er. «Mutter, du denkst mir zu verzwickt, zu undurchschaubar. Deine Gedanken sind nicht ehrenhaft.»

«Und du bist beängstigend arglos!», rief sie ihm nach, als er ging. «Liebe ihn, Seqenenre, aber traue ihm nicht!»

Als Isis ihr dann das Nachtgewand über den Kopf gezogen und die Laken auf ihrem Lager zurückgeschlagen hatte, ließ Tetischeri Mersu holen. Als Isis zurückkam, verbeugte sich hinter ihr der Haushofmeister, und Tetischeri sprach mit beiden.

«Ich bin eine misstrauische alte Frau», sagte sie, «aber ich schlafe besser, wenn ihr mir einen kleinen Gefallen tut. Ihr wisst, dass Prinz Si-Amun gegen den bevorstehenden Krieg eingestellt ist. Ich weiß nicht, ob er so sehr dagegen ist, dass er uns alle verraten würde. Darum möchte ich, dass ihr sein Tun und Treiben überwacht, wohin er geht, wen er trifft und besonders, an wen seine Briefe gerichtet sind. Ach, schau nicht so entsetzt, Isis», sagte sie gereizt, als die Dienerin sie mit offenem Mund anblickte. «Ich liebe diesen jungen Dummkopf, und das weißt du genau. Mersu, dich scheint dieser Auftrag ungerührt zu lassen.» Mersu verbeugte sich leicht.

«Ich bin nicht ungerührt, Fürstin, und ich werde deine Bitte gewisslich erfüllen, nur scheint sie mir ein wenig übertrieben zu sein.» Tetischeri tat das mit einer knappen Handbewegung ab.

«Was ihr davon haltet, ist nicht wichtig. Tut einfach, was ich sage.»

Doch als sie gegangen waren und sie allein war und unter ihren Laken lag, die Augen auf die Schatten unter der Decke gerichtet, da war sie fast geneigt, ihnen Recht zu geben. Si-Amun ist schon immer von Macht, Einfluss und allem Modischen angezogen worden, dachte sie. Das hat ihn nicht geschwächt, nur unstet und gelegentlich neidisch gemacht. Sein Herz ist gut. Vielleicht bin ich tatsächlich eine böse alte Frau. Sie drehte sich auf die Seite und schloss die Augen, doch der Schlaf floh ihr Lager. Sie schämte sich, weil sie ihren Enkel bespitzeln ließ, verspürte jedoch ein Unbehagen, und das Unbehagen hatte keine Wurzeln. Ergeben machte sie sich auf eine lange Nacht gefasst.

Seqenenre schob die Warnung seiner Mutter beiseite und dachte nicht mehr daran. Er war fieberhaft damit beschäftigt, seinen Aufstand langsam zusammenzubringen, und als der allmählich Wirklichkeit wurde, brachte er nur bedrückte Gedanken und eine ständige Besorgnis mit sich, die sich selten verflüchtigte. Ein Ereignis jedoch munterte ihn auf. Eines Nachmittags lag er auf seinem Lager, während ihm sein Leibdiener Öl in die schmerzenden Muskeln rieb, als Uni meldete, der Bürgermeister von Waset wünsche, vorgelassen zu werden.

«Ich habe ihn und seine Gemeinderäte in den Empfangssaal geführt», sagte Uni. Seqenenre bedeutete dem Mann, der noch immer seine verspannten Muskeln knetete, die Schale mit dem Öl zu nehmen und zu gehen.

«Was wollen sie?», fragte er gereizt.

«Das haben sie nicht gesagt», erwiderte Uni, «ich habe ihnen Wein gereicht und sie dann allein gelassen.»

«Sehr gut. Schick Ipi mit seiner Palette in den Empfangssaal.» Uni nickte und Seqenenre stand auf, trat rasch auf den

Flur vor seinem Zimmer, beantwortete den Gruß des Wachpostens am hinteren Ende und ging zu den wartenden Männern, die linkisch dastanden, in der Hand Pokale mit Wein, von dem sie noch nicht getrunken hatten. Als er sich näherte, verbeugten sie sich tief. Seqenenre setzte sich auf den Audienzsessel und bedeutete ihnen, bequem zu stehen. «Also», sagte er bemüht gelassen, «was kann euer Fürst für euch tun?»

Der Bürgermeister reckte sich, stellte seinen Wein ab und faltete die Hände auf dem Rücken.

«Fürst, wir wissen, dass Prinz Kamose durch die Nomarchen reist und Männer um sich sammelt. Und wir wissen, dass du, Fürst, augenblicklich keine Baustelle einrichten willst.» Hier unterdrückte Seqenenre ein beifälliges Lächeln über die taktvolle Formulierung des Bürgermeisters. Ich habe keine Baumeister, geschweige denn Pläne für Denkmäler, und das weißt du genau, dachte er. Ich habe klug gewählt, als ich dich zum wichtigsten Vertreter meiner Stadt ernannt habe. «Darum», so fuhr der Bürgermeister fort, «braucht man keine Männer zum Steineschleppen. Wir hätten, mit Verlaub, gern gewusst, ob unser Fürst ein Heer zusammenstellt, und falls ja, ob er gegen Auaris ziehen will oder nicht?» Eine kleine Unruhe entstand, als Ipi hereinglitt, sich zu Seqenenres Füßen zu Boden sinken ließ und seinen Pinselkasten aufmachte, und in diesen wenigen Augenblicken Aufschub überlegte Seqenenre und entschied sich.

«Die Antwort auf beide Fragen lautet ja», sagte er knapp, «obwohl ich bezweifle, dass ich mich nach Auaris durchkämpfen kann.» Der Bürgermeister lächelte. Seine Gefährten murmelten untereinander.

«Dann, Fürst, sollst du wissen, dass wir nicht auf Prinz Kamose und den Befehl zum Ausheben von Rekruten warten wollen. Wir haben deinem Armeeschreiber eine Liste aller waffenfähigen Männer mitgebracht.»

«Warum, Bürgermeister?» Seqenenre war tatsächlich überrascht. «Wenn es mir beliebt, deine Bürger auszuheben, so hast du in dieser Sache ohnedies keine andere Wahl.» Der Bürgermeister hob stolz den Kopf. «Weil Waset vor vielen Hentis eine für ganz Ägypten heilige Stadt gewesen ist. Von hier hat die Inkarnation des Gottes das Land regiert. Wasets Einwohner lieben dich. Ob du nun die Doppelkrone trägst oder nicht, du bist der Schöne der Sonnenaufgänge, der Einzig-Eine, der den Herzen Leben bringt, der Sohn der Sonne. Wir sind deine Untertanen, Majestät, aber wir teilen den langen Kummer deiner Familie.» Er reckte die Schultern. «Was bleibt noch zu sagen? Wir bieten dir alles, was jedes Haus entbehren kann.»

Seqenenre war überwältigt. Tränen stachen hinter seinen Lidern. Ich scheine die meiste Zeit wie ein verliebtes Mädchen zu schniefen, schalt er sich, aber heute wird man mir gewiss vergeben. Noch nie habe ich gehört, dass man mich Majestät genannt hat, und kein Wort könnte lieblicher klingen, auch wenn es aus dem Mund des Wesirs höchstpersönlich käme und nicht aus dem dieses stattlichen, würdevollen Sohns Ägyptens.

«Ich nehme diese großzügige Geste mit großer Dankbarkeit an», sagte er mühsam und mit belegter Stimme. «Du hast heute auch Amun Ehre erwiesen, und falls es sein Wille ist, dass ich den Horusthron an seinen rechtmäßigen Platz in Waset zurückbringen kann, werden beide, mein göttlicher Vater und ich, dir ewig dankbar sein. Ipi, nimm die Liste.» Der Schreiber streckte die Hand aus und nahm die Rolle entgegen, die ihm von einem der Männer gereicht wurde. «Trinkt jetzt euren Wein», sagte Seqenenre. «Kommt heute Abend mit euren Frauen zu uns und seid beim Abendessen meine Gäste. Ich habe euch nur wenig Gastlichkeit zu bieten, aber vielleicht ergibt sich eine gute Unterhaltung.» Nach einer Weile entließ er sie und ging ins Arbeitszimmer, wo Uni ungeduldig wartete und wo sich auf dem Schreibtisch die Alltagsprobleme häuften, aber er summte vor sich hin, als er die Tür öffnete und den Haushofmeister begrüßte.

Kurz darauf kehrte Kamose erschöpft und schweigsam zurück und überließ es seinem Bruder, die Männer aufzuteilen, die er mitgebracht hatte, und sie über den Fluss und in ihre Unterkünfte zu bringen, während er seinen Vater aufsuchte. Seqenenre hatte sich gerade mit Tani unterhalten, ein Vergnügen, für das er letztens wenig Zeit gefunden hatte. Das Mädchen verstand nicht so ganz, was vorging und was über die Familie hereingebrochen war. Sie hielt verstört nach der Vergeltung Ausschau, die die Götter ihrem Vater gewisslich zugedacht hatten, weil er das Gleichgewicht der Maat störte, doch sie bemühte sich, ihre Angst zu verbergen. Da war ja auch noch Ramose, dessen Besuch man in Kürze erwartete, und seine Briefe, die sie an den langen, heißen Nachmittagen immer wieder las und die sie trösteten. Dennoch konnte sie ihren Vater nicht täuschen, sosehr sie sich auch um Heiterkeit bemühte. Sie war vor kurzem vierzehn geworden und man hatte ihre Kinderlocken abgeschnitten und verbrannt. Seqenenre wünschte sich sehnlichst, dass sie sich nicht nur mit Ramose verlobte, sondern ihn auch heiratete und damit der Gefahr, die ihr in Waset drohte, entzogen wäre.

Er suchte nach einem Weg, wie er das erreichen konnte, als er zum Ende des Flurs kam, der zu den Frauengemächern führte, und dort auf Kamose stieß. Sie umarmten sich. Kamose war noch staubig und verdreckt von der Reise. Seqenenre ließ einen Diener rasch Bier holen, und dann ging er mit seinem Sohn in den Garten, wo sie sich in den mageren Schatten am Teich setzten. Kamose riss sich das zerknautschte Leinenkopftuch ab und wischte sich damit Gesicht und Hals. Nach einer kurzen, belanglosen Unterhaltung sagte er: «Ahmose meint, dass die neuen Unterkünfte für die Soldaten sehr beengt und die Rationen knapp sind. Auch gibt es nicht genug Esel, die Wasser in die Wüste tragen. Abgesehen davon wird der Fluss in nicht einmal einem Monat ansteigen, und in zwei Monaten kann man nicht mehr marschieren.» Er fing an, seine Beine von Dreck und Sand zu säubern. «Noch ist es nicht zu spät, sich zu besinnen, Fürst.»

Seqenenre sah zu, wie sich sein Sohn mit flinken Fingern den Dreck von den Waden klopfte.

«Hor-Aha sagt das Gleiche», erwiderte er. «Aber ich kann nicht noch ein Jahr warten, Kamose. Das weißt du. Ich will vor der Überschwemmung hermarschieren. Wie viele Männer hast du mitgebracht?» Kamose lehnte sich auf einen Ellenbogen gestützt zurück.

«Eintausenddreihundert. Es wären mehr gewesen, wenn wir für die Bauten des Königs nicht so viele nach Norden hätten schicken müssen. Natürlich hat niemand Fragen gestellt. Wie viele Medjai konnte Hor-Aha überreden?» Nur dreizehnhundert. Seqenenre beherrschte einen Anfall von Panik, der ihm die Brust zusammenschnürte.

«Zweitausend, aber jeder davon ist zwei von Apophis' Männern wert, und natürlich haben wir noch unsere eigenen fünfhundert Soldaten. Ich hoffe, dass wir auf dem Marsch in Städten und Nomarchen weitere Unterstützung bekommen.»

«Nicht einmal eine Division», sagte Kamose trocken. «Dafür würden wir weitere siebzehnhundert Mann brauchen. Apophis soll allein in Auaris einhunderttausend Setius unter seinem Befehl haben.» Seqenenre hörte den Tadel in der Stimme seines Sohnes, reagierte aber nicht darauf.

«Wir nennen unsere Soldaten trotz ihrer Zahl eine Division», entschied er. «Die Amun-Division. Die ursprünglichen fünfzig Medjai, unsere Leibwache, sind die Tapferen des Königs, und Hor-Aha bildet fünfhundert weitere Medjai als Angriffstruppe aus. Es ist ein Heer im Kleinformat, Kamose, aber immer noch ein Heer.»

«Wirst du im Feld den Befehl führen?»

«Natürlich. Aber ich möchte nicht, dass Ahmose mitkämpft.» Kamose setzte sich auf, sagte aber nichts. Sein eindringlicher Blick hing an seinem Vater. Seqenenre fuhr fort: «Unser Geschlecht darf nicht aussterben, Kamose. Falls ich in der Schlacht falle, muss es noch einen Erben geben, der hier

Nomarch ist. Falls er es klug angeht, kann er Apophis überzeugen, dass ich allein diesem Wahnsinn verfallen war und er versucht hat, mich davon abzubringen.»

«Ich sehe ein, dass Ahmose nicht mitkämpfen darf», stimmte Kamose zu. «Wir sollten uns, wenn möglich, die Zukunft offen halten. Falls wir sterben, ist noch immer Ahmose da.»

«Ich weiß, dass du in Wirklichkeit gar nicht kämpfen möchtest», sagte Seqenenre sanft. «Falls du die Wahl hättest, würdest du nach besten Kräften versuchen, alles so zu belassen, wie es ist, und unser Geschlecht für eine Zeit in der Zukunft bewahren, wenn die Setius aus Ägypten verschwunden sind. Aber ich sage dir, die Zeit ist reif, sie ist gekommen. Außerdem wird Apophis schon dafür sorgen, dass unsere Familie vom Erdboden verschwindet, Krieg oder kein Krieg.» Kamose seufzte.

«Du hast Recht. Ich möchte nur so gern glauben, dass es nicht so ist. Ich hasse ihn!» Seine schwarzen, dick mit Kohl umrandeten, rot geränderten Augen funkelten Seqenenre auf einmal an. «Ich kann nicht mit ansehen, was sein dummer Argwohn Aahmes-nofretari und ihrem ungeborenen Kind und vor allem dir antut! Ich muss baden.» Sein Wutanfall war genauso rasch verflogen, wie er gekommen war. Er stand auf, klopfte sich den Dreck vom Schurz und entfernte sich großen Schrittes. Seqenenre verließ den Garten einen Augenblick später, ging zum seichten, trägen Fluss, ließ sich zum westlichen Ufer staken und sah nach den Eingezogenen. Noch erblickte man kein Anzeichen des Hochwassers, und dafür war er dankbar. Eine frühe Überschwemmung hätte seine an sich schon tollkühne Unternehmung zu einem sinnlosen Abenteuer gemacht.

Eines Vormittags verließ Seqenenre den Tempelbezirk nach etlichen Stunden mit Amunmose, in denen sich die beiden bemüht hatten, auch noch das kleinste Körnchen Gold, das der Gott entbehren konnte, für die bevorstehende Auseinandersetzung zusammenzukratzen. Der Hohe Priester hatte keinen Einspruch erhoben, als Seqenenre ihn um Hilfe gebeten hatte.

Schließlich war es genauso Amuns Krieg wie der des Fürsten, und Amunmose hatte zusammen mit seinem Schreiber die Schatzkammer des Tempels leer geräumt. Die Priester mussten den Gürtel eben enger schnallen, und abgesehen von Nahrung, Kleidung und dem lebenswichtigen Weihrauch für den Gott waren die Truhen geplündert. «Ein Jammer, Fürst, dass du nicht von deinem und Amuns Vieh im Delta etwas verkaufen kannst», hatte Amunmose gemeint. «Vieh bringt immer viel Getreide und sogar ein wenig Gold. Aber dann würde sich der Einzig-Eine fragen, warum.»

«Der Einzig-Eine wird sich ohnedies fragen, warum», hatte Seqenenre entgegnet. Er machte sich mittlerweile Sorgen, dass Apophis langsam auf eine Beantwortung seines Briefes hoffen würde. Zwei Monate waren seit der empörenden Aufforderung des Königs vergangen, und Seqenenres Herz setzte jedes Mal einen Schlag aus, wenn eine Barke mit den königlichen Farben in Sicht kam. Bislang waren sie vorbeigefahren oder hatten angehalten und Rollen für Tani abgeliefert. Doch eines Tages würde der endgültige Befehl kommen. Bis dann, so dachte Seqenenre, als er aus dem tiefen Schatten des Tempelpylonen in den vollen Glast der Morgensonne trat und zu seinen geduldigen Sänftenträgern ging, bis dann bin ich unterwegs nach Norden und kämpfe mit jedem, der sich mir in den Weg stellt. Wird man Apophis warnen? Wartet ein Heer auf mich, etwa in Aabtu, in Achmin oder in Djawati?

Er schickte sich an, sich in seine Sänfte zu setzen, und die Träger wollten ihre Plätze einnehmen, als er Tani «Vater!» rufen hörte. Er blinzelte gegen die Sonne und sah sie auf sich zugelaufen kommen, sie trug ein hauchdünnes Hemdkleid, das sich an ihren gebräunten Leib schmiegte, und Sandalen, die Staubwölkchen aufwirbelten. Sie holte ihn ein, keuchte und lachte, und ihre dunklen Augen strahlten unter der grünen Augenschminke. Es war schon lange her, dass er sie derart aufgekratzt erlebt hatte.

«Beruhige dich!», sagte er lächelnd. «Bei dieser Hitze sollte man nicht so rennen. Was ist los, Tani?»

«Ramose und sein Vater sind da!» Das schrie sie beinahe. «Teti will Tynt-to-amu besichtigen, ehe das Hochwasser kommt, und da haben sie beschlossen, uns zu besuchen!»

«Komm, setz dich neben mich», sagte Seqenenre mit einer einladenden Handbewegung und stieg in die Sänfte. «Die Männer können uns, glaube ich, beide tragen. Zieh den Vorhang zu, es ist zu heiß zum Hinausschauen.» Tani ließ die Vorhänge fallen und richtete die leuchtenden Augen auf ihn. Die Träger hoben sie hoch und begaben sich mit der schwankenden Last auf den kurzen Heimweg. «Und ist der erhabene und mächtige Ramose noch immer so wunderbar wie beim letzten Mal?», neckte Seqenenre sie, während er insgeheim vor Erleichterung aufatmete. Ich hätte auch mit Hor-Aha vom Exerzierplatz jenseits des Flusses zurückkommen können, dachte er. Den Göttern sei Dank, dass ich heute im Tempel gewesen bin!

«Oh, noch viel wunderbarer!», beteuerte Tani. «Er hat mir ein ganz, ganz schönes Pektoral mitgebracht, so was hast du noch nie gesehen, und der Anhänger auf dem Rücken ist aus Gold und Türkis, Muts Krone, die alle Angriffe des Bösen von hinten abwendet! Mutter hat gesagt, ich soll es lieber noch weglegen.» Sie beugte sich besorgt zu ihm, ganz große Augen und flatterndes Haar, und ihr Atem duftete nach der Bienenwabe, die sie gerade ausgelutscht hatte, als sie die Barke kommen sah. «Teti bringt, glaube ich, auch den Verlobungsvertrag mit», flüsterte sie. «Er will gewiss über die Mitgift reden. Was machen wir denn jetzt?» Seqenenre strich ihr die Haarsträhnen aus dem Gesicht und gab ihr einen Kuss auf die Wange.

«Das soll nicht deine Sorge sein», ermahnte er sie. «Nur keine Angst. Schließlich ist meine Tani eine Prinzessin.» Du bekommst deine Mitgift, und wenn ich dafür mein ganzes Vieh verkaufen muss, versprach er ihr im Stillen. Wenigstens einem von uns soll sich sein Herzenswunsch erfüllen.

Die Sänfte wurde langsamer und er hörte, wie die Träger jemanden höflich grüßten. Er schob die Vorhänge auseinander und sah, dass sie jetzt auf der staubigen Straße entlanggetragen wurden, die seinen Besitz von den Bäumen trennte, die den Fluss säumten. Zwei Männer traten zurück und ließen sie vorbei. Einer war Mersu, Tetischeris Haushofmeister, der Seqenenre ernst und respektvoll grüßte. Der andere, der sich auch verbeugt hatte, als er sah, dass der Vorhang aufging, war Seqenenre nicht bekannt.

«Das ist, glaube ich, Tetis Oberster Schreiber», erzählte ihm Tani, während er den Vorhang wieder zufallen ließ und die Sänfte zum Haus abbog. «Oder vielleicht auch sein Haushofmeister. Jedenfalls habe ich ihn auf dem Anwesen in Chemmenu gesehen. Ah, da bist du ja, Ramose!» Die Sänfte wurde abgesetzt. Tani schwang die Beine heraus, und die Hand des jungen Mannes streckte sich aus, um ihr zu helfen. Er schaffte es, sich gleichzeitig vor Seqenenre zu verneigen.

«Sei gegrüßt, Fürst», sagte er. «Hoffentlich haben dich meine häufigen Grüße an Tani nicht gestört. Ich musste doch dafür sorgen, dass ihr kein gut aussehender Edelmann ins Auge sticht, während ich nicht in ihrer Nähe bin!» Seqenenre legte ihm eine Hand auf die Schulter.

«Sie haben mich nicht gestört», erwiderte er lächelnd. «Ich bin mir fast sicher, dass du meine Tochter wert bist. Wir werden ja sehen.» Er wandte sich an Tani. «Du kannst ihn jetzt mitnehmen, aber kommt demnächst in den Garten zum Begrüßungsmahl. Alle beide!» Sie sausten nicht davon, wie sie es noch vor ein paar Monaten getan hatten. Händchen haltend schlenderten sie die sonnengefleckte Straße entlang und steckten die Köpfe zusammen, während die Leibwache ihnen folgte. Ihr Anblick tat Seqenenre gut. Er strebte über den matten Rasen dem Haus zu.

Teti erhob sich von seinem Schemel neben Aahotep und begrüßte Seqenenre mit einem Lächeln. Er hatte, seit sie sich das letzte Mal gesehen hatten, Gewicht angesetzt, doch nicht so viel, dass er korpulent gewesen wäre. Es verstärkte nur noch den Eindruck von Autorität, den Teti ausstrahlte. Goldene Armreife funkelten, als er die Hände ausstreckte. Er war prächtig anzusehen mit seinem gelbweiß gestreiften Leinenkopftuch, dem blendend weißen, gestärkten Schurz und dem weichen weißen Hemd. Mehrere Reihen Ketten aus lauterem, mit Jaspis besetztem Silber schmückten seinen Hals. Die Finger, die Seqenenre drückte, waren mit Ringen überladen. «Teti!», rief er, bedeutete ihm, Platz zu nehmen, und ließ sich selbst ins Gras neben ihm sinken. «Was für eine unerwartete Freude! Tani sagt mir, dass du unterwegs zum ersten Katarakt bist, ehe das Hochwasser hindurchdonnert!» Er fing Tetischeris Blick auf und fand darin seine eigene Erleichterung gespiegelt. Uni bückte sich und bot ihm Wein und ein Gericht getrocknete Pflaumen an. Er nahm den Wein und trank.

«Ich befolge lediglich einen Befehl des Einzig-Einen», gab er zurück. «Aber ich schlage zwei Fliegen mit einer Klappe, denn ich möchte dir einen Verlobungsvertrag zwischen Ramose und Tani anbieten.» Er verzog über dem Rand seines Bechers das Gesicht und sagte im Spaß: «Der ist, glaube ich, auf dem letzten Stück Papyrus in meinem Arbeitszimmer geschrieben. Ramose hat meinen ganzen Vorrat für seine Briefe an sie gestohlen.» Alle lachten.

«Das freut mich sehr, Teti», sagte Seqenenre. «Und ja, es ist Zeit, die beiden miteinander zu verbinden. Für Tani gibt es nichts anderes mehr, sie will nur Ramose haben.»

«Dann wollen wir also feiern?» Teti winkte nach mehr Wein. «Eine Hochzeit im Frühling, wenn Ägypten wieder grün ist?»

«Einverstanden.» Die beiden hoben die Becher. «Aber lass uns die Einzelheiten nicht jetzt bereden. Das tun wir morgen in meinem Arbeitszimmer. Ich gebe ihr eine Aussteuer, wie sie einer Prinzessin zusteht.»

«Gewiss doch!» Sie tranken sich erneut zu. Seqenenre

spürte, wie ihm der Wein zu Kopf stieg, und einen kurzen Augenblick lang vergaß er, dass außerhalb dieses Gartens, dieses Hauses Waset von militärischer Betriebsamkeit brodelte.

Doch Tetis nächste Bemerkung brachte ihn mit einem Ruck in die Gegenwart zurück. «Was geht jenseits des Flusses vor?», fragte dieser. «Wir haben beladene Esel auf einem Pfad in die Hügel gesehen und hinter ihnen einen Trupp Soldaten. Gewiss wohnen im Westen von Waset nur die Toten, oder?» Seqenenre blickte ihn mit aufgerissenen Augen an, und so blieb es Tetischeri überlassen, darauf zu antworten.

«Man hat einige der Gräber ausgeraubt», sagte sie kühl, «und als Si-Amun selbst hingegangen ist, um den Schaden zu untersuchen, hat er festgestellt, dass nicht nur die Totenruhe gestört wurde, sondern auch, dass die Gräber dringend ausgebessert werden müssen. Also haben wir ein kleines Dorf mit Arbeitern und Soldaten in der Wüste errichtet, die kümmern sich um die Grabmäler und bewachen sie.»

«Hat man die Diebe ausfindig gemacht?», fragte Teti interessiert. Seqenenre sagte achselzuckend:

«Noch nicht, aber das wird schon noch. Befragt man die Bauern, bekommt man wenig heraus, aber sie sind einfache Menschen, und früher oder später werden die Schuldigen versuchen, die gestohlenen Dinge zu verkaufen. Dann werden sie bestraft.» Er stellte seinen Becher behutsam ins Gras und machte sich auf eine weitere Unterhaltung gefasst, doch Tanis und Ramoses Ankunft rettete ihn, und im allgemeinen Geplauder war das Thema Grabmäler vergessen. Teti fragte jedoch, wo Si-Amun, Kamose und Ahmose steckten. Aahotep erzählte ihm, dass sie die Arbeiten am Westufer beaufsichtigten. Kurz darauf rief Tetischeri nach Mersu und ging mit Aahotep in ihre Gemächer, um das Fest durchzusprechen, das es vorzubereiten galt.

Als vollendeter Gast schenkte Teti Aahotep drei Paar Enten, die er und Ramose am Abend zuvor im Schilf gejagt hatten, ehe sie ihr Lager aufschlugen, und andere Leckereien, die er für die lange Reise nach Tynt-to-amu in der Barke verstaut hatte. Seqenenres Harfenist spielte und sang. Tani tanzte und trug dabei das Pektoral, das ihr Ramose geschenkt hatte, dazu hatte sie sich ein weißes, golddurchwirktes Band in das kurze, lockige Haar gebunden. Bier und Wein flossen in Strömen. Si-Amun, Kamose und Ahmose waren gegen Sonnenuntergang frisch gewaschen eingetroffen, nachdem sie heimlich von dem stets wachsamen Uni ins Bild gesetzt worden waren, und sie bekräftigten Seqenenres Geschichte.

Aahmes-nofretari, hochschwanger, jedoch guter Dinge, gab eine derbe Geschichte zum Besten, die Hetepet, ihre Leibdienerin, an diesem Tag auf dem Markt gehört hatte. Dennoch glaubte Seqenenre nicht, dass sich sein angeheirateter Vetter täuschen ließ. Teti lachte, aß und trank und redete ununterbrochen, doch sein mit Kohl umrandeter Blick war wachsam. Ramose hatte nur Augen für Tani. Er neckte sie mit ihrem Haar, das noch immer wachsen musste, nachdem die Kinderhaare abrasiert worden waren, und fütterte sie eigenhändig wie ein Schoßhündchen.

Am darauf folgenden Morgen trafen sich Teti und Seqenenre im Arbeitszimmer und handelten Tanis Mitgift aus. Die endgültige Übereinkunft würde erst geschlossen werden, wenn der Ehevertrag aufgesetzt wurde, doch Seqenenre musste ein Angebot machen, und das musste durchgesprochen werden. Teti hörte Seqenenre an, schien sich aber sichtlich unwohl zu fühlen. Ein Weilchen nickte er, knurrte, nickte, dann hob er die Hand und Seqenenre verstummte.

«Mit Verlaub, Fürst», unterbrach er, «ich möchte nicht unhöflich sein, aber du kommst mir zerstreut vor, bist mit deinen Gedanken woanders. Ist deine Finanzlage etwas angespannt? Hat der Einzig-Eine dieses Jahr zu hohe Steuern gefordert?»

«Das kränkt mich nicht», beteuerte Seqenenre. «Die Sache

gibt dir das Recht, dich nach meiner finanziellen Lage zu erkundigen. Es stimmt, die Steuern waren hoch, aber meine Einkünfte auch. Wir hatten eine sehr gute Ernte.» Wilder Stolz überkam ihn, und gern hätte er geleugnet, dass er am Rande des Ruins lebte, und Teti aufgefordert, sich um seine eigenen Angelegenheiten zu kümmern. Doch wie er bereits gesagt hatte, Teti hatte ein Recht auf die Absicherung der Mitgift, und ohnedies würde die Kunde von seinem Heer stetig nach Norden durchsickern. «Meine Nomarchen klagen über Angriffe der Schasu auf ihre Dörfer», erläuterte er. «Ich habe beschlossen, ein kleines Heer auszuheben und sie mir vorzunehmen. Wenn die Männer ausgebildet sind, will ich sie in den verschiedenen Dörfern stationieren, doch bis dahin habe ich die Kosten für ihre Verpflegung und Bewaffnung zu tragen.» Er spreizte die Hände. «Eine teure Sache.»

«Ich habe gerüchteweise von diesem Heer gehört», sagte Teti bedächtig, und als Seqenenre seine Miene sah, war er sehr froh, dass er sich mit seiner Erklärung so nahe wie möglich an die Wahrheit gehalten hatte. «Aber, Seqenenre, warum hast du nicht einfach den Einzig-Einen um ein paar Abteilungen Soldaten aus Auaris gebeten? Gewisslich möchte er die Sicherheit seines Volkes nicht gefährdet sehen.» Seines Volkes? Seqenenre verschluckte eine hitzige Entgegnung.

«Ich möchte nicht die Aufmerksamkeit des Königs auf mich lenken», sagte er ehrlich. «Ich weiß, dass er Angst vor mir hat, daher wäre es dumm, ihm Gelegenheit zu geben, mich unter einem Vorwand meines Amtes zu entheben. Der Einzig-Eine könnte sagen, ich wäre unfähig, ich könnte meine Nomarchen nicht ordnungsgemäß verwalten. Oder er könnte sagen, die Lage wäre ernster, als sie ist, und einen Oberbefehlshaber in Waset stationieren.» Auf einmal wurde ihm immer heißer, sein Schurz kratzte an den Schenkeln und sein Mund schmeckte jäh nach Staub. Tetis schwarze Augenbrauen schossen hoch.

«Der Einzig-Eine wird ohnedies davon hören», sagte Teti.

«Aber bis dahin habe ich die Lage im Griff», warf Seqenenre rasch ein. «Vielleicht sind die Eingezogenen dann bereits entlassen.» Ich höre mich an wie ein Schacherer auf dem Markt, der hinter einem Haushofmeister herläuft, wenn der sich von seinem Stand entfernt, dachte er verzweifelt. Dann stand er auf, rieb sich das Gesicht mit den Händen und schenkte Teti ein mattes Lächeln. «Du glaubst mir nicht, wie?» In dem darauf folgenden Schweigen machte Teti plötzlich tsss tsss.

«Warum nicht?», fragte er. «Die Schasu suchen sich oft abgelegene Dörfer aus. Aber wenn deine Finanzen so angespannt sind, weil du dieses Heer unterhalten musst, Fürst, dann rate ich dir gut, schluck deinen Stolz hinunter und bitte den Einzig-Einen um Hilfe. Es ist außerordentlich gefährlich, ihm die wahre Lage nicht zu erläutern.» Sie blickten sich lange in die Augen. «Du hast seinen letzten Brief noch nicht beantwortet, ja?», fuhr Teti sanft fort. «Darum möchtest du ihn um nichts bitten. Seqenenre, das war sehr dumm von dir.» Seqenenre entspannte sich. Teti hatte den falschen Schluss gezogen.

«Mach dir keine Sorgen wegen Tanis Mitgift», sagte er und gab sich Mühe, dass seine Stimme nicht vor Erleichterung zitterte. «Auch wenn ich zeitweise arm bin, weil ich meine Soldaten ernähren muss, so verfüge ich durch mein Vieh im Delta noch über großen Wohlstand. Tani ist mir sehr teuer, und wenn sie Ramose haben will, dann soll sie ihn auch bekommen.» Teti wusste, dass er mit seiner unterschwelligen Kritik die Grenzen der guten Manieren überschritten hatte. Er nickte einmal.

«So sei es», bestätigte er. «In diesem Fall erbitten wir zweihundert Stück.» Seqenenre nahm wieder Platz und lehnte ab. Ipi auf dem Fußboden beim Schreibtisch griff stumm und unauffällig zum Pinsel, und dann fingen sie erneut an zu feilschen.

Si-Amun wollte an diesem Abend gerade sein Lager aufsuchen, als Mersu unter Verbeugungen sein Schlafgemach betrat. Der junge Mann hatte sich während des ganzen Festes mit unguten Gefühlen geplagt, war verkrampft und höflich gewesen und so schnell wie irgend möglich in seine Gemächer geflohen. Dort hatte ihn Kamose aufgesucht, und sie hatten ein Weilchen gewürfelt. Danach war er in Aahmes-nofretaris Gemächer gegangen, hatte sich neben sie aufs Lager gelegt und den Kopf an ihre Schulter gebettet, während Raa ihr die geschwollenen Beine massierte, doch als sie einnicken wollte, hatte er sich sanft von ihr gelöst, hatte Raa eine gute Nacht gewünscht und war in seine eigenen Gemächer zurückgekehrt. Ihm war kalt, und er war unruhig und wusste, dass er nicht würde schlafen können.

«Entschuldigung, Prinz, dass ich dich noch so spät störe», sagte Mersu, «aber dein Verwandter möchte sich im Gästezimmer privat mit dir unterhalten.»

«Soll er doch hierher kommen», entgegnete Si-Amun scharf. «Ein Prinz muss der Aufforderung eines einfachen Edelmannes nicht nachkommen.» Mersu blieb weiter neben der Tür außerhalb des stetigen Lichtkegels der Lampe stehen.

«Stimmt», sagte er leise, «und Teti bittet dafür auch um Verzeihung, aber er findet, dass es weniger auffällt, falls du auf dem Weg zu ihm gesehen wirst. Dem stimme ich zu.»

«Ach ja?», spottete Si-Amun. Er hatte eine Abneigung gegen den Haushofmeister seiner Großmutter gefasst, seit er ihm vor ein paar Wochen die Rolle für Teti übergeben hatte. Es wollte ihm so vorkommen, als ob Mersu unter seinen untadeligen Manieren zum schmierigen Mittäter wurde, doch er wusste nur zu gut, dass daran seine eigenen Gewissensbisse schuld waren.

Ich habe mich verändert, dachte er, als er widerstrebend aufstand und nach seinen Sandalen griff. Ich kann ihn einfach nicht ausstehen, aber wenn ich ehrlich bin, so habe ich an seinen Diensten oder seiner Haltung nichts auszusetzen. «Es gehört sich nicht für einen Haushofmeister, Zustimmung zu äußern», schalt er ihn kleinlich. «Aber vermutlich muss ich herausfinden, was Teti von mir will. Geh.» Mersu verbeugte sich und schlüpfte hinaus. Si-Amun konnte seine Schritte nicht hören, denn Mersu war barfuß. Si-Amun ging zur Tür und spähte hinaus. Die Fackel an der Wand beleuchtete nur den schlaftrunkenen Wachposten am hinteren Ende des Flurs.

Die Zimmer für die männlichen Gäste befanden sich in demselben Flügel wie die Gemächer für ihn und seine Brüder, daher brauchte Si-Amun nicht lange bis zu Tetis Tür. Er klopfte an und trat ein, ohne das «Herein» abzuwarten. Teti saß neben dem Lager, stand jedoch auf und neigte den Kopf. Er trug einen dünnen gelben Leinenmantel mit bauschigen Ärmeln, der über den Boden schleifte und vor dem Nachtlicht jede Linie seines wohlgenährten Leibes offenbarte. «Es war unhöflich, dich zu bitten, zu mir zu kommen, Prinz», sagte er, ehe Si-Amun Gelegenheit zum Reden hatte. «Bitte verzeih mir. Aber ich muss aufpassen. Ramose und Tani sind noch draußen und betrachten die Sterne», erläuterte er, als er sah, wie sich Si-Amun im Zimmer umblickte. «Ich werde dich nicht lange aufhalten, Si-Amun.» Si-Amun schluckte seinen unvernünftigen Ärger hinunter, machte die Tür zu und trat näher.

«Ich hatte eine Antwort auf meine Botschaft erwartet, Teti», sagte er. «So langsam habe ich gedacht, sie könnte verloren gegangen sein.» Teti deutete auf die getrockneten Feigen und den Wein neben seinem Lager. Si-Amun schüttelte den Kopf.

«Du hast mich gebeten zu kommen, nicht, dir zu schreiben», stellte Teti klar. «Tut mir Leid, wenn dir das Not gemacht hat. Ich habe gewusst, dass der Einzig-Eine in diesem Jahr eine Überprüfung des Kataraktes von mir fordern würde, da sie vor der letzten Überschwemmung nicht stattgefunden hat, also habe ich beschlossen abzuwarten. Dein Vater scheint an seinem Kurs festzuhalten.» Si-Amun ging jetzt im Raum auf und ab, berührte die Wände und befingerte die Alabasterlampen.

«Hast du mit ihm darüber gesprochen?»

«Ja. Ich habe es kurz erwähnt. Habe ihm erzählt, dass Gerüchte über das Heer nach Norden sickern und schon bald Auaris erreichen werden. Er hat gesagt, dass die Soldaten für die Verteidigung eurer Nomarchen gegen die Schasu gedacht sind.»

«Eine Lüge.» Si-Amun zwang sich, still zu stehen und Teti anzusehen. «Vaters Medjai-Leibwache hat Schasu eingestellt. Teti, du musst dem Ganzen Einhalt gebieten!» Er breitete die Arme aus. «Warum habe ich mein Gewissen beschwert, wenn du nichts unternimmst?»

«Kommt dir das so vor?», fragte Teti leise. «Was ist mit deinem Gewissen deinem König gegenüber, junger Prinz?»

«Ich weiß, ich weiß.» Das klang ungeduldiger, als Si-Amun vorgehabt hatte. «Ich verlasse mich auf dich, Teti, dass du die Sache für dich behältst und sie dem Einzig-Einen nicht zu Ohren kommen lässt.»

«Und wie soll ich das schaffen, wenn dein Vater sein Heer nach Norden führt? Si-Amun, du kannst mir glauben, er lässt sich nicht umstimmen. Wir können nichts mehr tun als sein Unternehmen zum Scheitern bringen, ehe es weiter um sich greift.»

Si-Amun war ganz verkrampft, weil er sich nicht bewegen und herumzappeln wollte. Entschlossen legte er die Hände auf den Rücken. «Geht das noch?»

Teti runzelte die Stirn und zog den Mantel fester um sich. Sein kahler Kopf glänzte im matten Lichtschein. «Ich kann dem Einzig-Einen schreiben und darum bitten, dass Seqenenre unter irgendeinem Vorwand nach Norden befohlen wird, vielleicht um die Nomarchen um Ta-sche zu ordnen, Steuern zu erheben, was weiß ich. Der König dürfte einverstanden sein.» Sein Blick kreuzte sich mit Si-Amuns gequältem. «Die Überschwemmung steht kurz bevor, und kein Mensch kann durch Wasser marschieren.»

«Dazu ist keine Zeit mehr.»

«Dann muss man deinen Vater unterwegs aufhalten und es Apophis mitteilen, ihn warnen, und Seqenenre hat die Folgen zu tragen.»

«Nein!» Es gab Si-Amun einen Ruck. «Teti, ich habe darauf vertraut, dass du uns hilfst! Wozu bist du nütze gewesen? Was habe ich getan?» Teti trat zu ihm und packte seine Schultern mit festem Griff.

«Du hast deine Pflicht als treuer Ägypter getan», sagte er nachdrücklich. «Nur jetzt nicht schwach werden, Si-Amun. Apophis wird deinen Vater wegen deiner Treue milder richten. Ich kenne ihn. Aber du darfst jetzt nicht zaudern. Halte mich auf dem Laufenden. Schick mir Nachricht, wann ihr aufbrecht, wohin und was euer erstes Ziel ist. Falls du das nicht tust, denkt Apophis, dass du die Seiten gewechselt hast, und wird dich hart bestrafen. Zu mehr reicht die Zeit nicht!» Si-Amun riss sich los.

«Rede noch einmal mit Vater!»

«Falls ich das tue, weiß er, dass jemand mir erzählt hat, was hier vorgeht. Er wird dich verdächtigen.»

Das stimmte. Ich hätte es von Anfang an kommen sehen können, dachte Si-Amun bitter. Na schön, soll Vater mich doch verdächtigen. Soll er mir gegenüber abweisend sein, soll er mich doch hassen. Ich gehe selbst zu ihm und erzähle ihm, was ich getan habe. Aber er wusste, das ging nicht. Er glaubte nicht an Seqenenres gerechte Sache. Es ist alles schon zu weit gediehen, dachte er verzweifelt. Ich habe mich darauf eingelassen. «Der König weiß bereits, was hier vorgeht, nicht wahr?», flüsterte er. «Du hast ihm meine Rolle geschickt. Du hast mich verraten.»

«Ja, er weiß Bescheid.» Teti schenkte Wein ein und drückte Si-Amun den Becher in die zitternden Hände. «Dennoch wartet er ab, was Seqenenre wirklich unternimmt. Er möchte nicht ungerecht sein, falls sich dein Vater noch besinnt.»

«Ihr Götter!» Si-Amun blickte starr in die roten Tiefen seines Bechers. «Ich habe meinen Vater verkauft!»

«Nein. Du hast dein Erbe gerettet. Denk nach, Si-Amun! Apophis wartet und will deinen Vater umzingeln, damit es wenig Blutvergießen gibt. Anderenfalls könnte der angerichtete Schaden, ehe er besiegt ist, riesengroß werden. Der Aufstand bleibt eine kleine Angelegenheit, die schnell vergessen ist. Seqenenre wird bestraft, seine Hauptleute werden hingerichtet, doch ist das nicht besser als der Verlust und die Zerstörung all dessen, was ihr hier habt?» Teti sah zu, wie Si-Amun jäh seinen Becher leerte, ihn in langen, keuchenden Zügen austrank. «Ich rate dir gut, halte mich auf dem Laufenden.»

Si-Amun stellte den Becher übertrieben behutsam auf den Tisch. Er nickte Teti zu und taumelte zur Tür, doch ehe er sie öffnen konnte, ging sie auf und Ramose trat ein. Si-Amun war zu bestürzt, als dass er beiseite treten konnte, und Ramose wäre fast auf ihn geprallt. «Guten Abend, Prinz!», sagte er. Si-Amun drängte sich an ihm vorbei und schlug die Tür hinter sich zu. Ramose sah seinen Vater an. «Was ist denn mit Si-Amun los?», fragte er. Teti ließ sich auf sein Lager sinken und fuhr sich müde mit der Hand über den rasierten Schädel.

«Ich habe ihn verärgert», sagte er. «Es ist nichts, Ramose. Ich bin froh, wenn wir morgen reisen.»

«Das hört sich Unheil verkündend an», sagte Ramose und lächelte. «Hat es etwas mit Tanis Mitgift zu tun?» Teti blickte betroffen.

«Nein! Seqenenre und ich haben eine befriedigende Abmachung erreicht, zur Zeit der Aussaat kannst du heiraten.»

«Wunderbar.» Ramose gähnte. «Wo ist der Leibdiener? Ich will zu Bett gehen. Seqenenres Anwesen gefällt mir, alles ist so ungezwungen, niemand kümmert sich um die strenge Einhaltung der guten Sitten, aber die Dienstboten sind nachlässig. Soll ich ihn rufen?»

«Wenn du willst?»

Ramose wartete, aber sein Vater hockte weiterhin auf der Bettkante und starrte ins Leere, und da runzelte der junge Mann die Stirn und rief achselzuckend nach einem Diener; dann fing er an, die Weise zu summen, die Seqenenres Harfenist an diesem Abend gespielt hatte. Er war unbeschreiblich glücklich.

FÜNFTES KAPITEL

Teti und Ramose fuhren schließlich mit dem Versprechen auf eine Mitgift von hundert Stück Vieh, zwanzig Opferwiddern und dreißig Uten Silber ab. In dem kurzen Augenblick flüchtiger Kühle, ehe Re in flimmernder Hitze über den Horizont stieg, umarmte Seqenenre die beiden und sah ihnen nach, als sie die Laufplanke zu ihrer Barke hochgingen. Er fragte sich, woher er das Silber nehmen sollte, doch da er darum gebeten hatte, mit diesem Teil der Abmachung bis ein Jahr nach der Hochzeit warten zu dürfen, schob er den Gedanken daran entschieden beiseite. Tani, die stolz Ramoses Pektoral auf der Brust trug, war ganz außer sich und sagte ihm unter Strömen von Freudentränen Lebewohl.

Kurz nachdem das letzte Kielwasser der Barke ans Ufer geplätschert war, nahm sie ihren Leibwächter und fuhr zu den Nilpferden. Aahotep mit ihren noch vom Schlaf verquollenen Augen zog ihren losen Umhang fester um sich und ging ins Haus zurück, weil sie etwas essen wollte, Kamose und Ahmose saßen auf der Bootstreppe, ihre Bogen neben sich, und warteten auf das kleine Boot, in dem sie wieder einmal über den Fluss gestakt werden sollten, wo Hor-Aha bereits die Soldaten drillte. Uni und Mersu standen ein paar Schritte entfernt unbeweglich und frisch gewaschen, während Tetischeri Seqenenres Arm nahm und ihn sanft zu sich herumzog. Ohne Kohl und ohne

Henna auf den Lippen, mit drahtigem grauschwarzem Haar, das ihr zerzaust auf die Schultern fiel, sah sie alt und müde aus, doch ihr Griff war fest. «Hat er einen Verdacht?», fragte sie brüsk. Seqenenre schüttelte den Kopf.

«Ich weiß es nicht. Vielleicht. Jedenfalls können wir nichts daran ändern, falls es so ist. Ich habe ihm erzählt, dass ich Männer zum Schutz der Nomarchen eingezogen habe. Er weiß, dass ich Apophis' Brief nicht beantwortet habe.»

«Und woher weiß er das?» Ihre schwarzen, von vielen Fältchen umgebenen Augen blickten auf einmal wachsam. «Hält er engere Verbindung zum Einzig-Einen, als wir argwöhnen, oder sind es nur Vermutungen?» Seqenenre ärgerte sich auf einmal über ihre verschwörerische Wissbegier. Er befreite seinen Arm aus ihren Fingern.

«Wie in Amuns Namen soll ich das wissen?», fuhr er sie an. «Bin ich ein Hellseher?» Er hatte das Gefühl, er saß in der Falle ihres Willens, des Königseins, seiner Armut, seines Schicksals. Kamose und Ahmose hörten bei seiner Lautstärke auf zu reden und blickten beide erstaunt zu ihm herüber. Er wollte sich entschuldigen, doch stattdessen wandte er sich ab und strebte dem Haus zu.

«Wohin gehst du?», rief sie ungerührt hinter ihm her.

«In drei Tagen will ich losmarschieren», warf er zurück, ohne den Schritt zu verlangsamen. «Es gibt noch viel zu tun. Uni!» Sein Haushofmeister folgte ihm. Auf Tetischeris ungeduldige Handbewegung hin kam Mersu zu ihr, doch nach dieser einen Geste stand sie still da und kräuselte die Stirn. Das Boot stieß an die Bootstreppe, und Kamose und Ahmose hoben ihre Waffen auf und kletterten hinein.

Tetischeri fasste sich, als der Steuermann etwas rief und Ahmose unbeschwert antwortete. Die ersten Strahlen der Sonne warfen bereits Sonnenflecken auf das träge Wasser.

«Ich gehe wieder zu Bett», sagte sie. «Mersu, bring mir zu Mittag Bier.»

Die nächsten beiden Tage verbrachte Seqenenre mit Beratungen mit Hor-Aha und dem Überprüfen jeder Einzelheit seines jämmerlich kleinen Heeres. Von den dreitausenddreihundert Soldaten konnte man nur dreihundert als Angriffstruppe einsetzen, denn die wurde als Erste in die Schlacht geworfen und musste die volle Wucht des Streitwagenangriffs aushalten, und von denen kamen lediglich hundert in den Genuss der neuen Bogen. Ihr Bau war zeitaufwendig, und obwohl die Handwerker fieberhaft gearbeitet hatten, waren nicht mehr fertig geworden.

Fünfzig Männer, die zur ursprünglichen Leibwache Seqenenres gehörten, waren zu Tapferen des Königs ernannt worden, doch Seqenenre bestand darauf, dass die kostbaren Bogen von der Angriffstruppe benutzt wurden, nicht von seiner Leibwache im Feld. Die würde die kleineren, älteren Waffen bekommen. Man hatte die zehn Streitwagen ausgebessert, doch auch hier war keine Zeit geblieben, weitere zu bauen, und ganz gewiss keine Zeit, Männer im Fahren zu unterweisen. Pferde waren auch knapp. Essen. Getreide, Wasser, Zwiebeln und getrocknetes Gemüse warteten in Säcken und Schläuchen gespeichert darauf, auf Esel verladen zu werden. Keiner der Männer würde Speere mit Bronzespitze, Bronzeäxte oder Bronzekeulen schultern können. Weder Men noch Hor-Aha waren an das neue Material herangekommen. Doch wenigstens hat Men gut gefeilscht, und alle haben neue Schilde und Sandalen, dachte Seqenenre, als er sich vor Unis missbilligender Miene vom Arbeitszimmer zum heißen, fest gestampften Boden des heimlichen Ausbildungsplatzes verzog und danach für ein paar gestohlene Augenblicke auf Aahoteps Lager. Und so Amun will, dienen ihnen unsere altehrwürdigen Waffen vielleicht besser als die ungewohnte Handhabung und das Gewicht von Bronze.

Kamose sonderte sich während dieser Zeit ab und genoss anscheinend die gefährdete Sicherheit und den letzten Frieden des Anwesens. Ahmose wanderte mit seinem Wurfstock am Ufer entlang, und Si-Amun wich nicht von Aahmes-nofretaris Seite.

Die ganze Familie betete, dass ihr Kind geboren würde, ehe die Männer aufbrachen, doch der Abend des zweiten Tages kam, und sie ging noch immer unbeholfen, erhitzt und unwohl in ihren Gemächern umher, und Si-Amun sah ihr dabei verzagt zu.

Seqenenre wusste, dass sich sein Sohn beflissen darauf vorbereitet hatte, mit Kamose zu marschieren. Sein Haushofmeister hatte seine Sachen gepackt. Sein Oberster Leibwächter hatte seinen Speer geschärft, seinen Bogen neu bespannt und eingeschossen, seinen Schild geputzt, und der Streitwagen, den er fahren würde, stand bereit. Sein Reiseschrein mit Amun wartete mit geschlossenen Türen, daneben ein Kasten mit Weihrauch. Si-Amuns sorgfältige, stumme Vorbereitungen hatten angesichts seiner tief empfundenen Abneigung gegen den Feldzug etwas Anrührendes, und Seqenenre tat das Herz dabei weh. Gern hätte er Si-Amun erlaubt, daheim zu bleiben, die Nomarchen zu regieren und sich in seiner Abwesenheit um das Anwesen zu kümmern, doch er wusste, dass er dem jungen Mann damit nur noch mehr Not machen würde. Es ist gut und schön, für etwas zu sterben, woran man glaubt, dachte Seqenenre, aber gegen alles, was das eigene Ka sagt, in den Tod zu gehen, das ist etwas ganz anderes.

Er hatte versucht, mit Si-Amun zu reden, doch sein Sohn hatte ihn nur angesehen, die dunklen Augen groß vor Wut und Not, und ihn gebeten, die Soldaten nach Haus zu schicken. Seqenenre hatte den Eindruck, dass Si-Amun noch mehr sagen wollte, doch er hatte nur die Lippen zusammengepresst, auf den Hacken kehrtgemacht und war hochmütig fortgegangen. Wenn ich gleich zu Beginn gewusst hätte, dass es ihm so viel ausmacht, dachte Seqenenre, ich hätte ihn fortgeschickt. Er hätte vielleicht zu Teti gehen können oder sogar an Apophis' Hof. Sein Mangel an Stolz auf sein Blut schmerzt sehr, aber seine Not ist noch schmerzlicher. Ich bin meinem jungen, gut aussehenden Erben kein guter Vater gewesen.

Am letzten Abend fand Seqenenre keine Ruhe. Er und Aahotep hatten sich geliebt, hatten Worte gewechselt, die aus Gewohnheit beruhigend wirkten, als sie sich in dem dämmrigen, stickigen Raum liebkosten, doch eine Stunde nachdem Aahotep endlich fest schlief, lag Seqenenre neben ihr, und seine Augen schmerzten vor Müdigkeit, das feuchte Laken, das an seinen Gliedmaßen klebte, ärgerte ihn, und seine rasenden Gedanken quälten ihn. In ein paar Stunden würde das Heer auf dem Westufer antreten. Die Streitwagen würden in der Sonne funkeln. Die Pferde mit den blauen Federbüscheln würden stampfen, auf der Kandare kauen und auf Aufbruch drängen. Amunmose und seine Priester würden mit Weihrauch und einem weißen Widder kommen und das Opfer vollziehen, damit ihnen das Glück hold war.

Morgen bin ich nicht mehr Fürst Seqenenre Tao, Nomarch von Waset, sagte er sich, während er sich ruhelos an Aahoteps weichem, entspanntem Leib bewegte. Ich werde das Morgengrauen als König Seqenenre Tao, Sohn der Sonne, Starker Stier der Maat, Herr der Zwei Länder und Goldhorus begrüßen. Ich werde kein Horus-im-Nest sein. Wie lange ich diese Titel wohl behalten kann? Wie weit werden wir kommen, ehe Apophis mit dem kleinen Finger schnipst und wir wie Spreu auseinander stieben? Lieber nicht daran denken. Denk an die Edelleute und Nomarchen längs des Nils, die uns vorbeiziehen sehen und in Scharen zu uns strömen werden. Denk daran, wie du im Morgendunst des Deltas vor Auaris eintriffst, wie du die Stadt einschließt, wie du Apophis die Doppelkrone vom Barbarenhaupt reißt und Krummstab und Geißel aus seinen dreckigen Händen …

Es hatte keinen Zweck. Hinter den Bildern von Erfolg, mit denen er sich in den Schlaf lullen wollte, pochte die Angst wie ein dunkler Puls, wie umwickelte Ruder in den lichtlosen Fluten der Unterwelt. Er setzte sich auf, tastete nach seinen Sandalen und band sich den abgelegten Schurz um die Mitte. Jäh kroch er zu Aahoteps Seite des Lagers, bückte sich und küsste sie auf die Schläfe, dann auf die Wange. Sie seufzte ein wenig und öffnete die Augen. «Seqenenre», murmelte sie. «Kannst du nicht schlafen? Soll ich in meine eigenen Gemächer gehen, damit du das Lager für dich allein hast?»

«Nein», flüsterte er. «Ich will noch ein wenig spazieren gehen und beten. Ich liebe dich, Aahotep.» Sie wurde völlig wach, denn sie hörte, wie verloren seine Stimme klang, fasste nach ihm, zog ihn an sich und küsste ihn auf den Mund.

«Wenn ich neben dir kämpfen könnte, ich würde es tun», sagte sie. «Komm wohlbehalten zurück, mein Gebieter.» Sanft drückte er sie auf die Kissen.

«Schlaf weiter», erwiderte er.

Der Flur war dunkel. Zwei der Fackeln waren verloschen, und nur eine flackerte neben Unis Tür, die offen stand, falls sein Herr ihn des Nachts rufen sollte. Seqenenre hörte ihn brummeln, als er vorbeiging. Kein Soldat stand Wache, wo sich der Flur teilte. Alle Männer schliefen jenseits des Flusses. Seqenenre zögerte, blickte jede unbeaufsichtigte, verschlafene Abzweigung entlang, dann strebte er zum Garten und der Lücke in der bröckelnden Mauer, durch die er klettern und zum alten Palast gelangen konnte. Er stahl sich an Mersus Tür vorbei. Der Haushofmeister seiner Mutter hatte seine Unterkunft dicht bei den Frauengemächern, sodass Isis ihn wecken konnte, falls Tetischeri ihn brauchte. Die Tür stand offen. Als Seqenenre hineinblickte, sah er auf dem Lager eine buckelartige Erhebung. Schwer vorstellbar, dass der würdevolle und schweigsame Mersu im Schlaf alle viere von sich streckte. Seqenenre lächelte und ging weiter.

Die Nachtluft stand heiß und still. Als er durch den Garten tappte, um das schwarze Geviert des Teiches herumging und sich unter den vertrockneten Bäumen duckte, warf er einen Blick zum Himmel. Der Mond ging bereits unter, eine ganz helle Silbersichel inmitten von Sternengefunkel, deren Strahlkraft ihm einen Augenblick den Atem verschlug. Er blieb stehen und betete flüsternd zu Thot, dem Gott des Mondes und seiner Seele, ehe er vorsichtig über den fast unsichtbaren Schutt ging, der von der Palastmauer gefallen war, und sich durch das Loch zwängte.

Über ihm dräute der Palast als Gewirr von scharfen Winkeln vor einem samtigen Himmel. Er hatte keine Angst. Viele Menschen fürchteten sich vor der Nacht wegen der Toten, aber Seqenenre fühlte sich hier gut aufgehoben von vergangenen Jahrhunderten, einer Zeit, in der Menschen von seinem Fleisch und Blut gelebt hatten. Er hatte ein Recht darauf, über den aufgewühlten Hof zu gehen und in den dämmrigen, großen Empfangssaal einzutauchen. Er durchquerte ihn rasch, bewegte sich eher unbewusst als nach dem ersten grauen Licht, das aus den Oberlichtfenstern fiel. Im Audienzsaal blickte er nicht zu der Estrade für den Thron hin. Ich werde diesen Palast erneuern, dachte er im Weitergehen. Ich werde den heiligen Thron aus Auaris mitnehmen und ihn hier aufstellen.

Am Fuß der Treppe, die zum Dach der Frauengemächer führte, blieb er jäh stehen und lauschte. Ihm wollte scheinen, als hörte er hinter sich ein Geräusch. «Ist da jemand?», sagte er gelassen, doch nichts rührte sich in der Dunkelheit. «Osiris Mentuhotep neb-hapet-Re, sollte es das Geflatter deiner Flügel sein, die ich höre, so bitte ich dich, segne und behüte mich», rief er jetzt, doch falls der Vogel mit Mentuhoteps Kopf sein Grabmal verlassen hatte und im baufälligen Heim der altehrwürdigen Könige herumgeisterte, so zeigte er sich nicht. Dennoch war Seqenenre getröstet. Rasch stieg er die Treppe hoch und trat aufs Dach.

Als er sich auf die noch immer warmen Ziegel sinken ließ, spürte er, wie seine Anspannung nachließ. Er hatte sich vorgestellt, hier könnte er seine Gedanken ordnen, doch es gab nichts mehr, woran er denken musste. Er träumte nur vor sich hin, und das beruhigte ihn und munterte ihn auf. Sein Haus lag im

Dunkeln, abgesehen von einem matten Licht in den Frauengemächern, das Aahmes-nofretari gehören musste, die keine Ruhe fand. Ein Nachtvogel rief kurz und rau. Unten am Fluss konnte er die angebundenen Pferde wiehern und stampfen hören, und das Wasser selbst strömte nach Norden, die Richtung, die er selbst bald einschlagen würde; bleich beschien der Mondschein die Fluten. Wie üblich wandte er sich kurz der Wüste zu, doch deren Horizont verschwamm. Ich habe heute mit Tani geredet, aber nicht mit Aahmes-nofretari, dachte er. Ich wollte zu ihr gehen, zu meiner stillen Tochter, aber ich hatte Angst, dass mein Lebewohl sie noch mehr aufregen würde. Lieber eine kurze Umarmung im morgigen Durcheinander. Sein Blick wurde zum schwachen Schein ihrer Lampe zurückgezogen, und dann fing er an, zu Amun zu beten.

Er betete um Tapferkeit in der Schlacht, um öffentliche Rechtfertigung seines Anspruchs als Amuns Inkarnation, um Gesundheit für seine Söhne. Er wollte gerade danken, als er erneut meinte, hinter sich ein Geräusch zu hören, dieses Mal klapperte ein Stück Ziegel, das sich gelöst hatte, die Treppe hinunter. Die Worte erstarben ihm auf den Lippen. Jäh überfiel ihn eine Vorahnung, seine Haare standen zu Berge, es lief ihm kalt über den Rücken, und dann überkam ihn eine schreckliche Gewissheit, während er sich umdrehte und ungelenk aufstand. Er vollendete die Bewegung nicht. Zwischen ihm und der schwarzen Treppe stürzte ein Schatten hervor, der verblassende Mondschein schimmerte matt auf dem Blatt einer Axt, und dann fuhr diese so schnell und wuchtig herunter, dass er nicht einmal mehr dazu kam, abwehrend die Arme zu heben oder einen Schrei auszustoßen.

Am östlichen Horizont war die Sonne bereits aufgegangen und vertrieb die grauen Schatten der Morgendämmerung, als Seqenenres Leibdiener an Unis Tür klopfte. Für gewöhnlich wurde der Fürst geweckt, gebadet und angekleidet, ehe der Haushofmeister geholt wurde, der seinen Gebieter dann zu den rituellen Waschungen Amuns begleitete, und Seqenenre hatte ihn angewiesen, dass er an diesem Morgen etwas früher als üblich geweckt werden wollte. Der Leibdiener hatte noch vor dem Morgengrauen unter Verbeugungen das Schlafgemach des Fürsten betreten und hatte nur eine friedlich atmende Aahotep vorgefunden, die fest schlief. Ängstlich weckte er sie und fragte, ob der Fürst schon ins Badehaus gegangen sei. Aahotep murmelte, sie wisse es nicht, und schlief wieder ein.

Und so suchte der Diener das Badehaus ab, dann kam ihm der Gedanke, der Fürst nähme vielleicht ein frühes Frühstück zu sich; daher eilte er in den Empfangssaal. Kamose und Si-Amun speisten gerade frisches Schwatbrot und getrocknete Weintrauben, standen schweigend da und ließen sich bedienen. Tetischeri war auch zugegen und hatte die Überreste ihres Mahls vor sich stehen, sie war bereits geschminkt und mit Perücke, weil sie dem Heer Lebewohl sagen wollte. Der Diener befragte sie ängstlich. Seine Pflichten gingen nicht über die Arbeit im Schlafgemach hinaus. Doch sie antworteten zerstreut. Nachdem er das ganze Haus abgesucht hatte, ging er zu Seqenenres Haushofmeister.

Uni war bereits aufgestanden, trug einen Schurz, hatte gefrühstückt und wartete, dass ihn der Fürst zu sich rief. Seqenenre hatte ihm Anweisungen erteilt, wie das Haus während seiner Abwesenheit zu verwalten war, und sie hatten abgesprochen, was Uni zusammen mit Mersu tun sollte, falls das Heer des Königs käme, doch es gab in letzter Minute immer noch etwas zu besprechen, selbst wenn die Familie nur kurz verreiste. Uni hatte einen Schreiber holen lassen, der draußen auf dem Flur hockte und ihn und den Fürsten zum Tempel begleiten und, falls erforderlich, Notizen machen würde.

«Hast du in den Frauengemächern nachgesehen?», fragte Uni, nachdem er sich das Problem des Leibdieners angehört hatte.

«Der Fürst wollte noch kurz Prinzessin Aahmes-nofretari

aufsuchen.» Der Mann nickte. «Was ist mit den Hundezwingern? Du weißt doch, dass der Fürst seine Tiere liebt.» Der Diener hob die Hände.

«Gebieter, ich habe überall nachgesehen.» Uni überlegte. Vielleicht war der Fürst an diesem schicksalhaften Tag früh und allein zum Tempel gegangen. Vielleicht hatte Hor-Aha ihn wegen irgendeines militärischen Problems gerufen. Uni entließ den Diener.

«Isis soll die Fürstin holen, falls sie noch nicht aufgestanden ist», befahl er, «und dann kannst du die Wäsche ins Waschhaus bringen und mit dem Saubermachen anfangen. Du brauchst für den Fürsten keine frische Wäsche herauszulegen.» Der Mann eilte davon, und Uni folgte ihm langsamer.

Sowie er das Ende des Flures erreichte, merkte er, wie hoch die Sonne bereits stand. Vom gegenüberliegenden Ufer kam der Lärm brüllender Männer und wiehernder Esel, denn dort stellte sich das Heer für den bevorstehenden Feldzug in Marschordnung auf. Als Uni aus dem Vorbau in den Garten trat, liefen Kamose und sein Bruder mit den Bogen über der Schulter vorbei, dass die Pfeile auf ihrem Rücken hüpften.

Aahmes-nofretari war im Garten und drehte sich um, als sich Uni näherte. Sie war in wehendes Leinen gekleidet, das ihre Schwangerschaft züchtig verbarg, hatte sich jedoch ein weißes Band um das glatt zurückgekämmte Haar gebunden und die Augen mit Kohl umrandet. «Uni, hast du Vater gesehen?», fragte sie. «Er hat versprochen, bei mir vorbeizukommen, ehe wir alle zur Verabschiedung zum Fluss gehen. Hat ihn etwas aufgehalten?» Uni verbeugte sich.

«Ich weiß es nicht, Prinzessin», antwortete er, «aber ich finde ihn schon noch. Und du solltest nicht in der Sonne herumstehen. Lass dir von Raa eine Matte und einen Sonnenschirm holen.» Aahmes-nofretari sprach mit ihrer Begleiterin, und als sie das tat, bemerkte Uni die Bresche in der Mauer und den Palast dahinter, dessen Wände im Schein der Morgensonne hellgelb schimmerten. Er lächelte grämlich und ging in die Richtung. Natürlich. Wo sonst geht der Fürst schon hin, wenn er ein Weilchen seine Ruhe haben will, ehe ihn die Alltagspflichten wieder auffressen, dachte Uni gereizt, als er den leeren Hof überquerte, auf dem die Sonne jetzt so gleißte, dass er blinzeln musste. Mittlerweile hätte er seine Pflichten im Tempel vollziehen, seiner Familie Lebewohl sagen und aufbrechen müssen. Es sieht ihm gar nicht ähnlich, seine Soldaten in der prallen Sonne auf ihn warten zu lassen.

Uni mochte den alten Palast nicht. Als er in das kühle Dämmerlicht trat, hätte er gern einen Talisman zwischen den Schulterblättern hängen gehabt. Er fasste nach seinem Amulett, durchquerte den Empfangssaal wie vor ihm Seqenenre und ging zu der Treppe, die sein Herr gern nahm. Ein jähes Flügelflattern und ein schrilles Pfeifen ließen ihn an die Wand zurückweichen, und er verzog angeekelt das Gesicht. Fledermäuse. Er würde ein Wörtchen mit dem Bauern reden müssen, dessen Aufgabe es war, die Tiere jeden Morgen ins Freie zu treiben für den Fall, dass der Fürst diese Treppe hochstieg.

Uni ging weiter hoch und kam schließlich zu der angeschlagenen und zerbrochenen Türöffnung. Hitze schlug ihm entgegen, als er blinzelnd hindurchtrat, und er blieb kurz stehen, weil sich seine Augen erst an das Licht gewöhnen mussten. «Fürst, wo bist du?», rief er taktvoll. Keine Antwort, doch die brauchte er auch nicht. Uni erblickte seinen Gebieter fast sofort.

Seqenenre lag bäuchlings in Dreck und hereingewehtem Sand, die Wange auf einem Ziegelstein, die Arme unter sich und nicht sichtbar. Seine gespreizten Beine lagen in der Sonne, und eine launische Brise hob den Saum seines Schurzes. Uni blieb fast das Herz stehen, dann machte es einen Satz. Rasch lief er zu Seqenenre und berührte ihn zögernd, und da sah er den zerschmetterten Schädel und das braune, getrocknete Blut, das auf dem grauen Gesicht klebte. «O ihr Götter, ihr Götter», flüsterte er.

Dann richtete er sich auf und sah sich verzweifelt nach Hilfe um. Unter den Bäumen am Fluss wimmelten Soldaten aus den Kasernen im Osten, die darauf warteten, zum Westufer übergesetzt zu werden, ein Gewirr brauner Gliedmaßen, weißer Schurze und sonnenfunkelnder Speere. Weit würde sein Rufen nicht dringen. Dann erhaschte er eine Bewegung, jemand ging an der Bresche in der Mauer vorbei, die den Garten umgab. «Hier!», schrie er, doch seine Stimme war nur ein Krächzen. Er holte tief Luft. «Hier! Hier oben!» Und er rief und rief. Kurz darauf erschien eine Gestalt, beugte sich in die Lücke und blickte hoch, beschattete die Augen mit der Hand. Einer der Gärtner. «Lauf, so schnell du kannst, und hol Diener und eine Trage!», befahl Uni. «Wenn sie unterwegs sind, hol die Prinzen Si-Amun und Kamose. Die habe ich zum Fluss gehen sehen. Schick auch sofort den Arzt ins Schlafgemach des Fürsten. Sofort!» Der Mann blickte bestürzt, doch Uni klang so außer sich, dass er verschwand.

Uni kauerte sich neben den Leblosen. Mehr konnte er nicht tun, bis die Trage kam. Zögernd fuhr er mit dem Finger über Seqenenres Schulter. Die Haut fühlte sich hart, trocken und kalt an. Ist er tot?, dachte Uni, und auf einmal wurde ihm so übel, dass er nach Luft schnappen musste. Er konnte nur einen Teil vom Gesicht des Fürsten sehen, doch das eine Auge unter dem halb geschlossenen Lid sah glasig aus. Die Sonne vertrieb rasch den Schatten, in dem der Fürst noch lag. Uni zog seinen Schurz aus und legte ihn über das der Sonne ausgesetzte Fleisch. Als er das tat, ging ihm erst auf, dass man sich den Schädel nicht so aufschlagen konnte, wenn man stolperte und fiel, genauso wenig, wie man eine Treppe hochfiel. Jemand hatte sich hinter den Fürsten geschlichen und ihm das angetan.

«Uni!», rief jemand. Er blickte hinunter. Aahmes-nofretari beugte sich durch die Mauerlücke. «Was ist da oben los? Was tust du da?» Ihm war klar, dass er sie ins Haus schicken musste, dass sie das, was hinter ihm lag, nicht sehen durfte, aber irgendetwas an seiner Haltung ließ sie aufmerken. Ehe er sie abhalten konnte, zwängte sie den hochschwangeren Leib durch und betrat den Hof.

«Prinzessin, nicht!», rief er. «Ich rede gleich mit dir! Bitte, geh wieder ins Haus!» Doch sie achtete nicht auf ihn. Hinter ihr sah Uni die Träger mit der Trage herangeeilt kommen. Er ging ihnen entgegen.

Doch er konnte nicht am Fuß der Treppe bei der blassen und ängstlichen Aahmes-nofretari bleiben, sondern musste auf das Dach zurück und dafür sorgen, dass der Fürst so sanft wie möglich auf die Trage gebettet wurde, und dabei war den Männern anzusehen, dass sie diese Behutsamkeit für sinnlos hielten. Seqenenre war tot. Und damit hatten sie wahrscheinlich Recht. Er geleitete sie die Treppe hinunter und wusste nur zu gut, dass an ihrem Fuß die Prinzessin mit nach oben gewandtem Gesicht stand, doch er war machtlos, konnte sie nicht vom Nähertreten abhalten, als die Trage das Erdgeschoss erreichte. Sie wirkte ungläubig, als sie sich über ihren Vater beugte, doch dann ging ihr die Bedeutung dessen, was sie sah, auf. Sie stieß einen einzigen Schrei aus, presste die Faust in die Wange und schwankte, und Uni packte sie bei den Schultern und drückte sie sanft auf eine Stufe. «Bleib hier, Prinzessin», sagte er. «Ich schicke dir Raa.» Sie schlang die Arme über ihren gewölbten Leib und blickte mit schreckgeweiteten Augen zu ihm hoch.

«Ist er … ist er tot?», sagte sie mühsam.

«Ich weiß es nicht. Bleib hier.» Er verbeugte sich, ohne seine Verbeugung überhaupt wahrzunehmen, es geschah unbewusst, die Macht der Gewohnheit, dann lief er hinter den Trägern her.

Aus Angst, Seqenenre durchzurütteln, trugen sie ihn durch die große, torlose Einfahrt am Ende des Hofes, deren Torflügel einst aus Kupfer gewesen waren und Könige und Edelleute in ihrer ganzen Pracht hatten durchziehen sehen. Uni beobachtete die leblose Gestalt besorgt, sah aber nicht das kleinste Anzeichen von Leben. Die Augen standen halb offen, waren jedoch blicklos. Getrocknetes Blut war aus dem erschlafften Kiefer gesickert, das Kinn hinuntergelaufen und in der Halsgrube getrocknet. Der Schädel war nur noch zusammengeschobene Haut. Uni stand mittlerweile unter der Wirkung des Schocks, den er erlitten hatte. Seine Beine zitterten und alles verschwamm ihm vor den Augen. Er war sehr froh, als er Kamose und Tetischeri den Flur entlang zum Schlafgemach eilen sah, gerade als die Trage um die Ecke bog. Drinnen wartete schon der Arzt. Während die Diener Seqenenre auf das Lager hoben, packte Kamose den Haushofmeister beim Arm. «Heraus mit der Sprache!», knurrte er.

«Niemand konnte den Fürsten finden», erläuterte Uni und fing dabei an zu zittern, «aber ich habe mir gedacht, er ist vielleicht zu seinem Lieblingsplatz gegangen, daher habe ich dort nach ihm gesucht. Er hat auf dem Dach der Frauengemächer gelegen», er zeigte ins Zimmer, «so wie da.»

Kamose deutete auf den Schemel an der Tür. «Setz dich», befahl er. «Du siehst krank aus. Wenn du dich erholt hast, schick einen Diener zu Si-Amun und Hor-Aha. Si-Amun ist auf dem Westufer und spannt die Pferde vor die Streitwagen. Er muss auf der Stelle herkommen. Hor-Aha soll die Truppen über den Fluss zurücksetzen lassen. Heute dürfen sie sich ausruhen, und man soll ihnen reichlich Wein geben. Mersu kann deine Arbeit übernehmen. Du bist für heute entschuldigt, Uni. Du hast deine Sache gut gemacht.»

Uni blickte Kamose neugierig ins harte, entschlossene Gesicht. Kamoses Lippen waren eine schmale Linie, die Nasenflügel verkniffen, die Augen vollkommen schwarz. Der Haushofmeister kannte den Prinzen seit seiner Geburt. Er war ein stilles Kleinkind, ein nachdenklicher Jüngling gewesen und ein zurückhaltender, beherrschter junger Mann geworden. Er konnte sich ungezwungen und locker über vieles unterhalten, und bei seinem bedächtigen Lächeln wurde so manchem das Herz warm. Uni argwöhnte, dass er ein stilles Wasser war, dass sich

Kamoses wahres Leben tief unter dem gelassenen, höflichen Benehmen und der leutseligen Unterhaltung abspielte. Jetzt war ihm unbewusst klar, dass eine grimmige Wut Kamose gepackt hatte. Die Worte des jungen Prinzen klangen, als wäre er das Befehlen seit langem gewohnt. Uni tat, was man ihn geheißen hatte.

Im Schlafgemach herrschte angespanntes, ungläubiges Schweigen, das nur durch die sanften Bewegungen des Arztes unterbrochen wurde. Kamose und Tetischeri standen erstarrt nebeneinander. Aahotep hatte sich an Kamose vorbeigedrängt, als dieser mit Uni redete, und kniete jetzt am Kopfende des Lagers, und die Tränen liefen ihr über die frisch geschminkten Wangen, doch sie hatte sich offensichtlich im Griff. Lange sahen alle dem Arzt bei seiner Untersuchung zu, aller Augen bewegten sich wie gebannt mit seiner Hand, und dann rührte sich Aahotep. «Lebt er noch?», fragte sie. Der Mann hielt inne und blickte sie überrascht an.

«Natürlich lebt er noch, Fürstin, sonst würde ich das alles nicht tun, sondern hätte die Sem-Priester holen lassen. Sieh doch selbst.» Er nahm einen kleinen Kupferspiegel aus seinem Holzkasten und hielt ihn Seqenenre dicht vor den Mund. Er beschlug.

«Ach, Seqenenre», hauchte Aahotep. «Wer hat dir das angetan?» Als sie das sagte, löste sich die Spannung der anderen. Tetischeri trat zum Lager.

«Wie schlimm ist die Verletzung meines Sohnes?», fuhr sie den Arzt an. Der Mann steckte seinen Spiegel weg.

«Wenn er gewaschen ist, Fürstin, kannst du sehen, dass er abgesehen von einem Kratzer auf der Wange, wo er auf etwas Scharfes gefallen ist, nur die furchtbare Kopfwunde hat. Die Axt ist so tief eingedrungen, dass das Hirn frei liegt.»

«Axt?», platzte Kamose heraus. «Er ist mit einer Axt angegriffen worden? Woher willst du das wissen?»

«Das erkenne ich an der Form der Wunde», antwortete der

Arzt. «Und ich kann auch sagen, dass die Axt aus Bronze gewesen ist. Eine von unseren Äxten hätte keine so säuberliche Wunde gemacht. Unsere sind nicht so hart, und bei der Wucht des Hiebs hätte es viele Splitter gegeben, die ins Hirn eingedrungen wären. Es gibt auch hier Splitter, aber die kann ich entfernen, viele sind es jedoch nicht.» Er hätte noch mehr gesagt, doch an der Tür entstand ein Aufruhr, Tanis Stimme übertönte Mersus Vorhaltungen.

«Vater! Was ist, was ist hier los? Lass mich vorbei, Mersu!» Aahotep stand rasch auf. Die Hände, die sie auf das Laken stützte, zitterten.

«Amun, vergib mir, Tani habe ich ganz vergessen», sagte sie, und ehe der belagerte Mersu nachgab, war sie schon durchs Zimmer und zur Tür hinausgelaufen. Kamose wandte sich wieder an den Arzt.

«Wird er sterben? Gibt es noch Hoffnung?» Der Arzt sagte zögernd:

«Ich kann ihm den Kopf rasieren, ihn waschen und die Splitter entfernen, aber ich kann ihn nicht ins Bewusstsein zurückrufen. Ich schlage vor, dass man einen Priester holt, der einen Genesungszauber spricht.»

«Du glaubst, er stirbt.»

«Ja», sagte der Arzt schlicht.

Si-Amun unterbrach sie, er kam mit dem blauen Leinenkopftuch und einer aufgerollten Peitsche in der Hand ins Zimmer gestürzt. «Was geht hier vor?», fragte er. «Hor-Aha hat Anweisung, die Truppen wieder über den Fluss zu setzen, und die Diener rennen wie kopflose Hühner im Haus herum!» Als Antwort trat Kamose beiseite. Seqenenre lag auf dem Bauch, und beim Nähertreten sah der junge Mann die schreckliche Wunde. Einen Augenblick lang herrschte Schweigen, dann schwankte Si-Amun, und Kamose streckte die Hand aus und stützte ihn. «Was hat er?» Si-Amuns Stimme war nur noch ein Krächzen. Kamose ließ ihn los.

«Jemand hat versucht, ihn mit einer Axt zu ermorden», sagte er grimmig. «Und nicht einfach mit einer Axt, o nein, mit einer Setiu-Waffe.»

«Nein!»

Kamose warf seinem Bruder einen verwunderten Blick zu. Si-Amuns Gesicht hatte alle Farbe verloren, und Kamose befürchtete schon, dass er ohnmächtig würde. Etwas an Si-Amuns Schrei bewirkte, dass ihm die Haare zu Berge standen.

«Beruhige dich, Bruder», sagte er schnell. «Vater lebt. Wie lange noch, das kann niemand sagen, aber ...» Weiter kam er nicht, denn Si-Amun hatte das Zimmer bereits verlassen.

Doch Seqenenre starb nicht. Den ganzen Tag bearbeitete der Arzt seinen leblosen Körper, wusch ihn, rasierte ihm die vollen schwarzen Locken ab, entfernte Schädelhaut, die zu schlimm betroffen war, und zupfte winzige Stückchen Knochen aus der dicken Haut über Seqenenres Hirn. Der seufzte nicht einmal. Er atmete weiterhin flach und unregelmäßig. Kamose saß stundenlang neben ihm, ohne sich von der grausigen Behandlung abschrecken zu lassen, doch schließlich musste er zu Hor-Aha, der sich bemühte, die verärgerten Soldaten zu beruhigen. Die Streitwagen waren wieder in die Boxen gebracht worden. Die Pferde weideten auf dem spärlichen, trockenen Gras neben den Kasernen, in denen die Leibwache der Familie untergebracht war. «Was soll ich mit den Männern anfangen?», fragte Hor-Aha Kamose, als sie endlich müde, dreckig und entmutigt Seqenenres Arbeitszimmer zustrebten. «Soll ich sie nach Haus entlassen?»

«Nein», beharrte Kamose. «Noch nicht. Wir haben sie nun viele Wochen lang auf eigene Kosten verpflegt, und das werden wir auch weiterhin tun. Ich habe viel zu bedenken, Hor-Aha, und bis ich mich entschieden habe, kannst du sie mit Scheinangriffen und Ähnlichem beschäftigen. Wenigstens haben wir jetzt Zeit, noch mehr Bogen herzustellen.» Hor-Aha wagte ein lahmes Grinsen, wurde aber schnell wieder ernst.

«Der Fürst liegt im Sterben, nicht wahr?», sagte er und wandte Kamose das dunkle Gesicht zu. «Und was machst du, wenn er stirbt?» Kamose wusste, was die Frage des Generals bedeutete. Seine Antwort fiel heftig aus.

«Mein Vater wird nicht sterben. Unser Arzt ist sehr gut. Der Hohe Priester höchstpersönlich spricht den Genesungszauber. Das Lager ist von mächtigen Amuletten umgeben.»

«Aber wenn er doch stirbt?», drängte Hor-Aha. Kamose ging weiter, sah jedoch den hoch gewachsenen Medjai nicht an.

«Dann wird jemand dafür zahlen», versprach er grimmig.

Si-Amun hatte Seqenenre in völlig aufgelöstem Zustand verlassen und lief keuchend durch das Haus, als er Raa traf. «Mit Verlaub, Prinz», sagte die Frau, «deine Gemahlin liegt in den Wehen, und sie ist in großer Not. Kannst du kommen?» Si-Amun war zwar betäubt und durcheinander, doch er zögerte keinen Augenblick. Ohne Raa zu antworten, bog er zu den Frauengemächern ab. Man hatte eine Wehmutter aus Waset angefordert, doch die war noch nicht da.

Aahmes-nofretari schritt neben ihrem Lager auf und ab, hielt sich mit beiden Händen den Leib und weinte. Ein Priester der Familie zündete in einem langen Halter Weihrauch an. Kares, Aahmes-nofretaris Haushofmeister, wartete gleich vor der Tür auf Anweisungen. Als sich Si-Amuns Atem verlangsamt hatte, ging er zu der jungen Frau und küsste sie. «Tut es sehr weh?», fragte er, und sie wandte ihm das tränenüberströmte Gesicht zu.

«Nein, noch nicht», schluchzte sie. «Es ist wegen Vater, wie er ausgesehen hat, als die Träger ihn heruntergebracht haben, so grau, und dann das schreckliche Loch in seinem Kopf. Halt mich fest, Si-Amun!» Er legte die Arme um sie, und sie barg das Gesicht an seinem Hals. «Er wird sterben», sagte sie erstickt und mit gedämpfter Stimme. «Mein Kind wird unter einem schrecklichen Unstern geboren! Ich habe solche Angst!» Er tröstete sie, so gut er konnte, während der Priester hinter ihnen zu singen begann und der süßliche Duft des heiligen Rauches sie allmählich einhüllte. Der duftende Nebel beruhigte Aahmes-nofretari. «Ich habe gebetet und Taurt jeden Tag Gaben gebracht», sagte sie jetzt mit kräftigerer Stimme. «Gewiss wird sie mich jetzt nicht verlassen. Si-Amun, danke, dass du gekommen bist. Bitte geh jetzt und schicke mir Mutter. Ist die Amme noch nicht da?» Ihre Stimme war lauter, schriller geworden. Er nahm ihr Gesicht in seine braunen Hände, küsste sie auf die nassen Augen und den bebenden Mund und redete ihr Mut zu. Doch seine eigene Stimme klang auch nicht gerade fest.

«Kares, hole diese dumme Amme», befahl er. «Und die Übrigen hören auf zu gaffen und machen sich nützlich. Musik würde sie beruhigen und vielleicht ein, zwei Brettspiele.» Das war in scharfem Ton gesagt, denn er wusste, dass das Unbehagen im Raum von dem Drama herrührte, das sich in einem anderen Teil des Hauses abspielte, und er wollte nicht, dass dessen Auswirkungen seine Frau in Angst und Schrecken versetzten. Die Diener gehorchten hastig und er ging.

Im Haus konnte er nicht bleiben. Zu dem Schreck und Zorn über den Angriff auf seinen Vater kam noch die Sorge um seine Frau, und am Ende nahm er ein Boot und einen Leibwächter und ließ sich in die Binsensümpfe staken. Hier warf er eine Angelrute aus und legte sich im Boot zurück, die Augen auf die sich sacht wiegenden Papyruswedel über seinem Kopf gerichtet. Er war jetzt zwanzig und Aahmes-nofretari vier Jahre jünger. Gemäß der uralten Sitte, dass der Thronerbe, um das Blut rein zu halten, eine durch und durch königliche Prinzessin heiraten musste, in der Regel die eigene Schwester, waren sie seit Kindesbeinen verlobt gewesen. Er und Aahmes-nofretari hatten immer gewusst, dass sie heiraten würden, obwohl die Männer ihres Geschlechts nicht mehr auf dem Horusthron saßen, und in diesem Wissen hatten sie, während sie zusammen aufwuchsen, immer füreinander gesorgt. Er liebte sie, obwohl er insgeheim darüber spottete, dass sein Vater an einer Tradition festhielt, die keine Gültigkeit mehr hatte. Falls ich schon stolz darauf bin, ein Prinz zu sein, dachte er, dann ist Vater mit seinen Träumen von der Rückkehr dieser Familie zu göttlichem Status in Ägypten doppelt so stolz wie ich. War stolz. Aahmes-nofretari wird es schaffen, aber Vater …

Er stöhnte und setzte sich auf. Etwas zog an seiner Angelleine, doch er achtete nicht darauf. Er wusste, er musste sich mit den furchtbaren Folgen seines schwachen Augenblicks bei Teti auseinander setzen. Bin ich dafür verantwortlich, fragte er sich, denn nun bot die Sorge um seine Frau keinen Schutz mehr vor Seqenenres Anblick, wie er da wie ein Opferstier, kraftlos und fast tot, lag. Wenn ich Teti nicht diese Botschaft geschickt hätte, wenn Teti mich nicht an Apophis verraten hätte, würde Vater dann jetzt am Fluss entlang nach Norden marschieren? Gewiss hatte der König ohnedies von dem Heer gehört. Hatte Apophis den Mord befohlen? Oder war Vater von einem verängstigten Diener oder Soldaten niedergestreckt worden?

Er wusste, dass er nur Worte im Kopf herumschob, während Schuldgefühle und Selbsthass immer größer wurden. Es ist, als ob ich selbst die verfluchte Axt geschwungen hätte, dachte er unglücklich. Ich, Si-Amun, Prinz von Waset. Aber wer hat tatsächlich zugeschlagen? Mersu? Mersu mit den Setiu-Vorfahren, der mit Tetis Oberhofmeister verwandt ist? Wenn ich es recht bedenke, so war er nicht sehr neugierig, als ich ihn gebeten habe, die Rolle zu verschicken, es war fast so, als hätte er darauf gewartet, dass ich ihn darum angehe. Ich schicke sie an Teti. Teti schickt sie an Apophis. Und der König liest, überlegt und beschließt, seinen stolzen Untertan aus dem Süden ein für alle Mal zu bestrafen? Sein Ka antwortete mit einem düsteren Ja. Niedergeschlagen holte Si-Amun seine Schnur ein und erteilte einen erstickten Befehl. Das Boot glitt durch die Binsen zum Ufer zurück.

Das Küchengesinde bereitete ein kärgliches Abendessen zu, doch niemand kam in den Speisesaal. Seqenenres Zustand war unverändert. Die Atmosphäre im Haus glich einem düsteren Leichentuch. Aahotep, die viel lieber bei ihrem Mann gewesen wäre, ermutigte und tröstete ihre Tochter. Tani, die alle über diesem Durcheinander und dieser Tragödie vergaßen, suchte früh ihr Lager auf und lag starr und zutiefst unglücklich im Bett, während Heket ihr Geschichten erzählte, um sie vom Zustand ihres Vaters abzulenken. Der Abend brachte eine trostlose Stille mit sich, und nur um die Frauengemächer herrschte noch Geschäftigkeit und Lärm.

Si-Amun kehrte in seine Gemächer zurück und holte einen Dolch aus seiner Truhe, der gesäubert und geschärft war und während der langen Fahrt im Streitwagen an seinem Gurt hätte hängen sollen. Er schob ihn in sein Hemd, wo er kalt auf seiner Haut lag, und suchte Mersus kleine Zelle auf. Er wollte den Mann nicht rufen lassen. Später erinnerte sich vielleicht jemand daran und fragte sich, warum. Er erreichte den Flur, erwiderte den Gruß des Wachpostens, ging zu Mersus Tür und stieß sie auf.

Der Raum war leer. Mersus Strohsack lag an einer Wand, daneben ein sehr niedriger Tisch und ein Schemel. Zwei Truhen, die die Habe des Haushofmeisters enthielten, standen an der Wand aufgereiht. Auf dem Tisch eine Lampe. Mit einem grimmigen Lächeln und hämmerndem Herzen machte Si-Amun die Tür hinter sich zu und ließ sich auf den Schemel sinken. Er hätte die Truhen durchsuchen, den Strohsack hochheben können, doch er tat es nicht, sondern verschränkte die Arme und spürte den tödlich tröstlichen Dolch. Dann lehnte er sich an die Wand und wartete.

Die Zeit fürs Abendessen kam und ging, doch Si-Amun war nicht hungrig nach Essen. Ihn hungerte nach Erlösung, Reinigung. Er dachte an Seqenenre, der um sein Leben kämpfte, während Res mattes Licht vor dem winzigen Fenster hoch oben in der Wand verblich und das Zimmer in Dunkelheit versank. Si-Amun riss sich zusammen, griff nach dem Kienspan auf dem

Tisch, ging auf den Flur und entzündete ihn an der Fackel, die über dem geduldigen Soldaten brannte, dann ging er ins Zimmer zurück und zündete die Lampe an. Er überlegte, ob er den Soldaten fortschicken sollte, nahm jedoch Abstand davon. Von Soldaten wurde erwartet, dass sie das Tun ihrer Vorgesetzten übersahen. Im Zimmer wurde es licht von dem warmen, stetigen Schein. Si-Amun wollte sich gerade wieder hinsetzen, als die Tür aufgerissen wurde und Mersus zornige Miene auftauchte. Si-Amun starrte ihn benommen an. Noch nie hatte er den Haushofmeister anders als ausdruckslos erlebt.

«Ich habe Licht unter der Tür gesehen», sagte Mersu jetzt. «Wie kannst du es wagen, hier herein...», doch da erkannte er Si-Amun, und sofort fiel die Maske herunter, und er war wieder der gut geschulte Diener. «Verzeih mir, Prinz», murmelte er. «Ich habe gedacht, einer der Untergebenen hätte hier herumgestöbert, und der Wachposten hätte es unterlassen, ihn anzurufen. Entschuldigung.» Si-Amun fuhr herum und stand vor ihm, die Hände in die Hüften gestemmt.

«Mach die Tür zu», befahl er. Flüchtig meinte er, Angst in den Augen des Haushofmeisters aufflackern zu sehen, doch das konnte auch der zuckende Lampenschein gewesen sein. Mersu gehorchte stumm. «Und jetzt, Mersu», fuhr Si-Amun ruhig fort, obwohl sich ihm vor Anspannung der Magen zusammenzog, «jetzt sag mir, wo du letzte Nacht gewesen bist.» Mersu neigte den Kopf.

«Vermutlich befragt die Familie jeden», meinte er. «Etwas so Schreckliches hat sich in der ganzen Zeit, die ich der Fürstin diene, nicht zugetragen.» Er seufzte. «Die Antwort, Prinz, ist, ich habe der Fürstin aufgewartet, bis sie ihre Tür geschlossen hat. Dann bin ich in die Küche gegangen und habe mit Uni gegessen. Das hat ungefähr eine Stunde gedauert. Da es so heiß war, habe ich ihn überredet, mit mir schwimmen zu gehen, und dann bin ich gegen Mitternacht in meine Zelle zurückgekehrt, gerade ehe die Hörner im Tempel geblasen haben. Das Schwimmen hatte mich müde gemacht, ich bin sofort eingeschlafen. Aber ich habe meine Tür offen stehen lassen», sagte er noch. «Falls jemand auf dem Flur vorbeigekommen ist, hat er mich auf meinem Strohsack liegen sehen.»

Seine Miene hatte sich nicht verändert. Während er sprach, stand darauf nichts als Ehrerbietung zu lesen, und seine Augen blickten klar. Dennoch sind seine Worte zu glatt, dachte Si-Amun, während er zuhörte. Ich bin mir sicher, dass Mersu in der Tat mit Uni gegessen und geschwommen hat und kurz danach zu Bett gegangen ist, aber ich bin mir gleichermaßen sicher, dass er nicht hier geblieben ist. O ihr Götter, falls ich mich irre und Großmutters Liebling beleidigt habe, wird sie mir das nie verzeihen. «Mersu, erinnerst du dich noch an die Rolle, die ich dir gegeben habe, dass du sie an Tetis Haushofmeister schickst?», fragte er. Mersu nickte. «Du hast gar nicht über meine sonderbare Bitte gestaunt. Warum?» Mersu blickte bestürzt. Er hob die Hände.

«Ich habe kaum über den Befehl nachgedacht», erwiderte er. «Es ging mich ohnedies nichts an, Prinz, oder? Du hast dem Verwandten deiner Mutter etwas mitteilen wollen, mehr nicht.» Ich möchte dir ja glauben, dachte Si-Amun. Ich habe dich immer gemocht, Mersu. Du bist ehrlich, tüchtig, hast viel Humor und bist taktvoll. Ich möchte dir glauben ... aber ich kann nicht.

«Das glaube ich nicht», sagte er langsam, und Mersus Hände fielen herunter und verbargen sich in den Ärmeln seines Umhangs. «Ich glaube, dass Teti dir gesagt hat, dass du eine solche Bitte von mir erwarten kannst. Ich glaube, dass du in unserem Haus für Apophis spionierst.» Erschrocken riss Mersu die Augen auf.

«Prinz, ich bin tief gekränkt», sagte er schroff. «Ich diene Fürstin Tetischeri seit dreißig Jahren, und sie hat sich noch nie über mich beklagen müssen. Und noch nie hat jemand meine Treue zum Haus Tao angezweifelt!» Si-Amun trat einen Schritt auf ihn zu.

«Vielleicht, weil es bis jetzt, als mein Vater beschlossen hat, endgültig mit dem König zu brechen, noch nie nötig gewesen ist, deine Treue anzuzweifeln», blaffte er zurück. «In deinem Herzen bist du Setiu, Mersu.» Darauf gab Mersu keine Antwort. Seine ganze Haltung vermittelte seine Enttäuschung und Demütigung. Si-Amun wusste, dass die Beziehung der Familie zu Mersu unwiderruflich Schaden genommen hatte. Er schluckte. «Räume deine Truhen aus», befahl er.

Jeder andere Diener hätte gefragt, warum, doch Mersu, der vorbildliche Haushofmeister, ging auf der Stelle zu seinen Truhen, hob die Deckel und schickte sich an, den Inhalt herauszuholen und auf dem Fußboden zu verstreuen. Si-Amun stellte sich hinter ihn. Es gab sechs oder sieben lange, gefältelte Haushofmeistergewänder, ein Rasiermesser, ein zweites Paar Sandalen, einen schlichten hölzernen Kosmetikkasten, den er auf Si-Amuns Geheiß aufmachte und in dem sich ein Krug mit Duftöl und ein Tiegel Kohl und mehrere Perücken befanden. Die andere Truhe enthielt das Gold, das Mersu gespart hatte, mehrere Amulette, eine kleine Amun-Statue, eine andere von Sutech und verschiedene Armbänder und Ketten, allesamt aus Kupfer, jedoch zierlich mit Karneolen und Türkisen gearbeitet. Tetischeri hatte sich ihrem Haushofmeister gegenüber großzügig gezeigt.

Si-Amun verließ der Mut. Er beugte sich über die Truhen, nahm die Habseligkeiten in die Hand und nickte dann knapp. Mersu machte sich daran, alles wieder einzuräumen. Es gab keine Rolle, keine Botschaft für Mersu. Doch falls ich Mersu wäre, dachte Si-Amun, und ich den Befehl erhalten hätte, meinen Gebieter zu ermorden, so würde ich den Papyrus gewiss nicht herumliegen lassen. Ich würde ihn sofort verbrennen. Verzweiflung packte ihn. Ich weiß, dass Mersu schuldig ist, aber ich kann es nicht beweisen, und jetzt wird mir der Elende ewig böse sein.

Mersu war aufgestanden und wartete höflich, doch hinter seinen gesenkten Lidern spürte Si-Amun Erleichterung, oder sogar Triumph? Dann schoss Si-Amun ein anderer Gedanke durch den Kopf. Was ist, wenn die Botschaft nicht aufgeschrieben gewesen ist? Apophis ist nicht dumm. Er wird aus Furcht, entdeckt zu werden, keine teure Rolle an einen Dienstboten schicken. Gewiss wird er die Worte auf Tonscherben kritzeln wie die Bruchstücke, auf denen Schüler oder Schreiber schreiben lernen. In jedem großen Haushalt gehen dauernd Töpfe zu Bruch. Ein Haushofmeister im Besitz eines solchen Scherbens würde sich nicht verdächtig machen.

Er ging auf und ab und schob den Staub mit den Füßen hin und her. Die Fußböden in den Dienstbotenzellen waren nicht gefliest, sondern aus glatten Lehmziegeln, deren Oberfläche schnell aufraute und unter den Füßen einen dünnen Film aus trockenem Lehm hinterließ. Er spürte, dass Mersu aufmerkte, als er mit den Sandalen scharrte, aber er fand nichts. Er kam sich genasführt vor und betrachtete nachdenklich die Lampe. Mersu sagte nichts.

Auf einmal wusste Si-Amun Bescheid. Er knurrte und ging zur Lampe, schob den brennenden Docht beiseite, der in dem warmen Öl schwamm, und fischte einen kleinen roten Scherben heraus. Er hörte, wie Mersu die Luft ausstieß, hörte den langen Seufzer des Besiegten. Si-Amun säuberte das Stück mit seinem Schurz und machte sich darauf gefasst, dass Mersu floh, doch der Haushofmeister stand einfach da und hatte die Hände in die Ärmel geschoben. Die Lampe spuckte und die Schatten flackerten, während sich der Docht wieder beruhigte. Si-Amun hielt die Botschaft ans Licht. Sie lautete «Töte den Verräter». Über einer groben Zeichnung von Sutech war sie mit ‹Itju› unterschrieben. Itju war der Oberste Schreiber des Königs. Si-Amun starrte Mersu an, und Mersu erwiderte den Blick. «Die hättest du lieber nach Empfang zerschlagen sollen», flüsterte Si-Amun schließlich. «Dann hätte man dir nichts nachweisen können.» Mersu lächelte schmal.

«Dazu war keine Zeit», sagte er. «Ich habe es versucht. Falls du heute Abend nicht gekommen wärst, hätte ich es auch getan. Die habe ich gestern von einem Herold auf dem Weg zum zweiten Katarakt bekommen. Deine Großmutter hat mich den ganzen Tag auf Trab gehalten, und wenn ich nicht mit Uni gegessen und geschwommen hätte wie jeden Abend, hätte er Verdacht geschöpft. Ich habe den Scherben in der Küche in einem Abfallhaufen versteckt, und dort hätte ich ihn lieber lassen sollen. Ich konnte ihn erst holen, nachdem ich den Fürsten niedergeschlagen hatte, und dann war es zu spät. Das Durcheinander, die panischen Botengänge ...» Er hob die Schultern. «Amun hat mich für meine böse Tat bestraft.» Er schluckte. «Prinz Si-Amun, du kannst mir glauben, ich liebe deinen Vater und seine Familie. Waset ist meine Heimat. Aber ich bin dem König verpflichtet und muss seinen Befehlen gehorchen.»

Si-Amun hörte sich das entsetzt an. Die letzten Worte hätten seine eigenen sein können.

«Der König hat sich deiner bedient», sagte er noch immer im Flüsterton. Das bestätigte Mersu mit einem Kopfnicken.

«Hat der König nicht ein Recht darauf, sich eines jeden von uns, seinen Untertanen, zu bedienen?», fragte Mersu zurück. Darauf wusste Si-Amun keine Antwort. Als Mersu sah, dass er zögerte, trat er beflissen näher. «Ich weiß, dass du meine Treue zum Horusthron in Auaris teilst», sagte er dringlich. «Was ich getan habe, war schrecklich, Prinz, aber nötig. Daran sollte man nicht mir die Schuld geben. Verrate mich nicht, bitte.»

«Nicht verraten?» Si-Amun lachte schroff. «Bei Amun! Du versuchst, meinen Vater zu ermorden, und dann bittest du mich, nichts zu sagen? Ich bringe dich zu Kamose und deiner Herrin, und dann wirst du verurteilt und hingerichtet!»

«Wohl kaum», sagte Mersu leise, «denn wenn man mich richtet, erzähle ich deinem Bruder, wie du die Pläne deines Vaters an Apophis verraten hast. Wegen der Familienehre wird man dich zwingen, dich umzubringen.» Si-Amun wurde rot im Gesicht. Er biss die Zähne zusammen.

«Du dreckiger Wurm!», knurrte er. Mersu blieb ungerührt.

«Tut mir Leid, Prinz, aber es ist die Wahrheit. Ich verrate dich nicht, wenn du mich nicht verrätst.»

«Das ist nicht das Gleiche!»

«O doch», sagte Mersu, «das ist es.»

Jetzt sollte ich ihn umbringen, dachte Si-Amun, und er spürte, wie sich der Dolch an seiner Mitte bewegte. Kamose erzähle ich, dass ich die Wahrheit herausgefunden und vor lauter Kummer und Wut zugestoßen habe. Doch Kamose wird fragen, wie ich auf den Gedanken gekommen bin, Mersus Zelle zu durchsuchen. Auf einmal wurde es ihm zu eng, und Angstschweiß brach ihm aus. Ich bin eingekreist, dachte er verzweifelt. Ich habe keine andere Wahl mehr. Möge Amun mir vergeben! Ich habe auch den Tod verdient. Er wollte den Dolch herausreißen und ihn dem Haushofmeister in die sorglos atmende Brust stoßen, doch er hatte nicht den Mut, den Mann zu töten, der sich über seinen Korb gebeugt hatte, als er noch ein Kleinkind war, der ihn gefüttert hatte und zur Stelle gewesen war und ihn aufgefangen hatte, als er die ersten unsicheren Schritte getan hatte. Und den sicheren Folgen solch einer Tat konnte er auch nicht ins Auge sehen.

«Aber ich schwöre bei Amun, bei Mut und Montu», sagte er laut, «dass ich alles enthülle, was du und ich getan haben, falls du versuchst, deine furchtbare Tat zu vollenden. Ich hasse dich, Mersu. Ich hasse dich!» Er stolperte auf den Flur, und als er blindlings in Richtung seiner Gemächer lief, ging ihm auf, dass er nicht Mersu hasste. Er hasste Apophis und sich selbst.

SECHSTES KAPITEL

Tetischeri betrat das Arbeitszimmer ihres Sohnes, wo Kamose ungezwungen auf einem Stuhl saß, den Kopf in die Hand stützte und ins Zimmer starrte. Eine einzige Lampe auf dem Schreibtisch warf einen Lichtkegel auf verstreut liegende Rollen, einen noch vollen Weinkrug und einen leeren Becher, die Kamose sich bestellt und dann vergessen hatte. Beim Gruß seiner Großmutter blickte er müde hoch, stand auf und zog einen Schemel heran. Auf den setzte er sich, und Tetischeri ließ sich auf den Stuhl sinken. Sie sah spitz aus, hatte dunkle Ringe unter den Augen, und die Fältchen um ihren blassen Mund wurden von den flackernden Schatten noch betont. «Gibt es eine Veränderung?», fragte Kamose. Tetischeri schüttelte den Kopf. Eine graue Haarsträhne war ihr auf die Brust gefallen, und daran zupfte sie zerstreut.

«Gar keine, aber der Arzt sagt, wenn er noch einen Tag durchhält, hat er gute Aussichten, am Leben zu bleiben. Ich wage nicht zu fragen, welchen Schaden eine solche Wunde anrichten kann. Ich habe Amunmose in seine Tempelzelle zurückgeschickt. Er braucht Ruhe. Der Arzt hat einen Strohsack auf dem Fußboden in Seqenenres Zimmer, und natürlich ist Uni immer in der Nähe. Mehr kann ich nicht tun.» Kamose wusste, wie enttäuschend das Zugeständnis für sie war, dass sie weder mit Worten noch mit Taten irgendetwas ändern konnte.

«Und was ist mit meiner Schwester?»

Tetischeri rang sich ein Lächeln ab.

«Sie ist stark. Sie wird genauso mühelos gebären wie eine Kuh. Ich bete darum, dass die Geburt Seqenenre nicht das Leben aussaugt.» Ihr altersfleckiger Arm fiel auf den Schreibtisch. «Du musst anfangen, die Dienstboten und die Angehörigen der Leibwache zu befragen, Kamose», sagte sie barsch. «Wo war jeder am vergangenen Abend? Früh am Morgen? Was ist mit den Soldaten? Hat einer von ihnen eine Bronzeaxt? Ist es die Tat eines Fremden, eines Mörders aus dem Delta, den der Einzig-Eine ausgesandt hat, damit er einen rebellischen Untertan rasch und still beseitigt?» Sie lächelte kalt. «Ein Mord käme viel billiger und würde in Ägypten weniger Unruhe auslösen, als wenn er, um uns zu besiegen, eine Division von Auaris losschicken müsste.»

«Ich habe darüber nachgedacht», erwiderte Kamose. «Falls ihn ein Mörder niedergestreckt hat, dann ist der Mann schon lange fort. Hat er Vater beobachtet? Hat er so herausbekommen, wo Vater war? Und falls nicht, so haben wir einen Spion in unserer Mitte, der uns schrecklich hassen muss. Ist vom König ein Befehl an jemanden gekommen, den wir kennen, jemand genau vor unserer Nase?» Er rutschte auf dem Schemel hin und her und seufzte. «Ich muss das Gesinde befragen und werde Hor-Aha bitten, dass er einen vertrauenswürdigen Mann abordnet, der unter den Soldaten Klatsch auffängt, falls geklatscht wird. Soldaten tratschen gern und wissen oft Sachen, auf die wir nie kommen würden. Anderenfalls ...», er fuhr sich matt durchs staubige Haar, «haben wir wenig Hoffnung, den Schuldigen ausfindig zu machen. Was auch besser für ihn ist. Ich würde ihm zu gern den Schädel einschlagen und danach den Schlaf des Gerechten schlafen.»

«Ich ertrage die Hilflosigkeit einfach nicht», sagte Tetischeri. «Und auch die Demütigung, dass wir uns selbst nicht schützen und seinen Angreifer nicht finden können. Unser Stolz und ein geliebtes Familienmitglied haben einen vernichtenden Schlag erhalten.» Sie hielt inne, als ihre Stimme sie verraten wollte, schwieg ein Weilchen, schenkte sich ein wenig Wein ein, von dem sie dann doch nicht trank, dann fuhr sie fort: «Führst du das Heer an Stelle deines Vaters nach Norden, Prinz?» Kamose blickte sie gelassen an.

«Nein», antwortete er bestimmt. «Das wäre dumm, ehe wir nicht wissen, ob der König Vaters Tod befohlen hat oder nicht. Wenn nicht, so sind unsere Aussichten nicht schlechter als vorher.» Er grinste spöttisch. «Nämlich so gut wie nicht vorhanden. Wenn ja, dann ist es eine Warnung, nichts mehr zu unternehmen. Ich werde die Soldaten weiterhin durchfüttern und abwarten. Ich werde alle Mitglieder unseres Gesindes mit Setiu-Vorfahren, darunter auch Uni und Mersu, befragen.»

«Mersu ist seit vielen Jahren bei uns, Uni auch. Du wirst beide zutiefst kränken.»

«Auf ihre Gefühle gebe ich nichts. Jemand hat es gewagt, Hand an einen Gott zu legen, und dieser Jemand wird bezahlen.» Seine mit Entschiedenheit gesprochenen Worte machten einen tiefen Eindruck.

«Falls er stirbt», sagte Tetischeri glattzüngig, «ist Si-Amun ein Gott.» Darauf gab er keine Antwort, sondern stand lediglich auf und stutzte den Docht in der Lampe, der angefangen hatte zu flackern. «Wir müssen Zeit gewinnen», fuhr sie nach einem Weilchen fort. «Ich schlage vor, dass du Apophis einen Brief diktierst. Teile ihm mit, dass dein Vater von einem herunterfallenden Felsbrocken getroffen wurde, als er in der Wüste in der Nähe der Felsen jagte. Teile ihm mit, dass Seqenenre dabei war, die Anweisungen aus Apophis' Rolle auszuführen, und zu beschäftigt zum Antworten war. Füge vielleicht noch hinzu, dass er den König mit einem fertigen Werk überraschen und erfreuen wollte.» Kamose starrte in die Lampenflamme.

«Sehr gut, Großmutter», sagte er. «Und ich setze noch hinzu, dass es Vater für nötig gehalten hat, die Zahl der Leibwachen zu erhöhen, weil von Zeit zu Zeit Räuber aus der Wüste die Dörfer in den Provinzen behelligen. Das geschieht, wie Apophis weiß, alle Jahre wieder. Ich werde ihm außerdem mitteilen, dass wir viele Männer ausgehoben haben, die mit der Arbeit am Seth-Tempel beginnen sollen, und dass der Einzig-Eine froh sein soll, dass sein treuer Nomarch den Gott so bereitwillig ehrt.»

Tetischeri nickte. «Das wird bei ihm Zweifel wecken, falls wir einen Spion im Haus haben. Er wird sich fragen, ob der Mann nicht doch falsch berichtet, und wir haben für ein Weilchen Luft.»

«Oder die Frau», warf Kamose ein. «Der Spion kann auch eine Frau sein. Ihr Götter! Es könnte jeder sein. Morgen diktiere ich den Brief.» Keiner äußerte sich weiter zu der wachsenden Gewissheit, die ihnen nur ihr Instinkt sagte, nämlich dass Seqenenres Angreifer zu ihrem Haushalt gehörte.

Während sie so schweigend zusammensaßen, sank Tetischeri auf ihrem Stuhl in sich zusammen, und Kamose starrte bedrückt in die Lampe, und doch waren sie sich bewusst, dass aus der Zuneigung, die sie immer füreinander empfunden hatten, herzliches Einvernehmen wurde. Kamose überlegte, dass er bis jetzt ohne nachzudenken gewusst hatte, dass sie sich sehr ähnlich waren, sie mit ihrem herrischen Wesen und er mit seiner bisweilen kalten Zurückhaltung. Er war immer gern in ihrer Gesellschaft gewesen. Sie forderte nichts von ihm. Falls er sie tagelang nicht sehen wollte, war sie nicht beleidigt. Ihre Aufrichtigkeit war für ihn erfrischend und spiegelte eine unnachgiebige Geisteshaltung, die er selbst nur selten nach außen zeigte, und sie störte sich überhaupt nicht an seinem langen Schweigen. Mit einem Ruck ging ihm auf, dass Si-Amun jetzt zwar Haushaltungsvorstand und zeitweilig Nomarch von Waset war, er, Kamose, aber die praktische Seite der Arbeit übernehmen musste. Zumindest, so dachte er sehnlichst, hoffentlich nur eine vorübergehende Pflicht. Si-Amun wirkt dieser Tage wie in irgendeine dunkle Welt versunken. Ahmose ist mir keine Hilfe. Er macht fröhlich alles, was ich von ihm verlange, und kehrt dann zu seinem Bogen, seinem Streitwagen und seinen Hunden zurück. Mutter ist beliebt und hat einen hellen Kopf, aber die Sorge für Vater macht sie nutzlos und färbt auf alles ab, was sie mir rät. Und Tani ist, nun ja, Tani. Aber du … Er ging zu Tetischeri und half ihr hoch. «Heute Abend bist du ganz und gar nicht die schöne Klein-Teti», sagte er sanft. «Geh zu Bett, Großmutter.» Er gab ihr einen zarten Kuss auf die schlaffe, pergamentene Wange und begleitete sie zur Tür.

Er wollte ihr gerade folgen, obwohl ihm alles vor den Augen verschwamm und seine Glieder vor Müdigkeit schwer wie Stein waren, als ein erhitzter und aufgeregter Diener im Dunkel des Flurs auftauchte. Er verbeugte sich. «Verzeihung, Prinz, ich weiß, dass es spät ist», sagte er, als Kamose ihn fragte, was er wolle. «Aber ich habe mir gedacht, du musst es wissen. Die Pegel am Nil zeigen an, dass das Wasser ein wenig angestiegen ist. Isis weint. Die Überschwemmung hat begonnen.»

Gegen Sonnenuntergang am folgenden Abend gebar eine aufgelöste und erschöpfte Aahmes-nofretari neben ihrem Lager hockend einen Jungen. Die ebenso müden Frauen murmelten Glückwünsche und freuten sich, und ein Diener wurde losgeschickt, dass er ihren Ehemann holte und die gute Nachricht verbreitete. Raa half der jungen Frau aufs Lager, wo sie zusammensank, durstig trank und sich willig waschen ließ. Der Kleine, der auch gewaschen und in neue Windeln gewickelt war, wurde behutsam neben sie gelegt, und sie stützte sich auf den Ellenbogen und blickte ihn voll böser Ahnungen an. Er hatte nicht viel geschrien, als die Amme ihn sacht geschlagen hatte. Er hatte nur leise gewimmert wie ein Kätzchen und dann geschwiegen. Aahmes-nofretari fiel auf, wie grau seine Haut war und wie schlaff seine winzigen Gliedmaßen. Als Si-Amun sich zu ihr durchdrängte, fing sie vor Erschöpfung an zu weinen. «Es tut mir so Leid, liebster Bruder», sagte sie erstickt. «Ich kann mich an diesem Sohn nicht freuen, weil Vater ihn nicht sehen oder halten kann. Verzeih mir.» Si-Amun beschwichtigte sie, blickte sein Kind an, und aller Mut verließ ihn. Der Junge sah nicht aus, wie Neugeborene aussehen sollten, nämlich rot und zornig. Seine Frau hatte Recht, seine Geburt hatte unter einem Unstern gestanden.

«Schlaf jetzt», meinte er, strich ihr das feuchte Haar aus der Stirn und gab ihr einen Kuss. «Ich bin stolz auf dich und meinen Sohn. Morgen berate ich mich mit den Astrologen wegen eines passenden Namens für ihn, aber du musst dich jetzt ausruhen und neue Kräfte sammeln.»

«Vater?», fragte sie schlaftrunken. Er nahm ihre Hände und schob sie unter das Laken, das er ihr bis zum Kinn zog.

«Unverändert», sagte er. «Der Fluss steigt, Aahmes-nofretari. Bald lässt auch die Hitze nach. Mach dir keine Sorgen.» Als er die Tür erreichte, schlief sie schon.

Die Neuigkeit von der Geburt löste in Waset den üblichen Jubel aus, doch er klang schal und war schnell vorüber. Unter normalen Umständen wäre das Entzücken echt gewesen, doch jetzt bangte man um den Fürsten und sich selbst, weil man sich auf den Aufstand eingelassen hatte, und das raubte auch Si-Amun und seiner Schwestergemahlin alle Freude. Der Bürgermeister erschien mit kleinen Geschenken und einer vorbereiteten Rede, mehr nicht. Si-Amun konnte es ihm nicht verdenken.

Die Astrologen hatten geraten, den Jungen Si-Amun zu nennen. Er war an einem Unglückstag geboren worden, darum fiel ihre Wahl zurückhaltend und vorsichtig aus.

Aahmes-nofretari, die schon fast genesen war, billigte den Namen. Doch der kleine Si-Amun schien nicht viel Interesse am Leben zu haben. Er lag, wie man ihn hinlegte, schrie nur mit großer Mühe und wollte die Milch nicht bei sich behalten. Si-Amun wusste, dass er sterben würde. Irgendwie hatte das Böse, das mit seiner Hilfe heraufbeschworen worden war, das Haus angesteckt, war in Aahmes-nofretaris Schoß eingedrungen und hatte seinen Erstgeborenen zerstört. Es hatte auch in ihm etwas zerstört, etwas, was zu zerbrechlich war, um die Schicksalsschläge überleben zu können. Wäre seine Frau vor dem Angriff auf Seqenenre niedergekommen, hätte er die Sache fröhlich und stolz aufgenommen und wäre zu militärischen Übungen, Ringen und Bootsfahren zurückgekehrt. Doch jetzt verbrachte er viele Stunden an Aahmes-nofretaris Lager, während sie langsam genas, und hielt schweigend seinen Sohn im Arm.

An dem Tag, an dem Seqenenre zum ersten Mal seit dem Überfall die Augen aufschlug, starb der kleine Si-Amun kurz vor Mittag. Si-Amun, der sich über das Binsenkörbchen gebeugt hatte, sah, dass das Kind auf dem Rücken lag, eine kleine, etwas geballte Faust über dem Laken, so wie es die Amme hingelegt hatte. Seine Augen standen offen, waren jedoch blicklos, seine Lippen schlaff. Si-Amun stieß keinen Schrei aus. Zögernd legte er einen Finger an die Schläfe seines Sohnes. Kein Puls, und die Haut war kalt. «Warum brauchst du so lange?», rief Aahmes-nofretari aus dem anderen Zimmer. «Stimmt etwas nicht?» Si-Amun ging zu ihr, und beim Anblick seines Gesichts wusste sie Bescheid. Sie ließ den roten Leinengürtel fallen, an den sie Quasten genäht hatte, stand auf und fuhr mit beiden Händen zum Mund. Dann griff sie in den Ausschnitt ihres Hemdkleides und riss es bis zur Mitte auf, ihre erste Trauergeste. «Ein Sem-Priester kann ihn in einer Hand tragen», sagte sie tonlos. «In einer Hand. Lass ihn sofort holen.»

Eine Stunde später saß Aahotep neben ihrem Mann und sah dem Arzt und seinem Helfer zu, die den leblosen Leib wuschen. Zwei Wochen waren vergangen, seit man ihn auf sein Lager gebettet hatte. Sein Herz schlug noch. Seine Atmung war zu einem gleichmäßigen Heben und Senken der Brust geworden. Er hatte viel Gewicht verloren. Sein Bauch war eingesunken, seine Beine wurden schlaff, und seine Wangenknochen standen hervor, als wollten sie durch die Gesichtshaut stoßen. Uni hatte ihn mit Milch und Bullenblut und Honig gefüttert, hatte seinen Kiefer jeden Tag gewaltsam geöffnet und die Flüssigkeit hinten in seinen Hals rinnen lassen, als wäre er ein mutterloses Kalb. Und Seqenenre hatte geschluckt. Einmal, zweimal hatte er gestöhnt. Er nahm Wasser zu sich. Bisweilen bewegte er sogar den Kopf, und Aahotep hatte den Atem angehalten und mehrfach geglaubt, er würde aufwachen.

Doch als das nasse Tuch an diesem Tag über seinen Leib fuhr, schlug er die Augen auf. Mit einem Aufschrei fuhr Aahotep hoch. Sofort beugte sich der Arzt über ihn. Er richtete sich wieder auf und sah genau hin. Zunächst wanderte Seqenenres Blick leer zur Decke, doch dann begann er benommen herumzuschweifen. Aahotep merkte, dass er das linke Lid nicht richtig heben konnte, es hing, als blinzelte er. Sie beugte sich vor. Langsam sammelte sich sein Blick auf sie. «Aah... Aah...», rasselte er tief in der Kehle. Sie hob seine Hand vom Laken und küsste sie, und die Augen flossen ihr über.

«Ja!», sagte sie. «O Seqenenre, Amun hat meine Gebete erhört! Bitte, mach die Augen nicht wieder zu, schlaf nicht wieder ein!» Sein Mund arbeitete. Verwirrt und dann bekümmert bemerkte sie, dass sein linker Mundwinkel hing, während sich seine Lippen bewegten, und sie warf dem Arzt einen entsetzten Blick zu.

«Wa... Wa wa wa», sagte Seqenenre.

«Wasser? Wasser!» Sie schnipste mit den Fingern und befahl den Helfer zum Lager. Der Arzt nahm den Becher, steckte ein Binsenrohr hinein, und Seqenenre trank mühsam. Die kleine Anstrengung hatte ihn erschöpft. Er lag mit geschlossenen Augen und sagte nichts mehr. Aahotep blickte den Arzt an.

«In ein paar Stunden müssen wir versuchen, ihn wieder aufzuwecken», sagte dieser. «Er wird, glaube ich, leben. Aber, Fürstin, er hat ernstlich Schaden genommen.»

Aahotep nickte, sie war aschfahl. «Sein Auge, sein Mund ... Aber er hat mich erkannt, da bin ich mir sicher.»

Der Arzt wollte sich nicht festlegen, sondern verbeugte sich schweigend.

«Ich muss es den anderen mitteilen», sagte Aahotep und rannte fast zur Tür. Sie riss sie auf und schickte Uni eilig auf die Suche nach Kamose und Tetischeri, doch kaum war er fort, als Raa auf dem Flur auf sie zugelaufen kam. Jetzt bemerkte Aahotep auch das Gekreisch und Geschrei, das aus den Frauengemächern kam, die rituellen Trauergeräusche. Raa weinte.

«Der Kleine ist tot!», sagte sie. «Der Sem-Priester hat ihn gerade mitgenommen. Prinz Si-Amun hat ihn gehalten. Tani schreit …» Aahotep hob die Hand, und die Frau schwieg. Arme Aahmes-nofretari, dachte Aahotep. Ach, meine arme Tochter. Und du mein armer Seqenenre, dein Enkelsohn wurde geboren und ist gestorben, während du in den Gefilden der Dunkelheit herumgewandert bist. Gab es da einen Zusammenhang? Sie erschauerte.

«Ich gehe zu Tani, und dann gehen wir beide zu Aahmes-nofretari», sagte sie. «Halte die Frauen von diesem Raum fern, Raa. Der Fürst darf nicht gestört werden.» Sie wird andere Kinder bekommen, dachte Aahotep, während sie zu Tanis Gemächern ging, aber keins wird in ihrem Herzen die Stelle des kleinen Si-Amun einnehmen können. Es wird nicht das Gleiche sein.

Man hielt die vollen siebzig Tage Trauerzeit für den kleinen Jungen ein, und als er dann zum Westufer gebracht und in dem Grabmal bestattet wurde, das Si-Amun dort für sich selbst bauen ließ, konnte sich Seqenenre bereits aufsetzen und Nahrung zu sich nehmen, und er versuchte sich mit denen, die um ihn waren, zu unterhalten. Die Kopfwunde klaffte noch immer, und Aahotep hatte befohlen, ihm einen weißen Leinenschal um den Kopf zu wickeln, damit sie nicht zu sehen war. Es machte ihr große Sorgen, dass der Fürst weder den linken Arm heben noch das linke Bein bewegen konnte, doch sie verbarg ihr Entsetzen vor ihm, so gut es ging. Wenn er ein Bedürfnis hatte, so knurrte er und versuchte, es mit der rechten Hand zu beschreiben, und Aahotep verließ sich dann mehr auf den Ausdruck in seinen dunklen Augen als auf die wedelnden Finger und wurde seine Dolmetscherin. Er war noch nicht kräftig genug, dass er einen Schreibpinsel hätte halten können. Oftmals war es eine Qual für sie, in diese Augen zu blicken, die Hilflosigkeit zu sehen, das Flehen, den Zorn und die ständige Enttäuschung, dass man ihn nicht verstand.

Einmal hatte sie voller Freude, weil sie meinte, dass er um Blumen gebeten hatte, einen Zweig Aguacate-Blüten holen lassen, doch er hatte den Zweig ergriffen und ihn durchs Zimmer geschleudert, sodass sie, der Fußboden und das Lager mit rosa Blütenblättern übersät waren. Sie war aufgestanden und hatte ihn säubern wollen, und er hatte sie auf den Arm geschlagen und ihn dann gepackt. Sein rechtes Auge und das halb geschlossene linke funkelten vor Wut über sie, doch als er ihren entsetzten Blick sah, verflüchtigte sich die Wut, und er begann lautlos zu weinen. Seine Hand stahl sich auf ihre Schulter, zog sie auf seine Brust, und da war auch sie zusammengebrochen und hatte mit dem Gesicht in den Aguacate-Blüten geweint.

Endlich erlaubte sie auch ihren Kindern, ihn zu sehen. Kamose hatte ihm einen Kuss gegeben und nichts gesagt, sondern nur dagestanden und ihn ausdruckslos angeblickt. Ahmose hatte Witze gerissen und die ganze Zeit gelächelt. Aahotep wusste, dass Seqenenre gemerkt hatte, wie schlank Aahmes-nofretari wieder war und dass sie Blau trug, die Trauerfarbe. Sie verwünschte sich für ihre Sorglosigkeit, doch Seqenenre brachte für seine Tochter ein langsames, mühsames Nicken zustande, und da wusste Aahotep, dass er die Nachricht gelassen aufgenommen hatte. Er winkte Aahmes-nofretari heran, legte eine Hand auf ihren Leib, zupfte an ihrem blauen Hemdkleid und zeigte dann auf seine eigene, züchtig unter dem weißen Schal verborgene Wunde. Wir leiden beide, wollte er damit sagen. Und so trauerten sie gemeinsam um alles, was ihnen zugestoßen war.

Tani erstaunte ihre Mutter. Sie ging von nun an jeden Morgen zu ihrem Vater, wenn es ihm am besten ging, stellte einen Schemel neben sein Lager und plauderte über die kleinen Ereignisse, die ihr Leben ausmachten. Teti und Ramose hatten Genesungswünsche geschickt, Ramose hatte ihr seine Liebe beteuert und dass er sie besuchen würde, sowie der Fluss wieder in seinem Bett floss und die Bootsleute den Strom hochfahren konnten. Die Nilpferde freuten sich an dem tieferen Wasser, und eines von ihnen hatte tatsächlich geworfen. Tani beschrieb das Junge so begeistert und lebhaft, dass sie ihrem Vater ein verzerrtes Lächeln abringen konnte. Sie las ihm auch aus den Rollen vor, die sie aus der kleinen Bibliothek ausborgte, erzählte ihm aufs Neue die Geschichten, die er als Kind gehört und geliebt hatte und die er ihr hatte vorlesen müssen, als sie noch klein war. Aahotep merkte, dass das Mädchen reifer geworden war. Tani wurde allmählich zu einer starken, selbstlosen Frau.

Während der Monate Paophi und Athyr stieg der Fluss weiter an, trat über die Ufer, überflutete das ausgedörrte Land, weichte es auf, strömte in kühlen Rinnsalen in die Risse, lockerte und belebte den toten Boden. Kleine Lachen auf den Äckern vereinten sich, wurden zu Seen, in denen sich der blaue Himmel und die aufgereihten Palmen spiegelten, deren im Wasser versunkene Wurzeln neues Leben aufsogen. Die Luft wurde klar, die Brise schnitt nicht mehr wie das feurige Messer Res, und Khoiak war der Monat, in dem man stundenlang auf dem Dach saß und die stille, beschauliche Weite der überfluteten Felder betrachtete.

Während der Fluss im Tybi langsam zurückging, nahm Seqenenres Kraft zu. Der Arzt erlaubte, dass man ihn in den Garten trug und ihn auf eine Pritsche unter den Bäumen bettete, wo er liegen und den Ästen zusehen konnte, wie sie sich, dicht besetzt mit Knospen, vor dem Himmel bewegten. Der Geruch nach feuchter Erde vermischte sich mit dem Duft der gerade erblühten Lotosblumen auf dem Teich und der Schösslinge auf den Gemüsebeeten. Ahmose kam auf den Einfall, Behek zu ihm zu bringen, und während Seqenenre am Teich ruhte, lag der Hund neben ihm, legte die Schnauze auf die Pfoten oder an die Hand des Fürsten und zuckte mit der Nase.

Binnen kurzem konnte sich Seqenenre, an viele Kissen gelehnt, aufsetzen. Tani schüttete ihm Blumen in den Schoß und tanzte für ihn die Schritte, die sie gerade lernte, damit sie in ein paar Monaten als Amun-Priesterin Dienst tun konnte. Doch Seqenenre wurde ruhelos. Als er endlich mit der Hand einen Schreibpinsel festhalten konnte, krakelte er, während Aahotep den Tonscherben hielt, «Kamose, Hor-Aha». Aahotep rief: «Oh, noch nicht, Seqenenre! Ich glaube nicht, dass du dafür schon kräftig genug bist. Warte noch ein paar Tage.» Er knurrte, sein Zeichen dafür, dass er ungeduldig war.

«Jetzt», sagte er. Aahotep verdrehte die Augen. «Na schön. Uni, hol Kamose und General Hor-Aha. Und du brauchst gar nicht so zu wedeln, Seqenenre, ich gehe schon ins Haus.» Sie küsste ihn rasch und ging wiegenden Schrittes zu dem schattigen Vorbau.

Seqenenre sah ihr nach, bis sie der Schatten verschluckte. Er hörte, wie sie jemanden scharf ansprach, hörte ihre Sandalen in dem dahinter liegenden Raum aufplatschen. Im Garten zwitscherten die Vögel wie wild, und unweit hing eine Biene über einer weißen, wächsernen Blume. Behek schnaufte und rannte im Traum, und Seqenenre hätte ihn gern geweckt, stellte sich vor, wie er sich bückte, ihm den rauen Bauch streichelte und zu ihm sagte: «Komm, Behek! Das sind nur die Dämonen der Alpträume!», doch er konnte sich nicht bewegen.

Heute tat ihm der Kopf weh. Er tat ihm an den meisten Tagen weh, ein dumpfes Pochen. Zuweilen juckte er, doch der Arzt hatte ihn ermahnt, die Wunde nicht anzufassen, auch nicht durch das Leinen, das jeden Tag gewechselt wurde. Er hatte keinerlei Erinnerung an den Hieb, keine Erinnerung daran, dass er in den alten Palast gegangen war, und nicht einmal eine Erinnerung an die Dinge, die er vor dem Tag des Überfalls gesagt oder getan hatte. Vielleicht war dieses Vergessen eine Gnade. Sein Leben vor dem Hieb und sein Leben jetzt waren zwei völlig verschiedene Dinge. Er wusste nicht, warum er nicht oben auf dem Dach der Frauengemächer gestorben war. Er glaubte nicht, dass es Amun gewesen war, der ihn verschont hatte. Das war Seth gewesen, der grausame, wölfische Seth, der Gott der List und Rache hatte eingegriffen, damit er, Seqenenre, auch ja für seine Gotteslästerung bestraft wurde.

Nein. Seqenenre beugte sich vor, denn sein linkes Bein war von der Pritsche gerutscht, und er musste es wieder hochheben. Auch Seth würde nie zulassen, dass einem Ägypter etwas so Schreckliches zustieß, es sei denn, dieser hätte ihn absichtlich zutiefst gekränkt. Gewiss empörte sich alles in diesem stolzen Gott gegen die allmähliche Verschmelzung mit dem Setiu Sutech. Nein, dachte Seqenenre. Amun hat mich verschont, damit ich beende, was ich begonnen habe. Man erzählt mir, dass man meinen Angreifer nicht finden kann. Das überrascht mich nicht. Apophis' Arm ist länger, als ich gedacht habe, und er hat zugeschlagen und sich zurückgezogen. Ich bin gewarnt, und wenn ich jetzt Ruhe gebe, meine Wunden lecke und mich gut führe, passiert auch nichts mehr. Muss ich mir eingestehen, dass ich gescheitert bin und nicht nur gescheitert, sondern auch besiegt?

Beim Bild des Königs, wie er sich in Auaris hämisch und selbstgerecht freute, stöhnte er auf, und sein Leibdiener, der geduldig neben ihm stand, schickte sich an, den Fliegenwedel zu betätigen. Es sind nicht die Fliegen!, wollte Seqenenre ihn anfahren, doch er scheute vor der Mühsal zurück, sich verständlich zu machen. Mein Körper ist eine lebende Gruft geworden, schrie er stumm und verdrängte die Panik, die ihn in solchen Augenblicken immer verschlingen wollte. Meine Gedanken erreichen Zunge oder Glieder nicht mehr. Der Weg zu ihnen ist verriegelt. Ich sehe Aahotep an, sehe ihre besorgten Augen, die Einsamkeit unter ihrer bemühten Fröhlichkeit, und ich will sie in die Arme nehmen und sie beschützen, aber diese Zeiten sind vorbei. Denk nicht mehr darüber nach. Sieh dich nicht mehr im Streitwagen balancierend, den Pfeil auf dem Bogen und mit einem Löwen, der vor dir her durch die Wüste springt. Versuche nicht mehr zu spüren, wie himmlisch sich deine Muskeln anspannen, wie sich das Wasser an Kinn und Schultern kräuselt und sie liebkost, während du weiter und weiter in den Fluss hinausschwimmst.

Und denk nicht mehr, ach, denk nie mehr daran, wie Aahotep ihr Nachtgewand hochhebt, es über Arme und Hüften gleiten lässt und mit schlafverquollenen Lidern und trägem Blick auf dich zukommt. Schweiß rann ihm die Schläfen herunter. Heftig schüttelte er den Kopf in Richtung seines Dieners und stieß einen Schmerzenslaut aus. Der Mann legte den Fliegenwedel beiseite, nahm einen Lappen und wischte ihm das Gesicht. Ihr Götter, dachte Seqenenre, muss ich diese Schmach jetzt mein Leben lang erdulden?

Stimmen drangen zu ihm. Kamose, Hor-Aha und Si-Amun bogen um die Ecke, Kamose und Hor-Aha nebeneinander, Si-Amun etwas hinter ihnen. Sein ältester Sohn war oft an sein Krankenlager gekommen, besonders nachts. Seqenenre wachte auf und sah ihn als verschwommene Gestalt im schwachen Schein des Nachtlichts sitzen, das Kinn in die Hände, die Ellenbogen auf die Knie gestützt, das Gesicht zum Bett gewandt. Wenn sich Seqenenre bewegte, stand Si-Amun auf und beugte sich über ihn, hob ihn sanft an und schüttelte sein Kissen auf, rief nach Uni, wenn er ihm klar machen konnte, dass er sich erleichtern wollte, sprach jedoch wenig mit seinem Vater, sondern drückte seine Fürsorge mit den Händen aus. Seine Anwesenheit bei Nacht weckte in Seqenenre bisweilen ungute Gefühle, aber er wusste auch nicht warum. Vielleicht, so überlegte er, wenn sie ihn überfielen, waren sie schlicht ein Alptraum. Ich habe so schrecklich geträumt.

Die Männer umrundeten den Teich, traten in den Schatten und verneigten sich vor ihm. Er bedeutete ihnen, sich ins Gras zu setzen. Kamose und Hor-Aha nahmen dicht nebeneinander Platz, Si-Amun jedoch auf der anderen Seite der Pritsche, und ich, so dachte Seqenenre flüchtig und gereizt, muss den Kopf drehen, wenn ich ihn sehen will. Er tat das jedoch als Nörgelei eines Kranken ab. «Es geht mir gut genug, dass ich mich nach dem Zustand des Heeres erkundigen kann», sagte er langsam und sorgfältig und zwang dabei seine verzerrten Lippen zu übertriebenen Bewegungen. Beim Klang seiner Stimme erwachte Behek, setzte sich auf und leckte ihm den Arm, ehe er sich wieder ins Gras sinken ließ. «Erzählt mir, wie es damit steht.» Kamose und Hor-Aha beobachteten seinen Mund genau. Es herrschte betretenes Schweigen. Dann legte Kamose eine Hand auf Seqenenres Knöchel.

«Tut mir Leid, Vater, aber wir können dich nicht verstehen. Soll ich Mutter holen lassen?» Wut übermannte Seqenenre, gefolgt von einem Gefühl der Hilflosigkeit, das er brüsk verdrängte. Er mühte sich in eine sitzende Stellung und winkte Ipi heran, der bewegungslos etwas außer Hörweite hockte. Der Schreiber kam, legte seine Palette auf Seqenenres Beine und hielt sie fest. Seqenenre nahm mit der Rechten einen Pinsel, tauchte ihn in Tusche und schrieb «Was macht Heer», dann warf er Kamose den Tonscherben zu.

«Du willst etwas über das Heer erfahren», sagte Kamose. «Wir ernähren es unter großen Kosten, Vater, und Hor-Aha drillt es noch immer. Si-Amun und Uni haben bereits angefangen, die Aussaat dieses Jahres hinsichtlich seines fortdauernden Unterhalts abzuschätzen.»

«Die Lage sieht nicht gut aus», warf Si-Amun ein, und Seqenenre drehte den Kopf, damit er ihn ansehen konnte. «Die Überschwemmung war reichlich, und die Aussaat hat begonnen, aber wie du weißt, mussten wir die Privatschatulle der Familie angreifen, um letztes Jahr das Heer trotz der prächtigen Ernte durchzufüttern. Müssen wir uns noch länger an den Bettelstab bringen lassen?» Seqenenre griff wieder zum Pinsel, und

Ipi legte ihm einen neuen Tonscherben hin: «Seine Gesundheit, Bereitschaft, Tüchtigkeit» schrieb er, doch auf einmal war er müde und wollte schlafen. Er legte sich zurück, zog den linken Arm auf den Bauch und umfasste ihn mit dem rechten. Ipi reichte Kamose den Scherben, der warf einen Blick darauf und gab ihn an Hor-Aha weiter.

«Die Gesundheit der Soldaten ist gut, vorausgesetzt, die Hauptleute arbeiten hart mit ihnen», antwortete Hor-Aha, hob sein dunkles Gesicht nachdenklich zum Himmel, und seine langen schwarzen Zöpfe bewegten sich dabei auf der nackten Brust. «Aber es scheint mir unwirtschaftlich, Fürst, sie ständig kampfbereit zu halten. Sie werden jeden Tag gedrillt, und immer mehr können gut mit den Bogen umgehen, die die Handwerker herstellen, aber sie murren und fangen oft untereinander Streit an. Sie wollen nach Haus, wenn es keinen Krieg gibt.» Seqenenre dachte darüber nach und sah dabei einem dunkelroten Schmetterling zu, der über Beheks schlafendem Kopf schwebte, ehe er hierhin und dorthin und endlich zu der blauen Lotosblüte flatterte, die auf der klaren Wasseroberfläche des Teiches trieb.

«Entlasse sie, Vater.» Die Stimme gehörte Si-Amun. Er war aufgestanden und beugte sich über Seqenenre, was den Schatten, in dem dieser lag, noch dunkler machte. «Dein Traum vom Aufstand ist zunichte geworden. Die Götter haben überlegt und sich gegen dich entschieden. Sie sind mit Apophis zufrieden, und falls du es bis zum Äußersten treibst, ist ihre Vergeltung endgültig. Ich habe Angst, dass wir unter einem Fluch stehen, wir alle, ich habe Angst, dass Apophis die Geduld verliert. Außerdem», und hier warf er seinem Bruder und Hor-Aha einen Blick zu, «außerdem können wir uns ein stehendes Heer nicht leisten. Das konnten wir noch nie. Jeder Tag, der vergeht, erschöpft unsere Notvorräte weiter. Ich für mein Teil würde aufatmen, wenn Waset wieder das verschlafene Nest von früher wäre.» Kamose lachte belustigt.

«Ich hätte nie gedacht, dass ausgerechnet du eine Lanze für ein friedliches Leben brechen würdest!», spöttelte er. «Dennoch hast du irgendwie Recht. Amunmose sollte den Willen der Götter befragen, was uns angeht.»

«Er kennt nur Amuns Willen», wollte Seqenenre einwerfen, «und ich glaube, der ist eindeutig gegen Aufgeben.» Als er ihre höflichen, erwartungsvollen Mienen sah, fluchte er innerlich, griff sich einen neuen Scherben aus Ipis schwindendem Vorrat und schrieb heftig, während sein Gesicht vor Anstrengung und Enttäuschung rot anlief. «Männer zur Aussaat heimschicken», schrieb er. «Ende des Monats Pharmuthi zurückholen.» Er warf Si-Amun die Botschaft zu.

«Nein», sagte der junge Mann und reichte sie an Kamose weiter. «Nein, Vater, bitte.» Er ließ sich neben die Pritsche sinken, kniete im warmen Gras, hob die Hände und packte Seqenenre beim Arm. Der wandte sich ihm mühsam zu. Si-Amun hatte die Stirn gerunzelt, die Lippen verkniffen, und blickte besorgt. «Wir haben dem Verlust unseres Wohlstands, dem Zorn des Königs und der Missbilligung der Götter getrotzt», fuhr er leidenschaftlich fort. «Du bist ernstlich verwundet, wirst vielleicht nie wieder gesund. Ich habe einen Sohn verloren, alles, um etwas richtig zu stellen, was du als Unrecht ansiehst.» Er blickte zu seinem Zwilling hinüber und wandte den Blick wieder ab. Kamose starrte ihn ausdruckslos an. Hor-Ahas Blick war auf seine glatten gekreuzten Beine gerichtet. «Das Schicksal hat deinen Traum mit schrecklichem Leid beantwortet. Besinne dich und kämpfe nicht mehr. Bitte!»

Kamose kam dazwischen. «Es war mehr als das, Si-Amun», sagte er. «Die Briefe, das Wissen, dass wir gedrängt wurden, gedrängt werden. Daran hat sich nichts geändert.» Alle wandten sich Seqenenre zu. Der war auf einmal zu müde für den Schreibpinsel, sammelte aber seine ganze Kraft und sagte:

«Nein. Wir ... machen ... weiter.» Und dieses Mal verstanden sie ihn. Kamose erhob sich, Hor-Aha tat es ihm nach.

«Wie schade, aber natürlich gehorche ich», sagte Kamose. «Ich schicke die Rekruten und die Männer aus Wawat heim, die Hauptleute sollen sie nach Ende der Aussaat wieder zusammenholen. Vielleicht ist der König ja besänftigt, wenn er merkt, dass wir die Soldaten nach Haus schicken, und hört auf, uns zu beargwöhnen.» Er schenkte seinem Bruder ein Lächeln, und Seqenenre, der unter ihnen lag, sah, wie Si-Amun versuchte, auf Kamoses Geste der Hoffnung zu reagieren. Ein kleines Weilchen verhielten sie sich ruhig, und ihre vollkommen gleichen Profile zeichneten sich vor den sacht flatternden Blättern der Sykomore und dem dunkelblau leuchtenden Himmel dahinter ab wie zwei Figuren aus einem Gemälde an einer Palastwand. Dann sagte Si-Amun schroff: «Vaters Mörder ist noch nicht gefasst. Wir wissen nicht, wer diese Untat begangen hat, aber wir sind gewarnt, und wenn wir die Warnung auf die leichte Schulter nehmen, versucht er es vielleicht noch einmal. Ich für mein Teil möchte Vaters Blut nicht auf meinem Gewissen haben!» Das kam so heftig heraus, dass Seqenenre staunte und die unguten nächtlichen Gefühle zurückkehrten.

«Aber Vater trifft die Entscheidungen, nicht wir», wehrte sich Kamose. «Wir wären ohnedies nicht für seinen Tod verantwortlich, weil er hier bleibt und du oder ich in der Schlacht befehligen, Si-Amun. Angenommen, Apophis hat uns gewarnt, was ändert das schon? Er ist entschlossen, uns zu vernichten, ob wir nun Krieg machen oder nicht.»

Si-Amun antwortete hitzig, und dann fingen die beiden an, sich über Seqenenres Kopf hinweg zu streiten, den Hals vorgereckt, sodass sie sich mit dem Kinn fast berührten, und mit geballten Fäusten. Kamoses Stimme blieb beherrscht, doch Si-Amuns wurde rasch schrill. Hor-Aha stand mit hochgezogenen Brauen, die kräftigen Arme verschränkt, und sein Wollumhang fiel locker herunter. Seqenenre wartete, dann langte er nach oben und versetzte einem nach dem anderen eine klatschende Ohrfeige. Kamose trat einen Schritt zurück.

«Entschuldigung, Vater», sagte er. «Wir haben vergessen, wo wir uns befinden. Sind wir entlassen?»

Einen flüchtigen Augenblick verübelte Seqenenre Kamose seine Förmlichkeit. Er bedeutete ihnen, sich zu entfernen.

Jetzt hatte er den Garten für sich allein. Er wusste, dass binnen kurzem jemand kommen würde, Tani vielleicht, sich zu seinen Füßen auf die schmale Pritsche hocken und sich mit ihm unterhalten würde, als plauderte sie mit einer Freundin, oder Aahotep, gefolgt von Isis oder Mersu, oder vielleicht Tetischeri. Ahmose würde am Spätnachmittag mit der Angelrute oder dem Wurfstock auf dem Fluss sein und würde seinem Vater stolzgeschwellt seine Beute zeigen. Ich werde allmählich zum Hausgott, dachte Seqenenre spöttisch. Sie kommen und schenken mir ihre Worte, ihre Gedanken, aber wir kreisen nicht mehr umeinander. Bald kann ich wieder stehen, aber wenn ich durchs Haus gehe, löse ich einen Wirbel und Jubel aus wie eine Gottheit auf Reisen. Ich hätte ihnen sagen sollen, dass ich in diesem Sommer mit dem Heer ziehen will. Ich kann sie nicht in die Schlacht und möglicherweise in den Tod schicken, während ich wie ein lahmendes Pferd über das Anwesen humpele. Ich darf nicht länger vom Horusthron träumen, von Macht und Ansehen für mich selbst und wie ich Ägypten mit starker Hand vereine, aber ich kann diese Qualen ehrenhaft beenden und darum beten, dass Si-Amun die Doppelkrone trägt.

Er fühlte sich müde und unwohl und bedeutete einem Diener, dass er hingelegt werden wollte, und als er sich gerade auf die Seite drehte, sah er Aahmes-nofretari aus dem Dämmer des Vorbaus treten und rasch auf sich zukommen. «Oh, ich merke, du bist müde», sagte die junge Frau, ließ sich neben ihm nieder und ergriff seine nutzlose Hand. Ihr helles Leinen bauschte sich im Gras um sie, und ihre dicken Kupferarmreife klirrten. Seqenenre ließ sich küssen und dachte dabei: Unter der blauen Augenschminke und dem hennaroten Mund sieht sie abgespannt aus. «Du musst nicht mit mir reden», sagte sie. «Ich habe Si-

Amun und Kamose bis in den Empfangssaal brüllen hören, wo Mutter und ich Lotoskränze gemacht haben. Wie rücksichtslos von ihnen, dich so zu ermüden.» Seqenenre spürte, dass sein linkes Augenlid zuckte wie gewöhnlich, wenn er sich zu viel vorgenommen hatte. Er drückte einen Finger darauf, und das Zucken hörte auf. Er drehte die rechte Hand mit der Handfläche nach oben, und Aahmes-nofretari nickte. «Ich wollte dir nur sagen, dass ich wieder schwanger bin. Du sollst es als Erster wissen. Ich habe es noch nicht einmal Si-Amun erzählt.» Sie schwieg. «Hoffentlich freut er sich darüber. Dieser Tage ist ihm kaum etwas recht.»

Seqenenre empfand Freude, vermischt mit Sorge. Er wusste, dass sie noch immer um den Kleinen trauerte, der jetzt einbalsamiert allein in Si-Amuns Grabmal ruhte. Zweifellos hatte Aahotep darauf gedrängt, dass sie wieder schwanger wurde mit einem Kind, das die Erinnerungen auslöschte. Er dachte daran, wie man ihn vom Dach des alten Palastes heruntergetragen hatte, wie sie dort am Fuß der Treppe gestanden hatte, wie schrecklich der Anblick gewesen sein musste. Kamose hatte ihm davon erzählt. Sie selbst hatte es nie erwähnt.

Er ergriff ihre Hand mit seiner Rechten, drückte sie und lächelte sein schiefes Lächeln. Sie erwiderte den Druck. «Mach dir um mich keine Sorgen», sagte sie jetzt. «Wir sind eine zähe Rasse, sind allesamt stark. Ich muss jetzt gehen. Soll ich Ipi wegschicken und den Dienern sagen, dass sie dich wieder zu Bett bringen?» Er nickte dankbar, denn er hatte vergessen, dass sein Schreiber noch immer mit gekreuzten Beinen hinter ihm hockte. Aahmes-nofretari redete kurz mit ihm, lächelte ihm noch einmal zu und entfernte sich.

Meine Schuld, dachte Seqenenre, als sich Ipi verbeugte und ihn allein ließ und andere Diener mit einer Trage geeilt kamen. Sie denkt, es ist alles vorbei, aber das ist es nicht. Es hat gerade erst angefangen. In seinem Kopf hämmerte es, und obwohl die Diener ehrerbietig und behutsam mit ihm umgingen, konnte er den Schrei nicht unterdrücken, als sie ihn von der Pritsche auf die Trage hoben. Ehe sie ihn in seinem Schlafgemach auf sein Lager rollten, war er schon eingenickt.

Er bestand darauf, dass man ihn auf die Felder trug, er wollte den Bauern zusehen, wie sie die Aussaat beendeten, und dann lag er unter einem Sonnensegel, Uni neben sich und seine Diener ringsum, die aufpassten, dass seine Pritsche nicht ins Schwanken geriet und ihn in den warmen Schlamm kippte. Zuweilen begleitete ihn Ahmose, und der lief dann mit Behek auf den Fersen die Dämme entlang und hin und her zwischen den Dattelpalmen, und Seqenenre fand Trost in der Kraft seines jüngsten Sohns und seiner hemmungslosen Lebensfreude.

Als seine eigene Kraft zurückkehrte, versuchte er, zu seinem ehemaligen Tageslauf zurückzukehren; er ließ sich so früh wecken, dass man ihn zur Morgenandacht in den Tempel tragen konnte, wo Amunmose als sein Vertreter die Zeremonien vollzog, die er nicht mehr ausführen konnte; er empfing Men, der zweimal jährlich mit seinem Bericht über sein und Amuns Vieh aus dem Delta kam, und speiste mit den Herolden und anderen Ratgebern des Königs, die den Fluss zwischen Auaris und den ausgedehnten Ländereien des Schönen Teti, Fürst von Kusch, befuhren.

Vor diesen Männern verbarg er seinen Zustand durchaus nicht. Es war gut, wenn sie ihn gelähmt und entstellt sahen, denn dann kehrten sie nach Norden und zu Apophis mit Geschichten vom verzerrten Mund und vom Hängelid des stolzen Seqenenre zurück, dessen Arm und Bein mit Stroh ausgestopften Puppengliedern glichen. Sollen sie sich doch hämisch freuen, dachte er an den Abenden, wenn er im Empfangssaal in seinem mit Kissen gepolsterten Stuhl saß, den linken Arm leblos im Schoß. Soll Apophis doch hören, dass ich einsichtig und eingeschüchtert bin und meine Lektion gelernt habe. Bei derartigen Anlässen ließ er das Gelächter und Geplauder an sich herabfließen. Der Harfenist lullte die Gäste mit Musik ein, die

Mahlzeiten dampften in den Händen der Dienstboten, seine Frauen hatten sich mit ihren besten Leinengewändern und Kleinodien herausgeputzt. Stumm führte Seqenenre den Vorsitz, Aahotep dicht an seiner Seite und Uni zu seiner Rechten, damit dieser jedes Bedürfnis im Voraus erkannte.

Die Soldaten waren in ihre Dörfer zurückgekehrt, Hor-Ahas Medjai kümmerten sich um Stammesangelegenheiten in Wawat, und die Ägypter pflügten und bepflanzten ihre winzigen Äcker. Seqenenre wusste, dass auch diese Kunde nach Norden gedrungen war.

Doch noch immer kamen Bogen aus Palmenrippen aus den Händen der Armeehandwerker und stapelten sich in der Waffenkammer, und in den Speichern legte man Getreide von der letzten Ernte für den Kampf im nächsten Jahr zurück. Hor-Aha schickte einen Späher aus, der Pferde aufkaufte, ein paar hier, ein paar da, und man baute Streitwagen. Dieses Mal, so dachte Seqenenre grimmig, sind wir bereit. Die Männer sind besser ausgebildet, die Lager voller. Kamose und Si-Amun sind älter und abgehärteter. Doch wenn er Aahotep erlaubte, ihn zu Bett zu bringen, fieberte er jedes Mal, und die Verzweiflung, die er vor allen anderen verbarg, brachte ihn schier um.

Das Loch in seinem Kopf, das er mit wachsendem Abscheu und Entsetzen betrachtete, schloss sich nur langsam. Neuer Knochen wuchs in der ausgezackten Wunde. Trotzdem war sie für ihn ein Symbol dessen, was er jetzt war, jemand, der seiner Familie Anlass zu Sorge und Mitleid gab und für sich selbst eine Beleidigung war. So erlaubte er Aahotep auch nicht, ihn auf die Lippen zu küssen, und nur sein Leibdiener durfte sein Gesicht berühren. Nachts, wenn er mit hämmerndem Kopf und bangem Herzen dalag, wünschte er sich, dass Apophis' gerissener Waffenschwinger etwas tiefer zugeschlagen hätte.

Die Monate Mechir und Phamenoth gingen ins Land. Auf den Äckern spross die Aussaat üppig und dicht. Die Kanäle waren noch voll stehendem Wasser und wurden Spielplatz für braune Bauernkinder, die unschuldig vergnügt in ihnen herumhüpften. Die Nächte waren lau, matte Sterne standen an einem schwarzen Himmel.

Aahmes-nofretari hatte der Familie ihre Schwangerschaft mitgeteilt, und wieder huldigte man Taurt, doch Seqenenre, der sie kommen und gehen sah, bisweilen auch bei Si-Amun eingehakt, öfter jedoch mit Raa, spürte, dass sie unglücklich war. Sie hatte Angst. Er versuchte erst gar nicht, sie auszuhorchen. Worte konnten sie nicht beruhigen, nur ein gesundes Kind würde ihr Selbstvertrauen wiederherstellen.

Er selbst bemühte sich sehr, wieder gehen zu lernen. Uni hatte eine Krücke angefertigt, die sich in das zarte Fleisch unter seinem guten Arm bohrte und ihm auf der Handfläche Blasen bescherte, aus denen schon bald dicke Schwielen wurden, doch wenigstens konnte er jetzt mit nachschleifendem linkem Bein von seinem Zimmer in den Garten humpeln. Er verbrachte viele Übungsstunden auf den Stufen des Vorbaus, und er war auch besser zu verstehen, obwohl seine Sprache verwaschen blieb. Tani erzählte ihm kichernd, dass er sich wie ständig betrunken anhörte, zumindest aber konnte er sich verständlich machen, wenn er sich sehr bemühte und seine Zuhörer gut aufpassten. Er achtete einfach nicht auf Müdigkeit, Enttäuschungen und die dunkle Niedergeschlagenheit, die ihn bei jedem Sonnenuntergang überkamen. Er wollte reiten können, wenn die Zeit gekommen war.

Am dritten Tag des Phamenoth hatte man seinen Namenstag gefeiert. Er war jetzt siebenundvierzig Jahre alt. Er konnte im Tempel stehen und zum Dank einen Stier opfern, und dann schaute er zu, wie eine stolze Tani ihm zu Ehren mit den anderen Tempelfrauen tanzte. Sie war jetzt fünfzehn. In zwei Monaten würden die Zwillinge einundzwanzig werden und Ahmose im Sommer achtzehn. Als Seqenenre sah, wie sich Tani mit ihren Girlanden aus bunten Blumen und dem zirpenden Sistrum in der Hand neigte und wirbelte, da durchzuckte ihn eine dunkle Ahnung, und er dachte, wie rasch doch die Zeit dahinrann. Das Leben war ein Traum, der vorbeiglitt, während er im Schlaf daneben stand und ihn mit den Augen verfolgte, es aber nicht schaffte, die Hand auszustrecken und einen Zipfel des Schauspiels zu packen, es zu verlangsamen und zu zwingen anzuhalten, damit er hinter seinen Sinn kam.

Aus Auaris kam ein offener Brief, der auf dem Marktplatz von Waset einer staubigen, unruhigen Menge verlesen wurde. Im Monat Mesore würde der König das vierzigste Lebensjahr erreichen, und zum Andenken an seinen Namenstag und den Tag seiner Geburt wollte er die Steuern senken. Die Einwohner von Waset, die herkömmlicherweise unabhängig und hochfahrend waren, jubelten und klatschten nicht. Sie warteten schlicht, bis der Herold fertig war, und entfernten sich dann plaudernd. Sie interessierte es mehr, dass ihr Fürst die ganzen Zeremonien zu seinem Namenstag im Tempel stehend durchgestanden und ihrem Bürgermeister das Geschenk von zwei freien Tagen und zusätzlichen hundert Hektar gemacht hatte, die ein Jahr lang für sie entwässert und bebaut werden sollten.

SIEBTES KAPITEL

Eines schönen Morgens mitten im Monat Phamenoth legte Ramose an der Bootstreppe an und musste Behek und die anderen Hunde abwehren, als er mit seinem Gefolge zum Haus ging. Seqenenre saß im Garten, hinter sich Uni und neben sich Tetischeri, inmitten von Kissenbergen ruhend, als ihm der junge Mann seine Aufwartung machte. Isis und Mersu standen unweit am Teich, Isis warf Blüten ins Wasser, weil sie die Fische verwirren wollte, die mattgolden in den trüben Tiefen herumflitzten.

Ramose näherte sich und verneigte sich, und seine beiden Leibwachen und sein Haushofmeister taten es ihm nach. Dann richtete er sich auf und wartete darauf, dass Seqenenre etwas sagte. Der spürte Ramoses Blicke auf seinem Mund, dann wanderten sie über seinen ganzen Leib, aber die Musterung war offen und freundlich. «Sei gegrüßt, Ramose», sagte er, um sorgfältige Aussprache bemüht. Ramoses Blick fuhr zu seinem Gesicht zurück, er bemühte sich sichtlich um die Entschlüsselung des Gesagten, doch daran hatte sich Seqenenre mittlerweile gewöhnt, und es hatte ihn Geduld gelehrt.

Dann sagte Ramose: «Ich grüße dich, Fürst, auch im Namen meines Vaters, der sehr betrübt war, als er von deinem Unfall hörte. Ich hatte mich schon auf eine Rolle mit der Mitteilung gefasst gemacht, ich solle nicht kommen. Das hätte ich verstanden.» Er drehte sich um und verneigte sich knapp vor Tetischeri. «Fürstin, es ist mir eine Ehre, dich wieder zu sehen.» Tetischeri lächelte.

«Ramose, du wirst mit jedem Besuch ansehnlicher», antwortete sie. «Du hast die ebenmäßigen Züge deiner Mutter und die großen Augen deines Vaters. Wie geht es deiner Mutter?»

«Gut. Sie schickt dir und ihrer Base je einen Tiegel mit einer neuen Duftsalbe, die Asi für sie gemischt hat, und hofft, dass sie euch gefällt. Ich lasse sie später auspacken, weil ich auch für Tani viele Geschenke mitgebracht habe.»

Tetischeri freute sich. «Eine neue Duftsalbe! Und hat sie mir auch noch einen Mann mitgeschickt, der sie zu würdigen versteht? Sei bedankt, Ramose. Das ist wirklich ein großzügiges Geschenk.» Seqenenre bedeutete ihm, sich hinzusetzen. Ramose befahl seine Eskorte zum Boot zurück und ließ sich aufseufzend in den ausladenden Schatten der Sykomore sinken.

«Deine Wunde ist schlimm, Fürst», sagte er unumwunden, während Tetischeri Mersu mit dem scharfen Befehl, ein Begrüßungsmahl zu holen, in die Küche schickte. «Ich bin entsetzt. Wie konnte ein Steinschlag so viel Schaden anrichten?» Seqenenre blickte ihn ausdruckslos an, und erst jetzt fiel ihm der Brief ein, den Kamose nach Auaris geschickt hatte.

«Der Streitwagen ist unter dem Felsüberhang schnell gefahren», erwiderte er und machte zwischen den Wörtern Pausen, die gewährleisteten, dass Ramose ihn auch verstand. «Ich hatte nichts als den Löwen im Sinn, den ich schießen wollte. Irgendetwas hat die Brocken gelockert, ich erinnere mich an nichts mehr als das Geräusch von fallenden Steinen.» Ramose nickte.

«Vater möchte gern wissen, ob du etwas brauchst, einen anderen Arzt, oder sollen wir dir Aufseher ausleihen?» Seqenenres Hand fuhr zu der Leinenmütze, die auf seinem Kopf saß, und tastete geistesabwesend daran herum.

«Danke ihm in meinem Namen», antwortete er, «aber ich brauche nichts. Mein Arzt ist der beste in ganz Ägypten.»

Das Haus geriet in Bewegung, und dann trat Tani in den Sonnenschein, pflichtschuldigst gefolgt von Heket. Als sie sah, wer da gekommen war, fing sie an zu lächeln und streckte Ramose beide Hände hin. «Wie hübsch du bist, Prinzessin!», rief er und küsste sie auf die Wange. Sie entzog sich ihm, blickte ihn kurz an und nahm dann neben Tetischeri Platz.

«So!», sagte sie. «Werden wir bei diesem Besuch endlich verlobt, Ramose? Ehrlich gesagt, ich habe das Warten satt. Vater ist durchaus imstande, Namen und Titel auf die Urkunde zu setzen, und falls du mir sagen willst, dass du ohne die Unterschrift deines Vaters gekommen bist, erwürge ich dich!» Ja, dachte Seqenenre. Jetzt rasch eine Verlobung und dann die Vermählung. Er warf Ramose, der wieder mit gekreuzten Beinen dasaß, einen Blick zu.

«Ich habe die Verlobungsdokumente dabei», sagte dieser. «Sie benötigen nur noch den Namen deines Vaters. Aber mein Vater besteht darauf, dass wir mit der Vermählung noch sechs Monate warten.» Tani warf die Hände hoch, dass die Sonne auf ihren beringten Fingern glitzerte.

«Also wirklich!», sagte sie entrüstet. «Als ob wir uns völlig fremd wären! Warum? Seit wann begeistert sich Teti so für steifes Protokoll? Ich habe vor, meinem zukünftigen Schwiegervater einen bösen Brief zu diktieren und ...»

Und so plapperte sie weiter und weiter. Tetischeri beobachtete sie belustigt. Die Diener lächelten. Doch Seqenenre hatte sich innerlich zurückgezogen. Teti wartet ab, was ich unternehme, ging es ihm jählings und zweifelsfrei auf. Er möchte sich nicht mit einer Familie verbinden, die sich mit Hochverrat befleckt hat. Weiß er, dass mich ein Mörder überfallen hat? Er ist durch Rebellion in der eigenen Familie ein gebranntes Kind und sieht sich mit dieser Heirat doppelt vor. Irgendwie muss ich Tani beibringen, dass Teti sie nur dann in sein Haus aufnimmt, wenn ich mich siegreich bis Auaris durchschlage und König von Ägypten werde.

«Tani, es reicht!», unterbrach Ramose sie streng, und erstaunlicherweise machte Tani den Mund zu, schaffte es jedoch, beredt anklagend zu blicken. «Mein Vater ist bereit, den Verlobungsvertrag jetzt zu unterzeichnen und siegeln zu lassen. Er wird die Festlichkeiten in Chemmenu vorbereiten, und in sechs Monaten kommst du mit deiner Familie zur Hochzeitsfeier. Ich kenne seine Gründe für die längere Wartezeit nicht, aber du und ich, wir haben schon monatelang gewartet, also macht es keinen großen Unterschied mehr. Vielleicht ist es die Mitgift?» Er blickte Seqenenre taktvoll an, doch der antwortete nicht.

In diesem Augenblick kamen die Diener mit Wein und Schat-Brot. Ihnen folgten einer nach dem anderen die übrige Familie, und Ramose stand auf, verneigte sich vor Aahotep und umarmte die drei jungen Männer. Als sich alle am Teich niedergelassen hatten, wandte sich die Unterhaltung allgemeineren Themen zu. Nach einem Weilchen standen Ramose und Tani auf, und Seqenenre gab ihnen die Erlaubnis zu gehen.

Ramose legte den Arm um die schmalen Schultern des Mädchens, und dann schlenderten sie zum Fluss. Behek war auch aufgestanden und trabte japsend hinter ihnen her. Das Stimmengeräusch verebbte, dafür raschelten und zwitscherten jetzt die Vögel in den Binsen, und in den blühenden Büschen summten die Insekten. Über ihren Köpfen vereinten sich die Palmwedel und warfen steife Schatten auf den hellen, staubigen Pfad. Tani krallte beim Gehen die Zehen in den Staub. «Ich bin sehr böse auf Teti», sagte sie. «Und ich kann mir vorstellen, dass Vater gekränkt ist. Schließlich, Ramose, ist er ein Fürst. Er verdient von deinem Vater mehr Ehrerbietung, als er bekommt.»

«Vater ist sich der Ehre durchaus bewusst, dass Seqenenre dich mir gibt», antwortete Ramose stockend. «Es sind nicht Hintergedanken oder Stolz oder das Bedürfnis, die Autorität deines Vaters auf die Probe zu stellen.» Er blieb stehen und sie auch. Dann drehte er sich um und glättete nachdenklich ihre zusammengezogenen Brauen. Hinter und vor ihnen wand sich der sonnengefleckte Pfad in grünes Dunkel. «Ich will ehrlich sein, Tani», gestand er. «Ich liebe dich sehr. Aber die Gerüchte wollen nicht verstummen, dass Seqenenre von Apophis' Hand niedergestreckt wurde, weil er einen Aufstand geplant hat. Stimmt das? Mein Vater glaubt es.»

«Es ist mir völlig einerlei, was dein Vater glaubt!», fuhr Tani ihn an. «Er ist ein fetter, alter Mann mit mehr Würde, als er verdient! Und so einer wagt es zu zaudern, wenn es um eine Prinzessin mit königlichem Blut in den Adern wie mich geht!» Ihr Gesicht war erhitzt, ihre Augen funkelten zornig, und Ramose machte einen Schritt zurück.

«Ich bin auch böse», sagte er ruhig. «Und auch mir ist es einerlei, was dein Vater oder meiner glauben oder tun. Aber wir sind Kinder und müssen gehorchen, Tani, und das bleibt so, bis unsere Eltern sterben. Aber du hast meine Frage nicht beantwortet. Vertraust du mir nicht?» Sie legte den Kopf schief und überlegte.

«Ich schulde meiner Familie Treue», sagte sie frostig, «und du bist noch kein Mitglied dieser Familie und ich keins von deiner.» Er packte sie und schüttelte sie sacht.

«Wenn du mir die Wahrheit sagst, schwöre ich bei Thot, dem Schutzgott Chemmenus, keiner Menschenseele etwas zu erzählen, nicht einmal meinem Vater.» Sie holte tief Luft.

«Na schön, Ramose. Ich bin böse auf Vater, weil er sich in diese Lage gebracht und den Zorn des Königs auf sich gezogen hat. Ich liebe ihn so sehr und er tut mir so Leid. Aber du musst mir versprechen, alles für dich zu behalten. Sonst verfluche ich dich noch heute Abend, und der Fluch wirkt, falls du es jemals weitererzählst.» Er nickte.

«Einverstanden.»

«Ja, es ist wahr. Vater hat Apophis' Beleidigungen und Nadelstiche hingenommen, solange er konnte, und dann hat er einen Brief bekommen, der ihn anwies, die Nilpferde zu töten. Kannst du dir etwas Dümmeres vorstellen? Vater ist klug und hat es verstanden, so eine rohe Tat abzuwenden, aber dann hat der König gefordert, dass er hier einen Seth-Tempel baut.» Sie biss sich auf die Lippen und richtete den besorgten Blick auf ihn. «Vermutlich wäre er mit einem kleinen Schrein einverstanden gewesen, aber Waset gehört Amun. Es war nicht machbar. Vater hat ein kleines Heer um sich geschart und wollte nach Norden aufbrechen, und dann hat jemand versucht, ihn umzubringen. Wir wissen nicht wer, und wir werden es wahrscheinlich auch nie herausbekommen.» Ihre Stimme zitterte. «Wir glauben alle, dass Apophis seine Hand im Spiel hatte.» Ramose legte den Arm um ihre Mitte, und dann gingen sie weiter.

«Es tut mir Leid, dass du so viel Kummer hast», sagte er, «aber du siehst doch ein, nicht wahr, dass mein Vater für seinen guten Ruf sorgen muss. Er wartet die sechs Monate ab, weil er sicher gehen will, dass Seqenenre seine Lektion gelernt hat und von nun an Ruhe gibt.»

«Wie taktvoll du das ausdrückst!», platzte Tani heraus, und sie wehrte sich gegen seine Hand. «Du redest, als ob mein Vater ein störrischer Hund ist, dem man mit der Peitsche Fügsamkeit beibringen muss!»

«Ich bin immer ehrlich mit dir gewesen», tadelte Ramose sie. «Es hat doch keinen Zweck, um den heißen Brei zu reden, Tani. Unsere Zukunft hängt davon ab.»

«Nun denkst du wohl, dass mein Vater ein Heuchler und Verräter und obendrein nicht bei Trost ist?»

Sie hatten die Bootstreppe erreicht. Er zog sie auf die weißen Steine. Das Wasser plätscherte und sog an ihren Füßen. Eine Entenfamilie kam aus dem Ried und zog in Pfeilformation elegant auf eine der kleinen Inseln zwischen dem Ost- und dem Westufer zu und ließ dabei ein Kielwasser hinter sich. Die fernen Felsen flirrten heiß und hellgelb vor einem wolkenlosen Himmel. «Ich glaube, dass seine Sache gerecht ist, die Art, wie er es angeht, jedoch verfehlt», antwortete er, kniff die Augen gegen die Sonne zusammen und richtete den Blick auf die Enten, die nun eine nach der anderen ans felsige Ufer watschelten. «Ich bin nicht wie mein Vater, ich richte mich nicht behaglich mit der Setiu-Herrschaft ein. Eines Tages würde ich gern wieder einen ägyptischen Gott auf dem Horusthron sehen. Aber das geschieht nicht mehr zu unseren Lebzeiten.» Er zwang sie, ihn anzusehen. «Dein Vater ist ein tapferer Mann, aber hoffentlich ist sein Wutanfall verflogen.»

Tani gab keine Antwort. Sie schenkte ihm ein flüchtiges Lächeln und wandte den Blick ab. Seine Wut ist nicht verflogen, dachte sie. Sie wird nie verfliegen. Und was das Heer angeht, so ist es nach Haus geschickt worden. Ich kann nur flehentlich hoffen, dass es nicht zurückgerufen wird, aber es gefällt mir gar nicht, wie Hor-Aha und Kamose stundenlang mit ihm zusammenhocken und sich Kamose und Si-Amun jedes Mal streiten, wenn sie zusammen sind. Da braut sich irgendwas zusammen, und es macht mir Angst. Niemand sagt mir etwas. Alle denken, ich bin noch ein Kind, nur weil ich die Jüngste bin und geschont werden muss.

Jäh ergriff sie Ramoses Hand. «Ramose, bin ich für dich eine Frau», fragte sie ihn dringlich, «oder ein hübsches Mädchen, das deine Zuneigung gewonnen hat und zu dem du lieb und nett bist? Ist das schlicht eine vorteilhafte Heirat für dich?»

«Tani», schalt er sie. «Es gibt daheim Dutzende von Frauen, die hübsch sind und zu denen ich lieb und nett bin. Ich habe gesehen, wie aus einem übermütigen Kind eine schöne junge Frau geworden ist, die schnell denkt und genauso schnell aufbraust. Ich liebe dich. Was die vorteilhafte Heirat angeht, na ja», bei diesem Gedanken seufzte er. «Du bist zwar eine Prinzessin, aber deine Familie lebt jetzt unter der Wolke des königlichen Missfallens, und deswegen macht sich mein Vater Sorgen. Warum dieser plötzliche Zweifel?» Sie rieb die Wange an seinem warmen Oberarm.

«Ich möchte doch glücklich werden», flüsterte sie. «Ich möchte für ewige Zeiten mit dir in Chemmenu leben. Ich schaffe es kaum noch, Vater anzusehen, in seiner Gegenwart fröhlich zu sein und Munterkeit vorzutäuschen. Er war so aufrecht und liebenswürdig, Ramose, jeder Zoll ein Edelmann! Jedes Mal, wenn ich mich zwinge, zu ihm zu gehen, packt mich eine schreckliche Wut auf den König, und das Herz tut mir weh bei dem Gedanken, wie es früher war. Bitte, nimm mich mit.»

Darauf wusste er nichts zu sagen. Er drückte sie an sich und streichelte sie stumm, bis er spürte, dass sie sich entspannte, und dann sprachen sie über andere Dinge. Doch als sie sich zum Abendessen zu der übrigen Familie gesellten, da ging ihm auf, dass er diese stolzen Taos zurückhaltend und wachsam musterte. Der Abend war heiß, die brütende Sommerhitze kündigte sich an.

Seqenenre, der nur einen dünnen Schurz aus Leinen anhatte, aß wenig. Seine Krücke lag unauffällig hinter ihm, wo Uni stand. Der Verband um seinen Kopf wirkte in dem schlecht beleuchteten Saal wie ein weißer Fleck. Rasch schob er das Essen in seinen entstellten Mund, so als hoffte er, niemand würde zusehen, und seine Augen schweiften über die Gesellschaft. Ramose dachte an seinen eigenen Vater, wie er eingeölt und juwelengeschmückt mit ausladenden Gesten in seinem leisen, gepflegten Ton jeden seiner Gäste ansprach, die an seinen blumenbestreuten Tischchen aus Elfenbein speisten. Teti war wie eine große Eule, leutselig und klug. Seqenenre war ein verwundeter Falke, angeschlagen, aber auf der Hut und mit wachsamer Feindseligkeit in dem umherzuckenden Blick. Ramose musste innerlich über dieses anrührende Bild lächeln, und Seqenenre, der seinen Blick auffing, erwiderte das Lächeln plötzlich. Ramose nickte und blickte in eine andere Richtung.

Fürstin Aahotep saß dicht neben Seqenenre, eine dunkle Schönheit voll sinnlicher Anmut in jeder Bewegung. Sie hat wenig von meiner eigenen Mutter, dachte Ramose, und dabei sind sie verwandt. Meine Mutter hat nichts dagegen, eine Frau in mittleren Jahren zu sein. Die Frau hier mit den vollen Lippen und der kupferfarbenen Haut ist so sinnlich wie die Nebenfrauen des Königs, wenn sie sich an einem Sommernachmittag träge um die Springbrunnen des Harems scharen. Er sah, wie sie sich zurücklehnte und mit Hetepet, ihrer Dienerin, sprach; dann beugte sie sich zur Seite und legte den Mund auf das Ohr ihres Gemahls, und das alles geschmeidig und locker.

Ramose trank seinen Wein und ließ die Gedanken zusammen mit den Augen wandern. Die Zwillinge Kamose und Si-Amun saßen zusammen auf Matten und teilten sich einen Tisch, auf dem noch Reste des Mahls lagen, schwiegen sich aber aus. Die Spannung zwischen ihnen war fast mit Händen zu greifen. Zwar hatte es den Anschein, sie wären, wenn sie sich einander zuwandten, wie ein Mann, der in den Spiegel sieht: Schwarze Augen, lange, schmale Gesichter, scharfe Nasen, ein Schopf dunkler Locken, aber dennoch trennte sie ein Abgrund. Woran mag das liegen?, fragte sich Ramose.

Er spürte Si-Amuns Blick, der auf ihm ruhte, hatte ihn im Verlauf des Abends des Öfteren gespürt, während die Musiker gespielt und getanzt hatten und die Diener mit Lotosgirlanden und Duftöl zwischen den Speisenden hin und her gingen. Er hatte dabei ungute Gefühle. Kamose redete häufig mit dem wild aussehenden Medjai-Krieger gleich neben sich, einem Mann mit bedächtigen Bewegungen und flinken, kalten Augen, während Si-Amun immer tiefer in seine Matte zu sinken schien und seine beringten Finger mit den Speisen spielten.

Ahmose, sonnig und spärlich bekleidet, war lange vor allen anderen fertig mit Essen, wanderte mit der Schleuder in der Hand durch die Speisenden und fasste gelegentlich in einen Lederbeutel an seinem Gürtel, aus dem er kleine Kügelchen holte. Ihr Aufschlag unterbrach die Unterhaltung. Ahmose sang Liedfetzen irgendeiner flotten Melodie, wirbelte die Schleuder und ließ die Kügelchen fliegen. Niemand achtete auf ihn. Offensichtlich konnte er mit der Schleuder so gut umgehen, dass niemand Angst vor ihm hatte. Die große Fürstin Tetischeri saß ein wenig abgesondert, umgeben von ihrem Gefolge, eine aufrechte, glitzernde alte Frau, deren scharfer Blick alles erfasste und deren leiseste Bewegung einen Wirbel von Gehorsam rings um sie bewirkte. Ramose erschauerte innerlich. Als Junge hatte sie ihn immer in Angst und Schrecken versetzt, und auch jetzt als Mann flößte sie ihm noch immer eine ehrfürchtige Scheu ein. Mersu, ihr Haushofmeister, reagierte auf einen Befehl, dessen Worte in dem allgemeinen Geplauder untergingen, und beugte sich höflich zu ihr hinunter. Ramose schätzte ihn ab. Er hat einen Verwandten oder Freund in Tetis Haus, Vaters Obersten Haushofmeister, dachte er. Sie stecken immer zusammen, wenn die Taos zu Besuch sind. Ein eindrucksvoll ruhiger Mann.

Seine Tani saß auf einer Matte neben ihrer Schwester, hatte die Knie unter dem durchsichtigen roten Leinen hochgezogen und mit beringten Armen umfasst, und beim Sprechen hüpfte ihr das wellige Haar auf den Schultern. Da schmolz er einfach dahin. Er wusste nicht, was sie an sich hatte, dass sie bei ihm diese Reaktion auslöste. Sie war so ganz anders als die übrige Familie, und dennoch hatte ihn ihr Wutausbruch erschreckt, und er hatte absichtlich nicht darauf reagiert. Auch sie hatte den übermächtigen Stolz der Taos.

Ihre Schwester Aahmes-nofretari war eine jüngere Ausgabe ihrer Mutter, dunkel, durchdringender Blick und ein hochfahrender Mund. Sie war schwanger, das wusste Ramose. Noch ein Prinz, dachte er. Noch ein Tao, der den König verachtet und ihren langen Traum von Macht und uralter Maat träumt. Bei Thot, ich bewundere sie! Aber das darf ich mir nicht anmerken lassen, denn auch ich stamme aus einer altehrwürdigen Familie und habe meinen Stolz, aber ich bin froh, dass ich hier sitze, wo die Luft irgendwie sauberer und das Ägypten, was mir zu schaffen macht, überschaubarer ist. Aber sie sind auch gefährlich. So unvorhersehbar wie Bullen, sogar meine Tani auf ihre Art. Es liegt ihnen im Blut. Osiris Mentuhotep neb-hapet-Re … Ich habe in Geschichte gut aufgepasst.

Eine Bewegung, ein Rascheln neben ihm störten ihn in seinen Tagträumen. Er drehte sich um. Prinz Si-Amun wollte sich neben ihm auf dem Fußboden niederlassen. Ramose schenkte ihm ein wachsames Lächeln. Si-Amun hielt ungemein vorsichtig einen Pokal, und auf Ramose, der seine erhitzten Wangen und seine glänzenden Augen bemerkte, wirkte er bereits mehr als nur angetrunken. «Prinz», sagte Ramose und neigte den Kopf. Si-Amun erwiderte das Nicken.

«Na, Ramose», sagte er. «Früher haben wir uns in den Sümpfen von Chemmenu an Krokodile angeschlichen und Ibiseier gesucht. Weißt du noch, als Kamose und ich dich an ein Boot gebunden und dich durch den Fluss geschleift haben? Du wärst fast ertrunken. Und jetzt sollst du mein Schwager werden. Ich finde, das gehört sich auch so. Hast du noch irgendwelche Zweifel?» Er schwenkte seinen Wein, trank und streckte den Pokal nach mehr aus. Der Diener, der hinter ihm wartete, schenkte nach und trat zurück.

«Wie sollte ich, Prinz», erwiderte Ramose. «Ich liebe Tani, und sie gibt eine wunderbare Gemahlin ab. Eine ehrbare und passende Heirat.»

«Selbst angesichts der Schwierigkeiten, in denen Vater gesteckt hat?» Si-Amuns Gesicht näherte sich Ramoses. «Du weißt doch, dass die Leute sagen, Apophis hätte Vater überfallen lassen. Wir stehen beim König nicht gerade in Gnade.» Ramose erstarrte. Trotz Si-Amuns trunken verwaschener Sprache und dem glasigen Blick spürte er unterschwellig eine sachliche Frage.

«Du weißt doch, wie auf den Anwesen der Edlen und Mächtigen getratscht wird», sagte er vorsichtig, «und unser Gott hat ein argwöhnisches Naturell. Ich glaube weder, dass Seqenenre Verrat geübt noch dass der König Rache genommen hat. Ich höre nicht auf Klatsch, Prinz.» Ein eigenartiger Ausdruck, halb Erleichterung, halb Enttäuschung, huschte über Si-Amuns Miene.

«Dann weißt du nichts?», fragte er dringlich.

«Nur was an schläfrigen Nachmittagen von Mund zu Mund weitergegeben wird. Das ist alles so dumm, Si-Amun, aber vermutlich macht es der Familie Sorgen. Der Jagdunfall – eine furchtbare Sache.» Hoffentlich hörte sich das überzeugend an. Si-Amun konnte nicht wissen, dass Tani ihm reinen Wein eingeschenkt hatte und er ihr Vertrauen nicht verraten durfte.

«Und dein Vater?», bohrte Si-Amun weiter. «Teti gehört zu Apophis' Günstlingen. Was weiß er?» Die Worte kamen leise und klangen beinahe verzagt. Ramose verbarg seine Bestürzung, denn er spürte bei dem Prinzen etwas, was schon fast an Verzweiflung grenzte.

«Falls du damit andeuten möchtest, dass mein Vater etwas über einen Angriff auf deinen Vater gewusst hat, einen Angriff, den Seqenenre selbst als Jagdunfall hinstellt, dann überschreitest du die Grenzen unserer Blutsbande», sagte er. «Falls es einen Angriff gegeben hat und falls mein Vater vorher davon gewusst hat, er hätte Seqenenre gewarnt.» Seine Entrüstung war echt. Si-Amun blickte ihn lange und starr an, dann kam ein Auflachen, ein rasches, humorloses Ausstoßen weingeschwängerter Luft.

«Entschuldigung», sagte er und erstickte fast an seinem Wein. «Natürlich hätte er das. Vergib mir.» Er wollte schwankend aufstehen. Ramose packte ihn beim Arm.

«Si-Amun», sagte er scharf, «bist du krank? Beunruhigt dich etwas?» Si-Amun blickte ein Weilchen auf ihn herunter.

«Ramose, ich beneide dich», sagte er abschließend. «Ich bin auch einmal so gewesen wie du. Ich würde Amun alles geben, was sein Herz begehrt, wenn ich wieder so sein könnte wie du. Tani hat Glück.» Er bedachte Ramose mit dem Zerrbild eines Lächelns und entfernte sich. Und während er das tat, fiel Ramose auf, dass Mersu hinter ihm hersah.

In diesem Saal gibt es hässliche Unterströmungen, dachte Ramose und stellte seinen Wein hin. Vater kann doch unmöglich etwas über den Mordversuch an Seqenenre gewusst haben, oder? Das hätte er gewiss jemandem erzählt, hätte seinen angeheirateten Verwandten gewarnt, das schuldet er unseren Blutsbanden. Oder vielleicht doch nicht? Si-Amuns verworrenes Gerede hatte den Keim zu einer gewissen Unruhe gelegt.

Er fing Tanis Blick auf. Mit dem Kopf machte er ihr deutlich, dass sie sich Seqenenres Erlaubnis für einen Spaziergang im Garten holen sollten. Wenn ich Tani doch mit nach Haus nehmen könnte, dachte er, während er auf den Tisch des Fürsten zuging. Ich komme mir vor wie ein Kind, das sich verirrt hat, und es wird Nacht. Sowie der Vertrag unterzeichnet ist, breche ich auf.

Am darauf folgenden Morgen krakelte Seqenenre seinen Namen unter den Verlobungsvertrag. «Du kannst Teti ausrichten», teilte er einem beklommenen Ramose mit, der sich Mühe gab, die verzerrten, jedoch heftigen Worte zu verstehen, «dass mich der sechsmonatige Aufschub der Vermählung gekränkt und verstimmt hat. Ich habe eine gute Mitgift gezahlt. Tani stammt aus einem einzigartigen Geschlecht. Falls es weitere Probleme gibt, ziehe ich meine Einwilligung zurück und fordere von Teti Wiedergutmachung.» Die linke Gesichtshälfte des Fürsten war starr, eine unbewegliche Maske, die rechte jedoch glühte gereizt. Ramose überwand seine Angst vor diesem Furcht einflößenden Mann.

«Mein Vater hat mir seine Gründe nicht dargelegt», sagte er. «Aber ich muss seinen Entschluss achten, Fürst. Wenn ich Tani in sechs Monaten hole, habe ich ein reines Gewissen.» Er zwang sich, Seqenenres Blick standzuhalten. «Gebieter, du vergisst, dass ich deine Tochter liebe und genauso enttäuscht bin wie du.» Auf einmal legte Seqenenre Ramose überraschend den rechten Arm um die Schulter und drückte ihn an sich.

«Du gefällst mir», sagte er. «Dein Mut gefällt mir. Wie ich sehe, hast du Geschenke. Geh und gib sie ihr. Ich werde bei deinem Aufbruch nicht an der Bootstreppe sein, aber ich wünsche dir eine gute Reise.»

Er humpelte fort, und Ramose sah ihm nach, dann bedeutete

er einem Diener, den Kasten zu seinen Füßen zu nehmen und ihn zu den Frauengemächern zu begleiten. Falls ich es nicht besser wüsste, dachte Ramose besorgt, könnte man diese Worte als eine Art letztes Lebewohl deuten.

Tani klatschte in die Hände und jubelte über die Geschenke, dann ließ sie ihre Mutter und Schwester holen, damit diese sie auch bewundern konnten. Da gab es Ballen mit Leinen erster Güte in vielen verschiedenen Farben, Tiegel mit Goldstaub, den man über das Kohl und die Augenschminke stäuben konnte, Salbenlöffel aus Elfenbein und mit Gold eingelegt, gefärbte Straußenfedern aus Kusch, Ohrringe aus Silber und Jaspis und ein kleines Nilpferd aus Alabaster mit schwarzen Augen aus Obsidian und Zähnen aus Elfenbein. Tani drückte es begeistert an die Brust. «Wie aufmerksam von dir, Ramose», sagte sie glücklich und jählings schüchtern. «Du hast daran gedacht, wie sehr ich sie liebe.» Ramose lachte.

«Das konnte ich wohl kaum vergessen bei den vielen Malen, die du mich in die Sümpfe geschleppt hast, damit ich sie bewundere!», gab er zurück. «Tani, ich muss gehen. In sechs Monaten, wenn die Festlichkeiten vorbereitet sind, schicke ich dir Nachricht, und dann muss ich dir nie wieder Lebewohl sagen.» Er verneigte sich vor Aahotep. «Vielen Dank für deine Gastfreundschaft, Fürstin. Ich werde Thot für die völlige Genesung deines Gemahls opfern.» Aahotep wandte ihm den dunkel bewimperten Blick zu und legte eine warme Hand auf seine Wange.

«Grüß die Familie von mir, Ramose», bat sie mit belegter Stimme. Dann zog sie die Hand zurück und blickte Tani an, dann wieder Ramose, und er verwunderte sich über ihre sachliche Miene. Er gab Aahmes-nofretari einen Kuss, und dann gingen er und Tani zur Bootstreppe, wo seine Barke in der leichten Dünung dümpelte, doch die Stander hingen schlaff in der beinahe stehenden Luft. Dort umarmte er sie noch einmal, und ihr schossen die Tränen in die Augen; dann lief er die Laufplanke hoch.

Sein Schiffsführer gab das Zeichen zum Ablegen. Behek bellte außer sich, als das Boot davonglitt und sich in die nach Norden ziehende Strömung drehte. Ramose lehnte an der Reling und sah Tani immer kleiner werden, eine aufrechte Gestalt in fließendem weißem Leinen, die ein Hund umsprang. Ein Kloß stieg ihm in die Kehle. Sie ist sehr tapfer, dachte er. Tapfer und treu. Dass er so stark fühlen konnte, überraschte selbst ihn, er winkte noch einmal und zog sich dann in die Kabine zurück.

Die folgenden drei Monate vergingen auf dem Anwesen in jener schwülen Stille, wie sie einem Chamsin draußen in der Wüste voraufgeht. Die Felder wechselten von saftigem Grün zu knisternder goldener Reife. Seqenenres Aufseher begutachteten die Äcker, sorgten dafür, dass die Speicher ausgefegt wurden, und befragten die Listen vom vergangenen Jahr. Doch Seqenenre selbst fand kein Interesse mehr an den Angelegenheiten seines kleinen Reiches.

Kamose und Si-Amun feierten ihren Geburtstag, Kamose leutselig, doch Si-Amun so still-verlegen, dass es schon fast an Verdrossenheit grenzte. Seqenenre hatte einen Empfang für seine Söhne gegeben und dabei mit Besorgnis Si-Amuns Bemühungen um Höflichkeit bemerkt. «Mit dem da solltest du lieber ein Wörtchen reden», hatte ihm seine Mutter geraten. «An dem nagt etwas.» Seqenenre hatte es versucht, doch Si-Amun war höflich und ausweichend gewesen. Das Problem war offensichtlich nicht die Gesundheit des jungen Mannes oder seine Ehefrau, denn Aahmes-nofretari genoss die Trägheit und Zufriedenheit ihrer zweiten Schwangerschaft.

Am Ende hatte Seqenenre rasendes Kopfweh, Schulter und Rücken schmerzten von der Krücke, und er war so erbost, dass er ihm scharf sagte, falls seine Sorgen mit dem bevorstehenden Kampf zu tun hätten, so entbinde er ihn von jeglicher Verpflichtung mitzumarschieren. Si-Amun hatte mit zitternden Lippen eine Antwort versucht, doch schließlich hatte das gewohnte stumme Unbehagen obsiegt, und er war geflüchtet.

Seqenenre hatte Kamose befragt, doch der stand genauso vor einem Rätsel wie sein Vater. «Ich weiß es nicht», sagte er. «Er geht mir aus dem Weg. Wir ringen nicht einmal mehr. Bisweilen zieht er mit Ahmose in die Sümpfe. Du weißt ja, wie unbeschwert Ahmose ist. Si-Amun verbringt die meiste Zeit mit Aahmes-nofretari in den Frauengemächern.» Tetischeri hatte schon lange die Geduld mit ihrem Enkelsohn verloren und redete unumwunden mit ihm, und deshalb machte er einen Bogen um sie, doch seine Mutter sorgte sich weiter um ihn und gab sich alle Mühe, ihn auszuhorchen, doch vergebens.

Seqenenre war gezwungen, seine Sorgen um Si-Amun beiseite zu schieben. Er hatte seine eigenen, denn er rang seinem Körper die anstrengenden Übungen ab, die ihn hoffentlich gesund genug für den Streitwagen und die Fahrt nach Norden machen würden. Er schwamm jeden Tag, planschte im Nil herum und übersah verbissen die heimliche Meinung der Zuschauer. Er wusste, dass er lächerlich wirkte. Er schleppte sich schwitzend und fluchend und mit schmerzenden Muskeln in der brennenden Sonne über den Exerzierplatz. Im Hinterkopf war da noch immer der Glaube, er brauche nur Zeit genug und müsse nur hart genug üben, dann würde wieder Leben in seinen Arm und sein Bein zurückkehren; doch trotz aller Bemühungen blieben die Gliedmaßen leblos und wiesen ihn in seine Schranken.

Mehrere Male hatte er sich in das Tal tragen lassen, wo Osiris Mentuhotep-neb-hapet-Res verlassener Tempel in der Hitze vor sich hin schmorte, doch die Gegenwart seines Vorfahren regte ihn nur auf, und so beschloss er, nicht wieder hinzugehen. Das Schicksal hatte Mentuhotep nicht so geschlagen wie ihn, Seqenenre. Mentuhotep musste nicht gelähmt und gebrochen nach Norden in den Krieg ziehen. Der Platz löste Selbstmitleid aus, da brütete Seqenenre lieber in der freundlichen Finsternis des alten Palastes vor sich hin. Er konnte zwar nicht mehr auf das Dach klettern, wo trotz vielen Schrubbens der Fleck von seinem Blut noch immer braun in die Ziegel eingebrannt war.

Er saß auf der Thronestrade, wandte das verzerrte Gesicht den undeutlichen Friesen auf den Wänden zu und versuchte, sich seine Zuversicht zu erhalten.

In der letzten Woche des Payni kam ein Brief vom König, den sein Oberster Herold brachte, der nicht unterwegs nach irgendwo war, sondern in Waset anlegte und eine Eskorte aus zwanzig Kriegern in königlichem Blau und Weiß mitbrachte, er selbst in makellosem Leinen und strahlendem Kopftuch und zuvorkommend von einem vergoldeten Sonnenschirm vor der Sonne geschützt, unter dem er großen Schrittes dem Empfangssaal zueilte. In einer Hand trug er seinen weißen Amtsstab, in der anderen eine versiegelte Rolle. Uni begleitete ihn unbeteiligt zu einem Stuhl und bot ihm Erfrischungen an, und dabei tat er, als sähe er weder die spitzen Speere ringsum noch die Ledergurte mit den Messern, die sich die Leibwache um die mächtige Mitte gebunden hatte; alsdann entfernte er sich und benachrichtigte seinen Gebieter. «So viele Soldaten!», entrüstete er sich, als er auf dem Flur hinter Seqenenre herging. «Das ist eine Beleidigung!»

«Natürlich ist es das, aber daran sind wir mittlerweile gewöhnt, oder?», sagte Seqenenre und humpelte in den Saal. Der Herold stand auf, verbeugte sich und musterte ihn beim Näherkommen. Seqenenre ließ ihn stehen. Er sagte nichts, und der Herold durfte nicht als Erster den Mund aufmachen.

Seqenenre streckte die Hand aus, und man legte die Rolle hinein. Rasch erbrach er das Siegel und las, dann gab er sie an Ipi weiter, der ihm mit vorbereiteter Palette gefolgt war. «Zu den Akten», befahl ihm Seqenenre knapp. Er betrachtete den Herold, der sich mit einer ausdruckslosen Miene abmühte, doch man konnte ihm ansehen, dass er es beleidigend fand, zum Schweigen gezwungen zu sein. Seqenenre hatte ein Einsehen. «Ich biete dir meine Gastfreundschaft an», sagte er. «Möchtest du heute Abend meine Gästezimmer benutzen?» Die Miene des Herolds heiterte sich etwas auf, blieb jedoch kühl.

«Vielen Dank, Fürst, aber ich bin gut mit Nahrung versehen, und da ich im Morgengrauen nach Auaris aufbrechen muss, möchte ich mit Verlaub auf der Barke speisen und übernachten.»

«Wenn das so ist», erwiderte Seqenenre gelassen, «kannst du gehen.»

Er trug den Inhalt der Rolle den Tag über mit sich herum wie eine böse Krankheit, während er sich durch seine Übungen quälte, schlaflos auf seinem Lager lag und das Abendessen mit seiner gleichermaßen lustlosen Familie teilte. Tani und Ahmose, die an der Bootstreppe vorbeigekommen waren und sich die vergoldete Barke vom Ufer aus neugierig angesehen hatten, stellten Fragen, doch die Übrigen wussten aus Erfahrung, dass Seqenenre erst dann reden würde, wenn er dazu bereit war.

Er wartete, bis er vom Tempel zurückgekehrt war. Die Anlegestelle war leer, die Barke fort. Da rief er sie im Empfangssaal zusammen, saß wartend da, die Krücke auf dem Boden neben sich, Ipi zu seinen Füßen, während sie einer nach dem anderen eintraten. Alle waren auf der Hut, sogar seine Mutter. Sie bauten sich vor ihm auf und musterten ihn mit bangem Blick. Das letzte Mal, als er sie feierlich zusammengerufen hatte, war schon Jahre her, als nämlich Apophis einen Staatsbesuch in Waset gemacht hatte. Er betrachtete sie ruhig.

«Apophis hat gesprochen», sagte er ohne Umschweife. «Er will den Sutech-Tempel hier in Waset selbst bauen, neben dem Amun-Tempel. Nach der Ernte, in zwei Monaten, kommen seine Baumeister und Maurer und begutachten das Gelände. Dann fahren sie weiter nach Swenet und wählen die Steine aus. Wir sollen die Arbeiter zur Verfügung stellen. Dieses Mal war die Rolle vollkommen verständlich.»

Niemand rührte sich. Er konnte auf ihren Gesichtern lesen, dass sie seine verwaschene Sprache verstanden hatten. Er fasste sich an sein Hängelid. «Wir wollen hier keinen Sutech-Tempel haben», sagte er nachdrücklich. «Keine Baumeister, keine nördlichen Fremdländer. Wir sind Ägypter. Unser Gott ist Ägypter. Wir ziehen auf der Stelle in den Krieg. Kamose, wenn du, Hor-Aha und die Hauptleute, wenn ihr euch alle im Land verteilt, habt ihr das Heer binnen eines Monats hier versammelt. Uni», damit wandte er sich an seinen Haushofmeister, «hol die Lebensmittelliste und die Waffenliste. Ipi, hol mir die Armeeschreiber.» Er merkte, dass er zu schnell sprach und die Worte durcheinander würfelte, holte tief Luft und zwang sich zur Ruhe. «Ahmose, du kommst nicht mit. Ich möchte, dass du hier bleibst und dich bereithältst, meinen Titel zu übernehmen, falls ich und die anderen nicht zurückkehren.» Er hätte noch weitergeredet, doch Ahmose trat mit gekränkter Miene einen Schritt näher.

«Das ist ungerecht», begehrte er auf. «Ich bin der beste Schütze in fünf Nomarchen. Und ich bin vor zwei Jahren volljährig geworden und bald achtzehn. Ich kann besser mit Pferden umgehen als Kamose oder Si-Amun.» Aahotep hob die Hand, doch Seqenenre kam ihr zuvor.

«Keine Widerworte», sagte er streng. «Ahmose, es tut mir Leid, aber du weißt, wie wichtig es für die Familie ist, dass wenigstens ein männliches Mitglied überlebt.»

«Du redest, als müssten wir alle sterben!», platzte Si-Amun heraus. «Selbstmord ist verboten, Seqenenre!» Noch nie hatte er seinen Vater beim Vornamen angesprochen, und das Wort riss augenblicklich einen Abgrund zwischen ihnen auf. Kamose zog ihn zurück.

«Sei still, Si-Amun», sagte er leise. «Das ist alles schon gesagt worden. Wir marschieren, und damit Schluss.» Si-Amun blickte ihn finster an und schob Aahmes-nofretaris Arm beiseite, die ihn vorsichtig beruhigen wollte.

«Ich habe das ganze Gerede so satt.» Das war Tetischeri. «Mach es, Seqenenre, und Schluss und aus.» Seqenenre rang sich ein frostiges Lächeln ab, ehe er sich an Tani wandte. Sie musterte ihn mit festem, forschendem Blick.

«Leider, Tani, bedeutet es, dass deine Heirat aufgeschoben werden muss, wahrscheinlich auf unbestimmte Zeit», sagte er. Das waren die schlimmsten Worte, die er seinen verzerrten Lippen jemals abgerungen hatte. Er suchte nach weiteren, nach tröstlichen Worten, doch sie ersparte ihm das.

«Vor einem Jahr wäre ich bei dieser Mitteilung zusammengebrochen», sagte sie mit belegter Stimme. «Jetzt schaffe ich es, mich ins Unvermeidliche zu fügen. Darum hat Teti also auf einer sechsmonatigen Wartezeit bestanden, nicht wahr, Vater? Er hatte uns alle im Verdacht. Ich kenne meine Pflicht. Falls du jedoch König wirst, erwarte ich eine angemessene Belohnung meiner Ergebenheit!»

Seqenenre konnte nicht einmal mehr über ihren unbeholfenen Versuch lachen, die Sache lustig zu nehmen. Die Bitternis lastete in seiner Brust wie ein harter, kalter Stein. Teti wird nicht zu mir stoßen, wenn wir vorbeiziehen, dachte er, aber vielleicht Ramose. Ach, könnte ich Teti doch zwingen, den Vertrag zu erfüllen, und die beiden jetzt vermählen und sie aus diesem tragischen Chaos heraushalten. «Nur noch eins», sagte er. «Ich befehlige im Feld. Ich kann zwar nicht mehr gut kämpfen, aber ich kann Männer anführen, deren Kampfmoral von mir abhängt.» Si-Amun holte Luft und wollte losbrüllen, doch Kamoses Hand hielt seinen Arm gepackt wie eine Zange.

«Amun wird uns rächen», sagte Kamose abschließend. Seqenenre hielt es nicht länger aus, er schickte sie alle mit einer Handbewegung fort. Als sie gegangen waren, wandte er sich an Uni.

«Gib mir meine Krücke und deinen Arm, Uni», sagte er. «Ich habe das Gefühl, als wäre ich bereits nach Auaris und zurück gelaufen. Was meinst du, komme ich zurück?» Eine Bitte um Ermutigung sah ihm überhaupt nicht ähnlich. Uni brummelte.

«Frag Amunmose, nicht mich», gab er zurück. «Ich bin kein Wahrsager.» Und ein taktvoller Diener bist du auch nicht, dachte Seqenenre belustigt, und bei dem Gedanken verflüchtigte sich seine Traurigkeit. Dieses Mal würde es keinen nächtlichen Mörderhieb geben. Er würde sich bis zu ihrem Aufbruch ständig bewachen lassen. Dieses Mal würden sie wirklich losmarschieren.

Si-Amun verließ den Empfangssaal und hatte schon fast das Ende des Flurs erreicht, der zu seinen eigenen Gemächern führte, als Mersu aus den frühen Schatten glitt und sich verbeugte. Si-Amun übersah ihn und versuchte sich an ihm vorbeizuschieben, doch der Haushofmeister machte einen Schritt und vertrat ihm den Weg. «Was ist?», fuhr Si-Amun ihn an. Mersu verbeugte sich erneut.

«Mit Verlaub, Prinz, aber ich würde gern wissen, was dein Vater zu sagen hatte. Es ist sehr ungewöhnlich, die ganze Familie gleichzeitig zusammenzurufen.» Si-Amun konnte den Mann kaum ansehen, so groß war seine Abneigung.

«Das geht dich nichts an.»

«Schon möglich», antwortete Mersu leise und sah sich dabei in dem verlassenen Flur um. «Aber vielleicht den König.»

«Apophis hat angeordnet, dass hier in Waset ein Sutech-Tempel gebaut wird», sagte Si-Amun stockend. «Und jetzt lass mich vorbei, ehe ich dich schlage.» Mersu rührte sich nicht.

«Und was wird Seqenenre tun, Prinz?» Si-Amun lief rot an.

«Das hat er noch nicht entschieden. Aus dem Weg!» Mersu beugte sich vor und sprach noch leiser.

«Si-Amun, muss ich dich daran erinnern, dass du mich ins Vertrauen ziehen musst, wenn ich nicht erzählen soll, wer den Überfall auf deinen Vater ausgelöst hat? Ich habe nämlich nichts zu verlieren.»

«Ich kann dich nicht ausstehen!», rutschte es Si-Amun heraus. «Du verdienst es gar nicht zu leben, und falls Vater gewinnt, bringe ich dich eigenhändig um. Verräter!»

«Dann will Seqenenre also marschieren?», fragte Mersu, ungerührt von Si-Amuns gehässigem Anfall. «Wann?» Si-Amun lenkte ein.

«Sofort. Schon jetzt geht die Nachricht nach draußen. Wir versammeln uns und brechen gegen Ende des nächsten Monats auf.»

«Epiphi», sagte Mersu nachdenklich. «Vielen Dank, Prinz.»

Si-Amuns Antwort war eine harte Ohrfeige, die Mersu voll ins Gesicht traf. Der Haushofmeister taumelte rückwärts, eine Hand fuhr zur Wange, doch er erholte sich schnell. Er lächelte sogar. Si-Amun ging an ihm vorbei, denn auf einmal wollte er nur noch an die frische Luft.

Statt in seine Gemächer zu gehen, lief er in den Garten und stand keuchend und schaudernd am Teich. Nach einem Weilchen hatte er sich so weit im Griff, dass er sich um seine eigenen Angelegenheiten kümmern konnte. Ich habe nicht einmal einen Freund, dem ich mich anvertrauen kann, dachte er im Gehen. Niemanden, mit dem ich diese Bürde an Schuld und Hass teilen kann, der eine Lösung hätte, der mir Verständnis und Mitgefühl entgegenbrächte. Hoffentlich töten mich Apophis' Krieger auf dem Schlachtfeld, denn genau das verdiene ich.

Gegen Ende des Monats Epiphi waren alle Vorbereitungen getroffen. Die Soldaten waren wieder in ihrem Dorf in der Wüste. Die Esel standen in einem Pferch am Fluss und konnten mit ihrer Last an Lebensmitteln beladen werden. Die Pferde waren geschult und gepflegt. Die Hauptleute hatten sich mit Kamose und Hor-Aha eingeschlossen und nahmen letzte Befehle entgegen.

Am letzten Abend schickte Seqenenre, den die drückend heiße Dunkelheit müde, störrisch und noch schicksalsergebener gemacht hatte als zuvor, nach Ahmose. Es war Hochsommer und das Land wie jedes Jahr verdorrt und hässlich. Um diese Jahreszeit wirkten die Götter feindselig. Re, der Höchste, verbrannte seine Untertanen. Amuns Weisheit und Sanftheit verblasste während der glühend heißen Tage und der erstickenden Nächte. Die kuhköpfige Hathor war zu schläfrig, als dass sie die Gebete der Frauen beantwortet hätte, die sie um Schönheit und Kraft inmitten einer Hitze anflehten, die die Haut zerknitterte und den Beterinnen die Energie aussog.

Seqenenre ging wegen seiner Gebrechen nicht mehr gern nackt wie so viele andere. Er trug das lange Wesirgewand, als Ahmose um Einlass bat und sich über die Fliesen näherte. Ahmoses Haar glänzte nass, und als er Seqenenre umarmte, fühlte sich seine Haut feucht und kühl an. «Du bist schwimmen gewesen», bemerkte Seqenenre unnötigerweise. «Möchtest du ein Bier haben?» Ahmose nickte und schenkte sich aus dem Krug auf Seqenenres Nachttisch ein, ließ sich mit dem Becher in der Hand auf dem Boden nieder, stützte einen Arm auf das Lager und machte es sich bequem. Seqenenre stand so nahe am Fenster, wie es eben ging, doch die Nachtluft war wie ein greifbarer, dicker Vorhang. «Sei nicht beleidigt, dass du daheim bleiben musst», sagte Seqenenre ohne Vorrede, während er die winzigen Bewegungen von Ahmoses Muskeln betrachtete, als dieser die Lage wechselte. «Jemand muss hier bleiben, die Frauen anweisen und sich um die Nomarchenpflichten kümmern.» Ahmose brauchte ein Weilchen, bis er das Gestammel entschlüsselt hatte, er hielt dabei den Blick auf den Mund seines Vaters gerichtet. Dann hob er die Schultern und lächelte gutherzig.

«Ich habe vielleicht mehr Zeit als nötig mit der Jagd auf die Tiere der Erde und der Luft vergeudet», bekannte er, «aber als jüngster Sohn bin ich nie auf den Gedanken gekommen, dass ich irgendwann einmal die Fürstenrolle übernehmen muss. Ich habe Spaß gehabt, Vater. Ich habe mein Leben geliebt. Essen, schlafen, sich an langen Winterabenden unter Palmen betrinken, wissen, dass von mir nichts weiter erwartet wird, als einfach da zu sein. Jeder Gott hat mich verwöhnt, ganz zu schweigen von meiner lieben Mutter und meinen Schwestern. Aber das Leben spielt seltsam, nicht wahr?» Das bestätigte Seqenenre mit einem Kloß im Hals. Ahmose mit seiner sorglosen Fröhlichkeit hatte die Familie immer aufgeheitert und ohne es zu wissen die alltäglichen Sorgen und Ärgernisse kleiner gemacht. «Als Kind bin ich für meine Lehrer keine reine Freude gewesen», fuhr Ahmose fort. «Ich wollte nichts als angeln, Enten aus dem Himmel holen und Hyänen auflauern. Aber ich bin nicht dumm. Du machst dir, glaube ich, Sorgen, weil du die Regierung in meinen Händen lassen musst.» Er trank die Neige seines Biers, stellte den Becher neben sich auf den Boden und strahlte Seqenenre an. «Ich werde gewiss ein paar Fehler machen, aber unbewusst weiß ich, was ich zu tun habe. Schließlich stamme ich aus einem Herrscherhaus. Und vergiss nicht Großmutter, die mir eins hinter die Löffel gibt, falls ich ins Stolpern gerate, und Uni, der mich anstachelt, falls ich nachlasse. Keine Bange, Vater, du kannst dich auf mich verlassen.»

Ja, das kann ich, dachte Seqenenre, als er ihm in das hübsche, von Lebenskraft und guter Laune strotzende Gesicht blickte. Du bist ein aufrichtiger Mensch, und der Samen jener Größe, die Menschen dazu bewegt, dir zu folgen, keimt bereits. Ach, könnte ich doch nur erleben, wie er aufblüht.

Sie sprachen noch ein wenig miteinander, denn beide verschlossen die Augen davor, dass die Zeit zu schnell verging, und keiner erinnerte an den kommenden Morgen, bis Ahmose aufstand.

«Ich schwitze schon wieder», sagte er. «Ich gehe, glaube ich, noch einmal schwimmen, ehe ich versuche zu schlafen. Der Nil ist im Sternenschein so schön, das dunkle Wasser und die kleinen silbrigen Wellen.» Er blickte verlegen auf seine Füße. «Vater, ich bin morgen nicht dabei, wenn sich das Heer aufstellt und aufbricht», sagte er leise. «Amunmose wird, solange du fort bist, an deiner Stelle die Riten vollziehen, aber ich sollte morgen wohl anwesend sein.»

«Ich verstehe.» Seqenenre kam zu ihm gehumpelt und gab ihm einen herzlichen Kuss. «Ich liebe dich, Ahmose. Du darfst gehen.»

«Mögen deine Sohlen festen Tritt finden, Fürst.» Ahmose schenkte ihm ein zittriges Lächeln, dann war er gegangen.

Seqenenre wusste, dass Aahotep bald zu ihm kommen würde. Er fürchtete sich vor ihrer tapferen Miene, ihrer zärtlichen Berührung, vor der Angst und dem schmerzlichen Verlust, den ihre Augen nicht verbergen konnten. Er liebte sie inniglich, aber in dieser Nacht, seiner letzten Nacht, wollte er allein sein. Er konnte nicht schon wieder trösten, da er seine wenigen Kräfte für sich selbst sammeln musste. Sein Leibdiener trat ein, wusch ihn und half ihm ins Nachtgewand. Er ließ alles abwesend über sich ergehen, dachte mit gerunzelter Stirn an Einzelheiten von morgen und war gerade auf sein Lager gesunken, als Uni eintrat. «Si-Amun ist da», sagte der Haushofmeister. «Willst du ihn empfangen?» Bedrückt nickte Seqenenre.

«Lass ihn herein.» Uni entfernte sich. Si-Amun schloss die Tür hinter sich und trat zögernd ans Lager. Er hatte dunkle Ringe unter den Augen, und seine Haut sah fahl aus. Seqenenre klopfte auf die Laken, und Si-Amun ließ sich neben ihn sinken. «Bist du krank?», fragte Seqenenre brüsk und überlegte dabei, ob es sich um einen Trick von Si-Amun handelte, sich dem Feldzug zu entziehen, doch Si-Amun verneinte.

«Nein, Vater, ich bin nicht krank. Ich wollte dir nur sagen ... sagen ...», seine Lippen zitterten. «Morgen wird das Durcheinander groß sein und in den kommenden Tagen wenig Zeit für eine ungezwungene Unterhaltung. Vielleicht bietet sich mir nie wieder Gelegenheit, dir etwas zu sagen.» Er blickte Seqenenre in die Augen. «Ich liebe dich, Vater. Ich bedaure zutiefst, dass ich dir so viel Schmerzen verursacht habe. Wenn ich deine Krankheit auf mich nehmen könnte, ich würde es tun. Bitte, glaub mir, dass ich nach besten Kräften und gern neben dir kämpfe. Sei bedankt für das Leben, das du mir geschenkt hast.» Er war so bedrückt, dass er die Worte kaum herausbrachte. Seqenenre war erschüttert.

«Der einzige Schmerz, den du mir bereitet hast, war, deine Not zu sehen und dir nicht helfen zu können», erwiderte er verwundert. «Du leidest sogar jetzt noch, behältst aber alles für dich. Sag es mir, Si-Amun.» Nun liefen dem jungen Mann die Tränen über die Wangen.

«Das geht nicht», sagte er. «Glaub mir, was ich gesagt habe, Vater. Als Mensch bin ich wertlos, aber mein Arm wird sich zu deiner Verteidigung heben. Verzeih mir.»

«Wofür denn?» Mit einem Ruck wandte sich Si-Amun mit zusammengebissenen Zähnen und geballten Fäusten ab.

«Verzeih mir!»

«Wie könnte ich dir wohl nicht verzeihen?», antwortete Seqenenre zutiefst verstört. «Beruhige dich, Si-Amun.» Statt zu antworten, lächelte der junge Mann unter Tränen und lief zur Tür, riss sie auf und verschwand in der Dunkelheit.

Auf einmal schoss Seqenenre der Schmerz durch den Kopf. Sein Lid zuckte. «Uni!», rief er. «Geh zum Arzt und hol mir Mohn. Bei diesen Schmerzen kann ich nicht schlafen!» Doch Aahotep antwortete ihm.

«Er hat dich gehört, Seqenenre.» Sie war, gefolgt von ihrem Haushofmeister Kares, mit einem zusammenklappbaren Feldbett ins Zimmer geschlüpft, das er sogleich neben dem Lager aufstellte. Aahotep bedeutete ihm, sich zu entfernen. «Wir haben uns monatelang nicht geliebt», sagte sie entschlossen. «Ich verstehe warum, auch wenn ich es für falsch halte. Ich bin nicht gekommen, um mich mit dir zu streiten, ich will lediglich die Nacht hier verbringen. Amun allein weiß, wann ich dich wieder sehe.»

Er lag da und sagte nichts, sondern sah ihr zu, wie sie den dünnen Umhang ablegte und nach ihrem Nachtgewand griff. Sie war aus lauter Rundungen geschaffen. Ihre Hüften zitterten. Ihre Brüste schaukelten. Ihre Haut schimmerte im Schein des Nachtlichts zart bronzefarben. Kundig zog sie den Kamm durch ihr glattes schwarzes Haar, hielt es mit einer Hand, während sie den Kopf schief legte und die verfilzten Stellen bearbeitete, dann warf sie das Haar zurück, und es fiel ihr glänzend und gezähmt auf die Schultern. «Wie heiß es ist!», sagte sie auf einmal. «Ich habe auf dem Flur Si-Amun aus deinem Zimmer kommen sehen. Er hat mich fast umgerannt. Was hat er gewollt?»

Seqenenre fand die Stimme wieder. Er kam sich unbeholfen und albern vor und war wie immer überwältigt von ihrer angeborenen Sinnlichkeit, dennoch verwünschte er sich innerlich, weil er nicht an ihre Liebe glaubte. Was dachte sie, wenn sie ihn jetzt nackt sah mit schlaffem, nutzlosem Bein und Arm, die ungewollt hierhin und dorthin rutschten, einem Mund, der keinen Kuss mehr zustande brachte, dem zum ständigen Zwinkern verzogenen Lid? Wie sehr sie auch ihre Zuneigung beteuerte, sie war eine reife Frau und die Aufmerksamkeiten des kraftvollen Mannes gewöhnt, der er einmal gewesen war. Gewiss sah er irgendwo in diesen rauchigen Augen ein Zurückscheuen, eine Verachtung? «Ich weiß es nicht», sagte er langsam. «Er hat mir mitgeteilt, dass er gern neben mir kämpft und dass ihm etwas Leid tut, und dann ist er gegangen.»

Es klopfte taktvoll an die Tür. Uni trat mit einem Tablett ein, auf dem ein kleiner Krug stand. Seqenenre atmete erleichtert auf. Er trank die bitter schmeckende Arznei des Krügleins und schloss die Augen. Uni ging leisen Schrittes hinaus. Aahotep schwieg, abgesehen davon, dass sie sanft atmete. Seqenenre spürte, wie sich sein Leib langsam entspannte und schläfrig wurde. Der Schmerz ließ nach. Seine Gedanken verschwammen, und dann schlief er.

Irgendwann im Laufe der Nacht erwachte er halbwegs und fand Aahotep neben sich ausgestreckt, und ihre Lippen glitten bedächtig über seine Brust. Er knurrte protestierend, war jedoch zu schlaftrunken, um sich zu bewegen. «Schscht», flüsterte sie. «Du kannst ja so tun, als ob alles nur ein Traum ist.»

«Ich bin doch kein Feigling», murmelte er als Antwort, «aber ich will dein Mitleid nicht, Aahotep.» Dafür biss sie ihn.

«Ich kenne niemanden, der weniger Mitleid verdient», fauchte sie. «Willst du mich verlassen, ohne diesen Hunger gestillt zu haben?» Ihr Mund erkundete jetzt seinen Unterleib, und er spürte, dass er reagierte. «Vergiss deinen Stolz», bat sie. «Den brauchst du bei mir nicht. Ich liebe dich, Fürst.» Innerlich verzweifelt und verkrampft tat er, um was sie ihn bat, doch die Leidenschaft, die er verspürte, konnte das Gefühl der Erniedrigung nicht vertreiben.

Im Morgengrauen wurde er über den Fluss gestakt und dann zu dem zerstampften, großen Platz getragen, wo sich das Heer sammelte. Aahotep saß neben ihm in der Sänfte. Sie sprachen nicht. Es gab nichts mehr zu sagen. Seqenenre trug einen blauen Schurz und kräftige Ledersandalen und um den Kopf das gestärkte blaue Kopftuch des Streitwagenfahrers. Sein Speer lag neben ihm, an seinem Gurt hing ein Messer, doch Pfeil und Bogen hatte er nicht dabei.

Während sie auf den provisorischen Exerzierplatz zuschwankten, wurde das ferne Stimmengewirr zum Gebrüll, das aus der trockenen Staubwolke drang, die die braunen Bäume überpuderte und fein und hell in der Luft hing. Die Träger verlangsamten den Schritt. Seqenenre sah, dass sich die Frauen der Familie unter einem Sonnensegel scharten. Aahmes-Nofretari sah verschlafen aus. Tani hatte sich sorgfältig angezogen und trug viel von dem Geschmeide, das ihr Ramose geschenkt hatte, aber ihr eng anliegendes, schlichtes Hemdkleid war blau, die Farbe der Trauer. Tetischeri saß zwischen Isis und Mersu, ihre Perücke war mit Goldblumen geschmückt, und ihre Ohrringe schwangen hin und her. Sie hatte Gelb gewählt, eine siegreiche, viel versprechende Farbe, und Seqenenre lächelte anerkennend in sich hinein. Von der ganzen Familie zweifelte nur seine Mutter nicht an dem Ausgang der Auseinandersetzung.

Die Sänfte hielt an. Kamose kam aus dem Staub herbeigeeilt, neben sich Si-Amun. «Ihr müsst den Soldaten an meiner Stelle eine Ansprache halten», sagte Seqenenre zu ihnen, als sie ihm auf die Beine halfen. Uni schob ihm die Krücke unter den Arm. «Sind die Streitwagen angespannt?»

«Ja. Wartest du bitte hier, bis das Heer in Marschordnung aufgestellt ist?», drängte Kamose. «Gerade ist der Hohe Priester eingetroffen, um uns Amuns Segen zu geben. Wenn das getan ist, halte ich eine Ansprache.»

Si-Amun sagte nichts. Als Seqenenres Erbe wäre es an ihm gewesen, den Soldaten eine Ansprache zu halten, aber er reckte lediglich das Kinn, kniff den Mund zu einer schmalen Linie zusammen und winkte ungeduldig nach einem Stuhl, auf den sich Seqenenre dann sinken ließ. Kamose und Si-Amun verzogen sich, und dann hörte Seqenenre einen Schwall barscher Befehle. «Hauptleute der fünfzig! Hauptleute der hundert! Lasst antreten! Befehlshaber zur Estrade!» Er spürte eine weiche Hand auf seiner Schulter. Die jungen Frauen standen neben ihm.

«Vater, wenn du an Chemmenu vorbeikommst, sag Ramose, wie sehr ich ihn liebe, und versuche Teti zu überreden, dass er den Vertrag erfüllt», flehte Tani. Sie bückte sich und gab ihm einen Kuss. «Pass gut auf dich auf. Halte dich aus dem Kampf heraus. Du bist der Fürst, du kannst, wenn du willst, befehligen, ohne dich dabei in Gefahr zu bringen.» Ihre Stimme brach. Seqenenre nickte stumm, hob die Hand und streichelte ihr Gesicht. Aahmes-nofretari weinte jetzt aus großen, tränenverquollenen Augen, die denen ihrer Mutter so sehr glichen. Er nahm kurz ihre Hand und hätte am liebsten selbst geweint. Aahotep an seiner Seite schwieg noch immer. Ihr Leinen berührte seine Knie.

Das Geschrei und Getrappel rings um sie wurde lauter, dann verstummte es langsam zu abwartendem Schweigen. Allmählich legte sich auch der Staub. Amunmose stieg in langer Robe und mit Leopardenfell auf die Estrade, neben sich einen Tempeldiener mit einem Weihrauchgefäß. Er begann, für Sieg und Schutz zu beten. Dann nahm er das Weihrauchgefäß und schwenkte es über den angetretenen Reihen. Neben ihm stand ein großer goldener Pokal mit Bullenblut, damit würde er die Soldaten im Vorbeiziehen an der Estrade bespritzen.

Seqenenre lauschte der klaren, hallenden Stimme seines Freundes, und eine böse Vorahnung schnürte ihm das Herz zusammen, denn er fragte sich, ob irgendjemand außer ihm wusste, wie völlig nutzlos seine Geste war. Er war das Instrument, das Tani, Aahmes-nofretari und ihr ungeborenes Kind und seine Frau vernichtete. Er wagte nicht, an die Zwillinge zu denken, die beide hoch gewachsen und nachdenklich in Kampfausrüstung auf der Estrade standen. Er wagte nicht daran zu denken, ob der König auch wirklich in weiter, weiter Ferne war. Nur der Gedanke an sein eigenes Schicksal vermittelte ihm Frieden. Selbstsüchtig, sagte er sich. Ich habe keine andere Wahl gehabt, aber trotzdem wäre es mir lieber gewesen, Apophis und ich hätten das im Zweikampf ausgetragen, ehe ich diese nutzlose Hülle geworden bin.

Re hatte sich über der östlichen Wüste erhoben und funkelte golden auf den Spitzen Hunderter Lanzen, die wie ein Wald auf der Ebene emporragten, und blitzte hell auf den Speichen der Streitwagenräder, die hin und her rollten, während die ruhelosen Pferde wieherten und stampften. Jenseits des Nils erhoben sich die Mauern von Seqenenres Anwesen, und der Tempel schimmerte gedrungen und braun. Auf der geschrumpften Wasseroberfläche des Flusses brach sich das Licht und ging in dem sachten Geplätscher unter. Jäh lagen die westlichen Felsen gezackt und schön im Licht. Ach, Waset, dachte Seqenenre. Ruhig, heiß und verschlafen. Ein Ort, an dem der Mensch sein Leben voller Zufriedenheit verträumen kann. Der Schmerz, dich zu verlieren, ist wie ein Messer in die Rippen. Lebe wohl.

Amunmose schwieg jetzt. Si-Amun verließ die Estrade und half seinem Vater, der ihm langsam entgegenging. Zusammen stiegen sie die paar Stufen hoch, Si-Amun hatte den Arm um seinen Vater gelegt. Kamose begann mit seiner Ansprache, doch Seqenenre, der gefährlich auf seiner Krücke schwankte, hörte den kraftvollen Worten seines Sohnes kaum zu. Worte von Maat, Majestät und guter Sache flossen an ihm ab. Er musterte die säuberlichen Reihen, seine Augen wanderten von den harten Mienen der Tapferen des Königs gleich unter ihm, die sich die Bogen über die mächtigen Schultern geworfen hatten, an den Streitwagen und den Pferden mit den blauen Federbüscheln und den Wagenlenkern mit dem blauen Kopftuch vorbei zu den Fußsoldaten, die in Reih und Glied in Habtachtstellung standen.

Die Medjai mit ihren schwarzen Leibern hoben sich von ihnen ab, überragten ihre ägyptischen Kampfgefährten um Haupteslänge. Das Haar lag ihnen wie Hor-Aha geflochten auf der nackten Brust. Die ägyptischen Rekruten hatten sich das Haar auch wachsen lassen, aus soldatischem Aberglauben und als Schutz, und es hing ihnen dunkel und glänzend auf die Schultern. Mehr Bogenschützen, als ich mir erhofft hatte, dachte Seqenenre. Das ist gut. Wie schön sie aussehen, wie raubtierhaft. Aber wie wenige, meine Amun-Division ist gar keine Division. Ach, Amun mit der Doppelfeder, sei uns in den kommenden Tagen hold und beschütze uns mit deiner Macht!

Kamose hatte geendet. Hor-Aha brüllte heiser, und die Männer marschierten langsam an der Estrade vorbei, während Amunmose zu dem Pokal mit dem Blut griff und sie im Vorbeiziehen bespritzte. Ihre Augen richteten sich von ihm zum Fürsten, sein verzerrtes Gesicht sah jeden Einzelnen, als sie den Segen empfingen und in Marschordnung auf der Straße am Fluss weiterzogen. Si-Amun berührte seinen Arm, und gehorsam verließ er die Estrade und wartete unten, bis man seinen Streitwagen brachte. Auf dessen Gestell hatte man einen Stuhl mit hoher Lehne gebunden, an die er sich anlehnen konnte. Darüber wölbte sich ein Sonnensegel. Aahotep und die Mädchen kamen und umarmten ihn, und sie winkten ihm, als er in den Streitwagen stieg, Si-Amun ihn auf den Stuhl setzte und ihn daran festband. Als Aahotep ihn so unbeweglich mit dem Speer in der Hand sitzen sah, warf sie sich in den Wagen. «Ich liebe dich, Seqenenre», schrie sie auf und drückte den Kopf an seinen Hals. «Es fällt mir schwer, dich so ziehen zu sehen!»

Einen wonniglichen Augenblick lang atmete er ihren warmen Duft, dann schob er sie beiseite. «Ahmose braucht dich jetzt», sagte er fest, «und du musst die Mädchen trösten. Kümmere dich darum, dass der Montu-Schrein im Haus ständig geöffnet ist und dass vor ihm geopfert wird. Der Kriegsgott wird dich erhören.» Sie fasste sich und stieg wieder aus. Die Mädchen stellten sich neben sie. Seqenenre hörte den Marschbefehl. Dann griff Si-Amun zu den Zügeln.

Der Streitwagen ruckte an und rollte. Si-Amun winkte seiner Mutter zu und schwang die Peitsche. Mühsam warf Seqenenre einen Blick zurück. Sie standen noch immer da, wo er sie verlassen hatte, neben der Spur im Staub, die von den marschierenden Füßen hinter ihm wieder zertreten wurde. Aahotep hatte die Arme um die Mädchen gelegt. Tetischeri stand, umgeben von ihren Dienern, etwas hinter ihnen und hatte sich zum Gruß erhoben. Sie wirkten so klein vor dem Hintergrund des Flusses, die Gestalten eingerahmt vom Tempelpylonen jenseits des Wassers, auf dem in der auffrischenden Brise die Fahnen flatterten. Am jenseitigen Ufer drängte sich ein stummes Meer von Einwohnern, die gekommen waren, weil sie ihren Fürsten in den Krieg ziehen sehen wollten. Niemand hatte gejubelt. Niemand freute sich. Ihre Mienen waren ängstlich und ernst.

Seqenenre schaute noch einmal lange hin, dann wandte er sich ab. Vor ihm waren die gespreizten Beine und der biegsame Rücken seines Sohnes und das Getrappel der kleinen Pferdehufe auf dem fest getretenen Sand. Hinter ihm sangen einige Männer. Er sah noch einmal zurück, doch eine Biegung des Wegs führte durch vereinzelte Bäume und verstellte ihm den Blick. Er konnte nur noch die Tempelfahnen sehen, doch auch die verloren sich jetzt hinter zitternden Palmwedeln. Waset lag hinter ihm.

ACHTES KAPITEL

An diesem Tag kamen sie gut voran. Alle waren trotz der glühenden Hitze bester Laune, und drei Stunden nachdem Re von Nut geschluckt worden war, schlugen sie bei Kift ihr Lager am Fluss auf. Seqenenre war erschöpft. Sie hatten zwar einmal kurz Halt gemacht und gegessen, aber er hatte nur an seinem Brot geknabbert und sein Wasser getrunken, ohne sich von seinem Stuhl losbinden zu lassen. Trotz des Schattens vom Sonnensegel war er schwach und ihm schwindelte, als Hor-Aha endlich kam und ihm herunterhalf. «Ein guter Tag, Fürst», meinte der General, als sie das Zelt betraten und Seqenenres Leibdiener herzutrat. «Falls wir weiter so gut vorankommen, könnten wir in zehn, elf Tagen Qes erreichen. Aber das klappt natürlich nicht. Wir müssen lahmende Pferde, kranke Männer und andere Unbilden einrechnen. Sagen wir, in zwölf Tagen.»

Seqenenre lächelte und ließ sich dankbar auf das Feldbett sinken. «Die zwölf Tage brauche ich auch, um mich abzuhärten», gestand er zerknirscht. «Kümmere dich um die Männer, Hor-Aha, und wenn du gegessen hast, hol mir meine Söhne. Qes ist gemäß einer alten Übereinkunft mit Auaris die Grenze meines kleinen Reiches. Wir müssen entscheiden, wie wir vorgehen, wenn wir sie überschritten haben.» Der General verbeugte sich und ging.

Seqenenres Leibdiener nahm ihm sanft das schweißfleckige Kopftuch und den zerknautschten Schurz ab und fing an, ihn zu waschen. Seqenenre lag mit geschlossenen Augen, denn er hatte rasende Kopfschmerzen, die bei jeder Bewegung wie mit einem Messer zustachen, aber er spürte, wie sich seine zerschlagenen, müden Muskeln durch das sacht rieselnde, himmlisch kühle Wasser entspannten. Er hörte, wie seine Leibwache unter Gehuste und ein, zwei leisen Worten vor seinem Zelt Posten bezog. Hinter ihnen kamen noch immer Soldaten, hielten an und verteilten sich unter viel Gejohle und Gelächter auf die ihnen zugewiesenen Kochfeuer. Der Leibdiener deckte Seqenenre mit einem Laken zu und zündete die einzige Lampe an, die an der mittleren Zeltstange hing, dann ging er und holte das Abendessen. Seqenenre nickte ein. Er wurde wach, als der Mann ein Tablett mit geräuchertem Fisch, Brot und Trockenobst neben ihm absetzte, kam mühsam in eine sitzende Stellung und aß, denn auf einmal war er heißhungrig.

Er hatte noch den Becher mit Wein in der Hand, als sich Kamose, Si-Amun und Hor-Aha ins Zelt schoben. Seqenenre schickte den Diener fort, befahl den Männern, sich zu setzen, und sie nahmen auf den Matten im Zelt Platz. Si-Amun trug eine weiße Tunika und ging barfuß. Sein Gesicht war rot, und auf der Nase hatte er Sonnenbrand, weil er so viele Stunden der Sonne ausgesetzt gewesen war. Kamose hatte sich auch umgezogen, aber nur einen frischen Schurz und ein Kopftuch angelegt. Hor-Aha trug seinen gewohnten Wollumhang, unter dem man einen Blick auf seine Waffen erhaschen konnte. Seqenenre schenkte Wein ein, und sie tranken gierig. «Kamose, diktiere eine Botschaft an die Familie», sagte Seqenenre. «Richte ihr aus, dass es uns gut geht. Ist auf dem Fluss viel Betrieb gewesen?» Hor-Aha schüttelte den Kopf.

«Keine königlichen Boote oder Barken», antwortete er. «Unsere Späher sind uns weit voraus. Es dürfte ruhig in Kusch sein, und natürlich braucht Apophis, seit er den Tempel selbst bauen will, keine Briefe mehr zu schicken, bis Baumeister und Maurer eintreffen.»

«Falls wir Herolde abfangen, müssen wir sie töten», mahnte Seqenenre. «Wir können es uns nicht leisten, dass man uns jetzt schon auf die Schliche kommt. Wir ziehen noch immer durch meine Nomarchen, also sind wir ein Weilchen sicher.»

«Was hast du vor, wenn wir Qes erst hinter uns haben?», fragte Si-Amun. «Stoßen wir bis Auaris durch, oder machen wir unterwegs Eroberungen?»

«Wir müssen unterwegs Eroberungen machen», sagte Seqenenre langsam, doch wegen seiner Müdigkeit war er noch unverständlicher als üblich. Reden war eine Mühsal. «Wir können nicht zu einer Insel in einem Meer von Feinden werden. Ich möchte alle Bürgermeister oder Nomarchen beteiligen, die wir zum Mitmachen bewegen können, Hauptsache, sie haben Krieger zur Verfügung.»

«Das ist hinter Qes nicht sehr wahrscheinlich», warf Kamose ein. «Von dort bis nach Norden sind alle Männer an der Macht Setius.»

«Aber ihre Untertanen nicht, genauso wenig wie die niederen Beamten. Die Dörfer sind einsam am Fluss gelegen. Wir nehmen die Männer unterwegs mit. In Regierungssitzen treffen wir die hohen Ratgeber und versuchen sie zu überreden, und falls das nicht möglich ist, töten wir sie und nehmen ihre Untergebenen mit.» Seqenenre machte eine Pause, weil er Kraft sammeln musste. Sein Lid pochte. «Haben wir Esel verloren?»

«Nein, Fürst», versicherte ihm Hor-Aha. «Die Vorräte haben mittlerweile zu uns aufgeholt. Die Männer bekommen zu essen, und die Wachen sind aufgestellt. Wir dürfen uns auf eine ruhige Nacht freuen.» Die Worte waren Balsam für Seqenenres schmerzende Ohren.

«Dann könnt ihr gehen. Si-Amun, hole meinen Arzt. Ich brauche etwas gegen die Kopfschmerzen.» Sie sahen seine Not, murmelten gute Nacht und gingen.

Dann kam auch schon der Arzt, untersuchte ihn, sagte wenig und schenkte ihm etwas Mohnsaft ein. Seqenenre trank gierig. Ein Weilchen dachte er noch an Aahotep, Ahmose und Teti-scheri, die wahrscheinlich noch immer über einem Berg Rollen aus der Verwaltung zusammenhockten, an Tani, die vielleicht schlaflos und allein lag, doch dann purzelten seine Gedanken durcheinander, lösten sich in Träume auf, und er schlief ein.

In Iunet und Quena wurde er von der Stadtverwaltung empfangen, ängstlichen und besorgten Männern, die bereits Rekruten für Seqenenre gestellt hatten. Sie hatten keine neuen Nachrichten für ihn. Soweit sie wussten, war in ihrem kleinen Machtbereich nach Norden hin alles friedlich. Das Land lag in sommerlicher Trägheit.

Seqenenre dankte ihnen und marschierte weiter. Er fühlte sich mit jedem Tag schwächer, wusste aber, dass dieser Marsch selbst abgehärteten Soldaten, die Hor-Ahas anstrengenden Drill gewöhnt waren, einiges abforderte. Sein eigenes Übungsprogramm bewahrte ihn vor einem völligen Zusammenbruch, doch nun bekam er Fieber, das gegen Abend anstieg und ihn bis zum Morgengrauen abwechselnd frösteln und schwitzen ließ. Sein Arzt bat ihn umzukehren, das Heer seinen Söhnen zu übergeben, doch Seqenenre war klar, dass ihn der gemeine Soldat noch immer als Talisman ansah und den Mut verlieren würde, falls er mit eingekniffenem Schwanz nach Waset zurückkroch. Er wusste nicht, wie er Auaris jemals erreichen sollte, das noch Wochen entfernt lag, und bemühte sich, nicht darüber nachzudenken. Er sammelte seine Kraft lieber für Qes.

In Aabtu zog das ganze Heer in den Tempel, wo Osiris' Kopf bestattet lag, und huldigte der am meisten verehrten Gottheit Ägyptens. Der Fürst von Aabtu, Anchmahor, hatte Kamose viele Soldaten überlassen und für Seqenenre weitere zweihundert zusammengezogen. «Aber das sind gute Bauern, Fürst», mahnte er. «Sie werden in dieser Nomarche gebraucht, wenn die Überschwemmung zurückgeht. Schicke sie bitte nach Haus, sowie du Auaris eingenommen hast.» Seqenenre willigte dankbar und schwindlig vor Fieber ein. Waset lag jetzt fünf Tage hinter ihnen.

Die nächste Zeit strömte so verdrossen und trübe dahin wie der Fluss selbst. Bei Tage hielt Seqenenre mit zusammengebissenen Zähnen Hitze und Staub, die allgegenwärtigen Fliegen und das Gerumpel des Streitwagens aus. Des Nachts gab es die Kochfeuer, die Zelte, die kurze Beratung und dann die himmlische Entspannung des mohnbetäubten Schlafs.

An diesen Städten war er auf dem Weg nach Chemmenu vorbeigefahren – Thinis, wo die ersten ägyptischen Könige ihre Paläste gebaut hatten, Achmin, wo er selbst Äcker besaß, Badari mit seinen Dum-Palmen –, unzählige Male war er in seiner Barke vorbeigeglitten, hatte mit einem Becher Bier in der Hand mit Aahotep unter einem Sonnensegel geruht. Doch im Streitwagen durch sie zu rollen, Meile um erschöpfende Meile vorbei an verdorrten Feldern, ausgetrockneten Kanälen, blattlosem Gebüsch und verknäuelten, kahlen Bäumen zu fahren, dabei erlebte man ein anderes Ägypten, ein gnadenlos hässliches und ödes Land. Natürlich wusste er, dass es nur am Sommer lag, nur das Elend und die Not eines Landes war, das ausgetrocknet dalag und auf seine wundersame Wiedergeburt wartete, doch mehr als einmal fragte er sich, ob er seine Titel, sein Anwesen, ja, sogar sein Leben für diesen sonnengedörrten, trostlosen Streifen neben einem stinkenden, schmalen Rinnsal opfern sollte. Nur der Stolz ließ ihn hinter dem schwitzenden Rücken seines Sohnes den Kopf hochhalten, während die Stunden dahinkrochen.

Am elften Tag erreichten sie Qes ohne Zwischenfälle. Keine Festung, kein sonstiges Bauwerk kennzeichnete die Grenze von Seqenenres Machtbereich, ja, es gab nicht einmal eine ansehnliche Stadt. Das beackerte Land am Westufer machte einem großen Stück Wüste Platz, die von einem Höhenzug durchschnitten wurde, durch den sich ein Hohlweg schlängelte. Auf der anderen Seite war weiter nichts als Wüste. Jenseits der Felsen gab es ein kleines Dorf.

Hier gab es auch einen Hathor-Tempel. Die Göttin mit ihren goldüberzogenen Kuhhörnern und ihrem kuhgleichen, rätselhaften Lächeln herrschte über eine Stille, die nur durch vereinzelte Dorfbewohner gestört wurde, die ihr Brot und Blumen zu Füßen legten. Als die Setius die Macht übernahmen, waren ihre Anbeter noch weniger geworden. Man hatte ihre Priester gezwungen, sich woanders ihren Lebensunterhalt zu verdienen, und so träumte Hathor einsam vor sich hin. Seqenenre hatte Aahotep versprochen, dass er den Tempel besuchen und in ihrem Namen zu der Göttin beten würde. An einem windverwehten, goldenen Abend, als sich das Heer auf der Ebene vor den Felsen verteilte und zu Gruppen scharte, die ihre Waffen polierten, ihre Rationen verschlangen oder schliefen, hatte er sich durch den Hohlweg zu Hathors Vorhof tragen lassen.

Überall Anzeichen von Verfall. Zwischen den Pflastersteinen wucherte Unkraut, jetzt trocken und tot. Auf dem Boden des Innenhofs hatten Wüstenhunde getrockneten Kot und Knochen hinterlassen. Eine Mauer und ein Teil vom Dach des inneren Heiligtums waren eingefallen. Doch Hathor war noch im Inneren und blickte an Seqenenre vorbei, während er mit den Händen voll Wein und Essen dastand. Ihr wohlgestalteter Leib trug ein gemaltes weißes Hemdkleid, ihr Hals war mit Lapislazuli und Gold geschmückt.

Si-Amun hatte ihn begleitet, und zusammen – Si-Amun bäuchlings auf dem geborstenen und zerbrochenen Boden und Seqenenre unbeholfen stehend – beteten sie um Gesundheit und langes Leben für die Frauen der Familie. Es gab keine Priester mehr, die die Gaben hätten annehmen können. Sie legten alles zu Füßen der Statue ab, gingen rückwärts aus dem inneren Heiligtum, und Si-Amun gelang es nur mit großer Mühe, die Türen zu dem kleinen Raum wieder zu schließen.

Seqenenre wurde das Herz schwer, als er im Vorhof wieder in

seine Sänfte stieg und sich im letzten dunkelroten Abendlicht ins Lager zurücktragen ließ. Keine gewaltsame Zerstörung kann es mit diesem traurigen Verfall aufnehmen, dachte er und merkte, dass Si-Amun wieder einmal stumm und mit seinen Gedanken woanders war. Beide waren versunken in ihre Traurigkeit. Die Setius haben uns ohne Speer und Bogen erobert, sie haben keine Tempel niedergebrannt und keine Priester umgebracht, und dennoch verändert sich Ägypten langsam, ganz langsam. Im Laufe der Zeit vollbringt Vernachlässigung, was Schwert und Bogen nicht erreicht haben.

Als sie dann aus ihren Sänften stiegen, war es vollkommen dunkel. Seqenenre ließ sein Feldbett nach draußen bringen, verspeiste an Kissen gelehnt sein mageres Mahl und lauschte dem geordneten Wirrwarr ringsum. Er war gerade fertig, als Hor-Aha kam und sich neben ihm in den Sand hockte. «Ich habe für heute Nacht doppelte Wachen aufgestellt», sagte er. «Mittlerweile hat der König vielleicht Kunde von unserem Vormarsch. Vielleicht sind seine Späher bereits unterwegs, aber natürlich können sie Qes noch nicht erreicht haben. Die nächste größere Stadt ist Chemmenu, und dort gibt es nur ein kleines Kontingent Soldaten. Aber wir sollten auf alles gefasst sein.» Seqenenres Laune verdüsterte sich. Morgen würde es ernst werden.

«So viele ‹vielleicht›, Hor-Aha!», meinte er. «Ruf im Morgengrauen die Hauptleute zusammen. Wir wollen den Amun-Schrein aufbauen und vor dem Aufbruch opfern. Wie viele Tage haben wir noch, ehe Apophis' Soldaten versuchen, uns aufzuhalten?» Hor-Aha runzelte die Stirn und überlegte.

«Drei Tage, um das Heer aufzustellen, mehr nicht angesichts der Tatsache, dass Auaris ein sehr großes stehendes Heer hat. Zwei Wochen Marsch bis Chemmenu, aber wir ziehen ihm entgegen, treffen uns sozusagen mit ihm.» Er blickte hoch und lächelte frostig. «Wirklich schwer zu sagen, Fürst, aber in fünf Tagen sollten wir kampfbereit sein und von da an jeden Tag.»

«Was berichten die Späher?»

«Bis gestern war alles ruhig. Aber heute sind sie noch nicht zurück.» Er zog sich den Umhang über die Hände, eine typische Geste, wenn er besorgt war. «Sie hätten vor Sonnenuntergang hier sein sollen.»

«Hast du andere nach ihnen ausgeschickt?» Der General nickte.

«Von denen hören wir vielleicht bis zum Morgen nichts. Fürst, ich möchte anraten, dass wir nicht weiterziehen, ehe sie zurück sind.» Seqenenre war anderer Meinung.

«Du hast selbst behauptet, dass Apophis' Heer unmöglich bis hierher gekommen sein kann», sagte er. «Wir können es uns nicht leisten, viertausend Männer futternd herumsitzen zu lassen.» Hor-Aha warf ihm einen erschrockenen Blick zu, dann lachten beide Männer schallend.

«Wie auch immer», mahnte Hor-Aha, dem die gute Laune so schnell verging, wie sie gekommen war, «es wäre dumm, wenn wir uns ohne Not aufreiben ließen.»

Als Hor-Aha gegangen war, diktierte Seqenenre seinen abendlichen Brief an Ahmose und die Familie und erteilte Kamose, Si-Amun und den Hauptleuten Anweisungen für den kommenden Tag. Sie würden früh aufbrechen und in Alarmbereitschaft sein, die Streitwagen und die Tapferen des Königs in der Vorhut, und darauf gefasst, die Wucht aller Feindseligkeiten abzufangen, auf die sie stoßen mochten. Es gab wenig mehr zu sagen, keine schwierige Strategie zu planen. Mein Feldzug, dachte Seqenenre später, als sein Leibdiener ihn mit einem Laken zudeckte und er die Arznei trank, die der Arzt geschickt hatte, könnte gar nicht unbeholfener sein.

Irgendwann mitten in der Nacht wurde er durch dringliche Stimmen vor seinem Zelt geweckt. Benebelt von dem Schmerzmittel, stemmte er sich mühsam in eine sitzende Stellung. Sein Leibdiener kam von seinem Strohsack auf dem Boden hoch und griff nach der Lampe, um sie aufzufüllen. «Ich darf den Fürsten nicht im Schlaf stören», hörte Seqenenre einen Soldaten seiner Leibwache sagen. «Falls du es wünschst, kann ich dich zu General Hor-Aha bringen.»

«Nein!», entgegnete jemand scharf. «Seqenenre muss mich auf der Stelle empfangen!»

«Das ist Ramoses Stimme», sagte Seqenenre laut und dann zu seinem Diener: «Lass ihn ein.»

Er fuhr mit der Zunge über die Lippen, die vom Mohnsaft ausgetrocknet waren. Die Zunge fühlte sich doppelt so groß an. Mit behutsamen Bewegungen schenkte er sich Wasser ein, trank durstig und stellte den Becher gerade wieder ab, als Ramose ins Zelt geführt wurde. Die begleitende Leibwache stand unschlüssig da, eine Hand auf dem Messer am Gurt. Seqenenre nickte ihm zu. «Danke für deine Wachsamkeit», sagte er. «Bei diesem Mann bin ich gut aufgehoben. Du kannst gehen.»

Ramose trat näher. Er sah angespannt und zerzaust aus. Wortlos verneigte er sich, und auf Seqenenres Aufforderung hin setzte er sich auf die Matte neben dem Feldbett. Seqenenre wunderte sich über Ramoses Anwesenheit hier im Zelt, er war ungeschminkt und sah krank aus. «Ramose, woher kommst du?», fragte er schließlich. «Wohin willst du? Bist du auf dem Weg nach Süden über mein Heer gestolpert?» Ramose schüttelte den Kopf.

«Könnte ich vielleicht etwas Wein haben, Fürst. Ich bin ziemlich fertig.» Und er zitterte in der Tat. «Ich dürfte gar nicht hier sein. Vor ungefähr zwei Stunden habe ich mein Zelt verlassen und meinem Diener befohlen, allen Besuchern zu sagen, dass ich bis morgen früh nicht gestört werden möchte. Der Arme vergeht vor Angst, ist aber treu. Falls man mich entdeckt, werde ich hingerichtet.» Seqenenres Diener brauchte keinen Befehl. Er war bereits hinausgeschlüpft und gleich darauf mit einem Weinkrug und einem Becher zurückgekommen. Ramose bedankte sich, schenkte sich ein und trank. Als er sich den Mund mit dem Handrücken wischte, hatte er sich etwas beruhigt.

«Was tust du hier in Qes?», fragte Seqenenre bestürzt, und dann kam ihm ein furchtbarer Verdacht. «Jagst du draußen in der Wüste?» Ramose schüttelte den Kopf. Er fuhr sich langsam mit der Hand über die Knie, vor und zurück, vor und zurück.

«Fürst, man hat dich verraten», sagte er mit belegter Stimme. «Pezedchu, der General des Königs, lagert gleich hinter Qes. Er und dazu eineinhalb Divisionen. Apophis hat nämlich nicht gewusst, wie viele Soldaten mit dir nach Norden marschieren würden, also hat er so viele geschickt, dass sie dein Heer auf jeden Fall überrennen können. Falls du die Grenzen deines Machtbereichs überschreitest, wirst du vernichtet. Falls du das Lager aufhebst und auf der Stelle nach Waset zurückmarschierst, kannst du die blutige Auseinandersetzung noch vermeiden.» Seqenenre blickte ihn mit großen Augen an, und das Blut stockte ihm in den Adern.

«Aber das ist unmöglich!», rutschte es ihm heraus, und dabei packten ihn so heftige Gefühle, dass er fast nicht zu verstehen war. Er drückte den Finger auf den verzerrten Mund. «Nur wenn ...»

«Nur wenn jemand Apophis vor langer Zeit benachrichtigt hat, noch ehe du deine Streitkräfte zusammengezogen hattest», beendete Ramose Seqenenres Satz. «Tut mir Leid, Fürst, aber genau das ist geschehen. Vor einem Monat hat mein Vater in Chemmenu Kunde von deinen Absichten erhalten, und die hat er an Apophis weitergeleitet. Ich schwöre, ich habe nichts davon gewusst bis zu dem Tag, als mein Vater eine Rolle des Königs entsiegelt hat, die ihm mitteilte, dass ein Heer in Marsch gesetzt worden sei, das dich so weit südlich wie möglich vernichten sollte.» Ramose blickte auf seine Knie. «Ich war entgeistert, ich konnte es nicht fassen, dass mein eigener Vater seinen angeheirateten Verwandten, seinen Freund, verraten hatte. Aber unsere Familie hat in der Vergangenheit viel erdulden müssen.» Er blickte Seqenenre flehentlich an. «Hätte Teti dich nicht an Apophis verkauft, hätte er sich durch Mundhalten verdächtig gemacht. Apophis hätte geglaubt, dass Teti dir hilft, auch wenn mein Vater das natürlich abgestritten hätte. Seqenenre, ich schäme mich.»

«Ich habe Verständnis für den Verrat deines Vaters», erwiderte Seqenenre betrübt. «So viele, denen man die Treue halten muss, Ramose, so viele private Qualen! Aber woher hat Teti gewusst, was nur in meinem Haus besprochen worden ist? Ist der Verräter noch immer in Waset?» Ramose blickte gequält.

«Es ist derselbe Mann, der dich angegriffen hat. Die Rollen sind von Mersu gekommen.» Seqenenre stieß einen Schreckensschrei aus.

«Mersu? Unmöglich! Meine Mutter vertraut ihm völlig, er hat uns jahrelang beflissen gedient, er ist ... er ist ... Bist du dir sicher?»

«Ja.» Ramose räusperte sich. «Das hat mir mein Vater gesagt. Im heutigen Ägypten ist alles möglich, Fürst.» Er stand auf. «Mit Verlaub, aber ich muss gehen. Sag mir bitte nicht, was du jetzt vorhast, ich will es nicht wissen. Ich muss morgen neben meinem Vater kämpfen, aber ich schwöre, ich richte die Waffen nicht gegen dich oder deine Söhne. Du bist mein Freund.» Er blickte ihn gequält an. «Wie könnte ich wohl Tanis Familie schaden wollen?» Seqenenre sah zu ihm hoch.

«Ich weiß, was es dich gekostet hat, heute Nacht hierher zu kommen», sagte er. «Sei bedankt, Ramose. Bislang habe ich noch keine Ahnung, was ich unternehme, aber ich bin dir ewig dankbar für deine Treue.» Ramose hatte die Hand schon auf der Zeltklappe, doch er zögerte.

«Noch eine Sache, Fürst. Deine Späher sind gestern Morgen von Pezedchu gefangen genommen worden. Man hat sie allesamt hingerichtet, aber nicht ohne einem von ihnen die Stärke deiner Truppen und die Tatsache zu entlocken, dass du zusammen mit zweien deiner Söhne ins Feld ziehst.»

«Dieser Pezedchu», fragte Seqenenre, «was für ein Mann ist das?»

«Jung, kräftig gebaut, ein hervorragender Taktiker. Er lacht viel, aber nicht richtig, es ist eine Maske. Darunter ist er ein kalter Mensch. Gute Nacht, Fürst, und möge Amun deine Beschlüsse leiten.» Ramose verneigte sich und war verschwunden.

Seqenenre war lange zu nichts in der Lage. Er saß auf der Bettkante, hielt den leblosen Arm mit dem gesunden umfasst, wiegte sich hin und her und atmete schwer. Mersu. Mersu. Mit aller Kraft zwang er sich, in dem hoch gewachsenen, würdevollen Mann mit dem stillen Lächeln einen Verräter, seinen Feind zu sehen, als den, der sich in der Dunkelheit hinter ihm hochgeschlichen und die Setiu-Axt geschwungen hatte, doch er sah immer wieder Mersu, den Beschützer und Helfer seiner Mutter, den Glätter der Wogen, den taktvollen Berater, den Haushofmeister, der nichts verlangte.

Seqenenre war übel, er fröstelte, aber er erkannte, dass Mersus Abfall nicht die Tat eines Mannes gewesen war, der sich vor den Folgen des Aufstands fürchtete. Mersu konnte sich gut beherrschen. Und er erkannte, dass es hier nicht um geteilte Treue ging und Apophis gewonnen hatte. Nein. Mersu, der Stille, der Tüchtige, war Setiu von dem gekräuselten braunen Haar bis zu den säuberlich beschnittenen Zehennägeln und verachtete das Haus Tao wahrscheinlich, wenn er es nicht geradezu hasste. Urteile ich zu hart?, fragte sich Seqenenre innerlich aufstöhnend. Können in diesen schlimmen Zeiten nur Götter in das Herz eines Menschen blicken? Ich muss Hor-Aha und meine Söhne rufen. Ich muss entscheiden, was zu tun ist. Die unvermeidliche Auseinandersetzung ist einfach vorgezogen worden, mehr nicht. Steht jetzt an statt in ein, zwei Wochen. Auch dann wären wir nicht besser vorbereitet gewesen …

Er war ganz steif, fand nur mit großer Mühe seine Krücke und humpelte zur Zeltklappe. Der Wachposten davor drehte sich um, als er zu ihm trat. «Hol unverzüglich die Prinzen Kamose und Si-Amun und General Hor-Aha», befahl er. «Und finde heraus, wie viele Stunden wir noch haben, ehe Re wieder geboren wird.» Sein Leibdiener, der unmittelbar vor dem Zelt hockte, kam hoch und blickte ihn fragend an, doch Seqenenre bedeutete ihm, sich wieder zu setzen, und ging ins Zelt zurück. Er hatte sich in sein Schicksal ergeben und hatte keine Angst mehr.

Sie schlüpften ins Zelt, alle drei wach und erwartungsvoll. Rasch erzählte Seqenenre ihnen von Ramoses heimlichem Besuch und seinen Neuigkeiten, während sein Blick im Dämmerlicht von einem zum anderen wanderte. Kamose seufzte und ließ die Schultern hängen. Hor-Aha verarbeitete den Schreck rasch, und Seqenenre konnte ihm ansehen, dass er bereits über neue Pläne und Möglichkeiten nachdachte.

Doch Si-Amuns Miene drückte keinerlei Überraschung aus. Alle Farbe war aus seinem Gesicht gewichen. Er blickte wild um sich, Seqenenre nahm an nach Wein, obwohl er die Reste aus Ramoses Krug nicht angerührt hatte, doch dann verschränkte er sichtlich bemüht die Arme und starrte zu Boden. «Falls wir Barken hätten, könnten wir die Männer heute Nacht über den Fluss setzen und auf dem anderen Ufer einfach an Pezedchu vorbeimarschieren», sagte Kamose finster, «und dann schnurstracks bis zum Delta. Wir würden ihn und seine Männer hinter uns lassen. Er würde lange brauchen, bis er seine Horden übergesetzt hätte.»

«Aber wir haben keine Barken», stellte Hor-Aha klar, «und selbst wenn, so ist die Nacht für solch eine Unternehmung zu weit fortgeschritten.» Er wandte sich an Seqenenre. «In der Nähe von Qes gibt es einen Durchlass im Felsen. Dort könnten wir das Heer durchführen und nach Norden in die Wüste marschieren.» Seqenenre überlegte.

«Bis zu dem Durchlass sind es zwei Meilen», erwiderte er, «und bis Daschlut, wo wir wieder zum Fluss stoßen können, gibt es keinen weiteren. Wir könnten ihrer Aufmerksamkeit entgehen, falls wir in die Wüste gingen, gerieten aber in einen Hinterhalt, wenn wir zum Fluss zurückkehren wollten.» Er musterte ihre angespannten Mienen. «Euer Vorschlag ist jedoch der einzige, der uns eine winzige Aussicht auf Sieg gibt. Für alles andere reicht die Zeit nicht, denn wir sitzen in der Falle. Die einzige noch offene Straße führt nach Süden, und die will ich nicht einschlagen. Mein Entschluss steht fest.» Das klang jetzt unnachgiebig. «Falls wir nach Haus laufen, zögern wir die Vergeltung nur hinaus, die uns früher oder später doch ereilt. Wir haben uns nicht diese übermenschliche Mühe gegeben, um uns ohne einen Bogenschuss vernichten zu lassen. Benachrichtigt die Hauptleute. Wir brechen das Lager auf der Stelle ab, aber bitte schweigend. Kein Lärm, keine Feuer und kein Licht. Wir marschieren zur Felsspalte und beten darum, dass wir beim Morgengrauen alle durchgezogen sind.»

Sie berieten sich noch ein Weilchen, doch es gab nicht mehr viel zu sagen, und schließlich verteilten sie sich, weckten die verschlafenen, brummigen Soldaten und ließen die Esel mit den Vorräten beladen. Seqenenre hatte seinen Diener gerufen, saß auf seinem Feldbett und verspürte eine Mischung aus Besorgnis und einer Art abartiger Erleichterung. Erst nach geraumer Zeit ging ihm auf, dass Si-Amun kein einziges Wort gesagt hatte.

Sie zogen über die abgestorbenen Felder und in die lichtlose Dunkelheit der Felsspalte, erst die Späher, dann die Streitwagen und die Tapferen des Königs, die sich geteilt hatten und Vorhut und Nachhut bildeten. Kamose hatte angeordnet, dass das Zaumzeug der Pferde umwickelt werden sollte, und das einzige Geräusch war jetzt das leise Getrappel der Pferdehufe auf dem harten Boden und das Knirschen des Leders. Langsam leerte sich die Ebene am Fluss. Seqenenre hatte sich wieder hinter Si-Amun festbinden lassen und spürte, wie sich beim Vorwärtskriechen jeder Muskel in ihm anspannte. Er sah, nein, er witterte eher, dass die Sonne aufgehen wollte. Die Luft war muffig und stand, aber ihn fröstelte, ohne dass er hätte sagen können, ob ihm heiß oder kalt war. Gelegentlich schlugen die Hufe Funken aus den kleinen, scharfen Steinen, die überall auf dem Weg zwischen den hochragenden Felsen lagen, die nicht zu sehen waren. Er hörte Hor-Aha einen leisen Befehl geben, und gleich darauf lenkte Si-Amun die Pferde nach rechts.

Vor Seqenenre lag die Wüste, eine Weite aus hellem, aufgewühltem Sand, die mit einem schwarzen, sternenbesetzten Himmel verschwamm. Er holte tief Luft. Das Dorf Qes, ein Gewirr unbeleuchteter Hütten, lag zu seiner Linken und wich bereits zurück, wie auch die grauen Konturen des kleinen Hathor-Tempels. Seqenenre schluckte. Der Streitwagen ruckte, als die Räder durch den Sand pflügten. Dann fanden die Pferde festeren Tritt unterhalb der Felsen und beschleunigten. Sie zogen wieder in Richtung Norden, die Grenze seines Fürstentums lag hinter ihnen.

Die Dunkelheit nahm ab. Binnen kurzem konnte Seqenenre die Umrisse der Felsen ausmachen, die gezackt und aufeinander getürmt rechts von ihm dräuten. Die Wüste wellte sich auch nicht mehr gestaltlos, sondern wurde zu Mulden und Dünen, zwar noch immer leblos grau, jedoch mit spinnenartigen Schatten. Mühsam drehte sich Seqenenre um. Hinter ihm zog sein Heer, die Männer trotteten mit gesenktem Kopf dahin, die Augen auf einen Boden gerichtet, der eben noch tiefer Sand, dann verkrustete Erde war. Er sah sie als verschwommene, undeutliche Geister, ihr gehorsames Schweigen war unirdisch, so als wäre die Schlacht bereits geschlagen, die Soldaten gefallen und er selbst der Anführer eines Geisterheers in Richtung Unterwelt. Das machte nur die Stunde des Lichts-ohne-Re, wie er wusste, doch er konnte seine böse Vorahnung nicht abschütteln.

Der Himmel wurde perlfarben. Die Sterne verblassten. Wenn er dem feinen Sprühregen aus Sand trotzte, den die Pferde aufwarfen, sich über die Seite beugte und den Hals verrenkte, konnte er nach vorn sehen, wo die Streitwagen der Tapferen des Königs hinaus in die Wüste rollten. Die Felsspalte von Daschlut war eine gute Wegstrecke entfernt, und sie kamen nur langsam voran, würden erst am frühen Nachmittag dort sein. Seqenenre fragte sich, wann die Späher zurückkehren würden. Wahrscheinlich kaum vor dem Heer, wenn es langsamer wurde und den sich windenden Pfad zurück zum Nil einschlug. Er zwang sich, ruhig zu bleiben.

Mittlerweile war die Sonne aufgegangen. Das Heer marschierte an der westlichen Bergflanke in himmlisch kühlem Schatten, der im Verlauf des Morgens immer weniger werden würde. Noch waren die Männer fröhlich, als der Befehl zum Stillschweigen aufgehoben wurde, und in den dunklen Gesichtern blitzten beim Singen weiße Zähne. Gelegentlich rollte einer der Hauptleute vorbei, grüßte Seqenenre, überprüfte die Marschordnung, und die blauen Federbüschel an seinen Pferden flatterten in der Morgenbrise.

Gerade ehe der schützende Schatten ganz verschwand, ließ Seqenenre anhalten. Die Männer gaben die Marschordnung auf, warfen sich zu Boden und warteten auf die Verteilung von Wasser und Brot. Seqenenre in seinem Streitwagen hatte die Felsen im Rücken und aß und trank angeschnallt. Langsam machte er sich Sorgen um die Pferde. Ohne Wasser ermüdeten sie schnell. Sie waren eben keine Geschöpfe der Wüste. Mit ein bisschen Glück konnte man sie an diesem Abend im Nil tränken.

Als er seine Ration warmes, brackiges Wasser getrunken und das trockene Brot gegessen hatte, gab es keinen Schatten mehr. Befehle erklangen, die Männer reckten sich, hoben die Speere auf und formierten sich wieder. Seqenenre ließ sein Sonnensegel anbringen. Die Sonne war über die Felsgipfel gestiegen und prallte auf alle herunter. Nun sang keiner mehr. Beharrlich zogen die Männer schwitzend und durstig dahin. Amun, betete Seqenenre, während er zusah, wie Si-Amuns bronzefarbener Rücken schweißnass und sein Schurz durchsichtig wurde und ihm am Körper klebte, mach, dass wir so nicht kämpfen müssen. Sonst wird Re und nicht Pezedchu den Tod austeilen.

Vier Stunden später sah er mit unendlicher Erleichterung, dass das Heer langsamer wurde und zum Stehen kam. Die Pferde keuchten und zitterten, ihre Flanken waren mit weißem Schaum bedeckt. Si-Amun hockte sich hin, die Zügel locker in der Hand, und lehnte den Kopf gegen die polierte Front des Streitwagens. Dann kam auch schon Kamose und stieg aus seinem. «Vor uns liegt der Durchlass von Daschlut», teilte er seinem Vater mit. «Die Späher sind vor einer Stunde zurückgekommen und haben gemeldet, dass er frei ist. Das Land zwischen Ausgang und Fluss scheint verlassen zu sein, aber genau das gefällt mir nicht. Sie haben nicht einmal Bauern gesehen.»

«Pezedchus Späher dürften unser letztes Lager bei Qes im Morgengrauen entdeckt haben», dachte Seqenenre laut. «Denkt er jetzt, dass wir umgekehrt und nach Waset zurückgezogen sind, oder ahnt er die Wahrheit? Wenn ich der General wäre, ich würde Späher nach Süden schicken, dass sie unsere Flucht bestätigen, aber meine Truppen würde ich nach Daschlut führen und damit jede Möglichkeit abdecken. Er kann schneller manövrieren als wir. Er hat nicht mit dem Sand kämpfen müssen.» Er beschattete die Augen und sah Kamose an. «Was denkst du?»

«Ich denke, man wird nicht königlicher General, wenn man nicht als Krieger genauso gerissen wie tüchtig ist», antwortete Kamose. «Wir müssen davon ausgehen, dass er uns hart auf den Fersen ist. Können wir nicht weiter an den Felsen entlangmarschieren?»

«Ich glaube nicht», gab Seqenenre zurück. «Die Pferde brauchen wasser. Der nächste Durchlass in den Felsen ist in Hor, hinter Chemmenu, und wenn wir dorthin wollen, bedeutet das einen großen Umweg durch die Wüste, weil wir Felsnasen umgehen müssten, die sich überall durch den Sand ziehen. Dort jagt Teti oft. Die Felsen bieten Löwen guten Schutz.» Er widerstand dem Drang, an seine Wunde zu fassen, die wie verrückt juckte. «Die Männer müssen sich ausruhen. Wir könnten hier lagern und den Durchlass nach Daschlut bewachen, aber dann bliebe Pezedchu genügend Zeit, uns einzuholen und am anderen Ausgang den Weg abzuschneiden. Wir können auch durchmarschieren und kurz am Nil lagern, gerade lange genug für eine Stunde Schlaf, und dann geht es weiter. Wie auch immer, wir haben nicht genug Vorsprung, dass wir Pezedchu völlig abschütteln können.»

«Dann lass uns durchziehen und zum Fluss», sagte Kamose. «Wir haben auf den Eseln reichlich zu essen, doch Wasser wird furchtbar knapp, und falls man uns vom Fluss abschneidet, verdursten wir in kürzester Zeit. Lieber kämpfen als Apophis die Genugtuung verschaffen, dass er uns ohne einen Schwertstreich besiegt hat!» Seqenenre nickte.

«So sei es.» Er sah, wie Kamose in den Streitwagen sprang und sich den Sand von den Füßen schüttelte, und auf einmal wollte er ihm nachlaufen, ihn fest in die Arme schließen und seinen erhitzten, straffen Leib spüren. Kamose schwang die Peitsche und verschwand in einer Staubwolke. Si-Amun rührte sich. «Ist dir übel von der Sonne?», fragte Seqenenre besorgt. Si-Amun kam hoch und nahm die Zügel auf. Er schenkte seinem Vater ein eigenartiges, schiefes Lächeln. «Nein», erwiderte er. «Damit ich vor Angst erzittere, braucht es mehr als den mächtigen Re. Mir ist übel, weil ich töten muss.» Darauf hatte Seqenenre keine Antwort. Si-Amun pfiff, und Pferde und Streitwagen zogen an. Die Vorhut aus den Tapferen des Königs war bereits in der schmalen Felsspalte verschwunden.

Der Streifen Land zwischen Felsen und Fluss, auf dessen Marschboden im Winter üppig grünes Getreide wuchs, lag jetzt wie das Bett eines seit langem ausgetrockneten Sees und war bei Daschlut breiter als bei Qes. Seqenenre kam mit einer Gänsehaut aus dem lieblich kühlen Schatten zwischen den Felsen und hielt besorgt nach dem Nil Ausschau. Der war entmutigend fern, und wegen des Hitzedunstes, der über dem Boden waberte, schien die Entfernung noch größer zu sein.

Die Pferde witterten Wasser, warfen die müden Köpfe zurück

und beschleunigten. Das Heer kam hinterhergestolpert, doch die Männer schöpften wieder Mut, jetzt, wo die bedrohliche Wüste hinter ihnen lag. Seqenenre hörte Hor-Ahas Stimme, die das aufgeregte Stimmengewirr übertönte. «Was soll das, du Dummkopf? Nicht ausspannen! Wo sind die Stalljungen mit den Eimern?» Die Unordnung war geordnet. Diener gingen an den haltenden Streitwagen entlang, etliche tränkten die Tiere, andere überprüften das Geschirr. Die Streitwagenfahrer hatten sich um Hor-Aha geschart und die blauen Kopftücher gesenkt, damit sie seine Worte aufnehmen konnten. Schon zogen Wachposten rings um das Heer auf. Die Soldaten tauchten Schöpflöffel in Ledereimer, die von Gruppe zu Gruppe getragen wurden. Seqenenres Diener kam unter Verbeugungen und brachte ihm Wasser, und Seqenenre und Si-Amun tranken durstig.

Die Gruppe um Hor-Aha löste sich auf. Kamose kam großen Schrittes zu seinem Vater. «Wie lauten deine Befehle?», fragte er. Seqenenre blickte nach Norden, dann nach Süden. Er hatte ein ungutes Gefühl, aber wohin er auch blickte, alles sah friedlich aus. Der Fluss wirkte leer, floss seicht und träge zwischen den Ufern dahin. Müde beugten sich die Bäume unter dem Aufprall der Sonne. Die Stelle, auf der sich das Heer verteilt hatte, war schattenlos.

«Lass unter den Hauptleuten verbreiten, dass die Männer eine Stunde schlafen können, wenn sie wollen», sagte er, und sein Blick kehrte zu Kamose zurück, «aber nur in Schlachtordnung, die Waffen griffbereit. Streitwagenfahrer in ihren Streitwagen, Pferde angeschirrt. Teile die Tapferen des Königs. Eine Hälfte kommt an unsere südliche Flanke, die andere an unsere nördliche. Dieser Sommernachmittag gefällt mir nicht, Kamose. Dabei läuft es mir kalt über den Rücken.» Nachdem Kamose gegangen war, machte es sich Si-Amun auf dem Boden des Streitwagens bequem.

«Lass dich losbinden, Vater, damit du dich wenigstens ein Weilchen hinlegen kannst», bat er. «Ich hätte gern, dass der

Arzt dich ansieht.» Seqenenre zögerte. Es stimmte, sein Rücken schmerzte, ganz zu schweigen von seinem Kopf. Was für eine Erleichterung, wenn er sich ausstrecken könnte. Doch dann musterte er wieder die Landschaft, die wie betäubt unter der Sonne schlief. Viele Soldaten hatten sich einfach auf die Erde gelegt und sich den Schurz über den Kopf gezogen.

«Na schön», willigte er schließlich ein. «Aber nicht den Arzt, Si-Amun. Er kann mir nicht helfen.» Si-Amun band ihn los und half ihm behutsam, sich auf den Boden des Streitwagens gerade außer Reichweite der Sonne zu legen. Seqenenre entspannte sich und seufzte. Dann sagte er: «Si-Amun, ich weiß, dass ich dich in große Gefahr bringe. Du solltest einen Krieger hinter dir haben, der kämpft, während du den Streitwagen fährst. Ich habe einen von den Tapferen des Königs angewiesen, dicht hinter uns zu bleiben, und wenn ich nicht mehr kann, soll er meinen Platz einnehmen. Du musst mich auch nicht unter Lebensgefahr für dich beschützen, Si-Amun. Einverstanden?» Si-Amun wandte den Kopf. Er lag neben seinem Vater, ihre Arme berührten sich. Jetzt lächelte er, und dabei vermischte sich ihr trockener, heißer Atem.

«Einverstanden», sagte er. «Ich bin, wo ich gern sein möchte, Fürst. Ich bin ein guter Wagenlenker und ein guter Krieger. Mach dir keine Gedanken.» Seqenenre murmelte schläfrig, doch für weitere Worte war er zu müde. Er verfiel in ein ruheloses Dösen.

Der Schrei eines Pferdes weckte ihn. In dem kurzen Augenblick, ehe er ganz aufwachte, dachte er gereizt, wie viele Male habe ich Ahmose schon gesagt, dass man die Hengste zu manchen Zeiten nicht nebeneinander einstellen darf, doch dann stemmte er sich mühsam im Streitwagen hoch, während sich Si-Amun die Zügel schnappte, die er über die Vorderstange geschlungen hatte. Sein Heer, das sich jetzt auch hochrappelte und nach den Speeren griff, war von einem Meer von Streitwagen umzingelt mit Pferden, auf deren Köpfen die blauweißen

Federbüschel des Königs wippten. Hinter den Streitwagen standen die königlichen Fußsoldaten, ausgeruhte und Furcht einflößende Männer, und das rote Licht des Spätnachmittags funkelte auf einem Wald von Speerspitzen und robusten Schilden, an ihren Gurten hing die Streitaxt.

Si-Amun griff mit einem Arm nach seinem Vater und bemühte sich, mit der anderen die verstörten Pferde zu bändigen, doch Seqenenre klammerte sich an die Seitenwand und schob ihn beiseite. «Ich kann das Gleichgewicht halten», schrie er. «Wir müssen sie angreifen! Los, Si-Amun!» Während sich Si-Amun umdrehte, auf die Pferde einpeitschte und der Streitwagen über festen Boden rollte, hörte Seqenenre einen Schwall gebrüllter Befehle, die von den Felswänden widerhallten, und jählings belebte sich sein Heer.

Er sah, wie Kamose das Messer zückte und einem Pferd, das von einem Pfeil getroffen worden war, die Kehle durchschnitt, dann sprang er wieder in seinen Streitwagen hinter seinen Wagenlenker und verschwand in dem Staub, den die anderen Streitwagen aufwirbelten. Hinter ihnen liefen jetzt die Soldaten in geordneten Reihen, Speere unter dem Arm und Schilde erhoben. Seqenenre biss die Zähne zusammen, klammerte sich mit der guten Hand an die glatte Bronzestange des Streitwagens und wagte einen Blick zurück.

Was er sah, entlockte ihm ein Dankgebet zu Amun, dass er die Tapferen des Königs geteilt hatte, denn Pezedchu hatte dieses Manöver vorausgesehen, hatte eine halbe Division im Süden aufgestellt und den Rest zum Durchlass von Daschlut geschickt. Wir sitzen in der Falle, dachte Seqenenre, während sein Speer zu seinen Füßen klapperte, es sei denn, wir können irgendwie durch die Felsen entkommen und uns in der Wüste, wo wir uns bewegen können, neu ordnen. Dumm von mir, dass ich durchgezogen bin. Ich hätte da draußen im Sand bleiben sollen. Eine Attacke, die sie aufhält, und dann Rückzug. Aber ist dazu noch Zeit?

Hor-Aha hatte die nördlich stehenden Truppen im Griff. Seine Stimme erhob sich klar und zuversichtlich über dem Getöse des ersten Treffens. Die Streitwagen stürzten sich auf die gegnerischen Kräfte. Si-Amun schrie eine Warnung, kurz bevor Seqenenres Streitwagen abrupt stehen blieb und ihm fast den Arm auskugelte. In der kleinen Pause rief Seqenenre: «Befehl zum Rückzug durch die Felsen! Die Tapferen des Königs und die Streitwagen geben Deckung!» Si-Amun nickte, erteilte den Umstehenden einen Schwall von Befehlen, und die stoben auseinander und gaben sie weiter. Pfeile prallten gegen den Streitwagen, und Seqenenre duckte sich unbewusst, bückte sich mühsam und hob seinen Speer auf. Jetzt musste er mit dem Rücken an den Streitwagen gelehnt stehen, wenn er nicht das Gleichgewicht verlieren wollte. Er packte den Speer mit seiner guten Hand. Rings um ihn wirbelten die anderen Streitwagen, deren Fahrer versuchten, sie in die beste Position zu bringen, damit die Krieger ihre Pfeile direkt auf den Feind abschießen konnten, und Pezedchus Männer machten es ebenso. Die Fußsoldaten brüllten bereits und hackten mit Äxten und Messern aufeinander ein.

Seqenenre bemerkte einen Mann, der gerade einen Dolch aus dem Bauch eines seiner Medjai zog. Der Soldat keuchte und sah sich nach seinem nächsten Opfer um. Seqenenre hob den Speer und ließ ihn durch die Luft sausen, doch ein kleiner Ruck des Streitwagens, und er verfehlte sein Ziel, er wurde umgeworfen und fiel auf den Boden des Wagens. Fluchend ließ Si-Amun die Zügel los und drehte sich um. Der Soldat rannte auf sie zu, die Axt zum Wurf erhoben. Gelassen zog Si-Amun das Messer aus seinem Gurt, es zischte wie ein glitzernder Bogen und traf den Mann tief in die Brust. Der blickte erstaunt und fiel ganz dicht vor Seqenenres schweißbedecktem Gesicht in den Staub. «Bleib unten liegen, bitte, Vater!», schrie ihm Si-Amun zu.

Ein Tapferer des Königs hatte den Kampf gesehen. Er sprang auf den Streitwagen, spannte den Bogen, stellte sich mit gespreizten Beinen über den Fürsten und begann, Pfeile in das Getümmel kämpfender Leiber zu schießen. Seqenenre sah zu. Sein Herz machte einen Satz. Es hatte den Anschein, als hielten seine Soldaten an der Nordflanke der Schlacht stand. Ihre Reihen waren noch nicht zurückgewichen. Einige seiner Streitwagen hatten sich vom Feind gelöst, rollten zum Fluss und beschossen den äußeren feindlichen Ring.

Der Feind, dachte Seqenenre bitter. Da sieh ihn dir an! Nur wenige sind Setius, sondern anständige Ägypter bringen anständige Ägypter um. Wie weit haben wir uns doch von der heiligen Maat entfernt! Bei der Hitze und dem Schreck war sein linkes Auge fast zugeschwollen, und das Lid zuckte. Sein Kopf hämmerte. Er hörte die Tapferen des Königs brüllen: «Fürst, an der Südflanke brechen sie durch!», und einen überglücklichen Augenblick lang glaubte er, dass Pezedchu in Gefahr wäre, doch Si-Amun stöhnte.

Der Streitwagen drehte ab und bewegte sich wieder, rumpelte über Gefallene. Seqenenres Gesichtsfeld veränderte sich. Auf einmal sah er in der Ferne einen Streitwagen, dessen Seiten golden glänzten und dessen Speichen in der glühenden Nachmittagshitze funkelten. Von dem Wagenlenker nahm er keine Notiz, hinter ihm jedoch stand ein hoch gewachsener junger Mann mit den silbernen Armbändern des Befehlshabers, der einen goldenen Reif um sein weißblaues Kopftuch trug. Er zeigte und brüllte. Es war Pezedchu. Rings um sich hatte er seine Tapferen des Königs geschart, und dahinter standen die südlichen Reihen der Verteidiger verbissen standhaft und geordnet.

Seqenenres Soldaten zogen sich vor ihnen zurück, starben, kämpften verzweifelt und deckten dabei den Rückzug durch die Felsspalte. Ihr Mut war rührend anzusehen, und Seqenenre schossen die Zornestränen in die Augen, aber sie waren in der Minderzahl. Verzweifelt suchten seine Augen Kamose und fanden ihn, die Pferde am Boden liegend, wie er hinten auf seinem

Streitwagen mit blutbeflecktem Gesicht, Armen und Schurz von Mann zu Mann kämpfte.

Auf einmal wusste Seqenenre, was Si-Amun vorhatte. Er wollte die Schlacht umfahren und durch die Spalte schlüpfen. «Ich verbiete es!», versuchte Seqenenre zu ihm hochzurufen. «Ich möchte nicht gerettet werden, Si-Amun! Die Schande ertrage ich nicht!» Doch er stellte fest, dass er nur Unzusammenhängendes brabbeln konnte. Bei solchen Anstrengungen gehorchte ihm sein entstellter Mund nicht mehr.

Lange versuchte Si-Amun, an Gruppen von keuchenden, blutigen Männern vorbeizufahren, die wutentbrannt aufeinander einhackten, doch schließlich musste er sich geschlagen geben. Sie waren vollkommen abgeschnitten. Seqenenre konnte ihn fluchen hören, konnte spüren, wie er außer sich nach einem Platz suchte, wo er seinen Vater verstecken konnte, während Seqenenre zusammengekrümmt zwischen den stämmigen Beinen des Soldaten lag, der ihn verteidigte.

Der Streitwagen hielt. Si-Amun hockte sich hin und spähte seinem Vater ins Gesicht. «Langsam drängen sie uns zusammen», sagte er. Sein Gesicht war schweißüberströmt. «Ich kann dich nicht wegbringen. Wir müssen sterben, Fürst.» Seqenenre nickte. Er versuchte erst gar nicht zu sprechen. Si-Amun beugte sich zu ihm und küsste ihn. «Das ist meine Schuld», sagte er. «Ganz und gar meine Schuld. Kann ich deine Axt und die Messer haben, Vater?» Ohne die Antwort abzuwarten, zog er die schwere Bronzewaffe aus Seqenenres Gürtel und nahm den kurzen Dolch in die Hand. Dann stand er auf. Seqenenre versuchte zu beten, doch es gelang ihm nicht. Das Getöse rings um ihn wurde ohrenbetäubend. Seine Männer wurden allmählich in die Flucht geschlagen. Auf einmal machte der Mann über ihm einen Hickser. Blut bespritzte Seqenenre, ein warmer roter Schauer, und der Tapfere des Königs war nicht mehr. Seqenenre griff mit der guten Hand nach seinem Schurz und wischte sich das Gesicht ab.

Si-Amun schrie etwas. Der Streitwagen machte einen gewaltigen Ruck und begann zu schlingern. Seqenenre versuchte sich dagegen zu stemmen, rollte jedoch auf die Kante zu. Er schrie auf, verrenkte sich, doch Si-Amun konnte ihm nicht mehr helfen. Er war nicht mehr im Wagen. Die Zügel klatschten gegen das geschwungene Vorderteil. Mit aller Kraft, die er noch besaß, versuchte Seqenenre sie zu ergreifen, stemmte sein gutes Bein gegen die Seitenwand des Streitwagens, doch die Pferde gingen durch. Die Zügel flatterten gerade außer Reichweite seiner sich abmühenden Finger.

Unversehens stieß der Streitwagen gegen ein Hindernis, neigte sich langsam, und Seqenenre fiel heraus. Der Streitwagen schwankte und kippte um. Benommen, wie Seqenenre war, spürte er trotzdem, wie ein glühender Schmerz durch sein gesundes Bein schoss. Er lag unter dem Streitwagen, der halb auf ihn gefallen war, und hörte Si-Amun rufen: «Vater, ich komme, ich komme!» Wo ist Kamose, dachte Seqenenre. Hor-Aha? Sind sie tot? Lieber Ahmose, versuche weiterzumachen, versuche zusammenzuhalten, was noch von der Familie übrig ist, selbst wenn ihr laufen müsst …

Auf einmal trat ihm das Bild seines Gartens in der kühlen Stille eines langen Winterabends vor Augen, eine kleine Brise kräuselte den Teich, und die Bäume regten sich kaum. Aahotep saß am Rande des Wassers und bewegte einen braunen Fuß in den sanften Tiefen. «Es ist ein wunderbarer Herbst gewesen, Seqenenre», sagte sie. «So reichlich, so schön. So einen erleben wir nie wieder.» Aahotep!, dachte er angsterfüllt und biss die Zähne zusammen, dass er nicht vor Schmerzen schrie. Es ist wirklich wunderbar gewesen und schrecklich und außerordentlich seltsam, was mein Leben war, und dennoch wäre ich gern in eine andere Zeit hineingeboren worden, eine einfachere Zeit, in der das Hinnehmen meines Schicksals nicht so geschmerzt hätte.

Seine Hand, die krampfhaft im Dreck herumtastete, fühlte

den Griff eines Messers, er riss es heraus und umklammerte es. Ein Mann dräute über ihm, bloße Füße, zerrissener Schurz, und der schwang eine blutverkrustete Axt. Als er merkte, wie hilflos Seqenenre war, fletschte er die Zähne zu einem erschöpften Grinsen, ergriff die Axt mit beiden Händen und hob sie über den Kopf. Rasch zielte Seqenenre mit dem Messer nach den Knöcheln des Mannes, doch der trat einfach beiseite. Amun, dachte Seqenenre in dem winzigen Augenblick, ehe er starb, mach, dass ich günstig gewogen werde …

Das Letzte, was er sah, war das dunkelrote Funkeln des Sonnenuntergangs auf der Axt, die herabfuhr.

Sie traf Seqenenre oberhalb des rechten Auges, zerschmetterte seine rechte Wange und glitt am Nasenrücken ab. Der Soldat war müde und hatte nicht so viel Kraft in den Hieb gelegt, wie er gedacht hatte. Fluchend erhob er sie noch einmal, und dieses Mal splitterte der Knochen unter Seqenenres linkem Auge. Der Mann ächzte, riss die Axt unbeholfen heraus und musterte den Erschlagenen, dessen Brust noch etwas zitterte. Er schnappte sich einen Speer aus dem Durcheinander ringsum und trieb Seqenenre die Waffe in den Schädel. Der Körper zuckte noch einmal, dann war er still. Der Soldat torkelte davon.

Si-Amun hatte gesehen, wie sich der Mann seinem Vater näherte, überlegte und dann die Axt hob. Mit einem Aufschrei stürzte Si-Amun vorwärts, doch einer von Pezedchus abgeworfenen Streitwagenfahrern kam ihm mit gezücktem Messer in die Quere getaumelt und zwang ihn zu kämpfen. Als der Mann endlich zuckend zu seinen Füßen lag, war es zu spät. Entsetzt sah Si-Amun den Speerschaft aus dem Hals seines Vaters ragen. Noch einmal versuchte er die Entfernung zu überwinden, und wieder schnitt ihm jemand den Weg ab. Außer sich vor Kummer und Wut begann er um sich zu hacken, während ihm unbemerkt die Tränen über die Wangen liefen. Er wurde weiter und weiter vom Leichnam seines Vaters abgedrängt, der noch immer eingeklemmt unter dem Streitwagen lag.

NEUNTES KAPITEL

Als die Sonne rot und düster hinter den westlichen Felsen untergegangen war, gehörte das Schlachtfeld Pezedchu. Wer von Seqenenres jämmerlichem Heer nicht gefallen war oder verwundet auf der verdorrten Erde lag, war in Deckung unter den aufgetürmten Felsen unterhalb der Klippen gerannt, und dort, dicht an dem Durchlass, durch den sie vor so kurzer Zeit marschiert waren, fand Si-Amun Kamose und Hor-Aha zusammen mit einigen wenigen Hauptleuten. Sie hielten sich in einer sandigen Mulde des felsigen Abhangs auf nicht einmal halber Höhe verborgen. Von dort hatten sie das Chaos des Schlachtfelds im Blick, ohne selbst gesehen zu werden, und konnten, falls erforderlich, ihre Stellung eine Weile halten. Si-Amun kletterte wie von Sinnen zwischen den Felsblöcken herum und wäre beinahe über sie gestolpert. Er begrüßte sie ohne große Begeisterung. Kamose hatte eine Wunde in der Seite und eine Messerwunde auf der Wange. Hor-Aha hielt sich die zerschmetterte Schulter mit der gewohnten Schweigsamkeit. «Wo ist Vater?», wollte Kamose wissen, als sich Si-Amun in den Sand fallen ließ und die Augen schloss. «Du solltest ihn beschützen, Si-Amun.»

«Sei nicht albern», krächzte Si-Amun. «Ich habe es versucht, die Tapferen des Königs haben es versucht, aber was konnten wir noch ausrichten, nachdem sich das Schlachtenglück gegen uns gewandt hatte? Ich bin vom Streitwagen gefallen, als die

Pferde durchgegangen sind. Vater war darunter eingeklemmt und hilflos. Ich habe mich sofort zu ihm durchkämpfen wollen, aber da war es schon zu spät.»

«Ist er tot?», fragte Hor-Aha leise. Si-Amun nickte. Kamose starrte ihn an und sah die Tränenspuren auf seinem verdreckten Gesicht und das verkrustete Blut an seinem ganzen Körper.

«Gibt es noch Wasser?», fragte Si-Amun schwach. Kamose schüttelte den Kopf, betastete den roten Riss auf seiner Wange und zuckte zusammen.

«Kein Wasser, kein Essen», antwortete Hor-Aha. «Wir brauchen beides und den Arzt, wo auch immer der sein mag. Falls Amun gnädig gewesen ist, finden wir alles, wenn wir durch den Durchbruch gehen können, wo dann hoffentlich auch die Esel mit den Vorräten warten. Vor dem Weg ist solch ein Chaos. Wir können nur darauf hoffen, dass die Eseltreiber so schlau gewesen sind, sich in die Wüste zurückzuziehen, und dass Pezedchus Männer zu müde sind, um weiter nachzuforschen, vor allem nicht bei Nacht.»

Si-Amun kroch zu dem kleinen senkrechten Spalt im Felsen und blickte zum Fluss hinunter. Das Abendrot badete die Landschaft in einen dunkelroten Schein. Die Luft war staubig und noch immer sehr heiß. Pezedchus Soldaten gingen mit gezücktem Messer zwischen den Erschlagenen hin und her. Etliche richteten die umgestürzten Streitwagen auf, die ohne Pferde inmitten der Gefallenen lagen, andere sammelten die kostbaren Bogen ein, doch die meisten gingen methodisch von Leiche zu Leiche, knieten sich hin und schnitten jeder eine Hand ab. Si-Amun zog sich zurück. «Sie sammeln unsere Bogen ein und schneiden Hände für die Zählung ab», sagte er. «Wie viele wohl gefallen sind? Wir müssen so schnell wie möglich Vaters Leichnam holen. Betet zu Amun, dass sie ihn nicht finden und ihm eine Hand abhacken!»

Niemand antwortete. Hor-Aha saß an einen Stein gelehnt, hielt sich die zerschmetterte Schulter, und die Augen fielen ihm zu. Kamose hatte sich seinen Umhang als Kissen untergelegt und drückte einen zusammengeknüllten, schmutzigen Schurz auf die Wunde an seiner Seite. Die Hauptleute saßen oder lagen still da, einige hielten sich ihre Wunden, andere versuchten sie zu verbinden. Si-Amun, dem die Kehle vor Durst fast zugeschwollen war, rollte sich in der Sandmulde zusammen, die er sich gegraben hatte, denn weiter gab es nichts für sie zu tun.

In dieser Nacht schliefen sie unruhig. Gelegentlich wachte einer auf, kroch zum Spalt und beobachtete, was unten im Schein der Kochfeuer des Lagers vor sich ging. Doch da tat sich nicht viel. Pezedchus Soldaten waren auch erschöpft.

Dann kam das Morgengrauen. Für die von Durst und Schmerzen gepeinigten Männer schien Re mit gehässiger Schnelligkeit an den Himmel zu springen, und schon bald war ihr Versteck heiß wie ein Schmelztiegel. Unten ging man wieder an die Arbeit. Nur wenige Streitwagen waren zurückgeblieben. Die Leichen wurden geübt und rasch begraben. «Wir müssen Vater bald finden», flüsterte Kamose. «Er muss einbalsamiert und heim ins Haus des Todes gebracht werden. Sonst, bei dieser Hitze ...» Er beendete den Satz nicht. Hor-Aha fieberte und murmelte bereits wirres Zeug. Si-Amun trieb einen Umhang auf und versuchte, ihn damit vor der Sonne zu schützen.

Der Tag verging ihnen entsetzlich langsam. Si-Amun ging zu Kamose und legte sich neben ihn. Kamose wandte ihm den Kopf zu und lächelte matt. «Wir konnten nicht Seite an Seite kämpfen, wie ich gehofft hatte», flüsterte er. «Si-Amun, wir stehen uns nicht mehr so nahe wie früher. Ich bin so böse.»

«Es ist nicht deine Schuld», versicherte Si-Amun. «Versuch zu schlafen, Kamose. Dabei vergeht die Zeit schneller.»

Mit einem unverschämten Mangel an Eile erreichte Re den Zenit und wanderte nach Westen. Auf der Ebene sangen und lachten die siegreichen Soldaten, während sie gemächlich ihr Abendessen kochten, ihre verschmutzten Waffen reinigten und ihre Wunden pflegten. Die Männer in ihrem Versteck empfanden die hereinbrechende Dunkelheit als Gnade und wurden wieder lebendig. Hor-Aha war schwach, aber bei Sinnen. Endlich wurden unten die Feuer gelöscht, die Streitwagen angespannt, und die Männer formierten sich in Marschordnung. Si-Amun beobachtete ihr geschäftiges Treiben, bis die Sonne hinter ihm versank. Stille kehrte auf der Ebene ein. Im letzten rosa Abendsonnenschein rollte ein Streitwagen auf die Felsen zu und hielt. Seine Seiten waren aus poliertem Gold, in das ein Bildnis Sutechs mit den spitzen Ohren, der langen Schnauze, dem wölfischen Grinsen und den Setiu-Bändern gehämmert war. Neben dem Streitwagen lief ein Soldat mit einem Horn her. Auf einen Wink des Mannes im Streitwagen hin setzte er es an und blies. Harsch und klagend hallte der Ton von den Felsen wider. Pezedchu hob den Arm, und Si-Amun sah, wie sein dunkler, mit Kohl umrandeter Blick über die Felswände schweifte.

«Stolze Fürsten von Waset!», rief der General mit kräftiger Stimme spöttisch und triumphierend. «Der Herr der Zwei Länder hat euren Hochverrat mit Tod beantwortet. Er ist mächtig! Er ist unbesiegbar! Er ist der Geliebte des Seth! Kriecht nach Haus, wenn ihr könnt, und leckt in Schimpf und Schande eure Wunden. Denkt über eure Torheit und die Gnade des Königs nach, denn er schenkt euch das Leben. Leben, Gesundheit und Wohlstand ihm, der wie Re ewig lebt!»

Kamose stöhnte. Si-Amun sah zu und lauschte mit wild hämmerndem Herzen. Pezedchu ließ den Arm sinken. Der Streitwagen rollte fort. Hinter ihm setzte sich Apophis' Armee in Bewegung, ein schwerfälliger Heerwurm, der in die Abenddämmerung hineinzog. Si-Amun sah dem Abzug zu. Es dauerte lange. Ehe sich wieder die gewohnte Stille über die Ebene gesenkt hatte, die nichts störte als der Schrei einer jagenden Eule und das Geraschel der Mäuse am Fluss, war es Nacht geworden.

Die Männer wagten lange nicht, sich zu bewegen. Dann stand Si-Amun auf und streckte sich. Seine Lippen waren rissig, seine Zunge geschwollen. «Ich will versuchen, den Nachschub und den Arzt zu holen», sagte er. «Ihr beiden», und damit deutete er auf zwei Hauptleute, «ihr kommt mit. Ein anderer geht zum Fluss und holt Wasser. Hast du etwas zum Füllen?» Einer zog einen Lederbeutel hervor. «Gut. Aber sei vorsichtig. Möglicherweise hat Pezedchu Späher zurückgelassen, die uns gefangen nehmen, sowie wir dieses Versteck verlassen. Andererseits bin ich mir sicher, dass er nicht genau weiß, wer überlebt hat, und einfach nur den Befehl des Königs ausführte, als er uns seine großspurige Rede gehalten hat. Kamose, bist du wach? Hörst du mich?» Aus dem Dunkel kam das schwache Ja seines Bruders. Si-Amun blickte zum Himmel. Bald würde der Mond aufgehen und ihm das Gehen erleichtern. Vorsichtig kletterte er aus der Mulde und schlängelte sich hinunter zur Ebene.

Zu dem Durchlass, den er suchte, war es nicht weit, und als er sich einen Weg durch die Überreste bahnte, die für Pezedchus Soldaten nicht wertvoll genug zum Mitnehmen gewesen waren, ging am östlichen Horizont der Mond auf und tastete sich mit hellen Fingern blindlings zum Fluss. Si-Amun hauchte ein Dankgebet und tauchte sogleich im Dunkel zwischen den Felsen unter.

Eine Stunde lang trabte er dahin, spürte nur noch seinen Durst und seinen Muskelkater, stolperte über spitze Steine, rutschte auf steinigen Stellen aus, bis er schließlich von weitem einen Esel wiehern hörte. Und irgendwann sah er zu seiner Linken, weit hinten auf einem Nebenpfad, gelbes Licht flackern. Zu müde für alle Vorsicht, rannte und fiel er fast über den Soldaten, der die Vorräte bewachte. Der Mann rief ihn an und entfernte sich bei seiner Antwort. «Ich brauche Essen, Bahren und den Arzt», brachte Si-Amun mühsam hervor. «Ist er da? Habt ihr Wasser?» Der Mann hielt ihm einen Lederbeutel hin, den sich Si-Amun schnappte und austrank. Es war das süßeste Wasser, das er je gekostet hatte.

«Der Arzt ist gestern Abend eingetroffen», berichtete der Soldat. «Er hat gesagt, die Schlacht ist verloren. Ich hole ihn und bringe euch zu essen und zu trinken.» Frisch gestärkt ließ sich Si-Amun auf einen Felsblock sinken.

«Bleibt mit den Eseln weiter hier versteckt», befahl er. «Wir brauchen auch Licht.» Der Mann entfernte sich und Si-Amun saß da, lauschte der nächtlichen Stille und nahm mit allen Sinnen das Gewicht der Steine ringsum und den schwarzen Tunnel des Himmels über sich wahr. Jäh kam ihm der entsetzliche Gedanke an seinen Vater, der mit einem Speer durch den Kopf dalag. Jetzt bin ich Nomarch von Waset, sagte er sich. Großer Amun! Ich bin der Fürst. Und ich bin auch der rechtmäßige König von Ägypten. Sowie ich wieder in Waset bin, muss ich Apophis eine Botschaft schicken, eine Entschuldigung, einen Ausdruck meines Gehorsams. Diese Familie darf nicht länger leiden.

Bei dem Gedanken an das Anwesen fielen ihm Mersu, Teti und der mutige Ramose ein, und er krümmte sich innerlich und schloss die Augen. Ich habe Teti und Ramose in der Schlacht nicht gesehen, aber gewiss waren sie da. Hoffentlich haben die Götter Teti einen raschen Tod beschert! Wie kann ich heimkehren und Mersu ohne Gerichtsverfahren umbringen? Denn sterben muss er. Si-Amun öffnete die Augen. Nein. Es darf nicht wieder anfangen, die Lügerei, die Täuschung, die Schmach. Hier auf dem Schlachtfeld bin ich mir seit Monaten zum ersten Mal wieder sauber vorgekommen. Ich werde Kamose alles erzählen und sein Urteil annehmen.

Er führte den Arzt und die Diener mit den Bahren und dem Essen auf dem Pfad zu der Stelle zurück, wo die Verwundeten kauerten. Der Arzt machte sich unverzüglich an die Arbeit, schnürte sein Bündel auf und breitete die Kräuter aus. Einer der Diener entzündete ein Feuer, damit er heißes Wasser hatte. Ein anderer stellte eine Lampe in den Sand. Si-Amun zog sich zurück und sah zu; er spürte, wie bei den kundigen, konzentrierten Bewegungen des Arztes, der gelassenen Tüchtigkeit des Dieners, dem stetigen Schein der Lampe das Alltagsleben zurückkehrte. Hor-Ahas Schulter wurde gewaschen und ruhiggestellt. Kamose bekam Kräuter auf die Wunde an seiner Seite gelegt, und seine Wange wurde genäht. Beide Männer trieben schon bald auf einem Meer aus Mohnsaft. Der Arzt seufzte, hockte sich auf die Fersen und fragte Si-Amun: «Und wo ist mein schlimmster Fall, Prinz?» Si-Amun wandte den Blick ab.

«Mein Vater ist tot», erwiderte er tonlos. «Er ist in der Schlacht gefallen. Morgen früh gehen wir seinen Leichnam suchen.» Der Arzt schwieg und wandte sich wieder seinen Patienten zu. Die Lampe war gelöscht worden, und jetzt sah man auch die Sterne, die umso heller funkelten, da der Mond untergegangen war. Si-Amun verließ seinen Felsbrocken, wickelte sich in seinen Umhang und schlief.

Sowie sie sich gegenseitig sehen konnten, nahm Si-Amun zwei Diener und eine Bahre mit und kletterte in die Ebene hinunter. Lange ging er auf dem aufgewühlten Schlachtfeld auf und ab und versuchte sich nach besten Kräften zu erinnern, wo genau der Streitwagen gelegen hatte. Pezedchu hatte alle mitgenommen, und nirgendwo war ein umherirrendes Pferd zu sehen. Si-Amun und seine Männer stolperten unter zerbrochenen Speeren, befleckten Axtgriffen, zerrissenen und nutzlosen Stofffetzen, die einmal Schurze gewesen waren, und verschrammten Ledergeschirren herum. Gelegentlich mussten sie den Blick von abgetrennten Gliedmaßen abwenden, die schwarz und grotesk im grauen Staub lagen. Tief bedrückt dachte Si-Amun, dass sie, wenn sie seinen Vater finden wollten, vielleicht die Erdhügel würden öffnen müssen, die die Massengräber der Gefallenen kennzeichneten. Sollte ihm ein Platz in Osiris' Reich verweigert werden, nur weil sein Leichnam nicht einbalsamiert werden konnte?

Dann schrie ein Diener, und Si-Amun rannte zu der Stelle, wo der Mann über einer Mulde nahe der Stelle stand, wo sie aus den Felsen gekommen waren. Der Mann warf mit Erdklumpen nach einer Hyäne, die sich aufjaulend davonschlich. Wütend und verstört über den Schaden, den das Tier der Leiche seines

Vaters angetan haben mochte, kam Si-Amun herbeigestürzt. Seqenenre lag da, wie Si-Amun ihn zuletzt gesehen hatte. Die Soldaten, die den Streitwagen wieder aufgerichtet und fortgezogen hatten, hatten ihn übersehen, denn es gab nichts, was ihn als Fürsten von Waset kenntlich gemacht hätte. Irgendwie war der Speer, der ihn durchbohrt hatte, nahe der Spitze abgebrochen, und der Leichnam war in die Mulde gerutscht und von den Männern, die für die Zählung Hände abschlugen, nicht beachtet worden.

Si-Amun kniete sich hin und zog behutsam die Reste des Speers heraus. Seqenenres Augen waren voll Sand, die Zähne in letzter Todesnot gefletscht. Liebevoll streichelte Si-Amun das verstümmelte Gesicht, und dann übermannten ihn seine Gefühle. Er setzte sich auf, nahm den Leichnam seines Vaters in die Arme und weinte, wiegte sich in seinem Gram hin und her. Seine Männer standen schweigend und mit abgewandtem Blick.

Die morgendliche Hitze nahm zu. Hinter ihnen auf den Felsen sammelten sich schon die Aasgeier, ihre mächtigen Schwingen warfen Schattenstreifen auf die Ebene. Schließlich legte Si-Amun den Leichnam zu Boden und erhob sich unbeholfen. «Er verwest bereits», sagte er mit stockender Stimme. «Wie sollen wir ihn für die Bestattung nach Waset zurückbekommen?» Er winkte und man stellte die Bahre nieder, legte Seqenenre darauf und deckte ihn mit einem Tuch zu. «Bringt ihn zum Nachschub», entschied Si-Amun. «Sucht eine Kiste, die als vorübergehender Sarg lang genug ist. Füllt sie mit trockenem Sand und legt ihn mitten hinein. Wir müssen schnell nach Haus.» Der Gedanke an seine Mutter, seine Großmutter war unerträglich. Fluchend lief er in Richtung Felsen.

Nach einem hastig eingenommenen Essen ließ Si-Amun die Esel zum Flussufer bringen, und Kamose und Hor-Aha wurden auf Tragen gelegt und zu ihnen hinuntergetragen. Und dann machten sie sich im langen, farbenprächtigen Sonnenuntergang auf den Heimweg, Seqenenres behelfsmäßiger Sarg an der

Spitze und bewacht von Si-Amun, der neben ihm ging. Als sie sich langsam von Daschlut entfernten und dem Weg am Fluss folgten, schlossen sich ihnen andere Überlebende an, Soldaten, die sich nach verlorener Schlacht in die Felsen geflüchtet hatten. Si-Amun reagierte kaum auf ihren Gruß, während sie sich hinter ihm einordneten, doch Hor-Ahas schwarze Augen folgten ihnen, als sie bedrückt an seiner Trage vorbeizogen. Als die verfluchte Ebene von Daschlut endlich nicht mehr zu sehen war, hatte er mehr als zweihundert gezählt.

Der mit sich selbst beschäftigte, jämmerliche Zug brauchte bis nach Qes eine Nacht und fast den ganzen darauf folgenden Tag. Viele Soldaten hatten kleinere Wunden und die, die Kamose und Hor-Aha trugen, mussten behutsam gehen, damit sie ihre Patienten nicht zu sehr durchrüttelten. Si-Amun war mit den Gedanken bei seinem langsam verwesenden Vater und trieb sie fieberhaft zum Weitergehen an. Während die Diener das Lager aufschlugen und der Arzt seine Patienten untersuchte, suchte er das Flussufer nach Booten ab. Die von Seqenenre so sorgfältig für den Marsch gesammelten Vorräte konnten in aller Ruhe nach Waset zurückkehren, aber Seqenenre selbst musste ordnungsgemäß einbalsamiert werden, damit beide, die Götter und sein Ba, den Fürsten erkannten und ihm in der nächsten Welt Leben schenkten. Der Tod seines Vaters lag Si-Amun ganz unerträglich auf dem Gewissen. Er wusste, er würde vollkommen durchdrehen, falls Seqenenre zu spät im Haus des Todes eintraf. Doch Qes hatte nichts weiter zu bieten als ein paar kleine Fischerboote aus Binsen, und Si-Amun musste warten und sich ungeduldig die Lippen zerbeißen, während seine Männer aßen und die Nacht durchschliefen.

Morgens weigerte sich Hor-Aha, weiter auf der Trage zu liegen. «Meine Schulter ist verwundet, nicht meine Beine», fuhr er den Arzt an. «Ich habe mich jetzt genügend ausgeruht. Ich werde gehen.» Beim Aufbruch schloss er sich Si-Amun an der Spitze der Marschkolonne an, und der Prinz fand etwas Trost in

Hor-Ahas ausgreifendem Schritt, seinen schwarzen Zöpfen, die sich im Gehen rhythmisch auf den schmuddeligen Falten seines Umhangs bewegten, dem gelegentlichen Blick seiner klaren, dunklen Augen, wenn sie ein, zwei Worte wechselten.

Drei Tage später fand Si-Amun in der Stadt Djawati, was er gesucht hatte. Während sich die Würdenträger des Ortes entsetzt und ungläubig um Kamose scharten und viele vor Seqenenres Sarg auf die Knie fielen und zu trauern begannen, ging Si-Amun zum Anleger und forderte zwei flache Barken an, die sonst Getreide ins Delta brachten, und dazu Steuerleute und Ruderer. Er ließ Kamose und seinen Vater an Bord einer Barke bringen und den Rest der Soldaten und die erforderlichen Vorräte an Bord der anderen. Der Fluss hatte fast seinen niedrigsten Stand erreicht und kaum noch Strömung.

Etliche Hauptleute ließ man zurück, damit sie für die Rückkehr der Esel sorgten. Si-Amun setzte sich erleichtert auf den Boden der Barke, und als diese ablegte, befahl er, Sonnensegel zu errichten. Erst dann übermannte ihn die Müdigkeit und er konnte sich hinlegen. Diener machten sich daran, Wasser für den Nachmittag zu verteilen. Si-Amun sah, dass sie näher kamen, aber ehe sie ihm einen Becher anbieten konnten, war er bereits eingeschlafen.

Am Mittag des zehnten Tages bogen sie um die vertraute Biegung, und da kam Waset in Sicht. Si-Amun und Kamose, der neben ihm ruhte, sahen schweigend zu. Boote jeglicher Art lagen noch immer an dem lang gezogenen Anleger der Stadt. Unter Palmen drängten sich noch immer planlos Hütten und Häuser, streunende Hunde lagen im Schatten und nackte braune Kinder kauerten im Dreck. Die Sonne stand im Zenit und brachte die glatten Seiten des Tempelpylonen zum Schimmern, der noch immer mit Fahnenmasten geschmückt war, an denen sich die dreieckigen Fahnen kräuselten, und dahinter zeichnete sich der Tempel hart vor dem Blau des Himmels ab. Am Westufer flimmerten im Hitzedunst die ausgezackten, hoch getürmten Felsen, dieser ungleichmäßige Horizont, der Si-Amun so vertraut und teuer war wie die Umrisse seines eigenen Körpers.

Die Barke wurde langsamer, und auf Befehl des Steuermanns bog sie zur Bootstreppe der Familie ab. Der alte Palast duckte sich noch immer verschlafen und geheimnisvoll hinter seinen bröckelnden Mauern, und daneben so lieb, so schmerzlich, so wehmütig teuer die Buschgruppen, jetzt jedoch kahl und ohne Blüten, die Sykomoren und der Laubengang mit den Weintrauben, der den Pfad zwischen Garten und Teich beschattete, und der nicht sichtbare Vorbau von Seqenenres niedrigem, weitläufigem, friedlichem Hafen. Si-Amun verschlang jede schäbige, fröhliche Einzelheit mit den Augen und spürte, wie sich ihm die Kehle vor Rührung zuschnürte. «Es ist, als wären wir jahrelang fort gewesen und unvorstellbar gealtert», sagte Kamose neben ihm. Si-Amun nickte, es hatte ihn übermannt.

Jetzt konnte er eine Gestalt auf dem Pflaster am Kopf der Bootstreppe ausmachen, jemand, der ganz außer sich herumtanzte. Es war Tani mit auf und ab rutschenden Bronzearmbändern und in einem langen, weißen Hemdkleid, das ihr der Wind an die Beine drückte. Si-Amun wäre am liebsten auf der Stelle gestorben, nur damit er seiner Schwester nicht in die fragenden Augen blicken musste.

Die Barke stieß an die Stufen. Diener tauchten hinter Tani auf, kamen herbeigelaufen, um sie zu vertäuen. Die Laufplanke wurde ausgelegt. Si-Amun stand auf, und Tani warf sich in seine Arme. «Ich habe jeden Tag Ausschau gehalten, seit keine Rollen mehr gekommen sind», rief sie. «Großmutter hat das Dach gewählt, weil sie von dort den Fluss besser einsehen kann. Mutter hat die Nachmittage im Gebet verbracht. Ach, Si-Amun!» Sie drückte ihn an sich, ohne etwas von ihrer Umgebung wahrzunehmen. Nach einem Weilchen machte er sich los.

«Tani», sagte er. «Wo ist Ahmose?» Bei seinen Worten verflog ihre Begeisterung. Ihr Blick fiel auf die Barke, blieb an Kamose hängen, und dann ging sie zu ihm und kniete sich neben ihn. Ihre Hand fuhr zu dem blutigen Verband unter seinem Arm und zu den geschwollenen Stichen auf seiner Wange. Sie war blass geworden.

«Wir haben verloren, nicht wahr?», flüsterte sie. «Wo ist Vater?»

«Ja, wir haben verloren», sagte Kamose fest. «Vermutlich hätten wir ohnedies verloren, liebe Tani, aber wir sind sehr früh verraten worden. Vater ist tot. Sein Leichnam ist dahinten.» Sein Blick fuhr zu der groben Holzkiste, und Tani wäre hingestürzt, wenn Kamose nicht ihre Hand gepackt hätte. «Nein», sagte er. «Das ist kein Anblick für dich. Geh und hol Ahmose.» Betäubt stand sie auf und verließ die Barke, aber sie ging wie in Trance. Si-Amun wusste, dass der Schreck sie noch nicht erreicht hatte. Er rief einen der Diener herbei, die am Ufer auf Anweisungen warteten.

«Lauf zum Haus des Todes und hol Sem-Priester!»

Als man Kamose dann im Schatten am Kopf der Bootstreppe abgestellt hatte und Hor-Aha nach ein paar kurzen Worten mit Si-Amun gegangen war, um die Verteilung und Unterbringung der überlebenden Soldaten zu überwachen, waren auch Ahmose, Tetischeri und Aahotep da. Si-Amun bemerkte sie zuerst gar nicht. Sie waren noch auf dem Pfad unter dem Weinspalier, Ahmose sah zu. Tetischeri stand wie eine Königin mit Aahotep neben sich, die mit beiden Händen das Gewand unter ihrem Kinn umklammert hielt.

Si-Amun half den Dienern beim Ausladen des Sarges, den sie ehrerbietig unter einem Baum abstellten, dann erteilte er einen Befehl. Die Barke wurde losgebunden, der Steuermann kletterte an Bord, ergriff das Steuerruder, und dann drehte das Boot schwerfällig auf das Westufer zu. Erst jetzt wandte sich Si-Amun um und stellte sich den bangen Blicken seiner Familie. Er lief zu ihnen, und sie breiteten die Arme aus. Einen Augenblick lang genoss er die vertraute Berührung, das weiche Fleisch und ihren Duft, der ihn lebhaft an seine Kindheit erinnerte, dann trat er einen Schritt zurück. «Ihr müsst tapfer sein», sagte er. Ahmose blinzelte.

«Das Ganze war von Anfang an zum Scheitern verurteilt», sagte er stockend. «Das haben wir alle gewusst. Aber ich hatte gehofft, Vater würde am Leben bleiben. Wir haben so viel gebetet ...» Er schluckte krampfhaft. «Ich habe mich nach besten Kräften bemüht, alles für ihn auf der Reihe zu halten.»

«Macht den Sarg auf», sagte Tetischeri tonlos. Si-Amun zögerte.

«Er hat eine schlimme Kopfwunde», warnte er, doch sie schob ihn beiseite. Aahotep nahm ihren Arm, und dann traten sie zusammen in den gleißenden Sonnenschein. Auf Si-Amuns Nicken hin zückte der Mann, der den Sarg bewachte, sein Messer und stemmte den Deckel auf. Ahmose trat zu den Frauen, doch Si-Amun ging zu Kamose und hockte sich mit gesenktem Kopf neben seine Bahre. Als er wieder aufsah, lag seine Mutter auf den Knien und säuberte den Leichnam von Sand. Sie schrie nicht, als sie sah, was sie nach Si-Amuns Ansicht sehen würde. Als Seqenenres Gesicht mit der klaffenden Wunde freigelegt war, wurden ihre Hände ruhig.

Lange kniete Aahotep so da und streichelte das aufgedunsene schwarze Fleisch, und Tetischeris Schatten lag bewegungslos über ihr, dann stand Aahotep auf, bückte sich und gab Seqenenre einen Kuss auf den offenen, verzerrten Mund. Sie richtete sich auf. Ihre bebenden Hände fuhren zum tiefen Ausschnitt ihres Hemdkleides, und mit der uralten Geste der Trauer riss sie es vom Ausschnitt bis zur Mitte auf, dann sank sie in den Dreck neben dem Pflaster und ließ Staub auf ihren Kopf rieseln.

Tetischeri machte auf den Fersen kehrt und schritt auf die beiden jungen Männer zu, Ahmose folgte ihr. Ihr Gesicht war versteinert vor Wut. Hinter ihr konnte Si-Amun zwei Sem-Priester sehen, die mit gesenktem Kopf und fest in ihre Gewänder gehüllt, damit sie keinen Unachtsamen ansteckten, vom Haus des Todes angehastet kamen.

«Bist du schlimm verwundet?», fragte Tetischeri Kamose mit steifen Lippen.

«Nein, Großmutter», antwortete er. «Ein Speer in die Seite und ein Messer in die Wange, mehr nicht. In ein, zwei Wochen bin ich wieder wie neu.» Sie nickte einmal und richtete den Furcht einflößenden Blick auf Si-Amun.

«Aahmes-nofretari ruht sich noch aus», sagte sie. «Sie hat gestern gegen Sonnenuntergang einen Sohn geboren. Geh zu ihr, wenn du kannst. Sie weiß noch nicht, dass ihr wieder daheim seid.» Mit diesen Worten ließ sie die anderen stehen und ging hoch erhobenen Hauptes ins Haus zurück, das Rückgrat gerade, die Schultern gereckt. Si-Amun wusste, dass niemand von ihnen sie weinen sehen würde. Er stand auf und ging zum Sarg, wo die Sem-Priester den Leichnam prüften.

«Kann er einbalsamiert werden?», fragte er herrisch. Einer der Priester antwortete mit abgewandtem Gesicht, damit er Si-Amun nicht anhauchte.

«Es ist noch nicht zu spät, Fürst», sagte er. «Der Sand hat den Verwesungsprozess hinausgezögert, aber die Wunde da können wir nicht schließen. Die Haut ist schon zu trocken zum Nähen.» Si-Amun war unendlich erleichtert.

«Das ist unwichtig», sagte er. «Gebt euer Bestes. Bringt ihn fort.» Er hielt den Anblick des schwarzen, zerschlagenen Gesichtes nicht länger aus. Abrupt ging er zu Aahotep. Sie lag auf den Knien, die staubigen Hände im Schoß. Erde haftete an ihrem Haar und auf der Schminke ihres Gesichts. Si-Amun hockte sich vor sie, doch sie wandte sich ab.

«Lass mich allein, Si-Amun», flüsterte sie. «Geh zu deiner Frau. Es gibt nichts, was du für mich tun kannst.» Gehorsam stand er wieder auf. Wie stark sie doch war, seine schöne Mutter. Sie wollte mit ihrem Kummer allein sein, würde die siebzig Tage trauern, aber sie würde leben.

Kamoses Trage verschwand gerade im schattigen Garten, Ahmose und Uni folgten ihr. Kares, der Haushofmeister seiner

Mutter, ging mit einer Verbeugung an ihm vorbei und bezog einige Schritte von Aahotep entfernt mit verschränkten Armen Stellung. Si-Amun fragte sich besorgt, wo wohl Tani ihre Wunden leckte, und da traf es ihn wie kaltes Wasser ins Gesicht: Mersu, und ihm fiel ein, was getan werden musste. Er bemühte sich, die Panik abzuschütteln, die ihn zu überwältigen drohte, und ging zu den Frauengemächern. Immer eins nach dem anderen, dachte er. Zuerst Aahmes-nofretari und mein Sohn.

In ihrem Zimmer war es kühler, als man bei der sengenden Sonne vermuten konnte. Durch den Windfänger auf dem Dach kam immer wieder ein Stoß abgestandener Luft und bewegte die geflochtenen Binsenmatten vor dem Fenster und hob Strähnchen des zerzausten Haars auf Aahmes-nofretaris Wangen, die an Kissen gelehnt döste. Si-Amun bedeutete Raa neben dem Lager, sich zu entfernen, und die Frau stahl sich mit einem aufmunternden Lächeln nach draußen. Si-Amun trat näher und gab seiner Frau einen Kuss auf die blassen Lippen. Sie erwachte mit einem Ruck, schrie freudig auf, warf ihm die Arme um den Hals und zog ihn zu sich herunter. «Si-Amun! Ich glaube es nicht! Wir haben uns solche Sorgen gemacht, seit keine Rollen mehr gekommen sind. Hast du ihn schon gesehen? Er ist so kräftig, so gierig! Was ist geschehen? Ist Vater schon in Auaris?»

Mit einem jähen, heftigen Kuss brachte er sie zum Verstummen, wollte damit die Bürde seines Schmerzes und Verlustes verringern, die ihm bereits den Atem benahm und das Herz zusammendrückte. «Si-Amun!», rief sie und machte sich los. «Weinst du etwa?» Er nickte hilflos und legte den Kopf auf ihre Brust, denn die Schluchzer, die ihn schüttelten, ließen sich nicht länger unterdrücken. Sie hielt ihn sanft und wartete, bis er sich ausgeweint hatte, dann reichte sie ihm einen Lakenzipfel, mit dem er sich das Gesicht trocknen konnte, und schob ihn auf einen Schemel. «Sieg war wohl zu viel verlangt», sagte sie.

«Ich weiß.» Er kam sich wegen seines Zusammenbruchs nicht albern vor. Nicht vor ihr. Sie musterte ihn wachsam und verriet dabei eine solche Angst, dass ihr Gesicht auf einmal nur noch aus fragenden Augen zu bestehen schien, und da wusste er, dass er ihr alles erzählen musste. Seine Schuld hatte schon lange, noch ehe er Waset verlassen hatte, eine Mauer zwischen ihnen errichtet, hatte ihre Beziehung langsam, aber sicher vergiftet. Das musste er jetzt berichtigen.

Er begann unzusammenhängend, wusste nicht, wo er anfangen sollte, ob mit seiner Unzufriedenheit mit dem Leben auf dem Anwesen, seiner Langeweile und seiner Verachtung für Waset oder mit dem Besuch bei Teti, bei dem er einen Augenblick seinem geistigen Hunger erlegen und schwach geworden war, aber allmählich kam Ordnung in seinen Bericht, und es war ein kalter, entsetzlicher Bericht.

Ihre Augen hingen unentwegt an seinem Gesicht.

Gelegentlich wanderten sie zu seinem Mund, seinem lockigen schwarzen Haar, kehrten aber immer wieder zu seinen Augen zurück. Er las in ihnen Ungläubigkeit, Schreck, Mitgefühl und Schmerz, doch gegen Ende sah er nicht, was er am meisten gefürchtet hatte. Ihre Miene zeigte keine verächtliche Verurteilung. Als er geendet hatte, lehnte sie sich zurück und blickte starr zur Decke. «Vater ist tot?», fragte sie verzagt. «Die Sem-Priester …» Er schluckte.

«Ja?»

«Aber er wäre ohnedies gestorben, Si-Amun, siehst du das nicht? Auf der Ebene von Daschlut oder in den Kanälen vor Auaris, wo ist da der Unterschied?» Sie setzte sich auf, sah ihn an und sagte eindringlich: «Der Aufstand war von Anfang an zum Scheitern verurteilt, mit oder ohne die Dinge, die du heimlich getan hast!» Sie ballte die Fäuste. «Ich will dich nicht verlieren! Sag nichts, lieber Bruder, lass Mersu umbringen. Überrede die anderen, dass kein Gerichtsverfahren erforderlich ist. Ramose hat nichts von dir gewusst, oder? Dann braucht es auch niemand sonst zu wissen. Ich will dich nicht verlieren!» Sie erhob jetzt die Stimme.

Si-Amun saß wie betäubt. Sie redete, ohne nachzudenken, ihr weibliches Gespür, ihr Selbsterhaltungstrieb für sich und ihr Kind hatten über ihr Gewissen oder den Gedanken an die Folgen gesiegt, und er ließ sie reden.

Als sie dann schwieg und den Kopf auf den Kissen hin- und herwarf, beugte er sich über sie und umfasste ihre Hände mit seinen. «Das kann ich nicht», sagte er. «Ich muss alles beichten und auf mich nehmen, was da kommt. Unser Leben kann einfach nicht so weitergehen wie bisher. Es würde zwischen uns stehen, denn du wärst jetzt Mittäterin, die mich vielleicht nach und nach hassen würde. Und was mich angeht, so verliert ein Mann mit einem unehrenhaften Geheimnis allmählich seinen Stolz und seine Männlichkeit. Sie versiegen, Aahmes-nofretari, bis nur noch das Geheimnis und die Schuld übrig bleiben. So kann ich nicht leben.»

«Aber wenn du dich der Gerechtigkeit stellst, muss dich die Familie hinrichten! Sie hat keine andere Wahl!» Sie zog unter dem weißen Laken die Knie an und hämmerte mit geballten Fäusten darauf ein. «Das macht Vater auch nicht wieder lebendig und wendet die Vergeltung des Königs nicht von uns ab.» Ein Gedanke schoss ihr durch den Kopf, und sie drehte sich ihm zu und hockte jetzt zusammengekauert auf der Bettkante. «Du bist der Älteste», drängte sie mit funkelnden Augen. «Du bist jetzt Fürst von Waset und Nomarch der fünf Provinzen. Ach, Si-Amun, du sprichst Recht, nur du! Verzeih dir selbst!»

«Aahmes-nofretari», stellte er klar: «Wie könnte ich mich noch achten? Ich und andere richten? Wie lange könnte ich dir noch in die Augen sehen?»

«Und was wird aus mir? Was aus deinem Sohn? Raa!» Die Frau machte die Tür auf und verbeugte sich. «Bring Si-Amun das Kind, er soll es halten!» Erregt wandte sie sich wieder an ihren Mann. «Falls du darauf bestehst, dich zu vernichten, was wird dann aus uns? Ich liebe dich, ich brauche dich, dein Kind braucht einen Vater, Si-Amun, verlass uns nicht!»

Die Worte waren kaum ausgesprochen, da tauchte Raa mit einem kleinen, eingewickelten Bündel im Arm auf. Mit einem Kloß im Hals stand Si-Amun auf und streckte die Arme aus. Sein Sohn schlug die Augen auf und blickte verschlafen zu seinem Vater hoch. Eine kleine, rote Hand umklammerte einen Zipfel seiner Windel. Erschrocken bemerkte Si-Amun Seqenenres ausgeprägte Wangenknochen und die etwas schrägen Augen. Der Kleine duftete nach Natron und warmem Neugeborenen. Aahmes-nofretari beobachtete ihn angespannt und eindringlich. «Er ist so hilflos», zischte sie. «Und ich auch, Si-Amun. Bitte!» Si-Amun gab seinem Sohn einen Kuss auf die feuchte Stirn und reichte ihn Raa.

«Verzeih mir, liebe Schwester», sagte er. «Es geht nicht.» Er wollte sie in die Arme schließen, doch sie wehrte sich heftig und barg das Gesicht in den Kissen. Als er die Tür erreicht hatte, schluchzte sie bereits. Du sprichst hier Recht, nur du, dachte er verzweifelt, während er die Ohren vor ihrem Weinen verschloss und den dunklen Flur entlangging. Sie hat wahrer gesprochen, als sie geahnt hat. Ausschließlich du.

Nachdem er seine Frau verlassen hatte, suchte er nach Tani. Er fand sie auf dem Dach des alten Palastes an der Stelle, wo man Seqenenre niedergeschlagen hatte, die Kleidung in Fetzen, wo sie dran gerissen hatte. Stumm wiegte sie sich vor und zurück, vor und zurück. Als sie ihn kommen sah, stürzte sie in seine Arme, und er tröstete sie, so gut er konnte, ehe er sie dazu überredete, in ihre Gemächer zu gehen.

Auf dem Weg vom Palast bemerkte er, dass seine Mutter noch immer im Staub kauerte, dass sie jetzt aber mit einem Sonnenschirm vor der Sonne geschützt wurde und dass Kares und Hetepet in der Nähe standen und darauf warteten, bis sich ihr Gram erschöpfte. Si-Amun ließ sie in Ruhe. Ahmose war verschwunden, wahrscheinlich in die Sümpfe, wo er sich seinem Kummer allein hingeben konnte. Viele der Diener, die sich vor Si-Amun verbeugten, als er vorbeikam, weinten.

Er selbst wollte nichts anderes als sich einschließen, mit dem Rest der ihm verbliebenen Energie haushalten, doch er zwang sich, nach Tetischeri zu sehen. Glücklicherweise ließ sich der Haushofmeister seiner Großmutter nirgendwo blicken. Isis antwortete auf sein Klopfen und sagte ihm, Tetischeri ruhe und wolle nicht gestört werden. Weihrauch wehte durch die geöffnete Tür auf den Flur, und Si-Amun meinte, Tetischeris Priester leise singen zu hören. Erleichtert machte er sich auf die Suche nach Kamose, der angeordnet hatte, dass man seine Trage an den Teich stellte. Dankbar ließ sich Si-Amun neben ihm ins Gras sinken. «Hier herrscht ein solcher Friede», sagte Kamose, während Si-Amun die langen Beine kreuzte. «Abgesehen von der Wüste kann auch dieser Ort heilen und alles in den richtigen Blickwinkel rücken.» Als Si-Amun dazu nichts sagte, fuhr er fort: «Geht es ihnen einigermaßen? Was macht Tani?»

«Die habe ich Heket übergeben. Es hat sie schlimm getroffen.»

«Sie trägt ja auch die doppelte Last.» Kamose bewegte sich und verzog das Gesicht, als er den Verband unter seinem Arm abtastete. «Sie braucht Ramose mehr als irgendjemanden sonst. Sag, Si-Amun, was hast du jetzt vor?»

Si-Amun erschrak. «Wieso?»

Kamose knurrte: «Du bist Vaters Erbe. Du triffst jetzt die Entscheidungen.»

«Wie aufgeblasen du dich anhörst», blaffte Si-Amun zurück, und Kamose entschuldigte sich hastig.

«Tut mir Leid, Bruder. Aber hinsichtlich Mersus müssen wir etwas unternehmen. Falls er argwöhnt, dass wir von seiner Untat wissen, wird er einfach verschwinden, und das schon bald.»

Si-Amun nickte zögernd. «Ich weiß. Ich will ihn noch vor Sonnenuntergang verhaften lassen. Aber, Kamose, wir sind in Trauer. Man kann ihn vor Gericht stellen, aber nicht hinrichten, bis Vater in seinem Grabmal ruht. Einfacher wäre es, ihm im Dunkeln die Kehle durchzuschneiden.»

Kamoses Kopf fuhr zu seinem Bruder herum. «Einfacher wohl, aber gegen jedes Gesetz der Maat», antwortete er. «Ob es uns nun gefällt oder nicht, Mersu muss einen ordentlichen Prozess bekommen, vor uns, dem Bürgermeister von Waset und vor Uni als dem Oberhofmeister. Apophis lacht sich gewiss ins Fäustchen!»

Wie ich mir gedacht habe, überlegte Si-Amun und sah dem Spiel des Schattens zu, der auf Kamoses nackten, auf der Trage gespreizten Beinen spielte, aber gut, dass ich ein wenig nachgehakt habe. Vielleicht wäre Kamose ja damit einverstanden gewesen, Mersu unauffällig zu beseitigen, wenn er einen Prozess zu erniedrigend und schmerzlich für uns alle gefunden hätte.

«Was Apophis jetzt wohl unternimmt?», überlegte er leise.

«Apophis kann sich alle Zeit der Welt lassen und dann mit uns tun, was ihm beliebt», sagte Kamose. «Ich an seiner Stelle würde uns alle erschlagen und damit für alle Möchtegernaufrührer ein Exempel statuieren, aber das hieße, den Erbadel Ägyptens vor den Kopf zu stoßen. So sind die Setius nur selten vorgegangen, und Apophis ist da nicht anders. Ich vermute, dass wir unsere Haut retten, aber alles andere verlieren.» Er winkte einen Diener, der ein paar Schritte entfernt stand, mit den Augen heran, und der Mann kam rasch und reichte ihm Wasser, das Kamose durstig trank. Dann legte er sich auf die Trage zurück. «Ich würde alles darum geben, wenn ich Teti in die Hände bekäme!», knurrte er. «Ich würde ihm die rituellen fünf Wunden selbst beibringen, ehe ich ihm mein Messer in den wohlgenährten Schmerbauch stoßen würde!» Bei dem bitteren Ton seines Bruders krümmte sich Si-Amun innerlich. Wenn du wüsstest, lieber Kamose, dachte er.

«Ich kann ihn irgendwie verstehen», warf er ein. «Die wahre Maat ist dieser Tage für viele schlecht zu erkennen. Ich habe Mitleid mit Teti.» Kamose ließ sich nicht zu einer Antwort herab, und nach einer Pause wechselte er das Thema.

«Wie willst du deinen Sohn nennen?», fragte er.

«Die Astrologen sind mit ihren Berechnungen noch nicht fertig», antwortete Si-Amun. «Ich warte ab, was sie entscheiden.» Hauptsache, nicht Seqenenre, dachte er bei sich. Das ist ein Name, der nur noch mit Leid und Tod zu tun hat. Ach, mein Vater, wie rein, wie unbeirrbar bist du doch gewesen! Er stand auf. «Apophis wird die Trauerzeit achten», sagte er, «aber anschließend können wir mit unserer Bestrafung rechnen. Bis dahin müssen wir jeden Tag genießen.» Kamose hatte die Augen geschlossen. Er ließ sich in den jähen Schlaf der Genesung gleiten.

«Ja», murmelte er noch. «Ja ...»

An diesem Abend versammelte sich die Familie im Speisesaal zum gemeinsamen Essen, eine bedrückte Gruppe mit verweinten Augen und wenig Appetit. Si-Amun hatte Amunmose und dem Bürgermeister von Waset eine Einladung geschickt, und nachdem man schweigend im Essen herumgestochert hatte und sich die auftragenden Diener entfernt hatten, schickte sich Si-Amun an, ihnen eine Ansprache zu halten. Als er sich dazu erhob, war er sich schmerzlich Mersus hoher, verhüllter Gestalt bewusst. Der Haushofmeister stand an seinem gewohnten Platz hinter Tetischeri und wachte still darüber, dass ihr jeder Wunsch erfüllt wurde. Uni, Kares, Isis und andere ältere Dienstboten waren auch geblieben und lauschten Si-Amun scheinbar ohne Anteilnahme, doch er wusste, dass ihre Gesichter und ihre Körper nur aufgrund ihrer guten Schulung ausdruckslos und ruhig waren.

Aahmes-nofretari fehlte, sie erholte sich noch von der Geburt ihres Sohns. Kamose lehnte auf einem Feldbett, Hor-Aha neben sich. Aahotep hatte saubere Kleidung angezogen, doch sie saß bar jeden Schmuckes hinter ihrem niedrigen Tisch. Ahmose kaute gedankenverloren gebratene Ente, aber seine ruhige Haltung wurde durch sein verstörtes Gesicht Lügen gestraft. Nur Tetischeri war förmlich angezogen und geschminkt zum Essen erschienen.

Sie ist wie die Königinnen von einst, dachte Si-Amun bei

ihrem Anblick, als er zum Reden aufstand. Ihre herausragende Stellung festigt jeden Knochen in ihrem Leib. Sie hat ihren Sohn abgöttisch geliebt und sich danach gesehnt, ihn auf dem Heiligen Thron zu sehen. Sie leidet schrecklich, doch nur Niedriggestellte werden sie weinen sehen. Was hast du heute gedacht, Mersu, als du einer gebrochenen und verzweifelten Frau aufgewartet hast? Hast du bereut, was du getan hast, so wie ich es bitterlich bereue? Er bemerkte Tani an Kamoses anderer Seite, ihre Hand in der des Bruders. Er schenkte ihr ein Lächeln, und sie erwiderte es mit einer lahmen Grimasse.

Die Gruppe blickte ihn erwartungsvoll an. Eine tiefe Stille legte sich über sie, sodass Si-Amun den Nachtwind sacht zwischen den Pfeilern rauschen hören konnte. Er fing Hor-Ahas Blick auf und sah, dass sich der General gespannt vorbeugte. Er holte tief Luft und begann zu sprechen.

Er erzählte ihnen von Seqenenres Marsch, der Ankunft in Qes, von Ramoses Eintreffen mitten in der Nacht mit der Kunde, dass sie verraten worden waren. Mit halbem Auge bemerkte er, dass Tani zusammenzuckte und sich aufrecht hinsetzte, doch Mersu rührte sich nicht. Si-Amun musste über die Kaltblütigkeit des Mannes staunen. Mit zunehmend trockenerer Kehle beschrieb er den Versuch seines Vaters, Pezedchu zu umgehen, sein Scheitern und seinen grausamen Tod. Niemand bewegte sich. Nur die Lampen schienen noch zu leben, ihre Flammen stiegen und fielen in den Alabasterbehältern, und die Schatten auf den Wänden schwankten hin und her.

Schließlich gab Si-Amun Hor-Aha einen Wink, und der stand auf. «Der Mann, der Seqenenre so niederträchtig überfallen, der Teti und damit auch Apophis informiert hat, ist heute Abend unter uns», endete Si-Amun mit belegter Stimme. «Mersu, du bist verhaftet. Über dein Schicksal wird entschieden, wenn wir meinen Vater bestattet haben.» Er wollte noch mehr sagen, über die Schändlichkeit von Mersus Verbrechen reden, doch seine eigene Verwicklung in die Sache schloss ihm den Mund.

Hor-Aha ging großen Schrittes zu dem Haushofmeister, verbeugte sich vor Tetischeri und wartete. Mersu trat zu ihm, ein Ausbund an Selbstbeherrschung. Ohne irgendjemanden eines Blickes zu würdigen, folgte er Hor-Aha würdevoll. Die Anspannung der Zuschauer löste sich plötzlich.

«Kein echter Ägypter», sagte der Bürgermeister sichtlich erleichtert. «Er ist Setiu.»

«Hat dir das Ramose erzählt?», rief Tani. «Hat er sein Leben aufs Spiel gesetzt, weil er euch warnen wollte?» Si-Amun nickte und freute sich, als er sah, dass ein Gefühl, stärker als der große Kummer, ihre Wangen rötete. Ahmose tauchte die Finger in die Wasserschale, die ihm sein Diener hinhielt.

«Wer sonst hat gehört, was Ramose gesagt hat?», fragte er scharf. «Wir brauchen Zeugen, Si-Amun. Die Anklage ist schwerwiegend, er muss Mithelfer gehabt haben.» Si-Amun blickte seinen Bruder erstaunt an. Ahmose blickte statt wie gewohnt schläfrig in sich gekehrt auf einmal klug und forschend.

«Nur unser Vater hat Ramoses Worte gehört», gestand er ein. «Aber uns, Kamose, Hor-Aha und mich, hat er noch in jener Nacht rufen lassen, gleich nachdem sich Ramose zum feindlichen Lager zurückgeschlichen hatte. Das können wir alle bezeugen.»

«Das reicht noch immer nicht.» Ahmose trocknete sich die Finger in dem gereichten Tuch ab und stand auf. «Mersu wird gestehen müssen.»

«Willst du unseren Vater einen Lügner nennen?» Si-Amun war mit seiner Geduld am Ende und schrie jetzt. Ahmose wölbte nur die Brauen.

«Nein, natürlich nicht. Vater war ein ehrlicher Mann und außerdem, welchen Grund sollte er gehabt haben, euch anzulügen? Es ist nur so, dass es hier um das Leben eines Menschen geht. Da müssen wir uns vorsehen. Darf ich gehen, Fürst?» Si-Amun ließ ihn ziehen. Tani verließ Kamose und stellte sich zu Si-Amun.

«Hat Ramose», sagte sie so leise, dass nur er es hören konnte, «zufällig eine Botschaft für mich gehabt?» In einer solchen Situation, wollte Si-Amun schon verächtlich zurückgeben. Sei nicht albern! Aber er biss sich auf die Zunge und zwang sich zur Freundlichkeit.

«Nein, Tani, hat er nicht», erwiderte er. «Er wollte unbedingt Vater sprechen und dann nichts wie weg. Falls man ihn beim Durchqueren unserer Linien geschnappt hätte, er wäre hingerichtet worden, und das weißt du.»

«Ja, natürlich.» Sie legte die Hand auf die Wange. «Wie dumm von mir. Es ist nur ...» Si-Amun packte sie bei den Schultern.

«Du weißt, dass er dich liebt», versicherte er ihr. «Er hätte uns in jedem Fall gewarnt, denn er ist ein Ehrenmann, aber gewiss hat er an dich gedacht, als er sich in jener Nacht zu Vaters Zelt geschlichen hat. Sei tapfer, Tani.»

«Ich habe es satt, tapfer zu sein», sagte sie. «Ich will etwas anderes. Ich will glücklich sein.» Sie wirbelte herum und lief aus dem Saal. Aahotep, die noch kein Wort gesagt hatte, stand auf und folgte ihr.

Si-Amun ging zu seiner Großmutter. Ich komme mir vor wie ein Kindermädchen, dachte er, und die Verzweiflung packte ihn. Wie die Mutter von fünf weinenden Kindern. Warum wollen sie alle Trost und Entscheidungen von mir? Er erhielt die Antwort, als er sich vor Tetischeri hockte, die unbeweglich und prächtig mit ihrem funkelnden Geschmeide dasaß. Weil du jetzt Fürst und Nomarch bist. Du bist das Familienoberhaupt. «Großmutter?», fragte er. Sie streckte eine zitternde Hand aus. Si-Amun ergriff sie, sie fühlte sich so kalt an wie Schlangenhaut.

«Ich habe ihm vertraut», sagte sie rau. «O ihr Götter, ich habe ihn sogar geliebt! Seine Schande ist auch meine. Diese Schmach ertrage ich nicht.» Sie wandte Si-Amun ihr maskenhaftes Gesicht zu. «Müssen wir die Trauerzeit wirklich abwarten?» Ihre übermenschliche Beherrschung war furchtbarer und anrührender als Aahoteps Ausbruch im Garten oder Tanis ungehemmte Tränenflut. Da wusste Si-Amun, was er zu tun hatte. Siebzig Tage Trauer, eine Bestattung und ein Prozess, der unvermeidbar in die Öffentlichkeit drang, das forderte von den Familienmitgliedern mehr, als sie erdulden konnten, würde ihre Einigkeit und Stärke zerstören, die jetzt schon angegriffen war und an die sie sich verzweifelt klammerten. Und über allem dräute die Gewissheit, dass der König sie aburteilen würde. Es war zu viel. Zwar mochten Narben bleiben, jedoch keine entstellenden, und dafür, so beschloss Si-Amun, werde ich Sorge tragen.

«Vielleicht nicht», sagte er leise. «Geh in deine Gemächer, Großmutter. Uni!» Der Haushofmeister reagierte flink. «Begleite die Fürstin zu ihren Gemächern und übernimm erst einmal die Pflichten ihres Dieners.» Tetischeri kam auf Unis Arm gestützt mühsam hoch. Auf einmal sah man ihr ihre zweiundsechzig Jahre an. Si-Amun warf dem Bürgermeister einen Blick zu, doch er und Kamose waren in ein Gespräch vertieft.

Si-Amun winkte dem Hohen Priester, und Amunmose kam herbeigeeilt. Si-Amun zog ihn in den nächtlichen Garten. Draußen, außerhalb des gelben Lampenscheins, lagen die leeren Blumenbeete und der verdorrte Rasen in erstickendem Dunkel. Zwischen matten Sternen hing ein schmaler, bleicher Mond, dessen Licht zu schwach war, um sich auf dem trüben Wasser des Teiches zu spiegeln. Die kahlen Sträucher waren kaum erkennbare dunkle Flecken vor der Mauer des alten Palastes.

Si-Amun führte den Hohen Priester die warmen Steinstufen zwischen den Pfeilern hinunter und blieb stehen, als ihnen die Nachtluft entgegenwehte. «Amunmose», sagte er ruhig, «wir kennen uns noch nicht sehr gut, du und ich. Wir unterhalten uns bei Amuns Festen und bei anderen Festlichkeiten, aber alles, was mit dem Gott zu tun hat, ist zwischen dir und meinem Vater getan worden, nicht mit mir.» Er zögerte, suchte nach Worten.

Amunmose, der seine Gedankengänge falsch deutete, warf besorgt ein: «Du musst nicht befürchten, dass ich meine Pflichten dir gegenüber nicht ebenso peinlich genau wahrnehme wie bei deinem Vater, Fürst. Du bist jetzt Nomarch. Das Wohlergehen von Amuns Dienern und das Vorrecht, unmittelbar mit dem Gott zu sprechen, liegt bei dir.» Si-Amun rang sich ein Lächeln ab. Amunmoses Gesicht war in der Dunkelheit ein bleiches, besorgtes längliches Rund.

«Ich zweifle nicht an deiner Ehrlichkeit bezüglich deiner Pflichten», beruhigte er den Priester. «Der Gott, dem wir hier in Waset mit größter Aufrichtigkeit dienen, mag in den Machtzentren Ägyptens vielleicht vergessen sein, aber kein anderer Gott hat eine treuere Priesterschaft als dich und deine Helfer. Nein. Ich muss dich um einen Gefallen bitten.»

Er hielt inne. In seinem Inneren war eine Stimme aufgewacht und wisperte ihm zu: Noch ist es Zeit, davon abzulassen. Frag etwas Unverfängliches. Du bist noch so jung, Fürst, hast so viel zu verlieren. Was soll aus deiner Frau, deinem Sohn werden? Jäh fröstelte ihn in der nächtlichen Brise. Amunmose blickte ihn erwartungsvoll an. Si-Amun holte tief Luft.

«Ich brauche dich zum Mischen eines Giftes», sagte er vorsichtig. «Ich weiß, dass die Seth-Priester in solchen Dingen kundiger sind als alle anderen, aber ich möchte nicht, dass etwas über meine Absichten nach Norden durchsickert.»

«Gebieter», warf Amunmose mit belegter Stimme ein, «ehe ich das tue, muss ich mehr über den Zweck wissen. Ich bin Amun-Priester. Ich will nicht das Gesetz der Maat brechen und auch nicht meine Aussichten gefährden, im Gerichtssaal unter Anubis' Blick günstig gewogen zu werden.» Sein Gesicht war faltiger und gequälter geworden, es wirkte im farblosen Mondschein richtig ausgezehrt.

«Du weißt, dass Mersu für seinen Verrat vor Gericht kommt», sagte Si-Amun. «Du weißt auch, dass er nicht hingerichtet werden kann, ehe mein Vater bestattet ist. Ich möchte mein eigenes Urteil an ihm vollstrecken, und das aus zwei Gründen.» Er hob die Hand, als er sah, dass Amunmose den Mund zum Protest aufmachte. «Hör mich zu Ende an, ehe du ablehnst, Hoher Priester. Vater wird erst in gut zwei Monaten bestattet. In dieser Zeit muss Mersu auf dem Anwesen bewacht werden, eine ständige Quelle des Kummers und Zorns für die Mitglieder meiner Familie, die schon jetzt mehr als genug zu tragen haben. Mein anderer Grund ist dieser: Ich will dem König keine Gelegenheit geben, Mersu freizulassen. Denn das wird er, glaube ich, versuchen, wenn er hört, dass Mersu aufgeflogen ist. Dazu ist ihm jede Ausrede recht. Eine Stellung im Norden, ein Befehl, sich mit seinem eigenen Oberhofmeister zu beraten, irgendetwas. Und ich müsste gehorchen. Mersu soll der Verurteilung nicht entkommen. Ich selbst werde ihn umbringen.»

Amunmose schwieg mit gesenktem Kopf. Si-Amun konnte sein Gesicht nicht mehr sehen, nur den leichten Schimmer seines rasierten Schädels und seine massige Gestalt. Er wartete ergeben und geduldig. Auch du bist mein Richter, dachte Si-Amun. Wenn du ablehnst, muss ich sehen, wie ich weiterlebe, wenn du jedoch einwilligst, betrachte ich deine Worte als Botschaft der Götter, dass auch ich sterben muss. Er war vollkommen ruhig. Der kalte Schauder von vorhin war verflogen.

Schließlich hob Amunmose den besorgten Blick zu Si-Amun. «Diese Sache überschreitet die Grenzen der Maat», machte er klar, «und ob richtig oder falsch, hängt vollkommen vom Charakter und der Tugend der darin Verwickelten ab. Dennoch bittest du mich um mehr als um einen Giftbecher, Fürst. Du willst wissen, wie weit meine Treue reicht.» Vermutlich, dachte Si-Amun überrascht. Ich bin froh, dass ich dir für das Gift kein Gold geboten habe. Er nickte.

«Daran hatte ich noch gar nicht gedacht», gestand er. «Deine Treue zu dieser Familie ist, was mich angeht, noch nie in Frage gestellt worden. Bekomme ich nun eine Antwort, Amunmose?» Der Hohe Priester seufzte.

«Fürst, ich vertraue darauf, dass du wie dein Vater das Rechte tust. Ich werde das Gift für dich zubereiten lassen. Mersu verdient den Tod.»

«Sei bedankt.» Amunmose fasste die Worte als Entlassung auf, verbeugte sich und ging. Si-Amun sah einen Augenblick hinter ihm her, wie er gemessen in Richtung der Bootstreppe schritt, wo seine Sänftenträger dösten, während sie darauf warteten, dass sie ihn zu seinen Räumen im Tempel zurücktrugen. Dann verschluckten ihn die Schatten. Si-Amun wandte sich ab, hatte jedoch weiche Knie.

Ehe er in der Geborgenheit seiner eigenen Räume zusammenbrach, zwang er sich, zu Mersus Zelle zu gehen. Der Haushofmeister wurde in seinem eigenen kleinen Zimmer gefangen gehalten, und als sich Si-Amun näherte, kam Hor-Aha steif vom Boden neben der geschlossenen Tür hoch. Zwei Wachposten salutierten. «Du musst nicht hier bleiben», sagte Si-Amun zu Hor-Aha, denn ihm war aufgefallen, wie bleich der General war. «Lass dir die Schulter neu verbinden und schlaf dann. Du bist erschöpft.» Hor-Aha verbeugte sich.

«Ich weiß», erwiderte er. «Ich habe mich hingesetzt und auf Verstärkung gewartet, nachdem ich die Tür verschlossen hatte, aber irgendwie hatte ich keine Lust mehr zum Aufstehen. Es ist ein bedrückender Tag gewesen.»

«Hat Mersu geredet?» Hor-Aha schüttelte den Kopf.

«Er ist bemerkenswert gefasst. So sehr, dass ich misstrauisch bin, auch wenn es keinen Ausweg aus seiner Zelle gibt.» Si-Amun trat näher.

«Ich will ihn aufsuchen. Du kannst gehen, General. Schlaf gut, und morgen erstattest du mir Bericht, was man aus Vaters katastrophalem Feldzug hat retten können. Aber nicht zu früh!» Hor-Aha verbeugte sich und ging, zog dabei den Umhang fest um seine geschwollene Schulter und entfernte sich im Fackelschein. Si-Amun winkte einem Wachposten. «Mach die Tür auf.»

Kurz darauf ging sie auf, und Si-Amun trat ein und schloss sie mit der Ferse hinter sich. Mersu stand auf und verbeugte sich tief. Er hatte auf seinem Lager gesessen und zwei Knöchelchen in der Hand gedreht. Als Si-Amun in den schwach beleuchteten Raum trat, legte er sie auf den Deckel seiner Truhe, und Si-Amun, dem das ruhige Betragen des Haushofmeisters vorübergehend die Sprache verschlagen hatte, bemerkte, wie die Knöchelchen glänzten, wie oft sie benutzt worden waren. Jeder Ägypter spielte gern mit dem Knöchelspiel, doch er hatte keine Ahnung gehabt, dass auch Mersu dieser Sucht frönte. Der Gedanke erzürnte ihn, doch er gab sich bewusst Mühe, sich zu beherrschen.

«Du bist bemerkenswert ungerührt, Mersu», sagte er. Der Mann tat die Worte mit einem leichten Schulterzucken ab.

«Warum gegen das Schicksal kämpfen und Energie verschwenden und meine Würde verlieren?», antwortete er. «Ich habe meine Pflicht meinem König gegenüber getan. Mein Gewissen ist rein. Ich werde den Schlaf des Gerechten schlafen, Fürst.» Si-Amun forschte auf dem glatten Gesicht nach unterschwelliger Dreistigkeit, doch die einzige Unverschämtheit waren Mersus selbstbewusste Worte an sich.

«Du glaubst, dass dich der König freilassen wird, ehe Seqenenre bestattet ist», sagte er langsam. «Darum sorgst du dich nicht wegen deiner Verhaftung.» Mersu lächelte.

«Vielleicht», gab er zu. «Aber ich vertraue auch auf deine Nachsicht, Fürst.»

«Was?» Si-Amun wollte sich wütend auf Mersu stürzen, doch Mersu wich und wankte nicht.

«Falls du mich nicht für unschuldig erklärst oder meinen Fall nicht wegen Mangel an Beweisen ablehnst, werde ich deinen Brüdern und jedem, der es hören will, erzählen, welche Rolle du selbst bei Seqenenres Untergang gespielt hast. Bist du tapfer genug, dich neben mich vor den Richter zu stellen, o Fürst von Waset?», so höhnte er mit einem Lächeln, das um seinen Mund wie festgewachsen wirkte. «Ich erwarte, in zwei Monaten unterwegs nach Auaris zu sein. Dass ich in der Zwischenzeit eingesperrt bin, macht mir nichts aus. Ich habe für deine Großmutter lange und hart genug gearbeitet. Ich brauche Ruhe.»

Si-Amun hatte es die Sprache verschlagen. Sein Blut empörte sich nicht nur gegen die Gefühllosigkeit des Haushofmeisters, sondern auch gegen die völlige Missachtung von Si-Amuns Rang und Stellung, die seinen unhöflichen Worten innewohnte. Für ihn sind wir provinzielle Kleinfürsten, dachte Si-Amun zornig und bekümmert. Er schämt sich, dass er uns gedient hat. Nur ein König ist seiner Dienste würdig, und unser Anspruch auf die Königswürde ist ihm eine Quelle der Peinlichkeit gewesen. Wir werden ja sehen, wer in diesem Teil Ägyptens die Macht hat, du Setiu-Wurm!

Er tat einen Schritt und schlug Mersu hart auf den Mund. «Wie kannst du es wagen, so zu mir zu sprechen!», fuhr er ihn an. «Du Bauer! Während du auf deinen Prozess wartest, kannst du dich nützlich machen und Matten für die Zellen der anderen Diener hier flechten, das wird dich an deinen gebührenden Stand erinnern. Tetischeri hat dich verwöhnt. Du bist niedriger gesinnt als der einfachste Bauer, der am Schaduf schwitzt.»

«Und du?», flüsterte Mersu. Seine Hand fuhr nicht zu seinem Gesicht, wo sich Si-Amuns Hand rot abzeichnete. «Was ist mit dir, du stolzer Tao?» Si-Amun hielt seinem Blick stand und bemerkte gleichzeitig den stinkenden schwarzen Rauch, der von dem nicht gestutzten Docht hochwölkte, den unebenen, kühlen Lehmfußboden unter seinen Füßen, das zerdrückte, grobe Leinenlaken auf der Pritsche hinter Mersus starr aufgerichteter Gestalt.

«So sei es denn», quälte er sich mit steifen Lippen ab, machte auf den Fersen kehrt und ging.

ZEHNTES KAPITEL

In dieser Nacht lag Si-Amun allein und schlaflos auf seinem Lager und lauschte dem Kummer von Wasets Einwohnern. Auf den Straßen trauerten die Klageweiber laut um Seqenenre, und ihr schrilles Wehgeschrei klang weit über den Fluss und hallte von den Mauern des alten Palastes wider. Die siebzig Tage Trauer um den Fürsten hatten begonnen. Im Haus des Todes lag sein Leib ohne Eingeweide in Natron eingepackt und wurde von Sem-Priestern bewacht, die von Zeit zu Zeit pflichtschuldigst beteten, ehe sie sich wieder ihren sonderbaren Tätigkeiten widmeten.

Zwei Tage später stellte sich Amunmose wieder ein. Si-Amun, der an einem der Pfeiler lehnte, die vom Arbeitszimmer seines Vaters auf die Stufen des Vorbaus führten, und Hor-Ahas trockenem Bericht lauschte, der vom Befinden der verbleibenden Soldaten sprach, sah den Hohen Priester durch den Garten kommen. Er hatte sich in einen knöchellangen weißen, steif gestärkten Schurz gekleidet, dessen Falten raschelten. Seine Sandalen waren aus rotem Leder, das Pektoral auf seiner braunen Brust war aus Gold und Jaspis und seine Augen waren mit schwarzem Kohl umrandet. Über einer Schulter lag das Leopardenfell. Zu beiden Seiten gingen Tempeldiener, einer trug den weißen Stab mit Amuns goldenen Federn, der andere einen kleinen hölzernen Kasten.

Si-Amun hob die Hand und Hor-Aha hörte auf zu sprechen. «Wir machen später weiter», sagte er. «Amunmose ist in amtlicher Eigenschaft hier, glaube ich, mit dem Namen meines Sohnes. Lass Aahmes-nofretari holen. Sag ihr, sie soll den Besuch des Hohen Priesters erwarten.» Er hörte Hor-Aha kaum fortgehen. Seine Augen hingen an dem harmlos aussehenden Kasten in den Händen des kleinen Jungen, als Amunmose an den Stufen stehen blieb und sich verbeugte; daher schaffte er es nur, den Hohen Priester zu begrüßen und ihn aufzufordern, in den vergleichsweise kühlen Vorbau zu treten.

Amunmose stieg die Stufen hoch, ihm standen Schweißtropfen auf der Stirn. «Nur Mut, mein Freund!», sagte Si-Amun lächelnd und winkte ihn weiter. «Nur noch ein paar Tage bis zur Überschwemmung. Hast du einen Namen für meinen Sohn mitgebracht?» Doch bei diesen Worten wanderte sein Blick immer wieder zu dem Tempeldiener, der gehorsam draußen in der Sonne stand. Amunmose verbeugte sich erneut, merkte aber, dass Si-Amun nicht bei der Sache war.

«In der Tat, Fürst. Ich habe auch die Sache mitgebracht, um die du mich gebeten hast. Geh behutsam damit um. Ein Tropfen auf die Haut und sie ist verbrannt.» Si-Amun riss den Blick los und wandte sich wieder dem Priester zu.

«Lass uns erst über das Leben reden», bat er ruhig, obwohl es ihm kalt über den Rücken lief. «Was sagen die Astrologen?» Er wartete ängstlich, dachte dabei an sein erstes Kind, den kleinen Jungen, den er gar nicht kennen gelernt hatte und der jetzt in einem unfertigen Grabmal lag. Amunmose lächelte.

«Du wirst, glaube ich, zufrieden sein», sagte er. «Sie haben den Namen Ahmose-onch gewählt.» Ahmose-onch. Si-Amun wurde leicht ums Herz. Das war ein guter, ordentlicher Name, altehrwürdig und beruhigend, vertraut und bequem wie die vergehende Traumzeit in Waset. Es war nur recht, dass das Kind den Namen Ahmose tragen sollte, der sich als einziges der männlichen Familienmitglieder sein sonniges Gemüt bewahrt hatte und von Krieg und Zerstörung nicht direkt berührt worden war, und die Nachsilbe ‹onch›, eine Ableitung von ‹anch›, dem Zeichen des Lebens schlechthin, verlieh dem Namen noch mehr Kraft. Si-Amun erwiderte das Lächeln des Hohen Priesters.

«Er ist wirklich annehmbar», sagte er. «Geh zu Aahmes-nofretari und teile ihn ihr mit.» Doch zunächst schnipste Amunmose mit den Fingern, und der kleine Tempeldiener kam die Stufen hochgelaufen. Er verbeugte sich vor Si-Amun und überreichte ihm den Kasten.

«Ein Geschenk für deinen Sohn von mir», sagte Amunmose wegen des Tempeldieners, doch mit einem warnenden Blick zu Si-Amun. «Es ist sehr kostbar, Fürst. Hüte es gut.»

Si-Amun nahm es entgegen, legte dem schwarzhaarigen Tempeldiener die Hand auf den Kopf, schaffte es, den Priester zu verabschieden, und ging dann in das leere Arbeitszimmer. Das Holz in seinen Fingern war warm, und Zedernduft stieg ihm in die Nase. Zitternd klappte er den Deckel auf. Im Kasten lag ein Alabastertöpfchen, dessen Stöpsel fest mit Wachs versiegelt war. Si-Amun blickte es starr an, dann schlug er den Deckel wieder zu, klemmte sich den Kasten unter den Arm, ging in sein Zimmer und schob ihn unter sein Lager. Sodann machte er sich auf die Suche nach Aahmes-nofretari.

Er fand seine Gemahlin auf dem Dach unter einem Sonnensegel, wo sie auf Polstern saß und der Kleine in einem Körbchen neben ihr schlief. Raa tropfte Lotosessenz in eine Schüssel mit Wasser, in der ein Tuch schwamm. Als sie den Fürsten über das Dach herankommen sah, verbeugte sie sich und verschwand. Aahmes-nofretari lächelte und streckte ihm die Arme entgegen. Sie war nackt, ihr Hemdkleid lag zerdrückt auf der Matte. «Gefällt er dir?», fragte sie lächelnd. «Ich finde, es ist ein schöner Name. Amunmose ist gerade fort, und ich wollte gern nach hier oben und mich von Raa waschen lassen. Wie heiß es heute Nachmittag ist!» Si-Amun ging in die Knie und ließ sich umarmen. Ihre Haut war heiß und trocken und duftete ein wenig nach Dattelpflaumen. Das Haar, das ihr ins Gesicht fiel, war auch warm und so weich und fein wie Flussnebel. Er zog sich ein wenig zurück und küsste ihre ungeschminkten Lippen.

«Ich finde auch, dass es ein schöner Name ist», sagte er lächelnd. «Ahmose wird begeistert sein.» Er wandte seine Aufmerksamkeit dem Kind zu. Ahmose-onch schlief selig. Übersatt mit Milch lag er da, hatte die winzigen braunen Gliedmaßen auf dem Laken ausgestreckt, seine schwarzen Wimpern zitterten auf den Pausbäckchen, sein Mund, der einer aufbrechenden Lotosknospe glich, stand ein wenig offen. Si-Amun streichelte seine seidige Haut verwundert mit einem Finger. «Wie vollkommen er ist!», rutschte es ihm heraus, und dieses gesteigerte Wahrnehmungsgefühl galt auf einmal auch seiner Umgebung.

Die Haut des Kleinen war wie betaut, das Laken unter ihm blendend weiß. Si-Amun war verwirrt, denn er konnte Faden und Schuss zählen, wie fein sie auch immer waren. Eine Hand von Aahmes-nofretari lag entspannt auf einem blauen Kissen. Bezaubert und hingerissen zugleich bemerkte Si-Amun die etwas helleren Stellen an ihren Fingern, wo sie für gewöhnlich Ringe trug, die hoch stehenden Sehnen, die kleinen, fast unsichtbaren Haare zwischen ihren Fingerknöcheln. Sein entzückter Blick wanderte an ihrem schönen braunen Bein entlang, sie hatte den Knöchel gedreht, die Zehen waren kräftig und schwielig, dann hob er den Blick zu der Ansicht hinter ihr. Er bekam kaum noch Luft, ihm war, als wäre er eine lange Strecke gerannt.

Die Quasten am Rand des Sonnensegels schaukelten rot vor dem tiefen, kräftigen Blau des Sommerhimmels. Dahinter die Umrisse von Wüste und Tempel, das unterschiedliche Auf und Ab der Gebäude in Waset, die kunstvoll angeordneten, kahlen Büsche an den silbrigen Schleifen des Flusses, alles überwältigte Si-Amun so sehr, als wäre es fremdländisch und exotisch, etwas Abgetrenntes, zu dem er schon nicht mehr gehörte. Eine Kluft hatte sich zwischen seinen Augen und seinem Herzen geöffnet und übermittelte erlesene, wenn auch unverständliche Botschaften, die über sein Begriffsvermögen hinausgingen. Die Sommerfarben, ganz Hellgelb, Silber und Braun, standen vor einem lebhaften Blau, das brannte wie ein heißes Schwert.

«Aahmes-nofretari», sagte er und erkannte seine eigene Stimme kaum, «lass uns den Rest des Tages hier oben bleiben. Schick Raa fort. Ich werde dich waschen. Wir können reden. Wir können uns gegen Sonnenuntergang Essen hochbringen lassen, statt in den Speisesaal zu gehen.» Sie drehte sich erstaunt zu ihm um, wollte ihn schon necken, doch etwas an seiner Miene ließ sie innehalten.

«Na schön», sagte sie. «Raa kann den Kleinen mitnehmen.» Doch er hielt sie zurück.

«Nein. Wir können uns um ihn kümmern.» Sie machte es sich wieder in den Kissen bequem und lächelte.

«Dir ist wohl die Sonne zu Kopf gestiegen, Si-Amun! Dann machen wir uns also einen faulen Tag. Gut! Wasch mich!»

Sie schickten Raa ins Haus zurück, und als sich die Sonne langsam gen Westen senkte, redeten sie. Si-Amun verstellte das Sonnensegel nach dem Sonnenstand. Zweimal dösten sie aneinander geschmiegt auf den zerwühlten Kissen ein. Si-Amun tröpfelte duftendes Wasser über Aahmes-nofretaris geschmeidigen Leib. Er sah zu, wie sie ihren Sohn stillte. Sie sprachen über ihren Vater, über ihre Kindheit, doch nach einer unausgesprochenen Übereinkunft nicht über die Zukunft. Si-Amun hätte sie auf dem Dach im milder werdenden Sonnenschein gern geliebt, doch sie musste sich erst noch von Ahmose-onchs Geburt erholen.

Gegen Abend erschienen Diener mit Gerstenbier und Rotwein, Trauben und Feigen, Granatäpfeln, Brot und Honigkuchen. Während Re langsam verschluckt wurde und das Land in seinen roten Schein tauchte, schwiegen sie endlich, lagen in freundschaftlicher Umarmung nebeneinander und sahen zu, wie die Sonne verschwand.

Als das Licht verblasste und die ersten Sterne an einem Himmel erschienen, der noch immer einen ganz schwachen blauen Abglanz des Tages zeigte, nahm Si-Amun seinen Sohn in die Arme und begleitete Aahmes-nofretari zu ihren Gemächern. Als sie dort waren, drehte sie sich zu ihm um. Hinter ihnen entzündete Raa die Lampen, stellte frisches Wasser für die Nacht bereit und schlug die Laken auf dem Lager zurück. «Das war ein wunderschöner Nachmittag», sagte Aahmes-nofretari seufzend und wollte ihn küssen. «Wenn wir nicht um Vater trauerten, wenn wir nicht so bekümmert wären, er wäre vollkommen gewesen. Aber du bist nicht du selbst, Si-Amun.» Er erwiderte ihren Kuss, fühlte, wie man ihm das leichte Gewicht seines Sohnes aus den Armen nahm, und dann brachte Raa den Kleinen ins Kinderzimmer.

«Keiner von uns ist er selbst», sagte er. «Vielleicht werden wir nie wieder, wie wir einmal gewesen sind. Wie könnten wir auch? Die Zukunft ist sehr dunkel, Aahmes-nofretari. Ich liebe dich und nichts anderes zählt.» Sein Blick wanderte kurz über ihr Gesicht: die straffe, fast schwarz gebräunte Haut, die braunen Augen, die ohne Schminke so klar und sanft waren, der wohlgeformte, bewegliche, ein wenig hellere Mund. «Schlaf gut», sagte er abschließend. Sie lächelte, nickte und machte die Tür hinter ihm zu.

Die Flure waren, abgesehen von den Wachposten, leer, als Si-Amun zu seinen eigenen Gemächern ging, und im Haus war es still, die Bewohner waren erschöpft von der Hitze des Tages. Während er dem Platschen seiner Sandalen auf den Fliesen lauschte, überlegte er, was die Familienmitglieder wohl machten. Der Drang umzukehren, nachzusehen war stark, doch er widerstand ihm, denn es war ja nur ein Versuch seines Kas, ihn von seinem Ziel abzulenken. Damit war niemandem gedient. Er wusste, wo sie waren. Sie waren sein Fleisch und Blut, ihre Persönlichkeiten, ihre Gewohnheiten waren wie seine durch dieses schäbige, alte Haus geformt worden. Tetischeri würde beten oder sich in ihrem Zimmer Geschichten erzählen lassen. Seine

Mutter würde sich mit Isis unterhalten und in Erinnerungen an Seqenenre schwelgen. Aahmes-nofretari ... Lieber nicht an sie denken, wie sie die Arme hochhielt, damit Raa ihr das durchsichtige Nachthemd über den Kopf ziehen konnte, wie sie ins Kinderzimmer ging und sich ein letztes Mal über ihr entspannt schlafendes Kind beugte. Kamose würde wieder auf den Beinen sein, wenn auch noch unbeholfen, und allein und ohne Lampe im Garten sitzen und Gedanken wälzen, die niemand in der Familie teilte, er würde sein Lager noch nicht aufsuchen wollen, und Ahmose wanderte wahrscheinlich mit einer Leibwache am Fluss entlang. Tani würde schlafen.

Si-Amun erwiderte den förmlichen Gruß des Wachpostens vor seiner Tür und trat ein. Das Zimmer war leer, doch sein Diener hatte auf dem Tisch am Lager eine Lampe brennen lassen, hatte seinen kleinen Amun-Schrein geöffnet und frische Weihrauchkörner in den Halter daneben gelegt. Si-Amun ging zu dem Schrein, zündete die Holzkohle an, warf ein paar Körner auf, hob den Halter über den Schrein und begann seine Nachtgebete. Vor dem Tod seines Vaters hatte er sich selten die Mühe mit diesem Ritual gemacht, doch letztens drückte ihn die Verantwortung, die ihm Seqenenre aufgebürdet hatte, und so hatte er jeden Abend zu dem Gott gebetet, denn das gehörte zu den Pflichten gegenüber der Familie und dem Nomarchenposten, den er jetzt bekleidete. Er betete gewissenhaft und schloss den Schrein wieder. Er wusste nicht, ob die Gesetze der Götter, die Ägypten regiert hatten, das, was er vorhatte, gutheißen würden oder ob das furchtbare Ungeheuer Sobek, das immer neben der Waagschale wartete, ihn auslöschen würde. Aber es ist die einzige Möglichkeit, mich rein zu waschen, dachte er grimmig, als er den Kasten unter seinem Lager hervorzog und ihn auf den Tisch stellte. Ich muss ihnen das ganze Elend eines Prozesses gegen mich ersparen.

Er trat zur Tür und ließ einen Diener eine Palette holen. Es war Jahre her, dass er eigenhändig geschrieben hatte, aber er war ein guter Schüler gewesen, hatte sich um die Zeichen bemüht, zunächst auf Tonscherben und später unter dem wachsamen und kritischen Auge seines Lehrers auf knisternden Papyrusblättern. Er hatte nichts vergessen. Als der Mann zurückkam, nahm Si-Amun die Palette, setzte sich in der richtigen Haltung mit gekreuzten Beinen auf den Boden und legte sie auf seine Knie. Er murmelte das Gebet zu Thot, griff zu einer Schreibbinse und fing an.

Er brauchte nicht lange, um seiner Familie in säuberlicher, schwarzer hieratischer Schrift seine Schuld und Schande darzulegen. Dem Drang, sich zu rechtfertigen, widerstand er, denn er wusste inzwischen, dass ihm keine Rechtfertigung helfen konnte. Er hatte Unrecht getan und musste dafür zahlen. Er unterzeichnete mit Si-Amun, Fürst und Nomarch von Waset. Rasch sog der Papyrus die schwarze Tusche auf. Si-Amun rollte ihn zusammen und ging zu seiner Truhe, wo er sein Lieblingsmesser heraussuchte, ein Bronzedolch mit Elfenbeinklinge, den ihm sein Vater vor Jahren geschenkt hatte. Langsam zog er ihn über den Handrücken und sah zu, wie das Blut herausgesprudelt kam wie Kielwasser eines fahrenden Bootes. Scharf genug. Er öffnete den Kasten, holte das Alabastergefäß heraus und trat auf den Flur. Dort übergab er die Rolle dem Wachposten. «Gib das nach Beendigung deiner Wache Prinz Kamose», sagte er und entfernte sich auf dem Flur, ohne eine Antwort abzuwarten.

Mersus Zelle lag in der Nähe der Frauengemächer. Si-Amun schritt, ohne zu zögern, die Augen blind auf seine Füße gerichtet, im Kopf eine Abfolge von Bildern aus seinem kurzen Leben, die er bewusst ohne jegliches Gefühl betrachtete, abgesehen von dem, dass alles eitel war.

Er war fast vor Mersus Zelle angekommen, als jemand seinen Arm berührte. Er zuckte zusammen und hielt an, und da stand Tani vor ihm. Sie war barfuß und zog ihren Umhang zusammen. Si-Amun schwankte und hätte fast das Alabastergefäß fallen lassen. Sein Herz machte einen Satz. «Tani!», rutschte es ihm heraus. «Was tust du hier, warum geisterst du allein durchs Haus?»

«Ich kann nicht schlafen», gestand sie. «Heket schnarcht schon auf ihrer Matte, und meine anderen Dienerinnen sind in ihren Zellen. Ich habe mich ein Weilchen mit dem Wachposten vor meiner Tür unterhalten, aber ich habe den Armen nur in Verlegenheit gebracht, da bin ich lieber etwas herumspaziert.» Sie biss sich auf die Lippen. «Ich bin einsam, Si-Amun. Ich habe niemanden, der bei mir ist. Großmutter genießt ihre Einsamkeit. Mutter zieht sich in ihrem Kummer zurück, und ich möchte sie nicht mit meinem belästigen. Kamose ist noch immer verwundet, und du weißt ja, wie er ist. Selbst wenn er mit dir redet, hat man das Gefühl, dass er gar nicht da ist. Ich brauche Ramose.»

Auf einmal fiel ihr auf, was er da trug. Ihre Augen schossen von dem Messer und dem Gefäß zu seinem Gesicht und wieder zurück. «Was um alles willst du damit?» Si-Amun fiel so schnell keine Antwort ein. Ihr Auftauchen hatte ihn erschreckt und abgelenkt. Während er noch nach einer oberflächlichen Entgegnung suchte, trat sie näher und kräuselte die Stirn. «Wohin willst du, Si-Amun?», fragte sie scharf, und dabei war ihrer Stimme unterschwellig die Angst anzuhören. «Wozu brauchst du im Haus einen Dolch?» Und dann packte sie ihn plötzlich, umfasste sein Handgelenk mit beiden Händen. «Du willst Mersu umbringen, stimmt's?», zischte sie. «Das stimmt doch?» Es lag ihm auf der Zunge, ihr zu sagen, sie solle ihre Nase nicht in seine Angelegenheiten stecken und sich in ihre Gemächer zurückziehen, doch ihre Miene hatte nichts Kindliches mehr, sondern war angespannt und eindringlich-forschend. Sie ist kein Kind mehr, dachte er erschrocken. Sie ist fünfzehn. Nur zwei Jahre jünger als Aahmes-nofretari. Wie gedankenlos bin ich gewesen!

«Ja», sagte er, während sich ihre Nägel noch immer in sein Handgelenk bohrten. «Ich will Mersu töten. Das, Tani, ist sauberer und weniger qualvoll als ein Prozess, und Amun weiß, er hat den Tod verdient.» Er hatte erwartet, dass ihr der Atem stockte, dass sie zurückwich, ihn mit einem Schwall empörter Argumente überschüttete, doch sie blickte ihn nur ruhig an. Allmählich dämmerte es ihr, er las eine eigenartige Einsicht in ihrem Blick, der kühl und billigend war, und sie ließ ihn los.

«Du hast Recht», sagte sie. «Soll er für Vaters Tod zahlen, nicht wir. Triff gut, Si-Amun.» Mit einer Würde, die er noch nie an ihr bemerkt hatte, drehte sie sich um und ging zurück, verschwand mit flatterndem Leinen um die Ecke, ohne einen Blick zurückzuwerfen.

Die Begegnung hatte bei Si-Amun ein unbestimmtes Angstgefühl ausgelöst. Töte Mersu, aber lebe du weiter, forderte seine Seele. Tani verändert sich, aber wer außer dir hat das bemerkt? Die Familie braucht dich. Waset braucht dich! Er stöhnte, wusste, dass er in Versuchung war, und gleich darauf stand er vor Mersus Tür.

Der Wachposten salutierte. Si-Amun schenkte ihm ein Lächeln. «Eine ruhige Nacht, Soldat?», fragte er. Der Speerschaft des Mannes pochte kurz auf den Boden.

«So ist es, Fürst», antwortete er.

«Und der Gefangene?»

«Hat vor zwei Stunden Suppe und Brot gegessen. General Hor-Aha ist gegen Sonnenuntergang da gewesen und hat sich vergewissert, dass alles in Ordnung ist, und Uni hat ein Binsenbündel geschickt, damit der Gefangene nicht müßig herumsitzt.» Trotz seines Gemütszustandes musste Si-Amun bei dem Gedanken an den stolzen Haushofmeister lächeln, der jetzt knietief in Binsen auf dem Boden saß.

«Gut. Ich gehe hinein. Du bleibst auf deinem Posten und reagierst auf nichts, was du drinnen hörst. Hast du mich verstanden?» Der Mann nickte.

«Ich bin der Diener meines Gebieters.» Si-Amun legte ihm flüchtig die Hand auf die Schulter und trat ein.

Der Wachposten schloss die Tür hinter ihm, und bei dem Geräusch kam Si-Amun alles unwirklich vor. Er bückte sich und stellte den Alabasterkrug auf den unebenen Boden neben sich. Er hatte das Gefühl, dass jeder Muskel feierlich den Anweisungen eines unbekannten, religiösen, jedoch geheimnisvollen Rituals gehorchte. Als er sich aufrichtete, wäre er nicht überrascht gewesen, wenn er plötzlich in priesterliches Leinen und mit Seths Maske angetan gewesen wäre. Er widerstand dem Drang, sein Gesicht zu berühren.

Mersu lag auf seinem Lager, hatte die Beine übergeschlagen und die Arme hinter dem Kopf verschränkt. In einer Ecke des schlecht beleuchteten Zimmers lag ein unordentlicher Binsenhaufen. Die Reste seiner einfachen Mahlzeit standen auf einem Tablett auf dem Boden. Beim Geräusch der sich öffnenden Tür hatte er aufgeblickt, und als er sah, wer es war, kam er langsam hoch. Dann stand er da mit locker herabhängenden Armen, und Si-Amun, der ihn eingehend musterte, bemerkte zum ersten Mal zunehmende Unsicherheit auf Mersus undurchschaubarer Miene, als er nämlich das Messer sah. Dieses Mal fuhr sich Si-Amun tatsächlich mit der Hand über die Augen in der Gewissheit, Seths graue, pelzige Schnauze und scharfe Reißzähne zu fühlen, denn bei Mersus Ausdruck jauchzte er innerlich und verspürte die kalte Erregung des Scharfrichters. «Ja, Mersu», sagte er mit ausdrucksloser und gefasster Stimme. «Ich habe beschlossen, dass weder du noch ich die Qualen eines Prozesses durchmachen. Du hast nicht geglaubt, dass ich den Mut dazu aufbringen würde, nicht wahr? Das hier ist dein Urteil», damit zeigte er auf das Messer, «und das da», er zeigte auf den Krug, «ist meins. Falls du unvorhergesehenerweise das Wiegen des Herzens überstehen solltest, mach dir keine Hoffnungen, dass du bei Osiris willkommen bist, denn ich habe eine Rolle an meine Familie geschrieben, und wenn sie die gelesen hat, wird dein Körper nicht einbalsamiert. Meiner vielleicht auch nicht.» Mersu war blass geworden. Si-Amun sah, wie er zurückwich, bis er das Lager hinter seinen Knien spürte, dessen Kante ihn aufrecht hielt. «Ob dein Name irgendwo überlebt?», fuhr er fort. «Wird der Setiu-Gott Sutech dich wohl erretten und für deine Treue zu seinem Günstling Apophis belohnen?» Das war jetzt rachsüchtig, denn die bittere Galle in seiner Seele stieg ihm in hasserfüllten Worten auf die Zunge, doch er war ein König, er war ein Fürst, und mit übermenschlicher Anstrengung ermahnte er sich, dass man Mersu seinen Mangel an Tugend nicht vorwerfen konnte. «Möchtest du noch etwas sagen, ehe ich dich umbringe?» Mersu schluckte, fuhr sich mit der Zunge über die Lippen und schien Kräfte zu sammeln. Sein Gesicht blieb so grau wie das einer Leiche, doch er stellte sich aufrechter hin.

«Es gibt nichts zu sagen», krächzte er. «Vielleicht ist es besser so, Fürst. Mir wird die Erniedrigung einer öffentlichen Hinrichtung erspart und dir die Scham und Kritik deiner Familie. Was das Schicksal meines Kas angeht, so sind die Götter Ägyptens nicht mehr so mächtig wie die Setiu-Gottheiten. Ich werde überleben.» Er brachte ein Achselzucken zustande, eine Geste, die Mut ausdrücken sollte, Si-Amun aber übertrieben vorkam. «Ich bin ohnedies nicht gut im Mattenflechten.» Er machte den Mund zu und fixierte Si-Amun.

Einen Augenblick lang starrten sie sich an, und Si-Amun wollte es so vorkommen, als ob der Haushofmeister in dem Schweigen Vertrauen fasste und wieder sein unverschämtes Selbst annahm, während er immer schwächer wurde. Die Erregung verflüchtigte sich allmählich und hinterließ ein Frösteln, wirre Entschlossenheit und abnehmende Willenskraft. Er wusste, wenn er nicht bald zustach, würde er sich davonstehlen und auf ewig Schande über sich bringen. Der Elfenbeingriff lag so warm in seiner Hand.

Er packte ihn fester und trat näher. Mersu sah ihn kommen. Nur die angespannten Stränge am Hals und ein Zucken um den Mund verrieten sein wachsendes Entsetzen. Si-Amun holte rasch und tief Luft und stieß Mersu den Dolch in den Bauch. Der Haushofmeister ächzte, griff nach der Waffe und umfasste in seiner Qual die Klinge. Blut tränkte seinen Schurz und lief ihm bereits die Beine hinunter. Si-Amun spürte es warm und feucht auf seinen Fingern. «Das ist für mich», flüsterte er. Mersus Augen waren schreckgeweitet. Si-Amun stemmte sich gegen seine Brust und riss sein Messer heraus, packte Mersu am Nacken und stieß ihm die befleckte Klinge unter dem Ohr in den Schädel. Mersu zuckte und fiel zu Boden. «Und das ist für meinen Vater», keuchte Si-Amun.

Er brach auf dem Lager zusammen und betrachtete schwer atmend seine Hände. Überall Blut, etwas war sogar bis zum Ellenbogen gespritzt. Seine Brust war damit verschmiert und sein Schurz voller Flecke. Mersu lag zusammengekrümmt vor ihm und starrte mit blicklosen Augen auf seine Füße. Si-Amun wartete darauf, dass sein Herz aufhörte zu hämmern, und zwang sich, nur noch wahrzunehmen, was in jedem einzelnen Augenblick geschah. Als sich sein Herz langsam beruhigte, verspürte er Mitleid mit ihm und musste über seine eigene Dummheit lächeln.

Der Alabasterkrug stand noch da, wo er ihn vor einer Ewigkeit hingestellt hatte. Er stand auf, hob ihn hoch und nahm ihn mit zum Lager. Kamose wird ein besserer Nomarch, als ich jemals geworden wäre, dachte er, während er sich mit dem Siegel abmühte. Er macht sich wenig aus Äußerlichkeiten und viel aus dem Wohlergehen der Nomarchen, während ich immer nur an die Herrlichkeiten von Auaris und an einen Platz neben dem König gedacht habe. Fluch über ihn! Kamose wird Aahmes-nofretari heiraten, so bestimmt es das Gesetz der Maat für uns, und er wird meinen Sohn als seinen eigenen annehmen. Bei dem Bild seiner Frau und seines Kindes neben ihr, wie sie beide nackt und schläfrig in der Nachmittagshitze dalagen, drückte er die Augen ganz fest zu. Dann warf er einen neugierigen Blick in den Krug, in dem eine kleine Menge einer dunklen Flüssigkeit zitterte. Er roch vorsichtig daran. Sie hatte keinen Geruch. Behutsam, damit er nichts davon auf seine Hand verschüttete, hob er ihn, trank und verzog dabei das Gesicht, denn die Flüssigkeit schmeckte scheußlich und bitter.

Auf der Stelle fing seine Kehle an zu brennen, und der Schweiß brach ihm am ganzen Körper aus. Mit zusammengebissenen Zähnen, denn das Feuer verbreitete sich in seinem Magen, stöpselte er den Krug zu und stellte ihn auf Mersus Tisch, doch dann stellte er fest, dass er sich nicht mehr aufrichten konnte. Er schlang die Arme um sich, wiegte sich und stöhnte, vermochte aber schon bald die Schreie nicht mehr zu unterdrücken, denn der Schmerz übermannte ihn. Er konnte nicht mehr denken, und als Letztes verspürte er eine überwältigende Einsamkeit.

Kamose träumte. Er hatte den Traum schon so viele Male geträumt, dass er selbst im Schlaf Wohlsein und Vorfreude wahrnahm. Anfangs spielte er sich irgendwo auf dem Anwesen ab – in seinen Gemächern, im Garten, am Fluss, ja, sogar im Empfangssaal, doch wo immer er auch war, jedes Mal empfand er freudige Erwartung. In dieser Nacht träumte ihm, er säße im Garten. Es dämmerte. Re war gerade in Nuts Schlund verschwunden, und im Teich spiegelte sich ein ruhiger, dunkelroter Himmel. Der Abend ließ Rasen, Blumenbeete, Büsche und Baumgruppen verschwimmen, und im Haus leuchteten bereits ein paar Lampen. Unsinnig, wie Träume nun einmal waren, stellte Kamose fest, dass er trotzdem gut sehen konnte. Er saß auf einer Matte am Teichrand und ließ eine Hand durch das warme Wasser gleiten. Lotosblätter, deren Blüten einen berauschenden Duft verströmten, stießen an seine Finger.

Ein Weilchen war er es im Traum zufrieden, den Abend zu genießen, doch dann waren seine Sinne geweckt, und die vertraute Erregung rieselte ihm den Rücken hinunter und bewog ihn innezuhalten. Er saß im Anblick des Pfades, der durch den Laubengang zur Bootstreppe führte. Er wusste, es war Winter, denn das üppige Grün ringsum erzählte von einer Überschwemmung, die noch nicht lange her war, dennoch hing der Wein dick und blau an den Reben, die Trauben bestaubt und reif. Gleich kommt sie, dachte er im Traum, und sein Magen zog sich zusammen. Gleich kommt sie. Bisweilen entfernte sie sich langsam von ihm, und er versuchte, hinterherzulaufen und sie zu fangen. Bisweilen tauchte sie jäh auf, immer mit abgewandtem Gesicht, und er bemühte sich, sie zu stellen, ehe der Traum verblasste, doch immer kam er zu spät. Viele Monate lang hatte der Traum eine köstliche Sehnsucht in ihm geweckt, doch nie hatte er mehr erblickt als ihren Rücken.

Jetzt sah er zum Wein hinüber, wo sich der Pfad ins Dunkel des traubenbehangenen Spaliers wand, und ja, da war sie, stand mit erhobener Hand und schickte sich an, eine Traube zu pflücken. Unter dem durchsichtigen weißen Hemdkleid, das ihr bis zu den Knöcheln reichte, wurde ihr brauner Leib zu einer zierlichen Mitte schmal und rundete sich wieder zu zwei sanft geschwungenen Hüften. Sie war hoch gewachsen. Zwischen ihren Schulterblättern lag das goldene Gegengewicht eines Pektorals an einer Silberkette auf seidiger Haut. Sie stand hoch erhobenen Hauptes. Ihr Haar war voll, schwarz und glatt, schimmerte wie Krähenfedern im Sonnenschein, und Kamose konnte den Goldreif sehen, der mit winzigen Anchs behangen ihre Stirn umfasste. Darüber und gerade noch zu sehen bäumte sich der Rücken einer Kobra. Armreife aus Elektrum mit Lapislazuli umspannten ihre weichen Oberarme, und die langen Finger, die sie nach den Trauben ausstreckte, waren dicht beringt.

Kamose war ganz schwach vor Verlangen und noch etwas anderem, denn dieser Traum war anders als die ermüdenden und sinnlichen Träume seiner Jünglingsjahre. Diese unbekannte Frau war die Summe all seiner Sehnsucht. Sie nahm eine Traube zwischen Daumen und Zeigefinger, drehte sie dabei ein wenig, und Kamose hielt den Atem an. Langsam, leise erhob er sich und schlich näher. Die Weinrebe schaukelte, als sie die Traube abzupfte und zum Mund hob. Dabei erhaschte Kamose einen verlockenden Blick auf ihre Wange. Er bewegte sich behutsam, nur ja kein Geräusch machen. In früheren Träumen hatte er sie angerufen, war schreiend hinter ihr hergestolpert, doch bei jedem Geräusch seinerseits hatte sie sich verflüchtigt. Also ging er jetzt verstohlen vor. Ihre Hand war heruntergesunken. Kamose sah, wie das silberdurchwirkte Leinen die Bewegung mitmachte. Die Lippen vor Anspannung geöffnet, die Fäuste geballt, stahl er sich näher. Fast hatte er sie schon erreicht. Sie stand ganz still da, so als lauschte sie. Jetzt konnte er ihre Duftsalbe riechen. Der Myrrheduft entzückte und betäubte ihn. Noch nie hatte er so nahe an sie herankommen können. Sein Herz raste wie wild, als er stehen blieb. Er streckte die Hand aus, wollte ihre Schulter anfassen, und einen köstlichen Augenblick lang berührte er sie. Sie war kühl, und seine Finger glitten über eine Haut, die wie sanftes Öl war.

Doch dann packte jemand sein Handgelenk, und er war nicht länger im Garten. Er lag auf dem Rücken, auf seinem Lager im Dunkel einer stickigen Sommernacht, und jemand beugte sich über ihn. Der Verlust schmerzte und verstörte ihn, und er wollte mühsam hochkommen. «Kamose!», zischte eine Stimme an seinem Ohr. «Wach doch bitte auf! Ich mache mir solche Sorgen.» Als er dann saß, zitterte er. Seine Kopfstütze war zu Boden gefallen, und er hatte mit dem Kopf auf der nackten Matratze geschlafen. Er rieb sich die Schultern.

«Tani!», staunte er und hätte so gern den Traum bewahrt, der ihn ganz schwach vor Sehnsucht machte. «Was ist los?» Sie sank neben seinen Knien zu Boden.

«Es geht um Si-Amun», platzte sie heraus. «Ich konnte heute Nacht nicht schlafen und bin im Haus herumgegeistert. Da habe ich ihn auf dem Flur in der Nähe von Mersus Zelle getroffen. Er hatte einen Dolch und einen Krug in der Hand. Er hat zugegeben, dass er Mersu umbringen wollte, und ich habe ihm bestätigt, dass dazu guter Grund besteht. Aber der Krug ... Ich habe solche Angst, Kamose. Er war so entrückt, so kühl, aber seine Augen waren sonderbar. Das ist mir erst später aufgefallen. Was war in dem Krug?» Kamose legte ihr beschwichtigend die Hand auf den Kopf und schwang die Beine über die Bettkante.

«Mach dir keine Sorgen», sagte er, obwohl auch er ungute Gefühle verspürte. «Er hätte das Gesetz nicht in die eigene Hand nehmen dürfen, obwohl Mersu den Tod verdient hat. Einen Menschen zu töten fällt schwer, Tani, sogar in der Hitze des Gefechts. Kein Wunder, dass Si-Amun sonderbar geblickt hat. Warte draußen. Ich will mir nur einen Schurz umbinden, dann suchen wir ihn.»

«Danke, Kamose. Du kannst wirklich gut trösten.» Sie stand vom Lager auf und ging eilig zur Tür. Auch Kamose stand auf und zog einen Schurz aus der Truhe an der Wand. Trösten, ich?, dachte er. Ach, Tani, du solltest mich in meinen Träumen sehen! Si-Amun, wenn du doch nur nicht wegen Mersu den Kopf verloren hättest. Ein ordentlicher Prozess und eine Hinrichtung wären mehr im Sinne der Maat gewesen. Großmutter wird dich schlimm schelten. Er trat zu Tani auf den Flur.

Noch hing die Nacht dunkel im Haus, und die an den Wänden angebrachten Fackeln fauchten. Die beiden gingen zu Si-Amuns Gemächern, die unweit von Kamoses gelegen waren, und kamen an Ahmoses Tür vorbei. Ahmoses Wachposten salutierte, und sie wollten schon weitergehen, als die Tür aufging und Ahmoses verschlafenes Gesicht auftauchte. «Was geht hier vor?», fragte er. «Vor einem Weilchen habe ich den Wachposten salutieren hören, und jetzt ihr beiden.»

«Das muss Si-Amun gewesen sein», rief Tani. «Ist er zurückgekommen?», fragte sie den Soldaten.

«Nein, Prinzessin», antwortete der. «Er hat kurz mit mir geredet und ist weitergegangen. Seitdem habe ich ihn nicht mehr gesehen.»

«Wir werfen trotzdem einen Blick in sein Zimmer», entschied Kamose. «Komm mit, Ahmose.» Er verstand nicht, wieso ihn eine nicht greifbare Angst überkam. Ahmose hatte ein Laken in der Hand, das wickelte er sich jetzt um die Mitte.

«Hat Si-Amun Mersu umgebracht?», sagte er, als sie weiterhasteten. «Echt komisch! Ausgerechnet er, der immer so peinlich darauf bedacht ist, dass alles seine rechte Ordnung hat. Kaum zu glauben!» Ja, so ist er, schoss es Kamose durch den Kopf. Si-Amun, der hartnäckige Verfechter des Protokolls und Verteidiger der Richtlinien, nach denen Fürsten zu leben hatten.

Dann erreichten sie Si-Amuns Tür. Sie war geschlossen. Kamose grüßte den Wachposten. «Ist mein Bruder im Zimmer?», fragte er. Der Mann schüttelte den Kopf.

«Nein, Prinz, das ist er nicht. Er ist vor ungefähr einer Stunde weggegangen und hat mir aufgetragen, dir das hier zu geben, wenn meine Wache beendet ist.» Kamose nahm die Rolle. Die Angst, die immer mehr zugenommen hatte, trieb ihn zu größerer Eile an. Er wollte zu Si-Amun laufen, wo immer der war, wusste jedoch nicht warum. Die Botschaft war nicht versiegelt. Kamose rollte sie auf, hielt sie in den Fackelschein und las rasch. Er schrie auf und las noch einmal. Dann schob er Tani grob dem Soldaten zu. «Du bleibst hier!», befahl er. «Und rührst dich nicht vom Fleck, verstanden? Warte auf mich. Und du passt auf sie auf», rief er über die Schulter zurück, während er bereits den Gang entlangrannte. «Ahmose! Komm!»

«Was steht in der Rolle?», keuchte Ahmose hinter ihm.

«Unser Spion war Mersu, aber Si-Amun hat ihm die ganze Zeit Informationen geliefert. Er will Mersu töten und dann sich selbst. Beeil dich!», sagte Kamose.

«Ihr Götter!», ächzte Ahmose. Sie bogen zu den Frauengemächern ab. Gleich darauf kamen sie vor Mersus Zelle abrupt zum Stehen. Der Wachposten war bleich und sichtlich erleichtert, als er sie erblickte. Er salutierte zitternd.

«Oh, Prinz Kamose, bin ich froh, dass du da bist! Fürst Si-Amun ist drinnen. Er hat mir befohlen, auf gar keinen Fall hineinzugehen, und ich muss doch gehorchen, aber da drinnen ist etwas Schreckliches passiert, und er ist nicht wieder herausgekommen.»

«Du Dummkopf!», fuhr Kamose ihn an. «Ein guter Soldat muss sich bisweilen auf sein eigenes Urteil verlassen. Sperr die Tür auf und geh hinein.»

Der Mann fummelte an der Tür herum und schob sie auf. Dann legte er den Speer ab, zog sein Messer und trat vorsichtig ein. Kamose und Ahmose folgten. Der Raum war sehr schwach beleuchtet. Die Lampe am Lager spuckte bereits, weil das Öl zur Neige ging, und flackernde Schatten zuckten durch die Zelle. Kamose wäre fast über Mersus Leiche gestolpert. Rasch kniete er sich hin, und sein geübtes Auge sah nicht nur das Meer von Blut, das jetzt fast getrocknet war und trübbraun aussah, sondern auch die tödliche Wunde unter dem Ohr. Er drehte die Leiche auf den Rücken. Mersus Unterleib war zerfleischt.

Ahmose war an ihm vorbei- und zu der Leiche gesprungen, die auf dem Lager alle viere von sich streckte. Wie gebannt blieb er stehen. «Kamose!», flüsterte er mit erstickter Stimme. Sein Bruder kam langsam hoch, er spürte, wie die Last einer grimmigen Gewissheit seine Bewegungen linkisch machte, zwang sich aber, an Mersu vorbeizugehen und den Blick auf den dort Liegenden zu richten. Si-Amuns Gesicht war im Todeskampf verzerrt, schwärzlicher Schaum stand um seine Lippen. Seine erstarrten Züge machten so viel Schmerz und Ergebung deutlich, dass Kamose wusste, er würde keine Einzelheit dieses Anblicks je vergessen können.

«Si-Amun!», schrie er auf. «Si-Amun!» Er sank auf das Lager und zog Si-Amuns noch warmen Leib in die Arme, schmiegte die Wange an sein Haar und wiegte ihn. Ahmose stand da und sah wie betäubt zu. Kamose nahm den Erstarrten kaum wahr. Und dabei hätte er seinen Bruder am liebsten angebrüllt, er solle fortgehen und ihn seine schreckliche Reue voll ausleben lassen, doch er zwang sich daran zu denken, was nun zu tun war. «Ahmose, weck die Frauen und bring sie her. Lass sie aber nicht herein. Wachposten, hol Hilfe und lass Mersus Leiche erst einmal in die Ställe bringen. Weck die Dienerschaft.

Ich will, dass dieser Raum auf der Stelle gesäubert wird, und lass frische Laken bringen.»

Ein paar kostbare Augenblicke war Kamose allein mit seinem Zwilling. Er weinte nicht so leicht, selbst jetzt nicht. Er wiegte Si-Amun noch immer in den Armen und streichelte seinen Kopf. Wenn die Zeiten besser gewesen wären, hätte deine Schwäche nichts ausgemacht, Si-Amun, sagte er im Geist, und ein kalter Zorn packte ihn. Wenn Vater von Anfang an König gewesen wäre, wenn du besser hättest unterscheiden können, was richtig und was rechtens ist, wenn du gelernt hättest, etwas zu wagen ... Er küsste die leblose Stirn, und als er das tat, spürte er, wie echter Hass in ihm aufkeimte und rasch wuchs, ein dunkles, böses Gewächs. Apophis, dachte Kamose erbittert. Du bist schuld daran. Erst Vater und nun Si-Amun. Die Familie ist kleiner geworden, und daran bist du schuld, du Setiu-Schwein. Du fremdländische Krankheit. Die Schimpfwörter, mit denen er den König belegte, beschwichtigten seinen Kummer, doch sie waren mehr als nur ein Trost. Sie blieben hängen und nährten seinen frischen Hass, sodass der in ihm Wurzeln schlagen konnte.

Diener kamen angerannt und wischten auf Unis Befehl hin entsetzt und still das Blut auf und streuten frischen Sand auf den Boden. Mersus Leiche wurde weggeschafft. Uni und Kamose hoben Si-Amun an, damit das Laken auf dem Lager entfernt und ein frisches aufgezogen werden konnte, dann legten sie ihn sanft auf das lieblich duftende Leinen. Plötzlich war da eine Schüssel mit heißem Wasser, und als Kamose aufblickte, sah er Tani damit beschäftigt, einen Lappen auszuwringen. Die Tränen liefen ihr über die Wangen. «Ahmose!», schrie er zornig. «Ich habe dir doch gesagt, du sollst die Frauen fern halten!» Ahmoses Gesicht erschien im Türspalt.

«Sie hat darauf bestanden», sagte er. «Großmutter ist da und Mutter. Aahmes-nofretari kommt auch. Ich warte auf deine Anweisung, ehe ich sie einlasse.»

«Das ist kein Anblick für dich», sagte Kamose brüsk zu Tani, doch die lächelte matt mit dem tropfenden Tuch in der Hand.

«Es ist meine Schuld», sagte sie niedergeschmettert. «Ich bin zu dumm gewesen, ich habe nicht gemerkt, was vor sich ging, als ich ihm auf dem Flur begegnet bin. Wenn ich doch mit ihm gestritten hätte. Wenn ich doch gleich zu dir gelaufen wäre ... Lass mich das tun, Kamose.»

«Es ist nicht deine Schuld», sagte er grob. «Si-Amun hat diesen Augenblick schon vor langer Zeit gewählt.»

Sie antwortete nicht. Er trat zurück und sah ihr zu, wie sie mit kundiger Hand Si-Amuns verzerrtes Gesicht wusch und dann das verkrustete Blut von seinen schlaffen Händen und der reglosen Brust. Er wusste, dass er in Tani nie wieder ein unbefangenes Mädchen sehen konnte.

Als Kamose die Frauen dann ins Zimmer ließ, lag Si-Amun ordentlich da, die Arme am Leib, weißes Leinen bis zu den Lenden. Durch nichts jedoch ließ sich der Schmerz und das Entsetzen verbergen, unter denen er gestorben war und die sich so deutlich auf seinem Gesicht spiegelten. Aahmes-nofretari stürzte zu ihm, fiel neben ihm auf die Knie und legte den Kopf auf seine Brust. «Ich habe nicht gewusst, dass er so sehr leidet!», schluchzte sie. «Er hat mir alles erzählt, und ich habe nichts unternommen!» Sie blickte mit gequälter Miene zu Kamose hoch. «Ich wollte, dass er Mersu tötet und dann den Mund hält!» Und dann weinte sie schon wieder. Aahotep saß einfach auf dem Lager, und ihre Hand suchte nach dem Schenkel ihres Sohnes. Sie war wie betäubt. Tetischeri trat zum Lager und stand da mit verschränkten Armen über dem Nachtgewand, das graue Haar zerzaust, das Gesicht wie ausgeblutet. Tani, die jetzt fertig war, hockte in einer Ecke und hatte den Kopf auf die Knie gelegt.

«Ich habe die Rolle gelesen», sagte Tetischeri schließlich. «Er hat das Richtige getan. Er war schwach, aber am Ende hat das Blut seiner Vorfahren gesiegt.» Kamose warf ihr einen Blick zu.

Sie wirkte ruhig, doch unbewusst kniff sie sich so heftig in die Arme, dass sie bereits blaue Flecken hatte. Er wollte zu ihr gehen, doch da kam Aahotep mit einem Ruck hoch. Ihre Augen funkelten.

«Ist das alles, was du dazu zu sagen hast?», schrie sie. «Das da ist mein Sohn, dein Enkel! Keine Worte der Liebe, Tetischeri, keine Tränen für dein eigen Fleisch und Blut? Wie kannst du nur so kalt sein? Ich hätte ihm das hier erspart, hätte seine Stelle eingenommen, wenn ich es damit hätte gutmachen können, obwohl er seinen eigenen Vater verraten hat! Zum Seth mit deiner Hochnäsigkeit, deinem grausamen Klammern an herzlosen Verhaltensregeln!» Sie bemühte sich um Fassung. «Er hat sich nicht nur des Verrats schuldig gemacht», fuhr sie mit erstickter Stimme fort, «er ist auch ein Selbstmörder. Wie könnte er da wohl einbalsamiert und mumifiziert werden? Welcher Gott wird sich seiner erbarmen?» Tetischeri hatte ungerührt zugehört. Jetzt ging sie zum Lager und zog Aahotep hoch.

«Ich habe nicht gesagt, dass ich ihn nicht geliebt habe», entgegnete sie hart. «Das war nicht nötig. Diese Familie ist mein Leben. Mein Leben! Ich habe gesagt, er hat das Richtige getan. Damit habe ich meinem bedauernswerten Enkel das höchste Lob gezollt. Waset ist der einzige Ort in Ägypten, wo die Menschen noch wissen, was richtig ist.» Auf einmal war es mit ihrer ehernen Beherrschung vorbei. Auf ihrem Gesicht arbeitete es. Blindlings streckte sie die Hand aus, und Aahotep schloss sie in die Arme.

«Kamose, du hast jetzt den Oberbefehl», sagte Ahmose. «Mersu verdient natürlich die völlige Auslöschung, und du wirst gewiss befehlen, dass man seine Leiche in den Nil wirft, aber was ist mit Si-Amun? War seine letzte Tat nicht eine tapfere Sühne und sein Selbstmord keineswegs die Tat eines Mannes, der sich seiner Verantwortung und den Widrigkeiten des Lebens entzieht?»

«Ich weiß.» Kamose bückte sich und zog Aahmes-nofretari

von Si-Amuns Leichnam hoch. «Es reicht!», sagte er grob. «Du machst dich nur krank. Denk an deinen Sohn, Aahmes-nofretari. Si-Amun hätte sich über deinen Ausbruch geschämt.» Sie hörte auf mit dem lauten Geschluchze. «Er kann nicht einbalsamiert werden, wie es sich gehört», antwortete Kamose Ahmose. «Wenn wir das erlaubten, würden wir alles gutheißen, was er getan hat. Aber ich sorge dafür, dass er seine Seele nicht verwirkt. Die Sem-Priester sollen seinen Leib als Ganzes konservieren, die Organe nicht entfernen, keine besonderen Gebete sprechen, alles ohne Feierlichkeiten. Alsdann soll er in Schafshäute gewickelt und rasch bestattet werden.»

«Schafshäute?», stieß Aahmes-nofretari aus. «Nein, nicht, Kamose! Das ist eine Schande! Das ist eine Schmach!»

«Es ist, was er verdient, mehr nicht», sagte Kamose, und sein Ton ließ keine weiteren Argumente zu. «Er würde mir beipflichten, wenn er könnte, Aahmes-nofretari.» Jetzt mischte sich auch Aahotep ein. «Du hast Recht», sagte sie traurig. «Es ist gerecht, Kamose.» Kamose winkte Uni, der an der Tür wartete.

«Hol die Sem-Priester und richte ihnen diese Anweisungen aus», sagte er. Uni verbeugte sich und verschwand. «Ahmose, sag bitte Raa und Isis, sie sollen kommen. Mutter, Großmutter, ihr braucht Ruhe. Aahmes-nofretari, ich schicke dir den Arzt.» Nach und nach kümmerte er sich um ihre Bedürfnisse, schob sie aus dem Zimmer, schickte einen Diener nach dem Arzt, bis dann endlich die Sem-Priester kamen und Si-Amun abholten. Er fühlte sich krank und so müde, dass ihm seine Gliedmaßen nicht mehr gehorchen wollten. Für ein ehrendes Andenken war keine Zeit gewesen, für alle nicht. Das würde später in den langen, friedlichen Stunden kommen, wenn sie es gemeinsam schafften, von Si-Amun wieder ohne Kummer zu sprechen, und die Schande ausgetrieben hatten, die er über das Haus gebracht hatte.

Er wollte gerade den Raum verlassen, in dem er sich seit einer Ewigkeit gefangen vorkam, da fiel ihm Tani ein. Er drehte sich um und streckte ihr die Hand hin. Sie stand auf und ergriff sie dankbar. «Danke, dass du mich nicht vergessen hast», sagte sie. Er rang sich ein Lächeln ab.

«Komm», befahl er und führte sie auf den Flur. «Ich bringe dich zu deinen Gemächern, Tani.» Ihr Anblick gefiel ihm nicht. Ihre Augen bestanden nur noch aus schwarzen Pupillen, und ihre Haut war fahl, abgesehen von den dunklen Ringen unter ihren Augen. Ihre Finger in seiner Hand waren sehr kalt.

«Kamose», sagte sie stockend, warf einen Blick zurück auf Mersus noch geöffnete Tür und erschauerte. «Könnte ich bitte heute in deinem Zimmer schlafen? Ich möchte nicht allein sein.»

«Würdest du nicht lieber bei Mutter schlafen?» Tani schüttelte den Kopf. «Nein», sagte sie nachdrücklich. «Bei dir fühle ich mich sicher. Ich will bei dir sein.»

Er befahl seinem Haushofmeister, neben seinem Lager eine Pritsche aufzustellen, und während Heket sie bezog, zwang er Tani trotz ihrer schnatternden Zähne, einen Becher Wein zu trinken. «Mir ist so kalt», klagte sie.

«Das kommt von dem Schreck», sagte er. «Komm. Geh zu Bett. Heket hat noch mehr Decken gebracht, und sie schläft an der Tür. Du brauchst keine Angst zu haben.»

«Doch», flüsterte sie, als er sich über sie beugte und ihr einen Kuss gab. «Doch, ich habe Angst vor der Zukunft, Kamose. Du siehst doch, was das Leben Si-Amun angetan hat.»

Er wollte sie beruhigen, ihr sagen, dass Si-Amun gewählt hatte und die unausweichlichen Folgen tragen musste, doch das brachte er nicht übers Herz. Ihr fielen bereits die Augen zu. Er löschte die Lampe und sank in dem Wissen auf sein Lager, dass er in den paar Stunden, seit Tani ihn wachgerüttelt hatte, ein ganzes Leben gelebt hatte und nun ein Greis war. Dafür wird Apophis zahlen, dachte er im Einschlafen. Irgendwann, Seqenenre, erfährst du Gerechtigkeit und du auch, mein Bruder. Dafür werde ich sorgen.

ELFTES KAPITEL

Er wachte kurz vor dem Tagesanbruch auf, war sofort ganz klar und lag mit den Händen unter dem Kopf da, lauschte auf Tanis Atem und sah, wie sich das farblose Frühlicht im Raum ausbreitete. Er wusste, dass die Küchen- und Hausdiener bereits auf den Beinen sein mussten, denn sie fingen mit ihrer Plackerei gewöhnlich an, ehe die Familie aufstand, doch er hörte keine muntere Geschäftigkeit, keine Liedfetzen auf dem Flur oder das Platsch-platsch beflissener Füße in Sandalen. Ich muss meinen ganzen Mut zusammennehmen und aufstehen, dachte er. Ich muss mich dem Entsetzlichen stellen. Mutter, Tetischeri, alle werden heute mit mir reden und weinen wollen, und sie werden sich an mich wenden, weil ich jetzt das Familienoberhaupt bin. Sie werden von mir erwarten, dass ich stark bin, Entscheidungen treffe, wenn es gar keine zu treffen gibt, nur damit sie beruhigt sind. Wann wird die Kunde von Si-Amuns Selbstmord in Auaris eintreffen? Wie wird Apophis reagieren?

Ihm war zwar bang ums Herz, aber dennoch stemmte er sich hoch und ging barfuß zur Tür. Draußen wartete sein Haushofmeister geduldig auf seinem Schemel. «Achtoi», sagte Kamose. «Schick jemanden zum Tempel. Lass Amunmose ausrichten, dass er heute die Riten für mich zelebrieren muss, und Ipi soll sich in Vaters Arbeitszimmer bereithalten, sowie ich gewaschen und angekleidet bin.» Als er ins Zimmer zurückkam, sah er, dass Tani wach war. Er schenkte ihr ein Lächeln. «Geht es dir heute Morgen besser?»

«Ja», antwortete sie, ohne sein Lächeln zu erwidern. «Aber ich habe schlecht geträumt, Kamose. Was soll nur aus uns werden?» Es klopfte taktvoll. Kamose gab ihr einen Kuss auf die Nasenspitze.

«Mein Leibdiener will mich waschen», antwortete er. «Und du machst dir bitte keine Sorgen um die Zukunft, Tani. Die liegt im Schoß der Götter und auch in meiner Hand. Hast du kein Zutrauen zu deinem großen Bruder?»

«Natürlich», gab sie zurück, setzte sich auf und gähnte. «Es ist nur ...» Er drohte ihr mit dem Finger.

«Hör auf. Ich schicke dir Heket, und dann gehst du heute bitte zu Mutter und tröstest sie. Du bist stärker, als du denkst, kleine Tani. Weißt du noch, wie du immer mit Vater geplaudert hast, als er von seiner Verwundung genesen ist? Niemand hat es geschafft, ihn so zum Lächeln zu bringen wie du!»

«Ich bin nicht mehr die kleine Tani!», fuhr sie ihn gereizt an. «Ich bin bald sechzehn. Ist einundzwanzig etwa alt, Kamose? Das war etwas ganz anderes, weil Vater nur verwundet war und sich erholt hat. Ich weiß nicht, was ich Mutter sagen soll.» Ihre Stimme geriet ins Stocken. Er saß auf der Kante ihrer Pritsche und nahm ihre beiden Hände in seine.

«Keine Tränen», ermahnte er sie streng. «Sei um meinetwillen stark, bitte, Tani. Ich brauche heute deine Hilfe. Und kümmere dich bitte auch um Aahmes-nofretari. Sie hat gestern am meisten verloren.» Bei diesen Worten riss sich Tani zusammen.

«Das stimmt», sagte sie mit einem Hauch von Trotz. «Aber du wirst Aahmes-nofretari heiraten, weil du jetzt Fürst bist, und sie ist die ältere Schwester. Sie hat dich zum Behüten und Trösten.» Kamose hörte ihre Worte mit einiger Überraschung. An diese Pflicht hatte er nicht gedacht.

«Ich werde mein Bestes tun, euch alle zu beschützen und zu

trösten», erwiderte er. «Komm, Tani. Steh auf. Weder Vater noch Si-Amun würden es uns verzeihen, wenn wir uns in unserem Kummer gehen ließen.» Er ging hinaus, um einen Diener zu suchen, der Heket holen sollte, und hörte, wie Tani aufstand.

Als er gebadet und angekleidet war, ging er ins Arbeitszimmer. Er war nicht hungrig, obwohl der Duft von frisch gebackenem Brot durchs Haus zog. Bei dem Gedanken an Essen krampfte sich sein Magen zusammen und ihm wurde übel. Er wollte nur noch aus dem Haus, wollte sich einen Streitwagen nehmen und hinaus in die Wüste fahren, in die heilsame Stille, wie immer, wenn er allein sein musste, doch ein so selbstsüchtiges Vergnügen hatte zu warten.

Als er das Arbeitszimmer betrat, stand Ipi auf und verbeugte sich. Hinter dem gebückten Mann mit den ausgestreckten Händen fiel der Schein der Frühsonne zwischen den Pfeilern hindurch und stahl sich über den gefliesten Boden, und im Garten waren die Stimmen der Dienerschaft zu hören. Kamose zögerte auf der Schwelle, ihn verließ der Mut, als er seines Vaters schlichten Stuhl aus Zedernholz erblickte, der hinter den Tisch geschoben war, und einen Stapel Rollen, die Si-Amun noch vor kurzem auf dem Deckel der Truhe zurückgelassen hatte. Doch dann durchquerte er das Zimmer zum Schreibtisch, drehte sich um und lehnte sich an. Ipi hatte es sich auf dem Fußboden bequem gemacht, hatte die Palette auf die Knie gelegt und hob erwartungsvoll das Gesicht.

Wie soll ich anfangen?, dachte Kamose bedrückt. Was soll ich sagen? Er seufzte. «Lass es uns versuchen», sagte er. Der Schreiber senkte den Kopf, und Kamose hörte ihn das Gebet zu Thot murmeln, während er zum Pinsel griff. «‹An Ramose, meinen Bruder. Sei gegrüßt. Du kennst die Missgeschicke, die uns hier in Waset befallen haben, und falls du diesen Brief mit Schweigen beantwortest, so verstehe ich das, aber ehe du dich von uns abwendest, bitte ich dich, gedenke der Jahre, in denen sich deine und meine Familie sehr nahe gestanden haben. Ich bitte dich auch, des Bandes zu gedenken, das dich und meine Schwester Tani verbindet. Wenn du sie wahrhaft liebst, verlasse sie jetzt nicht. Ganz gleich, ob du sie noch zur Gemahlin haben willst oder nicht, komme und besuche sie. Sie hat ihren Vater und kürzlich auch ihren Buder verloren.›»

Er hielt inne. Sollte er Ramose alles erzählen? Nein. Zweifellos würde Teti die Rolle lesen. Die Kunde von Si-Amuns Tod musste sich unabwendbar nach Norden verbreiten, und warum sollte er der Ratte dort die Genugtuung geben, von ihm davon zu hören und sich wegen ihres Unglücks die Lippen zu lecken. «‹Sie braucht dich jetzt›», fuhr er fort. «‹Du kannst für solch einen Besuch nach Belieben Bedingungen stellen. Ich werde dir nichts verweigern. Aber komme.›» Er überlegte, dann nickte er. «Das ist alles. Setz das Datum drauf, und ich unterschreibe selbst, wenn du eine schöne Abschrift angefertigt hast.»

«Wer soll den Brief überbringen, Fürst?», erkundigte sich Ipi.

«Gib ihn Uni. Ich werde ihm Anweisungen geben. Wir können ein, zwei Wochen ohne ihn auskommen.» Damit entließ er den Schreiber und wäre gern in den Garten gegangen, aber er widerstand der Versuchung. Heute herrschte in Waset Trauer, und er musste mittrauern, sie teilen, wie gern er auch allein gewesen wäre, um sich seinem Kummer hinzugeben. Widerstrebend schlug er den Flur zu den Frauengemächern ein.

Die Wochen der Trauer schienen langsam zu verrinnen, ein gestaltloser Tag ging in den anderen über, sodass Kamose allmählich das Gefühl hatte, sie hätten schon immer getrauert, dass Seqenenre und Si-Amun vor Hentis gestorben wären und die Zeit bei ihrem Dahinscheiden aufgehört hätte weiterzulaufen. Jeden Morgen besuchte er Amuns bescheidenen Tempel und huldigte dem Gott, betete und hörte zu, wie Amunmose die Ermahnungen anstimmte. Er kümmerte sich um Verwaltungsangelegenheiten, die man vor ihn brachte. Er versammelte sich mit den anderen Familienmitgliedern vor dem Anubis-Schrein und betete zum Gott der Mumifizierung und Bestattung für die ordnungsgemäße Einbalsamierung Seqenenres und ein günstiges Gewogenwerden und schloss insgeheim Si-Amun in seine Gebete ein, wie es seines Wissens auch die anderen taten. Tag um Tag sprachen sie unter Tränen von ihren Toten, und allmählich versiegten die Tränen, und das Andenken drückte nicht mehr so schwer. Die Überschwemmung setzte spät ein. Der glühend heiße Sommer wollte nicht aufhören, und in ihrem Gram glaubte Seqenenres Familie schon nicht mehr daran, dass der Nil jemals wieder ansteigen und das Land fruchtbar machen würde. Es war, als wäre Ägypten mit seinem treusten Sohn gestorben.

Doch Re ging auf und unter, auch wenn sich die Familie auf sich selbst zurückgezogen hatte, und eines schönen Tages traf ein Herold aus dem Delta ein. Er geruhte nicht, den Fuß auf die Bootstreppe zu setzen, sondern warf Uni seine Rolle zu. Der war aus Chemmenu zurückgekehrt und auf dem Weg nach Waset. Der Herold grüßte hochnäsig und kehrte an Bord seiner Barke zurück. Uni suchte im Laufschritt nach Kamose, der zusammen mit Ahmose und Hor-Aha die Pferdeställe besichtigte. Einige Stuten sollten demnächst fohlen, und Kamose machte sich ihretwegen Sorgen. Die drei Männer hatten den Exerzierplatz überquert und waren durch die Gartenpforte getreten, als Uni angestürzt kam und sich verbeugte. «Eine Botschaft aus dem Norden», sagte er und streckte sie Kamose hin. Die Männer warfen sich einen Blick zu, und Kamose gelang es zunächst nicht, den dargebotenen Papyrus zu nehmen. Auf der Stelle war der Trauerbann gebrochen. Man war in die Tauer-Oase eingedrungen, und die Welt strömte durch diese Bresche.

«Sei bedankt, Uni», sagte er endlich gequält und nahm die Rolle. «Du kannst gehen.» Der Haushofmeister verbeugte sich und verließ sie.

«Dieses Jahr haben wir noch keinen Steuerbescheid bekommen», sagte Ahmose mit belegter Stimme, und sein schlichtes

Gesicht sah ernst aus. «Das hatte ich ganz vergessen. Glaubst du …» Kamose blickte seinen Bruder nachdenklich an. In Ahmoses braunem Haar hing der Dreck, und als er den Mund aufmachte, konnte Kamose seine weißen, etwas vorstehenden Zähne sehen.

«Ich habe es nicht vergessen», antwortete Kamose. «Ich habe nur nicht mehr daran gedacht. Es schien mir überhaupt nicht wichtig.»

«Bin ich entlassen, Fürst?», fragte Hor-Aha, doch Kamose hielt ihn zurück.

«Nein», sagte er. «Bleib, General. Wir haben keine Geheimnisse vor dir.» Er berührte die gewölbte rote Narbe auf seiner Wange, wo seine Wunde geheilt war. «Hoffentlich ist es unser Steuerbescheid, was ich jedoch bezweifeln möchte.» Rasch erbrach er das Siegel, entrollte den Papyrus und überflog ihn sorgsam. «Nein», sagte er schließlich, blickte auf und kniff wegen der Sonne die Augen zusammen. «Kein Steuerbescheid. Apophis will nach Waset kommen. Und er bringt den Horusthron mit, damit er über diese Familie zu Gericht sitzen kann. Er sagt hier: ‹Aus Achtung vor dem Kummer der edlen Tetischeri verschieben wir unsere Reise, bis ihr Sohn bestattet ist, doch wir erwarten, kurz danach mit aller Pracht und Gehorsamkeit empfangen zu werden. Falls Isis zu weinen begonnen hat, reisen wir zu Land durch die Wüste.›» Ahmose verzog das Gesicht.

«Dann können wir nicht einmal durch die Überschwemmung mehr Zeit herausschinden», hauchte er. «Wenigstens muss Vater den Tag unserer Erniedrigung nicht mehr erleben!» Hor-Aha hatte Kamose eingehend beobachtet, und Kamose spürte, wie seine schwarzen, stetigen Augen abschätzend auf ihm ruhten.

«Welche Begrüßung hast du deinem König zugedacht, o Fürst?», fragte er leise. Doch Kamose schüttelte den Kopf.

«Nichts wäre mir lieber, als unserem Gott einen Empfang nach Art von Waset zu bereiten», sagte er mit zusammengebissenen Zähnen, «aber könnten wir das? Unser Heer ist auseinander gestoben, die Rekruten sind wieder auf ihren Gehöften, die Medjai hocken viele Tagesreisen entfernt um ihre Feuer. Außerdem», und bei diesen Worten schenkte er Ahmose ein freudloses Lächeln, «hat in der Familie keiner mehr den Mut zu kämpfen. Nicht jetzt. Dazu ist es noch zu früh.» Ahmose nickte zustimmend.

«Wir müssen unsere Strafe hinnehmen», sagte er. «Gewiss wird selbst Apophis einsehen, dass es dumm wäre, ägyptische Fürsten von Geblüt hinzurichten! Was er wohl mit uns vorhat?»

«Ich will nicht darüber nachdenken», gab Kamose zurück. «Wozu sollte das gut sein? Hor-Aha, ich möchte, dass du mit allen Hauptleuten nach Wawat gehst und nicht eher zurückkommst, bis ich dich rufe. Uns wird Apophis am Leben lassen, aber dich möchte er gewiss hinrichten.»

«Ist er dazu klug genug?», fragte Hor-Aha herablassend.

«Das weiß ich nicht», antwortete Kamose nachdenklich. «Er ist für uns immer unsichtbar gegenwärtig gewesen, bisweilen bedrohlich, immer ungeliebt und irgendwie geheimnisvoll. Vater hat ihn gekannt. Er ist einmal hergekommen, als ich noch klein war. Du, Ahmose, wirst dich nicht an ihn erinnern. Ich übrigens auch nicht sehr gut. Ich bilde mir gern ein, dass er faul und dumm ist.»

«Selbst das ist nicht wichtig», sagte Hor-Aha unverblümt. «Was zählt, ist der Charakter seiner Generäle und Berater.»

«Wir müssen ihm klar machen, dass wir unsere Lektion gelernt haben», warf Ahmose besorgt ein. «Haben wir das, Kamose?»

Haben wir das wirklich? Kamose blickte von einem zum anderen. Haben wir das? Ich bin mir nicht sicher. Ich weiß nur, dass uns Apophis lieber in den Staub treten sollte, damit wir nie wieder das Haupt erheben.

Die Kunde vom bevorstehenden Besuch des Königs löste im

Haus Groll und Furcht aus. Das milderte die Traurigkeit über den Verlust, und bei der Aussicht, Apophis in Fleisch und Blut hier in Waset zu haben, irrte keiner länger in der Vergangenheit umher. Tetischeri hatte trotz ihres Hasses auf den König vor, ihn mit der ganzen Pracht zu empfangen, die Waset zu bieten hatte. Etwas anderes erlaubte ihr Stolz nicht, und sie und Aahotep kümmerten sich um die Vorbereitungen.

Tani verbrachte viel Zeit mit Kamose, und der gewöhnte sich an ihr keckes, hübsches Gesicht neben sich. Er hatte von Ramose nicht wirklich eine Antwort erhofft, und als die Tage ins Land gingen, wartete er auch nicht mehr darauf. Er grollte dem Mann wegen seiner Wankelmütigkeit, obwohl er wusste, dass Tetis Wort im eigenen Haus Gesetz war, und das Herz tat ihm wegen Tani weh, die sich selten in Selbstmitleid erging und sich tapfer bemühte, ihm immer wieder zu helfen.

Je näher der Tag von Seqenenres Bestattung rückte, desto angespannter und verschlossener wurde er, denn jener Tag würde der letzte friedliche sein. Apophis würde kommen, und als erster Verwaltungsbeamter Wasets wusste er, dass ihn die volle Wucht des königlichen Zorns treffen würde. Alle endgültigen Entscheidungen würden ihm zufallen. Jedes Wort würde gewogen werden, jede Geste bemerkt. Er spürte seine Einsamkeit, seine zunehmende Entfremdung vom häuslichen Leben, das langsam wieder seinen gewohnten Gang ging.

Eines schönen Tages hörte er Aahmes-nofretari und Tani lachen, als sie mit dem Kleinen spielten, und da wusste er, dass sich der Schmerz, unter dem sie alle gelitten hatten, verflüchtigt hatte. Nur noch die Wehmut blieb. Nichts, was Apophis ihnen antun konnte, war so schrecklich wie das, was sie durchlebt hatten. Nur er kam sich völlig verändert und abgesondert von ihnen vor. Das also ist Autorität, dachte er oft. Daraus erwächst Macht.

Zur Zeit von Seqenenres Bestattung hatte die Überschwemmung ihren Höhepunkt erreicht, und unterschwellig war der

Feierlichkeit der Teilnehmer, die den Sarg zu seiner letzten Ruhestätte begleiteten, Erleichterung anzumerken. Kamose, der mit seinem Bruder auf der Bootstreppe wartete, während Uni auf und ab schritt und Plätze in den Barken zuwies, die alle zum westlichen Ufer bringen sollten, starrte verdrossen in die trüben Tiefen des Flusses. Zwar wusste er, dass dieser Tag Seqenenre gehörte und er an die Jahre der Fürsorge und Ausbildung denken sollte, die ihm sein Vater geschenkt hatte, dennoch wanderten seine Gedanken nach Norden. War der König schon aufgebrochen? Wie viele Tage blieben ihnen, ehe der Herold, der Apophis' Ankunft meldete, an derselben Bootstreppe ausstieg, die jetzt jungfräulich in der heißen Sonne leuchtete?

Ahmose neben ihm verlagerte das Gewicht. «Die Schlitten stehen bereit», sagte er und deutete mit dem Finger, und Kamoses Blick folgte ihm. Auf der anderen Seite des Flusses standen vier rotbraune Ochsen geduldig neben ihren Antreibern, und hinter ihnen konnte man gerade eben zwei rote Schlitten ausmachen. In diesem Augenblick trat Tetischeri zu ihnen.

«Da stehen zwei Schlitten», sagte sie ohne Umschweife. «Kamose, was hast du vor?» Er lächelte spöttisch und blickte ihr in die wachsamen, mit Kohl umrandeten Augen.

«Die Sem-Priester haben mir ausgerichtet, dass Si-Amuns Leichnam für die Bestattung bereit ist», erwiderte er. «Mir schien es eine Verschwendung, morgen wieder Diener freizustellen, die ihn hinüberbringen und sein Grabmal versiegeln, wenn heute Schlitten, Diener und Barken zur Verfügung stehen. Er kann ebenso gut mit Vater reisen.» Bei diesen Worten musste sie heftig blinzeln.

«Ich bemühe mich, nicht zu weinen», brauste sie auf. «Tränen zerstören meine Schminke. Du bist gerissen, Fürst, und auch mitfühlend. Hüte dich, dass du nicht das Schicksal deiner eigenen Seele gefährdest, wenn du öffentlich zu dem stehst, was heute geschieht.» Sie stellte sich auf die Zehenspitzen und gab ihm einen Kuss, dann entfernte sie sich, und Isis folgte ihr.

«Da kommen die Barken», meinte Ahmose mit bebender Stimme. «Und sieh mal! Eine hat gerade die Bootstreppe am Haus des Todes verlassen. Das ist Vater.»

Kamose sah zu, wie sich das flache Boot, das ein Diener der Toten stakte, langsam auf das westliche Ufer zubewegte. In ihm standen zwei Särge, einer davon groß und bunt bemalt. Kamose konnte das schwarze Horusauge auf der Seite und die Reihen von Hieroglyphen ausmachen, zwischen denen vergoldete Anchs und Symbole der Ewigkeit standen. Der andere Sarg war kleiner, eine schlichte Holzkiste, die im Schatten des größeren stand. Er hatte keine Zeit, über seinen Entschluss nachzudenken, Si-Amun zusammen mit Seqenenre beizusetzen, da verbeugte sich Uni auch schon dicht neben ihm. «Bitte, steig ein, Fürst», sagte der Haushofmeister. «Bei dieser Hitze möchte ich die Prinzessinnen nicht gern lange warten lassen.»

Mit einem knappen Nicken kam Kamose in die Gegenwart zurück und stieg bereits die Bootstreppe hinunter, als hinter ihm ein Aufruhr entstand. Ahmose ging weiter zur Barke, doch Kamose spürte eine leichte Berührung an seinem Arm, als er sich umdrehen wollte. Ramose stand vor ihm, und Kamose blickte den jungen Mann verdutzt an. Ramose verneigte sich. «Ich bin so schnell gekommen, wie ich konnte», sagte er. «Mein Vater hat es mir verboten, und wir haben mehrfach erbittert gestritten, aber ich gebe nichts mehr auf die Autorität meines Vaters.» Er blickte abbittend in die Runde. «Verzeiht mir, dass ich an diesem Tag eintreffe», bat er. «Das konnte ich nicht wissen.» Kamose spürte, wie sich seine Anspannung löste.

«Sei trotzdem willkommen», sagte er. «Geh ins Haus und erfrische dich, bis wir wieder da sind. Du weißt von Si-Amun?» Ramoses Gesicht bewölkte sich.

«Ja», gab er zurück. «Die Nachricht hat sich durch die Märkte am Fluss verbreitet. Ich kann dir gar nicht sagen, wie traurig ich darüber bin.» Kamose wollte ihn fragen, wie Teti auf die Kunde reagiert hätte, aber dazu war keine Zeit.

«Wir unterhalten uns später», versprach er. Ramose nickte, bahnte sich einen Weg durch die Menge, die in die Boote wollte, und war verschwunden. Er versuchte nicht, mit Tani zu sprechen, lächelte ihr nur im Vorbeigehen zu, doch Kamose sah die freudige Überraschung auf ihrer ungläubigen Miene, ehe sie wieder den Kopf senkte und sich enger in das blaue Trauergewand hüllte. Wenigstens ein Hoffnungsschimmer in der Dunkelheit, dachte Kamose, als er die Treppe hinunterlief und die schaukelnde Barke bestieg. Die Saat der Wiedergeburt in all der Asche des Todes rings um uns. Er setzte sich neben die stumme und verschlossene Aahmes-nofretari und wartete, dass die anderen an Bord kamen.

Die Fahrt zum Westufer dauerte nicht lange. Als die letzten Hausdiener in die letzte Barke kletterten, ging die Familie bereits zu den Schlitten, die jetzt beladen waren. Kamose hörte Wehgeschrei hinter sich und drehte sich um. Wasets Bewohner säumten das Ostufer und stimmten nun die Totenklage für Seqenenre an. Uni bemühte sich, den Zug zu ordnen, der den beiden Särgen folgen sollte. Aahmes-nofretari wurde nach vorn neben Aahotep gebeten, sah plötzlich warum und fing an zu weinen. Kamose und Ahmose begleiteten Tetischeri, und Tani folgte unmittelbar hinter ihnen. Priester und Dienerschaft bildeten den Schluss, die Frauen unter ihnen rissen schon an ihrem blauen Leinen und bückten sich, um sich Sand ins Haar zu streuen.

Auf ein Zeichen von Kamose setzte sich der Zug in Bewegung. Die Schlitten ruckten an und glitten durch den Sand, gefolgt von Männern aus dem Amun-Tempel, die in vier Alabasterkrügen Seqenenres Eingeweide trugen. Kamose legte den Arm um seine Mutter und überließ sich seinem Kummer.

So kamen sie zum Fuße der Felsen, wo Seqenenre vor vielen Jahren sein Grabmal vorbereitet hatte, und scharten sich um den Eingang. Amunmose trat vor und wollte mit den Bestattungsriten beginnen, neben sich seine Tempeldiener mit rauchenden Weihrauchgefäßen. Die Menge wurde still, nur die kleinen Tänzerinnen wisperten noch kurz, als sie ihre Plätze für den Tanz einnahmen. Si-Amuns schlichter Sarg, der in der Nähe stand, zog viele verstohlene Blicke auf sich, doch niemand wagte es, die Aufmerksamkeit darauf zu lenken. Amunmose benahm sich, als ob er nicht da wäre, ging um Seqenenres Sarg herum, der hochgestellt am Felsen lehnte und zur Mundöffnungszeremonie geöffnet wurde. Kamose sah, wie das heilige Messer den umwickelten Mund, Augen, Nase und Ohren des Leichnams berührte und so Seqenenres Sinne befreite, damit dieser sie wieder benutzen konnte. Als der Hohe Priester geendet hatte, wirkte er unschlüssig, warf Kamose einen fragenden Blick zu und deutete mit einer kaum wahrnehmbaren Geste auf den anderen Sarg. Kamose überlegte rasch. Wie konnte der Tote wieder riechen oder lieblich-kühles Wasser schmecken oder die grüne Pracht der gewaltigen Sykomore sehen, die den Eingang zu Osiris' Totenreich bewachte, wenn die Zeremonie nicht vollzogen wurde? Dann schüttelte er den Kopf. Man musste den Anschein aufrechterhalten, dass Si-Amun rein zufällig auf dem Weg zu seiner eigenen Ruhestätte war und aus praktischen Gründen mitgenommen wurde, obwohl jeder hier begriff, was Kamose in Wahrheit wollte.

Amunmose gab das Zeichen für den nächsten Ritus. Der Reihe nach kniete die Familie nieder und küsste die Füße des Leichnams, der in seinen Binden steif und starr war und so gar nicht mehr dem Mann ähnelte, dessen Gegenwart das Haus so viele Jahre erfüllt hatte, und dann begannen die Tänzerinnen ihren magischen Tanz um ihn herum, der ihn vor den Gefahren der Reise behüten sollte. Wie liebenswert diese Leute doch sind, dachte Kamose, denn er merkte, dass so manch kleine Hand Si-Amuns Sarg scheinbar zufällig streifte und so manche Tänzerin sich zur Seite beugte, damit ihr duftendes Haar über den Deckel glitt. Ihre Treue ist größer als ihre Angst, das Gesetz hinsichtlich Selbstmords zu brechen, und ihr herzliches Verständnis kann so manchen Edelmann beschämen.

Aus dem Morgen wurde früher Nachmittag. Man errichtete Sonnensegel und verteilte Polster auf dem Sand, doch viele standen lieber dicht am Grabmal, während sich die Riten ihrem Ende näherten. Endlich brachten Diener Seqenenre die Treppe hinunter in die kühle Dunkelheit des Grabmals, legten ihn in seinen Steinsarkophag und ordneten seine Habe rings um ihn an. Kamose sah, wie die Frauen des Hauses Blumen auf den Deckel legten und still weinten, sah auch die Möbel, die Krüge mit Essen, Wein und Öl, das Geschmeide seines Vaters und seinen Schminkkasten. Geschnitzte Diener aus Holz standen bereit und würden sich um Seqenenres Bedürfnisse kümmern, und sein auseinander gebauter Streitwagen lehnte ehrerbietig an der Wand zusammen mit seinem Bogen und einem Köcher voll Pfeile. Was nutzt ihm das alles ohne uns?, dachte Kamose zornig. Alle diese Dinge erinnern ihn doch nur an seine Familie, die jetzt durch eine Kluft von ihm getrennt ist, die weder er noch wir überspringen können. Wird er sich noch an ihnen erfreuen können?

Er ergriff Tanis Hand und führte sie die Treppe hoch und hinaus in das blendend helle Licht. Er musste kurz blinzeln, genoss jedoch die jähe Weite von überwältigendem Himmel und schimmerndem Land, dann begaben sie sich zum Essen, das im Schatten von zwei Sonnensegeln aufgetragen wurde. Aahotep und Tetischeri saßen bereits dicht nebeneinander und schwiegen sich aus. Aahmes-nofretari saß auf einer Binsenmatte so dicht wie möglich an Si-Amuns Sarg und speiste schon, und Kamose brachte es nicht übers Herz, sie zu schelten. Sie teilte mit ihrem Ehemann, nicht mit ihrem Vater. Er, Ahmose und Tani gesellten sich zu den Frauen, und Tetischeri nickte Uni zu. Die Diener begannen, sie mit Speisen zu bedienen.

Nichts geht über das hier, dachte Kamose, als er das Brot brach und man eine Scheibe rosa Melone vor ihn hinstellte. Nichts bei Osiris kann für mich den Verlust dieses Himmels wettmachen, dieses Lichts, dieser heißen Luft, die nach trockener Wüste duftet, dieser müden Palmen, die sich über dem seichten Fluss wiegen. Die Stimmen der Speisenden ringsum waren für ihn der Rhythmus des Lebens schlechthin, etwas ungeordnet, aber dennoch sehr tröstlich. Er dachte an Si-Amun und schob sich die Melone in den Mund.

Am frühen Abend war alles vorbei. Die Tempeldiener hatten die Tür zu Seqenenres Grabmal fest zugemacht, die Schnüre geknüpft und sie mit Lehm versiegelt, in den sie das Siegel vom Haus des Todes drückten, den Schakal und neun Gefangene. Amunmose stimmte die Schutzgebete an. Die Barken dümpelten in den sanften Wellen, die eine leichte Brise kräuselte, und im Schein der untergehenden Sonne gingen Familie und Trauergäste endlich an Bord, während die Diener die Essensreste vergruben, wie es Brauch war.

Si-Amuns Sarg stand noch immer auf dem Schlitten und wurde unauffällig zu dem kleinen Grabmal gezogen, das nun für immer unvollendet bleiben würde. Aahmes-nofretari wollte hinter ihm herlaufen, denn mit ihrer Fassung war es endgültig vorbei, als sie sah, wie er roh über den felsigen Untergrund rumpelte. Sie hatte schon ein Bündel Rohrkolben auf den Deckel geworfen, ehe Kamose sie schnappte, sie hochhob und sie rasch zum Fluss trug. «Das darfst du nicht», sagte er scharf und lauter als ihr Wehgeschrei, doch mehr mochte er sie nicht schelten.

Auch er dachte an seinen Bruder, der jetzt blind, taub und stumm dalag, während sein Sarg einfach zu den Steinbrocken gestellt wurde, die die Maurer zurückgelassen hatten, als man ihnen befahl, die Arbeit einzustellen. Da lagen er und sein Sohn nun zusammen, und auf die Wände war kein Bericht ihres Lebens gemalt. So würden die Götter nie auf Si-Amuns Taten aufmerksam gemacht werden. Es war furchtbar, aber noch furchtbarer wäre es gewesen, wenn man den Leichnam einfach der Verwesung preisgegeben und die Seele dem Nichts überlassen hätte. «Er hat doch den kleinen Si-Amun», versuchte Kamose sie zu beruhigen, als er sie in die Barke und in die Arme ihrer

Mutter legte. «Wenigstens ist er nicht allein. Ich lasse seinen Namen auf die Felsen in der Wüste einmeißeln, Aahmes-nofretari. Mach dir keine Sorgen. Die Götter werden ihn schon finden.»

Ein schwacher Trost, das war ihm klar, als er seinen Platz neben Tani einnahm und zusah, wie die rot gefärbten Wellen auf das östliche Ufer zuliefen. Hinter den üppigen Büschen und Bäumen des Gartens erhob sich das Haus wie ein Bollwerk der Sicherheit und Vernunft, und etwas weiter entfernt lag Waset am Ufer, ein ungeordnetes Gewirr, das Re auf seinem Weg gen Westen rosig anstrahlte.

Auf dem gepflasterten Hof stand jemand mit verschränkten Armen und wartete gelassen, und Tani legte den Kopf an Kamoses Brust. «Es ist vorbei», flüsterte sie. «Jetzt können wir wieder anfangen zu leben, auch wenn das noch mehr Schmerz bedeutet. Aber immer noch besser als der Frieden des Todes, nicht wahr, Kamose?»

«Ja, so ist es», bestätigte Kamose und drückte sie an sich, während er den Blick auf den wartenden Ramose richtete. «Ja, so ist es.»

Kamose musste noch auf seine Unterhaltung mit Ramose warten. Tani bat ihn um Erlaubnis, den jungen Edelmann allein zu sprechen, und Kamose brachte es nicht übers Herz, ihr das abzuschlagen. «Es gehört sich nicht», hatte Tetischeri aufgebracht protestiert, als sie selbst nach Ramose schickte und man ihr sagte, er und Tani seien zusammen im Boot in den Sümpfen verschwunden. Tetischeri hatte nach Kamose gesucht und ihn im Empfangssaal gefunden, wo er, das Kinn in die Hand gestützt, am Kopf der Treppe saß, die in den Garten führte. «Wir sind doch keine Bauern», hatte sie geschimpft, während er ihr beim Hinsetzen behilflich war. «Wir haben strenge Vorschriften, die das Benehmen junger Frauen regeln.»

«Tani braucht ihn», hatte Kamose fest gesagt. «Sie macht keine Dummheiten, und das weißt du sehr wohl. Sie hat sehr gelitten. Außerdem, Großmutter, bin ich jetzt das Familienoberhaupt, und mein Wort ist Gesetz.» Sie hatte verächtlich gemurrt, aber nachgegeben.

«Als Familienoberhaupt und als Fürst von Waset könntest du dich ruhig um deine anderen Verpflichtungen kümmern», hatte sie schroff gesagt. «Die Trauerzeit ist vorbei. Das Leben geht wieder seinen normalen Gang. Du musst jetzt Aahmes-nofretari heiraten und ihren Sohn als deinen eigenen annehmen. Unser Blut muss für die Zukunft fleckenlos bleiben.»

«Für welche Zukunft?», hatte Kamose gereizt zurückgegeben und sich auf der Stufe umgedreht, sodass das Lampenlicht auf Tetischeris knotige, glitzernd beringte Finger, ihre mageren Schultern und eine Seite ihres feinknochigen Gesichtes fallen konnte. Sie wich seinem Blick aus und richtete die Augen auf die Dunkelheit rings um ihre Füße. «Ich bezweifle, dass wir in ein paar Tagen noch eine Zukunft haben werden. Warum noch so tun, als könnten wir eines Tages die Doppelkrone zurückerobern? Der Traum wird immer nebelhafter, immer lächerlicher, je mehr Generationen aufeinander folgen. Ich habe mich entschlossen, meine Schwester nicht zu heiraten.» Ob er das sagte, um sie und vielleicht sich selbst auf die Probe zu stellen, er wusste es nicht. Er dachte an die Frau, die ihn im Schlaf heimsuchte, die bewirkte, dass er jede Nacht mit heimlichem Hoffen und Bangen die Augen schloss, und die ihm seit mehreren Jahren jegliche Lust auf eine andere genommen hatte.

Erst letzte Nacht war sie wieder zu ihm gekommen, hatte auf einem Felsen in der Wüste gestanden und war in leuchtend rotes, golddurchwirktes Leinen gekleidet gewesen. Ihre hoch erhobenen Arme waren schwer von Gold und dem matten roten Glanz von Jaspis, und goldumrandete Blumen aus Jaspis waren in ihr im Winde flatterndes schwarzes Haar geflochten. Ihr geschmeidiger Rücken in dem Hemdkleid, das sie wie Rauch umwirbelte, war von einer wilden Schönheit, die ihm beinahe Angst machte, obwohl sie ihn so anzog.

Doch so fasziniert von dem Phänomen war Kamose nun

auch wieder nicht, dass er blind für die Alltagsforderungen der Wirklichkeit gewesen wäre. Nein. Seine Weigerung, Aahmes-nofretari zu heiraten, kam tief aus seiner Seele, ein heftiger Abscheu davor, in die Persönlichkeit seines geliebten Bruders zu schlüpfen, sie ihm zu rauben, etwas zu genießen, woran Si-Amun nie wieder Freude haben konnte. Bei dem Gedanken kam er sich wie der niederträchtigste Dieb vor, und sein Glaube an sein Geschlecht war nicht stark genug, dass er ihn dazu bewegt hätte, Si-Amuns Gemahlin für sich zu beanspruchen. «Kamose, du musst!», hatte Tetischeri ihn gedrängt und ihn dabei endlich angesehen. «Und noch bevor Apophis kommt. Dann ist es einerlei, was er euch antut. Falls das Urteil auf Verbannung lautet, kann Aahmes-nofretari mit dir gehen. Falls man dich als stellvertretenden Nomarchen in die allertiefste Provinz schickt, kann man sie nicht von dir trennen! Was immer auch geschieht, das Blut deiner Vorfahren bleibt rein!» Kamose blickte ihr fest in die scharfen, alten Augen und musste schallend lachen.

«Waset ist allertiefste Provinz, Großmutter», stellte er klar. «Die Höflinge in Auaris schaudern bei dem Gedanken an unsere Nomarchen und nennen sie Ägyptens südliches Kohlebecken. Dein eigener Sohn hat jemanden aus dem gemeinen Volk geheiratet, vergiss das nicht.» Sie setzte sich aufrechter hin.

«Weil er keine Schwester hatte. Außerdem ist Aahotep nicht aus dem gemeinen Volk. Sie stammt aus einer edlen und uralten Familie.»

«Eine Familie, die einen so unehrenhaften Mann wie Teti hervorgebracht hat», warf Kamose rasch ein. «Lass uns abwarten, Großmutter. Aahmes-nofretari hat selbstverständlich ein Recht auf allen Schutz, den ich ihr bieten kann. Warum fragst du nicht Ahmose, ob er sie haben will?» Tetischeri beugte sich zu ihm mit Augen, die in dem Netzwerk von Fältchen nur noch Schlitze waren.

«Weil du deine Meinung vielleicht noch änderst. Du bist ein stilles Wasser, Kamose. Es würde mich nicht überraschen.»

«Ich habe gesagt, ich heirate nie.»

«Und das nehme ich dir nicht ab.»

Sie funkelten sich böse an, bis Tetischeri ihm die Hand auf die Schulter legte, sich hochstemmte und scharf nach Isis rief, und dann hatte die Dunkelheit sie verschluckt. Kamose blieb sitzen und dachte nach. Ich habe Großmutters unverblümte Zunge gebraucht, um meine eigenen Gedanken zu klären, sagte er bei sich. Ich bin nicht mehr an der Reinheit meines Blutes interessiert, ich will nur noch Rache. Wie ich das jedoch bewerkstelligen soll, weiß ich nicht.

Ramose blieb eine Woche, verbrachte die meiste Zeit mit Tani, fügte sich aber auch bemerkenswert gut in den täglichen Rhythmus der Familie ein, und zu seinem eigenen Erstaunen genoss Kamose seine Gesellschaft. Morgens sahen sie nicht viel voneinander, weil sich Kamose nach Beendigung seiner Pflichten im Tempel mit Ahmose und Ipi in das Arbeitszimmer zurückzuziehen pflegte, doch bisweilen fuhren er und Ramose nachmittags mit dem Streitwagen in die Wüste und veranstalteten Wettfahrten oder jagten. Die sommerliche Hitze ließ langsam nach, und es wurde winterlich angenehm, während der Fluss die ausgedörrten Felder überschwemmte. Die beiden Männer saßen dann wohl zusammen im Sand unter einem Sonnensegel und tranken Bier, damit sich ihre Pferde abkühlen konnten.

Ramose pflegte wenig über die Kluft zu sagen, die zwischen ihm und seinem Vater entstanden war, und sein Kummer über Si-Amuns und Seqenenres vorzeitigen Tod war echt. Kamose hatte gemerkt, wie friedlich Tani wieder geworden war, und befragte ihn zu ihren ungewissen Heiratsaussichten. Ramose blickte mit zusammengekniffenen Augen im Schatten des Sonnensegels auf die aufgewühlte, hellgoldene Wüste, die in der Hitze flimmerte, und antwortete erst einmal nicht. Dann seufzte er: «Ich habe meinen Vater mit meiner Reise nach hier schon arg vor den Kopf gestoßen», sagte er. «Ich schäme mich für ihn, Fürst, aber er bleibt mein Vater und das Familienoberhaupt. Die Heirat ist aufgeschoben, bis der König entschieden hat, was aus euch wird.» Er wandte Kamose den sorgenvollen Blick zu. «Ich liebe Tani», sagte er nachdrücklich, «aber ich kann mein Erbe oder meine Zukunft nicht aufs Spiel setzen. Falls ich sie jetzt heirate, enterbt mich Vater aus Angst vor Apophis' Missfallen. Sie ist eine Prinzessin, und ob sie nun einen Gedanken daran verschwendet oder nicht, sie ist einen gewissen Lebensstil gewohnt und hat ein Recht darauf. Ich möchte ihr mehr zu bieten haben als nur mich selbst. So steht es um mich.»

«Ich verstehe», sagte Kamose und staunte über sich selbst, weil er Ramose überhaupt nicht böse war. «Ich an deiner Stelle würde genauso empfinden. Aber es ist hart für Tani, das hinzunehmen. Hast du es mit ihr besprochen?»

«Natürlich!», erwiderte Ramose sogleich. «Sie ist nicht mehr das arglose Kind Hathors, das ich umworben habe. Sie wartet das Urteil des Königs ab, aber sie weiß, dass Vater das möglicherweise nicht reicht. Ihr seid, offen gestanden, alle in Ungnade. Vater schickt sich an, die Fühler nach den Töchtern einiger Höflinge aus Auaris auszustrecken. Ich habe ihm gesagt, er verschwendet nur seine Zeit.» Ramose blickte wieder in die Wüste. «Ich kann, falls nötig, noch weitere fünf, sechs Jahre warten, ehe ich gezwungen bin, mir zur Fortsetzung unseres Geschlechts eine Frau zu nehmen. In der Zeit läuft viel Wasser den Nil hinunter.»

Bei den Worten erschauerte Kamose innerlich und spürte eine böse Vorahnung und eine Verzweiflung, die bereits an Panik grenzte. Er wollte aufspringen und Apophis vernichten, Ägypten im Sturm erobern, die Zukunft brutal in eine Form pressen, wie er sie sich für Tanis Zukunft und für Ramose und für die Mitglieder seiner Familie wünschte, die sich für Schutz und Ermutigung immer mehr auf ihn verließen, und er schaffte es nicht, ihnen das zu geben. «Du bist ein guter Mensch, Ramose», sagte er mit belegter Stimme. «Ich vertraue dir. Sage, falls ich auf wundersame Weise plötzlich Rückenwind bekäme, würdest du mir helfen?» Ramose schwieg eine lange Zeit, dann sagte er: «Ich achte dich auch, Fürst, aber verzeih mir. Seqenenre eine Warnung zu übermitteln war etwas völlig anderes, als an deiner Seite zu kämpfen. Ich kann deine Frage nicht beantworten.»

Als Ramose zu guter Letzt auf der Bootstreppe Lebewohl sagte und dann auf dem Deck seiner Barke stand und Tani winkte, bis er hinter der Flussbiegung außer Sicht kam, war Kamose traurig. Der junge Mann mit dem stillen, freundlichen Wesen würde ihm fehlen. Ramose hatte so etwas Beständiges, und das hatte die Ängste und aufwallenden Gemüter im Haus beschwichtigt und mitgeholfen, die Sorgen aus einem anderen Blickwinkel zu sehen. Tani weinte nicht, als sie von der Bootstreppe zu ihren Gemächern ging. Kamose sah ihre schicksalsergebene Miene und wusste, dass sie jetzt bereit war, alles hinzunehmen, was das Schicksal bringen mochte.

ZWÖLFTES KAPITEL

Zwei Tage nach Ramoses Aufbruch stieg ein königlicher Herold am Hintereingang der Umfassungsmauer aus seinem Streitwagen, übergab die Zügel dem Kasernendiener, der herbeigelaufen kam, und strebte durch das Tor auf das Haus zu. Ahmose sah ihn herankommen und ging ihm zur Begrüßung entgegen, bot dem Mann eine Matte im Schatten des Gartens und ein kühles Getränk an, doch der lehnte ab. «Ich bringe Fürst Kamose und seiner Familie eine Botschaft», sagte er. «Morgen Mittag beehrt der König dieses Haus mit seiner göttlichen Gegenwart. Er beabsichtigt, sich mit geöffneten Vorhängen in seiner Sänfte durch Waset tragen zu lassen, damit ihm das Volk zujubeln kann. Alsdann erwartet er, von der Familie auf dem Weg am Fluss begrüßt zu werden, denn wie man sieht, ist hier nichts überschwemmt. Er und seine unmittelbare Umgebung werden in eurem Haus nächtigen, doch für sein Gefolge werden außerhalb von Waset oberhalb der Überschwemmungslinie Zelte aufgeschlagen. Das ist alles.»

«Ist das alles?», hakte Ahmose scharf nach. Der Mann hatte den Anstand, rot zu werden. Er verbeugte sich knapp.

«Das ist alles, Prinz.»

«Danke», sagte Ahmose schroff. «Du kannst gehen.»

Eins zu null für uns, dachte er, als er sich auf die Suche nach Kamose machte. Vermutlich kleinlich von mir, aber wie tief wir auch in Ungnade gefallen sein mögen, die Diener des Königs haben uns noch immer die gebührende Achtung entgegenzubringen. Ob Ramose wohl auf das königliche Gefolge gestoßen ist? Nein, wahrscheinlich nicht. Das Hochwasser, das ihn rasch nach Haus trägt, hat unseren König gezwungen, entweder durch die Wüste oder ein gutes Stück oberhalb des Wassers zu marschieren, wo die Pfade nicht oft benutzt werden und weich oder steinig sind, je nachdem, wo man ist. Das dürfte seine Laune nicht gehoben haben, und möglicherweise müssen wir darunter leiden, aber der Gedanke, dass seine Reise anstrengend und unbequem gewesen ist, der freut mich einfach.

Während er so überlegte, hatte er den hohen Eingang erreicht, der sowohl in das Arbeitszimmer als auch in den Empfangssaal führte, und stieß dort auf Kamose, der gerade um die Ecke bog. Rasch teilte er ihm die Neuigkeiten mit. «Ich kann dir ohnedies nicht helfen», sagte er noch, «und die Frauen möchten mich gewiss nicht im Haus haben. Mutter und Großmutter werden emsig Vorbereitungen treffen, Apophis wird jedoch das ganze Getue übel nehmen und schlechte Laune haben. Mit deiner Erlaubnis würde ich gern mein Boot nehmen und nach den Nilpferden sehen. Kommst du mit, Kamose?»

Kamose musterte seinen Bruder etwas gereizt. Ahmose wartete noch immer auf Antwort, lächelte und sah ihn von der Seite an, während die Brise seine braunen Locken zauste. Bisweilen kannst du einen zur Verzweiflung bringen, dachte Kamose. Du benimmst dich, als ob wir noch immer zwölf, dreizehn wären, arglos und gedankenlos, und ich kann mich kaum erinnern, dass du dich auch nur einmal erwachsener gezeigt hättest als deine neunzehn Lenze. Vielleicht beneide ich dich auch einfach um deine Fähigkeit, dir nicht vor der Zeit Sorgen zu machen. Warum sollte ich im Haus bleiben? Du hast Recht. Ich habe heute keinerlei Verpflichtungen. Ich würde doch nur grübeln. «Ja, ich komme mit», sagte er laut. «Ich will nur noch den anderen Bescheid sagen, wir treffen uns dann am Fluss.»

Kurz darauf legten er und Ahmose ab. Ahmose stakte, stand mit sehnigen, gespreizten Beinen über seinem Bruder und plauderte beim Staken. Kamose bemühte sich redlich, den verheißungsvollen, strahlenden Nachmittag zu genießen. Die Nilpferde schliefen, sonnten die mächtigen, reglosen Leiber oberhalb der Flutgrenze. Die Brüder sahen ihnen ein Weilchen zu, und Kamose beneidete sie darum, wie gut sie sich dem Nichtstun überlassen konnten. «Lass uns schwimmen», schlug Ahmose vor. «Die kümmern sich nicht um uns, da können wir genauso gut Spaß haben.» Spaß, dachte Kamose besorgt. Was haben wir dem König zu bieten, abgesehen von unseren Musikanten? Dann gab er sich einen Ruck und folgte Ahmose, ließ sich in das kühle Wasser zwischen die Binsen gleiten und schrie auf, als seine Zehen im Schlamm versanken.

Eine gute Stunde lang schwammen sie hin und her, dann tauchte Ahmose, kam mit einer Hand voll schwarzem Schlamm wieder hoch, bewarf Kamose damit und grinste dazu spitzbübisch. Kamose wollte schon protestieren, doch unversehens überkam ihn eine sorglose Freude. Er machte sich nicht bewusst klar, dass dieser Augenblick für ihn der letzte in Freiheit oder das überwältigende Verlangen war, sich in die verschwundenen Jahre seiner Kindheit zurückzuziehen. Er wusste nur, dass die Sonne heiß herabbrannte, das Wasser unter seinem Kinn himmlisch glatt und er viel zu lange vernünftig gewesen war. Er ließ sich sinken, schnappte sich zwei Hände voll Schlamm, tauchte wieder auf, zielte nach Ahmose und warf sich dann auf ihn, weil er ihm mit dem Schlamm das Gesicht einreiben wollte. Und dann schrien und johlten sie wie ausgelassene Kinder, bogen sich vor Lachen und bewarfen sich mit schwarzem Schlamm. Der stand für die Missachtung, mit der Kamose dem König, der Zukunft und seinem Schicksal entgegensah, und er genoss es, genoss diese Stunde in vollen Zügen. Der Anfall war genauso schnell vorüber, wie er gekommen war, und er und Ahmose wuschen sich, so gut es ging, und stakten dann das Boot wieder zur

Bootstreppe, doch Kamose fühlte sich zufrieden und hatte wieder frischen Mut gefasst.

Am nächsten Tag stand er wie gewohnt vor dem Morgengrauen auf, ging gelassen zum Tempel, wusch und bekleidete den Gott und stellte Essen und Wein vor ihm ab mit Händen, die nicht ins Stocken gerieten, während sich Amunmose beim Ritual verhaspelte und das Sistrum der Sängerinnen abgehackt klang und etwas aus dem Takt geriet. Nur bei den Ermahnungen wurde die Stimme des Hohen Priesters wieder sicherer, als er Amun daran erinnerte, wie treu die Fürsten von Waset gewesen waren, und den Gott anrief, die Jahre des Vertrauens zu belohnen. Danach zogen beide auf dem Vorhof ihre Sandalen an, und Kamose lud Amunmose ein, an allen Abenden, die der König in seinem Haus weilte, mit ihnen zu speisen. «Wir sind stolz auf unseren Gott mit der Doppelfeder», sagte er, «und der König soll wissen, dass wir auch seine Diener ehren. Du hast uns unterstützt, Amunmose, und falls du den Zorn des Königs nicht fürchtest, so vertritt bitte den Schutzgott Wasets.» Amunmose war bänglich zumute, aber er war kein Feigling, und so nahm er an.

Kamose war jetzt mit sich in Einklang und schickte einen Diener in die Stadt, der Apophis' Ankunft ausspähen sollte, dann gesellte er sich zur Familie, die sich gerade im Garten versammelte, verdrossen in ihrem Staat herumsaß und auf Apophis wartete. Kamose wusste, es hatte keinen Zweck, sie aufzuheitern. Mit einem gemurmelten Guten Morgen hockte er sich ins frische Gras und schwieg auch.

Lange war nichts weiter zu hören als das ständige, kaum wahrgenommene Vogelgezwitscher und das Rascheln der Brise im Gebüsch. Eidechsen schossen von Schatten zu Schatten. Ein Frosch hüpfte auf den Teichrand, betrachtete das Wasser und sprang auf ein Lotosblatt. «Mir ist schlecht», sagte Tani. Kamose wollte ihr gerade antworten, als das Geräusch vieler Stimmen allmählich die Vogelmusik übertönte und zu donnerndem

Jubel anwuchs. Zur gleichen Zeit kam der Diener außer Atem angelaufen und verbeugte sich.

«Er kommt, er kommt!», keuchte er. Die Familie erhob sich wie ein Mann.

«Meinen Spiegel!», blaffte Tetischeri, und Isis reichte ihr die Kupferscheibe. Tani legte die Hände auf die Wangen. Ahmose ging zu Aahmes-nofretari, und ihre Hand glitt in seine Ellenbogenbeuge. Aahotep wechselte einen Blick mit Kamose.

«Waset jubelt ihm zu», sagte sie. Kamose sagte achselzuckend:

«Unsere Leute denken vernünftig. Sie wissen, dass ein paar Jubelrufe nichts bedeuten und dem Mann, gegen den sie uns geholfen haben, vielleicht gefallen. Sind wir bereit?» Er musterte sie alle der Reihe nach. Feinstes Leinen umschmeichelte ihre Glieder, sie trugen Perücken und waren geschminkt und funkelten von Geschmeide. Für Höflinge können wir nicht durchgehen, dachte Kamose mit einem Kloß im Hals. Wir haben keine Ahnung mehr von der Mode im Delta. Aber wir haben allesamt etwas Zeitloses und Einmaliges, das ich heute am aufrechten Rücken meiner Großmutter, an Aahmes-nofretaris' unbewusster Würde und an Tanis königlichen, wenn auch nicht einstudierten Gesten erkenne. Das können uns die Setius nicht nachmachen. Es ist einzigartig. «Ich bin so stolz auf euch alle», sagte er mit erstickter Stimme. «Wir wollen unserem Vater heute keine Schande machen, was auch immer geschieht. Wir wollen unseren ganzen Mut zusammennehmen. Gehen wir jetzt?»

Sie schritten durch den sonnengefleckten Schatten des Laubengangs, an der Spitze Uni und Achtoi, die heute den langen, gefältelten Amtsschurz ihrer Stellung trugen. Hinter der Familie kamen die Diener mit dem formellen Begrüßungsmahl, Brot, Wein und Trockenobst auf einer goldenen Platte, das dem König angeboten werden sollte. Nach reiflicher Überlegung hatte Kamose entschieden, Apophis nichts zu schenken. Das würde den Eindruck erwecken, als wollten sie sich unbedingt bei ihm einschmeicheln, und sollte Apophis ihnen das als störrischen Stolz auslegen, so war es auch einerlei. Was hatten die Fürsten von Waset dem Gott, der alles hatte, ohnedies zu bieten? Und das sage ich ihm auch so, schwor sich Kamose, als sie aus dem angenehmen Schatten des Laubengangs auf den sonnengleißenden, gepflasterten Weg und den Platz an der Bootstreppe traten, falls er fragt, warum wir ihm gar nichts schenken. Wir haben nichts mehr zu verlieren.

Doch in seinen Schneid mischte sich auch eine Unsicherheit, die mehr und mehr zunahm, als sie vor der Straße am Fluss stehen blieben und ein großer Sonnenschirm über ihnen entfaltet wurde. Der Jubel legte sich allmählich. Eine kleine Staubwolke wurde sichtbar. Kamose warf einen verstohlenen Blick über den Fluss zur Heimstatt der Toten, wo Seqenenre in der dunklen Kälte seines Grabmals unter den schroffen, sonnengetränkten Felsen ruhte. Flattert dein Ba hier irgendwo herum, Vater, überlegte er, und ist es betrübt, dass wir uns hier zusammendrängen wie wachsame, trotzige Gazellen, die man eingeholt hat? Ahmose puffte ihn in die Rippen, und Kamose erstarrte innerlich, drehte sich um und sah der Vorhut des Königs entgegen.

Zwei Streitwagen kamen in Sicht, die Pferde mit blauen und weißen Federbüscheln geziert, die Streitwagenfahrer mit blauweißen Kopftüchern. Kamose blinzelte in die Staubwolke, die die Pferdehufe aufwirbelten, und sah, dass die zwei Männer, die locker hinter den Wagenlenkern standen, in silbernen Armreifen und dazu in ihrem gesamten Kriegsschmuck prangten – Speere in der Hand, Bogen über der Schulter, Äxte und Messer, die an ihre leinenbekleideten Schenkel schlugen. Ob einer von ihnen wohl General Pezedchu ist, der Seqenenre so gründlich besiegt hat?, dachte Kamose. Hinter den Streitwagen marschierten zwei Reihen Fußsoldaten, die Tapferen des Königs, vielleicht zwanzig an der Zahl, mit ernsten Mienen, die Speere eine drohende Mauer. Noch weiter hinten erhaschte Kamose einen Blick auf eine Sänfte mit golddurchwirkten, geschlossenen Vorhängen. Sein Herz machte einen Satz.

Die Streitwagen hielten an. Flink stellten sich die Soldaten zu beiden Seiten des Wegs auf. Aus zwei großen Sänften purzelte eine Schar Verwaltungsbeamte. Sie blieben kurz stehen, plauderten miteinander und schüttelten sich den grauen Staub aus den Sandalen, dann löste sich einer aus der Gruppe und näherte sich. Es war ein hoch gewachsener Mann mit gütiger Miene und einem Paar wachsamer grauer Augen. Er legte die Hände auf die Knie, verbeugte sich tief und schaffte es, die ganze Familie in seine Huldigung einzubeziehen. «Fürst Kamose?», fragte er, nachdem sein flinker Blick über alle geschweift war. Kamose nickte. Der Mann verbeugte sich noch einmal, dieses Mal eindeutig vor ihm. «Ich bin Nehmen, der Oberhofmeister Seiner Majestät.» Seine Stimme war sanft und ehrerbietig, ohne liebedienerisch zu klingen, und Kamose bewunderte die Schulung und Beherrschung, die er dafür aufgebracht haben musste. «Ich bin dafür verantwortlich, dass die Bedürfnisse des Einzig-Einen während seines Aufenthalts hier angemessen erfüllt werden. Wenn du so freundlich sein würdest, mir deinen Haushofmeister zu zeigen, ich möchte mich gern mit ihm beraten.»

«Gut», sagte Kamose und winkte Uni und Achtoi vorwärts. «Achtoi, mein Haushofmeister, und Uni, der sich um die Geschäfte meiner Großmutter kümmert. Sie stehen zu deiner Verfügung.» Nehmen schenkte den beiden ein Lächeln und wandte den milden Blick erneut Kamose zu.

«Sei bedankt, Fürst», sagte er. Darauf drehte er sich um und bellte einen knappen Befehl, schnipste mit den Fingern, und die Gruppe, die noch bei den Sänften wartete, teilte sich zu Einzelpersonen, die unter flüchtigen Verbeugungen an der Familie vorbeihasteten und in Richtung Haus verschwanden. Nehmen, Achtoi und Uni folgten ihnen gemächlich.

Jetzt war der Weg wieder frei. Die Sänfte des Königs näherte sich hoch oben auf den Schultern von sechs stämmigen Soldaten, vor ihr gingen Tempeldiener, die geweihtes Wasser aus dem heiligen See neben dem Sutech-Tempel versprengten, und über der fest gestampften Erde Weihrauchgefäße schwenkten, deren duftender Rauch im hellen Sonnenschein kaum zu sehen war. Vor ihnen schwebte der Hohe Priester dahin, den rasierten braunen Schädel mit einem roten Band umschlungen, das Leopardenfell mit einem goldberingten Arm an sich gedrückt. In der anderen Hand hielt er einen silbernen Stab mit Sutech-Kopf, dessen Wolfsschnauze allen Zuschauern warnend die Zähne fletschte. Neben ihm gingen zwei Weeb-Priester, die den Gott und den König lobten und priesen. Diese Gruppe übersah die Familie vollkommen.

Die Wassersprenger erreichten den großen, gepflasterten Platz und schickten sich an, jeden Stein zu bespritzen. Amunmose, auch er in seine Amtsroben gekleidet und von Tempeldienern umgeben, trat näher, um den Amtsbruder zu begrüßen. Die Sänfte war fast da. Kamose spürte die Erwartung und Anspannung rings um sich. Die Träger blieben stehen und setzten sie behutsam ab, dann traten sie beiseite. Diener eilten heran und zogen die kunstvoll gewebten Vorhänge zurück, und als sie das taten, warfen sich alle rings um die Sänfte zu Boden, nur der Mann nicht, der sich jetzt näherte und neben der Familie stehen blieb. Er war ganz in Weiß gekleidet. Sein Schurz, sein Kopftuch, seine Sandalen und sein langer Stab, den er jetzt hob, waren auch weiß, ein Stab mit goldenen Ringen. Der Oberste Herold, dachte Kamose, dem ein Hauch von Jasmin, der Duftsalbe des Mannes, in die Nase stieg. Wie war noch sein Name? Er hörte den Mann tief Luft holen, als ein brauner Fuß in einer überall mit Juwelen besetzten Sandale aus der Sänfte auftauchte und nach dem Boden tastete.

«Der Starke Stier der Maat, Geliebter des Seth, Geliebter des Ptah, er, der den Herzen Leben schenkt, der Einzig-Eine der Doppelkrone, Herr der Zwei Länder, Awoserra Aqenenre Apophis, er, der ewig lebt!» Die kräftige, dröhnende Stimme des

Herolds hallte von den Enden des Hauses bis zum Fluss wider. Der König war aus der Sänfte gestiegen und kam auf sie zu. Die Fächerträger zur Rechten und zur Linken kamen an seine Seite gesprungen und hielten ihm die weißen Straußenfedern, die Symbole göttlichen Schutzes, hoch über den Kopf, wo sie vor dem blauen Himmel zitterten.

In dem Augenblick, ehe Kamose widerwillig das Knie beugte, musterte er den König. Apophis war größer als die meisten Männer, die ihm aufwarteten. Seine Beine waren lang und wohlgeformt, seine Schultern wirkten breit unter dem weißen, losen Hemd mit den kurzen Ärmeln und dem Fächerpektoral aus Gold und Lapislazuli. Sein Hals war vielleicht ein wenig zu lang für sein mageres Gesicht, und das gab ihm etwas Spitzes und Unsicheres, so als ob er jeden Augenblick das Gleichgewicht verlieren könnte.

Kamose blieb keine Zeit, sein Gesicht zu betrachten. Als er auf die Knie fiel und dann seinen Fußfall machte, hatte er nur einen einzigen Gedanken, und das war Empörung. Der Leib des Königs sprach nur zu beredt von seiner fremdländischen Herkunft, und er hatte kein Recht, gar kein Recht, Lapislazuli zu tragen. Das Götterhaar aus dem kostbaren dunkelblauen Stein mit den glitzernden Goldeinsprengseln war nur den Göttlichen vorbehalten, und nur die Gottkönige und ihre Familien hatten das Recht, ihren Leib damit zu schmücken.

Schafhirt, dachte Kamose gehässig. Das war die größte Beleidigung für einen Ägypter. Das Pflaster war noch feucht von dem geweihten Wasser und warm unter seiner Nase und steinig unter seinem Bauch. Neben sich hörte er Tani schnell und abgehackt atmen, und hoffentlich hielt Tetischeri, die zweifellos wütend war, dass sie sich vor irgendjemandem bäuchlings in den Staub werfen musste, auch ja den Mund.

Schweigen machte sich breit. Dann fiel ein Schatten auf Kamose, doch er wagte nicht, sich zu bewegen. Er konnte soeben den königlichen Fuß mit einem Hennafleck am Spann ausmachen, der sich in der vergoldeten Ledersandale wölbte, und eine Kette aus Türkisen und Goldperlen um die Zehen. Es war ein schlanker Fuß. Endlich sprach Apophis. «Steht auf», sagte er. Die Familie erhob sich und wagte nicht, sich den Staub von der Kleidung zu klopfen. Kamoses Augen wanderten zum Gesicht des Königs. Es war ihm nicht gelungen, sich nach dem kurzen Besuch vor vielen Jahren an seine Züge zu erinnern, nur daran, dass der junge Apophis einen Bart getragen hatte, doch jetzt stellte er fest, dass er ihm bekannt vorkam. Er hätte den Bart lieber nicht abrasieren sollen, dachte Kamose, als er die ausgeprägten Wangenknochen und die hohlen Wangen musterte, die ein festes Kinn verhießen, was jedoch nicht eingelöst wurde.

Apophis' Kinn war ein wenig zu spitz, seine Augen standen etwas zu eng zusammen, seine Augenbrauen waren kräftig und schwarz. Die obere Hälfte seines Gesichts war tatsächlich königlich, die Augen, die jetzt gelassen abschätzend Kamoses suchten, waren groß und dunkelbraun unter einer hohen Stirn, die durch das Goldband seines weißgelben Kopftuchs zweigeteilt wurde. Sein Mund bog sich zu hängenden Mundwinkeln, und das gab ihm etwas Verdrossenes, doch die Linien ringsum deuteten nicht auf einen Unzufriedenen hin. Es waren Lachfalten. «Senke deinen Blick, Kamose Tao», sagte Apophis ruhig. Kamose tat, was man ihm befahl.

«Tetischeri!», rief der König, und sie trat vor und verneigte sich. «Ich habe schöne Erinnerungen an meinen letzten Besuch in deinem Haus aus dem Jahr meines Kommens, als ich mein ganzes Reich bereist habe. Ich war hier sehr gut untergebracht. Damals wollte mir scheinen, dass du mit deinen Kindern hier ein vollkommen zufriedenes und bequemes Leben führst. Aber damals waren wir alle viel jünger und vielleicht weniger dumm.» Tetischeri lächelte frostig.

«Eure Majestät ist zu gütig», gab sie zurück. «Und da du erst einundvierzig Lenze zählst, können wir darum beten, dass du noch viele Jahre vor dir hast, in denen du noch klüger wirst.»

Er reagierte nicht auf ihren milden Tadel, sondern wandte sich an Aahotep, sprach ihr sein Beileid zum Verlust ihres Gemahls aus, so als ob der daheim bei einem Unfall gestorben wäre statt durch Mörderhand verletzt und dann durch seine Soldaten getötet. Er unterhielt sich kurz mit Ahmose, fragte Aahmes-nofretari, wie viele Kinder sie hätte, dann nahm er Tanis Kinn in die Hand und hob ihr Gesicht mit kundigen, anmutigen Fingern. Alle Farbe wich aus Tanis Wangen, doch sie zuckte nicht zurück, sondern starrte stetig geradeaus. «Schön, richtig schön», murmelte Apophis. «Ich erinnere mich noch an dich, da warst du ein pummeliges, kleines Mädchen von fünf Jahren, liebe Tani, aber jetzt erkenne ich das gute Aussehen deines Vaters und die Schönheit deiner Mutter in dir. Du bist mit Ramose aus Chemmenu verlobt, nicht wahr?»

«Ja, Majestät», flüsterte Tani. Apophis ließ sie los, und dann gab es eine kleine Pause.

Kamose winkte, und ein Diener kam mit einer Platte, auf der das Begrüßungsmahl lag. Kamose nahm sie ihm ab, fiel auf die Knie und hob sie hoch. Apophis musterte sie neugierig, dann suchte er sich höflich eine getrocknete Traube aus und steckte sie in den Mund. «Pezedchu!», rief er, und unverzüglich näherte sich einer der Streitwagenfahrer großen Schrittes und verbeugte sich.

«Majestät?»

Kamose starrte ihn an. Er war dunkelhäutig, hatte eine große Nase und grobe Züge. Aber er war noch sehr jung, mochte auf die Dreißig zugehen. Er muss ein militärisches Genie sein, dachte Kamose bedrückt.

«Pezedchu, schaffe alle einheimischen Soldaten aus dem Haus und vom Anwesen und sperre sie in ihre Kasernen ein, solange ich hier weile. Stelle draußen in der Wüste und auch längs des Flusses Wachen auf. Weise jedem Mitglied dieser Familie eine Leibwache zu.» Er drehte sich um und bedachte den entrüsteten Kamose mit einem ungemein lieblichen Lächeln. «Ich würde es mir nie verzeihen, wenn einem von euch während meines Aufenthalts hier etwas zustieße», erläuterte er. «Hab keine Angst, meine Wachen sind gut geschult. Sie werden des Nachts deine Türen bewachen und dich untertags beschützen. Ykudidi!» Der Oberste Herold trat näher. «Mache mir den Weg ins Haus frei. Ich wünsche zu speisen und mich dann zur Mittagsruhe zurückzuziehen. Wo ist Itju?» Der Schreiber dicht hinter ihm verbeugte sich.

«Hier, Majestät.»

«Folgende Anweisungen für Nehmen. Der Thron soll im Empfangssaal aufgestellt und Tag und Nacht bewacht werden. Lass mein Reisebett in dem besten verfügbaren Raum hier aufstellen. Der Hüter der königlichen Insignien soll mit dem Kasten im Arm neben dem Thron schlafen. Schicke den Schatzmeister und seine Helfer in die Stadt, er soll Gold unter der Bevölkerung verteilen. Öffne meinen Reiseschrein. Ich möchte zu Sutech beten, ehe ich mich zurückziehe.» Er warf einen Blick auf seinen Hohen Priester, der in eine Unterhaltung mit Amunmose vertieft war. «Nehmen soll die Frauengemächer überprüfen und nachsehen, ob dort Platz für meine Gemahlinnen ist. Falls nicht, stellt für die Frauen da», er deutete mit lässiger Geste auf Aahotep und die anderen, «im Garten Zelte auf. Für alle, ausgenommen Tetischeri. Sie soll nicht gestört werden. Das ist im Augenblick alles.» Der Schreiber, der wie wild mitgekritzelt hatte, nahm seine Palette und entfernte sich.

Apophis wandte sich an Kamose. «Du hast Recht», sagte er. «Ich traue dir nicht, aber deswegen musst du nicht beleidigt sein. Ihr Taos seid viel zu stolz.» Kamose unterdrückte ein Schaudern. Die Beschränkungen, die ihnen der König auferlegte, brachten ihn tatsächlich auf. «Hoffentlich wird man mich heute Abend gut beköstigen und unterhalten», fuhr Apophis fort. «Wir wollen die Angelegenheit, die mich aus den Lustgärten meines Palastes hierher geführt hat, nicht vor morgen besprechen. Dann hörst du, welches Schicksal ich dir zugedacht habe.» Er wartete die Antwort nicht ab, sondern ließ Yku-Didi rufen, dass er seinen Stab schwenke. Die Dienerschaft lag schon mit dem Gesicht auf dem Boden, als sich Apophis auf das Haus zubewegte. Ihm folgte ein langer Zug aus Sänften, Läufern und Höflingen.

«Das müssen seine Ehefrauen sein», sagte Aahmes-nofretari leise zu Tani, als die Sänften vorbeischwankten. «Jedenfalls einige von ihnen.» Kamose schenkte den üppig ausgestatteten Beförderungsmitteln kaum einen Blick, denn in der Nachhut und bewacht von einer weiteren Soldatenphalanx kam eine Sänfte, in der ein verhüllter Gegenstand ruhte, der nur der prächtige Horusthron sein konnte. Kamose schluckte und dachte an seinen Vater, als er vorbeischaukelte. Der Horusthron, auf dem niemand außer Ägyptens Götter sitzen durfte. Neben ihm schritt ein kleiner Mann mit einem großen Kasten im Arm. Doppelkrone, Krummstab und Geißel. Kamose verneigte sich ehrerbietig und gesellte sich zur übrigen Familie.

«Was für eine Menge Menschen!», staunte Aahotep. «Die bringen wir nie im Leben alle im Haus unter!»

«Und wir können sie auch nicht alle beköstigen, diese Schmarotzer!», fauchte Tetischeri. «Ich freue mich direkt auf mein Urteil, damit sie nach Auaris zurückziehen, ehe sie uns kahl gefressen haben. Die sind wie die Heuschrecken!»

«Er scheint dich wirklich zu mögen, Großmutter», warf Aahotep ein. «Eins steht fest, dich behandelt er mit Achtung.»

«Na hoffentlich!», gab Tetischeri zurück. «Aus irgendeinem Grund hatten wir einige Gemeinsamkeiten, als er vor elf Jahren hier war. Starke Frauen faszinieren ihn, glaube ich. Entweder das, oder er hat die gebührende Achtung vor dem Alter.»

«Schwer zu sagen, was er achtet», überlegte Kamose laut. «Ich glaube, hinter seinem hochfahrenden Stolz verbirgt sich Unsicherheit, vielleicht ist er sogar neidisch auf uns, und das macht ihn doppelt gefährlich. Falls es sich so verhält, wird unsere Strafe hart ausfallen.»

«Dennoch hat er sich den Bart abgenommen», meinte Aahotep. «Er kennt die Abneigung der Ägypter gegen Körperbehaarung. Er macht sich mehr aus der Meinung des Volkes, als für einen König gut ist.»

«Weil er eben kein richtiger König ist», sagte Ahmose hochnäsig. «Lasst uns ins Haus gehen und nachsehen, was sich da tut. Habt ihr gehört, wie diese Höflinge reden? Das klingt so abgehackt, als ob ihre Zungen bei all der Eile müde geworden sind. Wir müssen uns unter sie mischen, Kamose, und die Ohren offen halten. Vielleicht hören wir etwas Nützliches.»

«Ich möchte überhaupt nicht mit ihnen zusammen sein», sagte Tani. «Hoffentlich bekommen wir wirklich Zelte im Garten.»

«Wir müssen uns benehmen, als ob alles in Ordnung wäre», befahl Kamose. «Wir dürfen uns nicht von ihnen beleidigen oder einschüchtern lassen. Hier sind Vertreter der edelsten Familien Ägyptens und die Setiu-Ratgeber des Königs versammelt. Gegen die haben wir nichts.»

Trotzdem verließ niemand den Schatten des Sonnensegels. Die letzten Nachzügler aus dem Gefolge des Königs schlenderten vorbei. Die meisten übersahen das Grüppchen. Etliche verbeugten sich, ob nun spöttisch oder im Ernst, das wusste Kamose nicht zu sagen. Er stand noch immer mit dem Arm um Tanis Schulter und sehnte sich auf einmal danach, die Stimme seines Vaters zu hören.

Nehmen hatten Kamoses Gemächer für den König gewählt. Das waren zuvor Seqenenres und davor die seines Vaters gewesen. Die Räume waren schlicht mit bunten Wandgemälden aus dem Alltagsleben verziert, jedoch geräumig und hoch. Die Wesire wurden in Si-Amuns Räumen untergebracht, und Ahmose fand sich zugunsten von Nehmen und Yku-didi vor die Tür gesetzt. Er und Kamose beschlossen, in den Kasernen bei den eingesperrten Soldaten zu schlafen, doch vom König kam über Nehmen ein Befehl, der ihnen das untersagte, und so quetschte man sie dann in eine Dienstbotenzelle, glücklicherweise nicht Mersus.

Tani freute sich über die sich blähenden Zelte aus grober Leinwand, die im Garten am Teich für sie und ihre Mutter aufgestellt wurden. Aahmes-nofretari hatte auf Einladung ihrer Großmutter ein Lager in deren Gemächern richten lassen, dort schlief sie, den kleinen Ahmose-onch neben sich im Körbchen.

Auf einmal war es in dem weitläufigen Haus mit den vielen Fluren unangenehm voll. Kamose und sein Bruder wagten sich am Spätnachmittag mit ihren großen, schweigsamen Wachen aus ihrer Zelle und stellten fest, dass jeder Winkel mit Beamten und Höflingen belegt war, die die Zeit, ehe der König sein Schlafgemach verließ, mit zwanglosem Geplauder, Brettspielen und Wetten totschlugen. Ihre Diener traten sich gegenseitig auf die Füße, wenn sie zwischen den Küchen und dem Wald aus Zelten hin- und hergingen, der auf dem Anwesen hinter dem Haus emporgeschossen war, wo die meisten Höflinge einen Platz zugewiesen bekommen hatten. Kamose stieg der Duft von exotischen Duftsalben, heißem Gebäck und kostbaren Ölen aus Rethennu in die Nase. Geschmeide blitzte auf zierlich gestikulierenden, hennabemalten Händen, auf der glatten, gepflegten Haut von Arm und Hals, schaukelte in den Ohren geschminkter Männer und Frauen, die neugierig hinter ihm hersahen, als er vorbeiging. Selbst die Diener hatten goldene Ringe im Ohr und schienen ihn hochmütig-verächtlich anzustarren, wenn sie beiseite traten, damit er und Ahmose vorbeigehen konnten. «Versuch es im Arbeitszimmer», flüsterte Ahmose, doch selbst das war keine Oase der Ruhe mehr.

Als die jungen Männer die Tür aufstießen, schlug ihnen eine jähe Stille entgegen, und mehrere Augenpaare richteten sich auf sie. Yku-didi und drei Herolde berieten sich mit dem Schatzmeister, ihre Schreiber saßen mit gekreuzten Beinen inmitten von Tuschetöpfchen und Rollen auf dem Boden. Alle kamen hoch und verbeugten sich vor den Prinzen. Kamose nickte knapp, zog sich zurück und machte die Tür zu. «Der Garten», schlug er vor, und er und Ahmose bahnten sich den Rückweg durch den Flur. Auf dem Weg wehten verwirrende Gesprächsfetzen hinter ihnen her.

«… die Steuern auf meinen Dattelhain. Mein Haushofmeister schwört bei Baal-Yam, dass sie nicht stimmen.»

«… sie hat die beiden nämlich bei den Tamarisken erwischt, wo es hinter der Tempelmauer so schön schattig und abgeschieden ist. Er behauptet, der Schein trügt, aber ich weiß …»

«… die Verhandlungen haben lange genug gedauert. Was bilden sich die Keftius eigentlich ein? Die ganze Sache bringt uns nichts als einen Haufen Dokumente, aber keine Ergebnisse. Der König …»

«Das ist ein Zauber, der sagt dir, wo du ihn verlegt hast, aber er ist teuer, zehn Uten, vielleicht solltest du lieber einen gleichen Reif in Auftrag geben, der hoffentlich fertig ist, ehe sie fragt, wo du den anderen gelassen hast …»

«Ach, ich bin auf dem Feld ‹Spukhaus› gelandet! Glück und Pech zugleich! Ich brauche eine Fünf, eine Fünf!»

«Psst, das sind sie! Sind sie nicht schön trotz ihrer zu dunklen Haut! Falls sie der König verbannt, kann er sie schnurstracks in mein Schlafzimmer schicken …»

Kamose brauchte ein Weilchen, bis ihm aufging, dass die letzte Sprecherin, eine Frau mit lockenden Mandelaugen und goldenen, eingeflochtenen Blättern in ihrer glatten schwarzen Perücke, von Ahmose und ihm sprach. Mit einem spöttischen Lächeln bog er in den Empfangssaal ab, und Ahmose folgte ihm.

Hier herrschte ehrfürchtige Stille. Nur wenige Höflinge scharten sich still zu Grüppchen, tranken Wein und unterhielten sich mit leiser Stimme. Rechts von Kamose stand der Horusthron unter einem hohen Baldachin aus Goldstoff. Wie ein Mann traten die beiden näher. Er war aus Gold, die Armlehnen endeten in Löwenmäulern mit gefletschten Zähnen, die Seiten waren wunderschön geschwungene Flügel aus Türkis und Lapislazuli; Isis und Neith, Osiris' Schwestern, breiteten ihre Arme aus und beschützten und umfingen den Gott, der darauf saß. Die Rückenlehne war kunstvoll gearbeitet, das Gold mit Jaspis und Karneol eingelegt und mit vielen Anchs, den Symbolen des Lebens, geschmückt, die am Stab der Ewigkeit und dem Schemel des Wohlstands hingen. An den Seiten wechselten kleine Täfelchen aus Elfenbein und Ebenholz ab, stellten einen ausschreitenden König dar, der Krummstab und Geißel ausgestreckt hielt, hinter sich Hapi, den Nilgott, und vor sich Re. Ganz hinten auf dem Thron schimmerte ein großes Horusauge. Kamose trat näher, denn Stolz und Besitzerinstinkt machten ihn blind für alle Anwesenden. «Nicht anfassen, Fürst», warnte eine Stimme. Kamose blickte nach unten. Der Hüter der königlichen Insignien saß am Fuß der drei Stufen zur Estrade, seinen Kasten hinter sich. Kamose zwang sich zu einem Lächeln.

«Ich habe nicht die Absicht, ihn anzufassen», entgegnete er.

«Sieh mal, Kamose», flüsterte Ahmose. «Hier, auf dem Sitz. Das ist Horus in seiner Gestalt als Falkengott des Horizonts. Wie prächtig er ist!»

«Und sieh dir den Schemel an», gab Kamose flüsternd zurück. «Der König tritt Ägyptens Feinde, die Neun Bogenschützen, in den Staub, aber die Setius fehlen verdächtigerweise!» Er und Ahmose grinsten sich an, und dieser flüchtige Anfall spöttischer Schadenfreude machte alles wieder gut.

«Wer tritt schon gern seine Vorfahren mit Füßen», zischelte Ahmose, der vor unterdrücktem Lachen zitterte. «Ach, Kamose! Fast kann einem unser König, dieser Emporkömmling, Leid tun!»

«Psst!» Kamose zeigte auf den Hüter der königlichen Insignien. «Wir sollten hier nicht länger verweilen, Ahmose. Unsere Bewacher werden schon unruhig.» Die beiden stämmigen Soldaten traten in der Tat von einem Fuß auf den anderen und blickten sich beklommen um. Kamose und Ahmose durchquerten den hohen Raum.

Als sie an einer Gruppe vorbeikamen, löste sich ein Mann aus ihr, kam auf sie zu und verbeugte sich mehrfach. «Prinzen», sagte er, als sie stehen blieben. «Ich bin Fürst Sobek-nacht von Mennofer, Erpa-ha und Erbfürst. Es ist mir eine Ehre, eure Bekanntschaft zu machen.» Sein Lächeln war offen und freundlich. Sie erwiderten die Verbeugung.

«Die Fürsten von Memphis sind ein vornehmes Geschlecht», sagte Kamose. «Mein Haus gehört augenblicklich nicht mir, Sobek-nacht, aber sei willkommen in Waset. Wir stehen zu deinen Diensten.»

«Danke», sagte der Mann. «Ich bin Priester der Sechmet, der Löwengöttin von Mennofer. Und ich bin auch einer der königlichen Baumeister, und mein Vater ist Wesir des Nordens. Falls ich euch in irgendeiner dieser Eigenschaften helfen kann, so braucht ihr nur darum zu bitten.»

«Sei bedankt», antwortete Kamose, und die hochherzigen Worte erschreckten und rührten ihn zugleich. «Im Augenblick bin ich keineswegs in der Lage, dich um irgendeinen Gefallen zu bitten, aber ich weiß dein Angebot zu schätzen.»

«Die Fürsten von Mennofer sind immer sehr mächtige Männer gewesen», meinte Ahmose, als er und Kamose den Saal verließen und hinaus in den warmen Nachmittagssonnenschein traten. «Glaubst du, dass wir an ihm einen Freund haben, Kamose?» Kamose war sich nicht schlüssig.

«Wir haben keine Freunde», sagte er knapp. «Wir brauchen weder einen Priester noch einen Baumeister, und Unterstützung durch den Sohn eines Wesirs bedeutet jetzt auch nichts mehr. Es ist zu spät. Wo war der mächtige Erpa-ha und Fürst, als man Seqenenre in die Enge getrieben hat?»

Doch den verbitterten Worten war eine Spur innerer Befriedigung anzuhören. Ägyptens echte Söhne erkannten einander. Viel mehr konnten die Edlen dieses Landes nicht tun, doch Kamose kam sich nicht mehr so allein in einer feindseligen Menge vor. Hinter jedem Gesicht eines nördlichen Fremdländers, das für erlesene Schminkkunst zeugte, konnte sich ein geheimes, aber nicht mutig geäußertes Mitgefühl wie das des Fürsten von Mennofer verbergen. Kamose fragte sich, ob der Setiu-König vielleicht doch auf einem Haus aus schwankenden Binsen saß.

Das Fest dieses Abends war das üppigste, das Waset je erlebt hatte. Der König saß auf der Estrade auf Polstern vor seinem vergoldeten Tisch und umgeben von rosigen Blumen und Frühlingsgrün. Elektrum funkelte, wenn er sich nach rechts zu seiner Königin beugte, Speisen zum Mund hob oder innehielt und die Gesellschaft musterte. Auf seiner Perücke bäumten sich die feurige Uräusschlange, die goldene Kobra und der Geier mit Knopfaugen und wachsamem Blick als Warnung für jedermann. Unter ihm stand der Oberste Herold mit seinem Stab. Seine Fächerträger standen mit den Straußenfedern in der Hand zu beiden Seiten der Estrade bei seinen Generälen und der Leibwache. Die Königin war eine dunkle, zierliche Frau in einem silberdurchwirkten Hemdkleid, an deren Armen Silber klirrte und deren Finger schwer von Gold waren. Hinter ihr plapperten und kicherten drei weitere Gemahlinnen in Wolken von zartem Leinen und fast unter Blumen begraben.

Das Gedränge der speisenden Gäste rings um die vielen Tischchen, die im Raum verteilt standen, war groß und ergoss sich noch in den Vorbau, die Stufen hinunter und in den Garten. Dutzende von schwitzenden Dienern gingen mit Tabletts voll dampfender Gerichte und mit Weinkrügen hin und her. Andere reichten den Höflingen Girlanden aus frühem blauem und rosigem Lotos, Ketten aus blauen Perlen und Duftkegel, die man auf dem Kopf festbinden konnte. Das Stimmengewirr von Hunderten von Menschen war ohrenbetäubend, der vermischte Duft von Essen, Blumen und schmelzenden Duftkegeln überwältigend. Gelegentlich wehte eine Brise Nachtluft aus dem Garten herein, doch die bewegte die duftgeschwängerte Luft kaum. In dem Getöse ging das Spiel der königlichen Musikanten unter.

Kamose und die Familie saßen weit hinten an der Wand, vor sich ein stürmisches Meer lachender und trinkender Höflinge, und wurden größtenteils übersehen. Sie nahmen ihr Essen still ein. Zwar hatten sie ihren ganzen Schmuck angelegt, fühlten sich aber dennoch unbehaglich und fehl am Platz, altmodisch und langsam. Sie hatten schnell gespeist und saßen da, ihre Becher vor sich, und der liebliche Duft ihrer Lotoskränze mischte sich mit dem Duft des Öls, das ihnen träge an den Wangen herunterrann. «Was ist das für ein sonderbares Instrument?», erkundigte sich Tani und zeigte auf die Musikanten, die vergeblich zupften. «Harfen und Trommeln kenne ich und natürlich die Fingerzimbeln.»

«Es heißt Laute», antwortete Tetischeri. «Die haben die Setius mitgebracht. Wenn der Tanz beginnt, kannst du sie hören. Der Klang ist kräftiger als der der Harfe, aber nicht so weich.»

«Das ist Charu-Wein», warf Ahmose ehrfürchtig ein und leckte sich nachdenklich die Lippen, «der beste Wein auf der ganzen Welt.»

«Und der Duft in den Kegeln ist Myrrhe», sagte Aahotep. «Sind wir denn Kinder, dass man uns mit solchen Dingen beeindrucken muss? Gold kauft alles und bedeutet nichts.»

«Dennoch ist es schwer, hinter all dem Gold die zu erkennen, durch deren Hände es geht», sagte Aahmes-nofretari und hatte dabei die Königin im Blick, die ihrem Mann zuhörte und dabei das Kinn in die hennarote Hand stützte.

«Wir müssen uns bemühen», drängte Kamose. «Wir sind jemand, Aahmes-nofretari. Das Ganze hier», und damit deutete er auf die Menge, in der es hoch herging, «das Ganze geschieht unseretwegen. Der König ist hier, weit fort von Auaris, weil wir wichtiger sind als alle Edelleute in diesem Raum. Vergiss das nicht.»

«Ich hätte den Besuch eines Herolds mit einer Rolle vorgezogen», beschwerte sich Tetischeri. «Die da essen an einem Tag mehr auf als wir in einem ganzen Monat. Uni bangt schrecklich um unsere Mehl- und Honigvorräte. Bis zur Ernte ist es noch lange.» Niemand brachte es übers Herz, sie daran zu erinnern, dass die Ernte wahrscheinlich keine Bedeutung mehr für sie haben würde. Sie schwiegen jetzt, ein kleines, sorgenvolles und nüchternes Rund inmitten einer zunehmend bezechten Gesellschaft.

Zu guter Letzt winkte der König. Der Krach wurde zum erwartungsvollen Gemurmel. Diener entfernten die Tische, und die Gäste drängten sich längs der Wände. Die Musikanten nutzten die Gelegenheit, tranken einen Schluck Bier und wischten sich das Gesicht. Dann begannen die Lustbarkeiten. Als Kamose später in seinem beengten Quartier auf seine Pritsche fiel, erinnerte er sich an diesen Teil des Abends als einen verschwommenen Vorgang aus grellen Farben, nackten Leibern und exotischer Musik. Im Gedränge eingezwängt, mit rasenden Kopfschmerzen musste er das wilde Verlangen unterdrücken, aufzuspringen und in die Wüste zu laufen, wo es frische Luft und Sternenschein gab. Tetischeri lehnte mit geschlossenen Augen in ihren Polstern und döste. Aahotep hatte Aahmes-nofretari in die Arme genommen. Tani saß mit angezogenen Knien und beobachtete stumm das Leben und Treiben. Ahmose war verschwunden, aber Kamose sah ihn ein Weilchen später im Gespräch mit dem Fürsten von Mennofer und den Männern seines Gefolges. Alle lächelten.

Der Tanz begann mit einem dröhnenden Trommelwirbel und dem hellen Klick-klack der Fingerzimbeln. Kamose, dem die Freuden und Feinheiten einer solchen Vorstellung nicht fremd waren, nahm wenig davon wahr. Jedermann mochte tanzen, und die Tänzerinnen des Königs tanzten vollendet. Ihre Haut schimmerte von Öl, das mit Silberkugeln beschwerte Haar schwang gefällig mit. Die geschmeidigen Leiber beugten und wiegten sich. Doch die letzten Tänzer waren schwarz, trugen Federn von fremdartigen Vögeln im Haar und Lendenschurze aus Tierfell. Beim Tanzen stießen sie raue Schreie aus. Ihr feuriger

Blick schweifte über die Zuschauer, und sie schüttelten seltsame Instrumente. Kuschiten, dachte Kamose. Vermutlich ein Geschenk an unseren König von Teti-en, dem Fürsten von Kusch, diesem katzbuckelnden Nomarchen, der sich damit brüstet, dass er die Gunst der Setius genießt und durch Verträge so eng mit Auaris verbunden ist, dass ihn der König ‹Bruder› nennt.

Den Tänzern folgten die Zauberer, die Holzstäbe in Schlangen verwandelten, die sich so schwarz und bedrohlich über den Fußboden schlängelten, dass die Frauen aufschrien, doch dann wurden sie beim Schwanz gepackt und wieder zu Stäben. Die Zauberer verstanden sich darauf, sich in Feuer zu hüllen, singende Vögel aus ihrem Mund zu ziehen, und auf andere staunenswerte Dinge. Doch Kamose sah unberührt zu. Draußen schrumpfte der Mond, verblasste vor der Morgendämmerung. Der hochgehende Fluss strömte silbrig dahin, und der dichte, frische Bewuchs an seinen Ufern war noch in Dunkelheit gehüllt.

Er spürte Blicke und hob den Kopf. Apophis starrte ihn über der klatschenden, johlenden Menge ausdruckslos an. Kamose starrte zurück und fragte sich, welche Gedanken dem König wohl durch den Kopf unter dem gestärkten Kopftuch gingen, das auf den königlichen Schultern aufstieß. Zwischen den beiden Männern konnte es keinen Wettkampf geben. Apophis war das Gesetz und Kamose der Verbrecher. Dennoch spürte Kamose bei längerer Betrachtung hinter dem unbeteiligten Blick des Königs Furcht und eine Herausforderung. Das ist zwischen dir und mir, dachte er, als die Königin Apophis' Hand berührte und er ihr seine Aufmerksamkeit zuwandte. Und das weißt du, so wider alle Vernunft es auch erscheinen mag. Zwischen dir und mir.

Am folgenden Morgen stand Kamose früh auf, wusch sich, kleidete sich an und ging zum Tempel, hinter sich die Soldaten, die zu seiner Bewachung abgestellt worden waren. Er vollzog seine Pflichten Amun gegenüber, sprach kurz mit Amunmose und ging dann in der funkelnden, frischen Luft nach Haus zurück. Die Überschwemmung hatte ihren Höchststand erreicht. Wasser plätscherte an seine Füße, breitete sich bis unmittelbar vor die Felsen aus und spiegelte einen hellen Himmel. Zwei Falken standen reglos über ihm, so als betäubte sie der grelle Sonnenschein und der sanfte Spiegel der großen Lachen unter ihnen. Bei ihrem Anblick wurde ihm das Herz leichter, und er grüßte sie stumm, während er sich dem Haus näherte. Man konnte bereits das Leben und Treiben des königlichen Gefolges hören und den durchdringenden Duft nach frischem Brot riechen, als er sich vom Fluss abwandte und dem Garten zustrebte.

Auf dem Weg dahin holte Yku-didi mit ihm auf. «Der König hat befohlen, dass du ihm in einer Stunde im Empfangssaal aufwartest, Fürst», sagte er und verbeugte sich. «Du darfst weder Geschmeide noch Sandalen tragen. Ein schlichter Schurz genügt.» Kamose unterdrückte seine Angst. Verbrecher, die zur Urteilsverkündung erschienen, mussten barfuß und ohne Schmuck erscheinen, doch irgendwie hatte er geglaubt, dass sein Rang ihn vor dieser Erniedrigung bewahren würde. Als Antwort nickte er, entließ den Herold und kehrte in die Dienstbotenzelle zurück. Achtoi erhob sich von seinem Schemel vor der Tür.

«Geh zu den anderen Familienmitgliedern und sag ihnen, dass wir uns in einer Stunde im Garten treffen», wies er seinen Haushofmeister an. «Ist der König schon aufgestanden?»

«Ja, Fürst. Er und sein Gefolge haben die Morgengebete zu Sutech beendet und speisen.»

«Danke. Du kannst gehen.»

Zum ersten Mal im Leben wünschte sich Kamose, dass die Zeit still stehen, dass irgendeine Katastrophe über sie kommen und sie hinwegspülen würde, ehe er sich mit seinen Lieben den Blicken der nördlichen Fremdländer und Apophis stellen musste. Er konnte sich ausmalen, was sie dachten. Erleichterung, dass das Urteil nicht ihnen galt, und gieriger Kitzel bei der Urteilsverkündung, Nahrung für den Klatsch vieler kommender Wochen.

Er betrat sein Zimmer und stand mit geschlossenen Augen da, atmete tief und beschwor die Gesichter seines Vaters und Si-Amuns herauf, um sich Mut zu machen, doch ihr Bild bereitete ihm nur noch mehr Unbehagen. Ich bin böse auf sie, dachte er überrascht. Sie haben mich verlassen, und ich kann die Sache jetzt allein ausbaden, und deswegen bin ich böse. Er wandte sich in Gedanken Amun zu, dessen goldenes Abbild lächelnd und bekrönt von seinen schönen Federn im Tempel thronte. Amunmose würde heute in voller Amtstracht im Saal zugegen sein und stumm für die beten, denen der Gott Treue schuldete. Die Fürsten von Waset haben dir generationenlang treu gedient, sagte er im Geist zu seinem Gott. Der Augenblick ist gekommen, das zu erwidern. Mache unsere Sache zu deiner und vernichte die Setius …

Seine Gedanken schweiften ab, seinen Worten fehlte es an Überzeugung. Das alles hatte er Amun schon tausendmal gesagt, und nun war ihm nicht mehr nach Beten. Er saß auf der ungemachten Pritsche, denn die überarbeiteten Diener hatten noch keine Zeit gehabt, die Laken zu wechseln, verschränkte die Arme und schickte sich grimmig ins Warten.

Die Stunde war noch nicht ganz verronnen, da verließ Kamose die Zelle und begab sich in den Garten, wo die übrige Familie schon versammelt war, eine angespannte, bedrückte, kleine Gruppe. Sie bedachte die herumschlendernden Höflinge mit hochfahrenden Blicken, denn die warteten nur darauf, dass sie der Herold in den Saal ließ. Schnell gab Kamose den Frauen einen Kuss. Seine Mutter und Schwestern trugen knöchellange, ungefältelte Hemdkleider und hatten weder Geschmeide noch Perücken angelegt. Aahoteps gesunde, glänzende Zöpfe fielen ihr auf die Schultern, auf der grauen Strähne an ihrer Schläfe funkelte die Sonne. Keine war geschminkt, abgesehen von Tetischeri, die mit Perücke, silbernem Kettchen, Ohrringen und Armbändern prächtig anzusehen war. Ihre Sandalen waren aus weichem weißem Leder, auf ihren Lidern lag blauer Lidschatten, und ihre Augen waren mit Kohl umrandet. Tani hatte geweint. Ihre Augen waren rot verquollen. «Wo ist Ahmose?», erkundigte sich Kamose besorgt und tat so, als merkte er nicht, dass sein Erscheinen eine gedämpfte Unterhaltung ausgelöst hatte.

«Das wissen wir nicht», antwortete Tetischeri. Kamose musterte sie, und auf einmal spürte er, dass seine Angst wich und er sich so unbeschwert fühlte wie schon seit langem nicht mehr. Seine Großmutter musterte ihn mit ihrer gewohnten frostigen Hochnäsigkeit. Die Blicke der anderen hingen erwartungsvoll an ihm. Sie verließen sich darauf, dass er sie mit irgendeinem Zaubertrick rettete, doch Tetischeri verließ sich auf nichts als ihr Blut und ihre Stellung in der Welt, auch wenn beides nicht anerkannt war. Sie war die Gemahlin eines Königs, die Mutter eines Königs, das reichte ihr. «Zweifellos erscheint er erst im letzten Augenblick», fuhr Tetischeri fort. «Uni, hol mir Schatbrot. Die Warterei hat mich hungrig gemacht.»

Auf einmal kam Ahmose schnellen Schrittes vom Haus her, seine Beine waren nass, und seine Locken glänzten feucht. «Ich habe es für geraten gehalten, heute Morgen mit Fürst Sobeknacht und seinen Freunden auf Entenjagd zu gehen», sagte er zur Erklärung. «Die Binsensümpfe wimmeln von Enten. Sobeknacht kann hervorragend mit dem Wurfstock umgehen, und wir haben viel Spaß gehabt. Nur bin ich sehr dreckig nach Haus gekommen.» Aahotep wollte schon zu einer zornigen Antwort ansetzen, wurde aber durch das Geräusch von Yku-didis Amtsstab unterbrochen, der auf die Stufe vor dem Saal aufgestoßen wurde.

«Möge eintreten, wer möchte!», rief er. Alles drängte sich an ihm vorbei. Ahmose lächelte allen ermutigend zu. Kamose drückte Tanis Hand. Sie folgten der Menge in den Dämmer des Saals.

Die Höflinge standen zu beiden Seiten aufgereiht, sodass Kamose, als er zwischen den Pfeilern hindurchging, bis zum Horusthron sehen konnte. Er war leer. Ein Wachposten vertrat ihm den Weg, und ein anderer bezog Stellung hinter der Familie. Ganz kurz war die Atmosphäre im Saal aufgeheizt von Erregung und Spannung, dann erschien Yku-didi aufs Neue, dieses Mal neben den Türen am hinteren Saalende, die aufgerissen wurden, und begann die Titel des Königs auszurufen.

Das königliche Gefolge strömte herein. Die Gemahlinnen setzten sich auf die Stufen der Estrade, gefolgt von Apophis, der sie hochstieg und sich zum Thron wandte. Mit angehaltenem Atem sah Kamose, dass er die Doppelkrone trug, deren glattes weißes Rund, das Symbol Oberägyptens, sich in das rote, das Symbol Unterägyptens, schmiegte. Über seiner Stirn war die Uräusschlange befestigt. Heute hatten Kobra und Geier etwas Raubtierhaftes, ihre Ebenholzaugen blickten hungrig. Kamose unterdrückte einen Schauder. Apophis hatte sich den königlichen Bart aus gefälteten Lederriemen ans Kinn gebunden. Unbewegt musterte der König die Menge. Yku-didi hatte seine Aufzählung beendet und nahm seinen Posten unterhalb des Fächerträgers zur Rechten ein. Itju öffnete seinen Tuschetopf und prüfte seine Pinsel. Eine so tiefe Stille legte sich über die Versammelten, dass man den Gesang eines einzelnen Vogels hören konnte, der seine winterliche Musik zwischen den sonnenbeschienenen Pfeilern jubilierte.

Apophis zeigte in den Saal, und schon schoben die Wachposten Kamose und die anderen vorwärts. Hoch erhobenen Hauptes durchschritten sie den Saal in seiner ganzen Länge, blieben vor dem Thron stehen, fielen auf die Knie und legten das Gesicht auf den Boden. «Verlies die Anklage», sagte Apophis ruhig und mit einer Stimme, die ausdruckslos in den gedrängt vollen Raum fiel. Yku-didi räusperte sich. Kamose hörte Geraschel, ein Papyrus wurde entrollt.

«Kamose Tao, Erbfürst von Ägypten, Erpa-ha und Smer, Nomarch von Waset und seinen Provinzen, du und deine leibliche Familie werdet beschuldigt, zusammen mit Osiris I. Seqenenre Tao Hochverrat begangen, zu den Waffen gegen den

Göttlichen und Herrscher der Zwei Länder, Awoserra Aqenenre Apophis, gegriffen und die Verträge des gegenseitigen Vertrauens und der Hilfe gebrochen zu haben, die zwischen deinem Großvater Senechtenre und dem König getroffen wurden. Ihr werdet des Versuchs beschuldigt, das Gleichgewicht der Maat in Ägypten gestört und Gotteslästerung gegen Ägyptens obersten Schutzgott Sutech begangen zu haben. Abschriften dieser Anklage sind Sutech, Re und Thot zur Beurteilung zugeleitet worden. Eure Schuld ist erwiesen. Leben, Gesundheit und Gedeihen dem Einzig-Einen, der wie Re ewig regiert!»

Es entstand eine Pause. Kamose schloss die Augen, während er die Wange auf den warmen Fußboden drückte.

«Ihr dürft aufstehen», erklang Apophis' Stimme noch immer ausdrucks- und gefühllos über ihnen. Sie erhoben sich. Ahmose starrte den König offen an. Kamose neben ihm sah, wie ein herrisches Winken der königlichen Hand den Hüter der königlichen Insignien herbeiholte, der die Stufen zwischen den Gemahlinnen hochstieg, den geöffneten Kasten im Arm. Apophis beugte sich vor und ergriff Krummstab und Geißel. Der Hüter zog sich rückwärts zurück. «Hat einer von euch noch etwas zu sagen, ehe ich das Urteil verkünde?», fragte der König. Kamoses Blick traf sich mit seinem aus kohlnumrandeten, unlesbaren Augen.

«Ich», sagte er, und seine Stimme klang in der vormittäglichen Stille laut. «Der Versuch, den Aufstand zu rechtfertigen, den mein Vater geplant hat und an dem mein Bruder und ich teilgenommen haben, ist eines Amuns-Sohns nicht würdig, und darum versuche ich es auch gar nicht erst. Aber, Majestät, ich bitte um Nachsicht für die Frauen meiner Familie. Sie haben nicht dazu angestachelt und ihn auch nicht tätig unterstützt. Sie sind unschuldig.»

«Ach wirklich?», sagte Apophis höflich, und sein Blick schweifte zu Tetischeri, die aufgerichtet in ihrer ganzen Pracht dastand. «Aber Fürst, wer weiß schon, welch ermunternde

Worte sie insgeheim geflüstert haben, welche rebellischen Wünsche sie in der Hitze eines Sommernachmittags angefeuert haben? Hier im Süden kennt man keine Mäßigung, hier brennt Re herab, die Wüste ist karg, und das Blut der Bewohner, von denen einige mehr als nur eine Spur Wawat-Blut in den Adern haben sollen, rinnt kühn und heiß», fuhr Apophis fort. «Deine Bitte ist zur Kenntnis genommen worden.» Er beugte sich vor und drückte Krummstock und Geißel fest an die Brust. «Wo sind die Hauptleute deines Vaters, Kamose Tao?»

«Die waren nicht sehr zahlreich, wie Eure Majestät zweifelsohne weiß», antwortete Kamose geschickt. «Sie sind alle in der Schlacht gefallen.» Apophis warf Pezedchu, der mit den anderen Generälen an der Wand stand, einen Blick zu. Pezedchu schüttelte unmerklich den Kopf. Apophis blickte wieder Kamose an.

«Rechtfertigung mag eines Amun-Sohns unwürdig sein», bemerkte er trocken, «Lügen sehr wohl. Ich beabsichtige jedoch nicht, meine Soldaten durch Aufspüren der Abtrünnigen aufzureiben. Sie haben sich ohnedies nicht gut geschlagen. Machen wir also weiter.» Er erhob sich. Alle außer der Familie fielen auf die Knie. Kamose spürte, wie Tanis Hand seine umklammerte, als Krummstab und Geißel über ihnen ausgestreckt wurden. «Hört das Urteil des allweisen Königs», sagte Apophis und hob die Stimme, die jetzt kräftig und volltönend über all die Menschen hinwehte. «Kamose Tao, du hast das Verbrechen des Verrats begangen und hast dich binnen vier Monaten bei dem Befehlshaber unserer östlichen Festung Sile einzustellen, wo du auf unbestimmte Zeit als einer von Ägyptens Verteidigern dienen sollst. Deine Nomarchen werden dir entzogen. Dein Besitz und all deine Güter sind von nun an Khato. Sie fallen an die Krone zurück. Ahmose Tao, du stellst dich bei dem Fürsten und Nomarchen von Kusch, Teti-en, ein, der dir einen Posten im Kampf gegen die wilden Stämme zuweisen wird, die sich weigern, Ägyptens Gesetzbarkeit anzuerkennen. Tetischeri, für dich steht in meinem Harem in Ta-sche eine Wohnung bereit. Dorthin darfst du dich zurückziehen und kleine Arbeiten verrichten, wie sie der Hüter der Tür für dich hat. Aahmes-nofretari, du bist gleichermaßen aus den Augen deiner Familie verbannt. Du und dein Sohn, ihr reist ins Delta, wo ich höchstpersönlich für eine passende Heirat sorgen werde, doch nicht mit Ägyptens Adel. Tani, du wirst als Ehrengast mit mir nach Norden reisen. Du wirst in Auaris jeden Luxus genießen. Ich möchte dich nicht unglücklich machen.» Tanis Nägel bohrten sich jäh in Kamoses Handfläche, und Kamose verzog das Gesicht, obwohl er sich sofort um Beherrschung bemühte.

Apophis setzte sich. Die Menge rührte sich. «So lautet das Urteil», fuhr Apophis jetzt freundlicher fort. «Ich habe Milde walten lassen. Ihr verdient den Tod, aber um eures altehrwürdigen Geschlechts willen schenke ich euch das Leben. Ihr werdet euch jedoch bei Todesstrafe nicht wieder sehen oder in Verbindung miteinander treten. Ich erhalte nämlich regelmäßig Bericht über euer Betragen.»

«Majestät», unterbrach ihn Kamose, und dabei spürte er, wie Tanis Hand heftig in seiner zitterte, «vielleicht ist dir nicht bewusst, dass meine Schwester Ramose von Chemmenu versprochen ist. Sie ist bereits verlobt. Nicht einmal ein König darf dieses Band durchtrennen.» Apophis schien sich nicht an Kamoses Kühnheit zu stoßen. Er lächelte schmal.

«Die Aussicht auf diese Heirat hat sich seit langem zerschlagen, und das weißt du», tadelte er Kamose. «Ramose ist ein treuer Sohn Ägyptens, der sich nicht mit einer Verräterfamilie wie deine verbinden möchte. Teti hat eine andere Frau für ihn gefunden. Für seine Treue zu mir habe ich Teti zum Nomarchen von Waset und seinen Provinzen, über dieses Haus und deine Aruren gemacht. In vier Monaten werden er und sein Haushalt in Chemmenu aufbrechen. Aahotep, du wirst hier bleiben und deinem Verwandten so dienen, wie es ihm beliebt.» Kamose ließ Tanis Hand los.

«Nein!», schrie er und trat einen Schritt vor. «Das ist nicht gerecht, das ist nicht recht! Töte uns, wenn es sein muss, aber gib unser Geburtsrecht nicht an einen Menschen wie Teti! Das ist eine Beleidigung jedes ägyptischen Edelmannes. Das Haus gehört uns, es hat uns gehört, seit es meine Vorfahren gebaut und den alten Palast verlassen haben!» Er wollte noch mehr sagen, wollte dieses hochfahrende, überhebliche Gesicht beschimpfen, das ihn unter dem Gewicht der Doppelkrone mit hochgezogenen Brauen ansah, doch die Vorsicht obsiegte. Keuchend und mit gebleckten Zähnen schwieg er endlich.

«Du hast deine Rechte verwirkt», stellte Apophis klar. «Desgleichen dein Schutzgott. Ich weiß, dass der Hohe Priester Amuns dir seine Unterstützung und Amuns Segen gegeben hat. Der Gott wird in einen kleinen Schrein mitten in Waset umziehen. Wir möchten dem Volk nicht seinen Trost rauben. Amuns Tempel wird Sutech geweiht, und sein Bildnis wird darin thronen. Die Audienz ist beendet.»

Unverzüglich erhob sich die Menge, und schon schwirrten die erregten Gespräche. Der König hatte den Thron bereits verlassen und schritt durch die Tür, vor und hinter sich seine Würdenträger. Die Gemahlinnen gähnten und rutschten auf den Stufen unruhig hin und her, wollten unbedingt fort und das Mittagsmahl und gefälligere Kurzweil genießen. Kamose blickte sich um. Die Höflinge strömten in den Garten mit Ausnahme von Sobek-nacht, der mit ihnen fühlte und sie ansprach. «Es tut mir Leid, Fürst», sagte er zu Kamose. «Sei versichert, dass ich mich jeden Tag darum bemühen werde, eure Urteile abzumildern. Es ist empörend, wenn Fürsten so behandelt werden, einerlei, was sie getan haben!» Kamose hatte dazu wenig zu sagen. Er dankte dem jungen Mann höflich, und der eilte davon und gesellte sich zu den anderen. Schon bald war niemand mehr im Saal, abgesehen von der Familie und ihrer Wache.

Tani warf sich in Kamoses Arme. «Du lässt nicht zu, dass man mich mitnimmt, ja, Kamose?», flehte sie außer sich. «Du kannst doch etwas machen, ja? Ja?» Kamose riss sich grob los. Aahotep wechselte einen Blick mit ihm und drückte das junge Mädchen an ihre Brust.

«Tani, so versteh doch, ich kann nichts tun», sagte Kamose. «Er ist der König. Sein Wort ist Gesetz. Mutter, schaffe sie um Amuns willen fort! Aahmes-nofretari, du gehst auch.» Die junge Frau zögerte, bleich bis an die Lippen. Ahmose ging rasch zu ihr und gab ihr einen Kuss.

«Tu, was er sagt», drängte er. «Ich komme später zu dir. Dazu gibt es viel zu sagen, Aahmes-nofretari, aber nicht jetzt. Nur nicht verzweifeln!» Mit einem benommenen Nicken wandte sie sich linkisch ab und folgte ihrer Mutter und ihrer Schwester.

«Apophis hofft, dass wir uns umbringen», meinte Tetischeri kühl mit Blick auf das Grüppchen, das sich jetzt mit gesenktem Kopf zusammen mit seiner Wache entfernte. «Er hat uns vier Monate geschenkt, damit wir das Urteil richtig begreifen und die ganze Erniedrigung spüren. Tod von eigener Hand würde ihm viel Ärger ersparen.» Sie sah Kamose fest an. «Was willst du nun tun?», fragte sie. «Es ist undenkbar, dass Teti in meinem Haus wohnt und deine Nomarchen regiert, Kamose. Da muss etwas geschehen.» Kamose fuhr herum und herrschte sie an.

«Und was soll ich deiner Meinung nach tun?», brach es aus ihm heraus. «Etwa Feuer vom Himmel herabflehen, das den König vernichtet? Wach auf, Großmutter! Ich bin kein Magier, der eine wundersame Rettung aus dem Ärmel zaubert! Da gibt es nichts zu tun. Gar nichts!» Ungerührt musterte sie seine heftig atmende Brust und die zornigen Augen.

«Trotzdem wirst du es versuchen», entgegnete sie. «Ich kenne dich, Kamose Tao. Ich sehe dir ins Herz wie kein anderer.» Sie winkte Uni, der außer Hörweite wartete, mit einem heftigen Kopfnicken herbei und entschwebte wie eine Königin.

«Tani soll mehr als nur Apophis' Gast sein», überlegte Kamose, ohne sich bewusst zu sein, dass er laut gedacht hatte. «Sie ist seine Geisel, damit wir uns gut benehmen. Natürlich. Darum nimmt er sie bei seinem Aufbruch nach Norden mit, statt sie später holen zu lassen.»

«Der gleiche Gedanke ist mir auch schon gekommen», bestätigte Ahmose. Kamose drehte sich erschrocken zu ihm um. Er hatte nicht gemerkt, dass er seine Gedanken laut geäußert hatte. «Ganz schön gerissen von ihm!», fuhr Ahmose fort. «Mit einem einzigen Zug hat er uns die Hände fester gebunden als mit irgendeiner anderen Maßnahme. Jetzt können wir nicht einmal mehr weglaufen.»

«Weglaufen?» Kamose runzelte die Stirn. «Wohin denn, Ahmose?»

«Irgendwohin», gab Ahmose zurück, «Hauptsache, wir bleiben zusammen.» Kamose setzte sich nachdenklich in Bewegung. «Wohin willst du?», rief Ahmose hinter ihm her. Kamose hob die Schultern, als ob er mit dieser Bewegung die Last der Verzweiflung abschütteln könnte, die ihn niederdrückte.

«Ich muss nachdenken», sagte er. «Geh zu den Frauen und beruhige sie, Ahmose. Darin bist du gut. Wir sehen uns später.»

Die Mittagssonne prallte auf ihn herab, als er den Saal verließ und in den Garten ging. Die Luft war in Bewegung, und das Gras fühlte sich unter seinen nackten Füßen weich an. Büsche und Blumenbeete lebten, Vögel tschilpten und Insekten raschelten. Vom Fluss drang das Gerufe und Geplansche der hin- und herrangierenden Steuerleute. Die Alltagswirklichkeit erschlug Kamose geradezu. Rasch und mit zusammengekniffenen Augen strebte er der hinteren Mauer und der Pforte zu, die auf den Exerzierplatz, die Kasernen und den Streifen unbebauten Landes am Fuß der Felsen führte. Er hatte die Hand bereits auf der Pforte, als seine Wache ihn aufhielt. «Fürst, du darfst die Kasernen nicht aufsuchen.» Kamose sah zu den Soldaten hinüber, die müßig im aufgewühlten Sand des Platzes herumhockten. Seine Augen suchten nach Hor-Aha, doch dann fiel ihm ein, dass der General irgendwo tief in der Wildnis von Wawat weilte.

«Ich möchte die Kasernen gar nicht aufsuchen», versicherte er dem Mann. «Ich will nur ein wenig bei den Felsen spazieren gehen.» Er stieß die Pforte auf, doch der Mann vertrat ihm entschieden, wenn auch mit abbittender Miene den Weg.

«Tut mir Leid.»

«Na schön.» Kamose drehte um und strebte zur Bresche in der Südmauer, die auf den Bereich des alten Palastes ging, und sein Aufpasser folgte wachsam.

Der Palast war leer, ruhig und kühl. Kamose holte tief Luft, als er durch die verfallenen Räume zu der Treppe an den Frauengemächern ging. Die stieg er hoch, erreichte das Dach und ließ sich mit Absicht auf dem dunklen Fleck nieder, wo sein Vater oft geruht und wo man ihn so grausam überfallen hatte. Noch gab es keinen Schatten, doch die Sonne war auszuhalten. Jenseits der Mauer herrschte Leben und Treiben, der Garten wimmelte von dem vielfarbigen, flatternden Leinen der ruhelosen Höflinge. Ihre Unterhaltung drang als keineswegs unangenehmes Gesumm an sein Ohr. Auf dem Weg vom Garten durch den Laubengang zur Bootstreppe eilten Herolde und andere Beamte vom und zum Fluss.

Geradewegs unter ihm, in einem Winkel des glutheißen Anwesens, wo Mauer auf Mauer stieß und sich ein wenig Schatten bot, rekelte sich ein Junge bei seinem Mittagsmahl und bemerkte den Mann nicht, der zu ihm hinuntersah. Bei dem Anblick musste Kamose lächeln, und sein Kummer ließ etwas nach. Ich brauche jetzt deine Weisheit, Vater, sagte er zu dem Geist des Mannes, der hier selbst so oft gesessen hatte, dass er noch gegenwärtig schien. Zeige mir andere Möglichkeiten auf. Sollen wir getrennt voneinander leben und Qualen leiden? Sollen wir sterben? Haben wir eine andere Wahl? Kamose stützte das Kinn in die Hände und schloss die Augen. Der königliche Wachposten ließ sich ergeben in den Schutt sinken und lehnte den Rücken an die bröckelnde Seite des Windfängers. Seine Aufgabe machte ihm überhaupt keinen Spaß.

DREIZEHNTES KAPITEL

Am Spätnachmittag ließ der König Kamose holen. Der hatte mehrere Stunden tief in Gedanken auf dem Dach des alten Palastes verbracht und nachgedacht, während sich der Garten leerte und sich Lager und Pritschen in Haus und Zelten mit schlafenden Leuten füllten, und er war gerade auf dem Weg in die Zelle, die er mit Ahmose teilte, um sich zu waschen und die Kleidung zu wechseln, als Yku-didi ihn auf dem Flur anrief und ihn bat, ihm zu folgen. Gehorsam kam Kamose mit. Er war müde. Er hatte gehofft, Apophis würde nach Auaris zurückkehren, ohne ihn noch einmal privat zu sprechen.

Er wurde in seine eigenen Gemächer gebeten, wo Apophis auf einem Stuhl neben dem zerwühlten Bett saß. Offensichtlich hatte er sich gerade vom Nachmittagsschlaf erhoben. Ein Rechteck aus weißem Leinen verhüllte seinen rasierten Schädel, wie es das Gesetz vorschrieb. Er trug einen kurzen, zerdrückten Schurz und sonst nichts. Ein Diener hatte den königlichen Fuß auf seinem Schoß und bemalte die Sohle sorgfältig mit hellrotem Henna. Apophis trank einen Schluck Wasser. Auf dem Tisch neben ihm lagen seine Ringe und das königliche Siegel. «Fürst Kamose, Majestät», meldete der Herold, verbeugte und entfernte sich. Apophis winkte. Kamose näherte sich mit gebeugtem Rücken und den Händen auf den Knien, dann machte er seinen Fußfall. Apophis gestattete ihm, sich zu erheben.

«Ich möchte morgen ins Delta zurückkehren», sagte der König. «Unseligerweise geht der Fluss noch zu hoch für eine wohlbehaltene Reise, also muss ich mich mit Sänfte und Wüste abfinden, aber ich kann nicht länger verweilen. Ich habe dich rufen lassen, weil ich mich vor meinem Aufbruch überzeugen möchte, dass du deine Lage völlig verstanden hast.» Sein Diener legte den hennaroten Pinsel beiseite und fächelte jetzt den königlichen Fuß, damit er trocknete. Apophis warf Kamose unter der Kopfbedeckung aus erlesenem Leinen einen forschenden Blick zu, dann verzog sich seine Miene zu einem Lächeln. «Hast du noch Fragen, Fürst?»

«Majestät, ich bitte dich, überlege noch einmal, ob du Tani mitnimmst», sagte Kamose. «Sie ist noch sehr jung und noch nie von ihrer Familie getrennt gewesen. Sie ...» Apophis gebot ihm mit einer Bewegung der gerade mit Henna bemalten Hand Schweigen.

«Sie zählt sechzehn Lenze, ist eine Frau und imstande, ihre Pflicht ihrem König gegenüber zu erfassen», entgegnete er. Sein Lächeln wurde breiter. Er weiß sehr wohl, dass ich ihren wahren Status kenne, dachte Kamose. «Meine Ratgeber haben mir angeraten, euch alle hinzurichten», fuhr der König fort. «Du wirkst nicht gerade dankbar für meine Milde.»

«Ich könnte mir denken, dass nur Setiu-Ratgeber die Hinrichtung empfohlen haben, Göttlicher», sagte Kamose leise. «Und ich könnte mir auch denken, dass die ägyptischen Beamten bei der Vorstellung entsetzt waren und dich um deiner eigenen Sicherheit willen vor einer solchen Tat gewarnt haben. Das war weise.» Das Lächeln verschwand von Apophis' Miene.

«Meine Ratgeber dürfen ihre Meinung kundtun, weil ich ihre Klugheit schätze», blaffte er, «aber in Ägypten bin allein ich allweise. Die endgültige Entscheidung hat bei mir gelegen.» Er entriss dem Diener seinen Fuß und beugte sich vor. «Bildest du dir etwa ein, dass ich Angst vor dir habe, Kamose Tao, dass ich bei der kleinsten Drohung von dir zu Sutech eile und um

Überleben flehe? Ganz im Gegenteil. Du und deine Familie, ihr lebt in einer Welt überholter Träume und vergangenen Ruhms, in der die Setius noch immer Feinde sind und ihr noch immer Könige seid.»

Er streckte eine Hand aus, und ein Diener trat mit einem Salbkrug zu ihm, ließ einen Tropfen auf die königliche Hand fallen und entfernte sich wieder. Apophis rieb sich damit die Hände ein und fuhr sich über den Hals, und schon erfüllte der berauschende Duft von Lotosblüten den Raum. «Ich bin hier geboren», sagte Apophis bedächtig. «Mein Vater, mein Großvater und seiner vor ihm, alle waren in Ägypten Götter. Ich hätte Aahmes-nofretaris' Sohn, das Kind deines so genannten königlichen Bruders, umbringen lassen können, aber ich muss nicht töten. Ganz Ägypten verehrt mich, Kamose, denn ich bin ein Gott. Du mit deinen Wahnvorstellungen und deiner Armut kannst mir fast Leid tun.» Er schloss die Augen und atmete so tief ein, wie es auch Kamose gern getan hätte. Der Blumenduft war zauberhaft sinnlich. «Meine Vorväter haben euch einen herausragenden Platz im alten Ägypten zugestanden und mit deiner Familie Verträge geschlossen, statt sie auszurotten. Auch ich ehre die Vergangenheit und gebe dir eins auf die Finger, statt dir das Herz zu durchbohren.» Die königlichen Augen wurden jählings groß und fixierten Kamose mit kaltem Blick. «Du wirst Waset nie wieder sehen, das verspreche ich dir. Aber ich verspreche dir auch, dass Tani alle Achtung und allen Luxus erhält, die ihr aufgrund ihrer Stellung als Prinzessin zustehen, und deine Schwester darf nicht in den Adel einheiraten, aber ich werde weise für sie wählen, sodass sie keinen Mangel leiden muss. Herold!» Die Tür ging auf und Yku-didi trat unter Verbeugungen ein. «Führe den General herein.» Ein kahlköpfiger, kräftig gebauter Mann trat ein und verbeugte sich. «Das hier ist General Dudu», sagte Apophis zu Kamose. «Er wird mit fünfzig seiner Soldaten hier bleiben, wenn ich und mein Gefolge morgen aufbrechen. Er wird deinen Besitz für die Übernahme schätzen und mir wöchentlich einen Bericht über dich schicken, bis die vier Monate um sind. Dann wird sein Vertreter Ahmose nach Kusch begleiten, und Dudu bringt dich und die anderen nach Norden. Du bist entlassen. Wir werden uns nie mehr sehen.»

Mit zusammengebissenen Zähnen machte Kamose seinen Fußfall, erhob sich und ging rückwärts aus dem Raum. Ich hätte wissen müssen, dass er einen Wachhund zurücklässt, sagte er sich wütend, als man ihm die Tür vor der Nase zuschlug. Apophis hat Recht. Ich bin ein armer Narr, und meine Träume sind Schäume, doch noch sind es keine Alpträume. Noch nicht.

Während er aufgebracht den Flur entlangschritt, stieß er fast mit Uni zusammen. Der Haushofmeister hatte den Arm voll gestärkter Wäsche, und ein Diener trabte hinter ihm her. Uni verbeugte sich, und Kamose packte ihn beim Arm und blickte sich um. «Schick einen Läufer nach Wawat», flüsterte er Uni ins Ohr. «Lass Hor-Aha und die anderen Hauptleute zurückholen. Der König bricht morgen auf.» Uni nickte und trat beiseite, Kamose ging weiter.

Im Garten scharten sich die frisch gebadeten Höflinge und warteten auf den Beginn des abendlichen Festes. Kamose blickte über ihre Köpfe zum Himmel hoch. Re säumte den Horizont, sein rotes Reich wurde flacher und länger, während Nut ihn verschlucken wollte. Res Blut tränkte das Gras und fiel in langen Streifen auf die Hausmauern. Die plaudernden, hin und her schlendernden Menschen leuchteten in dem warmen, bronzefarbenen Licht. Kamose bahnte sich einen Weg zu der Stelle, wo zwei Zelte in der Abendbrise flatterten, und bemerkte kaum, wie die Menge zurückwich und sich teilte, um ihm Platz zu machen. Vor Tanis Zelt rief er leise nach ihr und bekam Antwort. Der Wachposten, der neben der Öffnung stand, nickte knapp. Er trat ein.

Tani hockte zusammengesunken auf Polstern, rings um sie waren die Spielsteine eines Brettspiels verstreut. Mehrere

Hemdkleider lagen auf der Pritsche ausgebreitet, auf der sie geschlafen hatte. Eine Kruke und ein Becher standen auf ihrer Kleidertruhe zusammen mit zwei Lampen, die darauf warteten, angezündet zu werden. Sie blickte hoch, als er eintrat. Kamose setzte sich neben sie. Genau in diesem Augenblick lachten die Höflinge draußen schallend.

«Hör sie dir an», sagte Tani abfällig. «Die haben doch nur eine Sorge, ob nämlich die Gans heute Abend durchgebraten ist und die Melonen mit genug Süßigkeiten gefüllt sind. Wie Ägypten überhaupt von solchen Leuten regiert werden kann, ist mir schleierhaft!»

«Warum bist du allein, Tani?», fragte Kamose sanft. «Du solltest nicht allein bleiben.»

«Sie sind alle hier gewesen», sagte sie hölzern. «Großmutter hat von Rache geredet, Mutter hat mich in die Arme genommen, und Ahmose hat tss tss gemacht, als Aahmes-nofretari außer sich geschworen hat, eher zu sterben, als irgendeinen Dreckskerl aus dem Volk zu heiraten. Ich habe sie fortgeschickt.» Kamose blickte sie überrascht an. Sie war noch immer totenblass, zeigte jedoch keine Anzeichen der Panik, die sie im Empfangssaal beinahe überwältigt hätte.

«Fortgeschickt?»

«Ja. Es hat keinen Zweck, zu jammern und zu fluchen, nicht wahr, Kamose? Es ist besser, das Schicksal anzunehmen, mein Schicksal.» Sie lächelte, und ihre Lippen verzogen sich so zynisch, wie er es noch nie an ihr gesehen hatte. Der Anblick erschreckte ihn. «Ich habe den alten Schwur, mit dem wir so freigebig umgehen, immer gemocht», fuhr sie fort. «‹Bei meiner Liebe zum Leben und bei meinem Hass auf den Tod.› Jeder führt ihn auf den Lippen. Er hat fast alle Bedeutung verloren. Wir sind in der Tat ein Volk, das das Leben liebt und den Tod hasst, und das leidenschaftlicher, als die Setius je verstehen werden. Ich habe über diese Worte nachgedacht, Kamose. Ich liebe das Leben. Liebe das Leben. Und solange ich am Leben bin, darf ich hoffen, dass die Götter mir ein gütigeres Los zudenken. Ist es nicht so?» Er nickte ernst und war von ihrer Gelassenheit überwältigt.

«So ist es.»

«Aber was er über Ramose gesagt hat ...» Sie beugte sich über die im Schoß gefalteten Hände. «Mir hat er gesagt, dass er jede Frau, die sein Vater vorschlägt, ablehnt, dass er abwartet, was die Zukunft bringt. Jetzt braucht er nicht länger zu warten, oder?» Kamose spürte ihre Qual, musste jedoch ihre grausamklare Sicht der Dinge bewundern.

«Nein, Tani, er braucht nicht länger zu warten. Die Kunde vom Urteil des Königs wird Chemmenu schon sehr bald erreichen. Dennoch glaube ich, dass er wartet.» Sie schenkte ihm ein gequältes Lächeln.

«Ich auch!»

Es entstand eine kleine Pause, dann nahm Kamose ihre beiden Hände in seine und fing an, sie sehr sanft zu reiben. Beim Sprechen senkte er die Stimme. Der Schatten seines geduldigen Wächters fiel schräg auf die Zeltwand. Der fröhliche Lärm im Garten nahm zu, doch Kamose war nicht so dumm, dass er ein Risiko einging. «Tani, ich möchte, dass du etwas begreifst», sagte er leise. «Du reist nicht einfach nach Norden, weil sich der König in dich vergafft hat, sondern als Geisel, die gewährleistet, dass wir Übrigen keinen Ärger mehr machen.» Sie blickte nicht erstaunt, sondern sagte nur mit einem matten Achselzucken:

«Das habe ich geahnt. An Apophis' Stelle hätte ich es genauso gemacht.» Ihr Blick wurde wachsam, und sie entzog ihrem Bruder die Finger. «Zeigt er damit übertriebene Vorsicht, Kamose?» Kamose lehnte sich zurück und zog seine Füße noch mehr unter sich. Er blickte ihr fest in die Augen.

«Nein, das tut er nicht», antwortete er offen und ehrlich. «Ich kann es nicht zulassen, dass wir ausgelöscht werden und in Vergessenheit geraten, ohne nicht einen einzigen weiteren Versuch gemacht zu haben.»

«Was hast du vor?»

«Das weiß ich noch nicht. Ich warte auf Hor-Ahas Rückkehr. Wir haben vier Monate Gnadenfrist, Tani, ein Geschenk des Himmels, und die kann ich nicht damit verstreichen lassen zu lernen, wie ich mich in mein Schicksal ergebe.» Er nahm ihr Gesicht in die Hände, spürte ihre bräunliche Haut, die so weich, so kühl war. Ihre Wimpern zitterten an seinen Daumen. «Aber du wirst darunter leiden müssen», fuhr er fort. «Als Geisel musst du den Zorn des Königs ertragen, falls Ahmose und ich einen weiteren kleinen Aufstand anzetteln. Und der wird nun wirklich klein ausfallen.» Seine Hände ruhten jetzt auf ihren zarten Schultern. «Ich mache mir da nichts vor. Tani, solltest du jedoch dagegen sein, warte ich hier still auf meine Begleitmannschaft nach Sile und unternehme gar nichts. Schließlich ist es dein Leben, das ich in Gefahr bringe, und das tue ich nicht ohne deine Erlaubnis.» Ihre Finger schlossen sich um seine Handgelenke, doch sie blickte ihn nicht an. Im zunehmenden Dämmer des Zeltes sah er, dass sie die Stirn kräuselte.

«Glaubst du, dass Apophis mich zur Vergeltung hinrichten lässt?», fragte sie nach einem Weilchen. Kamose seufzte. «Ich weiß es nicht. Er ist unter seiner ganzen Überheblichkeit unsicher, und unsichere Menschen neigen zu unvorhersehbaren Reaktionen, aber er ist auch abartig empfindlich, was die Gefühle seiner Untertanen angeht.»

«Dann besteht die Möglichkeit, dass er zögert, dass er die Missbilligung des Adels fürchtet?»

«Ich glaube schon.» Seine Hände glitten ihre Arme hinunter, eine fast sinnliche Geste, und sie küsste ihn mit bebendem Mund, ehe sie ihn fortschob.

«Dann wage den Wurf, lieber Bruder. Wenn ich im Palast von Auaris sitze, ist mir der Gedanke, dass du tot bist, lieber als der, dass du das Leben eines gemeinen Soldaten führst, Hunger und Durst leidest und schläfst, wo immer es geht, umgeben von Fremden, und dass du dich an unsere Gesichter zu erinnern versuchst, während die Jahre vergehen ...» Die Stimme versagte ihr.

«So stelle ich mir das auch vor, euch alle», erwiderte Kamose harsch. «Ahmose, wie er unter der kuschitischen Sonne leidet und von ihr verbrennt, Großmutter von Tag zu Tag schwächer wird, während man sie zwingt, Brot zu backen oder zu weben. Aahmes-nofretari und ihr kleiner Sohn dazu verurteilt, in einer Händlerfamilie zu leben, und Mutter dazu erniedrigt, als bescheidene Dienerin oder bestenfalls als unerwünschte Gefährtin ihrer Verwandten im eigenen Heim kaum geduldet dahinzuvegetieren. Wir könnten es schaffen, Tani, wir alle. Aber der Gedanke, dass die Erinnerungen verblassen, dass die Gewöhnung mit jedem Tag leichter fällt, bis wir allmählich die Farbe unserer Umgebung annehmen, dass wir vergessen, dass wir alles hinnehmen ... Nein. Solch ein Ende ist nichts für uns. Dann lieber tot.» Sie hatte sich etwas gefasst.

«Wann bricht der König auf?»

«Morgen früh. Du musst tapfer sein, Tani. Bist du dir sicher?»

«Ja», sagte sie mit rührender Entschlossenheit. «Ich bin mir sicher. Zieh noch einmal in den Krieg, Kamose. Vielleicht schließt mich der König ja wirklich ins Herz und zögert, mich umzubringen. Vielleicht gewinnst du auch.» Kamose dachte, dass sie trotz ihres bekundeten Verlangens weiterzuleben ein Leben ohne Ramose trostlos und fast unerträglich fand und dass seine Pläne ihr wenig bedeuteten. Sie hat genauso viel gelitten wie jeder von uns, vielleicht mehr, dachte er resigniert. Ihr Schicksal ist nicht gerecht. «Es ist mein letzter Abend mit euch allen», sagte sie gerade. «Ich möchte, dass wir zusammen hier in meinem Zelt speisen. Überlassen wir den Empfangssaal den nördlichen Fremdländern. Ein Zelt passt ohnedies besser zu Kindern der Wüste.» Er stand unbeholfen auf.

«Ich sorge dafür», versprach er. «Und, Tani, erwähne meine Pläne nicht den anderen gegenüber. Du bist die Einzige, die bislang davon weiß.» Sie nickte und spielte schon wieder mit den Spielsteinen des Hund-und-Schakal-Spiels herum. Er schob sich aus dem Zelt und trat in das zunehmende Zwielicht.

Kamose bat nicht um Erlaubnis, ob sie gesondert speisen durften. Er teilte Nehmen lediglich mit, was die Familie vorhatte, und nach kurzem Zögern willigte der Oberhofmeister ein. Uni wurde gebeten, für Essen und Diener zu sorgen, und eine Stunde nach Sonnenuntergang bewegte sich ein kleiner Zug von den Küchen zu Tanis Zelt und brachte Speisen und Wein. Der Garten war mittlerweile leer. Lärm vom Zechgelage im Saal kam stoßweise durch die geöffnete Zeltklappe geweht, während Uni und Isis, Hetepet, Heket und das übrige Gefolge der Familie das Zelt mit würzigen Düften und gestutzten Lampen füllten und sich bückten, um ihren Gebietern aufzutragen. Draußen im Gras saß ihr Harfenspieler und spielte leise.

Tani hatte darum gebeten, dass Behek bei ihnen sein durfte. Er lag neben ihr, japste vernehmlich und freute sich über die Bissen, die sie ihm zukommen ließ. Von Zeit zu Zeit schloss sie ihn heftig in die Arme und drückte den grauen, mächtigen Hund. Sie beteiligte sich nicht an der sporadischen Unterhaltung rings um sie, sondern lauschte nur und lächelte, doch Kamose wusste, dass sie sich jede Einzelheit einprägte, damit sie etwas für die lange Reise nach Norden hatte. Aus dem Saal kam ein Schwall schriller Musik und übertönte kurz die sanfteren Klänge der Harfe. Tetischeri erteilte einen Befehl, und die Reste des Mahls wurden fortgeschafft. Kamose bat die Diener, sich in ihre Quartiere zu begeben, und dann machte es sich die Familie in den Kissen bequem.

Lange Zeit sagte niemand etwas. Tani blickte in den verzaubernden Schein der Lampe und hielt den schlafenden Behek im Arm. Ahmose saß mit gespreizten Beinen da und trank, ohne dass es ihm schmeckte. Aahmes-nofretari kauerte dicht bei ihrer Mutter und spielte mit den Verzierungen an ihrem Gürtel. Auf einmal sah sie hoch und blickte sich um. «Das hier ist das

Lebewohl für Tani», sagte sie laut. «Wir Übrigen müssen noch ein wenig länger durchhalten. Es ist unerträglich. Unerträglich! Und damit hat Vater angefangen. Es ist seine Schuld. Er ist tot, er hat seinen Frieden, während wir die Folgen seiner Torheit tragen müssen. Ich bin so böse auf ihn!» Niemand schalt sie. Sie sagte nichts mehr, doch ihre verbitterte Stimme hielt alle gefangen.

«Du vergisst, was man Vater befohlen hatte», sagte Tani sanft. «Du vergisst, dass Apophis ihm eine Falle gestellt, ihn gereizt hat, bis er keine andere Wahl mehr hatte. Sei ruhig böse, Aahmes-nofretari, aber nicht auf ihn.» Beim Klang ihrer Stimme bewegte sich Behek, wachte jedoch nicht auf. Seine Ohren zuckten.

«Was soll aus meinem Sohn werden?», fragte Aahmes-nofretari nachdrücklich. «Welcher Mann, der jetzt schon unter dem Befehl des Königs, mich zu heiraten, leidet, wird den Sohn eines toten und entehrten Edelmanns als sein Eigen annehmen? Ahmose-onch ist ein unschuldiges Kind. Das hat er nicht verdient.»

«Es kommt darauf an, von welcher Seite du es betrachtest», argumentierte Ahmose vernünftig. «Andererseits sind wir allesamt Verräter und leicht davongekommen. So könnte man es auch sehen.»

«Ja, könnte man», bestätigte Kamose. «Vorwürfe sind nutzlos. Vielleicht kämpfen wir am Ende doch nicht um die wahre Maat und machen uns nur etwas vor.» Einhellig blickten ihn alle misstrauisch an. «Wir dürfen den Abend nicht damit verschwenden, dass wir immer wieder in unseren Wunden herumstochern», fuhr er fort. «Lasst uns fröhlich sein. Lasst uns trinken und lachen und unsere Erinnerungen teilen. Aahmes-nofretari, die Götter erwarten, dass Fürsten wie Bauern Gutes tun und aufrechten Mut beweisen. Wir wollen sie nicht enttäuschen.» Tetischeri muckte auf.

«Du hörst dich schon genauso an wie dein Vater», sagte sie

spöttisch. «Zu viel Stolz, viel zu viel.» Diese Bemerkung ausgerechnet von der stolzesten aller Taos brach den Bann. Alles lachte schallend. Tetischeri blickte zunächst gekränkt, dann brachte sie ein kleines Auflachen zustande.

Aus dem Abend wurde Nacht. Wein ging von Hand zu Hand, und die alten Familienwitze wurden aufgewärmt. Wir gehören zusammen, dachte Kamose, und daran kann auch die Trennung nichts ändern, als Tani über etwas kicherte, was Ahmose gesagt hatte. Hier geht es um unsere Seele. Unter diesen Lachsalven trauern wir alle, sind alle verängstigt und allein, sehnen uns nach dem, was einmal war, aber wir wissen, dass wir schlicht Teile eines größeren Gefüges sind, das uns überdauert und weder durch Verbannung noch durch Tod zerstört werden kann.

Später klammerten sie sich halb betrunken aneinander und hatten sich nichts mehr zu sagen, doch Kamose wusste, dass er Recht hatte. Seqenenre und Si-Amun waren bei ihnen, schwebten vielleicht unsichtbar im Zelt, strömten aber gewisslich warm in ihren Adern und erneuerten sich in der roten Dunkelheit ihrer Herzen, wo auch schon Osiris Mentuhotep-neb-hapet-Re und die anderen Vorväter waren. Es war ein schwacher Trost, doch mehr hatten sie nicht.

Nach vielen Umarmungen und tränenreichen Küssen schlüpften sie aus dem Zelt. Ahmose steuerte auf den Fluss zu und zu seinem gewohnten Spaziergang am Ufer. Aahmes-nofretari wollte die Nacht bei Tani verbringen. Tetischeri und Kamose schritten durch die duftende Dunkelheit zu ihren Gemächern, und die allgegenwärtigen Wachen trabten schläfrig und gelangweilt hinter ihnen her. «Ich kann es nicht fassen, dass du sie kampflos, ohne Protest, ohne öffentlichen Einspruch ziehen lässt», warf Tetischeri Kamose vor. «Es sieht fast so aus, als möchtest du, dass man sie fortbringt! Und was ist mit Aahmes-nofretari? Heirate sie schnell, Kamose, damit ihr Schicksal ein wenig freundlicher ausfällt. Was ist los mit dir?» Kamose beherrschte mühsam seinen Zorn.

«Ich habe mich öffentlich gewehrt, Großmutter, hast du das vergessen?»

«Nein, aber nicht gerade heftig!», fauchte sie. «Halte ihn auf, rede über eine Mitgift mit ihm, irgendetwas ...»

Kamose fuhr zu ihr herum, näherte sein Gesicht ihrem und fauchte zurück: «Bist du vollkommen verrückt geworden? Ich sage es dir einmal, Tetischeri, und dann nie wieder. Ich brauche Zeit. Tani muss nach Norden reisen, die Wiedergutmachung muss gezahlt werden, wir müssen friedlich und fügsam wirken. Apophis muss eingelullt werden, damit er denkt, dass wir endlich klein beigeben. Ich brauche Zeit!»

«Willst du sie opfern?»

«Falls du es so ausdrücken möchtest – ja. Sie weiß Bescheid.» Seine Großmutter blieb stehen. Er spürte, wie sie im Dunkel angestrengt nachdachte, obwohl er ihr Gesicht kaum ausmachen konnte.

«Wenn wir Auaris einnehmen, können wir sie zurückholen», wisperte sie. «Was ist mit General Dudu?» Kamose unterdrückte einen heftigen Lachanfall. Auaris einnehmen? Tani zurückholen? Es war sinnlos, böse auf Tetischeri zu sein, ihr Vorwürfe zu machen, über ihre großspurigen Pläne zu lachen. Tetischeri war nun einmal Tetischeri.

«Um Dudu kümmere ich mich, sowie der König aufgebrochen ist», erwiderte er und ging weiter. «Du glaubst doch, dass es ohnedies hoffnungslos ist?»

«Was ich glaube, ist nicht wichtig», sagte sie jetzt lauter. «Was wir alle glauben, zählt nicht, nur was wir tun und was wir sagen. Wir müssen uns immer so benehmen, als ob bestimmte Dinge eintreffen würden. Gute Nacht, Kamose.»

«Gute Nacht, Großmutter.» Sie ist ein wenig verrückt, dachte er, als sie in der fackelerhellten Stille des schlafenden Hauses verschwand. Ich beneide sie.

Ahmose ging eine Stunde später zu Bett. «Jenseits der Mauern tut sich einiges», erzählte er dem schlaftrunkenen Kamose.

«Sie schlagen bereits die Zelte ab und beladen die Esel. Der König möchte früh aufbrechen.»

«Gut», murmelte Kamose, ehe er sich umdrehte. «Dann kann ich meine Zimmer wiederhaben, falls sie nicht von Setiu-Weihrauch verpestet sind.»

Zwei Stunden nach dem Morgengrauen versammelte sich die Familie hinten am Haus, um Tani zu verabschieden. Heket begleitete sie aus freien Stücken und war jetzt emsig beschäftigt, ihrer Herrin den warmen Umhang höher über die Schultern zu ziehen und sicherzustellen, dass in der bereits wartenden Sänfte, deren Träger schweigend daneben standen, genügend Kissen lagen. General Pezedchu höchstpersönlich war zur Bewachung Tanis abgestellt worden, und er sah zu, wie die Familie sie noch einmal umarmte, während sich seine Soldaten in Reih und Glied aufstellten. Die Ebene dahinter, wo die meisten Zelte für die Höflinge gestanden hatten, war vollkommen aufgewühlt. Tote Blumen, zerbrochene Krüge, eine abgebrochene Zeltstange, ein paar Fetzen farbiges Leinen flatterten verloren in der leichten Morgenbrise und wehten bis zum Rand des Exerzierplatzes. Die Kasernen lagen ohne Leben.

Die Karawane zog sich gen Norden. Esel standen geduldig mit gesenktem Kopf. Hunde liefen ihnen zwischen den Beinen herum und beschnüffelten die bereits zugezogenen Sänften. Soldaten und Diener überprüften ihre Ausrüstung und wechselten knappe Bemerkungen. Der König oder sein unmittelbares Gefolge ließen sich nirgendwo blicken. Niemand hatte sich von der Familie verabschiedet oder sich förmlich für die Gastfreundschaft bedankt. Das Urteil war gesprochen, sie waren bereits vergessen.

Pezedchu winkte, Tanis Träger richteten sich auf und machten sich bereit, die Sänfte hochzuheben. Einer nach dem anderen umarmte sie, küsste sie auf die kalten Lippen, blickte ihr in die stumpfen Augen und lächelte falsch und aufmunternd, während jeder den uralten Reisesegen sprach: «Mögen deine Sohlen festen Tritt finden.» Ihre Habe war eiligst auf die Esel gepackt worden, doch jeder drückte ihr ein Geschenk in die Hand, bis sie sich schließlich abwandte und zwischen die Kissen der Sänfte kletterte. Heket wollte auch einsteigen, doch Pezedchu vertrat ihr den Weg. «Du nicht», sagte er grob. «Du gehst zu Fuß.» Tani beugte sich aus der Sänfte.

«Sie bleibt bei mir», sagte sie mit Nachdruck, «oder ich kreische und mache einen Aufstand, dass du mich in der Sänfte anketten musst.» Mit schmalen Lippen trat der General zurück, und Heket kletterte zu Tani. Die Träger bückten sich, das Beförderungsmittel wurde hochgehoben, die Soldaten trabten los und schufen sich Platz in dem sich bereits bewegenden Zug. Tanis Hand tauchte auf, zog die Vorhänge zu, und das Letzte, was sie von ihr sahen, war ein blasses, grimmiges Gesicht und das Funkeln der Morgensonne auf ihren Ringen.

«Bete, Tani!», rief Ahmose hinter ihr her. «Bete jeden Tag zu Amun um unsere Erlösung!» Die Übrigen schwiegen. Die Hufe der Tiere und die Füße der Marschierenden wirbelten bereits Staub auf, sodass Aahotep sich den Umhang vor die Nase halten musste. In dieser Wolke verschwand Tani.

Tetischeri gab einen kleinen Laut von sich, halb Aufstöhnen, halb Schrei, dann wandte sie sich zur Hinterpforte. Die anderen folgten. Kamose sah Dudu über den Exerzierplatz kommen und drehte sich schnell um. Heute nicht, schwor er sich innerlich, als er sah, wie Ahmose den Arm um Aahmes-nofretaris Schulter legte. Heute trauern wir. «Uni», sagte er, als ihm der Haushofmeister entgegenkam. «Halte den General bis morgen vom Haus fern.» Dann ging er großen Schrittes auf das leere, hallende Gebäude zu.

Die Familienmitglieder blieben den ganzen Tag in ihren Zimmern, während die Dienerschaft fegte, das Haus schrubbte und von den Überbleibseln des königlichen Besuches säuberte. Kamose lag auf seinem Lager, hatte die Hände unter den Kopf gelegt, lauschte auf die Geschäftigkeit ringsum und dachte besorgt an die vier kommenden Monate. Aufgeben kam nicht in Frage, doch wo sollte er mehr Männer, Pferde, Streitwagen, Waffen und Nahrung auftreiben?

Mittags kam Achtoi mit einem leichten Mahl, doch Kamose brachte keinen Bissen hinunter. Er überlegte, wo Tani wohl sein mochte, wo die Karawane zum Mittagsmahl angehalten hatte, was Apophis wohl dachte. Ich werde General Dudu umbringen, sagte er sich, und die Botschaften nach Norden fälschen müssen. Dabei möchte ich ihn gar nicht töten. Er tut schließlich nur seine Pflicht. Aber ich kann ihn nicht am Leben lassen, denn er findet gewiss einen Weg, dem König mitzuteilen, was ich vorhabe. Eine Botschaft lasse ich durch. Ich muss herausbekommen, wie er sie siegelt, wie er Apophis anredet.

Doch Kamoses Gedanken beschäftigten sich nicht lange mit General Dudu. Erschöpft kreisten sie wieder einmal um das Problem frische Truppen und Gold, mit dem er sie ausrüsten könnte, doch unterschwellig verspürte er nach der langen Anspannung Erleichterung. Apophis war fort. Der Lärm und die Stimmen im Haus waren vertraut. In vier Monaten konnte man viel bewegen. Kamose schlief.

Er hatte lange nicht von der Frau geträumt, die ihn immer öfter auch in seinen wachen Stunden heimsuchte, doch in den heißen, langsam verrinnenden Nachmittagsstunden, während sich sein Kopf im Unterbewusstsein noch mit möglichen Truppenzahlen, dem bitteren Verlust Tanis und den Anschuldigungen seiner Großmutter befasste, ging er auf einmal auf dem Weg, der von Waset am Amun-Tempel vorbei zu seiner Bootstreppe führte, hinter ihr her. Es war Sommer. Der Fluss neben ihm strömte gemächlich und zielstrebig, und die Sonne brannte auf seinen unbedeckten Kopf, doch er nahm seine Umgebung kaum wahr, denn da schritt sie vielleicht zehn Schritte vor ihm und war fast beim Tempelpylonen angekommen. Ihre langen Beine bewegten sich geschmeidig und sicher über den staubigen, steinigen Untergrund. Die Äste über ihr warfen Schatten.

Sie trug nur einen kurzen, groben Leinenschurz, der ihr um die Schenkel flatterte, ging barfuß, und ihre Fersen waren staubig-grau. Schweißtropfen glitzerten auf ihrem Rückgrat, und ihre aufrechten Schultern waren unter einer Mähne schwarzer, schwingender Haare nicht zu sehen. Kamose verspürte Lust und Sehnsucht, und er schrie im Traum auf, doch er hütete sich, sie einzuholen. Falls er loslief, würde sie einfach rascher ausschreiten, und der Traum war noch schneller zu Ende. Er wollte diesen herrlichen Schmerz genüsslich in die Länge ziehen und schlich auf leisen Sohlen hinter ihr her. Jetzt schluckte sie der Schatten des Pylonen.

Auf einmal verlangsamte sie den Schritt und warf einen Blick zum Tempel, und darauf war Kamose nicht gefasst gewesen und verpasste daher den Blick auf ihr Profil. Innerlich fluchend wollte er weitergehen, doch das ging nicht. Sie war auch stehen geblieben, wartete ungezwungen mit vorgestelltem braunem, ölglänzendem Bein.

Kamose stockte der Atem, denn jetzt tauchte zwischen den mächtigen emporragenden Steinen des Pylonen eine hoch gewachsene Gestalt auf. Kamoses Aufmerksamkeit richtete sich auf zwei Dinge. Die Gestalt trug eine Girlande aus frischen Winterblumen um den Hals, Lotos, Aguacate, Tamarisken und alle betaut und bebend, obwohl es Hochsommer war. Dazu trug sie eine Krone aus Rotgold, dem kostbarsten und seltensten Metall überhaupt, die von zwei weißen, sacht zitternden Federn bekrönt war.

Kamose hatte plötzlich Angst. Mit angehaltenem Atem, entsetzt und dennoch erwartungsvoll, ob sich die Gestalt vielleicht umdrehen und ihn mit gütigem, forschendem Blick durchbohren würde, stand er still da, war wie gebannt von den sich geschmeidig und locker bewegenden vollendeten Muskeln dieses königlichen Leibes, der auf die Frau zuschritt. Wird sie sich umdrehen und verneigen?, überlegte Kamose. Bekomme ich ihr Gesicht zu sehen? Der Gott blieb stehen. Die Frau neigte den

Kopf, eine ehrerbietige und dennoch stolze Geste, und streckte die Arme aus. Erst jetzt fiel Kamose auf, dass der Gott Bogen und Dolch in den hennaroten Händen hielt, Kamoses eigenen Bogen, den er zur Verteidigung Seqenenres gespannt hatte, und seinen Dolch mit dem goldenen Griff, der bereits Setiu-Blut vergossen hatte.

Die Frau nahm beides, warf sich den Bogen über die Schulter und ging weiter. Erleichtert stolperte Kamose hinter ihr her, doch als er dann beim Tempelpylon ankam, war der Gott gegangen. Verzaubert warf Kamose einen Blick auf den Vorhof und meinte das Flattern eines Schurzes aus Goldstoff und eine goldbeschuhte Ferse zu erblicken, die zwischen den Pfeilern verschwanden, die zum Innenhof führten, doch er hatte keine Zeit, ihnen zu folgen. Die Frau hielt seinen Dolch, auf dem die Sonne funkelte, in der rechten Hand und schritt zielstrebig aus. Sie waren fast bei der Bootstreppe angelangt. Linker Hand tauchte das Ende des Laubengangs auf, an dessen Reben noch ein paar verschrumpelte Blätter hingen.

Die Frau blieb stehen. Ihr linker Arm hob sich in Richtung Fluss, und hingerissen bemerkte Kamose, dass auf ihren Oberarmen die silbernen Armbänder eines Heerführers glänzten. Er folgte ihrer Bewegung. Der Fluss wimmelte von Schiffen aller Arten – Heroldsboote, Jagdboote, kleine Fischerboote, Barken glitten allesamt leer in der Strömung vorbei. Die Frau wollte sich jetzt umdrehen, und Kamose bekam weiche Knie. Er spürte, wie er einknickte, keine Luft mehr bekam und auf sie zufiel. Und dann saß er schweißüberströmt auf seinem Lager, die Beine in dem feuchten Laken verfangen. Er keuchte. Es klopfte an der Tür und Achtois Stimme rief höflich: «Fürst, General Dudu möchte dich so schnell wie möglich sehen. Er hat schon den ganzen Nachmittag gewartet.» Kamose hätte die Tür am liebsten zu Bruch geschlagen. Falls Achtoi nicht geklopft und ihn aufgeweckt hätte, vielleicht hätte er ihr Gesicht gesehen. Ihr Gesicht!

«Richte dem General aus, dass ich in einer Stunde in meinem Arbeitszimmer bin», sagte er mühsam mit belegter Stimme. «Hol mir Trinkwasser, Achtoi, und einen Badediener.»

«Ja, Fürst.»

Kamose zog sich die Laken von den Beinen, verließ das Lager und stand schwankend mitten im Zimmer. Er war wie betäubt, sein Körper klebte und roch, sein Gehirn war berauscht. Es klopfte schon wieder und er sagte «Herein», wobei ihm seine Zunge nur widerstrebend gehorchte. Sein Leibdiener kam unter Verbeugungen mit einem irdenen Krug und Becher ins Zimmer. Das Wasser im Krug war kühl. Es war gerade aus dem großen Krug geschöpft worden, der immer im Flur stand und durch die Zugluft im Haus gekühlt wurde. Kamose merkte es daran, dass der Krug beschlagen war. Er starrte ihn blicklos an.

«Wasser, Fürst», sagte der Diener. «Soll ich dir einschenken?» Er ging zu dem niedrigen Tisch und stellte den Krug ab. Kamose sah zu, wie die durchsichtige Flüssigkeit herausgeplätschert kam, und auf einmal war das die wichtigste Sache auf der ganzen Welt. Er spannte sich an, flehte innerlich, der Diener möge sich einen Augenblick lang nicht bewegen, kein Vogel möge rufen, kein Laut die Eingebung stören, die ihm gerade kommen wollte. Wasser. Wasser. Sein Bogen, sein Dolch. Der Fluss. Schiffe, viele Schiffe und eine Bewegung so anmutig und aufreizend wie die einer Tänzerin. Der Fluss und die Schiffe. Schiffe, Schiffe …

Er fing an zu zittern. Natürlich! Schiffe! «Amun!», sagte er laut, doch es war nur ein Krächzen. «Du hast mir eine Tür geöffnet. Wer ist sie, die sich kaum vor dir verneigt? Hathor? Deine Gemahlin Isis? Eine Seite Sechmets? Sie, die sich meinen Bogen, meinen Dolch nimmt … Schiffe!»

«Fürst», fragte der Diener. Kamose drehte sich lächelnd zu ihm um.

«Ich schenke mir selbst ein», sagte er. «Du kannst gehen.» Der Mann warf ihm einen bedenklichen Blick zu und entfernte sich. Kamose ging zum Tisch, hob den Krug hoch und wollte sich einschenken, doch seine Hände zitterten so heftig, dass Wasser auf den Fußboden schwappte.

Eine Stunde später saß er gebadet, in frisches, gestärktes Leinen gekleidet, einen goldenen Reif um die Stirn in seinem Arbeitszimmer und nahm die knappe Verbeugung des Generals entgegen. Er hatte noch immer das Gefühl, dass er irgendwie neben sich stand. Seine Augen waren verquollen, seine Hände geschwollen von mehr als nur Schlaf, doch er war glücklich und empfing Dudu mit einem flüchtigen Lächeln. «Warum möchtest du mich sehen?», fragte er. Dudu sah verdutzt aus, dann verlegen.

«Fürst, es gehört zu meiner leidigen Pflicht, darauf zu bestehen, dass du dich in den kommenden vier Monaten tagtäglich mit mir hinsichtlich jeder Entscheidung berätst, die deine Familie und die Nomarchen betrifft. Alles muss dem Einzig-Einen mitgeteilt werden.»

«Eine leidige Pflicht, weiß Gott», entgegnete Kamose trocken. «Heute treffe ich keine Entscheidungen, Dudu.» Der Mann verbeugte sich knapp. «Das mag sein, Fürst, aber ich habe auch die Pflicht, dich überallhin zu begleiten. Leider muss ich dein Schatten sein.» Kamose verspürte ein gewisses Mitgefühl mit ihm.

«Soll ich dir ein Feldbett neben meinem Lager aufstellen lassen?», fragte er spöttisch-arglos. Dudu seufzte gekränkt.

«Nein, Fürst, das dürfte nicht nötig sein», erwiderte er steif. «Einer meiner Soldaten wird deine Nächte und deinen Nachmittagsschlaf bewachen. Was deine Soldaten angeht, so habe ich sie aus der Kaserne freigelassen und jedem einen Mann aus meinem Gefolge zugeordnet. Einer von dir, einer von mir. Es wäre nicht praktisch gewesen, sie vier Monate lang einzusperren.» Kamose konnte nicht umhin, diese Strategie zu bewundern.

«Nein, wirklich nicht», bestätigte er. «Überhaupt nicht

praktisch. Dudu, ich gehe jetzt zum Tempel. Wenn du willst, kannst du mich begleiten.»

«Jetzt?», rutschte es Dudu heraus. Dudu war ein ehrlicher Mensch, und Kamose konnte ihm die Gedanken an der Nasenspitze ansehen, ehe es Dudu gelang, seine Miene zu beherrschen. Er durfte nicht mit ins Allerheiligste. Dort wurden vielleicht Botschaften an den Hohen Priester weitergegeben, und Dudu konnte nichts dagegen unternehmen, außer an jedem Ausgang Wachen aufzustellen und jeden zu befragen, der hindurchwollte. Was für Narrenpossen! Und wer ging um diese Tageszeit überhaupt beten?

«Jetzt», sagte Kamose und stand auf. «Wir im Süden sind fromme Menschen», fuhr er fort. «Wir verehren Amun regelmäßig, aber auch Osiris, Hapi und Ptah. Hoffentlich, General, hast du kräftige Beine, denn du wirst jetzt regelmäßig lange Zeit auf dem Vorhof stehen müssen.» Dudu verbeugte sich, ohne zu antworten, und Kamose ging an ihm vorbei und rief nach seiner Leibwache.

Er hätte seine Sänfte nehmen können, aber er wollte laufen, nicht um seinen Beschatter zu ärgern, sondern weil er diesen Weg noch vor so kurzer Zeit gegangen war. Der Traum stand ihm lebhaft vor Augen, als er im dunklen grünen Schatten der neuen Blätter ging, in denen nistende Vögel ihr Wesen trieben. Der Fluss ging hoch und rauschte trübe vorbei. Die Sonne brannte heiß, aber nicht unangenehm. Kamose hätte gern gesungen. Seine Wache, ein Soldat seiner Leibwache zusammen mit einem Setiu-Krieger, stapfte stur vor ihm dahin. Dudu folgte drei Schritt hinter ihm, und seine eigene Wache bildete die Nachhut. Eine Frau aus Waset, die an einer Hand einen kleinen Jungen und in der anderen die Leine eines Esels hatte, trat zur Seite, als Kamose vorbeiging. Sie verbeugte sich mit einem Lächeln und Kamose grüßte.

Beim Pylonen überfiel ihn ein kurzes, ehrfürchtiges Zögern, denn er erinnerte sich an Amuns stattliche Erscheinung hier. Er sagte den Soldaten, sie sollten es sich im Schatten des mächtigen steinernen Bauwerks bequem machen. Er und Dudu betraten den Vorhof. Kamose hielt einen jungen Priester an, der in Richtung Lagerräume vorbeieilte, die längs der Tempelmauer aufgereiht waren. «Wo ist der Hohe Priester? Such ihn und schick ihn ins Allerheiligste. Ich möchte beten.» Der junge Mann verbeugte sich, nickte und lief weiter. Mit einer herrischen Geste gebot Kamose dem General zu warten. Dudu wagte es nicht, ihm zu folgen, als Kamose durch das Tor den Innenhof betrat.

Hier blieb Kamose stehen, und da kam auch schon ein Tempeldiener mit einer Schüssel, die mit Wasser aus dem heiligen See gefüllt war, und mit einem Tuch. Als Kamose die Sandalen ausgezogen und Füße, Hände und Gesicht gewaschen und dazu die Reinigungsgebete gemurmelt hatte, wartete Amunmose bereits neben der verschlossenen Tür des Allerheiligsten. Kamose beantwortete seine Verbeugung, indem er ihm die Hand auf die Schulter legte, und dann betraten sie zusammen den heiligen Ort.

Hier war es dunkel und erfrischend kühl. Amun thronte matt glänzend, das gütige Gesicht lächelte unentwegt, ein Lächeln, dachte Kamose, das triumphierend und verschwörerisch wirkte. Du bist ein herrlicher Gott, sprach Kamose im Geist zu ihm. Du verdienst es, dass man dir ganz Ägypten in die geöffneten Hände legt, und so soll es sein. Ich verspreche es. Er trat näher und fiel auf die Knie, küsste die glatten goldenen Füße und umklammerte die stämmigen Fesseln. Dann legte er die Wange auf Amuns Spann, schloss die Augen und fing an zu beten, dankte ihm für die Traumbotschaft, die so offensichtlich war und die doch alle übersehen hatten, sogar Seqenenre, der mit seinen Männern in die Wüste marschiert und geschlagen worden war. Die Chance war gering, aber besser als gar keine, und der Gott höchstpersönlich hatte sie ihm gegeben, darum war die Sache nicht aussichtslos. Liebe zu dieser Gottheit, dem

Beschützer Wasets, dem Einzigen, dessen Augen die Wüste erhellten und der den erhabenen Blick auf seinen Sohn gerichtet hatte, erfüllte Kamose und die dem entsprechende Verachtung für den wilden, ungestümen Sutech und seinen königlichen Speichellecker. Wir werden gewinnen, sagte er zu dem Gott. Du und ich.

Endlich erhob er sich. Amunmose hatte daneben gestanden und still zugesehen. Kamose trat zu ihm. «Ich weiß, wie ich Apophis schlagen kann», sagte er ohne weitere Vorrede, «aber das erfordert umfangreiche Planungen und viel Gold. Amun hat mir im Traum gezeigt wie, Amunmose, aber ich brauche deine Hilfe. Schick Priester zu jedem Amun-Schrein in den Nomarchen und weiter im Norden, von denen du weißt. Lass alle Gaben an Gold, Silber, Geschmeide, alles herbringen, damit wir Getreide- und Gemüsehändler bezahlen können. Aber heimlich, und dann lagere alles hier im Tempel.» Amunmose nickte zustimmend. «Der Vertreter des Königs folgt mir überallhin», fuhr Kamose fort, «das hier ist der einzige Ort, den er nicht betreten darf. Mit deiner Erlaubnis möchte ich das Allerheiligste dazu benutzen, mit dir als Zwischenträger Botschaften zu verschicken und zu empfangen. Es dauert auch nicht lange», sagte er, als er Amunmoses Zögern bemerkte, «und es beinhaltet keine Gotteslästerung, das verspreche ich dir. In ungefähr einer Woche habe ich das Problem General Dudu gelöst. In der Zwischenzeit gehen Nachrichten an dich, nicht an mich, und ich komme deswegen zweimal am Tag in den Tempel.» Er hielt inne, überlegte. «Ich habe schon nach Hora-Aha geschickt. Ein Priester soll draußen in der Wüste ein Zelt aufschlagen und ihn abfangen, falls er, was aber unwahrscheinlich ist, kommt, ehe ich Dudu losgeworden bin. Du kannst ihn hier unterbringen. Morgen schicke ich dir Uni. Sag ihm, dass er jedes Boot in der Umgebung auflisten soll – Fischerboote, Einer, Barken, einfach alles, dazu alle Bootsbauer in Waset.»

Amunmose lächelte. «Mehr nicht, Fürst?»

Kamose erwiderte das Lächeln mit einem Grinsen, denn er hatte den sarkastischen Unterton seines Freundes sehr wohl gehört. «Fürs Erste ja. Sorge dafür, dass Uni die Information hierher bringt und nicht versucht, sie mir direkt zu geben. Hab Dank, Amunmose.»

Der Hohe Priester neigte den Kopf. «Ich freue mich, dass Amun dir eine Vision geschenkt hat. Er hat, glaube ich, viel mit dieser Stadt vor. Und wer weiß? Eines Tages ist Waset vielleicht die wichtigste und heiligste Stadt in ganz Ägypten!»

Kamose lachte, und der frohe Laut hallte von der hohen Steindecke wider. «Ja, wer weiß?», sagte er und dachte an die Ansammlung von Lehmhäusern, den lärmenden Markt und den verschlafenen Anleger. «Ich muss wieder zu meinem Aufpasser.» Er machte seinen Fußfall vor dem Gott und umarmte Amunmose, ehe er in den gleißenden Sonnenschein trat. Er musste sich beherrschen, damit er nicht das Lied sang, das ihm auf den Lippen lag.

Eine Woche später diktierte General Dudu dem Schreiber, den er mitgebracht hatte, seinen Bericht an Apophis. Kamose war bei seiner Mutter, die gerade die frisch bepflanzten Blumenbeete am Haus prüfte, als Ipi die Nachricht brachte. «Er hat privat diktiert, in den ihm zugewiesenen Räumen», antwortete der Schreiber auf Kamoses scharfe Frage, «aber ich weiß, was los ist, weil sein Schreiber und ich uns im Arbeitszimmer unterhalten haben, als man ihn geholt hat. Ich bin ihm nachgegangen, habe aber die Botschaft nicht mitbekommen, weil der General seine Tür bewachen lässt. Ich musste einfach weitergehen.»

«Wo ist die Rolle jetzt?»

«Sein Schreiber ist in seiner Zelle und fertigt eine schöne Abschrift an, die dann nach Norden geht.» Kamose überlegte schnell. Es war lebenswichtig, dass er diese Botschaft sah, nicht wegen des Inhalts, sondern wegen Dudus Diktierstil und wegen der Anrede und des zum Schluss verwendeten Grußes.

«Kannst du den Mann für ein paar Augenblicke von seiner Arbeit weglocken?», fragte er Ipi. «Wartet schon ein Herold, der die Rolle unverzüglich nach Norden bringen soll?»

«Nein, Fürst», sagte Ipi. «Es gibt da einen Kasten voller Botschaften für Kusch, und einige sind auch für die Verwaltung im Norden bestimmt. Der Herold dürfte heute Abend von Kusch zurück sein und wird nicht vor morgen nach Norden aufbrechen.»

«Gut. Dudu kann jeden Augenblick hier sein, nachdem er seine Pflicht getan hat. Lauf zu Uni. Sag ihm, dass er die Rolle sorgfältig untersuchen soll, jedoch nicht viel Zeit dazu hat. Du gehst mit dem Schreiber zum Fluss, spendierst ihm Wein aus meinem eigenen Vorrat, egal was, Ipi.» Ipi verbeugte sich und verschwand. Kamose sah, wie er unter Verbeugungen einen Bogen um den General machte, der gerade aus dem Haus trat.

«Was hast du vor, Kamose?», fragte Aahotep leise. Kamose drückte ihren Arm.

«Das kann ich dir noch nicht sagen, es ist zu gefährlich», gab er flüsternd zurück. «In ein paar Tagen, Mutter.» Sie nickte mit schmalem Mund und machte sich wieder an die Überprüfung der neuen Bepflanzung. Unweit von ihnen hockte ein Gärtner auf dem feuchten schwarzen Boden, hatte seinen nackten braunen Rücken gebeugt und pflanzte Setzlinge.

«Natürlich müssen wir dafür sorgen, dass ausgesät wird», sagte Aahotep jetzt laut, als sich General Dudu näherte. «Der König hat sich zwar unsere nächste Ernte angeeignet, aber wir dürfen es nicht zulassen, dass auch unsere Bauern nackt und bloß dastehen. Komm, Kamose.» Sie hakte sich bei ihm ein und wechselte das Thema, schlenderte in Richtung des Laubengangs und überließ es Dudu, die Nachhut zu bilden.

Als Kamose dann am nächsten Morgen zum Tempel ging, um die Riten zu vollziehen, hatte Uni bereits den Hohen Priester besucht. Während Dudu im Schatten des Pfeilers im Vorhof saß und sich verdrossen das buntfarbige Kommen und Gehen der Tänzerinnen und Bittsteller ansah, gab Amunmose Kamose Unis Botschaft. «Anrede und Schlussformel sind die üblichen», lautete sie. «Die Titel des Königs nach der Anrede und vor der Unterschrift des Generals.»

«Eine Unterschrift?»

«Ja», sagte Amunmose. «Der General krakelt seinen Namen gern selbst, und er lässt nicht schreiben ‹durch die Hand meines Schreibers Soundso.›»

«Eine schlechte Nachricht», sagte Kamose und runzelte die Stirn. «Ein Siegel?»

«Der General bevorzugt farbloses Wachs, und er verwendet ein zylindrisches Siegel. Das dürfte er auf dem Leib tragen. Uni sagt, dass die Unterschrift leicht zu fälschen ist, es ist ihm gelungen, sie zweimal nachzumachen. Der Setiu-Name des Generals ist ja nicht lang, nur eine Silbe, die wiederholt wird.» Unversehens ging es Kamose durch den Kopf, wie viele Begabungen ein guter Haushofmeister doch haben musste.

«Sonst noch etwas?» Das ist die einzige Gelegenheit für uns, die Unterschrift nachzuahmen, dachte er. Wenn ich bis zum nächsten Bericht warte, läuft mir die Zeit davon. Ich muss mich auf Unis Schreibkunst verlassen.

«Ja», sagte Amunmose. «Die Depeschen des Generals sind immer dreimal mit einem Flachsfaden umwickelt und einmal verknotet. Das Wachs kommt auf den Knoten.» Falls wir das hier durchstehen, mache ich Uni zum Wesir, dachte Kamose bei sich.

«Danke, Amunmose», sagte er laut. «Aber ich bin jetzt lange genug hier gewesen. Schick bitte Uni eine Nachricht. Richte ihm aus, ich sorge dafür, dass Ahmose morgen noch sehr spät in meine Gemächer kommen muss. Die Dienerzellen haben auf dem Flur nur zwei Wachen. Vielleicht kann ich mich krank stellen. Sag ihm, dass er einen Wachposten, vorzugsweise einen Setiu, überreden soll, vor Ahmoses Tür zu bleiben, während sich Ahmose von dem anderen zu mir begleiten lässt. Ich warte.

Falls es morgen Nacht nicht klappt, dann die nächste. Kannst du das für mich tun?»

«Aber gewiss doch, Fürst.»

Kamose ließ sich nach Hause tragen, während Dudu hinter der Sänfte herstapfte. Kamose verspürte eine zunehmende Anspannung. Er hatte schon getötet, doch nur in der Hitze des Gefechts. Er wusste nicht, ob er die erforderliche waghalsige Skrupellosigkeit aufbrachte, einen Menschen kaltblütig zu ermorden. Aber ich muss es tun, sagte er sich und holte sich das hochnäsige Gesicht des Königs vor Augen, damit er nicht wankend in seinem Entschluss wurde. Ich muss es tun. Es ist der erste, der wichtigste Zug. Dudu muss sterben. Doch in seinem Kopf flüsterte es: ‹Apophis muss sterben›, und bei diesem Gedanken wurden seine Muskeln hart, und sein Entschluss stand fest.

Zwei Stunden vor dem Morgengrauen, als alles im Tiefschlaf lag und niemand mehr wachsam war, verließ Kamose sein Lager, ging zur Tür, machte sie auf und sprach mit dem Wachposten davor. Er krümmte sich und verzog gequält das Gesicht. «Ich brauche meinen Haushofmeister», keuchte er. «Ich bin krank. Sag ihm bitte, dass er meinen Bruder mitbringen soll.» Die Wachposten blickten sich an. Kamoses Leibwache berührte ihn sanft.

«Soll ich auch den Arzt wecken, Fürst?», fragte er fürsorglich. Der andere Wachposten blickte Kamose prüfend an. Kamose fluchte innerlich. Auf diese Frage war er nicht gefasst gewesen. «Ja, gut», sagte er, «aber ich möchte nicht das ganze Haus aufwecken, falls es nur etwas ist, was ich gegessen oder getrunken habe.»

«Ich gehe», sagte der Einheimische, und der andere bezog wieder seinen Posten. Kamose trat ins Zimmer zurück, schloss die Tür und lauschte den Schritten, die auf dem Flur verklangen. Er war sich sicher, sein Setiu-Wachposten hatte vorschlagen wollen, auch Dudu zu wecken, dass es der Mann aber jetzt nicht wagte, seinen Posten zu verlassen.

Kurze Zeit darauf hörte er leise Stimmen vor der Tür. Sie ging auf, und Uni erschien mit verquollenen Augen, seine Hände umklammerten den Schlafschurz. Ahmose folgte ihm ins Zimmer. Kamose konnte die drei Gesichter im Dunkel hinter Ahmose sehen, doch glücklicherweise waren zwei davon einheimische Wachen. Kamose ächzte jetzt, winkte seine eigene Wache hinter seinem Bruder ins Zimmer und bat ihn, die Tür zu schließen. «Bist du mein treuer Diener?», fragte er den Mann, richtete sich auf und schritt zu seiner Truhe. «Gehorchst du mir, was für Folgen das auch immer hat?» Der Soldat nickte.

«Das weißt du doch, Fürst. Habe ich nicht seit vielen Jahren vor deiner Tür und an deiner Seite gestanden?» Das klang beleidigt.

«Gut», sagte Kamose knapp. «Ich möchte, dass du erst den Setiu da draußen tötest und dann meinen Haushofmeister begleitest. Uni, du nimmst die beiden einheimischen Wachen und gehst unverzüglich zu den Zimmern, in denen Dudus Leute schlafen. Solltet ihr das Pech haben, weiteren Setius zu begegnen, bringt ihr sie auf der Stelle um. Umstelle Dudus Diener, sodass keiner ungesehen seine Zelle verlassen kann. Sie dürfen nicht heraus, nicht einmal auf den Flur, welche Gründe sie auch angeben mögen.» Bei diesen Worten wühlte er ungeduldig die Truhe durch, dann hielt er den Dolch in der Hand. Flüchtig dachte er daran, wie er ihn das letzte Mal gesehen hatte, und zwar in der zarten Hand seiner Traum-Frau. Der Soldat nickte zustimmend. «Ahmose», fuhr Kamose fort, «wir werden jetzt General Dudu töten, und das hoffentlich im Schlaf. Ich bitte dich nicht darum, den Stoß zu führen, nur dass du ihn festhältst, falls er sich wehrt. Das muss leise geschehen. Ich kann meine Absichten nicht verlauten lassen, ehe ich nicht die Soldaten im Griff habe. Uni, ist der Herold gestern Morgen aufgebrochen?»

«Fürst, das weißt du doch.» Kamose fieberte vor Eile und Angst, was er sich jedoch nicht anmerken ließ.

«Dann lasst uns anfangen.» Er nickte dem Soldaten zu, der sein eigenes Messer zog und aus der Tür schlüpfte. Kamose, Uni und Ahmose warteten ängstlich. Es wurden ein paar unverbindliche Worte gewechselt, dann ein überraschter Ausruf, dann ein kurzes Gerangel. Kamose machte sich bereit. Die Tür wurde aufgerissen, und da stand sein Wachposten, der andere blickte verstört und entgeistert, und ein schlaffer Körper lag auf der Schwelle. «Schaff ihn herein und dann geh. Beeil dich!», drängte Kamose. «Komm, Ahmose.» Er wusste, auf Uni war Verlass, was die Ausführung von Befehlen anging. Sein Herz schlug leicht und flink, als er und sein Bruder den Flur entlangrannten und den Gang einschlugen, der zu den Gästezimmern führte. Hier gingen sie langsamer, denn Dudu hatte mehrere Wachen vor seiner Tür aufgestellt, keiner davon ein Einheimischer.

«Kamose, das ist Wahnsinn!», flüsterte ihm Ahmose zu. «Drei gegen zwei, das klappt nicht!»

«Jetzt noch nicht», flüsterte Kamose zurück und bemühte sich, Herzschlag und Atmung zu verlangsamen. «Sie werden uns den Zutritt nicht verweigern, und danach müssen wir es einfach wagen.» Auf einmal fiel ihm das Messer in seiner Hand ein. Er versteckte es im Schlafschurz, als sie um die Ecke bogen und die drei Wachposten überrascht Haltung annahmen und mit vorgestrecktem Speer salutierten. «Seid gegrüßt», sagte Kamose. «Wir müssen den General sprechen. Lasst uns vorbei.» Sie sahen ihn mit großen Augen an, dann trat einer einen Schritt vor.

«Wo sind deine Wachen, Fürst?», fragte er höflich, doch mit einer Spur Argwohn in der Stimme.

«Am Ende des Flurs», sagte Kamose. «Wenn du willst, geh hin und sieh nach. Aber beeil dich. Es dämmert bald, und unsere Angelegenheit kann nicht warten.» Er sah das Misstrauen auf ihren Gesichtern. Sie waren nicht dumm. Dennoch zögerten sie, hatten Angst, einen äqyptischen Fürsten zu beleidigen, wie ungut auch immer seine Lage sein mochte. Sein Ton hatte etwas angeboren Gebieterisches, dem kein gemeiner Mann zu trotzen wagte, aber hatte der General nicht den strikten Befehl erteilt, keinen der jungen Männer allein umhergehen zu lassen? Welche Angelegenheit mochte ein abgesetzter Fürst unter Hausarrest eine Stunde vor dem Morgengrauen zu besprechen haben?

Ich habe sie unterschätzt, dachte Kamose aufgebracht. Ich bin ein Tor. Er warf Ahmose einen Blick zu, sah, wie sich die Muskeln seines Bruders spannten, und ihre Blicke trafen sich blitzschnell. Ahmose nickte. Beide Brüder warfen sich nach vorn. Kamose schnappte sich den Speer und zog heftig daran. Der überrumpelte Wachposten hielt fest und fiel vornüber. Kamoses Knie fand sein Geschlecht. Unwillkürlich krümmte sich der Soldat, und da traf Kamoses Faust auch schon sein Kinn. Lautlos brach er zusammen. Kamose fuhr herum und sah, wie Ahmoses Fuß im Magen eines anderen Mannes landete, dann hakte er ihm den Arm um den verkrampften Hals. Der dritte Wachposten zog gerade sein Messer und wollte sich auf Ahmose stürzen. Kamose kam ihm zuvor, sprang auf seinen Rücken und bohrte ihm die Daumen in die Augen. Der Mann heulte auf und ließ sein Messer fallen. Seine Finger umklammerten Kamoses Handgelenke, ließen aber wieder los. Er glitt zu Boden, und Ahmose sprang beiseite und ließ den Griff des Messers los, das er in die angespannte Brust gestoßen hatte. Ahmose schwitzte gewaltig. «Kein schlechtes Abschneiden für zwei Männer, die letztens ihre Ringübungen vernachlässigt haben», sagte er mit belegter Stimme. «Einer tot, vielleicht auch zwei. Einem habe ich, glaube ich, den Hals gebrochen, Kamose.»

«Tut mir Leid», sagte Kamose. «Wenn sie doch nur nicht so störrisch gewesen wären ...» Die Tür öffnete sich, Dudus zerzauster Schopf tauchte auf.

«Was ist hier los?», fragte er, und dann merkte Kamose, dass sein Blick nicht mehr vernebelt war und er mit überraschender Schnelligkeit begriff. Ehe er reagieren konnte, warf sich Kamose gegen die Tür, und er verlor das Gleichgewicht. Dudu taumelte zu Boden, rollte sich jedoch ab und kam behände wieder auf die Beine. Doch nicht schnell genug für Ahmose, der sich hastig hinter ihn stellte, als er hochkam, und ihm die Arme auf dem Rücken verdrehte. Kamose stieß die Tür zu, zückte den Dolch und kam sich plötzlich kalt und abgebrüht vor.

Dudu hatte die Situation sofort durchschaut, das stand in seinen Augen zu lesen. Doch er zeigte keine Angst und stieg damit noch mehr in Kamoses Achtung. Wie gern hätte er Dudu eine Zusammenarbeit angeboten, doch er wusste, dass Dudu ihn bei der erstbesten Gelegenheit verraten würde, schließlich war er Setiu.

«Das verschafft dir nur einen kurzen Aufschub», sagte Dudu heiser. «Es ist nur ein ganz kleines Scharmützel. Den Krieg kannst du nicht gewinnen, Fürst.» Ich habe die Worte ‹kannst du nicht› so satt, dachte Kamose rebellisch. Ein kurzer Aufschub, ein kleines Scharmützel, als ob ich ein Kind wäre, das am Flussufer mit Binsen statt Messern und mit einem Rohrkolben statt einer Axt kämpft.

«Nicht Fürst, Dudu», sagte er, packte den Dolch fester, musterte Dudus Brust und suchte nach der besten Stelle für den Stoß. «Nicht Fürst, sondern Majestät.» Er sah, dass Dudu tief Luft holte, ehe ihm die Klinge zwischen die dritte und vierte Rippe fuhr. Sofort waren Kamoses Hand und Handgelenk in warmes Blut gebadet. Er riss den Dolch heraus, und Ahmose legte Dudu hin und trat rasch zurück.

«Unsere Zwangslage ist fürchterlich», sagte Ahmose, lief zur Pritsche und zog das Laken ab. «Wisch dich ab, Kamose.» Kamose nahm das Laken und begann, sich die Hände zu säubern, doch zunächst wischte er die Dolchklinge ab. Ahmose bückte sich und schloss Dudu behutsam die blicklosen Augen. «Jetzt hängen wir drin», fuhr er fort, «es gibt kein Zurück mehr, selbst wenn wir möchten. Falls wir verlieren, bedeutet es dieses Mal den Tod für uns alle.»

«Ich weiß», erwiderte Kamose. «Aber ich kann nicht glauben, ich weigere mich zu glauben, dass wir für immer spurlos aus der Geschichte verschwinden! Wir sollten lieber gehen, Ahmose. Re will aufgehen, und wir müssen die Soldaten unter Kontrolle haben, ehe das übrige Haus aufwacht. Wenn doch nur Hor-Aha hier wäre.»

Im grauen Licht der Morgendämmerung wurden die Soldaten, die Seite an Seite in der Kaserne schliefen, durch einen scharfen Befehl geweckt. Schlaftrunken fuhren sie hoch, und da standen die beiden Fürsten und ihre Leibwache vor ihnen, alle mit gespreizten Beinen und gespanntem Bogen. «Soldaten des Fürstenhauses nach rechts», befahl Kamose, «General Dudus nach links. Schnell!» Halb im Schlaf stolperten die Soldaten gehorsam auseinander und gruppierten sich an den kahlen Lehmwänden, wie Kamose befohlen hatte.

Kamose machte eine steinerne Miene, der nichts anzumerken war, doch insgeheim musterte er sie besorgt. Sein Anspruch auf Befehlsgewalt war hauchdünn. Falls ein Setiu-Offizier den Befehl zum Angriff gab, konnten sie sich nicht wehren. Ahmose und seine Begleitung bewegten sich unmerklich und richteten die Waffen nach links. Kamoses Blick schweifte über seine eigenen fünfzig Soldaten, und er sprach erst wieder, als er sie allesamt erkannt hatte. «Setzt euch», rief er, und sofort ließen sie sich zu Boden fallen. «Nicht bewegen», fuhr er fort. Dann wandte er seine Aufmerksamkeit den Übrigen zu. «Ich will Namen, Geburtsort, Rang und Familiengeschichte wissen», sagte er. «Du zuerst.» Dudus Männer blickten ihn mit großen Augen an, so als wäre er nicht bei Trost, doch seine eigenen Soldaten witterten, was er vorhatte. Ein Murmeln lief durch die Reihen wie ein Hauch der Winterbrise.

Der Soldat, auf den Kamose gezeigt hatte, trat vor und salutierte. «Ptahmose aus Mennofer, Fürst, Fußsoldat in der Seth-

Division. Mein Vater und sein Vater vor ihm waren Schreiber in der Dorfschule gleich vor den Stadttoren.» Kamose nickte knapp.

«Setz dich. Der Nächste.»

Die fünfzig Mann machten einer nach dem anderen ihre Angaben. Die mit Setiu- Namen, deren Familien im östlichen Delta wohnten, mussten stehen bleiben. Am Ende standen noch zwanzig Mann. Ahmose stahl sich neben Kamose und flüsterte ihm ins Ohr: «Falls du tust, was ich vermute, dann lass ihnen wenigstens die Wahl. Das hier ist barbarisch.»

«Das Risiko können wir nicht eingehen, nicht bei Soldaten», zischte Kamose zurück. «Mir gefällt das genauso wenig wie dir, Ahmose. Wenn sie Bauern oder einfach Städter wären, würde es nicht so viel ausmachen, aber wir können militärisch Ausgebildete nicht einfach frei herumlaufen lassen, ob sie uns nun Treue geschworen haben oder nicht. Die glauben alle an unsere Niederlage, noch ehe wir überhaupt angefangen haben.»

Rasch wählte er zwanzig seiner eigenen Leute aus und befahl ihnen, Waffen zu verteilen. «Bringt die zwanzig hier in die Wüste und tötet sie», sagte er. «Vergrabt sie im Sand, aber werft sie nicht in den Fluss. Ich möchte nicht, dass ihre Leichen stromabwärts schwimmen und eine Geschichte erzählen.» Seine Soldaten gehorchten, fielen in ihrer Eile fast über die eigenen Beine. Ihre Opfer blickten sie starr erstaunt an, mochten nicht glauben, was ihnen da auf einmal geschah. Etliche bückten sich und wollten ihren Schurz oder andere persönliche Habe aufheben und drückten sie an die Brust, als ob man sie in andere Kasernen verlegte. Ahmose befahl ihnen, alles fallen zu lassen, was sie in der Hand hatten. Kamose nickte seiner persönlichen Leibwache zu, und der Mann übernahm den Befehl und führte die Setius und ihre Scharfrichter hinaus.

Im Gebäude herrschte Schweigen. Der Befehl, sich in Reih und Glied aufzustellen, und dann der Abmarschbefehl drangen im zunehmenden Licht deutlich bis zu ihnen, dann verklang das

Getrappel nackter Füße auf der fest getretenen Erde. Ahmose ahnt es noch nicht, dachte Kamose, als er die verbleibenden, erblassten Gesichter musterte, aber das hier ist erst der Anfang, und bisweilen wird es uns schwer fallen, Freund und Feind voneinander zu trennen. Amun, vergib mir. Ihm war bitterkalt. «Ihr seid übrig geblieben», sagte er zu den dreißig Männern, die in Habtachtstellung erstarrt standen und sich ihre Unsicherheit nur an dem gehetzten Blick ablesen ließen, «weil ich weiß, dass ihr echte Ägypter seid, obwohl ihr in Apophis' Heer dient. Ihr müsst mir jetzt Treue schwören. Wenn ihr das tut, seid ihr in Waset willkommen. Falls ihr den Schwur brecht, den ich gleich von euch verlange, bringt man euch die Fünf Wunden bei und richtet euch auf der Stelle als Verräter hin. Tretet vor.» Seine fünfzig Gefolgsleute sahen mit offenkundiger Erleichterung zu, als die dreißig Mann einer nach dem anderen vortraten und Kamose als Zeichen ihrer neuen Treue Füße und Hände küssten.

Als der Letzte vorgetreten war, sprach Kamose direkt mit dem Hauptmann der fünfzig. «Diese dreißig Mann bekommen je einen von unseren Soldaten zur Seite, dessen Ehrlichkeit außer Frage steht», befahl er. «Sie dürfen weder die Grenzen des Anwesens verlassen noch im Haus Wache stehen. Drille sie hart an der Waffe und in den Ställen und beobachte sie. Ich erwarte regelmäßig Bericht über ihre Äußerungen und Einstellung.» Der Mann verbeugte sich, und noch ehe er sich aufrichten konnte, hatte Kamose bereits den großen Raum verlassen, ging in Richtung Haus und füllte seine Lungen mit guter, kühler Morgenluft. Ahmose lief hinter ihm her.

«Du siehst krank aus», sagte er. «Was jetzt?» Kamose fuhr sich erschöpft übers Gesicht. Seine Haut fühlte sich schlaff an.

«Jetzt müssen wir Dudus Diener genauso überprüfen und ihnen die gleichen Beschränkungen auferlegen», sagte er. «Ich würde sie gern alle umbringen. Leib- und Hausdiener sind in der Regel am treusten. Aber es darf sich unter keinen Umständen das Gerücht verbreiten, dass ich skrupellos bin und unschuldige echte Ägypter ermorde. Man muss mich als Befreier sehen, Ahmose, als einen Ägypter, der an der Seite anderer Ägypter für die Befreiung seines Landes von fremdländischer Unterdrückung kämpft. Die halbe Arbeit ist getan, wenn die richtige Art von Klatsch vor mir durch Städte und Dörfer läuft. Aber noch nicht.»

«Siehst du dich selbst denn so?», fragte Ahmose neugierig. Sie hatten den Garten erreicht. Kamose blieb stehen und sah seinen Bruder über dunklen Augenringen an.

«Nein», sagte er mit einem verzerrten Lächeln. «Ich bin Seqenenres Rächer und Ägyptens Gott.»

Noch vor dem Mittagsmahl war General Dudus Dienerschaft in die Wüste geführt und umgebracht worden, und der Rest gesellte sich unter Unis allsehendem Auge zu den Küchendienern. Kamoses Leibwache kehrte zurück und stattete Bericht über den Tod der zwanzig Soldaten ab. Ahmose war zur übrigen Familie gegangen und hatte erzählt, dass das Haus wieder ihnen gehörte, doch Kamose weigerte sich, Tetischeri zu empfangen, die sofort zum Arbeitszimmer eilte, kaum dass Ahmose gegangen war.

«Halt sie mir vom Hals», hatte er Achtoi befohlen. «Ich bin noch nicht bereit, irgendetwas mit ihr zu bereden. Ich brauche Schlaf.» Achtoi hatte Tetischeri höflich, doch entschieden in ihre Gemächer zurückgeschickt.

Kamose hatte Uni holen lassen und mit scharfer Stimme Bericht hinsichtlich der Schiffe und Schiffsbauern gefordert. Als Uni den Fürsten milde darauf hinwies, dass bislang weder Zeit noch Gelegenheit für mehr als eine kurze Unterweisung seines Vertreters gewesen sei, bekam Kamose einen Wutanfall, der Uni nicht weiter beeindruckte. «Fürst, du brauchst Schlaf, und du musst dich auch waschen. Du hast noch immer Blut am Schurz.» Kamose blickte sein fleckiges Leinen an und die Rinnsale von getrocknetem Blut auf seinen Armen.

«Du hast Recht», räumte er ein. Aber habe ich auch an alles

gedacht?, überlegte er besorgt. Ist das Haus wirklich sicher? Oder wache ich mit einem Messer an der Kehle auf?

Er gestattete seinem Leibdiener, ihn zu waschen, darauf ging er in seine Gemächer und fiel auf sein Lager. Lebhafte Bilder von seinem Dolch, wie er den General durchbohrte, von den verstörten, aschfarbenen Gesichtern der Soldaten schossen ihm durch den Kopf. An meinen Händen klebt Blut, dachte er verschwommen. Zu viel, als dass man es vergessen könnte.

Zu viel, um noch umzukehren. Er legte die Hand unter die Wange und schlief.

Binnen einer Woche hielt Kamose Unis Bericht über die Schiffsbauer in Händen. Die meisten Boote in und um Waset waren zu klein, trugen nur ein paar Fischer. Doch Kamose beschlagnahmte etliche Barken bei Kaufleuten, die nilauf und nilab Handel trieben. Er gab Uni Vollmacht, hundert Binsenschiffe in Auftrag zu geben, die jedes fünfzig Mann aufnehmen konnten und mit deren Bau unverzüglich begonnen werden sollte. Uni war entsetzt. «Fürst, was für eine Ausgabe! Wovon sollen wir die Bootsbauer bezahlen?»

«Sie bekommen, wenn sie fertig sind, je einen Morgen Land von mir.»

«Aber Fürst», begehrte Uni auf, «du brauchst die Äcker in Waset, um den Haushalt in Gang zu halten und die Diener zu beköstigen!»

Kamose blickte zwischen den Pfeilern des Vorbaus hindurch zu Aahotep und Tetischeri, die auf Matten im Garten saßen.

Sie schwiegen vor sich hin. Aahoteps Hände ruhten auf den Perlen, die sie aufziehen wollte. Sie blickte in ihren Schoß. Tetischeri ruhte auf einen Ellenbogen gestützt, die Augen auf blaue Libellen über der beschaulichen Wasseroberfläche des Teichs gerichtet, die Miene nachdenklich und traurig, weil niemand auf sie achtete. Kamose konnte ihre Angst spüren. «Uni», sagte er matt und mit abgewandtem Gesicht, «der König hat sich meinen Besitz ohnedies angeeignet. Falls ich das Land nicht abgebe, wird der abscheuliche Teti seinen Fuß hierher setzen, oder ein Aufseher des Königs ackert hier für den Hof. Wie auch immer, es gehört mir nur noch vier Monate.» Er lächelte grimmig. «Jetzt nicht einmal mehr vier Monate. Dudu sollte mich natürlich davon abhalten, Dummheiten zu machen, aber da er nicht mehr lebt, lasse ich ordnungsgemäße Besitzurkunden ausstellen und unterzeichnen, sodass weder Teti noch Apophis die Ansprüche der Bootsbauer auf die Morgen anfechten können. Falls ich ganz Ägypten gewinne, strömen Tributzahlungen herein, falls nicht, müssen wir alle sterben. Es ist nicht mehr wichtig.» Uni räusperte sich.

«Gut. Du bist der Herr, und ich tue, was du wünschst. Aber woher willst du die Männer für die hundert Schiffe bekommen? In denen ist ja Platz für eine Division!» Kamose atmete tief durch und schloss die Augen, schlug sie wieder auf und kehrte ins Zimmer zurück. Er ließ sich auf den Stuhl am Schreibtisch sinken.

«Ich beginne mit Männern aus Waset und den Nomarchen, bitte jedoch nicht um die, die entbehrlich sind, sondern ziehe jeden Mann über vierzehn ein. Und ich marschiere auch nicht wie mein Vater, ich fahre auf dem Fluss schnell von Dorf zu Dorf, nehme sie durch Treueid oder Gewalt, einerlei wie, und ziehe auch dort die Männer ein. Wenn die Soldaten in Schiffen fahren, ermüde ich sie nicht durch Märsche. So sind sie bei jeder Fahrtunterbrechung frisch. Falls nötig, bringe ich die Dorfschulzen und die Bürgermeister in den Städten um, aber ich glaube nicht, dass das erforderlich sein wird. Sie werden mir schon Treue schwören und mir Hilfe geben.» Er blickte den entrüsteten Uni an. «Genau das hätte mein Vater auch tun sollen.»

«Fürst», entgegnete Uni mit einer Geduld, die er offensichtlich nicht verspürte, denn er schlug sich, ohne es zu wissen, mit einer Rolle rhythmisch auf die Handfläche. «Die Schiffe können in zwei Monaten bereit sein, aber die Männer und die Jungen, die du ausheben willst, werden auf dem Feld gebraucht. In nicht einmal zwei Monaten ist es Zeit für die Aussaat. Und wie willst du sie überhaupt bezahlen?» Kamose zog die Beine an und umfasste sie mit den Armen.

«Sie bekommen erst Sold, wenn mein Feldzug vorbei ist. Ich verspreche ihnen Beute im Delta, und unterwegs beschlagnahmen wir Getreide und Vorräte. Ich mache Gebrauch von den Juwelen und den Schmuckstücken meiner Frauen, von allem, was im Haus von Wert ist, das tausche ich für die anfänglichen Vorräte ein. Ich will weder Teti noch dem König etwas dalassen. Und was die Aussaat angeht, so müssen das Frauen und Kinder tun.»

«Fürst!» Uni war sprachlos.

«Ist das alles?», fragte Kamose, den die Entrüstung seines Haushofmeisters unwillkürlich belustigte. Uni verbeugte sich.

«Gut. Ipi?» Der Schreiber kam aus seiner Ecke und setzte sich mit schreibbereitem Pinsel zu Kamoses Füßen. «Schick Botschaft in den Süden nach Necheb. Ich brauche Steuerleute, und in Necheb wachsen gute Bootsmänner heran. Du kannst die Nachricht nach eigenem Dafürhalten abfassen, aber so wie einen Befehl. Uni, hast du Dudus Siegel?» Der Haushofmeister nickte. «Dann ist es Zeit, für Apophis eine Rolle vom General zu diktieren, die ihm berichtet, wie ungemein wohlerzogen die Barbaren aus Waset geworden sind und wie schicksalsergeben ihre Frauen.»

Ipi tauchte den Pinsel in die schwarze Tusche und hielt ihn erwartungsvoll über dem Papyrus gezückt, doch Kamose war auf einmal tief in Gedanken versunken. «Uni», sagte er nach einem Weilchen, «ist es schwierig, an Lapislazuli heranzukommen?» Uni kniff die Augen zusammen.

«Aber ja doch», erwiderte er. «Der kann nur in der Wüste abgebaut werden und kommt äußerst selten vor. Sogar der König zahlt dafür viel Gold, aber man munkelt, dass er und seine Königin viel besitzen und ihre Stühle, Kleidertruhen und Ähnliches damit eingelegt sind.» Kamose blickte auf.

«Schick jemanden zum Tempel und lass bei Amunmose nachfragen, ob er in Amuns Lagerhaus etwas davon hat. Sag ihm, er soll ihn meinem Goldschmied geben. Ich hätte gern ein Pektoral aus Lapislazuli.»

«Aber Fürst ...» Kamose schnitt ihm das Wort ab, indem er mit der Hand auf den Schreibtisch schlug.

«Ich bin ein König», sagte er herrisch. «Ich bin Amuns Sohn, seine Inkarnation, oder etwa nicht? Das Volk soll mich beim Vorbeifahren mit Lapislazuli angetan sehen und sich daran erinnern. Uni, muss ich dir denn jeden Befehl einzeln erklären?» Uni verbeugte sich steif.

«Nein, Fürst. Entschuldigung.»

«Dann mach dich an die Arbeit. Und vergiss den Läufer nicht, er soll die Insignien eines Herolds tragen. Nimm jemand, auf den völlig Verlass ist und der eine Rolle nach Norden bringen kann. Er soll sagen, dass er den regulären Herold begleitet hat, der jedoch in Aabtu erkrankt ist, falls Dudus richtiger Herold in Auaris gut bekannt ist. Wähle einen einigermaßen gebildeten Mann aus, Uni, denn Apophis wird ihn ausfragen. Schick ihn zu mir, ehe er aufbricht. Und jetzt, Ipi, wird diktiert.»

Die Botschaft an den König war kurz, Kamose konnte jedoch der Versuchung nicht widerstehen, etwas über Tani zu sagen, so als käme es aus Dudus Mund, nämlich die Hoffnung, dass man sie gut behandelte. Er wagte es nicht, sich weiter nach ihr zu erkundigen. Als er in dieser Nacht schlaflos auf seinem Lager ruhte, die Kopfstütze aus Elfenbein kühl unter seinem Nacken, und das Nachtlicht gelegentlich über die Wände seines Zimmers zuckte, tat ihm der Gedanke an sie weh. Ich habe nicht genug Zeit mit ihr verbracht, sagte er sich. Niemand von uns hat das. Sie ist immer die kleine Tani gewesen, die uns zwischen den Beinen herumlief, und bisweilen hat es uns Spaß gemacht, sie zu verhätscheln, aber oft haben wir sie auch achtlos weggeschickt. Wir haben ihre Stärken nicht wahrgenommen, so beschäftigt waren wir mit uns selbst. Möge Amun für sie sorgen und ihr

Mut verleihen. Er döste gerade ein, als es leise an die Tür klopfte und Uni durch den Türspalt spähte.

«Ich bin wach», sagte Kamose und setzte sich auf.

«Fürst, General Hor-Aha ist da und möchte dich sprechen.» Jegliche Schläfrigkeit war verflogen.

«Lass ihn herein», befahl Kamose, stand auf und spürte, wie ihm das Herz leicht wurde, als die vertraute, hoch gewachsene Gestalt im Umhang ausholenden Schrittes in den Dämmer trat. Uni machte hinter ihm die Tür zu. Hor-Aha blieb stehen und wollte sich verbeugen, doch Kamose umarmte ihn, was ganz gegen seine Natur war. Der Medjai-Krieger roch nach Sand und Steinen. Sein langes, geflochtenes Haar und der braune Umhang waren staubig. Kamose spürte, wie sich seine riemenartigen Muskeln anspannten, als er die Umarmung erwiderte, alsdann brachte Hor-Aha seine Verbeugung zu Ende. «Willkommen daheim», sagte Kamose. «Ich bin so erleichtert über deinen Anblick, dass mir die Worte fehlen. Hast du die Neuigkeiten gehört?»

«Ja, Fürst.» Hor-Aha ließ seinen Umhang zu Boden fallen, dass feiner Sand hochwölkte. Darunter hatte er sich nur ein schmutziges Lendentuch um die Hüften gebunden. Um die nackte Mitte trug er seinen Ledergurt mit Dolch und Axt. Kamose wollte es vorkommen, als wäre er niemals fort gewesen. «Der Priester, der mich draußen in der Wüste erwartete, hat mir alles erzählt. Die Hinrichtung der Setiu-Krieger ist ein Jammer.»

«Hatte ich eine andere Wahl?»

Hor-Ahas weiße Zähne blitzten kurz auf. «Nein. Aber ich habe es gar nicht gern, wenn man gute Männer vergeudet.»

«Bist du hungrig? Durstig?»

Hor-Aha schüttelte den Kopf. «Ich bin sehr müde, Fürst, mehr nicht. Ich habe mit dem Priester gegessen, ehe sein Diener seine Sachen zusammengepackt hat und sie in den Tempel zurückgekehrt sind. Dann ziehen wir also wieder in den Krieg?»

Kamose deutete auf einen Schemel. Er selbst setzte sich auf

die Bettkante und sah zu, wie sich die schlanke Gestalt vorbeugte. Hor-Aha seufzte vor Erleichterung.

«Ja. Lass mich kurz erzählen.» Rasch legte er ihm in groben Zügen seine Strategie dar und musterte Hor-Ahas Miene nach Zustimmung oder Bedenken. Als er geendet hatte, saß der General sehr still da und überlegte. Dann nickte er.

«Du hast keine andere Wahl», sagte er. «Der Augenblick der Entscheidung naht. In Seqenenres Schlacht sind viele Medjai gefallen, aber wenn ich einen Medjai zusammen mit einem ägyptischen Offzier losschicke, sollten wir weitere Rekruten bekommen. Wawat sehnt sich nach Ägyptens Schutz, denn wir leben unter der ständigen Bedrohung durch einen kuschitischen Einfall, und Apophis übersieht die Medjai, der verbündet sich lieber mit Teti-en in Kusch. Ein erfolgreicher Abschluss deines Krieges bedeutet Sicherheit für Wawat. Hast du schon Soldaten ausgehoben?»

«Noch nicht. Ich habe auf dich gewartet.» Sie schwiegen kurz, und Kamose stellte fest, dass er seit vielen Tagen zum ersten Mal völlig entspannt war. Dann sagte Hor-Aha:

«Es tut mir Leid, dass Prinzessin Tani in der Verbannung ist. Ich hätte an Apophis' Stelle genauso gehandelt, aber grausam ist es trotzdem.» Kamose erhob sich, und schon stand auch Hor-Aha auf.

«Geh und ruh dich aus», empfahl Kamose. «Morgen gibt es viel zu tun.» Hor-Aha nahm seinen Umhang und schüttelte ihn tüchtig aus, dann warf er ihn um die Schultern.

«Zuerst überprüfe ich die Kaserne», sagte er. «Das Soldatendorf, das dein Vater gebaut hat, liegt das noch immer unbeschädigt auf dem Westufer, Fürst?»

«Ja.»

«Gut, dann bis morgen.» Als sich die Tür hinter dem General geschlossen hatte, legte sich Komose wieder hin. Morgen, dachte er, und es durchfuhr ihn heiß. Ob das nun Aufregung oder Angst war, er wusste es nicht zu sagen. Morgen.

Binnen zwei Monaten dümpelten die einhundert Binsenboote längs des Ostufers vor Anker, große, goldfarbene Boote, die so leicht waren, dass sie wenig Tiefgang hatten und den schrumpfenden Nil bis zum Hochsommer befahren konnten. Kamose hatte den Bootsbauern ohne Gewissensbisse sein Land übereignet, auch wenn seine Mutter verzweifelt geweint hatte, als er ihr erzählte, was er vorhatte. Sie, Tetischeri und Aahmesnofretari, hatten ihre Kleinodien zusammengesucht und sie ihm in stummer Ergebung in ihr Schicksal ausgehändigt, als der aufgeweichte Boden wieder aus dem langsam zurückgehenden Wasser auftauchte. Kamose hatte die Kostbarkeiten für Getreide, Zwiebeln, Bier und Leinen aus dem vergangenen Jahr eingetauscht.

Mit dem Aushebungsbefehl bewaffnet, bereisten seine Hauptleute Dutzende von Dörfern, führten die Bauern von den Feldern fort und befahlen ihren Frauen, sich um die Aussaat zu kümmern. Es gab nur wenig Protest. Wieder strömten Männer über den Nil, füllten die Kasernen und das Soldatendorf auf dem Westufer und mussten zum Schluss in Zelten wohnen, die überall in der Wüste aus dem Boden schossen. Kamose gab sich nicht mit Streitwagen und Pferden ab. Sein Feldzugsplan verließ sich fast ausschließlich auf die Schiffe, auf denen noch immer Bootsbauer emsig tätig waren, im hohen Bug hockten, die letzten Binsenbündel einfügten und über das Anbringen von Steuerrudern und Kabinen wachten.

Die Medjai kamen in größerer Zahl als bei seinem Vater, und Kamose argwöhnte, dass Hor-Aha mit anderen Stämmen aus Wawat Abmachungen getroffen hatte, von denen er seinem Fürsten nichts erzählt hatte. Dafür war Kamose dankbar. Die wilden Wüstensöhne mochten das Wasser nicht und würden sich zweifellos nur zögernd und ängstlich einschiffen, doch wenn der Kampf begann, würden Zutrauen und Geschick schon zurückkehren.

Kamose schickte weiterhin Rollen nach Norden, fürchtete

sich aber vor möglichen Antworten, die irgendein Setiu-Herold oder Hauptmann brachte, den er dann dabehalten oder umbringen musste, doch Auaris schwieg. Auch von Ramose kam keinerlei Kunde, doch das hatte Kamose auch nicht anders erwartet. Er fragte sich, ob Teti und sein Sohn wohl Nachrichten aus der Hauptstadt hatten, in denen indirekt auch von Tanis Ergehen die Rede war. Desgleichen fragte er sich in den frühen Morgenstunden, wenn die Nacht schal wurde und er schlaflos auf und ab ging, weil er an die tausend Zufälle dachte, von denen der Erfolg abhing, was er tun sollte, falls er bis nach Chemmenu siegreich vorstieß, und was Ramose tun würde. Teti musste sterben, so viel stand fest, aber gegen Ramose wollte er nicht kämpfen. Doch er machte sich unnütz Sorgen. Das alles gehörte der Zukunft an und musste daher beiseite geschoben werden.

Kamose musste jedoch feststellen, dass sich seine Probleme nicht vernünftig ordnen ließen. Die für morgen notwendigen, eingeschränkten Übungen mit den Bogen, die die Handwerker in aller Eile herstellten, weil man die von den Setius mitgenommenen ersetzen musste, lagen im Streit mit verschwommenen Anweisungen bezüglich einer Belagerung von Auaris, die erst in vielen Wochen drohte, und bei seinen fieberhaften Überlegungen konnte Kamose beides nicht auseinander halten. Vor Sorgen davonzulaufen, die seinen Verstand bedrohten, war so gar nicht seine Art, doch an mehreren Abenden war er berauscht von Palmwein zu Bett gegangen, und mehr als einmal hatte er eine junge Dienerin mit auf sein Lager genommen, ehe er sich mit einem gewissen Ekel von ihr abwandte, weil ihre Haut nicht den matten Schimmer der Frau seiner Träume hatte oder weil ihre Hüfte sich nicht zu den langen, anmutigen Beinen schwang, deren Bewegungen er mittlerweile genauso gut kannte wie seine eigenen.

Sie hat mich völlig verdorben, dachte er bei diesen Gelegenheiten ungerührt, während der nackte Rücken der Dienerin durch die Tür verschwand. Sie ist zur Besessenheit geworden, diese geliebte Fremde, die sich nicht vor den Göttern verneigt und meinen Dolch, meinen Bogen in der Hand hält, als gehörten sie ihr. Mein Leib sehnt sich nur nach ihr, nach ihr.

Amunmose schickte ihm ohne weitere Bemerkungen eine gewisse Menge Lapislazuli aus dem Vorrat des Tempels. Lange stand Kamose da und hielt den dunkelblauen, goldgesprenkelten Stein in den hellen Sonnenstrahl, der zwischen den Pfeilern in sein Arbeitszimmer fiel, ehe er ihn seinem Goldschmied schickte. Er wusste, er hielt den Wert eines Schiffes mit seiner ganzen Besatzung in den bewundernden Händen, doch er bedauerte seine Eitelkeit nicht. Der Lapislazuli war ein Symbol seines Rechts auf Rache und göttliche Rechtfertigung.

Im dritten Monat lud Kamose die ägyptischen Edelleute aus den Städten seiner Nomarchen ein, zu ihm nach Waset zu kommen und höchstpersönlich die Männer zu befehligen, die er bei ihnen eingezogen hatte. In der Regel scharte der König einen Kriegsrat aus seinen Generälen und den beiden Wesiren um sich, doch Seqenenre hatte keine höheren Hauptleute bestallt, und Kamose hätte sich am liebsten nur auf Hor-Aha und Ahmose verlassen. Verantwortung oder Macht übertrug er nur ungern, doch er wusste, dass das Haus gefährlich allein dastand und sich bei jedem Angriff nur auf sich selbst verlassen konnte. Falls der Feldzug an Umfang zunahm, lief er ihm aus der Hand, wenn er keine Befehlshaber hatte, die, wenn nötig, unabhängig handeln konnten.

Kamose wollte die Hauptleute, die er kannte, als persönliche Leibwache behalten, als Getreue des Königs, und die Tapferen des Königs als Angriffstruppe. Er würde den Fürsten gute Kommandos unter Hor-Aha als Oberstem General geben. Militärische Ausbildung gehörte zur Erziehung jedes Edelmanns. Sie würden sich gut schlagen, und im Gegenzug würde er ihnen Stellungen bei Hofe versprechen. Augen und Ohren des Königs, Fächerträger zur Rechten und zur Linken, Wesir des Südens, des Nordens, des Nordens …

Sie kamen ehrerbietig, waren jedoch auf der Hut. Mesehti von Djawati mit den hellen Augen und dem wettergegerbten Gesicht. Intef von Qebt, dem großen, altehrwürdigen Handelszentrum im Süden aus den Tagen der alten Könige, Iasen von Badari, Machu von Achmin und der vornehme Anchmahor von Aabtu, dessen Blut fast so blau war wie Kamoses. Gleichzeitig traf Paheri, der Bürgermeister von Necheb, ein und mit ihm die Bootsleute, die Kamose über Uni angefordert hatte, unter ihnen auch jener Abana, der unter Seqenenre als Hüter der Schiffe gedient hatte, zusammen mit seinem Sohn Kay. Kamose schickte sie unverzüglich über den Fluss.

Tetischeri begrüßte die Fürsten mit der ganzen Pracht, die nur sie aufbrachte, und Aahotep sorgte für ihre Unterbringung. Kamose bewirtete sie so großartig, wie es ihm möglich war, denn er wusste, dass sie in ihrem Stolz ebenso empfindlich waren wie er. Sie fanden höfliche Worte für ihn, rümpften die Nase über Hor-Aha und sahen sich die Boote und das im Entstehen begriffene Heer ohne weitere Bemerkungen an.

Am vierten Tag rief Kamose sie in seinem Arbeitszimmer zusammen, bot ihnen Platz um Seqenenres Schreibtisch herum an, hatte Hor-Aha zu seiner Rechten und legte ihnen seine Pläne dar, während seine Blicke geflissentlich von einem zum anderen wanderten. Als er geendet hatte, herrschte lange Schweigen, alle überlegten emsig. Mesehtis helle Augen fixierten die Blätter, durch die ein heftiger Windstoß jenseits der Pfeiler wirbelte, seine Miene war ausdruckslos. Intef pochte mit dem beringten Finger auf den Tisch. Fürst Anchmahor musterte Kamose unverhohlen mit bedenklichen Blick über den Rand seines Weinbechers. Ahmose, der auch zugegen war, lehnte sich in seinem Stuhl zurück, hatte einen Arm um die Lehne geschlungen und wirkte scheinbar unbeteiligt, doch Kamose spürte seine Anspannung.

Schließlich stellte Anchmahor seinen Becher hin und fuhr sich bedächtig mit der Zunge über die Lippen. «Die hier Versammelten sind allesamt Edelleute», sagte er. «Ich selbst bin, wie jedermann weiß, Erbfürst und Erpa-ha von Ägypten. Kamose, keiner von uns leugnet deine Oberhoheit als Nomarch der Waset-Provinzen oder deinen Anspruch auf Göttlichkeit durch Osiris Mentuhotep-ne-hapet-Re, der wahr an Stimme ist. Dennoch hört deine Herrschaft über die Nomarchen im nächsten Monat auf, und du gehst im eigenen Land in Verbannung.» Er faltete die sorgfältig gepflegten Hände um den Becher und beugte sich vor. «Du hast nur noch ein paar Wochen das Recht, unsere Bauern einzuziehen und von uns alle Vorräte anzufordern, die du haben willst, und dafür kann uns Apophis nicht schelten. Du bist der Nomarch. Aber du willst viel mehr von uns. Viel mehr.» Sein kalter Blick schweifte über die Runde um den Schreibtisch und wurde von den anderen mit einem Nicken beantwortet. «Du forderst aktive Beteiligung an deinem Aufstand. Du willst, dass wir neue Divisionen aufstellen, während wir auf dem Weg nach Norden weitere Männer sammeln. Mit anderen Worten, du willst, dass wir zwischen dir und dem König wählen und uns beteiligen. Ist das nicht zu viel verlangt, Fürst?»

Kamose lächelte dem glatten, erlesen geschminkten Mann mitten ins Gesicht. Du hast dich völlig im Griff, dachte er. Mit großer Wahrscheinlichkeit weißt du, wo du stehst, und das wird auf der Seite von Geblüt und Geschichte sein, aber mit der anmutigen Rede eines Höflings zweifelst du nicht nur an meinem Aufstand, sondern auch daran, ob ich würdig bin, nach so vielen Jahren familiären Niedergangs Krummstab und Geißel zu ergreifen. Anchmahor hat nicht vergessen, dass meine Vorfahren schwach waren und die Embleme der Göttlichkeit einer fremdländischen Macht überlassen haben, aus welchen Gründen auch immer. Es tut gut, von jemandem verstanden zu werden, der ist wie ich! «Meiner Meinung nach hat mein Vater euch alle beleidigt, weil er euch nicht in seine Pläne einbezogen hat», erwiderte er genauso gelassen. «Ich möchte mich für seine Gedankenlosigkeit entschuldigen. Ja, ich verlange viel von euch. Ich bitte darum als euer Gott. Ich bitte darum als euer Freund. Aber vor allem bitte ich, glaube ich, darum als Ägypter zu Ägyptern.»

«Du hast Recht», warf Mesehti mit Nachdruck ein. «Seqenenre hat sich verhalten, als ob er im Süden der einzige ägyptische Fürst wäre. Die Kränkung hat in seinem Mangel an Vertrauen gelegen, Kamose. Er hat uns nicht eingeweiht und uns nicht zugetraut, dass er bei uns gut aufgehoben ist.» Er hob schwungvoll die Hände. «Bei uns, die stets für unser Land und unsere Götter gearbeitet haben.»

«Ich kann nur wiederholen, dass es mir Leid tut», gab Kamose ruhig zurück. «Der Aufstand meines Vaters war nach langer Zeit die erste Andeutung von Unbehagen. Ich entschuldige sein Schweigen nicht. Er hat es nicht geschafft, jemandem zu vertrauen, wie ja auch der grausame Überfall auf ihn bewiesen hat.»

«Er hätte sich fragen sollen, warum wir hier im Süden bleiben, fern von guten Aussichten bei Hofe, obwohl wir als Edelleute unseren Einfluss geltend machen und unser Vermögen in Auaris vermehren könnten!», blaffte Intef. «Mein Großvater war Sandalenträger des Königs und hat ihm stets aufgewartet. Ich jedoch verrotte in der Provinz, auch wenn ich den Süden noch so sehr liebe.»

«Ich kann nicht leugnen, dass eure Begabungen hier brachliegen, und falls mein Vater nicht erkannt hat, warum das so ist, ich sehr wohl», fiel ihm Kamose gleichermaßen heftig ins Wort. «Ich brauche sie, ihr Fürsten! Verbindet euer Geschick mit meinem, ich bitte euch.»

«Ich wiederhole», sagte Anchmahor sanft, «du verlangst zu viel. Wir haben ja nicht nur hier Besitz, sondern auch Weideland im Delta, so wie du früher. Falls wir verlieren, wird Apophis alles einziehen. Es gehört sich nicht für ägyptische Fürsten, auf ihr Geburtsrecht zu verzichten, denn ihre Söhne werden sie verfluchen, und sie werden in Vergessenheit geraten.» Kamose war das unaufdringliche ‹wir› durchaus nicht entgangen. Er betonte es noch.

«Aber wir geraten allesamt in Vergessenheit», stellte er klar. «Langsam, aber sicher bringen die fremdländischen Ratgeber und Angehörige des ägyptischen Adels, die zu den Setius halten, die Macht an sich, die einst uns gehört hat. Ihr habt nichts zu verlieren, wenn ihr mit mir kämpft, und falls ich gewinne, wird man euch nicht vergessen.»

«Unsere edlen Brüder haben sich zu weit vorgewagt, als sie Apophis Treue geschworen haben», bestätigte Iasen. «Wir haben Tributabmachungen unterschrieben, aber wir haben dem König nichts geschworen. Ich denke, wir können dich unterstützen, ohne dass wir damit unsere Ehre beflecken.» Es sollte dir eine Ehre sein, Ägypten wieder der Maat zu unterstellen, dachte Kamose bei sich, doch laut sagte er:

«Wenn ich meine Landsleute richtig einschätze, so sind ihre Schwüre einem Fremdländer gegenüber mehr Schein als Sein. Solange die Setius sie reich machen, reden sie sich ein, dass sie zufrieden sind, aber ich glaube, dass sich unter dieser Zufriedenheit große Unrast verbirgt. Ich rede offen mit euch, ihr Fürsten. Falls ich ihnen mit euch zusammen gegenüberstehe, ihr, die meinem Anspruch nicht nur Glaubwürdigkeit, sondern auch Gehorsamkeit und Treue schenkt, wie sie Ägyptens ältestem Adelshaus gebührt, kann ich ihre Ergebenheit für eine richtige Maat wieder beleben und ihre Unterstützung bekommen.»

Er wollte ihnen keine hohlen Komplimente machen, und das wussten sie. Ihre zurückhaltenden Mienen entspannten sich, denn sie spürten, dass er ihnen echte Achtung entgegenbrachte. Fürst Machu rümpfte zierlich die Nase. Intef warf Mesehti einen scheelen Blick zu, dann deutete er auf Hor-Aha. «Dieser Mann mag ja Medjai sein, aber er ist kein Ägypter. Für Fürsten von Geblüt gehört es sich nicht, sich jemandem von niedrigerer Stellung, ganz zu schweigen von minderer Nationalität, zu beugen, sei es in der Schlacht oder sonst wo.» Ahmose lachte.

«In unserer Lage können wir uns nicht viel um Protokoll und Vorrang kümmern», sagte er. «Hier regiert nur Können, Intef. Aber wenn es jemand für seine Dienste, Treue und schlicht für seine Gerissenheit verdient, in den Adelsstand erhoben zu werden, dann Hor-Aha. Na, Kamose?» Kamose knurrte. Das hätte ich schon vor langer Zeit tun sollen, dachte er. Ahmose hat Recht. Hor-Aha ist nicht habgierig genug, und ich bin zu selbstsüchtig gewesen. Er wandte sich an seinen General und suchte seinen Blick, in dem er eine Spur Belustigung und ein winziges Lächeln sah.

«Hor-Aha, bist du gewillt, einen Titel zu führen?», fragte er leise. «Der bedeutet die endgültige Bindung an mich und dieses Land, etwas, was stärker ist als deine Stammesschwüre.» Hor-Aha nickte.

«Fürst, ich brauche keinen Titel, wenn ich dir dienen soll», antwortete er gleichermaßen leise, so als ob er und Kamose in eine private Unterhaltung vertieft wären. «Aber dein Bruder hat Recht. Ich verdiene ihn. Die Ländereien, Dienerschaft und Vorteile, die dazugehören, nehme ich mir später.»

«Sehr gut. Bitte, steh auf.» Dem kam Hor-Aha behände nach, während Kamose auf ihn zutrat und ihn feierlich an Stirn, Schulter und Herz berührte. «Hor-Aha, General», sagte er dazu. «Ich mache dich für alle Zeit zum Erpa-ha, Erbfürsten von Waset und ganz Ägypten, dich und nach dir deine Söhne. Ich, Kamose, König von Ägypten, Geliebter des Amun, Sohn der Sonne, will es so.» Hor-Aha kniete nieder und küsste Kamose die Füße.

«Ich werde mich bemühen, mich dieser Ehre würdig zu erweisen, Majestät», sagte er.

«Steh auf», befahl Kamose. «Du bist ihrer schon würdig. Setz dich.» Beide nahmen erneut Platz. Die anderen Fürsten hatten ungerührt zugesehen. «Nun?», drängte Kamose. «Zu was ist meine Stärke nütze, wenn es einen Thronräuber in Auaris und noch einen in Kusch gibt und ich zwischen Setius und Kuschiten eingeklemmt bin, die je eine Scheibe von Ägypten besitzen, während ich ohne Erlaubnis nicht einmal bis Mennofer reisen kann? Mein neuer Erpa-ha kann es mit Pezedchu aufnehmen. Macht ihr mit?» Anchmahor seufzte nachdrücklich.

«Schade um mein schönes Vieh!», sagte er. «Ja, wir machen mit. Aber, Majestät, falls wir gewinnen, kostet dich das etwas.» Kamose bedankte sich nicht bei ihnen, das hätte sich nicht gehört. Stattdessen ging er auf der Stelle zum Thema Pflichten über.

«Ehe wir nach Norden ziehen, müssen wir uns noch mit der Angelegenheit Pi-Hathor beschäftigen», sagte er. «Wie ihr alle wisst, liegt die Stadt zwar drei Meilen südlich von uns hier in Waset, zählt sich aber zu Apohis' Herrschaftsbereich. Die Setius haben ständig Bedarf an dem Kalkstein dort und, wichtiger noch, an ihren Schiffen. Für sie liegt Pi-Hathor auf halber Strecke nach Kusch, ist ihre Handelsniederlassung und kennzeichnet die südliche Grenze ihres Herrschaftsgebiets. Die Stadt sitzt uns wie ein Dorn im empfindlichen Bauch.» Er beugte sich vor. «Die Bewohner von Pi-Hathor sind vorwiegend echte Ägypter, und ich möchte weder Truppen noch Energien und Zeit auf eine Erstürmung vergeuden, und aus diesen Gründen beabsichtige ich, mit ihrem Bürgermeister zu verhandeln. Ich werde von ihm keine direkte Unterstützung fordern, denn das wäre gefährlich. Alles, was ich brauche, ist sein Schwur, dass er nicht gegen Waset zieht oder meinen Flussverkehr behindert, dass er sich mir gegenüber neutral verhält. Er lässt sich, glaube ich, überzeugen. Darum bitte ich euch alle, mich nach Süden zu begleiten, damit Pi-Hathor sieht, dass es mir wirklich ernst ist. Wir brechen morgen noch vor Tagesanbruch auf. Einverstanden?» Sie nickten und äußerten sich nicht weiter dazu, und Kamose lehnte sich zurück und überließ die Unterhaltung nach und nach Hor-Aha, der überhaupt keine Ehrfurcht vor ihnen zeigte. Kamose und Ahmose saßen still da, tranken Wein und hörten zu, bis sich das Licht im Raum rötlich färbte und Uni anklopfte und Diener mit Lampen einließ.

«Kommt es dir seltsam vor, wenn man dich Majestät nennt?», fragte Ahmose später seinen Bruder, als sie müde, jedoch zufrieden zum Fluss gingen. Die Sonne war schon lange untergegangen, und der soeben aufgegangene Mond war voll und rund, und sein Spiegelbild brach sich auf der ruhigen Wasserobfläche zu tausend Splittern. Vor und hinter ihnen trabten ihre aufmerksamen Wachen in der Dunkelheit dahin.

Dunkel und leer ragten die Schiffe über dem Uferbewuchs, dümpelten schwerfällig vor Anker; die Männer, die sie bewachten, waren auf Deck, jedoch nicht zu sehen. Kamose sog den trockenen, süßlichen Binsengeruch in vollen Zügen ein. Ahmoses Frage erschreckte ihn irgendwie, aber er beantwortete sie.

«Nein, nicht seltsam», sagte er. «Eigentlich ganz natürlich, sodass ich erst hinterher gemerkt habe, dass sie den Titel verwendet haben.»

«Ich schon», erwiderte Ahmose leise. «Ganz kurz hat er dich mir entfremdet, Kamose, aber nur kurz. Wir haben uns doch lieb, nicht wahr? Und der Titel hat mich daran erinnert, dass ich die Majestät bin, falls dir etwas zustoßen sollte.» Etwas an seinem Ton machte Kamose stutzig, er blieb stehen, drehte sich zu Ahmose um und musterte im schwachen Mondschein eingehend sein Gesicht.

«Mir stößt schon nichts zu», sagte er aufmunternd und packte Ahmose beim Arm. «Amun selbst hat verfügt, dass ich siegreich nach Auaris ziehe. Ahmose, hast du etwa Angst um mich?» In dem schwachen Licht wirkten Ahmoses Augen, als lägen sie tief in den Höhlen, und seine Miene war bedrückt.

«Nein, nicht um dich», antwortete er rasch. «Du bist der selbständigste Mensch, den ich kenne. Du brauchst niemanden. Das Göttliche an dir hat dich uns schon lange entfremdet. Im Gegensatz zu Vater wirkst du auf Leute, die dich nicht gut kennen, kalt und unnahbar. Dir macht es nichts aus, wenn du allein stirbst, falls das dein Los sein sollte, nein, für dich fürchte ich nichts, nur für mich. Ich möchte nicht König sein, niemals.

Prinz sagt mir mehr zu.» Er bemühte sich Kamose zuliebe um ein Lächeln. Ist das eine Vorahnung?, fragte sich dieser. «Du solltest einen Sohn haben!», fuhr Ahmose nachdrücklich fort. «Einen Horus-im-Nest, sodass ich, falls erforderlich, nur Regent werde, aber nicht König!»

«Ahmose, diese Sache wollte ich schon lange mit dir besprechen», sagte Kamose, drückte Ahmoses Arm und ließ ihn wieder los. «Ich möchte, dass du Aahmes-nofretari heiratest. Du kennst die Gründe dafür, und du verbringst viel Zeit mit ihr, und sie scheint Zutrauen zu dir zu haben. Würde dir das sehr schwer fallen?» Ahmose setzte sich wieder in Bewegung, und Kamose schritt neben ihm aus.

«Überhaupt nicht», erwiderte Ahmose. «Ich will sie, aber rechtens steht sie dir zu. Ich wollte nichts sagen, ehe du dich nicht entschieden hattest, ob du deine dynastische Pflicht erfüllen willst oder nicht. Da du nicht willst, tue ich es an deiner Stelle.»

Er versteht alles, dachte Kamose erleichtert. Ich brauche nichts mehr zu sagen. Sie schwiegen jetzt, ließen sich von der Schönheit des Abends gefangen nehmen und schlenderten nebeneinanderher, bis die dunkelgoldenen Lichter von Waset in Sicht kamen.

VIERZEHNTES KAPITEL

In der kühlen Stille der Morgendämmerung brachen Kamose und Ahmose in der Barke auf, begleitet von Ipi und einer Abordnung ihrer Leibwache. Der Fluss ging hoch, und anfangs mussten die Ruderer gegen eine starke Strömung anrudern, die unter dem Boot hindurchrauschte und -gurgelte; doch während es heller und heller wurde, erhob sich ein Wind aus Norden, und sie kamen leichter voran. Mesehti, Intef und die anderen scharten sich auf Polstern unter dem sich blähenden Sonnensegel an der Kabine, Ahmose saß mit gekreuzten Beinen neben ihnen, doch keiner sprach. Kamose lehnte an der Reling und richtete den Blick auf das vorbeigleitende Ufer, seine Aufmerksamkeit galt jedoch den Männern hinter ihm, die, wie er meinte, nicht wegen des reichlichen Weingenusses am letzten Abend auf Aahoteps bescheidenem Fest so stumm und reglos waren. Sie hatten Angst, jeder wägte im Stillen ihre verzweifelte Lage ab, dachte vielleicht mehr an das, was er verlieren konnte, als an die noch ungewissen Belohnungen, die ihm durch das neue Bündnis winkten. Kamose selbst hatte auch Angst, doch seine Angst war ein wohl bekannter Gefährte, und er schaffte es, sie zu begrüßen und sich dann von ihrem grauen Antlitz abzuwenden.

Hor-Aha stand neben ihm, und die stille Unterstützung des Medjai war ihm ein Trost. «Hast du den Bürgermeister von Pi-

Hathor von unserem Kommen benachrichtigt, Majestät?», fragte Hor-Aha irgendwann. Kamose schüttelte den Kopf und spürte, wie sich das Lapislazuli-Pektoral, das sein Goldschmied geliefert hatte, warm auf seiner nackten Brust bewegte. Seine Hände fassten danach, liebkosten seine glatten Rundungen. Unten kniete Heh, der Gott der Ewigkeit, auf dem Heb-Zeichen. Er hielt die langen, gekerbten Palmenrippen in den ausgestreckten Händen, die die Seiten des Schmucks bildeten und viele Jahre symbolisierten. Um den Hals trug er den Anch, das Lebenssymbol. Über Hehs Kopf stand der Name Kamose in der Königskartusche, umgeben von den Flügeln der Göttin Hechbet, Göttin der Furcht und geierköpfige Schutzgöttin der Könige des Südens, und die war verschlungen mit Wadjet, Flammengöttin und Schlangengöttin des Nordens, die jeden mit Gift bespritzte, der es wagte, die geheiligte Person des Königs zu bedrohen. Das Ganze war aus Lapislazuli und in Gold gefasst. Zwischen Kamoses Schulterblättern, der einzigen Stelle, an der Dämonen den Körper angreifen konnten, hing das Gegengewicht, dieses jedoch aus lauterem Gold, ein Rechteck, auf dem Amun und Montu nebeneinander standen, die unbesiegbaren Beschützer vor Angriffen der barbarischen Setiu-Götter. Darüber bog sich die zarte Feder der Maat.

«Nein», antwortete er, und seine Hand schloss sich um die Symbole seiner Hoffnung. «Sie sollen nichts von meiner Absicht ahnen. Es ist besser, wenn wir sie überrumpeln und sie mit unserer ganzen gesammelten Hoheit blenden. Wir dürfen in Pi-Hathor nicht versagen, denn wenn wir das tun, beginnen die Fürsten ihren Dienst bei mir noch zögernder als jetzt schon, und schlimmer noch, ich muss nach Norden fahren mit einem Feind im Rücken, der mir möglicherweise Ärger macht. Kein sehr starker Feind, aber selbst ein winziger Dorn kann einen bösen Kratzer verursachen.»

«Ich mache mir auch Sorgen wegen Pi-Hathor», nahm Hor-Aha den Faden wieder auf. «Es ist zu nahe bei Waset gelegen.

Was ist, wenn der Bürgermeister auf die Idee kommt, unsere Stadt anzugreifen, während du weiter nördlich abgehalten bist? Du lässt nur die Fürstinnen zurück, dass sie sich um die Sicherheit deines Gebiets kümmern.»

«Ich weiß.» Kamose blickte ihm in die Augen und musste im grellen Licht blinzeln. «Dieses Risiko muss ich eingehen, mein Freund. Pi-Hathor hat keine Garnison mit Soldaten. Die Menschen dort arbeiten in den Steinbrüchen und als Schiffsbauer. Falls der Bürgermeister gegen Waset ziehen möchte, wird er seine Bauern zu Soldaten ausbilden müssen, und das braucht seine Zeit, wie wir nur zu gut wissen. Ich lasse einen Spion in der Stadt, der soll meiner Mutter während meiner Abwesenheit Berichte schicken. Das muss genügen.» Hor-Aha verzog den Mund, dann nickte er.

«Alles liegt im Schoß der Götter, Majestät. Wenn sie deinen Erfolg wünschen, kann dich niemand aufhalten.» Er verbeugte sich, entfernte sich großen Schrittes und setzte sich in den spärlichen Schatten des hoch geschwungenen Bugs auf das Deck, doch Kamose blieb, wo er war, und sah Ägypten vorbeiziehen.

Die beiden Hügel, die Pi-Hathor beschützten, kamen gleich nach Sonnenuntergang in Sicht, als Re die letzten Fetzen seines feurigen Gewandes über den Horizont zog und das Dunkelblau des Himmels zu einem rosigen Schein verblasste, vor dem sich die Hügel schwarz und gezackt abhoben. Die Stadt schmiegte sich zwischen sie und den Fluss, eine buntes Gewirr von Lehmziegelhäusern, dazwischen schmale Straßen. In ihrer Mitte erhob sich der Hathor-Tempel, dessen steinerne Pylonen und säulengeschmückte Fassade lange Schatten zum Nilufer warfen, wo sich längs der ganzen Stadt Bootstreppen hinzogen. Kamose, der inmitten von Resten der Abendmahlzeit jetzt bei den anderen saß und sich den Hals verrenkte, konnte die Insel mit ihrer tief eingeschnittenen Bucht, die unweit der Stadt im Fluss gelegen war, deutlich ausmachen.

Dort herrschte eine andere Unordnung. Anleger ragten ins

Wasser wie die Speichen eines Streitwagenrades, und an allen lagen Boote vertäut, einige aus Zedernholz, andere aus Binsen, einige noch ohne Wanten, andere auf den Sand der Bucht gezogen und zur Seite gekippt wie angespülte Ungeheuer, die ihre beschädigten Flanken zeigen. Rauch von Kochfeuern zog wie leichter Dunst über diesen friedlichen Schauplatz und vermischte sich mit dem gedämpften Lärm munterer Geschäftigkeit. Kamose stand auf und sprach mit seinem Kapitän. «Such uns einen Anlegeplatz nach Norden hin, nicht bei den Booten, die Arbeiter von der Insel entladen», rief er. «Hor-Aha, wähle vier Soldaten aus, die uns begleiten, und verteile die anderen als Bewachung des Bootes. Weder sie noch die Soldaten dürfen mit neugierigen Städtern reden, die vielleicht vorbeikommen. Natürlich können wir dem Verwalter von Pi-Hathor einen Besuch abstatten», fügte er an Ahmose gewandt hinzu, der sich neben ihn gestellt hatte, «aber auf gar keinen Fall darf ein verfrühtes Gerücht alles ruinieren. Falls die Fürsten die Abendmahlzeit beendet haben, können wir an Land gehen.» Das Boot stieß an die Bootstreppe, und auf Befehl des Schiffsführers sprang ein Bootsmann mit einem Tau in der Hand heraus und vertäute es an einem in den Fluss getriebenen Pfahl. Andere legten die Laufplanke aus. Kamose holte lange und tief Luft und musterte seine kleine Schar, doch es gab nichts zu sagen. Die Laufplanke lag jetzt auf der Bootstreppe, und da verließen sie einer nach dem anderen stumm das Boot und folgten ihm.

Zwei Soldaten an der Spitze, zwei als Nachhut, so schritten sie die Straße entlang, die vom Nil geradewegs zum Tempelbereich führte. Viele Menschen kamen ihnen aus der Stadtmitte entgegen, sie wollten nach einem Arbeitstag nur noch nach Haus, und munteres Stimmengewirr umschwirrte das Grüppchen. Ein paar schenkten Kamose und seinen Gefährten mehr als einen freundlichen Blick. Pi-Hathor war an Reisende aus Kusch oder dem Delta gewöhnt, die in Geschäften mit den königlichen Aufsehern anreisten.

Kamose wusste, dass die Amtszimmer des Bürgermeisters und seiner Bediensteten hinter Hathors Bereich am Rand eines öffentlichen Platzes für städtische Festlichkeiten gelegen waren. Er hoffte, dass dieser noch nicht nach Haus gegangen war, denn als er und die Fürsten sich dem Tempel näherten, wurden bereits Fackeln entzündet. Der Abend brach herein. Im mittlerweile schwarzen Schatten des aufragenden Pylonen schwenkten sie nach links ab, folgten Hathors Außenmauer und erreichten schließlich den staubigen Platz. Sie überquerten ihn, und Kamose sah erleichtert, dass aus dem Arbeitszimmer des Bürgermeisters noch immer Licht drang und dass neben der Tür ein Diener auf einem niedrigen Schemel saß. Er stand auf, als sie sich näherten, verbeugte sich linkisch, und die kleine Gruppe blieb stehen. «Ist dein Herr dort drinnen?», erkundigte sich Kamose. Der Mann räusperte sich.

«Ja, Gebieter», antwortete er unschlüssig, «aber er hat seine Arbeit für heute beendet.» Kamose nickte einem seiner Soldaten zu.

«Geh mit diesem Mann in das nächstgelegene Bierhaus», befahl er. «Spendiere ihm Bier und eine Mahlzeit. Behalte ihn im Auge, bis ich nach dir schicke.»

«Aber, Gebieter, ich darf meinen Schemel nicht verlassen», wehrte sich der Diener. «Wer seid ihr? Ich möchte euch anmelden.»

«Das ist nicht nötig», sagte Kamose lächelnd, hob die Hand, und schon trat einer der Soldaten vor, packte den Mann höflich, aber bestimmt beim Arm und führte den immer noch Protestierenden fort. «Ein Paar Ohren weniger», murmelte Kamose. «Gehen wir hinein.»

Der Bürgermeister von Pi-Hathor wollte gerade von seinem Stuhl hinter einem beeindruckenden Schreibtisch aufstehen, der beinahe den kleinen Raum ausfüllte. Er war ein gedrungener, gebeugter Mann mit altersfleckigen Händen, runzligem Gesicht und hellem Schädel. Sein Schreiber kam gerade von seinem

Platz zu Füßen seines Herrn hoch, hatte die Palette in einer Hand und eine Papyrusrolle in der anderen. Offensichtlich waren sie gerade mit Diktieren fertig geworden. Beide sahen zerknautscht und müde aus, und Kamose dachte in dem flüchtigen Augenblick, ehe sie sich überrascht zu ihm umdrehten, wie hart der Mann wohl aufgrund zweier Gewerbe in seiner Stadt arbeiten musste. Gewiss war er weder unwissend noch leicht herumzubekommen. «Het-ui, Bürgermeister von Pi-Hathor?», fragte er sanft. Het-ui nickte, und sein dunkler Blick wanderte bestürzt über die strengen Männer, die sich vor ihm aufgebaut hatten, und blieb dann auf den verbleibenden drei Soldaten ruhen, von denen einer an der Tür stand und wachsam in die hereinbrechende Dämmerung blickte.

«Der bin ich», bestätigte er knapp. «Aber wer seid ihr, und was wollt ihr von mir? Wo ist der Diener, der euch hätte anmelden sollen?» Seine Augen wurden schmal. «Ich spreche, glaube ich, mit dem Fürsten von Waset, ja?» Statt verwundert blickte er jetzt argwöhnisch.

«So ist es», sagte Kamose rasch. «Ich bin Kamose Tao. Mein Bruder Ahmose und die Fürsten Mesehti, Intef, Iasen, Machu und Anchmahor begleiten mich. Das hier ist mein Schreiber Ipi. Schick deinen fort, Het-ui. Wir müssen eine dringende und private Angelegenheit besprechen. Du darfst dich hinsetzen.» Der Bürgermeister ließ sich hinter seinem Schreibtisch auf den Stuhl sinken. Seine Hände lagen jetzt auf der Tischfläche und blieben dort auch liegen. Kamose fiel auf, dass seine Finger nicht zitterten und auch seine Stimme nicht, als er antwortete.

«Mein Schreiber kann schweigen wie alle guten Schreiber», wehrte er sich. «Verzeih mir, Fürst, wenn ich darum bitte, dass er bleibt. Dir hat man die bürgerlichen Ehrenrechte aberkannt, und du bist verbannt, daher ist es geraten, einen Zeugen für die Geschäfte zu haben, die du vielleicht mit mir machen möchtest. Dein plötzliches Auftauchen ohne die formelle Ankündigung durch einen Herold, ja, ohne jegliche Vorwarnung, deutet nicht auf einen gesellschaftlichen Besuch oder eine leichtfertige Angelegenheit hin.»

«Es wäre klüger, wenn du tust, was ich sage», fuhr ihn Kamose gereizt an, obwohl er gar nicht gereizt war. Het-ui würde eine harte Nuss werden. «Das Urteil des Königs in Bezug auf mein Schicksal tritt erst in zwei Wochen in Kraft. Bis dahin bin ich noch immer ein ägyptischer Fürst, und du, Het-ui, bist nur ein Bürgermeister. Schick ihn fort. Wache!» Sein Mann an der Tür drehte sich um. «Geh in die anderen Arbeitszimmer und hol uns Stühle. Wir wollen alle sitzen.» Kamose blickte den Bürgermeister mit hochgezogenen Brauen an, und der nickte seinem Schreiber mit sichtlichem Zögern zu. Mit einer Verbeugung für seinen Herrn und einer weiteren für die Gruppe entfernte sich dieser rückwärts, die Palette an die Brust gedrückt. Sofort setzte sich Ipi auf den Fußboden, legte seine eigene Palette auf die Knie und machte sich schreibbereit. Abgesehen von den leisen Geräuschen, die er machte, als er seine Tusche entstöpselte und seinen Papyrus entrollte, war es still im Raum. Die Hände des Bürgermeisters ruhten noch immer regungslos auf dem Tisch. Er musterte jedes der ernsten Gesichter vor sich, aber seine eigene Miene war nicht zu deuten. Ich wollte, ich könnte die Treue dieses Mannes gewinnen, dachte Kamose. Er besitzt große seelische Kraft, aber alles ist für Apophis. Wie bedauerlich und wie traurig, dass in diesen Zeiten kluge, ehrliche und aufrechte Männer Feinde genau des Landes sind, das sie ihrer Meinung nach verteidigen. Sie befinden sich außerhalb der Grenzen der Maat, ohne es überhaupt zu merken.

Der Soldat kehrte mit den Stühlen zurück, um die Kamose gebeten hatte, und die Atmosphäre wurde ein wenig lockerer, als sich die Gruppe darauf niederließ. Der Mann nahm seinen Posten wieder ein und versperrte den Zugang durch die Tür. Kamose berührte Ipis Schulter, griff sich eine der Lampen vom Schreibtisch und reichte sie seinem Schreiber. «Bete zu Thot», verlangte er. «Dann mach dich an die Niederschrift.» Er schlug die Beine über und blickte dem Bürgermeister mitten ins Gesicht. «Ich bin hier, weil ich dich auffordern möchte, einen Nichtangriffspakt mit mir zu unterzeichnen», sagte er ohne weitere Vorrede. «Mein Haus steht in der Tat unter einem Verbannungsdekret von Apophis, aber ich habe beschlossen, die Mitglieder meiner Familie werden nicht im ganzen Land verstreut, und meine Ländereien werden nicht Khato. Das Blut der Taos ist uralt und ehrenhaft und darf sich diese allerschlimmste Schmach nicht gefallen lassen. Ich habe vor, noch heute Abend nach Waset zurückzukehren und in zwei Tagen zu einem Feldzug gegen die Eindringlinge aufzubrechen. Und noch vor der nächsten Überschwemmung will ich Auaris belagern.» Endlich war es mit der Fassung des Bürgermeisters vorbei. Er riss die Augen auf und hielt sich an der Tischkante fest.

«Fürst, das ist Wahnsinn», sagte er heiser. «Willst du einen noch ärgeren Fehler machen als dein Vater? Seqenenre hat zum Aufstand angestachelt und ist gestorben. Der Einzig-Eine ist nachsichtiger mit dir verfahren, als jeder in Ägypten bezüglich der Sicherheit der Doppelkrone oder des Landes für richtig hält. Das führt zu nichts weiter als zu einer Niederlage und der Hinrichtung jedes Mitglieds deines Hauses! Was meinst du eigentlich mit Nichteingreifen?» Dennoch musterte er Kamoses stumme Gruppe, blickte von einem zum anderen, und die Hände sanken ihm in den nicht sichtbaren Schoß.

«Das ist alles, worum ich dich bitte», fuhr Kamose bedächtig fort. «Du sollst nur schwören, dass du hier in Pi-Hathor bleibst, dich um die Belange der Stadt kümmerst und während meiner Abwesenheit weder Krieg gegen Waset anzettelst noch meine Boten behinderst, die möglicherweise auf dem Weg nach Süden vorbeikommen.»

«Lachhaft!» Das schrie Het-ui fast. «Es ist meine Pflicht, sofort Nachricht an meinen König zu geben, dann kann ich mich zurücklehnen und dir beim Sterben zusehen! Fürst, der Niedergang deines Hauses bekümmert uns alle», fuhr er gefasster fort.

«Dein Geschlecht ist Tausende von Jahren in Ägyptens Boden verwurzelt gewesen. Dennoch hat dein Vater Hochverrat begangen, und jetzt drohst auch du damit. Um deiner Vorfahren willen darfst du nicht zulassen, dass so edles Blut für alle Zeiten im Treibsand der Schande versickert!»

«Meine Vorfahren waren in Ägypten Götter», warf Kamose leise ein. «Sie waren Könige. Warum bin ich nicht König, Het-ui? Beantworte mir das.» Er stellte die Beine wieder nebeneinander, stützte die Ellenbogen auf die Knie und beugte sich vor, sodass sein Gesicht auf gleicher Höhe mit dem des Bürgermeisters war. «Das kannst du nicht, weil bereits die Worte genau den Hochverrat darstellen würden, dessen du meinen Vater bezichtigst. Du müsstest nämlich sagen, dass ich nicht König bin, weil niederträchtige Fremdländer dieses Land überrannt und sich ihre Häuptlinge zu Königen gemacht haben. Leugne es, wenn du kannst!» Doch Het-ui blickte ihn nur großäugig und stumm an, und Kamose seufzte und lehnte sich zurück. «Ich habe in Waset auf dem Nil schon einhundert Schiffe vom Stapel gelassen», sagte er kalt. «Und eine Division Soldaten wartet auf die Einschiffung. Falls du diese Abmachung verweigerst, bin ich, ehe ich nach Norden ziehe, gezwungen, mein Heer nach hier zu führen und Pi-Hathor dem Erdboden gleichzumachen. Ich habe die Zeit nicht vergeudet, die mir Apophis so freundlich und arglos zugestanden hat, Het-ui, und ich habe nicht vor, hier noch mehr zu verschwenden. Ja oder nein?» Der Bürgermeister wurde blass, sein Blick wanderte zu Mesehti an Kamoses linker Seite, und Kamose drängte. «Diese Fürsten haben mir bereits Treue geschworen und mir ihre eigenen Streitkräfte zur Verfügung gestellt», sagte er brutal. «Frag sie, falls du mir nicht glaubst. Frag sie!» Doch der Bürgermeister schüttelte den Kopf.

«Fürst, du bist tapfer, aber dumm», sagte er kaum vernehmlich. «Und diese vornehmen Männer bei dir, die werden auch einen furchtbaren Preis für ihre so genannte Treue zahlen. Apophis wird euch alle zermalmen. Ihr scheint nicht zu begreifen, dass ich mir mit der aufgenötigten Vereinbarung meinen Anteil von Apophis' berechtigtem Zorn zuziehe.» Ich habe ihn, dachte Kamose innerlich jubilierend. Aber er hütete sich, sich die Erleichterung an der Miene ablesen zu lassen.

«Durchaus nicht», sagte er. «Ich bitte dich und deine Stadt nicht um tatkräftige Mithilfe. Alles, was ich will, ist deine Zusicherung, dass du nicht gegen Waset ziehst. Das wäre ohnedies schwierig für dich, weil es hier keine Soldaten gibt, nur Steinhauer und Schiffsbauer. Falls Apophis mich besiegt, kann man dir meinetwegen nichts anhängen. Aber wenn ich bis Auaris siege und die Doppelkrone erringe, werde ich dem Mann und der Stadt, die meinem Sieg nicht im Wege gestanden haben, meine Dankbarkeit erweisen. Wie auch immer, Pi-Hathor kann man nichts vorwerfen.»

Wieder herrschte Schweigen. Het-ui blinzelte, seufzte, blickte zur Decke und dann in seinen Schoß. Ipis Pinsel ruhte. Die Schatten zuckten nicht mehr über die Wände. Der Bürgermeister stieß die Luft aus. «Na schön, Fürst», sagte er ärgerlich. «Du kannst deine Abmachung haben. Zwei Kopien, eine für dich und eine für mich zum Verstecken. Aber bereitwillig tue ich das nicht.»

«Natürlich nicht», sagte Kamose mit einem Lächeln. «Sei bedankt, Het-ui. Ich war auf deine Einwilligung vorbereitet und habe das Dokument bereits diktiert, und Ipi hat eine Kopie angefertigt.» Er winkte seinem Schreiber, der in die Ledertasche neben sich griff und Kamose zwei dünne Rollen reichte. Eine davon wurde in die ausgestreckte Hand des Bürgermeisters gelegt. «Wie du siehst», wiederholte Kamose höflich, «enthält sie nur das, was wir besprochen haben, und ist sehr schlicht abgefasst.» Het-ui entrollte seine Rolle und überflog sie, dann blickte er auf.

«Wer gewährleistet dir, dass ich diese Abmachung nicht auf der Stelle breche und dem König eine Warnung zukommen lasse», meinte er. «Schließlich hast du mich bedroht und mich gezwungen, Hochverrat Vorschub zu leisten, und ich könnte dich verraten, ohne mir dabei Gewissensbisse zu machen.» Kamose blickte ihm fest in die Augen.

«Aber du wirst sie nicht brechen», sagte er ruhig. «Ob nun bereitwillig oder nicht, du hast dein Wort gegeben, und du bist ein Mann von Ehre. Du wirst sie so lange halten, wie es ohne schlimme Folgen für dich geht, und um mehr habe ich auch nicht gebeten, Het-ui. Man wird jedoch alle Boten und Herolde, die aus dem Süden kommen, in Waset anhalten und befragen. In diesen bösen Zeiten ist es, glaube ich, verzeihlich, wenn ich mich nicht allein auf mündliche oder geschriebene Abmachungen verlasse. Ipi, gib dem Bürgermeister einen Pinsel.» Het-ui kniff die Lippen zusammen. Ohne eine weitere Bemerkung nahm er den Pinsel, den Ipi ihm hinhielt, und jetzt zitterte seine Hand so, dass ein Tropfen schwarze Tusche auf den Schreibtisch spritzte. Kamose nahm die Rollen, unterschrieb und gab sie Ipi, und der gab ihm die andere und sah zu, während Kamose wieder seinen Namen schrieb. «Die hier behältst du», sagte er und erhob sich. «Wir beleidigen dich nicht mit einer Bitte um Gastfreundschaft. Gesundheit und ein langes Leben, Het-ui.» Die anderen hatten sich auch erhoben. Het-ui verbeugte sich steif, erwiderte den Abschiedsgruß jedoch nicht, und Kamose war mit ein paar Schritten draußen.

Er schickte einen der Soldaten los, dass er den anderen aus dem Bierhaus holte, und ging die Straße entlang. Jetzt war es vollends Nacht geworden. Aus geöffneten Türen, an denen er vorbeikam, drang Lampenlicht, legte sich in gelben Lachen auf den Dreck und schien schallendes Gelächter und rasche Unterhaltungen mitzutragen, doch die wurden gleich von der Dunkelheit verschluckt. Im heiligen Bezirk von Hathors Tempel ertönte leiser Gesang, aber die liebliche, hohe, weibliche Stimme gemahnte Kamose nur daran, dass er seiner Mutter sagen musste, sie solle den Verkehr auf dem Fluss sorgfältig im Auge behalten und den Berichten des Spions, den er in Hathors Stadt schicken würde, eingehende Aufmerksamkeit schenken. «Ob er uns Ärger macht, was meinst du?», sprach Iasen Kamoses eigene Gedanken laut aus, doch Ahmose antwortete ihm.

«Nein», sagte er. «Het-uis Dilemma ist ein moralisches, kein sachliches, und daher ist er hin und her gerissen zwischen seiner Pflicht Apophis gegenüber und der Verpflichtung, die er eingegangen ist, als er den Pinsel auf den Papyrus gesetzt hat. Er wird deswegen schlaflose Nächte haben, aber er wird nichts unternehmen. So geht es einem Menschen, der schnell zwischen Recht und Unrecht unterscheiden kann, jedoch hilflos ist, wenn die Waagschalen gleich hoch stehen.»

«Er ist ein guter Mensch», meinte Intef, als sie zu dem großen, fackelerhellten Platz vor der Bootstreppe gelangten und nach links abbogen. Kamose konnte hinter den Fackeln undeutlich die Insel und dahinter die verschwommene Linie des Ostufers ausmachen. Ein guter Mensch, dachte er. Es gibt viele gute Menschen. Wie viele gute Menschen muss ich töten, bis die bessere Sache siegt?

Eine Welle der Verzweiflung packte ihn, ein Gefühl der Sinnlosigkeit, gegen das er in seiner Müdigkeit nicht mehr ankämpfen konnte. Er beantwortete den Gruß des Schiffsführers und ging die Laufplanke hoch. «Bring uns nach Haus», befahl er. «Es hat keinen Sinn, die Nacht hier zu verbringen, es sei denn, es ist dem Steuermann zu dunkel.» Der Schiffsführer warf einen Blick zum Himmel.

«Der Mond ist drei viertel voll», sagte er, «und wir fahren mit der Strömung, nicht dagegen. Wir können, glaube ich, ablegen, Fürst.» Kamose nickte. Die anderen hatten es sich bereits auf ihren Polstern unter der Lampe gemütlich gemacht, die im Heck hing, und tranken Wein, der ihnen zu ihrer sichtlichen Erleichterung angeboten wurde, während der Koch in taktvoller Entfernung vor seinem Holzkohlenbecken hockte. Ein verlockender Duft von gebratenem Fisch stieg Kamose in die Nase.

Ein Bootsmann fing an zu singen, und seine Stimme schwoll auf und ab, während der Schiffsführer dem Mann am Ruder scharfe Befehle zum Ablegen erteilte, die Laufplanke eingeholt wurde und auf das Deck fiel. Die Barke erzitterte unter Kamoses Füßen.

Er ging zur Kabine, trat ein, ließ den Vorhang hinter sich fallen und stand einen Augenblick in dem stickigen Dunkel. Es gefiel ihm nicht, was er dem Bürgermeister von Pi-Hathor hatte antun müssen, aber das, so dachte er grimmig, ist weiß Gott nicht das Ärgste, was ich in den kommenden Monaten im Namen der Freiheit tun muss. Amun, gib mir Mut zur Skrupellosigkeit, ohne dass ich damit mein Ka gefährde, Weisheit zur Unterscheidung von Freund und Feind, wenn beide im Namen meines geliebten Landes zu mir sprechen! Er ließ sich zu Boden sinken, zog die Knie an, lehnte den Kopf an die Wand und schloss die Augen. Die muntere Unterhaltung seiner Freunde, seiner Verbündeten, drang bis zu ihm und verwob sich mit dem Klirren der Weinkrüge und Becher, den Gesangsfetzen, die der Bootsmann noch immer schmetterte, alles gehörte zur lieblichen Wirklichkeit einer ägyptischen Nacht und erfüllte sein Ka mit einem schmerzlichen Verlangen nach allem, was längst dahin war. Noch nie im Leben hatte er sich so allein gefühlt.

Kurz nach Mitternacht wies der Kapitän sein Boot in eine kleine Bucht ein, damit sich die Bootsleute ausruhen konnten. Dort blieben sie bis zur Morgendämmerung liegen, und am Spätnachmittag desselben Tages stieß die Barke an die Bootstreppe von Waset, wo die großen Binsenschiffe, die zu beiden Seiten dümpelten, das niedrige, elegante Boot überragten. Kamose schickte Hor-Aha, Ahmose und die Fürsten unverzüglich über den Fluss. «Ich möchte, dass ihr euch die Truppen anseht», sagte er. «Hor-Aha vertritt mich als Befehlshaber, und er und Ahmose haben die Männer ausgebildet, aber ich hätte gern eure Meinung, ob sie kampfbereit sind. Hor-Aha, lass Baba Abana holen. Er ist ein gestandener Bootsmann und kann uns sagen, wie man die Männer am besten auf die Schiffe verteilt. Er soll die Verantwortung über alle Aktivitäten auf dem Fluss bekommen. Die Zeit ist unser Feind. Wir müssen übermorgen mit unserem Angriff beginnen, komme, was da wolle.» Damit verließ er sie und ging, begleitet von seiner Leibwache, zum Haus, und noch ehe er den Eingang erreicht hatte, kam ihm sein Haushofmeister bereits unter Verbeugungen entgegen. «Benachrichtige meine Mutter und Tetischeri», sagte er. «Ich möchte sie noch vor dem Abendessen in ihren Gemächern aufsuchen. Und ich möchte auf der Stelle den Armeeschreiber in meinem Arbeitszimmer sehen. Und, Achtoi, bring mir Bier, ich bin sehr durstig.»

Im Arbeitszimmer war es kühl und still. Kamose ließ sich auf den Stuhl sinken, auf dem sein Vater so oft gesessen hatte, und genoss kurz die Ruhe und Ordnung, die so sehr Teil von Seqenenres Persönlichkeit gewesen waren, doch er erlag nicht der Versuchung, die Augen zu schließen und sich diesem Frieden hinzugeben. Schicke ich nun die Fürsten voraus in ihre Nomarchen, damit ihre Rekruten dort auf mich warten, oder behalte ich sie in meiner Nähe?, überlegte er müde. Kann ich ihnen völlig vertrauen oder nur so lange, wie ich erfolgreich bin? Werden sie von Hor-Aha Befehle entgegennehmen, oder wird ihr Stolz zu Streit und Feindseligkeiten mit einem schlichten Medjai führen? Die fünftausend Medjai, die Hor-Aha mitgebracht hat, sind feurige Krieger, aber aufsässig und nicht an militärische Disziplin gewöhnt. Hor-Aha weiß, wie man mit ihnen umgeht, aber ist er in der Lage, auch ägyptische Soldaten zu befehligen? Ich muss ihn daran erinnern, dass er keine Medjai zu Hauptleuten macht, wie fähig sie auch immer sein mögen. Oder ist das verkehrt? Ist es wichtiger, dass ich Männer befördere, die aus Rekruten tüchtige Kämpfer schmieden können, statt mir wegen Groll unter den einfachen Soldaten Sorgen zu machen?

Allmählich bekam er Kopfschmerzen, und als Achtoi mit einem Krug Bier erschien, trank er dankbar. Gleich hinter dem

Haushofmeister war der Armeeschreiber eingetreten. Kamose erwiderte seine Verbeugung, bot ihm einen Platz an und schob ihm Becher und Krug zu. «Vermutlich hast du mittlerweile eine genaue Schätzung der Vorräte, die wir in die Boote verladen können, und wie lange sie reichen», sagte er. «Was meinst du?» Der Mann hatte sich gerade Bier eingeschenkt und trank jetzt vorsichtig einen Schluck.

«Deinem Befehl gemäß, Fürst, habe ich die Speicher geleert und die Vorräte an Trockenobst und eingemachtem Gemüse verpacken lassen. Das habe ich gegen fünftausend Medjai und fünfundzwanzig Hauptleute aufgerechnet, die natürlich Anspruch auf besseres Essen haben als die einfachen Soldaten. Männer der Wüste kommen mit weniger Essen aus als Ägypter, aber ich halte es für unklug, das von ihnen zu verlangen.» Hier lächelte er, und Komose erwiderte das Lächeln.

«Du hast Recht», bestätigte er. «Aber ich möchte nicht, dass ich oder meine Hauptleute festlich speisen, während die Männer bei einer spärlichen Mahlzeit aus Brot und Zwiebeln hocken.»

«Aber, Fürst, gewisslich doch ein wenig Wein, eine einfache Platte Schatbrot ...» Kamose hob abwehrend die Hand.

«Vielleicht einen Schluck Wein. Aber wir befinden uns nicht auf einer Strafexpedition nach Kusch, vergiss das nicht. Die alten Vorschriften greifen hier nicht.» Der Schreiber seufzte.

«Das ist nur eine Geringfügigkeit, Fürst. Nach meiner Berechnung können wir dem Heer jeden Morgen Brot, Ziegenkäse und ein paar Trockenfeigen zu essen geben und abends Brot, Rettiche, Knoblauch, eine Zwiebel, eine Hand voll Kichererbsen und ein wenig Honig. Die Ruderer können bei Sonnenuntergang angeln, und was sie fangen, bessert die Kost auf. Wir haben reichlich Öl und genug Bier, glaube ich. Da nur der Fisch gebraten werden muss, wird das Heer nicht weiter aufgehalten.» Kamose nickte zustimmend.

«Wie lange reichen die Vorräte?»

Der Schreiber sagte mit einem beredten Achselzucken: «Ich bin vom schlimmsten Fall ausgegangen. Ohne weitere Nahrung aus den Nomarchen deiner Fürsten halten die Vorräte zwei Wochen vor. Ich habe meine Männer angewiesen, deinen Bauern nur die überschüssigen Vorräte an Getreide und Obst wegzunehmen, sodass Frauen und Kinder die zwei Monate bis zur Ernte überleben können.»

«Zwei Wochen», wiederholte Kamose. «Und zwei Tage hinter Waset legen wir in Qebt an und dann in Kift, beides Setiu-Nomarchen und beide von Intef regiert. Sorge dafür, dass du genügend Untergebene mitnimmst, damit du in diesen Städten rasch Vorräte sammeln und verladen kannst. Das ist gut. Sehr gut. Such nach Paheri, dem Bürgermeister von Necheb. Er ist beim Heer auf dem Westufer. Befiehl ihm in deiner Eigenschaft als Armeeschreiber, dass er so viel Natron, wie die Stadt entbehren kann, aus Necheb heranbringen lässt. Es wird dort hergestellt, also dürfte er uns reichlich davon abgeben können. Es soll hinter uns herfahren. Wir werden es zum Waschen brauchen.» Sein Blick traf sich mit dem des anderen, und er wusste, dass der Schreiber dachte, was auch er dachte: Und auch für Begräbnisse. «Das ist alles», sagte er abschließend. «Du kannst mit dem Beladen der Boote beginnen. Dafür hast du noch einen Tag. Sei bedankt.» Sofort stand der Mann auf, verbeugte sich und verließ das Arbeitszimmer, und Kamose stand seinerseits auf und streckte sich, bis sein Rückgrat knackte.

Das Licht im Zimmer hatte einen rötlichen Ton angenommen. Re fiel langsam in Nuts wartenden Mund, es wurde Zeit, zu den Frauen zu gehen und die Fürsten vom anderen Ufer abholen zu lassen. Kamose hätte gern gebadet und die Kleidung gewechselt, aber solche Annehmlichkeiten mussten warten. Er trank die Neige aus dem Becher des Schreibers, ehe er die Tür hinter sich zumachte.

Drei Köpfe wandten sich ihm erwartungsvoll zu, als er in die Gemächer seiner Großmutter eingelassen wurde. Sie saß steif auf dem Stuhl neben ihrem Lager, die Knie zusammengepresst, die beringten Hände gefaltet, Aahotep auf dem Schemel vor Tetischeris Schminktisch. Sie war in ein loses Leinengewand gekleidet. Neben ihr stand Isis mit dem Mund voller Nadeln und drehte das volle Haar ihrer Herrin zu einer Rolle. Aahmes-nofretari hatte sich Kissen auf den Fußboden geholt und ruhte auf ihnen, und als ihr Bruder näher trat, stand sie auf, tat einen Schritt auf ihn zu, und ihre klaren Augen blickten sorgenvoll. Kamose musterte sie alle ernst. «Ich liebe euch sehr», sagte er. «Und ich weiß, dass auch ihr mich liebt. Nein, Isis.» Damit wandte er sich an die Dienerin, die sich unter Verbeugungen rückwärts entfernen wollte. «Du darfst bleiben.» Seine Aufmerksamkeit kehrte zu den Frauen zurück. «Ihr wisst, was ich plane», fuhr er fort. «Übermorgen verlasse ich Waset mit meinem Heer. Wir dürfen nicht zurückblicken, keiner von uns. Es ist Apophis' Geburtsmonat und außerdem der Jahrestag seines Kommens. Überall in Ägypten wird gefeiert, vor allem im Delta. Es gibt keinen besseren Zeitpunkt für den Beginn eines Rückeroberungsfeldzugs. Ich weiß nicht, wie lange ich fort sein werde.» Er hob die Hände. «Das alles liegt bei Amun, wir müssen auf ihn vertrauen. Waset und seine Nomarchen werden jetzt von euch regiert. Ich bitte euch, eine erdrückende Pflicht auf euch zu nehmen. Zunächst müsst ihr die Bauersfrauen anweisen, wie sie die Felder und Weingärten abernten sollen. Zweitens müsst ihr ständig den Verkehr von und nach dem Süden überwachen. Jedes Boot muss angehalten, ausnahmslos jede Rolle geöffnet und gelesen werden. Denkt daran, dass Pi-Hathor die Setius unterstützt, und trotz unserer Abmachung versucht der Bürgermeister vielleicht, Botschaften nach Auaris durchzuschmuggeln. Vielleicht versucht er sogar, euch hier zu überrennen. Ich habe hundert Soldaten abgestellt, die bei euch bleiben. Es tut mir Leid, dass es nicht mehr sind, aber wenn sie vernünftig verteilt werden, sollten sie es schaffen, einen Haufen Schiffsbauer und Steinhauer in die Flucht zu schlagen.» Er sah

Panik in den Augen seiner Schwester aufblitzen, doch seine Mutter kräuselte nachdenklich die Stirn, und Tetischeri blickte ihn noch immer kühl und regungslos an.

«Auch der Hohe Priester und seine Untergebenen werden im Notfall mitkämpfen», sagte sie, «und die Gärtner haben kräftige Muskeln. Hacke oder Schwert, wo ist da der Unterschied? Mach dir unseretwegen keine Sorgen, Kamose. Wir sind vollkommen in der Lage, die Nomarche während deiner Abwesenheit zu regieren und, falls erforderlich, ein paar Missvergnügte abzuwehren.»

«Ihr müsst mir regelmäßig Berichte schicken», sagte Kamose. «Über alles, über den Fortgang der Ernte bis zum Geruch des Windes. Opfert Amun jeden Tag in meinem Namen.» Aahmes-nofretari bewegte sich.

«Und was wird aus Tani?», flüsterte sie. «Kamose, hast du sie so schnell vergessen?» Er ging zur ihr und packte sie bei den Schultern.

«Nein!», sagte er rau. «Aber Tani hat gewusst, was ich tun würde, und sich mit allen Folgen meines Handelns abgefunden, die sie möglicherweise hinnehmen muss. Sie ist eine Tao genau wie du, Aahmes-nofretari.» Er ließ sie los und fuhr ihr zärtlich über das schimmernde Haar. «Falls dir das ein Trost ist, ich glaube nicht, dass sich Apophis an ihr rächt. Das könnte viele Ägypter gegen ihn einnehmen, die sonst vielleicht auf seiner Seite kämpfen würden. Man kann einen Fürsten wohl bestrafen. Aber eine junge Prinzessin hinzurichten, das ist eine andere Sache.»

Tetischeri murmelte zustimmend. «Vom Moralgefühl her ist er ein Straßenköter», erklärte sie, «was jedoch die Selbsterhaltung angeht, ein flinker Jagdhund. Er wird unserer Tani nichts tun.»

Aahotep hatte sich bislang nicht geäußert, doch als Isis ihr die geflochtene Perücke aufs Haar setzte und nach dem goldenen Krönchen griff, sagte sie: «Du trägst jetzt Lapislazuli, Kamose. Du ziehst als König nach Norden. Falls du sterben solltest, muss die Nachfolge gesichert sein.» Es hatte sie viel gekostet, diese Worte auszusprechen, und ihr voller Mund zitterte, als sie zu ihm hochblickte. «Unterzeichnest du jetzt einen Ehevertrag mit deiner Schwester und vollziehst die Ehe vor deinem Aufbruch?» Er schüttelte den Kopf.

«Das habe ich schon mit Ahmose geregelt», antwortete er.

«Aahmes-nofretari, du liebst ihn, und er wird Ahmose-onch ein guter Vater sein, falls er heimkommt. Die Zeit reicht nicht für ein richtiges Fest, mit dem man eine königliche Vermählung feiern sollte, und das tut mir Leid, aber morgen wirst du mit ihm im Tempel stehen und den Segen des Gottes empfangen, und die morgige Nacht müsst ihr das Beilager halten. Willst du auch?» Die junge Frau nickte.

«Aber du, Kamose», warf sie ein. «Was wird aus dir? Willst du denn nie heiraten?»

«Ich glaube nicht», sagte er und fragte sich, was sie wohl sagen würden, wenn sie wüssten, dass er ein Trugbild liebte, das ihn in seinen Träumen heimsuchte. «Ich bin der geborene Einzelgänger und dankbar, dass Ahmose meine Pflicht übernimmt.» Sie lächelte bei diesen Worten, und er ging zur Tür.

«Heute Abend bewirten wir die Fürsten ein letztes Mal», sagte er, als er die Tür aufmachte. «Lassen wir uns also mit erlesenem Wein voll laufen, lauschen wir der Musik und tragen wir kostbare, wächserne Duftkegel auf dem Kopf. Wir wollen das Leben feiern.»

Als er durch den dämmrigen Flur zu seinen eigenen Gemächern zurückkehrte, stritten tausend Sorgen um seine Aufmerksamkeit, doch er hörte auf keine. Jetzt nicht, gebot er dem inneren Stimmengewirr. Jetzt ist es Zeit für heißes Wasser und königliches Leinen, für Augenschminke und Henna auf den Handflächen, für eine letzte Umarmung, die Vergangenheit und Gegenwart umfasst, ehe die ungewisse Zukunft uns alle verschlingt.

Als er auf dem Badesockel stand und sein Leibdiener ihn wusch, zwang er seinen Kopf, die Botschaften beiseite zu schieben und nur noch mit allen Sinnen zu fühlen: das Gegurgel des duftenden Wassers, das an seinen Gliedmaßen herunterrann und im Abfluss im Boden verschwand, das Gerubbel des Badetuchs, mit dem die Stelle zwischen seinen Schulterblättern kräftig bearbeitet wurde, der jähe, berauschende Lotosduft, als der Mann einen Krug mit Öl entstöpselte.

Auf eine gemurmelte Bitte hin legte sich Kamose auf eine Bank und genoss das Kribbeln seiner Haut in vollen Zügen, ehe er sich unter den kühlen, eingeölten Händen seines Dieners entspannte. Doch da schoss ihm ein ungebetener Gedanke durch den Kopf, scharf und schmerzend wie ein Messer. Genau dort schlagen die Dämonen zu, dort zwischen den Schulterblättern. Mörder auch, es sei denn, der Mensch ist sich keiner Gefahr bewusst, schläft vielleicht oder ist tief in Gedanken versunken. Ach, mein Vater, du sitzt gewiss friedlich unter der heiligen Sykomore, wo Osiris herrscht, bete für mich! Und du, Si-Amun, mein Bruder, gestorben durch eigene Hand, wo bist du? Würde eine Bitte deines Bas an die Götter mir Segen oder Fluch bringen? Er stöhnte, und die Hände des Mannes hielten inne. «Habe ich dir wehgetan, Fürst?», fragte er fürsorglich. Kamose verneinte mit dem Kopf auf dem schmalen Kissen. Mir tut das Herz weh, antwortete er stimmlos, und wie sehr ich mich auch bemühe, ich kann mich dieser Not nicht entziehen. Hoffentlich ist der Wein heute Abend stark und wirkungsvoll!

An diesem Abend war der Speisesaal beinahe voll, denn Kamose hatte nicht nur die fünf Fürsten eingeladen, sondern auch seine Hauptleute, den Bürgermeister von Waset und seine Verwalter und deren Ehefrauen, dazu die Amun-Priester. Überall auf den kleinen Speisetischen und auf dem Boden lagen Blumen verstreut, erzitterten im Luftzug von flatterndem Leinen und gaben ihren Duft stoßweise an den Raum ab. Jede Lampe, die Aahotep aufbieten konnte, erfüllte den großen, dämmrigen Raum mit goldenem Tageslicht. Es gab keine Schatten.

Die Haushofmeister beugten sich mit randvollen Krügen zu den Gästen, die ihnen beflissen die Becher entgegenhielten. Diener schlängelten sich durch die plaudernde Menge und hielten Tabletts hoch, auf denen die letzten Leckereien der Familie lagen. Ente, Fisch und Gazellenfleisch dampften unter frischen, würzigen Korianderblättern. Selleriestengel lagen auf einem Bett aus frischem Salat. Sykomorenfeigen, in Honig von Aguacatebäumen eingelegt, und kleine, knusprige, süße Küchlein wurden angeboten, und das Bier schmeckte nach Granatapfel und Minze. Kamoses Musikanten zupften und hämmerten wacker vor sich hin, doch die Melodien gingen beinahe in dem Lärm ringsum unter.

Die Familie saß auf der Estrade über der Menge. Die Frauen und die beiden Brüder hatten ihr farbenprächtigstes Leinen angelegt und sich mit dem ganzen Schmuck herausgeputzt, der ihnen geblieben war. Die Augen mit schwarzem Kohl umrandet, Lippen und Handflächen hennarot, die Perücken mit den Zöpfen schimmernd von schmelzendem Safranöl, so hoben sie sich von den Feiernden ab. Trotz ihres Lächelns, ihrer freundlichen Blicke, ihrer Bewegungen beim Essen und Trinken oder wenn sie Blüten zum Gesicht hoben, bestand eine unsichtbare Kluft zwischen ihnen und der lärmenden Menge zu ihren Füßen. Sie waren vom Tod oder von Ruhm und Ehre gezeichnet, nicht vom namenlosen Tod des gemeinen Soldaten oder dem Ruhm eines nur vorübergehenden Erfolgs, sondern von feierlicher Hinrichtung oder der Bestätigung ihrer Göttlichkeit. Alle wussten es, und das Wissen gab dem zunehmenden Lärm einen ernsten Unterton.

Ahmose hatte beim Essen den Arm um seine Schwester gelegt, und als sie fertig waren, unterhielten sie sich ruhig miteinander. Tetischeri umfasste mit beiden Händen ihren Silberbecher, doch sie trank nicht. Ihr gelassener Blick ruhte auf einem

Punkt über den Köpfen der Menschen. Aahotep beugte sich über den Tisch und stützte den Kopf in die Hand, hatte aber noch immer die Stirn gekräuselt. Doch Kamose trank unablässig, er schmeckte den erlesenen Jahrgang gar nicht mehr, der ihm nachgeschenkt wurde. Seine Nase roch nur noch den verführerischen Duft des Wachses auf seinem Kopf. Die Luft im Saal war warm und lebendig. Der Wein rann ihm kühl und tröstlich die Kehle hinunter, doch nichts konnte ihn trösten. Auf den erhitzten Gesichtern unter sich meinte er den Blick seines Vaters zu erhaschen, die schnelle Kopfbewegung seines toten Bruders, doch als er erneut hinsah, waren da keine Geister, sondern nur Intef, der ihm ein flüchtiges Lächeln zuwarf, und Anchmahor, der sich seinem Nachbarn zuwandte, weil der ihn etwas gefragt hatte.

Ehe das Festmahl begann, hatte er die Fürsten angewiesen, im Morgengrauen in ihre Nomarchen zurückzukehren, damit sie für Vorräte sorgen und zu seiner Ankunft Rekruten ausheben konnten. Ein Tag wird nicht reichen, dachte er wie im Nebel. Ich hätte sie nicht mit nach Pi-Hathor nehmen sollen. Jetzt muss das Heer länger in Kift bleiben und vielleicht auch in Aabtu, während die Mannschaften vergrößert und die Vorräte aufgefüllt werden. Ich habe nur vier Monate bis zur nächsten Überschwemmung. Vier Monate, in denen ich Ägypten einnehmen und Apophis im Delta einschließen muss. Ach, um Seths willen, Kamose, schalt er sich innerlich, du drehst noch durch, ehe du überhaupt an Bord gehst, falls du weiter so sinnlos über Dingen grübelst, die sich nicht ändern lassen. Betrinke dich lieber und schlafe. Er leerte seinen Becher und hielt ihn zitternd zum Nachschenken hin.

Am Mittag des folgendes Tages wachte er mit rasenden Kopfschmerzen auf und wurde benachrichtigt, dass die Fürsten gemäß seinen Anweisungen nach Norden aufgebrochen waren. Er schob das Essen beiseite, das Uni neben sein Lager gestellt hatte, und stürzte mehrere Becher Wasser hinunter, ehe er zum

Badehaus ging und sich die letzten Auswirkungen seiner Unmäßigkeit aus den Poren massieren ließ. Die Luft war muffig, roch nach stummer Erschöpfung wie oft nach einer durchzechten Nacht. Diener bewegten sich zielstrebig hin und her, räumten die Überreste des Festes fort, das sich vom Speisesaal in die Flure des allen zugänglichen Teils und dann in den Garten ergossen hatte. Bei dem Geruch von frischem Brot wurde Kamose übel, ehe er das feuchte Badehaus betrat und die Verbeugung seines Leibdieners erwiderte, doch als er gewaschen, durchgeknetet und zum Ankleiden bereit wieder herauskam, war auch sein Appetit zurückgekehrt, und er aß ein paar Mund voll Brot und Ziegenkäse, während er sich den Schurz um die Mitte binden und das Gesicht schminken ließ. Dieses eine Mal schwieg seine Seele, war genauso ausgelaugt wie sein Körper.

Im Arbeitszimmer fand er Ipi vor. «Die Familie wartet, dass du sie rufst, Fürst», sagte er als Antwort auf Kamoses Frage. «Fürst und Fürstin sind bereit. Der Vertrag liegt vor dir.»

«Dann hol sie», befahl Kamose, «und lass vor dem Haus Sänften bereitstellen.» Er setzte sich hinter den Schreibtisch, legte die Hand auf den Papyrus, entrollte ihn jedoch nicht. Es war der einfache, übliche Heiratsvertrag, in den lediglich Ahmoses und Aahmes-nofretaris Namen eingesetzt waren. Flüchtig nagte der Zweifel an ihm, als er ihn ansah. Tue ich das Richtige?, fragte er sich. Dass ich sie Ahmose gebe, statt sie selbst zu nehmen? Was ist, wenn Ahmose in den bevorstehenden Schlachten fällt und ich überlebe und herrsche? Wäre ich dann Regent für ein möglicherweise aus dieser Vereinigung entstehendes Kind? Oder würde ich sie dann wiederum heiraten? Wo ist sie, die Geliebte meiner Träume? Ich habe sie lange nicht mehr gesehen. Hat sie mich verlassen, weil ich auf dem richtigen Weg bin oder weil ich, ohne es zu wissen, das Falsche tue? Nein, befand er. Sie ist in der Nähe, aber weitere Zeichen brauche ich nicht. Ich unterwerfe mich dem Willen der Maat.

Sie traten stumm ein und standen vor ihm, ihre Mutter zur

Linken, Tetischeri zur Rechten. Alle sahen blass und müde aus, sogar Ahmose, der sonst lebhaft und munter war, wie auch immer er die Nacht verbracht hatte. Ipi legte ihnen die Palette vor und entstöpselte die Tusche. «Wollt ihr immer noch?», fragte Kamose sie. Die Frage war eine reine Formalität, die er nur in knappe Worte fasste. Sie nickten. «Dann unterschreibt mit Namen und Titel. Mutter, Großmutter, ihr bezeugt ihre Unterschrift gemeinsam mit mir.» Feierlich und in einem Schweigen, das nur durch das fast unhörbare Scharren von Pinsel auf Papyrus unterbrochen wurde, beugten sie sich vor und taten, was er gesagt hatte. Kamose unterschrieb als Letzter, und dann war alles vorbei. Er reichte Ipi die Rolle. «Verwahre sie im Archiv», sagte er und erhob sich. «Und jetzt kommt mit. Die Sänften, die uns zum Tempel bringen, warten schon.»

Der frühe Nachmittag war gleißend hell und deutete schon die größere Hitze des Schemu in ein paar Wochen an. Kamose stellte fest, dass ihm leichter ums Herz wurde, als die Träger den Weg entlanggingen, der vom Anwesen zu Amuns Wohnstatt führte. Der Nil, den man hier und da zwischen dem üppigen Uferbewuchs sehen konnte, funkelte. Gelegentlich hob eine Brise die Vorhänge und umspielte seine nackte Wade. Zu seiner Rechten und seiner Linken schritten die Leibwächter der Familie, die Getreuen des Königs, locker dahin, ihre robusten Sandalen wirbelten kleine Staubwolken auf.

Auf einmal hörte Kamose den Ausruf seiner Schwester. Er beugte sich aus der Sänfte und sah, dass sie in den Himmel spähte. «Oh, sieh mal, Ahmose!», rief sie. «Sieh hoch! Horus gibt uns seinen Segen! Das ist ein günstiges Vorzeichen!» Kamose musterte die weite Bläue über sich und hielt den Atem an. Ein großer Falke stand in der Luft über dem Zug und hatte die Flügel mit den roten Spitzen ausgebreitet. Er war so nahe, dass Kamose sehen konnte, wie sich die Sonne in seinen glänzenden schwarzen Augen spiegelte, und auch die winzigen Schlitze der Nasenlöcher. Sein Schnabel stand offen, und während Kamose noch schaute, kreiste der Falke und ließ sich zu ihnen herunterfallen. Kamose zuckte unwillkürlich zusammen, doch mit einem hörbaren Geraschel seines Gefieders und einem weiteren harschen Schrei rauschte er über ihn hinweg, hielt über Ahmoses Sänfte inne, stieg dann geradewegs hoch und verlor sich im Gleißen des Tages. Kamose merkte, dass er zitterte, während die Träger aufgeregt schwatzten. In der Tat ein mächtiges Vorzeichen, dachte er, während sie weiterzogen.

Der Gott des Horizontes hat gesprochen. Doch seine heilige Zustimmung hat nicht mir gegolten. Nicht mir.

Die Familie ließ die Sänftenträger im Schatten der Bäume, die Amuns Kanal säumten, zurück, wo sie sich hinhockten, und überquerte den Vorhof, zog die Sandalen aus und betrat den Innenhof. Amunmose wartete vor den geöffneten Türen des Heiligtums schon auf sie, die Tempeldiener hatten brennende Weihrauchgefäße in der Hand, aus denen der Rauch fast unsichtbar in die klare Luft wölkte. Unter Verbeugungen schritt er vor ihnen her zu der Stelle, wo der Gott im kühlen Dämmer des Allerheiligsten thronte, goldene Hände auf den goldenen Knien, die Füße von Blumen und Nahrung umgeben, die seine Diener ihm an diesem Morgen gebracht hatten. Ahmose schenkte ihm ein Amulett und Aahmes-nofretari eine Kette aus Elektrum, dazu noch Gaben an Wein, Essen und Öl, wie es die Sitte vorschrieb. Weiß Gott armselige Schmuckstücke, dachte Kamose, während er zusah, wie sein Bruder und seine Schwester ihre Geschenke Amunmose überreichten, niederknieten und ihren Fußfall machten. Doch Amun weiß, dass wir nur noch wenig zu verschenken haben, bis ich dieses Heiligtum vielleicht eines Tages erneut mit Reichtümern aus ganz Ägypten füllen kann. Aufmerksam lauschte er den Gebeten und dem Dank, der Bitte um Glück und weiteren Kindersegen, und unter dem steten goldenen Blick des Gottes wurde er ruhig.

Als die anberaumte Andacht beendet war, kehrten sie nach Haus zurück, wo man im Garten für sie aufgedeckt hatte. Allen war nach dem sachlichen Ernst, mit dem sie den Ehevertrag unterzeichnet hatten, Erleichterung anzumerken, und man trank auf Ahmose und seine neue Gemahlin und riss eine Menge netter Witze. Die beiden saßen unter dem Sonnensegel dicht nebeneinander, hielten Händchen und blickten sich über dem Rand ihrer Becher lächelnd in die Augen, während Ahmose-onch, den seine Kinderfrau freigegeben hatte, auf ihnen herumkrabbelte und fröhlich in seiner eigenen, unverständlichen Sprache plapperte. Ihr Glück beruhigte Kamose. Ich habe das Richtige getan, sagte er sich, ob die Zukunft sie nun zu Göttern macht oder nicht. Sie sind füreinander bestimmt.

Als der Nachmittag zu Ende ging, suchten Tetischeri und Aahotep ihr Lager auf, und Ahmose-onch wurde unter lautem Protestgeheul abgeschleppt und ins Haus getragen. Kamose stand auch auf. «Falls ich heute Abend überhaupt etwas esse, dann im Arbeitszimmer», sagte er mit einem Blick auf ihre erhitzten Gesichter. «Mach dir wegen morgen keine Sorgen, Ahmose. Ich kümmere mich um die letzten Einzelheiten, ehe wir uns im Morgengrauen auf der Bootstreppe treffen.» Er zögerte, wollte noch mehr sagen, wollte ihnen zureden, die ihnen verbleibende, kurze Zeit zu nutzen, wollte seiner Schwester versichern, dass er alles in seiner Macht Stehende tun würde, damit ihr Gemahl wohlbehalten zu ihr zurückkehrte, denn er spürte, dass der Schatten von Si-Amuns Schicksal über ihnen lag, aber er schaffte es nicht. Seine Worte wären doch nur ein leeres Versprechen gewesen. Er lächelte flüchtig und entfernte sich.

In seinen eigenen Gemächern ließ er Achtoi holen. «Ich möchte den Rekrutenschreiber, den Armeeschreiber und General Hor-Aha so schnell wie möglich im Arbeitszimmer sehen», befahl er seinem Haushofmeister. «Und mein Leibdiener soll mir heißes Wasser und frische Kleidung bringen. Ich möchte mich waschen und umziehen.» Als er gewaschen war und durchs Haus ging, warteten die herbeigerufenen Männer bereits. Alle drei waren erschöpft. Kamose sah ihre staubigen

Schurze und angespannten Mienen und bat sie, Platz zu nehmen. «Es dauert auch nicht lange», sagte er. «General, die Medjai müssen beim Morgengrauen eingebootet und an ihrem Platz sein, ist das zu schaffen?» Hor-Aha nickte.

«Sie stehen bereit», antwortete er. «Ich muss nur noch jeweils fünfhundert mit den dazugehörigen Hauptleuten ein Boot zuweisen.»

«Sind dir der Bürgermeister von Necheb und seine Einwohner von irgendwelchem Nutzen gewesen?»

«O ja.» Hor-Aha beugte sich vor. «Paheri und Baba Abana haben die Männer als Ruderer eingeteilt, sie arbeiten in Schichten, und die jüngeren Hauptleute sind zu Schlagmännern ernannt worden. Das war etwas, was ich nicht ganz durchdacht hatte. Die Wüstensöhne sind nicht gerade erfreut, dass sie zu Wasser reisen müssen. Die beiden Männer aus Necheb haben sich da als unendlich nützlich erwiesen, haben sie mit den Booten vertraut gemacht und ihnen erläutert, wie sie am besten mit diesem Erlebnis fertig werden.»

«Gut.» Kamose wandte sich an die anderen.

«Rekrutenschreiber, sind meine Rekruten bereit?» Der Mann nickte.

«Ja, Fürst. Unter den Jüngeren ist es gelegentlich zu Aufsässigkeit gekommen, und viele Eingezogene murren, weil sie marschieren müssen, während die Medjai im Boot fahren, aber der General hat sich alle Mühe gegeben, ihnen klar zu machen, warum das notwendig ist.» Wirklich eine schwierige Aufgabe, überlegte Kamose. Ein Medjai-General, der ägyptischen Bauern und Handwerkern sagen muss, warum Fremdländer bequem reisen, während sie in der Sonne schwitzen müssen. Das wäre meine Aufgabe gewesen. Die Zweifel an Hor-Ahas überlegener Autorität, die er letztens zu beschwichtigen versucht hatte, kehrten zurück, und er warf ihm einen Blick zu. Der General hielt die schwarzen Augen fest auf ihn gerichtet. War das eine Herausforderung, die er da las? Hor-Aha lächelte humorlos.

«Ich habe das nicht selbst erläutert», sagte er, und da wusste Kamose, dass er seine Gedanken gelesen hatte. «Ich habe dafür einen ägyptischen Hauptmann abgestellt. Er hat den Truppen aus der Nomarche klar gemacht, dass es hier lediglich um gute Taktik geht, nicht um eine Beleidigung ihres Bluts. Die Medjai sind vor allem Bogenschützen, und sie haben scharfe Augen. Sie brauchen die gute Sicht, die sie von den Booten aus haben. Ich habe dafür gesorgt, dass der Hauptmann die Überlegenheit der Ägypter beim Kampf Mann gegen Mann betont hat.» Sein Lächeln wurde breiter. «Das gilt natürlich für die Mehrzahl der Truppen aus den Nomarchen nicht, auch wenn sie gut ausgebildet sind. Nur die, die unter deinem ruhmreichen Vater gekämpft haben, Majestät, haben überhaupt schon im Feld gestanden. Doch der Hauptmann ist taktvoll vorgegangen und konnte sie anscheinend besänftigen.»

«Das war klug», erwiderte Kamose. «Wenn wir erst in der Schlacht zusammenstehen und das Heer als Einheit kämpft, verblassen diese albernen Unterschiede.» Darauf hatte Hor-Aha keine Antwort. Mit unguten Gefühlen sah Kamose jetzt den Rekrutenschreiber an. «Dann holt sie über den Fluss», befahl er. «Sie können auf ihren Matten am Wegesrand schlafen. Die Boote sind ohnedies schneller, mit denen können sie nicht mithalten, aber sie haben dadurch Gelegenheit, im Kielwasser der ersten Scharmützel echte Soldaten zu werden, ehe es zur Schlacht kommt. Armeeschreiber, sind die Vorräte eingeteilt und verstaut?»

«Alles, Fürst. Wächter und Köche stehen bereit. Heute Nacht werden die Esel beladen, die mit den Fußsoldaten ziehen.»

«Gut», wiederholte Kamose. «Sehr gut. Dann ist das für heute alles. Den Rest des Abends bin ich nicht verfügbar, aber im Morgengrauen bin ich am Fluss. Falls es Probleme gibt, geht damit zum General. Ihr seid entlassen.» Sie standen auf wie ein Mann, verbeugten sich und ließen ihn allein.

Einen Augenblick saß Kamose noch da und trommelte mit den Fingern auf dem Tisch. Ich sollte Mutter und Großmutter aufsuchen, dachte er. Ich sollte einen Teil des Abends bei ihnen verbringen und sie beruhigen, meine Anweisungen wiederholen, ihnen sagen, was ich vorhabe. Ich sollte die verbleibenden Stunden im Tempel im Gebet verbringen. Doch als er das Arbeitszimmer verließ und Achtoi grüßte, der von seinem Schemel aufgestanden war und auf Anweisungen wartete, kamen aus Kamoses Mund zu seiner Verwunderung andere Worte, als er vorgehabt hatte. «Richte den Frauen aus, dass ich heute Abend nicht bei ihnen sein kann», sagte er. «Lass in den Tempel schicken und den Hohen Priester bitten, dass er im Morgengrauen zum Fluss kommt und die Truppen segnet. Aber zunächst bring mir einen warmen Umhang und eine gut gefüllte Öllampe, Achtoi. Ich möchte in den alten Palast gehen. Sag niemandem, wo ich bin, es sei denn, es handelt sich um einen echten Notfall.» Er wusste nicht, woher der rätselhafte Impuls gekommen war, aber als er den Rasen überquerte und auf die Bresche in der bröckelnden, uralten Mauer zuging, die sein Anwesen von dem seiner Vorfahren trennte, den Umhang über dem Arm und die Lampe in der Hand, die in der zunehmenden Dunkelheit einen kleinen, zittrigen Lichtschein warf, da wusste er, dass es so richtig war.

Zwar lag der weitläufige Hof, dessen geröllübersäte Steinplatten er vorsichtig überquerte, noch in einem Rest von Tageslicht, doch in dem alten Palast war es schon dunkel. Kalte, muffige Luft schlug ihm entgegen, als er einen Augenblick genau im hohen Eingang zu dem stehen blieb, was einst der riesige Empfangssaal gewesen war, und sie kam ihm vor wie ein Hauch aus der Vergangenheit und den Lungen der Toten. Er schüttelte die Vorstellung ab und machte nach und nach die aufgereihten Steinpfeiler aus, die sich vor ihm im Dunkel verloren, den helleren Fleck weit hinten links, wo vor Hentis ein Teil des Daches und eine Mauer eingefallen waren, sodass sich Ziegelsteine und eine hohe Staubschicht über die geborstenen Fliesen des Fußbodens verteilt hatten.

Er hatte vorgehabt, schnurstracks zu der Treppe zu gehen, die zum Dach über den Frauengemächern führte, doch seine Füße schienen ihm nicht zu gehorchen, und so wanderte er die riesigen, verfallenen Räume ab, in denen seine Lampe unter dem Gewicht der Stille und der hohen Räume nur noch einen schwachen Schein warf. Hier und da sprang ihn ein Überbleibsel des Lebens an: Der gehässige Blick eines Wadjet-Auges, das ihn feindselig anstarrte, ehe es wieder im Dunkel verschwand, während er ruhig weiterging, ein Tupfer Mattgelb, der einzige Rest einer gemalten Szene aus glücklicheren Tagen, das sitzende Abbild eines Gottes oder Königs, der aus seinem Winkel hervorzutreten schien, als ob es Zeit zum Aufstehen wäre, während seine heiteren Züge ungerührt den reglosen Verfall ringsum betrachteten. Kamose hatte das ungute Gefühl, wenn er ihn anspräche, würde er antworten, doch dann würde er einen Sturm entfesseln, der hier, in diesem heiligen Haus seiner Ahnen, im Schlaf gelegen hatte. Er schüttelte den Kopf über seine albernen Gedanken, hütete sich aber, ein Geräusch zu machen, bis er den Ort verlassen hatte.

Man hatte ihm nie erlaubt, im alten Palast zu spielen. Seqenenre hatte es verboten, weil es zu gefährlich war, und als Kamose größer wurde, hatte er wenig Lust verpürt, seine Geheimnisse zu erforschen. Er war kahl und kalt, ein Ort mit bröckelndem Mauerwerk, eine Behausung für Fledermäuse und Nagetiere. Doch als er jetzt selbst wie ein Gespenst durch Räume geisterte, die wiederum in Räume übergingen, durch Flure, die auf türlose, schwarze Abgründe oder geborstene Terrassen oder eine weitere Abfolge leerer, halb zerstörter Gemächer gingen, da merkte er, dass die größte Gefahr nicht von losen Fliesen oder eingefallenen Wänden drohte. Mit geschärften Sinnen schien er jedes flüchtige Wispern, jedes leise Lachen oder Aufblitzen juwelenbesetzten Leinens gerade jenseits seines

Gesichtsfelds wahrzunehmen. Die wahre Gefahr war nicht so direkt, sondern verführerischer, eine lockende Stimme, die von vergangenem Ruhm sprach und die Seqenenre zusammen mit Apophis' ständigen Sticheleien zu dem Aufstand verleitet hatte, der ihn zum Krüppel gemacht und gebrochen ins Grab gebracht hatte. Kamose spürte den Rausch am eigenen Leib, der sich wie ein sanfter, belebender Trank durch seine Adern stahl, das Versprechen auf Reinigung, Wiederherstellung, Zurückgabe. Es war keine Falle. Die Sache war gerecht, sie war richtig. Der Palast barg keinen bösen Zauber. Sein Zauber sprach von Maat, der Maat eines vergangenen Ägyptens, eines Ägyptens, von dem sich die Vorfahren, die unsichtbar an diesem Ort weilten, erhofften, dass er es wieder belebte.

Endlich fand Kamose den Thronsaal und die Estrade, auf der einst der Horusthron gestanden hatte, dieser heilige Sitz, an dessen Lehne aus Gold und Elektrum sich jetzt das Rückgrat eines Thronräubers lehnte. Er drehte sich um und blickte in die dämmrige Weite des Raums mit den Säulen. «Hört mich an, alle miteinander», sagte er leise. «Ich schwöre, dass ich, so Amun will, als Sieger heimkehre und den Heiligen Thron wieder auf diese Estrade stelle und den Palast erneuere, damit Ägyptens Ruhm hier noch einmal eine Wohnstatt findet. Ich schwöre es!» Das Echo erwachte und warf das Gemurmel zurück, wehte jedoch auch einen langen Seufzer heran, und die Flamme seiner Lampe flackerte jäh, so als ob sie ein Luftzug getroffen hätte. Er beherrschte seinen Drang zu fliehen und ging langsam zu den Frauengemächern.

Dort stieg er aufs Dach und setzte sich neben die Überreste eines alten Windfangs, blies die Lampe aus und wickelte sich fest in den Umhang. Hierher ist Vater immer gegangen, wenn er allein sein wollte, dachte er, und hier hat Mersu ihn überfallen. Es gehört sich, dass ich meine letzte friedliche Nacht in Sicherheit an diesem Ort verbringe. Unter ihm träumten die Säle des Palastes still vor sich hin, doch hier oben zeigten die Sterne und ein fast voller Mond Kamose die verschwommenen Umrisse des Gartens und eines Teils des schlafenden Hauses.

Sein Blick wanderte von dort zum Laubengang und den dunklen Palmen, die sich um die Bootstreppe scharten. Fackeln erhellten die Nacht mit ihrem dunkelgoldenen Schein, einige auf dem Fluss, wo er sich zitternd auf dem Wasser spiegelte, einige an beiden Ufern. Rufe und das Gemurmel vieler Stimmen wehten zu ihm hoch. Sein Heer sammelte sich, gehorchte seinem Befehl und vertraute darauf, dass er die Soldaten gut führen würde. Von seinem hohen Aussichtspunkt aus sah er dem allen zu und verspürte eine jähe Verzweiflung und eine schreckliche Unzulänglichkeit. Das alles habe ich getan, dachte er. Ich, Kamose, Fürst von Waset. Und wer bin ich, dass ich mir einbilde, ich könnte etwas zu einem guten Ende führen, was meinem Vater nicht gelungen ist? Alle vertrauen mir, meine Mutter und Großmutter, mein Bruder und meine Schwester, die Hauptleute dort unten, die Fürsten, die sich augenblicklich selbst zum gewagten Spiel sammeln. Sie glauben, dass ich schaffe, was ich versprochen habe. Oh, Amun, jetzt brauche ich dich! Und du, Osiris Seqenenre, mein geliebter Vater, sei heute Nacht bei mir!

Er zog die Knie an und schloss die Augen vor dem geordneten Chaos. Während der Stunden, in denen Re Nuts Leib durchwanderte, döste er entweder oder betete, bis der Himmel im Osten heller wurde und die Zeit zum Beten vorbei war. Da stand er auf, rieb sich die eingeschlafenen Beine, hob die Lampe auf, ging die Treppe hinunter und durch den jetzt stummen Palastbezirk dem Schicksal entgegen, das auf ihn wartete.

Ende des ersten Buches